KB099927

조선판

오만과 편견

조선판 **오만과 편견**

초판 1쇄 찍은 날 | 2017년 8월 22일
초판 1쇄 펴낸 날 | 2017년 8월 29일

지은이 | 이한월
펴낸이 | 서경석

편 집 책 임 | 조윤희
편　　　집 | 이은주
　　　　　　 이예진
디　자　인 | 최진실

펴 낸 곳 | 도서출판 청어람
등록번호 | 제387-1999-000006호
등록일자 | 1999. 5. 31
어람번호 | 제5-0465호

주소 | 경기도 부천시 부일로 483번길 40 서경B/D 3F
　　　 (우) 14640
전화 | 032-656-4452 팩스 | 032-656-4453
http://www.chungeoram.com
E—mail | chungeorambook@daum.net

Chungeoram romance novel

조선판

오만과 편견

이한월 장편소설

도서출판 청어람

목차

제1장 첫인상

막 저녁달이 뜬 시간.

한양에서 가장 큰 기방인 매화관(梅花館)에 발을 들여놓은 젊은 사내 한 명이 있었다. 말총으로 만든 갓을 쓰고, 구김살 없는 남빛 도포를 입은 그는 기방 따위엔 단 한 번도 발걸음을 둔 적 없는 귀한 몸이었다. 그런데 그런 사내가 무슨 일인지 향락의 중심지인 매화관에 들어서서 무심하게 중앙에 있는 누각으로 걸어가니 사람들의 이목이 단번에 집중되었다.

"아니, 저자는 심도헌이 아닌가?"

가늘게 실눈을 뜬 만취한 자가 젊은 사내의 얼굴을 알아보았다. 심도헌(沈導憲). 스물넷 홍안의 청년은 교태전의 주인인 중전 심씨의 조카로 한양 내 유명 인사였다. 선천적으로 타고난 반반한 얼굴과 훤칠한 키에 청송 심씨라는 집안이 더해져 소문이 무성하니 한양 내 그를 모르는 자가 없었다.

"세상에! 저분이 그 유명한 심도헌 나리시란 말씀이세요?"

하지만 그 이름이 유명한 것치고는 도헌의 얼굴을 아는 자는 거의 없었는데 그는 궁에서나 어디에서나 절친한 친구인 백이명이 아니고서는 말도 섞지 않았기 때문이었다. 사람들은 자신들과 어울리지 않는 그의 도도한 태도에 대해 안 좋은 소문을 내기도 하고, 비아냥거리거나 선망 섞인 목소리도 냈지만 정작 도헌 본인은 그런 말들에 신경 쓰지 않았다. 지금도 심도헌은 뻔히 들리는 자신에 대한 이야기에도 불구하고 기녀들을 쌩하니 지나쳤다. 그는 관복도 벗지 않은 사내들과 기생들이 한데 엉켜 술판을 벌이고 있는 누각만을 향해 곧장 걸어갔다.

"지평(持平)! 자네 왔는가!"

심도헌이 누각 앞에 다다르니 상석에 앉아 있던 정이품 호조판서 대감이 도헌을 알아보고 큰 소리로 말했다. 호조판서, 즉 호판이 부르는 지평은, 관리들의 비리와 부정을 감시하는 사헌부에 속한 정오품 관직으로 심도헌을 이르는 말이었다. 이미 술과 놀음에 취해 비척비척 걸어 나온 호판이 정자의 난간에 기대앉아 '조용! 조용!' 손사래를 치니 순식간에 가야금 소리가 끊기고, 사람들의 웃음소리가 수그러들었다.

"어서 올라오게, 지평. 내 자네와 이 밤을 샐 정도로 할 이야기가 참 많아."

"예서 듣겠습니다. 부르신 연유가 무엇입니까, 대감."

심도헌은 누각에 앉은 호판을 올려다보며 무 자르듯 뚝 잘라 말했다. 조용한 가운데 호판과 심도헌 사이에 무거운 긴장감이 맴돌았다.

"자네에게 술 받는 게 명기 황진이 손으로 술 받는 것보다 힘들

다더니 그 말이 썩 틀린 말은 아니구먼."

그도 잠시 호판은 이 긴장감이 전혀 쓸데없다고 생각하며 심도헌을 한낱 기녀에 비교해 되도 않는 농담을 던졌다. 눈치를 보며 조용히 있던 정자 위의 기생들과 남자들이 낄낄대며 그 말에 맞장구를 쳤다. 도헌은 그에 대해 아무런 대꾸도 하지 않았다.

"예서 이렇게 할 이야기는 아니지만, 이번에 사헌부에서 대대적인 감찰을 한다고 들었네. 그것이 참인가?"

지평인 도헌은 서경권(署經權)뿐만 아니라 탄핵감찰권(彈劾監察權)을 가지고 있는 사헌부 관원이었다. 호판이 그런 도헌에게 감찰 여부를 묻는 일은 청탁과 직결되는 문제였다.

"대감께서 감찰에 관심을 가지시는 연유가 무엇입니까."

도헌이 날카롭게 되묻자, 누런 이를 드러내며 웃던 호판의 얼굴에서 미소가 사라졌다.

"나는 그저 하해와 같으신 전하의 은혜로 태평성대인 지금 굳이 감찰을 해야 하느냐는 게지. 털어서 먼지 한 톨 안 나오는 이가 이 세상에 있겠는가! 괜히 궁궐만 시끄러워지지. 아니 그런가!"

다 충심에서 나오는 말이라며 호판이 곰방대를 볼이 홀쭉해지도록 빨아들였다. 호판의 말은 짧게 말해 괜히 세상 시끄럽게 하지 말고 널리고 널린 부정부패쯤은 눈감고 넘어가라는 뜻이었다.

"돌아가신 부친과의 옛정을 생각해 오기는 왔으나, 못 들은 걸로 하겠습니다."

심도헌은 더 이상 호판의 말을 들어볼 것도 없고, 여기에 더 머무를 필요도 없다고 판단했다. 호조판서가 이조판서였던 심도헌의 아버지와 꽤 절친한 사이였던 것을 상기해 온 자리였지만,

도헌은 역시나 올 필요도 없는 자리였다는 것만 깨닫고 돌아섰다.

"언제까지 그리 살 텐가."

호판이 심도헌의 등 뒤에 대고 비릿하게 웃었다. 심도헌이 그 말에 눈썹을 치켜 올리며 멈춰 돌아섰다. 감히 누가 누구더러 그리 산다고 훈계를 한단 말인가, 도헌의 심기가 비틀렸다.

"그 대쪽 같은 성정은 자네의 출세에는 하등 도움이 되질 않을 걸세. 장원급제를 했으면서 아직도 지평이라니. 지하에 계신 자네의 부친, 아니 내 친구가 통탄을 하겠지."

호판이 일부러 도헌의 속을 긁는 말들만을 골라 내뱉었다. 언제 뒤를 돌아보나 보자, 하고 호판은 술잔을 정자의 난간에 툭툭 두드리며 속으로 숫자를 셌다. 하나, 둘, 셋. 호판이 넷을 세기 전에 도헌이 뒤돌아 다시금 호판을 바라봤다. 호판의 얼굴에 비웃음이 걸렸다.

"더 위로 올라갈 수 있는 쉬운 길이 여기 있지 않은가. 저 옆의 계단을 밟고 올라오기만 하면 되네."

호판이 정자로 올라오는 계단을 가리키며 말했다. 그 말은 곧 저 계단을 밟고 정자 위로 올라와 내 편이 되면 높은 자리를 내어 주겠다고 하는 것이었다. 정자 위에는 그렇게 줄을 잡아 관직을 얻은 이들이 모여 앉아 있었다. 도헌은 그 사이에 끼고 싶은 마음 따위는 추호도 없었다.

"올라오시겠는가. 아니면 더 아래로 내려가시겠는가."

도헌이 대답 없이 바라보기만 하니 호판이 자신의 편이 되지 않는다면 더 낮은 관직으로 보내주겠다 경고했다. 잠시 침묵을 지킨 도헌은 뒷짐을 지고 한 걸음, 한 걸음 계단으로 다가갔다.

그것이 마치 계단으로 올라가려는 행동처럼 보여서 호판은 그럼 그렇지, 심도헌도 별것이 아니구나, 하고 쾌재를 불렀다. 그때, 심도헌이 입을 열었다.

"년고수고로(年高須告老)하고 명수합퇴신(名遂合退身)이라 하였습니다."

심도헌은 부드러운 목소리로 시구를 하나를 읊었다. 이는 백거이의 시조 한 소절이었다. 심도헌의 아버지와 친했던 호판 그도 언젠가는 과거 시험을 통과할 만큼 명석한 두뇌를 가진 인재였다. 그러나 지식과 책을 놓고 그 손아귀에 돈과 비단을 잡은 지금의 호판은 백거이의 시조 따위는 잊어버린 지 오래였다. 그런 호판을 위해 심도헌은 친절히 그 뜻을 풀어주었다.

"나이가 들면 마땅히 늙음을 고하고."

심도헌이 모두 들으라는 듯 크고 분명한 목소리로 말했다.

"물러나 명예를 지킴이 마땅하다. 옛말은 그른 것이 하나 없습니다."

빛바랜 자신의 명예를 모르고 물욕만이 남아 허덕이는 호판을 보며 도헌이 입꼬리를 비틀어 올렸다. 지금의 호판은 옛날의 호랑이 같은 기상은 없고 그저 나라의 녹을 갉아먹는 늙은이에 불과했다. 뜻을 알아먹은 호판의 얼굴이 분노로 검붉어졌지만 도헌은 개의치 않고 말을 이었다.

"늙긴 하셨습니다, 대감. 어찌 개돼지들이 뒹구는 진흙탕에 저를 올라오라 하십니까."

"뭬야!"

도헌의 말에 정자 위의 누군가가 발끈해서 외쳤다. 자신이 개돼지라는 것은 아는 모양이었다. 발끈한 이는 우락부락한 외모의 사내로, 그는 어울리지 않게 문신의 관복을 입고 있었다.

"오호라, 네놈이 무서운 게 없는 게로구나! 어디 한번 혼쭐이 나봐야 정신을 차리겠느냐!"

그는 당장에라도 정자 아래로 뛰어 내려갈 듯이 주먹을 흔들어 보였다. 말로 욕을 들었으면 말로 갚으면 될 것인데, 몸으로 갚으려는 것이 지성과는 거리가 멀어 보였다. 저럴 바엔 무관을 해야 할 듯싶었다.

"주위에 충견들이 많아 좋으시겠습니다."

언제든 무식하게 달려들 준비가 되어 보이는 자들을 보며 도헌이 말했다. 호판은 흰자위까지 붉어져서는 곰방대를 내던졌다. 얇고 긴 곰방대가 산산이 조각나 부러졌다. 그가 조부와 부친만 언급하지 않았다면 심도헌도 이렇게까지 할 생각은 없었다. 하지만 부친이 욕보여졌을 때, 가만히 있는 것은 효의 도리가 아니었다.

도헌은 그대로 돌아서서 매화관을 나왔다. 그곳을 나오면서 도헌은 호판대감의 저의가 무엇일지 생각했다. 호판 정도라면 감찰에서 뇌물 조금 받은 정도는 얼마든지 유들유들하게 넘어갈 수 있을 터인데 굳이 옛 친구의 아들이라며 자신까지 불러 찔러본다는 것이 이상했다. 아마도 감찰에서 들키고 싶지 않은 무언가를 감추고 있는 것 같았다.

심도헌은 자신의 오랜 짝인 흑마에 올라타면서 고모님인 중전의 말을 떠올렸다.

"심 지평, 아니 도헌아. 이 궁에 전하를 빼곤 아무도 믿을 수가 없다. 네 아비인 내 오라버니도 세상을 떠버리니 정말 믿을 이

하나가 없어. 너마저 떠나진 말아라. 누가 너에게 숙이라 하면 숙이고 굽히라면 굽혀주어라."

심도헌의 아버지가 어머니와 함께 병으로 별세한 뒤 중전 심씨가 도헌을 불러 한 말이었다. 중전은 누구든 물어뜯을 준비가 되어있는 정치판에서 심도헌이 누구와 척지는 일 없이 무탈하게 오래도록 자신의 곁에 남아주길 바랐다. 그리고 그건 아마도 방금 매화관에서 호판의 술잔을 받았다면 가능했을지도 모를 일이었다. 그러나 도헌은 그 기회를 발로 걷어차 버렸고, 그 대가는 반드시 돌아올 것이었다.

아니나 다를까 호판의 분노는 그 일이 있고 한 달이 가기 전에 심도헌을 찾아왔다.

삼월 초하루, 경복궁 편전(便殿)이 시끄러웠다. 아침 알현이 끝나고 조회를 위해 모인 정삼품 이상의 당상관들 중 몇몇이 금상의 앞에서 목소리를 높였다.

"전하! 통촉하여 주시옵소서!"

"통촉하여 주시옵소서!"

아침 조회부터 경복궁 어전이 떠나가라 통촉을 외치는 신하들을 바라보는 금상의 옥안이 좋지 않았다.

"전하, 사헌부 집의(執義) 백이청이 심도헌의 승급에 관여한 것이 분명하옵니다!"

"사헌부 지평 심도헌의 죄를 물으시옵소서!"

"증좌를 가져오라."

왕은 심도헌이 정말 죄가 있고, 그에 대한 증좌가 있다면 언제든지 그를 벌할 준비가 되어 있었다. 물론 왕은 심도헌의 죄가 실상 존재하지 않는다는 것을 이미 알고 있었기에 애초에 그를 벌할 마음이 없었다.

"불손한 인사가 전하의 성덕에 누가 될까 저어되옵니다. 통촉하여 주시옵소서."

"증좌를 가져오라 하지 않느냐!"

계속되는 신하들의 억지에 왕이 옥수로 옥좌를 내리쳤다.

"집의 백이청의 동생인 백이명이 심도헌과 성균관 진사 시절부터 아는 사이라 하옵니다. 충분히 사사로운 감정이 개입될 수 있는 인사로 사료되옵니다!"

심도헌이 친우와 그 형의 도움으로 지평(持平)에 올랐으며 이는 올바른 인사가 아니라는 것이 통촉해 달라 목소리를 높이는 자들의 일관된 주장이었다. 하지만 그것은 심증일 뿐, 왕은 심증만으로 훌륭한 신하를 잃을 수는 없었다.

"물증도 없이 심도헌을 벌할 수는 없다. 게다가 심도헌은 이미 이조좌랑을 역임하여 그 역량을 보인바, 지평은 그에게 과분한 직책이 아니다. 무엇이 문제인가."

"외척인 것이 문제이옵니다. 전하."

돌아가는 상황을 지켜보던 호판이 입을 열어 문제의 단어를 뱉었다. 외척, 그 단어 하나에 조용해진 편전에, 금상의 눈이 호판을 향했다.

"무어라?"

"그는 중전마마의 조카가 아니옵니까. 그가 사헌부의 높은 자리에 오르는 것을 견제하셔야 하옵니다."

호판의 혓바닥이 마치 뱀처럼 간사하게 굴러갔다. 기생집에서는, 장원급제를 해놓고 지평 같은 낮은 자리에 있다고 도헌을 비웃던 호판은 지금 와서는 지평 같은 높은 자리에 외척인 심도헌을 두면 안 된다며 그를 모함했다. 호판은 외척이란 단어가 역모라는 단어처럼 누구든 죄인으로 만들어낼 수 있는 위험한 말이라는 것을 잘 알고 있었다.

"맞사옵니다. 외척을 멀리하시어 자리를 굳건히 하소서!"

호판의 말에 누군가 동조했다. 아마도 그날 밤 호판과 함께 정자 위에 있던 이들 중 한 명일 터였다. 이로써 그들이 말하는 심도헌의 죄는 다른 것이 아니라 외척이라는 것이 밝혀졌다. 그가 중전의 조카로 태어난 것 자체가 죄라는 말이었다.

심도헌과 중전의 가문인 청송 심씨 일가는 조선의 개국공신이었던 조상을 따라 대대로 명성을 떨쳐 온 집안이었다. 수많은 충신들과 왕후, 후궁들이 그의 가문에서 나왔다. 하지만 권력은 얻을수록 견제가 심해지는 것이었다. 피 터지는 정치 싸움에 빛 들 날만 있는 것은 아니었다. 심도헌의 조부는 영의정을 세 번이나 지냈지만 관직에 오른 동안 누명을 쓰고 귀양을 두 차례나 갔다 온 사람이었다.

누명과 오명을 쓰고 친족들이 고통받는 일로 중전의 가슴에는 피멍이 짙게 남아 있었다. 그래서 도헌에게도 조심하라 이른 것이었다. 그런 중전의 남편인 임금은 왕권을 위해 중전의 조카인 심도헌을 벌하는 것을 당연히 망설일 수밖에 없었다.

"전하……!"

"그만, 그만들 하시오!"

왕의 망설임에 다시 한 번 통촉을 고하려던 신하들이 임금의 고함소리에 입을 다물었다. 왕이 결심한 듯 도승지를 가리켰다.

"도승지는 받아 적으라."

심도헌과 같은 이조에 속해 있었던 터라, 심도헌의 성품을 잘 아는 도승지는 참담한 심경으로 붓을 들었다.

"모든 일을 공평하게 살펴야 하는 조선의 관리가, 그것도 사헌부의 관원이 연줄을 통해 높은 관직을 탐하는 것은 중죄이다. 그에 사헌부 지평 심도헌을 파직한다. 또한 비리를 척결해야 할 사헌부 관원이 연줄을 이용해 비리를 행한 것 또한 중죄이다. 따라서 심도헌의 승급에 사사로이 관여한 사헌부 감찰 백이명도 파직한다. 그 죄를 물어 벌하는 것이 마땅하나 지금까지 그들의 공적을 인정해 이처럼 관대히 처리함이 옳다."

"전하의 판단이 참으로 옳으시옵니다!"

심도헌의 죄를 밝히라 목소리를 높이던 신하들이 파직이라는 말에 놀라 넙죽 엎드렸다. 왕의 말에 수족처럼 움직여 감찰을 행하는 올곧은 심도헌을 왕이 총애하는 것은 누구나 다 아는 사실이었다. 그가 벼락같이 높은 자리에 오르지는 않아도 천천히 왕의 곁으로 올라가고 있는 것 또한 사실이었다. 그런데 그를 왕이 직접 파직시키다니. 호판의 입이 옆으로 죽 찢어졌다.

아침 조회의 결과는 그날 오후, 업무를 마치고 퇴궐한 심도헌의 가옥으로 하달됐다.

"사헌부 지평 심도헌은 나와 어명을 받들라!"

심도헌의 집 안에 지엄한 어명을 전하는 도승지의 목소리가 울렸다. 그 목소리에 도헌이 이미 예상한 일이라는 듯 초연한 얼굴로 방에서 나와 도승지 앞에 무릎을 꿇었다. 지그시 눈을 감은 심도헌의 머리 위로 어명을 읽는 도승지의 목소리가 울려 퍼졌다.

심도헌은 어명 한 마디 한 마디를 가슴에 새기고서 궁궐을 향해 두 번 절을 올렸다. 억울함이 들지 않는다면 거짓이지만 어명은 절대적인 것이었다. 도헌이 관모와 관복을 벗고 소복 차림으로 공손히 왕명이 적힌 족자를 받아들었다.

"……음?"

도헌은 족자를 받아 들다 말고 의문스러운 소리를 냈다. 도승지로부터 건네받은 족자가 족자답지 않게 묵직하고 뒤쪽이 두툼하게 튀어나와 이상했기 때문이었다. 심도헌이 다시금 도승지를 올려다보니 도승지가 무표정한 얼굴로 함께 온 포졸들을 눈짓으로 가리켰다. 뭔가 이상하더라도 지금은 아는 척하지 말라는 뜻이었다.

"이만 가겠네."

해야 할 일을 마친 도승지가 도헌의 어깨를 한번 꽉 쥐고는 그의 집을 떠나갔다. 포졸들을 이끌고 그가 떠난 뒤 도헌은 두툼히 튀어나온 족자의 뒤편을 살폈다. 그때, 도헌의 친구이자 사헌부 감찰인 백이명이 그의 집으로 급하게 뛰어 들어왔다.

"파직이라니! 자네와 내가 파직이라니!"

백이명은 숨을 헉헉거리며 어명이 적힌 족자를 심도헌의 눈앞에 내밀었다. 이미 궐에서 일하고 있을 때부터 두 사람이 파직될 거란 소문이 파다하게 나 있었는데, 정작 당사자인 백이명이 그것을 몰랐다는 것에 도헌은 고개를 절레절레 저었다. 심도헌이 백이명을 지나쳐 사랑채 대청에 올라가 자신의 방으로 향했다.

"도헌이 자네, 왜 아무 말도 없는 것인가! 억울하지도 않은가 말일세!"

백이명은 신발을 마루 아래 던지듯이 벗어두고 도헌을 따라 들어갔다. 방에 들어간 도헌은 책상 위에 족자를 펼쳐 놓았다. 거기에 적힌 어명을 다시 한 번 샅샅이 읽어보고는 별 다른 점을 발견하지 못했는지 족자를 뒤로 뒤집었다. 불룩하게 튀어나온 곳에서 딱딱한 무언가가 만져졌다. 도헌이 주변을 살피더니 단도를 집어 들었다. 단도의 가죽집을 벗겨낸 도헌이 그것을 족자로 가져가니 백이명이 깜짝 놀라 달려들었다.

"뭐 하는 짓인가!"

백이명이 말려볼 새도 없이 도헌이 단도로 족자를 죽 찢었다. 파직 당한 것이 아무리 억울해도 그렇지 어명이 적힌 족자를 찢다니. 백이명은 친구가 억울함에 미쳐 버렸구나 싶었다. 하지만 도헌은 차분하게 찢어진 족자 사이를 벌렸다. 그곳엔 왕의 옥새가 찍힌 봉투가 들어 있었다.

도헌이 조심스러운 손길로 봉투를 꺼내 드니 그제야 백이명은 도헌의 족자 안에 무언가가 있다는 것을 알아차렸다. 도헌이 봉투를 열자 묵직한 쇳덩어리가 그의 손 위로 떨어졌다.

"마패!"

당장에 그 쇳덩어리가 무엇인지 알아본 백이명이 소리쳤다. 심도헌은 청홍 실이 엮인 마패를 손에 쥐고서 백이명을 바라봤다. 백이명이 도헌과 마패를 번갈아 보더니 그의 책상 위에 놓인 단도를 빼 들었다. 그리곤 방금 전까지 미친 짓이라고 생각했던 일을 자신도 똑같이 행했다. 역시나 이명이 받은 족자에도 무언가가 들어 있었다. 비록 마패는 아니었지만 옥새가 찍힌 어찰이었다. 백이명이 어찰을 떨리는 손으로 펼쳐 들었다.

"파직은 거짓이니 개의치 말고 황해도 장연으로 가 자네를 도우라는 말씀이 적혀 있네."

백이명이 어찰에 적힌 내용을 심도헌에게 전달했다. 도헌은 마패를 가만히 바라봤다. 말이 두 마리 그려진 마패는 암행어사에게 주어지는 것이다. 때문에 도헌은 마패와 함께 들어 있던 봉서를 아직 읽어보진 않았지만, 그 안에 적힌 내용이 자신을 암행어사에 임명하는 임명장임을 어렵지 않게 추측할 수 있었다. 갑작스러운 파직이라 했더니 왕은 다른 뜻이 있었던 모양이었다.

　백이명이 어찰을 접어 품 안에 잘 갈무리했다.

　"황해도 장연이면 내 외조모님께서 계시는 곳이네."

　백이명이 문득 떠오른 듯 장연에 자신의 외가가 있다고 말했다. 왜 하필 황해도 장연으로 가서 암행어사를 하라고 어명을 내리신 걸까 하고 곰곰이 생각하던 심도헌이 갑자기 좋은 생각이 났다며 이명의 팔을 잡았다.

　"자네더러 나를 도우라 하셨으니, 자네 누이들의 도움을 좀 받지."

　백이명은 두 명의 누이가 있었는데, 심도헌이 그녀들의 도움이 필요하다고 말했다. 백이명이 얼떨떨하게 고개를 끄덕였다.

　암행어사는 왕의 밀명을 받은 당일 떠나는 것이 원칙이었고, 그 누구에게도 신분을 들키지 않는 것이 철칙이었다. 하지만 암행어사 중에는 양반으로서는 한 번도 해본 적 없는 남루한 행색으로 어색하게 감찰 지역을 헤집다가 정체가 들통 나는 이들이 태반이었다. 위장한답시고 한평생 써보지도 못한 사투리를 쓰는 이들도 있었다. 심도헌은 그런 어수룩한 실수를 할 만큼 허술한 이는 아니었다. 그래서 백이명의 누이들의 도움을 받고자 한 것이었다.

그날 밤, 장연으로 떠나는 길에는 심도헌과 백이명이 탄 두 마리의 말 뒤로 두 대의 가마가 뒤따랐다. 그 가마에는 백이명의 큰누이와 작은 누이가 타고 있었다.

"오라버니, 갑자기 외가에 가시자 하니 따라나서기는 했지만, 이유를 말해주세요. 외조모님께서 편찮으시기라도 하나요?"

"그런 것은 아니지만 홀로 계신 외조모님께서 얼마나 적적하시겠느냐, 살아 계실 때 뵈는 것이 도리지."

백이명은 도성 성문을 나서며 가마 안의 누이들에게 장연에 가는 이유를 대충 둘러댔다. 암행어사인 심도헌의 신분을 위장하기 위해 누이들이 필요하다고 말할 수는 없기 때문이었다. 장연 같은 작은 현에 갑자기 외지 남자 둘이 와서 머무는 것보다는 외조모님을 뵈러온 손자손녀들과 그 친구로 머무는 편이 훨씬 자연스러울 것이었다. 그리고 그렇게 되면 마을에 오랫동안 머무르거나 돌아다녀도 이상해 보이지 않을 터였다.

"갑자기 파직을 당했으니 두 사람 마음이 얼마나 괴롭겠니. 한양에 있고 싶지도 않을 거야. 우리가 이해하자꾸나."

백이명의 누나인 백소진이 여동생 백소윤을 타일렀다. 그녀는 심도헌과 백이명, 두 사람이 파직을 당해 괴로운 심신을 달래기 위해 장연에 가는 것으로 오해하고 있었다. 백이명은 그렇게 오해하는 것도 나쁘지 않겠다 싶어서 굳이 해명하지 않았다. 소진은 네 살 많은 남편과 아홉 살배기 아들이 있는 아녀자임에도 불구하고 장연에 가는 중이었다. 혼인하고 아이를 낳은 이후부터는 제대로 된 나들이 한 번 못 나가봤기 때문에 그녀는 남동생의 부탁을 핑계로 이번 여정에 흔쾌하게 따라 나섰다.

"도헌, 그래도 좀 조용히 숨어들어 가는 게 낫지 않겠나. 누이

들까지 가면 요란할걸세."

"타지 사람일수록 더 눈에 띄는 법일세. 숨어드는 게 더 수상하지."

심도헌이 숨어들면 어떻게 마을을 편하게 돌아다니겠냐고 반박했다. 그도 듣고 보니 맞는 말 같아 백이명이 무언으로 수긍했다. 그렇게 도성을 떠난 네 사람이 장연에 도착한 것은 그로부터 며칠 뒤의 일이었다.

⚜

재산깨나 있는 사내에게 부인이 꼭 필요하다는 건 누구나 인정하는 진리였다. 그래서 그런 남자가 고을에 들어오게 되면, 혼기가 찬 딸을 가진 집에서는 마음대로 그 남자를 자기 딸에게 적당한 배필로 점찍었다. 물론 그 부모들은 딸이나 사내의 마음은 전혀 고려하지 않는 것이 보통이었다. 그건 장연에 사는 혜인 홍씨도 마찬가지였다.

"나리! 소식 들으셨습니까?"

삼월 열나흘, 황해도 장연에 위치한 양현수(陽現守)의 집. 박씨 부인이 흘리고 간 소문을 전하기 위해 혜인 홍씨가 호들갑스럽게 사랑채로 뛰어 들어갔다. 그녀의 남편 이 결(結)은 종친부에 적을 둔 이로 봉호는 양현(陽現)이요, 품계는 정사품 수(守)로 마을에서는 통상 양현수 나리로 불렸다. 그녀는 종친인 남편에 따라 혜인(惠人)의 작호를 가지고 있는 여인이었지만 뛰어 들어가는 모습에서 품위는 찾아볼 수가 없었다.

"참판부인 댁에 왔다는 그 외손자 이야기를 하려는 게요?"

부인의 호들갑에 양현수가 무심히 대답했다. 혜인 홍씨가 그 말에 눈을 크게 뜨며 놀랐다.

"부인이 언제쯤 물어보려나 했소이다."

"나리께서도 참! 알고 계시면 진작 귀띔을 좀 해주시지는. 그럼 그 외손자가 어떤 사람인지는 들으셨어요?"

"그대가 얘기하고 싶어 못 견디겠다면 들어줄 용의는 있소."

말해도 그만, 안 해도 그만이라는 남편의 말에 홍씨가 백이명의 사주팔자부터 집에 기왓장 수까지 늘어놓기 시작했다.

"이름은 백이명, 이름만큼 얼굴도 곱상하니 미장부랍디다. 아직 관직에 나가지는 않은 진사라는 게 좀 그렇지만 집안이 그렇게 좋으니 곧 잘되지 않겠습니까?"

홍씨는 백이명이 한양에서 유명한 백씨 집안이라는 것까지는 알아낸 모양이지만, 그가 파직을 당하고 돌아온다는 것까지는 몰랐다. 장연은 한양 소식을 듣기에는 워낙 먼 곳이기도 했고, 백이명과 심도헌은 자신들의 신분을 과거에 급제하지 않은 진사라 소개했으니 다들 그들이 그저 한양에서 내려온 진사인 줄로만 알고 있었다.

"그러겠구려."

잘되든지 말든지 상관없다는 성의 없는 대답에 혜인 홍씨가 남편의 곁에 더욱 붙어 앉았다.

"백씨 집안에 땅이며 재산이 얼만지, 비어 있는 안집에 비녀며 금붙이며 마를 날이 없을 정도라는 건 유명하잖아요."

"한양에서 알아주는 집안이니 패물 따위야 얼마든지 굴러들어 오겠지."

양현수는 아내가 입에 침이 마르도록 쏟아내는 정보에 그다지 관심을 보이지 않았다. 그에 혜인 홍씨가 이게 가장 중요한 정보라는 듯 야심차게 한마디를 더 붙였다.

"게다가 아직 혼인을 안 했다 합니다."

"그게 우리와 무슨 상관이란 말이요."

양현수는 정말로 백이명의 혼인 여부가 자신과 상관이 없다고 생각했다. 그는 딸이 다섯이나 있기는 했지만 그런 훌륭한 사윗감은 자신의 집안과 연이 없다고 판단했기 때문이었다. 왕자군의 중증손인 그가 가진 종친계 품계는 허울에 불과하고, 단지 종친으로서 받은 토지에서 나오는 소작료로 간신히 품위만 유지하고 있었다. 그러니 권력이나 큰 재물과는 당연히 거리가 멀었다.

"나리, 정말 몰라서 그러십니까. 백이명, 아니 백 진사가 우리 애들 중에서 그 집 안주인을 고를 수도 있지 않습니까."

그러나 혜인 홍씨는 가난한 종친의 자식인 자신의 딸과 백이명 같은 사내가 맺어질 수 있다고 믿는 것 같았다. 양현수는 허영심 가득한 아내를 한심하게 한번 쳐다보고는 서책으로 눈을 돌렸다.

"나리께서 백 진사를 집으로 좀 부르셔요. 나리께선 이 마을에 하나뿐인 종친 어른 아니십니까. 고을에 새 사람이 들었으니 당연히 보셔야지요."

"그건 약조할 수가 없소이다."

"딸들을 위한 일인데 그것도 못하십니까? 아니 이 촌에서 어떻게 다시 저런 사윗감을 구한답니까."

도저히 책을 더 읽지 못하게 하는 아내의 조름에 별수 없다는 듯 양현수가 종이를 펼쳐 들었다.

"그럼 내 편지를 한 통 적어줄 터이니 우리 딸들 중에 한 명에게 선물을 들려 보냅시다. 우리는 아들이 없으니 딸을 보내도 개의치 않을 것이오. 내 생각에는 우리 귀여운 둘째 연리 손에 보내면 되겠구려. 편지에 우리 딸들 중 누구든 부인으로 골라가도 된다고 미리 적어주리까?"

양현수가 딸들을 시집보낼 생각에 눈이 붉어진 아내를 놀리기 위해 한 말이었다. 물론 딸이 다섯이나 있기에 가능한 농담이기도 했다. 잔뜩 비꼬는 말에 홍씨가 단호하게 거부했다.

"예쁜 데다가 온순한 첫째 설이를 두고 왜 꼭 연리입니까. 나리께서는 다른 아이들 다 두고서 항상 연리를 더 예뻐하시지요."

홍씨는 둘째 연리(聯裏)보다는 첫째인 설(設)이 낫다며 투덜거렸다. 확실히 그녀의 말대로 미모는 다섯 딸들 중에서 맏이인 설이 가장 좋았다. 둘째인 연리도 설이 못지않은 미모를 가지고 있었지만, 말끝마다 논어니 공자니 하는 책들의 구절을 읊으며 옳은 말만 해대는 통에 홍씨의 미움을 좀 받고 있었다. 셋째인 가람도 책 읽기와 남에게 훈계하기를 좋아했지만 방 밖 외출을 꺼리고, 말수가 적어 그녀와 자주 부딪칠 일은 없었다.

"설이는 얌전하기라도 하지만 명진이나 가연이는 틈이 나면 사내 뒤꽁무니나 쫓아다닐 연구를 하니 어쩌겠소. 그에 비하면 연리는 머리에 든 것이 있어 영리하고 내세울 만한 구석이 있으니 예뻐할 밖에."

양현수는 객관적으로 자신의 딸들을 평가했다. 그와는 반대로 연리보다 넷째인 명진(明眞)과 다섯째인 가연(嘉聯)을 더 좋아하는 혜인 홍씨는 남편의 말에 동의할 수가 없었다. 명진과 가연은 홍씨처럼 마을 소문에 민감하고 뒷담화를 좋아해서 그녀와 잘 맞는 편이었다.

"서방님 딸들을 그렇게 욕보이시면 시원하십니까. 지금 내세울 아들을 못 낳았다 저를 구박하시는 게지요?"

"나는 그런 이유로 부인을 구박한 적이 없소."

양현수 이 결은 과장되게 눈물을 찍으려는 부인을 감흥 없이 달래었다. 그리곤 정말로 백이명에게 보낼 선물에 동봉할 편지를 먹물 묻힌 붓으로 적어 내려갔다.

"서방님은 제 고통을 모르십니다."

"그 고통 잘 견디시오, 부인. 그래야 안집에 금붙이가 넘쳐나는 그 백이명이라는 사내의 얼굴이라도 볼 게 아니요."

양현수가 말을 마치면서 간단하게 적은 서신을 아내의 앞에 내밀었다. 혜인 홍씨가 그 편지라도 챙겨둬야겠는지 눈을 흘기며 편지를 빼앗듯이 받아 들었다.

"흥! 그런 신랑감이 와봤자 나리께서 나서지 않으시면 무슨 소용이랍니까."

비꼬시는 재주는 여전하다며 결국 홍씨는 사랑채를 휙 떠났다. 스물세 해를 함께 살아온 혜인 홍씨조차도 남편의 속내는 당최 알 수가 없었다. 남편과 달리 성격이 단순한 그녀는 딸들을 시집보낼 사내를 찾아 수소문하는 것이 취미였고, 특기는 남의 딸이 혼인하면 배 아파 하는 것이었다. 그런 와중에 간만에 백이명이라는 쓸 만한 사윗감 후보를 찾은 홍씨는 남편이 적은 편지를 들고서 딸들이 있는 별당으로 빠르게 향했다.

황해도 장연현은 앞에는 푸른 바다가, 등 뒤에는 독수리가 많이 살아 수리봉이라 불리는 산이 이 있어 정경이 아름다운 곳이다. 수리봉 아래쪽에는 화평언덕이라는 작은 둔덕이 있었다. 그곳은 햇빛을 피할 만한 너른 그림자를 드리우는 큰 나무가 자리 잡고 있어 그 아래서 책을 읽기 안성맞춤이었고, 나무의 큰 가지에 걸어놓은 그네는 연리 자매들의 재미 중 하나였다.

오늘도 여느 날처럼 연리는 화평언덕 위 그네에 걸터앉아 책을 읽고 있었다. 그네 아래로 나온 작은 발이 땅을 딛고 흔들흔들 그네를 흔들었다. 봄기운이 스민 바람에 잔머리가 이마를 간질이는 것을 느끼며 연리가 눈을 감고 바람을 맞았다. 이 평화롭고 한가로운 시간이 연리에게는 그 어떤 시간보다 좋았다. 그런데 바람을 타고 미세한 말소리가 연리의 귀를 간질였다. 목소리가 굵고 큰 것이 사내의 목소리였고 한 사람의 것이 아니었다. 점점 크게 들려오는 목소리들은 그들이 화평언덕을 올라오고 있다는 것을 알려왔고, 연리는 급하게 그네에서 내려와 쓰개치마(장옷과 비슷한 상류층의 가리개)를 집어 들었다.

하지만 연리가 미처 쓰개치마를 머리 위로 두르기도 전에 목소리의 주인이 모습을 드러냈다. 언덕을 막 올라온 사내는 큰 키에 보랏빛 도는 도포를 입은 선비였다. 그 선비는 자신을 보고 굳어 있는 연리를 발견하고 멈춰 섰다. 그도 이곳에 여인이 홀로 있을 줄은 몰랐던 모양이었다.

"마을이 지대가 낮아 이쯤이면 한눈에 보일걸세."

"……."

"응? 왜 가만히 있나."

백이명이 대답 없는 친구를 보며 의아하다는 듯 되물었다.

"먼저 온 사람이 있군."

그 말에 백이명도 연리를 발견했다. 연리는 훤칠한 키에 뚜렷한 이목구비를 가진 두 젊은 선비가 낯선 얼굴들이라는 것을 알

앗다. 연리는 서둘러 쓰개치마를 쓰고 사내들을 빠르게 지나쳐 언덕을 내려갔다.

"우리가 저 소저를 놀라게 한 모양인데?"

백이명이 언덕 위로 마저 올라서며 말했다. 그 사이 도헌은 연리가 붉은 치맛자락을 흩날리며 언덕을 내려가는 모습을 눈으로 좇았다. 아직 겨울의 기운이 남아 갈색으로 말라 있는 언덕에 연리의 치마는 지나치게 눈에 띠었다. 연리가 언덕을 다 내려가서야 도헌은 그녀에게서 눈을 뗐다.

"여하튼, 딱 보기에도 작은 고을이지? 저기 보이는 것이 장연 관아고, 마을로 들어오는 입구는 우리가 들어온 산길과 저기 반대편 몽금포 바다로 이어지는 길 두 개가 전부일세."

도헌이 이명의 설명을 들으며 장연의 모습을 찬찬이 눈에 담았다.

"그리고 내 기억이 맞다면 저 멀리 보이는 기와집이 아마 종친이신 양현수 나리의 집일걸세. 이 마을에 우리 외조모님의 집을 빼면 저 집이 가장 크지."

장연에서 가장 큰 기와집은 당연히 백이명의 외가였고, 그 다음이 종친 양현수의 집이었다. 도헌과 이명은 한참이나 언덕에 서서 마을에 있는 길들과 지도를 비교하고, 호구 조사표를 죽 훑었다. 물론 시간은 좀 걸렸지만 도헌은 대충이나마 장연의 길들과 산길, 밭의 넓이와 초가집의 수까지 파악할 수 있었다. 그만큼 오랜 시간 동안 언덕에 머물러 있었기 때문에 저 멀리 종친 양현수의 집으로 붉은 치마를 입은 연리가 들어가는 것까지 볼 수 있었다.

연리가 막 집에 들어갔을 때, 연리의 언니인 설이 기다렸다는 듯이 나와서 그녀를 붙잡았다.

"연리야! 어디 갔었어. 어머니께서 널 얼마나 찾으셨는데."

"잠깐 화평언덕에 다녀왔어. 무슨 일인데?"

연리가 쓰개치마를 벗으며 설에게 말했다.

"연리야! 어딜 그리 쏘다니는 게야!"

무슨 일이냐 묻던 연리가 뒤에서 들려오는 어머니의 불호령에 화들짝 놀랐다. 연리는 어머니가 가까이 다가오기 전에 쓰개치마 사이에 서책을 숨기려고 꼼지락거렸다. 서책을 읽고 왔다는 것을 들켰다가는 하나 혼날 것을 둘로 혼날 터였다. 그런데 감추려고 보니 몸 어디에도 서책이 없었다. 연리가 텅 빈 자신의 양손을 내려다보며 아— 하고 소리를 냈다. 화평언덕에서 낯선 사내들을 보고 놀란 마음에 그네에 책을 그대로 두고 온 것이었다.

연리가 서책을 걱정하고 있는 동안 혜인 홍씨는 안채에서 종종 걸음으로 뛰어나와 연리를 별당으로 잡아끌었다.

"얼른 들어가 옷 갈아입고 나오너라."

"옷은 왜요?"

다짜고짜 옷을 갈아입으라는 어머니의 닦달에 연리가 그제야 언니인 설의 옷차림을 발견했다. 못 보던 새 비단옷에 꽃신을 신고 있는 설은 자기도 모르겠다며 어깨를 으쓱였다. 결국은 어머니에 등쌀에 못 이겨 언니처럼 비단옷을 갈아입은 연리가 딱딱한 새 꽃신에 발을 욱여넣었다. 새신발이 불편해 발을 꼼지락대는 연리의 손에 혜인 홍씨가 비단 보자기로 싼 보따리를 들려주었다.

"너희 아버님께서 참판부인 댁에 가져다드리라 한 거다. 그 집 외손주가 한양서 내려왔다는구나."

홍씨는 그 외손자를 집에 초대하지 못할 바엔 정말 남편의 말대로 선물이라도 들려 보내야겠다고 생각했다. 하지만 연리는 그 집 외손주가 내려왔는데 옷은 왜 갈아입어야 하며, 선물은 왜 줘야 하는지 이해할 수 없어 보자기를 들고 어리둥절해했다.

"너희가 시집을 잘 가야 동생들도 길이 트여 시집을 잘 갈 게 아니니."

그러니까 홍씨의 말은 선물을 주고 오는 김에 그 집 외손자와 눈도장을 찍고 오너라, 그 말이었다. 혼기가 꽉 차가는 언니와 자신을 시집보내기 위해 눈에 불을 켜고 있는 어머니를 아는지라 연리는 말귀를 알아듣자마자 설을 이끌고 후다닥 대문 밖으로 나왔다. 괜히 꾸물대다가는 또 한소리를 들을 게 분명했기 때문이었다.

"놀러 간다 생각하고 천천히 걸어갔다 오자."

매사에 긍정적인 설이 가기 싫어하는 티를 내는 연리를 다독였다. 다행인 것은 연리 자매들이 걷는 것을 상당히 좋아한다는 것이었다. 가마를 타는 것보다도 말을 타거나 걷는 것을 더 좋아했다. 가마는 몸을 움직일 수가 없어 다리에 쥐가 나기 십상이었고, 하늘 구경도 할 수 없어 답답했다.

부드럽게 불어오는 바람에 쓰개치마 대신 쓴 너울립(羅尤笠, 전모에 망사 천을 드리운 모자)의 너울이 하늘거렸다. 연리와 설이 얼굴을 간질이는 너울을 붙잡고서 참판부인 댁으로 향했다. 참판부인 댁은 연리가 방금 전까지 책을 읽던 화평언덕을 지나 징검다리가 있는 개울을 건너야 갈 수 있었다. 화평언덕까지만 해도 거리가 꽤 있었으나 연리의 자매들은 자주 다니는 길이라 익숙하게 걸어갔다.

"연리야, 조심해서 건너."

조잘조잘 떠들면서 오다 보니 금세 개울가에 다다른 두 사람이 징검다리를 조심히 건너기 시작했다. 흔들거리는 세 번째 돌 위에서 비틀거린 연리와 설이 까르르 웃었다. 혼자 왔다면 지루해 못 견뎠을 시간이었지만, 둘인 덕에 발 아픈 줄도 모르고 두 사람은 참판부인 댁에 도착했다.

그 뒤는 순조로웠다. 연리와 설은 참판부인을 만나 양현수의 서찰과 선물을 전달했다. 그러나 혜인 홍씨의 바람과 달리 불행히 그 집의 외손자는 출타 중이라 볼 수가 없었다. 대신 참판부인의 외손녀들이자 백이명의 누이들인 백소진과 백소윤을 만날 수 있었다. 소진은 설보다 한참 나이가 많았고, 소윤은 설과 동갑이었다. 첫눈에 설을 마음에 들어 한 소윤은 이 마을을 잘 모르고 아는 사람도 없어 심심하다며 꼭 다시 놀러와 달라고 설에게 부탁했다. 물론 마음씨 고운 설은 흔쾌하게 그러겠다고 답해 만남은 화기애애했다.

"자매들이 참 곱다. 그치?"

설이 참판부인 댁을 빠져나오며 백소진과 백소윤이 참 곱지 않더냐고 연리에게 물었다. 정확히는 설이 곱다고 말하는 것은 그녀들의 얼굴이 아니라 그녀들이 입은 옷가지였다. 그녀들의 옷은 화려했고 장신구는 크고 비싸 보였다. 아마 한양에서 유행하는 것일지도 몰랐다. 연리가 정말 비싸 보이기는 했다고 설의 말에 동의하며 참판부인 댁을 나가기 위해 대문을 열었다. 대문을 나서며 너울립을 쓴 연리는 화평언덕에 들러 놓고 온 책을 챙겨가자고 설에게 말하려고 했다.

"가는 길에 화평언덕에 들러서, 어?"

하지만 연리의 말은 앞을 가로막은 무언가에 부딪쳐 끝맺어지지 못했다. 코를 문지른 연리는 곧 자신이 부딪친 것이 사람이라는 것을 알았다.

"죄송합니다. 앞을 못 봤어요."

부딪치면 사과하는 것이 당연한 거라 연리는 앞을 미처 못 봤노라 사과했다. 하지만 상대방에게는 아무런 대답이 없었다. 연리가 의아함에 자신과 부딪친 이의 얼굴을 보기 위해 고개를 들었다. 연리의 눈앞에는 조금 전 화평언덕에서 보았던 그 선비들이 서 있었다. 그중 자신과 부딪친 이는 보라색 도포를 입은 그 사람이었다. 마을에서 못 보던 젊은 선비들이다 했더니 그들이 참판부인 댁 사람인 것 같았다. 연리는 이 둘 중 한 사람이 참판부인의 외손자일지도 모른다고 추측했다.

'외손자가 둘이나 왔다는 소리는 못 들었는데, 둘 중 누가 외손자인 백 진사일까.'

연리는 순수하게 의문이 들어 두 사람을 빤히 쳐다봤다. 그러는 동안 연리와 부딪친 사내는 일언반구의 말도 없이 그저 몸을 틀어 연리에게 길을 터주었다. 그 모습을 보는 순간 연리는 어이가 없어졌다. 부딪치기는 같이 부딪쳐 놓고 사과는 받기만 하는 그 태도는 뭐냐고 따지려다가, 설이 그런 연리를 눈치채고 손을 잡아끄는 바람에 그러지 못했다.

설은 개의치 말라는 뜻으로 두 선비에게 고개를 꾸벅이고는 연리를 이끌고 대문 앞을 벗어났다. 백이명은 갓을 살짝 잡고서 설에게 마주 인사했다. 그렇게 자신의 외가에서 나와 멀어져 가는 두 여인을 지켜보던 백이명은 문득 생각난 듯 말문을 열었다.

"흠, 옷이 다르긴 하지만 아까 그 소저가 아닌가?"

백이명이 개울을 향해 걸어가는 설과 연리 중 연리를 가리켰다. 이명은 너울에 가려 정확히는 못 보았지만 화평언덕에서 만난 소저와 방금 도헌과 부딪친 소저가 같은 사람이라고 생각했다. 도헌도 생각해 보니, 큰 눈이 놀라서 더욱 커져 동그랗게 변하던 모습이 똑같은 것도 같았다.

　"아."

　심도헌이 불현듯이 소매 안쪽에서 작은 책을 꺼내 들었다. 자신을 보고 놀란 저 소저가 떠난 뒤, 화평언덕 그네 위에서 발견한 것이었다. 차라리 주인을 몰랐다면 안 챙겼을 텐데, 그녀가 양현수 댁으로 들어가는 것을 보았기 때문에 예의상 챙겨두었던 것이었다. 하지만 이렇게 빨리 만날 줄은 몰랐던지라 돌려줄 기회를 놓쳐 버렸다. 어쩔 수 없다고 생각한 심도헌은 언젠가 다시 기회가 되면 돌려주어야겠다고 생각하며 서책을 다시 소매 안쪽에 넣었다.

❀

　그로부터 며칠이 지난 삼월 열엿새날. 연리는 또다시 어머니의 억지에 곱게 옷을 차려입어야 했다. 오늘 그 참판부인의 외손자인 백 진사가 연리의 집에 답방(答訪, 방문에 대한 답례로 하는 방문)을 오겠노라 연통을 넣었기 때문이었다.

　"아씨, 오른발이요."

　연리는 몸종이 내미는 당혜(唐鞋, 양갓집 여인들이 신는 신발)를 신고 땅을 디뎠다. 속곳에 속속곳, 속바지, 단속곳, 너른바지까지 껴입고 나니 무거워 땅 속으로 꺼질 것만 같았다. 내딛는 한

걸음, 한 걸음이 천근같았다. 이내 별당 마당으로 걸어 나온 연리는 담벼락에 붙어 있는 동생들을 발견했다. 딱 봐도 별당 담 너머로 사랑채를 구경하는 것 같았다.

"명진아, 가연아! 훔쳐보는 것은 아니 된다 하였지!"

연리는 서둘러 다가가 훔쳐보는 건 버릇없는 짓이라고 다그쳤다. 하지만 명진과 가연은 연리의 말을 신경도 쓰지 않고 계속 담 너머를 훔쳐봤다. 연리처럼 곱게 차려입고 먼저 와 있던 설이 자신도 말려보았지만 소용없었다며 고개를 설레설레 저었다.

"쉿, 언니. 저분들 좀 봐. 난 저렇게 잘생긴 분들을 본 적이 없어."

명진은 다시없을 함박웃음을 띠고서 언니들도 조용히 하고 이리 올라와 구경하라며 손짓했다. 그 모습에 설도 담장 너머가 궁금해졌는지 명진이 옆으로 고개를 내밀었다. 별당 담장 위로는 아버지가 지내는 사랑채의 누마루가 훤히 보였다. 오늘 누마루에는 답방을 온다던 참판부인 댁 손님들이 와 있었다. 그 손님들은 참판부인 댁 앞에서 맞닥뜨렸던 두 선비였다. 설이 그 두 선비를 알아봤다.

"그렇긴 하구나."

누마루를 보던 설이 명진의 말에 동의했다. 언니인 설까지 동생들의 말에 동조하니 연리도 궁금해져서 가연의 옆 장독대에 올라 누마루를 바라봤다. 연리도 아버지와 누마루에 앉아 있는 두 사람이 화평언덕에서 만났던 그 두 선비라는 것을 알아봤다.

"저기 하늘색 도포를 입은 사람 보이지? 저분이 백 진사님이래."

명진이 어머니에게 들었다며 가연에게 아는 체를 했다.

"그럼 그 옆에 남색 도포를 입으신 분은?"

"그분은 백 진사님 친구라더라. 이름이 심 뭐라던데?"

명진이 남색 도포를 입은 이에 대한 것은 잘 모르겠다며 고개를 저었다. 연리는 백이명의 옆에 앉은, 남색 도포를 입은 선비를 지그시 바라보았다. 그는 참판부인 댁 앞에서 연리와 부딪쳤던 사내였다. 물론 연리는 그의 이름도 몰랐지만, 그가 함께 부딪쳐 놓고 사과 말도 없는 무례한 사람이라는 것은 알고 있었다. 그래서 연리는 그가 아무리 잘생겼어도 별로 마음에 들지 않았다. 심지어 비싸 보이는 그의 도포가 멋있기보다는 사치스럽게 느껴질 정도였다.

'딱 보니 유아독존인 부잣집 도령으로 자랐나 보네.'

그는 어느새 연리의 머릿속에서 거만하고 사치스러운 한양 양반네로 자리 잡아가고 있었다.

네 딸들이 별당 담장에 붙어 손님들을 보고 있을 그 무렵, 혜인 홍씨는 손님들이 있는 누마루를 찾았다. 누마루에 들어서는 그녀의 뒤를 따르는 하인들의 손에는 손님들에게 내어놓을 다과상이 들려 있었다. 하인들이 사내들의 앞에 다과상을 차례로 내려놓고 물러났다. 그러나 홍씨는 그들과 함께 나가지 않고 은근슬쩍 남아 남편의 옆에 자리를 잡았다.

"먼 길 오시느라 노고가 많으셨겠습니다."

혜인 홍씨가 고상한 말투를 쓰려고 노력하며 백이명과 심도헌에게 인사말을 건넸다.

"예."

심도헌이 홍씨의 말에 대답했다. 하지만 대답이라고 부르기도 민망할 정도로 지나치게 짤막한 말이었다. 홍씨가 그게 끝이냐는 표정을 지어 보였다.

"아닙니다. 한양에서 그리 먼 곳도 아닌 것을요."

그걸 알아챈 백이명이 별로 멀지도 않아 노고랄 것도 없었다며 얼른 대화를 이었다. 그제야 홍씨가 굳었던 얼굴을 풀고 호호 웃었다.

"하긴 산 두어 개 넘으면 금방이지요. 그런데…… 친우를 따라 예까지 내려오시다니 백 진사와 심 진사의 사이가 매우 막역한가 봅니다?"

친구인 백이명을 따라 심도헌이 여기까지 내려왔다는 것을 주워들은 혜인 홍씨가 아는 척을 하며 물어봤다. 그러나 심도헌은 그녀와 원치 않는 대화를 이어가는 것이 마음에 들지 않아 아무 대답도 하지 않았다.

"예, 심도헌 이 친구와는 같은 스승님 아래서 배워 함께 성균관에 들어갔었습니다."

대신 백이명이 사람 좋은 얼굴을 하며 일일이 답해주었다. 물론 성균관을 나온 이후로 대과에 붙어 함께 사헌부에서 일한다는 말은 하지 않았다.

담벼락 너머로 그것을 들은 연리는 그제야 참판부인 댁 대문 앞에서 부딪쳤던 사내의 이름이 심도헌이라는 것을 알았다.

"맞아, 심도헌이랬어."

명진도 기억이 났다는 듯 말했다. 명진과 가연은 이름도 멋있다고 장독대 위에서 발을 굴렀지만, 연리는 속으로 거만한 태도에 어울리는 이름이라고 생각했을 뿐이었다. 물론 그가 거만하든지 말든지 혜인 홍씨는 두 선비 모두가 마음에 쏙 들었다. 특히나 백이명은 보면 볼수록 유쾌하고 편안한 이였다.

"두 분 모두 혼인을 안 하셨다니 드리는 말씀이지만, 모름지기 사내는 부인이 필요하지 않겠습니까?"

하지만 너무 편안했던 걸까, 홍씨의 가벼운 입이 점점 풀리더니 어느새 활개를 치고 있었다.

"예? 예. 그렇지요."

뜬금없이 나온 혼인 이야기에 이명이 떨떠름하게 대답했다.

"아무리 친구가 좋다 한들 여인만 하겠습니까. 제 생각에는 두 분이 그리 가까이 지내시니 여인이 붙질 않아 아직 혼인을 못 하신 게……."

"부인!"

다행히도 심도헌이 무슨 말을 꺼내기 전에 양현수가 아내를 제지했다. 남자들의 이야기 자리에 끼어들은 것도 모자라, 남의 혼사를 다과거리처럼 꺼내놓는 홍씨의 입방정에 심도헌이 미간을 찌푸리며 찻잔을 내려놓았다.

"예? 아휴, 제가 또 실없는 소릴 했습니다. 담소 나누시지요."

양현수의 헛기침 소리가 이만 나가라는 뜻인 걸 알아들은 홍씨가 남편의 참견에 퉁퉁해져서 누마루를 나갔다. 괜히 헛기침을 한번 더한 양현수가 다른 말로 화제를 바꾸었다.

"그래, 장연에 얼마나 머물 예정인가?"

"외조모님이 많이 적적해하시는 것 같아 이번 봄은 여기서 머물까 합니다."

이명은 자신들이 이곳을 방문한 목적이 외조모를 만나러 온 것이라고 강조했다.

"심 진사 자네도 그런가?"

"예."

심도헌은 또다시 좀 많이 짤막한 대답을 내놓았다. 양현수도 그것이 조금 마음에 걸렸지만 어른으로서 넓은 마음으로 이해하려고 하며 한양 생활은 어땠는지, 이곳은 어떠한지 계속 말을 붙였다. 그것에 대해 백이명은 웃기도 하고 꼬박꼬박 대답도 했지만 심도헌은 끝까지 '예, 아니오.' 같은 대답만을 내놓았다. 양현수는 자신이 심도헌을 심문하고 있는 게 아닐까 하고 스스로 생각할 정도였다. 결국 양현수는 심도헌과의 대화를 포기하고 백이명과만 대화를 이어갔다.

'그럼, 그렇지…….'

아버지와 심도헌의 대화를 지켜보던 연리가 그럴 줄 알았다는 얼굴을 해 보였다. 연리가 생각한 그대로 심도헌은 까칠한 한양 양반의 표상이 확실해 보였다. 연장자인 양현수가 있는 자리에서 저 거만한 태도라니. 더 볼 것도 없다고 생각한 연리가 장독대에서 내려왔다.

때마침 사랑채에서 빠져나온 혜인 홍씨가 별당 담장에 달린 일각대문을 열고 별당 마당으로 들어섰다.

"세상에나, 내 생각에는 너희들 중 둘이나 시집을 갈 것 같구나!"

딸들을 발견한 혜인 홍씨는 이미 잔치국수를 끓인 사람처럼 밝게 상기된 얼굴로 흥분을 감추지 못했다.

"오늘 아침에 박씨 부인이 백 진사의 친구 이야기를 해줄 때만 해도 큰 기대가 없었는데, 막상 보니 그 친구라는 심 진사도 아주 마음에 드는구나! 역시 사람은 끼리끼리 다닌다니 않니? 청송 심씨라니, 심 진사!"

홍씨는 방금 만나고 온 백이명과 심도헌을 생각하며 호들갑스럽게 마당을 돌아다녔다. 연리는 심도헌이 청송 심씨라는 말에 청송 심씨에 관련된 아주 중요한 무언가를 떠올렸다.

"청송 심씨? 그럼 중전마마와 친척이시란 말이에요?"

연리는 심도헌이 중전마마와 친척이라는 것을 깨닫고 놀라서 물었다. 어머니는 뿌듯한 얼굴로 고개를 끄덕였다. 연리는 그제야 심도헌이 단지 한양 양반이라서가 아니라 다른 이유에서 목이 저렇게 뻣뻣하다는 것을 알 수 있었다. 중전마마의 친척이면 부딪쳐도 사과를 안 할 만도 하다고 연리가 그의 대단한 집안을 인정했다.

"중전마마라니! 그럼 저분과 혼인하면 궁궐에도 가볼 수 있는 거 아냐?"

"한양에서 살 수 있을지도 몰라!"

혜인 홍씨의 허영심을 닮은 명진은 혼자 들떠서 심도헌과 혼인해 구중궁궐 속 중전을 만나는 상상을 했다. 그에 짝짜꿍을 맞춘 가연이 별당 앞마당을 깔깔깔 웃으며 뛰어다녔다. 명진과 가연에게는 심도헌이 중전마마의 핏줄이라는 것이 꽤나 구미가 당기는 조건인가 보지만, 연리에게는 더 거부감이 들게 하는 요소일 뿐이었다.

"지금은 비록 진사지만 저 정도 집안들이라면 아마 곧 높은 자리에 올라가지 않겠니. 저런 사윗감들은 다신 없을 테니 놓쳐서는 안 된단다."

"네네. 중전마마의 친척이면 얼굴에 큰 사마귀가 있더라도 혼인해야겠네요."

연리가 잔뜩 비꼬았다. 한쪽만 바란다고 혼인이 이루어지는 것도 아닐 텐데. 연리는 어머니의 허영주머니가 잔뜩 부풀어 오른 것이 눈에 보이는 것 같았다. 철없는 명진과 가연이 아무리 그래도 곰보랑 사마귀는 싫다며 진저리를 쳤다.

"게다가 저 심 진사라는 분은 인사를 하러 오신 건지, 인사를 받으러 오신 건지 모르겠네."

연리는 어머니가 제 말을 들은 체도 하지 않자, 자신은 심 진사가 거만한 사람이라 마음에 들지 않는단 것을 대놓고 표현했다.

"연리야! 누가 들으면 어쩌려고 그러니."

듣는 사람도 없건만 살면서 남 욕이라고는 해본 적이 없는 설이 연리를 나무랐다.

"네 그 고약한 말버릇을 고치지 않으면 어떤 사내도 널 데려가지 않을 게다. 자기한테 대드는 여자를 누가 데려가겠니. 제발 사내들이 읽는 책일랑 그만 읽고 좀 고분고분해질 수는 없겠니?"

홍씨는 딸이 또 주구장창 옳은 말로 자신을 괴롭히기 전에 그녀에게 말버릇을 고치라고 엄포를 뒀다. 또다시 반복되는 어머니의 잔소리에 연리가 한숨을 내쉬었다. 존경받을 구석이라고는 하나 없는 바보 같은 사내를 남편으로 맞아 우러러보고 사느니 연리는 아무도 자기를 안 데려갔으면 했다. 특히나 아무리 잘났어도 자신의 거만함에 취한 저기 저 심도헌 같은 사람과는 더더욱 혼인하고 싶지 않았다. 하지만 그런 생각은 연리의 이상일 뿐, 현실의 연리는 백이명과 심도헌이 온다고 보이지도 않는 별당 구석에서 한껏 차려입은 처지였다.

"이제 손님들이 가실 때가 된 것 같구나. 자자, 나갈 채비들 해라."

"어디를요, 어머니?"

"지금 나가서 얼굴이라도 마주쳐야 되지 않겠니? 너희 지아비

되실 분들인데."

자신의 딸들과 저 사내들을 반드시 혼인시키고야 말겠다는 생각에, 혜인 홍씨는 동백기름을 발라 곱게 넘긴 설의 머리가 망가지지 않도록 조심히 쓰개치마를 씌워주었다. 연리는 어머니가 왜 만나지도 못할 별당 안의 자신들의 옷을 기어코 갈아입혔는지 알게 되었다. 홍씨는 딸들이 그들과 만날 수 없는 처지라면 만날 수 있도록 꾸미면 된다고 생각한 것이다. 마치 집을 떠가는 손님과 외출하는 딸들과의 우연한 만남처럼.

"그럼 전 너울 쓸래요. 너울이 더 편해요."

연리는 어머니의 닦달에 차갑게 말했다. 저 등쌀에 못 이겨 나가야 한다면 얼굴이라도 제대로 가릴 생각이었다. 하지만 그런 연리의 행동은 홍씨에 의해 저지당했다.

"안 된다. 얼굴이 안 보이잖니."

홍씨는 연리의 옷매무새를 만져 주며 쓰개치마를 건넸다. 혼인 문제에서만큼은 어머니를 이겨먹을 수는 없는 터라 연리는 어쩔 수 없이 쓰개치마를 썼다. 혜인 홍씨는 딸들의 미모에 자부심이 있었다. 그중에서 첫째 설이와 둘째 연리의 미모는 홍씨의 어깨를 특히나 더 당당하게 만들어주는 것이었다. 홍씨는 딸들의 미모로 백이명과 심도헌을 혹하게 할 자신이 있었다. 물론 그녀에게 딸들의 의사는 중요치 않았다.

"아, 언니들은 좋겠다."

설과 연리가 예쁜 옷을 차려입은 것을 보며 명진과 가연이 투덜거렸다. 홍씨는 언니들이 시집을 잘 가서 너희들한테는 더 좋은 혼삿길을 열어줄 거라며 명진을 달랬다. 그러나 곧 누마루에서 일어나는 손님들을 보고는 급하게 설과 연리를 데리고 별당을 나섰다. 홍씨의 순발력과 눈치는 어찌나 좋은지 연리와 설은 딱 맞게 손님들과 행랑마당에서 마주쳤다.

"더 담소 나누시지 않고 일어나십니까?"

"예, 너무 오래 머무르는 것도 예가 아니지요."

백이명이 벌써 가냐는 홍씨의 물음에 여전히 사람 좋은 얼굴을 하고서 대꾸했다. 그리곤 백이명은 분명 지금 인사를 건넬 시기라는 것을 알면서도 묵묵히 부채질만 하고 있는 친구 심도헌의 옆으로 가까이 다가가 속삭였다.

'이보게 도헌, 자네도 무거운 입을 좀 열게. 이런 자리에선 침묵을 지키는 것이 예의는 아닐세.'

'나는 그럴 생각이 전혀 없네. 내가 잘 알지도 못하는 이들과 말 섞는 것을 얼마나 싫어하는지 자네도 잘 알지 않나.'

입에서 단내 나겠다며 입 좀 열라는 백이명의 말을 심도헌이 단칼에 거절했다. 답방을 와놓고 말 섞는 것은 싫다니, 굉장히 무례한 대화였지만 심도헌이 들고 있는 부채가 두 사람의 속삭이는 소리를 가려주어 다행히 다른 사람이 그 말을 듣고 기분이 상하는 일은 발생하지 않았다.

'종친 나리의 집치고는 좀 부실하군…….'

백이명과의 속삭임을 끝낸 심도헌이 부채 너머로 양현수의 집을 둘러보며 생각했다. 넓고 고풍스럽기는 했으나 낡아 보이는 것은 어쩔 수가 없었다. 담장은 군데군데 무너진 것이 보였고, 담장이나 지붕 위에는 깨진 기와들도 꽤나 보였다. 또 뜰에는 군자의 정원에 빠질 수 없는 소나무 대신 볼품없이 가지만 무성한 과실수들이 자리 잡고 있었다. 아무리 좋게 봐줘도 집주인인 양현수가 관리를 안 했다고밖에 볼 수 없었다. 게다가 별당으로 보이는 담장 너머로는 양현수의 여식들로 보이는 어린 여자 둘이 아까부터 이쪽을 훔쳐보고 있었다. 심도헌은 이 집에 온 이래로 그 어디에서도 품위와 교양을 찾아볼 수가 없다고 생각했다.

"저희는 박씨 부인 댁에 잠시 가려는 참입니다."

혜인 홍씨가 심도헌과 백이명에게 등 뒤의 두 딸을 내보이며 천연덕스럽게 지금 외출하려던 참이라고 말했다. 물 흐르듯이 자연스러운 거짓말이었다. 그걸 알면서도 어머니의 장단에 맞춰야 하는 연리와 설이 그녀의 뒤에서 살짝 고개를 숙여 인사했다. 아무리 쓰개치마로 모습을 가렸다지만 그녀들의 얼굴 정도는 보일 만한 거리였다.

'이런 뻔한 수에 넘어갈 리가…….'

연리는 바보가 아니고서야 어머니가 속셈을 가지고서 일부러 딸들을 보여준다는 것을 저들이 알아챌 것이라 생각했다. 그리고 설과 자신에게 별 관심을 내보이지 않을 거라고 예상했다. 하지만 그런 연리의 생각은 완전히 틀렸다. 백이명이 설을 홀린 것처럼 쳐다보았기 때문이었다. 물론 설의 단아한 얼굴선에 눈을 빼앗긴 백이명을 눈치챈 것은 비단 연리뿐이 아니었다. 멍하니 설을 보는 백이명을 발견한 혜인 홍씨의 눈이 이채를 띠었다.

"그만 가세."

심도헌이 그런 이명을 발견하고 그를 툭 쳐서 정신을 차리게 했다. 백이명은 몰라도 심도헌은 외간 사내들에게 딸들을 내보이는 혜인 홍씨의 속내를 읽고 불쾌한 표정을 지었다. 백이명은 자신이 무례하게 설을 빤히 쳐다봤다는 것을 깨닫고는 이만 가보겠다며 급히 고개를 꾸벅이고 대문을 나섰다.

그런 이명의 뒤를 따라 나서는 심도헌과 연리도 서로 눈을 마주쳤지만, 연리는 금방 시선을 피하고 돌아서고 말았다. 도헌도 별 미련 없이 시선을 돌려 발길을 재촉했다. 두 선비가 가는 모습을 잠시 지켜본 혜인 홍씨는 언제 나갈 준비를 했냐는 듯 안채로 가버렸고, 그제야 연리와 설은 찰나와 같은 이 순간을 위해 입었던 겹겹의 옷들을 벗어 던질 수 있었다.

제2장 끊어진 갓끈

다음 날 정오가 조금 지난 시간, 연리는 힘차게 장터로 뛰어갔다. 박씨 부인의 딸인 효진과 만나기로 약속했는데 때늦은 점심 식사로 인해 약속 시간에 조금 늦어버렸기 때문이었다.

"효진아!"

저자 입구에 들어선 연리가 약속했던 떡집 앞에서 자신을 기다리는 효진을 소리 내 불렀다.

"왜 이리 늦었어! 안 오는 줄 알았잖아."

연리는 효진의 앞까지 달려와 턱 끝까지 차오른 숨을 가다듬었다. 연리가 미안하다며 오늘따라 식사가 늦게 끝나 빨리 오기가 힘이 들었다고 말했다.

오늘은 남쪽에서 올라온 보부상들로 장터가 더 복작거리고 상인들도 많은 날이었다. 연리가 빨리 구경하자는 효진에게 이끌려 저자 안쪽으로 발걸음을 옮겼다. 자개를 박은 거울, 꽃무늬가 조각된 참빗 따위가 젊은 처자들의 시선을 사로잡았고, 연리는 숨이 가빴던 것도 잊고 효진과 저자 구경에 빠져들었다.

"어어!"

항상 들르는 포목점 앞에 서 있던 연리는 주변 사람들이 뒤쪽을 가리키며 흩어져 길 가운데를 터주자, 함께 길 안쪽으로 붙어섰다. 다그닥거리는 소리가 들려오는 걸로 보아 누가 말을 타고 들어와 사람들이 길을 터주는 것 같았다. 연리는 이 복잡한 장터에 말을 타고 오는 이가 누구인지 보기 위해 뒤돌았다. 멀지 않은 거리에서 커다란 흑마와 백마 두 마리가 앞다퉈 달려오고 있는 것이 보였다.

"이랴!"

말을 재촉하는 외침과 함께 순식간에 말 두 마리가 흙먼지를 일으키며 연리의 앞을 지나갔다. 소달구지가 지나가도 될 만큼 넉넉한 길이었지만 날리는 흙먼지를 피할 수는 없었다. 말들이 지나가자 연리가 흙먼지를 손으로 휘휘 저으며 눈을 깜박였다. 그런데 말 위에 앉은 이들의 도포 자락이 묘하게 눈에 익었다.

연리의 눈동자가 그들을 좇았다. 자세히 보니 말 위에 앉은 두 사람은 어제 연리의 집에 손님으로 왔던 심도헌과 백이명이었다. 연리는 잠깐이나마 그들이 저렇게 급하게 어디를 가는 걸까 의문이 들었지만, 결국 자신과는 상관없는 일이라는 생각에 금세 흥미를 잃었다.

"여기네."

워워, 말고삐를 잡아당긴 두 사람이 저잣거리 끝자락에 멈춰섰다. 그들이 도착한 곳은 심도헌이 그리도 싫어하는 기생집으로, 해가 저물어가니 종놈들이 청사초롱을 걸고 있었다. 남빛 도포를 휘날리며 심도헌이 흑마에서 뛰어내렸다. 싫은 기색이 역력했지만 그는 말고삐를 마지기에게 넘기고서 백이명과 함께 기생집 안으로 들어갔다.

"어서 오세요, 나리들!"

안에 들어서자마자 기생들이 달려 나와 두 사람에게 들러붙었다. 기녀들의 옷에서 나는 바스락거리는 금박 소리와 진한 분내가 거슬린 도헌이 소매를 털어 그녀들을 떨어뜨렸다. 젊은 선비들이라는 생각에 다가왔던 기녀들이 도헌의 단호한 손짓에 슬그머니 떨어져 나갔다.

"현감 나리는 어디 계시느냐."

심도헌이 자신이 여기를 찾아온 이유는 그것 하나뿐이라는 듯 현감을 찾았다.

"튕기시기는, 저를 따라오시지요."

현감을 찾는 심도헌에게 계집애처럼 새침하게 구시지 말라며 말장난을 친 기생이 도헌의 차가운 눈초리에 입을 다물고 현감이 있는 곳으로 안내했다. 심도헌과 백이명은 다름이 아니라 이 고을 현감인 사또 방원수의 초대를 받고 온 것이었다.

심도헌과 백이명의 소문을 들은 사또는 장연에 왔으니 당연히 자신과 술 한잔은 나눠야 한다며 그들을 불렀다. 심도헌은 암행어사로서 그의 부름에 응한 것으로, 그를 기생집으로 부른 것은 방원수의 큰 실수였다. 심도헌은 방원수가 무슨 말을 하든지 장계(狀啓, 왕명으로 지방에 간 관원이 써 올리는 보고)에 소상히 적을 생각이었다.

심도헌과 백이명이 빠른 발걸음으로 기녀들 사이를 빠져나와 사또 방원수가 기다리고 있다는 방으로 향했다.

"웬일로 젊은 나리들이 우리를 찾으시나 했다."

매일매일 늙은 영감들만 상대하다가 이제 젊은 사내 좀 잡아보나 했더니, 하고 기녀들이 한탄했다.

"오셨는가!"

기생집 안쪽 깊은 곳에 장지문을 열고 들어가니 각종 음식 냄새와 함께 사또 방원수가 그들을 반겼다. 구군복(具軍服, 현령의 관복)을 입은 현령 방원수는 술상을 거하게 벌여놓은 채 상석에 앉아 있었다. 벌써 술 한잔을 걸친 것처럼 보이는 그는 이미 어깨 양쪽에 기녀를 둘이나 끼고 있었다.

"여기들 앉게. 뭣들 하느냐, 모시지 않고!"

방원수가 짐짓 엄한 목소리로 기녀들에게 심도헌과 백이명을 앉히라며 호통 쳤다. 제 딴에는 사또랍시고 위엄을 보여주기 위한 것이었지만, 위엄 부릴 곳이 없어서 기녀들에게 그러나 싶을 정도로 볼품없는 모습이었다.

방에는 현감의 술상 이외에 도헌과 이명의 것으로 보이는 두 개의 술상이 더 있었고, 그 술상에는 기녀 한 명씩도 당연한 듯 딸려 있었다. 백이명과 심도헌은 기녀가 자신들을 자리에 앉히기 위해 다가오는 것을 피해서 먼저 술상 앞에 앉았다. 다가갈 기회를 놓친 기녀들이 멀찍이 떨어졌다.

"흠흠, 잘들 오시었소."

방원수는 자꾸만 새어 나오는 웃음을 참으며 인사했다. 소문에 따르면 백이명은 한양에서도 손에 꼽는 재력가인 백씨 가문 사람이고, 심도헌은 청송 심씨로 중전의 친척이라 했다. 방원수는 지금이 한양에 연줄을 댈 수 있는 기회라고 생각했다. 지금도 연줄이 없는 것은 아니었지만 훗날을 위해 더 좋은 줄을 잡아놓으려는 것이었다. 그는 지금 줄을 잘 대놓으면 언젠가 자신도 이런 촌구석이 아닌 한양에 올라가 영감, 아니 대감 소리까지도 들을 수 있지 않을까 하는 헛된 욕심에 사로잡혀 있었다.

방원수는 젊은 두 선비들을 어떻게 구워삶아 자신의 편으로 삼아볼까 고민하다가 역시 사내한테는 여자랑 술이 최고가 아닌가 하는 짧은 생각으로 그들을 기생집으로 부른 것이었다. 방원수는 그들이 오기 전에 기녀들에게 미리 심도헌과 백이명에게 술을 진탕 먹이고 혼을 쏙 빼놓아라 말해놓은 참이었다.

"한잔 드시어요."

약속대로 기녀들이 심도헌과 백이명에게 술을 적극적으로 권하기 시작했다.

"됐다."

그러나 심도헌은 술잔을 드는 것조차도 하지 않고 거절했다.

"아이참, 선비님도. 한잔 받으셔요. 네?"

"되었다지 않느냐."

심도헌의 가라앉은 목소리와 날카로운 눈초리에 기생이 딸꾹 하고 놀라며 도헌의 옆에서 떨어졌다. 다가갈 수가 있어야 술도 따르고 교태도 부려 혼을 빼놓지, 기녀는 심도헌에게 술을 따르는 건 불가능하다고 생각해 술 주전자를 내려놨다. 심도헌은 기녀에게는 잘못이 없다는 것을 알기에 기녀가 물러나자 그 이상의 화는 내지 않았다.

"술을 못해 거절하는 점 송구합니다."

사또 방원수가 뭔가 말하기 전에 심도헌이 선수를 쳐 송구하다고 말했다. 입은 송구하다고 하면서 눈빛은 매처럼 매서운 심도헌을 보고 방원수는 뭔가 잘못됐다고 생각했다. 조선에서 날고 기는 인재들이 모여 서로 물어뜯는 정치판에서 칠 년을 구른 심도헌과 백이명이었다. 그들은 한량처럼 느슨한 삶을 살아온 한낱 시골 현감 따위가 쉬이 다룰 수 있는 상대가 아니었다. 방원수는 은근슬쩍 어깨에 끼워둔 기생들을 놓고서 심도헌의 눈치를 봤다. 그것을 눈치챈 백이명이 아차 싶어 둘 사이에 끼어들었다.

"아직 장연에 온 지 얼마 되지 않아 여독이 남아 있습니다. 이해하십시오."

백이명이 서글서글하게 웃으며 양해를 구했다.

"그, 그렇지. 아무렴. 아직 이곳에 적응하기엔 이르지."

방원수는 애써 심도헌의 기세에 눌리지 않은 척 백이명의 말에 대답했다.

"음식 맛도 다르고. 풍토도 다르니 그런 듯합니다."

결국 날카로운 도헌 대신에 백이명이 나서서 말을 분위기를 완화시켰다. 물론 같은 조선 바닥인데 풍토가 뭐 얼마나 다르겠는가, 그냥 백이명이 순간의 재치로 둘러댄 말에 불과했다. 하지만 방원수는 그 말에 옳다구나, 무릎을 쳤다.

"내 그럴 것 같아 준비했네. 여봐라! 준비한 것을 들여라!"

방원수는 술과 기생뿐만 아니라 두 사람을 자신의 편으로 만들 다른 것도 준비를 해뒀다. 이것 하나면 저놈들도 나에게 껌뻑 죽을 거라고 자신감에 찬 방원수가 땀이 밴 손바닥을 비볐다.

"예, 나리!"

밖에서 기다렸다는 듯 대답이 들리고, 열린 방문으로 파란 비단보자기에 싸인 궤가 두 짝 들어왔다. 기생집에 뇌물이라, 심도헌은 탐관오리와 함께하는 부정부패의 현장 한복판에서 한숨을 쉬었다. 마음 같아서는 내 사헌부 관원이고 어사이니 제발 그만하여라 하고 싶었다. 그러나 하인들이 보자기를 푸르고 궤를 열자 도헌은 나오려던 한숨이 도로 들어가는 것을 느꼈다.

"별건 아니고 약소한 걸세."

방원수가 별거 아니라며 자신감 있게 턱을 치켜들었다. 하인들이 들여온 궤 안에는 뿌리 굵기가 남다른 인삼이 한가득 차 있었다. 심도헌과 백이명이 서로 눈빛을 교환했다. 말이 없어진 두 사람을 본 방원수는 아무리 한양 놈들이라도 이 귀한 인삼을 이만큼이나 보지는 못했을 거라는 생각에 속으로 껄껄 웃었다.

'전하께서 우리를 예로 보내신 것이 이것 때문이었나.'

인삼 한 근은 쌀 세 섬가량에 거래되고 있었다. 그 말은 인삼이 차 있는 저 궤 한 짝이면 너른 광 하나를 쌀로 가득 채울 수 있다는 말이었다. 이는 일개 현감이 처음 본 이들에게 선물로 줄 만한 양이 아니었다.

"몸이 안 좋을 때 이보다 좋은 약재가 어디 있겠소. 내 마음이니 받아두시구려."

"예, 사또. 감사드립니다."

백이명은 우쭐대는 사또가 원하는 대로 고개를 숙여주었다. 그러나 등 뒤로는 식은땀이 흘러내리고 있었다. 심도헌이 암행어사인 줄도 모르고 인삼 한 보따리를 뇌물로 바치는 이 아둔한 사또의 뒤에는 이 인삼을 대주는 누군가가 있을 것이다. 그리고 심도헌과 백이명은 자연스럽게 그 뒷배로 호판을 떠올렸다. 근거도 없는 심증에 불과했지만 두 사람 모두 그랬다.

"뭐 하날 건지긴 건졌군."

몸이 안 좋다는 핑계로 인삼만 챙겨 방에서 빠져나온 백이명이 도헌에게 말했다. 하지만 길고 긴 뱀의 꼬리 정도만 발견한 느낌이었다. 이 마을 사또가 왜 이렇게 많은 인삼을 가지고 있는지, 어떻게 가지고 있는지, 이 인삼을 어디에 보관하고 있는지는 알아내야 할 것 투성이었다. 심도헌의 또 다른 걱정은 만약 정말 장연 현감 방원수의 뒷배가 호판일 경우, 자신과 백이명의 정체가 생각보다 빨리 들통이 날 수도 있다는 것이었다.

"나리, 정말 이대로 가세요? 오신 지 반 시진(한 시간)도 채 되지 않았어요."

심도헌과 백이명이 인삼 궤를 마지기에게 넘기며 말에 실어놓으라 하니, 속적삼인지 저고리인지 구분이 가지 않는 옷을 입은 기녀가 다가와 대문 앞에서 백이명을 붙잡았다. 그녀가 보기에도 심도헌보다는 백이명이 더 쉬워 보이는 모양이었다.

"제가 예쁘지 않으세요? 저랑 잠깐만 놀아주셔요."

영감들이 살살 녹는 코맹맹이 소리를 내며 기녀가 백이명의 팔에 팔짱을 꼈다.

"한양에는 너보다 매혹적인 여인도 많다. 비켜라."

심도헌이 어쩔 줄 몰라 하는 그를 대신해 이명의 팔에 붙은 기녀를 떼어냈다. 이명이 기녀에게서 벗어난 틈을 타 서둘러 기방 밖으로 빠져나갔다. 심도헌도 드디어 나간다는 생각으로 기방을 나섰다.

그런 두 사람을 효진과 헤어져 집으로 돌아가는 연리가 발견한 것은 우연이었다. 기생을 보고 어쩔 줄 몰라 하는 이명과 능숙하게 기생을 떼어내는 도헌을 본 연리는 고개를 절레절레 저었다.

'아까 그렇게 급하게 달려서 간 곳이 고작 기생집이라니.'

효진과 즐거운 시간을 보내고 좋아졌던 연리의 기분이 일순간 불쾌해졌다. 아무리 심도헌이 고개를 빳빳이 들고 다녀도 해가 지자마자 기방으로 달려가는 모습이 그의 본질이라고 느껴지는 건 어쩔 수가 없었다. 연리가 생각했던 것보다 한양 양반들의 고매하심은 상상 이상이었다. 연리의 동생들만 해도 한양 양반들은 핏줄부터 다른 고상한 작자들이라고 생각하던데, 연리는 저렇게 고상할 바에야 평생 고상하지 않은 게 낫다는 생각이 들었다.

"나는 한양 여인들보다 여기 여인들이 더 어여쁘네만."

당황했던 정신을 추스른 백이명이 방금 전 도헌의 말에 반박했다. 뜬금없이 무슨 소리냐는 얼굴로 이명을 바라보던 도헌이 이내 친구의 말을 알아듣고는 피식 웃었다.

"기녀들을 말하는 것은 아닐 테고, 양현수 댁의 여식들을 말하는 건가?"

"자네도 보았지 않았는가, 황해도에 소문이 자자하다는 미인들을."

두 남자를 지나쳐 다시 집으로 가려던 연리가 도헌의 입에서 나온 '양현수 댁의 여식들'이라는 말에 우뚝 자리에 섰다. 장연에 소문이 자자한 미인들은 낯부끄럽게도 연리를 포함한 다섯 자매들을 가리키는 말이었고, 연리도 그걸 알고 있었다.

"괜히 나에게 동의를 구하지 말게. 자네가 그 소문난 미인들 중 하나에게 홀린 것은 나도 보았으니."

심도헌이 어제 양현수의 집에서 설을 보고 눈을 떼지 못하던 백이명을 떠올리며 말했다.

분명 설에 대한 말이어서 연리는 갈 길을 멈추고 쓰개치마를 더욱 깊게 눌러쓴 채 그들의 이야기에 귀를 기울였다.

"자네 말이 맞네. 내가 지금까지 본 여인들 중 가장 아름다운 여인일세."

백이명이 감출 것도 없다며 솔직하게 털어놨다. 연리는 그 말에 웃음이 샜다. 부끄러움이 많은 언니에게 이 말을 전해주면 어떤 반응을 보일까 벌써부터 궁금했다.

"물론 그녀의 동생도 꽤 예쁜 편이었지."

"누구를 말하는…… 아! 그래, 뭐 못 봐줄 정도는 아니더군."

도헌은 잠시 생각하다가 연리를 떠올리곤 못 봐줄 정도는 아니라고 답했다.

설을 생각하며 웃던 연리의 얼굴에서 단박에 미소가 뚝 끊어졌다. 심도헌이 말하는, 못 봐줄 정도는 아닌 사람이 자신이라는 것을 알았기 때문이었다.

"하지만 반할 정도는 아니야. 난 지금 혼기가 차도록 아무도 안 데려가는 여인을 상대할 기분이 아니라네."

도헌은 화평언덕에서 한 번, 참판부인 댁 앞에서 한 번, 그리고 양현수의 집에서 한 번, 벌써 세 번이나 연리를 마주쳤지만 큰 감정은 느끼지 못했다. 얼굴은 확실히 예쁠지는 몰라도 도헌이 이성을 볼 때 외모는 그렇게 큰 요소가 아니었다. 게다가 도헌은 지금 장연에 놀러온 것이 아니라 나랏일을 보러 온 것이었다. 그 증거로 그의 말에 실린 인삼은 아주 중요한 단서였다.

"안 데려가는지, 안 하는지는 알 수 없지. 종실녀이니 혼인을 그리 급히 서두르지는 않을걸세."

이명이 은근슬쩍 연리의 편을 들었다. 그도 사실인 게 연리의 자매들은 종친의 딸로서 정주(主)의 칭호를 가진 엄연한 종실녀들이었다. 외명부에 속해 내탕금을 받고 있으니 평범한 양반집 여식들은 아닌 것이다. 따라서 돈이 없어 혼인을 서두르는 여염집 여인들과는 엄연히 달랐다.

"혼인은 급하지 않을지 몰라도 담장 무너지는 것은 급해 보였네. 그런 집에 살다간 동장군을 겨울마다 안방에서 마주하게 될지도 모르지."

"그건 동의하네, 종친이시니 녹봉도 넉넉히 나올 터인데 집이 꽤 검소하더군."

심도헌은 이야기가 나온 김에 어제 양현수의 집에서 받았던 인상을 백이명에게 설명했다. 백이명도 그 말에 동의하기는 했다. 여염집과 달리 웬만한 양반들은 자기네들의 집 담장이 무너져 내리거나 기왓장이 깨지는 것을 두고 보는 법이 없었다. 솟을대문의 높이와 기왓장 수가 그들의 품위이고 명예이기에 더욱 그러했다.

"겨울 동장군이 그깟 담벼락을 못 넘겠습니까."

그런데 그때 그들의 뒤에서 냉랭한 여자의 목소리가 들려왔다. 심도헌과 백이명이 목소리를 따라 뒤돌아보니 연리가 쓰개치마를 내리며 그들 앞으로 다가오고 있었다. 두 사람은 갑자기 나타난 연리를 보고 놀라지 않을 수 없었다.

"이 소저."

"다른 사람의 집안 사정을 흉보는 것이 군자의 도리입니까?"

참다못해 두 사람의 앞에 나선 연리가 선비로서 부끄럽지도 않느냐고 물었다. 그런 연리를 본 이명은 안절부절못하는데 그와 달리 도헌은 잠깐 놀란 표정을 지었을 뿐 다시 무표정한 얼굴로 돌아왔다. 마치 사실을 말한 것뿐인데 흉이랄 것까지 있느냐 하는 태도였다.

"여인인 소저께서 군자의 도리를 논하십니까."

"논하지 못할 것도 없지요."

"그렇다면 저보다는 소저의 아버님과 논하시지요. 정원에 소나무 대신 심은 볼품없는 과실수들이 양현수 나리께 군자로서의 도리를 못하게 하는 것 같으니 말입니다."

심도헌의 말에 연리가 입을 꽉 다물었다. 아무것도 모르면서 함부로 뱉어내는 말들이 연리를 화나게 했다. 예전에는 연리의 집에도 사시사철 푸르른 소나무가 자리 잡고 있던 때가 있었다. 그러나 연리가 아직 아이였을 때, 아버지는 소나무들을 뽑고 그 자리에 과실수들을 심었다. 그 이유는 장연에 가뭄이 자주 들기 때문이었다. 지금이야 장도 열리고 농작물도 풍족하지만, 내일 당장 가뭄이 올지 모른다고 우스갯소리로 말할 정도로 장연은 가뭄이 자주 들었다.

소나무야 관상용으로는 좋지만 배고픔에는 도움을 주지 못한다. 반면에 과실수는 땅속 깊은 곳에서 물을 끌어올려 가뭄에 강했다. 양현수는 가뭄이 들어 배고픈 이들에게 설익은 과실이라도 따다 입에 물려주고픈 마음에 군자의 풍류를 포기했던 것이었다. 한참 조용히 생각한 연리는 이러한 사정을 심도헌 같은 자에게 설명해 봤자 소용이 없을 거라는 데 생각이 도달했다.

"그러는 나리께선 군자의 도리를 기생집에서 행하시나 봅니다."

연리는 이에는 이, 눈에는 눈이라고 똑같이 대우해 주어야겠다고 생각했다.

심도헌은 입을 다물었다. 연리가 어디 더 해볼 테냐, 아니면 사과할 테냐 하는 얼굴로 바라보았다. 심도헌과 연리의 눈빛이 팽팽히 당겨진 실처럼 위험하게 부딪쳤다. 그 사이에서 발만 동동 구르던 이명이 끼어들었다.

"아니, 이 소저. 그것이 아니라, 기생집은 정말로 일이 있어서 잠시 들른 것입니다. 그리고 소저의 집에 대한 이야기는 잘못이 맞습니다. 그러니 화를 푸시고⋯⋯."

"그 이야기는 먼저 심 진사께서 꺼내신 줄로 압니다."

연리는 이명의 사과에 네가 아니라 심도헌의 사과가 받고 싶다고 말했다. 심도헌은 자신보다 나이가 한참은 적어 보이는 여인에게 말로 졌다고 생각하니 자존심이 상했다. 물론 기생집이야 암행어사라 갔다 왔다고 말하면 끝날 일이지만 그것을 말할 수는 없으니 말문이 막혔다. 입을 꽉 다문 도헌이 자신에게 사과할 생각이 없다는 걸 안 연리의 표정이 달라졌다.

"자신의 과오를 인정하실 줄도 모르는 분께 군자의 도리를 논한 제 잘못이 더 큽니다. 이 기생집은 별로셨나 본데, 다른 기생집을 찾으시려면 바쁘실 테니 더 안 붙잡겠습니다. 그럼 이만."

마치 화가 풀린 것처럼 굳은 얼굴을 자연스럽게 푼 연리가 그깟 사과 따위 안 받고 만다는 듯 말했다. 그리곤 심도헌과 백이명을 다시 비꼬기까지 했다. 쓰개치마를 펄럭여 다시 쓴 연리가 그들을 뒤로하고 팽하니 찬바람을 일으키며 가버렸다. 그런 연리를 차마 잡지도 못한 채 백이명이 곤란한 얼굴을 했다.

"아, 이 소저가 언니에게 가서 나를 나쁘게 말하면 나는 어찌하나⋯⋯."

이명은 다른 것보다 그게 걱정인 모양이었다. 하지만 도헌은 이명의 말을 전혀 신경 쓰지 않았다. 도헌은 자신이 만약 그녀에게 사과한다면 그녀도 자신에게 사과해야 한다고 생각했다. 하지만 연리에게 사과를 받으려고 자신이 암행어사임을 밝힐 수는 없는 노릇이었다. 결국 도헌은 끝까지 입을 꾹 다문 채, 연한 옥빛 쓰개치마가 저 멀리 사라지는 것을 고집스럽게 바라봤다.

집으로 돌아온 심도헌은 그 사이에 완전히 땅 아래로 떨어져 버린 해로 인해 방에 호롱불을 켰다. 그리곤 곧장 마패에 인주를 발라 도장처럼 종이에 찍었다. 그 종이를 풀에 발라 인삼이 들어 있는 궤짝을 봉한 심도헌은 아른거리는 호롱불에 의지해 상감께 올릴 장계를 빠르게 적었다.

"이것을 곧장 도승지 영감께 전해라. 답을 주시면 기다렸다가 그것도 받아오너라."

심도헌은 도승지가 따로 붙여준 방자(房子, 사관의 수행원)에게 장계를 전달했다. 본디 암행어사라 함은 따르는 방자가 셋은 되어야 했지만 도헌은 장계를 배달할 한 명만을 데리고 있었다. 이미 누구보다 믿을 만한 백이명을 보좌로 두었기 때문이기도 했다.

방자가 떠나고 심도헌은 오늘 얻은 수확이 나쁘지 않다고 생각했다. 이대로라면 생각보다 일찍 감찰을 끝내고 돌아갈 수 있을지도 모른다. 그러나 그 뒤로 보름이 지나도록 심도헌과 백이명은 인삼의 뿌리털 하나도 더 발견하지 못했다.

사또 방원수는 또다시 도헌과 이명을 기방으로 초대했으나 도헌이 그에 하나도 응하지 않아 이명만 몇 번 더 방원수를 만났다. 하지만 그뿐, 방원수는 더 이상 단서가 될 만한 것을 흘리지 않았고 도헌과 이명은 인삼의 행방을 다른 방법으로 찾아내야 할 듯싶었다. 물론 대놓고 수소문하다가는 오히려 상대에게 꼬리를 밟힐 수도 있어 섣불리 움직이지도 못했다.

"이명아, 너는 무에 그리 바쁜 게야."

참판부인이 매일 바쁘다고 돌아다니는 백이명에게 물었다. 기껏 한양서부터 찾아왔다 했더니 집구석에 붙어 있지를 않으니, 참판부인은 문안도 오지 않느냐 불평해야만 겨우 이렇게 외손자를 볼 수가 있었다.

"장연이 워낙 산천이 좋지 않습니까, 조모님. 여기저기 돌아다녀 보고 있습니다."

"좋기는! 난 여기 육십 평생을 살아도 좋은지 모르겠더구나."

장연의 산천이 좋아 돌아다닌다는 말에 참판부인이 콧방귀를 뀌었다. 외조모가 서운한 마음에 그런다는 것을 아는 백이명이 난감하게 웃었다.

"하하, 그러시겠지요. 조모님은 여기 오래 사셔서 잘……."

외조모는 한평생 장연에 살았기 때문에 주변 경치는 눈에 익어 잘 못 느끼는 거라는 말을 하려던 백이명이 문득 자신이 바보 같았다는 것을 깨달았다. 장연에 한평생 살아 이 마을에 대해 잘 알고 있으면서도 믿음직한 사람을, 눈앞에 두고 있었는데 놓치고 있던 것이었다.

"조모님, 혹시 사또에 대해 아는 것 좀 있으십니까?"

백이명은 혹시나 하는 마음에 참판부인에게 사또에 대해 물었다.

"사또? 난 집에만 있는지 하도 오래 되서 얼굴도 기억이 안 나는구나."

"그럼 마을에서 누가 사또랑 친하다더라, 그런 것들은 모르십니까?"

"내 그걸 어찌 알겠누. 마을 일이 궁금커들랑 늙은이 괴롭히지 말고 양현수께나 가보거라."

참판부인은 외손자를 보고는 싶어도 그가 늙은 자신을 귀찮게 하는 것은 싫은지 손을 휘휘 저었다.

"양현수 나리 말씀이십니까?"

두 사람과 함께 차를 마시던 심도헌이 뜬금없이 등장한 양현수의 이름에 참판부인에게 되물었다.

"그래, 종친 양현수 어른 말이다. 그 어른이 마음 씀씀이가 남달라 관여 안 하시는 일이 없으니 마을 일은 사또 나리보다야 훤할 게다."

"조모님, 그분의 마음 씀씀이가 다르다는 게 무슨 말씀이십니까?"

"무슨 말은 무슨 말이겠누. 겨울이면 솜 나눠주시고, 보릿고개면 광 열어 낟알 하나까지 싹싹 긁어 나눠주신다는 말이지."

참판부인은 이 마을에 양현수의 도움을 안 받은 사람은 없을 거라고 말했다. 그 마음 씀씀이 때문에 그의 아내인 혜인 홍씨의 속이 꽤나 탔을 거라고 덧붙인 참판부인이 허허 웃었다. 그러다 그녀는 가장 최악이었던 몇 해 전 가뭄이 기억났는지 웃음을 가라앉혔다.

"장연에 워낙 가뭄이 자주 들지 않니. 그때마다 사람들이 죽어나가면 어찌나 자기 가족 일처럼 가슴 아파하시던지."

참판부인은 그때의 기억만 떠올리면 끔찍한지 주름진 눈을 꽉 감았다.

"양현수 어른의 집에 가면 사과나무들을 볼 수 있단다. 몇 번 가뭄이 오고 나서 나리께서 심으신 게지. 가뭄 오면 그 나무에서 설익은 사과라도 따다가 나눠주셨다. 그 덜 익은 사과가 그때는 어찌나 달던지. 그 사과나무들이 한때는 이 마을 보배였지."

참판부인이 주먹보다 작고 떫었지만 그 사과 맛은 잊을 수 없다며 고개를 까딱였다.

"그런 양반 흔치 않아. 내가 사또 얼굴을 잊어먹었어도 양현수 나리 얼굴은 기억한다."

참판부인이 양현수의 얼굴을 떠올리며 침침한 눈을 깜박였다. 외조모가 이명에게 알려줄 수 있는 정보는 그것이 전부인 것 같았다. 그녀는 방원수에 대해 직접적으로 아는 것이 없었고, 그녀에게 인삼은 아플 때 작은 뿌리 몇 개를 먹어본 것이 전부였다.

"어찌 할 텐가?"

외조모와의 담소를 마치고 나오며 이명이 도헌에게 물었다.

"양현수 나리께서 마을 일은 잘 아신다 하니 물어봐야지."

"그분이 방원수와 긴밀한 사이일 수도 있지 않나."

"그건 만나서 확인해 보기 전까지는 모르는 일일세."

심도헌은 양현수가 방원수와 어떤 사이든지 우선 그를 만나서 이야기를 해보는 게 먼저라고 말했다. 그 길로 곧장 심도헌과 백이명은 양현수의 집에 가기 위해 마구간으로 향했다.

"그런데 방금 조모님께 들은 양현수 나리의 선행도 장계에 올려야 하는 게 아닌가?"

백이명이 심도헌에게 물었다. 왕에게 올리는 장계에는 관리의 부정부패뿐만 아니라 마을에 있는 효자나 열녀, 그리고 숨은 미담도 적어 올리게 되어 있었다.

"주위를 돌보고 자신은 검소히 산다니, 군자의 도리를 다하는 분이 아닌가?"

백이명이 친구가 들으라고 일부러 큰소리로 떠들었다. 백이명은 지난날 도헌이 연리의 앞에서 양현수가 군자의 도리와 거리가 멀어 보인다고 비판했던 것이 잘못된 일이라고 돌려 말하고 있는 것이었다. 헐거워진 갓끈을 다시 조여 매던 심도헌의 눈썹이 꿈틀댔다.

"자네가 그렇게 말하지 않아도, 내가 이 소저에게 한 말들은 후회하고 있네."

심도헌은 안 그래도 참판부인의 사과나무 이야기를 듣고 나서부터 쭉 신경 쓰고 있었다. 참판 부인의 이야기가 사실이라면 양현수의 집 안뜰에 심어진 사과나무는 소나무의 풍류보다 가치 있는 게 사실이었다. 도헌은 인정하고 싶지 않지만 자신이 잘못했다는 것을 인정할 수밖에 없었다.

"그리고? 또 할 말은 없는가?"

백이명이 심도헌의 옆구리를 쿡쿡 찔렀다.

"그래, 내가 틀렸네. 잘못한 게지."

"오늘은 달이 서쪽에서 뜨겠군. 자네 입에서 틀렸다는 말이 나오고."

기어코 도헌의 입에서 틀렸다는 말을 들은 백이명이 재미있다는 듯 웃었다. 도헌이 자신의 입으로 스스로가 틀렸다고 말하는 일은 매우 드물었다. 항상 옳은 말만 하는 도헌에게 늘 지기만 했던 이명은 도헌이 연리와의 말싸움에서 졌다는 것이 꽤나 재미있었다. 결국 백이명은 말을 타고 양현수의 집에 오는 내내 말 위에서 심도헌을 놀렸다. 참다못한 심도헌이 양현수의 집에 들어서면서 백이명에게 그만하라고 경고까지 할 지경이었다.

두 사람이 양현수를 만나기 위해 하인을 따라 사랑채로 갔을 때, 양현수는 앞뜰에서 소매를 걷어붙이고 큰 전정가위(나뭇가지를 자르는 가위)를 들고 사과나무의 가지를 다듬고 있었다.

"나리, 참판부인 댁 손님들이 오셨습니다."

"그래? 아아- 자네들이 연통도 없이 어쩐 일인가."

양현수가 하인의 말에 망건에 찬 땀을 건포로 닦으며 뒤돌아섰다.

"여쭤볼 일이 있어 찾아뵈었습니다. 갑작스럽게 찾아와 송구합니다."

"물은 것이 있다? 그럼, 내 이것만 마치고 갈 터이니. 마루에 들어 있게."

다행히 양현수는 갑자기 찾아온 두 사람을 무례히 여기지 않아주었다. 심도헌은 안으로 들어가며 양현수의 상태를 훑어봤다. 양현수의 소매는 사정없이 구겨져 팔뚝 위로 말려 올라가 있었고, 상투는 갓도 없이 나출되어 있었다. 누가 봐도 그 모습은 품위와는 거리가 멀어 보였다. 하지만 도헌은 그 모습이 비단옷을 빼입고 어떻게 하면 집 칸수를 늘려볼까, 어떻게 하면 토지를 더 가져 볼까 하는 조정의 숨은 버러지들에 비해 훨씬 명예롭게 보인다는 생각을 했다.

양현수가 옷을 갈아입고 정자관(程子冠, 사대부들의 모자)까지 갖춰 마루에 들었을 때, 심도헌은 예전과 다른 눈빛으로 양현수를 바라봤다. 심도헌에게 양현수는 더 이상 담장이 무너진 집에 사는 풍류를 모르는 양반네가 아니라 청렴하고 겸손한 왕가의 종친으로 보였기 때문이었다.

"정원 관리를 직접 하시나 봅니다. 사과나무가 맞습니까?"

도헌이 양현수에 먼저 말을 걸었다. 양현수는 지난번에는 무

뚝뚝하게 굴던 심도헌이 먼저 말을 거는 것을 이상하게 생각했지만, 이내 그가 전에는 처음이라 낯을 가려서 그랬을 거라고 생각하게 되었다.

"맞네. 그 옆은 감나무고, 집 주위에 있는 건 오동나무네."

딸이 다섯이나 되어 오동나무도 다섯 그루나 된다며 저 멀리를 손으로 가리켰다. 조선에서는 딸이 태어나면 오동나무를, 아들이 태어나면 잣나무를 심었다. 성장이 빨라 십오 년이면 장롱이나 반닫이를 만들 수 있을 만큼 자라는 오동나무는 딸의 혼수를 위해 심는 나무였다.

"정원이 좀 초라하지?"

양현수는 다 안다는 듯 사람 좋은 웃음을 허허 흘렸다.

"아닙니다."

도헌은 진심으로 그렇게 생각하지 않았다. 그렇게 잠시 일상적인 이야기를 나누는 척하던 도헌과 이명은 은근히 양현수를 떠봤다. 하지만 인삼에 대한 이야기를 꺼내거나 호판대감에 대한 이야기를 꺼내도 양현수는 딱히 이렇다 할 반응이 없었다. 무언가를 감춘다기보다는 정말 아무것도 모르는 낌새였다.

"그래서 오늘은 뭘 물어보러 왔다고?"

한참 두 사람과 이야기를 나누던 양현수는, 도헌과 이명에게 정원이니 인삼이니 다른 이야기들은 미뤄두고 오늘 그들이 찾아온 이유를 물었다.

"다름이 아니라 사또께서 뭘 좋아하시는지 궁금해 여쭤보러 들렀습니다."

백이명은 자연스럽게 사또 방원수를 입에 올렸다.

"저희에게 약소하게 선물을 주셨는데 답례로 무엇을 드려야 할지 모르겠습니다."

백이명은 뜬금없는 사또 이야기에 의아해하는 양현수를 위해 왜 그것이 궁금한지 설명을 덧붙였다. 실제로 선물을 받기는 했으니 영 거짓을 말하는 것은 아니었다. 이명의 말에 양현수는 그제야 알아들었다는 듯 무릎을 탁 쳤다.

"그래, 방원수 그 친구가 좀 까다롭지. 웬만한 것은 받아도 성에 차지 않아 할걸세."

"그렇습니까."

"여기 사람은 아니지만 역관을 하던 이와 친하거든. 명나라 물건을 많이 가지고 있지."

"통역을 하는 역관 말씀이십니까?"

"그래, 명나라 말이며 저기 왜놈 말이며 술술 하는 자인데. 방원수 그자랑 많이 친해서 같이 있는 걸 자주 볼 수 있네."

양현수는 방원수와 함께 있는 역관을 그에게 좋은 명나라 물건을 가져다주는 사람으로 생각하는 모양이었지만, 심도헌의 생각은 조금 달랐다. 이런 작은 현의 현감이 무슨 돈이 있어서 사적으로 역관까지 두면서 물건을 산단 말인가, 도헌은 그 역관이 인삼과 크게 관련이 있을 거라고 판단했다.

"아마 내 생각이 맞다면 후시(後市, 밀무역)일세."

양현수의 집에서 나오며 도헌이 백이명에게 자신이 생각한 결론을 말했다.

"후시 말인가."

백이명이 도헌의 생각이 일리가 있다며 고개를 끄덕였다. 도헌은 이 마을에 굳이 인삼을 빼돌려 얻을 것이 무엇일까 아무리 생각해 봐도 후시밖에 떠오르질 않았다. 조선 인삼은 고려 때부터 크고 질 좋기로 유명했고, 그만큼 값이 비싸기도 했다. 저기 북쪽 압록강 유역과 남쪽의 부산에서는 조선 인삼을 후시하는 자들이 많았으니 별난 일도 아니었다. 단지 이곳 장연이 국경이 아니라는 것만이 차이였다.

"국경도 아닌 이곳에 역관이 있을 이유가 없지 않은가."

"하긴 후시를 하려면 명나라 말을 할 수 있는 자가 필요하겠지. 그런데 왜 하필 여기에서……."

"한양에서 너무 가깝지도 않으면서 멀지도 않은 곳을 골랐겠지. 게다가 바다가 있으니 뱃길로 운반하기 쉽지 않겠나?"

도헌이 이곳에서 인삼을 후시하는 이유를 지리적 위치로 추측했다. 심도헌은 아마 압록강이나 부산항까지 운반하기에는 운송 비용이 많이 들고 거래를 자주 할 수 없기 때문에 뱃길을 선택한 것이리라 어림짐작할 수 있었다. 게다가 이곳 황해도는 명나라 쪽으로 튀어나온 반도였다. 즉 뱃길로는 제일 명나라와 가까운 위치였기 때문에 운송비용을 최소화할 수 있었다.

"하지만 뱃길로 무역을 하는 건 위법이지."

백이명은 심도헌의 말대로 정말 방원수가 금지된 뱃길로, 그것도 주요 무역 품목인 인삼을 빼돌려 후시하는 거라면 엄청난 중죄라고 생각했다. 하지만 이 모든 것은 심도헌의 추측에 불과했기에 이제는 결정적 증거를 잡는 게 중요했다. 알아낸 사실을 장계로 올리기 위해 도헌이 오늘따라 자꾸만 헐거워지는 갓끈을 꽉 동여매고 말에 올랐다.

"이랴!"

도헌이 말의 옆구리를 차올리며 먼저 치고 나가자 이명의 백마가 그 뒤를 따라 내달렸다. 얼마 전까지만 해도 말을 타면 바람이 살을 에는 듯했는데, 이제는 봄인지 도헌을 스치고 가는 바람이 부드러웠다. 양현수의 집과 화평언덕 사이는 걸어오면 한참이었지만 말을 타면 순식간인 거리였다. 화평언덕을 지나 개울만 건너면 이명의 외가인 참판부인 댁이니 도헌이 속도를 올리려고 했다. 그런데 불현듯 백이명이 화평언덕 앞에서 말고삐를 잡아당겼다.

"워워!"

"응? 왜 그러는가!"

이명의 백마가 내달리던 흥분을 감추지 못하고 울어대니 앞서가던 심도헌도 말을 멈춰 세우곤 백이명에게 무슨 일이냐고 물었다. 백이명은 대답 없이 화평언덕 위를 바라봤다. 도헌이 이명의 시선을 따라 위를 보니 그곳에는 여인네들이 둘러앉아 있었다. 그 여인들 사이에는 연리도 있고, 설도 있었다. 달리는 말 위에서 저 멀리 언덕 위에 있는 설이 어떻게 보였는지는 알 수 없지만 백이명을 멈춰 서게 한 것이 그녀인 것만은 분명했다.

"정말 그렇게 말했단 말이야?"

연리와 막역한 사이인 효진(孝眞)은 연리의 말에 놀라 눈을 홉뜨며 그녀의 말이 사실인지 되물었다. 효진은 장연관아의 장교청 책임자 곽동녕과 그 부인인 박씨 부인 사이에서 태어난 삼남 일녀 중 맏딸이었다. 박씨 부인이 혜인 홍씨와 친하다 보니 연리와 효진도 어릴 때부터 자연스럽게 친구가 된 사이였다.

"그래, 정말이야."

연리가 웃으며 자신의 말이 사실이라고 답했다. 오늘 연리와 효진이 만난 것은 혜인 홍씨네와 박씨 부인네가 함께 꽃놀이를 나왔기 때문이었다. 뜨겁지 않은 햇빛이 비추고, 선선한 바람이 불어오는 화평언덕은 이제 막 피기 시작한 봄꽃들이 만연해 꽃놀이를 나오기 딱 좋은 곳이었다. 꽃놀이에는 봄꽃으로 만든 꽃전이 따라오는 법, 그래서 혜인 홍씨와 박씨 부인의 바구니에는 봄꽃이 한가득이었다.

하지만 모두 꽃을 따는 것은 아니었다. 가연과 명진은 꽃따기보다는 그네를 누가 먼저 탈지 다투느라 바빴고, 연리는 저고리 소매에 넣을 꽃무늬 수를 놓기 위해 작은 손 수틀을 들고 있었다. 연리는 천에 노란 실이 걸린 바늘을 꽂아 넣으면서 보름 전, 저잣거리에서 백이명이 했던 말들을 효진에게 말해주고 있는 중이었다.

"그분이 설이 언니 보고 자기가 봤던 여인 중에 가장 아름다운 여인이라고 그랬어."

연리는 거짓을 하나도 보태지 않고 백이명이 말했던 그대로를 전해주었다. 연리의 등 뒤에서 연리의 댕기머리 사이사이에 분홍 매화꽃을 꽂아 넣으며 장식해 주던 설이 그만 소문내라며 부끄러워했다. 마을을 지나가던 백이명을 멀리서나마 봤던 효진은 그렇게 훤칠하고 잘생긴 사람이 설을 아름답다고 했다고 하니 자기 일처럼 몸을 배배 꼬며 좋아했다.

"물론 직접 설이에게 한 말은 아니지만 말이다. 일이 꼭 잘되란 법은 없잖니."

그런 효진을 본 혜인 홍씨가 너무 좋아하지 말라며 차분하게 말했다. 물론 홍씨의 말은 새빨간 거짓말이었다. 홍씨는 속으로 백이명이 설에게 관심이 있다는 것은 이미 확정 지어두고, 가까운 시일 내의 혼인까지 생각하고 있었지만 괜히 빼기고 싶어 아닌 척 해보는 것이었다.

"심 진사님은 연리 언니 보고는 봐줄 만하지만 반할 정도는 아니라고 그러셨대!"

그네에 먼저 오른 가연을 기어코 밀어내고 자리를 뺏은 명진이 얄밉게 킥킥대며 심도헌이 연리에게 했던 말을 모두에게 전해주었다. 연리는 그런 명진에게 딱히 화를 내지는 않았다. 사실이기도 했고, 연리는 명진의 가벼운 입을 알면서도 그날 일을 알려준 것이 자신의 불찰이라고 생각했다.

"정말이야? 가엾은 연리, 그냥 봐줄 만하다니. 심 진사는 어떻게 그런 무례한 말을 할 수가 있지?"

이번에도 효진은 자신이 그런 말을 들은 양 주먹을 꽉 쥐고 화를 내주었다. 그러나 연리는 효진에게 살짝 웃어주고는 말을 보태지 않았다. 그날 연리도 가만히 듣고만 있었던 것은 아니었기 때문이었다. 효진은 아무리 그래도 정말 그건 아닌 것 같다며 연리 네가 어디가 빠지냐고 분통해했다.

"그 얘긴 그만두어라. 연리 속이 다시 뒤집어지겠구나."

그러자 혜인 홍씨가 나서서 효진을 제지했다. 연리의 이야기를 듣고 난 홍씨는 심도헌에 대한 생각을 싹 고쳐먹었다. 심도헌이 아무리 좋은 사윗감이라고는 하나 자신의 집안을 무시하고 딸아이에게 무례를 저지른 사람을 쌍수 들고 반기고 싶지는 않았다. 혜인 홍씨의 자존심 문제였다. 그렇게 심도헌을 사윗감에서 배제시킨 홍씨의 관심은 이제 오로지 백이명뿐이었다.

"그런데 연리야, 백 진사님도 기생집에서 나오셨다며."

"응. 그런데 심 진사님과는 달리 기녀가 팔만 잡아도 어쩔 줄 몰라 허둥대시더라."

심도헌과 달리 백이명은 연리에게 제대로 사과하고 미안한 티도 냈으니, 연리는 백이명에 대해서는 별달리 나쁜 마음이 들지 않았다. 실제로도 연리는 백이명이 기녀의 팔을 뿌리치지 못해 어쩔 줄을 몰라 하는 모습을 봤고, 그건 백이명이 그런 일에 익숙하지 않다는 것을 뜻하는 것 같았다.

반면에 심도헌은 기녀에게 '한양에는 너보다 매혹적인 여인도 많다'고 말했다. 연리는 그 말만 생각하면 기가 막혔다. 기방을 많이 다녀보셨나 봐요, 라고 그날 심도헌을 비꼬지 못한 게 아쉬울 정도였다. 물론 도헌은 한양에서 화려하게 꾸민 왕의 후궁들과 양반의 여식들을 많이 봤기 때문에 한 말이었지만 말 자체만 보면 충분한 오해의 소지가 있었다.

"연리야, 내가 너라면 그런 사람과 혼인할 기회가 온다고 해도 절대 하지 않을 거란다."

"걱정 마세요, 어머니. 그럴 일은 절대 없을 테니까요."

심도헌 같은 사람과는 절대 혼인하지 말라는 홍씨의 말에 연리가 절대 그럴 일은 없다고 부정했다. 두 사람의 말을 가만히 듣고 있던 효진은 심도헌에 대해 다시 한 번 생각해 봤다.

"하긴 그 집안에, 그 재산에, 그 얼굴이면 나라도 그러겠다."

"뭐? 넌 지금 누구 편을 드는 거야?"

방금까지는 심도헌이 어떻게 그럴 수가 있느냐고 하던 효진이 갑자기 그럴 만도 한 것 같다고 말하니, 연리가 효진에게 눈을 흘겼다.

"으이그, 당연히 장난이지. 자기 잘났다고 남에게 그러면 쓰겠니?"

효진이 장난이라며 그냥 넘기려고 했지만, 연리는 그 말이 완전히 장난은 아니라는 것을 알고 있었다.

"물론 나도 그건 어느 정도 인정해. 거만할 만도 하지. 만약에 그분이 내 자존심을 구겨놓지만 않았다면 나도 그분의 오만함을 그냥 넘어갈 수도 있었을 거야."

연리는 심도헌이 청송 심씨라고 했을 때부터 그가 거만할 만도 하다고 생각은 했었기에, 그의 우월함은 솔직하게 인정했다. 하지만 그의 거만함이 자신에게 적용됐을 때는 이야기가 달라지는 것이었다.

"공자는 주공처럼 훌륭한 재능을 가지고 있는 자라 하더라도, 교만하고 인색하다면 그 나머지는 볼 것이 없다고(如有周公之才之美, 使驕且吝, 其餘不足觀也已) 했어."

아무리 잘났어도 교만하면 다 소용 없는 것이라는 공자의 말을 풀이하는 연리를 혜인 홍씨가 또 시작이라는 표정으로 바라봤다. 홍씨는 남편에게 계집아이인 연리가 글을 배워 어디다 쓰겠냐며 좀 말리라고 수도 없이 말했지만, 양현수는 계집아이가 글을 배워 어디다 쓰는지 한번 보자며 오히려 연리가 책 읽는 것을 더 부추겼다. 그 결과 또래 계집아이들과는 다르게, 별나게 커버렸다며 홍씨는 남편을 원망하곤 했다.

"언니의 그 잘난 척도 교만 아냐?"

꼭 연리의 말 뒤에 토를 달아야 직성이 풀리는 명진이 입술을 삐죽이면서 그녀의 자만을 꼬집었다. 책 좀 읽는다고 잘난 척 좀 그만하라는 의미였다.

"그럴지도 모르지."

연리가 명진의 말에 순순히 동의했다. 연리는 이 세상에 조금의 자만도 가지고 있지 않은 사람은 없고, 그 정도의 차이만 있을 뿐이라고 생각했기 때문이었다.

"내가 심 진사처럼 부자라면 남들이 날 오만하다고 해도 상관하지 않을 거야. 비단옷을 잔뜩 사고 매일매일 가마를 타고 놀러 다닐 테니까."

명진이 자기는 연리 언니처럼 고고한 척 굴지 않고 솔직하다며 실없는 소리를 했다.

"나도 나도."

언니인 명진이 하는 모든 행동을 병아리처럼 똑같이 따라하는 가연이 자신도 그러겠노라 명진과 함께 깔깔깔 웃었다. 그때, 혜인 홍씨가 무심코 언덕 아래를 봤다가 화평언덕 아래 멈춰 서는 심도헌과 백이명을 발견했다.

"쉿! 어쩜 범(호랑이)도 제 말하면 온다더니……."

혹시나 명진과 가연의 경박한 웃음이 언덕 아래 그들에게 들릴까 혜인 홍씨가 자식들을 단속했다. 홍씨는 심도헌과 백이명이 그냥 지나가는 길이겠거니 생각했으나 그들이 말에서 내려 언덕을 올라오는 것을 보고 급하게 일어나 손짓발짓을 다 동원해 주변을 정리시켰다. 뛰어 놀던 명진과 가연이 돗자리 위로 달려와 앉고, 혜인 홍씨와 박씨 부인을 제외한 여인들이 막 쓰개치마로 얼굴을 가리고 나니 때마침 그들이 언덕 위로 모습을 드러냈다.

"이젠 여기도 올 곳이 못 되는구나."

이곳 화평언덕이 심도헌이 머무는 참판부인 댁으로 가는 길목에 있기에 오다가다 만날지도 모른다는 생각에 혜인 홍씨가 중얼거렸다. 보름 전만 해도 중전마마의 친척이라며 좋아하던 그를 이제는 보고 싶지 않은 모양이었다.

"지나는 길에 못 본 체 지날 수 없어 인사드립니다."

백이명이 먼저 웃으며 인사를 건넸다. 아녀자들만 있는 곳에 끼는 것이 예의는 아니었지만 아무 인사도 없이 지나가는 것도 예의는 아니라는 것이 이명의 생각이었다. 물론 설을 보고 싶어 하는 백이명 자신이 스스로의 마음에 대한 예의를 갖추기 위한 것도 있었다.

"마침 댁에 다녀오는 길이었습니다."

"저희 집을요?"

혜인 홍씨는 집에 다녀갔다는 백이명의 말에 반갑게 되물었다.

"양현수께서 마을 일을 잘 아신다기에 몇 가지 여쭙고 왔습니다."

백이명은 홍씨의 말에 대답하면서 쓰개치마를 쓴 설을 흘끔거렸다. 혜인 홍씨는 설을 향해 자꾸 움직이는 백이명의 눈동자를 눈치채고는 흐뭇하게 웃었다.

연리는 어머니가 백이명과 대화하는 동안 살짝 고개를 들어 심도헌을 바라봤다. 그는 백이명이 열 마디도 넘게 말하는 동안 처음 본 그대로 입을 꾹 다물고 있었다. 도헌은 그저 친구를 따라 올라온 것이라 할 말이 없어 가만히 있는 것이었지만, 연리의 눈에는 그가 여전히 거만을 떠는 것으로 보였다.

"그럼, 인사를 드렸으니 이만 가보겠습니다. 여기 계신 분들도 집에 조심히 돌아가시길 바랍니다."

화젯거리도 떨어졌고 아녀자들 사이에 껴 있는 것이 남 보기에 좋아 보이지 않는다고 판단한 백이명이 그만 가보겠다 말했다. 물론 백이명은 인사를 하면서도 설을 흘끔거리며 티가 나게 미련을 내보였다. 설도 그런 백이명을 알고 볼을 붉혔다. 백이명의 뒤로 심도헌도 살짝 고갯짓으로 인사를 했다. 도헌이 갓을 잡고 고개를 숙인 순간이었다. 오늘따라 자꾸만 헐거워져 몇 번이고 다시 묶었던 그의 갓끈이 툭 끊어지고 말았다.

"아이고 갓끈이 끊어졌습니다, 나리!"

박씨 부인이 그것을 가장 먼저 발견하고 소리쳤다. 그녀의 외침과 함께 도헌의 턱 아래로 끊어진 갓끈이 흘러내렸다. 이런 일은 처음이라, 도헌이 갓을 벗어 한쪽 갓끈의 연결 부위가 끊어진 것을 확인했다. 도헌은 그제야 오늘 갓이 계속 헐거웠던 이유를 알았다. 도헌이 반대쪽도 마저 끊고 갓만 쓰고 가야 하는지 고민하고 있으니 박씨 부인이 연리를 가리켰다.

"연리야, 네가 좀 꿰매 드리어라."

마침 연리의 손에 들린 실과 바늘을 보고 하는 말이었다. 그 말에 연리가 흠칫 놀라 박씨 부인에게 싫다는 뜻으로 아주 작게 고개를 흔들며 눈짓을 보냈지만, 둔감한 박씨 부인은 연리의 신호를 전혀 알아채지 못했다. 심도헌이 연리를 빤히 바라보았다. 연리가 도헌의 시선을 피해 바닥만 쳐다보고 있으니 도헌이 그녀의 눈앞에 갓을 슥 내밀었다.

"부탁합니다."

심도헌이 정중하게 부탁했다. 거만하게 말하면 그걸 핑계로 거절이라도 하려고 했던 연리는 그의 정중한 부탁이 의외라고 생각했다. 결국 있는 실과 바늘을 없다고 할 수도 없어 연리가 어쩔 수 없이 심도헌의 갓을 받아 들었다. 연리는, 집도 코앞인데 왜 '봐줄 만하지만 반할 정도는 아닌 여인'에게 갓을 맡기는지 이해할 수 없어 아니꼬웠다. 분명 심도헌도 저잣거리에서 싸웠던 안 좋은 감정이 남아 있을 텐데 왜 자신에게 선뜻 갓을 맡기는지도 의문이었다.

"한데 예서 무엇을 하고 계십니까."

연리가 갓끈을 꿰매는 데 시간이 좀 걸릴 거라는 생각에 백이명이 새로운 대화거리를 찾다가, 박씨 부인의 바구니에 잔뜩 들어 있는 봄꽃을 가리키며 물었다. 그 말에 박씨 부인이 바구니 가득한 진달래, 앵초, 매화 따위를 들어 그에게 보여주었다.

"봄이 아닙니까. 꽃이 피었으니 오늘 따가서 내일 꽃전을 부칠 생각입니다."

"백 진사님도 좀 가져다 드릴까요?"

혜인 홍씨가 이때다 싶어 백이명에게 꽃전을 좀 맛보겠냐 물었다. 어떻게든 인연을 이어보려는 홍씨의 속셈도 모르고 백이명은 흔쾌히 주시면 감사하다고 말했다. 그렇게 두 부인과 백이명이 화목한 분위기 속에서 떠드는 동안 연리는 등 뒤에 두었던 실주머니를 찾아 더듬거렸다. 이쯤 됐다고 생각했는데 손에 잡히질 않자 연리가 결국은 몸을 뒤로 돌렸다.

연리가 몸을 트는 바람에 쓰개치마가 흘러내려 연리의 댕기 머리가 도헌의 시야에 들어왔다. 설이 장식으로 꽂아놓은 분홍 매화꽃이 얼기설기 엮인 연리의 댕기머리는 마치 꽃이 흐드러지게 핀 것만 같았다. 연리가 검은색 실을 꺼내 돌아앉으면서 연리의 댕기 머리는 금세 도헌의 시야 밖으로 사라졌지만 도헌은 그 머리가 마치 잔상처럼 눈에 남아 연리를 계속 쳐다봤다.

"씁-"

뚫어지게 쳐다보는 도헌의 시선에 바느질을 하던 연리가 입술 사이로 바람 새는 소리를 내며 손가락을 봤다. 하지만 괜히 심도헌이 바늘에 찔린 걸로 괜한 트집을 잡을지도 모른다는 막연한 생각에 연리는 아픈 티를 내지 않고 바느질을 이어갔다. 갓끈을 다는 일은 간단하기 때문에 얼마 걸리지 않았다. 연리가 마지막 매듭을 짓고 작은 쪽가위로 실을 툭 잘라낸 뒤, 고개를 팩 돌린 채 갓만 심도헌에게 내밀었다.

"고맙소."

도헌이 고맙다는 인사와 함께 연리의 손에서 갓을 받아 들었다. 갓을 건네는 연리의 손과 갓을 가져가는 도헌의 손끝이 살짝 스쳤다. 연리가 움찔하며 움츠러지듯이 손을 거뒀다. 도헌과 연리의 시선이 잠시 마주쳤지만, 연리는 아무렇지 않은 척 실과 바늘을 정리하기 시작했다. 그 모습에 도헌도 갓을 쓰고 갓끈을 풀리지 않게 턱 아래에 매듭지었다.

도헌이 갓을 고쳐 쓰면서 울퉁불퉁한 것 하나 없이 깔끔하게 꿰매어진 곳을 매만져 봤다. 도헌은 연리가 자신의 갓끈을 꿰매는 동안 저잣거리에서의 말다툼에 대해 이야기를 꺼내볼까 말까 고민했다. 하지만 다른 사람들의 눈도 있고, 이명처럼 외향적인 성격이 아니라 입이 떨어지지 않았다.

"그럼 저희는 정말 가보겠습니다."

이명이 설과 조금 더 같이 있을 수 있었다는 생각에 해맑은 웃음을 띠고 혜인 홍씨와 박씨 부인에게 작별인사를 건넸다. 이럴 때 보면 도헌은 백이명의 성격이 부럽기도 했다.

심도헌과 백이명은 성격이 정반대였다. 심도헌이 내향적이고 이성적이라면, 백이명은 외향적이고 감정적이었다. 물론 두 성격 다 단점과 장점이 있었다. 도헌은 관원으로서 능력이 뛰어났지만 지나치게 이성적이다 보니 자신의 생각이 항상 옳다고 생각하는 경향이 있었다. 반대로 백이명은 심성이 착하고 공감능력이 뛰어났지만, 결단력이 좀 떨어져 도헌이나 주변의 충고에 의존하는 경우가 많았다.

"꽃전은 내일 댁으로 보내드릴게요, 백 진사."

혜인 홍씨가 친근하게 이명을 부르면서 내일을 기약했다. 효진은 심도헌과 백이명이 언덕을 내려가 말을 타고 떠나는 모습을 지켜본 뒤에 입꼬리를 말아 올렸다.

"백 진사님 보셨어요? 전 설이 언니 얼굴에 구멍 나는 줄 알았잖아요."

효진은 정말 백 진사가 설에게 한눈에 반한 게 아니냐며 호들갑을 떨었다. 설도 백이명과 몇 번 눈이 마주치고, 그의 눈에서 설렘과 기쁨을 봤기 때문에 적극적으로 나서서 아니라고 부정하지는 않았다.

"그건 당연한 거 아니겠니. 그보다 심 진사는 입에 꿀이라도 물은 게야?"

혜인 홍씨에게 백이명이 설에게 관심을 가지는 것은 어느새 당연한 일이 되어버렸는지, 그녀는 그것보다 입을 꾹 다물고 있던 심도헌을 흉보는 데 더 집중했다. 심도헌이 그들을 찾아와서 한 말은 '부탁합니다, 고맙소' 이 두 마디가 전부였기 때문이었다. 백이명과 달리 심도헌이 보면 볼수록 마음에 들지 않는다는 홍씨의 투덜거림을 들으며 연리가 따끔거리는 손끝을 매만졌다. 바늘에 찔려서 아픈 것이 분명한데 손끝이 따끔거릴 때마다 연리는 심도헌과 스쳤던 손의 감촉이 자꾸만 생각났다.

"심 진사님도 꽤나 널 뚫어지게 계속 쳐다보시던데?"

멍하니 손끝만 바라보는 연리에게 효진이 물었다.

"……나한테 무슨 또 다른 결점이 있나 찾던 거겠지."

연리는 백이명이 설을 쳐다보는 것과 심도헌이 자신을 쳐다보는 것은 그 목적이 다르다며 효진의 말에 코웃음 쳤다. 연리는 도헌이 만약 자신이 바늘에 찔린 걸 알았다면 이번엔 여인의 도리에 대해 꼬투리를 잡았을지도 모를 일이라고 생각했다. 물론 오늘 화평언덕에서 만난 심도헌은 저잣거리에서 봤을 때보다야 훨씬 풀어진 얼굴이었고 고맙다는 인사도 정중했지만, 그것만으로 심도헌에 대한 연리의 생각이 확 뒤바뀌지는 않았다.

제3장 매화꽃 나리는 징검다리

연리네가 꽃놀이를 마쳤다는 것을 하늘이 알았는지 저녁부터 먹구름이 끼고 밤새 봄비가 내렸다. 연리가 아침에 일어나 보니 세상이 푹 젖어 평소보다 진한 빛을 띠고 있었다. 이른 아침부터 하인들을 시켜 앞마당에 불을 피우고 꽃전을 지진 혜인 홍씨는 하인들을 다 제쳐 두고 굳이 설의 손에 꽃전 바구니를 들려서 백이명에게 보냈다. 그리고 돌아온 설의 손을 붙잡고 백이명과 만났느냐 물어보는 동안, 연리는 비 냄새에 섞인 꽃전 향기를 맡고 집 앞에 찾아온 아이들을 위해 꽃전 한 바구니를 들고 나갔다.

"자, 하나씩들 받으렴."

연리가 공평하게 아이들의 손에 하나씩 꽃전을 나눠주었다. 금세 아이들의 고사리 같은 손과 햇볕에 탄 까무잡잡한 얼굴이 기름 범벅이 되었다. 연리가 바구니에 있는 것을 다 나눠줬을 때쯤 아이들은 신이 나서 연리의 주위를 뛰어다니고 있었다. 꽃전을 먹어 기분이 좋아졌는지 꺅꺅거리는 아이들 특유의 높은 웃음소리가 맑았다.

"언니! 언니 저 이거 외웠어요!"

아이들끼리 웃고 뛰어다니느라 소란스러운 가운데 작은 여자아이 하나가 연리에게 다가와 말했다. 한 손에는 덜 먹은 꽃전을, 다른 한 손에는 얇은 나뭇가지를 쥐고 있었다.

"어디 보자. 정말 다 외웠나 볼까?"

연리가 어디 한번 보자며 집 앞 돌계단에 앉자 여자아이가 냉큼 연리의 무릎을 차지하고 앉았다. 그리곤 비에 젖은 흙바닥에 나뭇가지를 끄적거렸다. 아이의 손이 흙바닥에 남기는 선들은 아무 의미 없는 것이 아니라 모여서 하나하나 글자를 이루고 있었다.

"이게 기이-억, 이게 니이-은."

아이가 글자를 일일이 입으로 하나씩 읽으며 적어갔다.

"아냐! 그건 디귿이야. 바보야!"

"뭐? 나 바보 아냐! 네가 바보야!"

여자아이보다 조금 더 큰 사내아이가 연리의 앞에 뛰어오더니 흙바닥을 보고 틀렸다고 여자아이를 놀려댔다. 그 소리가 꽤나 커서 주위를 뛰어다니던 아이들도 어느새 모여들어 여자아이의 글씨를 구경했다. 그리곤 저마다 나뭇가지를 주워들고 와 누가 시키지도 않았는데 흙바닥에 글씨를 쓰기 시작했다.

"둘 다 글자를 배우고 있으니, 둘 다 바보가 아니란다."

연리가 계속 서로를 바보라고 주장하는 두 아이를 달랬다. 아이들은 연리에게서 글자를 배우고 있었다. 물론 아이들은 양반이 아니었고, 연리가 가르치는 글자는 한문이 아니었다. 연리는 선왕인 세종대왕의 글자, 백성들이 널리 쓰라고 만든 글자, 훈민정음을 가르치고 있었다. 물론 하얀 종이나 붓은 없었고, 흙바닥과 나뭇가지가 아이들의 문방사우였지만 연리는 이 아이들이 글자를 알고 싶어 하는 마음은 양반집 아이들과 크게 다르지 않다고 생각했다.

"실례합니다."

여자아이가 적은 흙바닥 글씨 위로 드리운 검은 그림자와 함께 낮은 목소리가 들려왔다. 연리가 그림자를 따라 고개를 들었다가 그림자의 주인을 보고 급히 일어났다. 연리가 일어나는 바람에 그녀의 무릎에 못 앉게 된 여자아이는 심도헌을 보더니 연리의 뒤로 쏙 숨어버렸다.

"심 진사님, 여긴 어쩐 일이십니까."

연리가 저고리 앞섶에 손을 올리고 가볍게 인사했다.

"아버님을 뵈러 왔습니다. 그리고 이것."

양현수를 보러 왔다는 심도헌은 연리의 앞에 비단 보자기로 싸인 무엇을 내밀었다. 각이 잡힌 것으로 보아 상자인 것 같았다.

"백 진사가 보내는, 꽃전에 대한 답례입니다."

심도헌은 양현수 댁에 가는 길에 꽃전에 대한 답례를 가져다달라는 이명의 부탁을 들어주고 있는 중이었다.

전 몇 개에 무슨 답례씩이나 보냈을까 싶은 연리가 심도헌의 손에서 비단 상자를 받아 들었다. 연리는 답례품을 두 손으로 부드럽게 건네주는 도헌을 묘한 얼굴로 쳐다봤다. 저잣거리에서 싸울 때는 언제고 갓끈을 꿰매달라고 하질 않나, 답례품을 손수 들고 와 건네주질 않나, 연리는 이 사내가 왜 이러나 싶었다. 다만 심도헌이 적어도 불손한 태도를 취하지 않는다는 것은 확실했기에 아직 화가 나 있긴 하지만 연리도 그 정도는 해주기로 했다.

"백 진사님께 감사하다고 전해주세요. 아버님께서는 사랑채에 계십니다."

연리가 의례적인 말과 함께 대문에서 비켜서 주자 심도헌이 연리를 스쳐 안으로 들어갔다. 연리는 심도헌이 여전히 냉한 얼굴이긴 하지만 뭔가 좀 달라졌다고 느꼈다. 전처럼 사람을 내려다보는 표정이 없어졌다고 해야 되나, 연리는 자신을 쳐다보는 도헌의 시선이 전보단 좀 덜 불편했다고 생각했다. 게다가 아버지 말로는 심도헌이 어제 집에 들러서는 저번과 다르게 말도 많이 하고 거만하게 굴지도 않았다던데, 연리는 심도헌의 변덕스러운 태도에 혼란스러웠다.

"우와! 정말 커요. 난 저렇게 커다란 사람은 처음 봤어요!"

"도깨비일 거야. 큰 도깨비!"

도헌이 대문 안으로 사라지자 기다렸다는 듯 연리의 앞에 우르르 몰려든 아이들이 도헌의 큰 키를 흉내 내며 도깨비라고 떠들었다. 입으로 호랑이 소리를 내며 눈을 쭉 찢어 보이는 아이들도 있었다. 아이들 눈에는 키도 크고 날카롭게 생긴 심도헌이 잘생겼다기보다는 도깨비나 호랑이처럼 본 적 없지만 무서운 무언가로 느껴진 것 같았다.

"여기들 있으렴. 꽃전을 좀 더 가져다줄게."

그런 아이들을 보고 빙긋 웃어 보인 연리가 빈 꽃전 바구니와 도헌이 준 상자를 들고 안채로 향했다. 안채에 들어서니 꽃전을 다 부쳤는지 하인들이 부산스럽게 마당을 치우고 있었다. 연리는 그들 사이를 지나쳐 안채 마루에 앉아 있는 설에게 다가갔다. 설이 연리의 손에 들린 비단 보자기를 발견하고 그게 뭐냐는 듯 쳐다봤다.

"백 진사께서 꽃전의 답례라고 보내셨어."

백 진사의 답례라는 말에 설의 얼굴이 눈에 띄게 환해졌다. 설이 냉큼 그것을 받아 들어 보자기의 매듭을 풀었다. 보자기가 매끄럽게 풀어져 흘러내리고, 작은 나무 상자를 여니 안에는 큼지막한 육포가 가득 들어 있었다. 소박한 꽃전에 대한 답례로 비싼 육포를 이만큼이나 보내다니, 연리는 둘 중 하나라고 생각했다. 꽃전이 너무 맛이 좋았든지, 아니면 설이 너무 좋든지.

"편지도 있네."

연리가 상자 아래 깔려 비죽 나온 종이 끄트머리를 발견하곤 꺼내 들었다. 연리는 그 편지를 자신이 읽지 않고 설에게 넘겨줬다. 왠지 모르지만 그래야만 할 것 같았다. 저 편지는 꽃전에 대한 단순한 답례 서찰이 아니라는 느낌이 강하게 들었기 때문이었다. 아니나 다를까 연리의 생각처럼 편지는 언니의 이름인 설로 시작하고 있었다.

"언니, 뭐라고 쓰여 있어?"

편지를 읽는 설의 눈동자가 글자를 따라 바쁘게 움직였다. 흘려 쓴 유려한 문체의 편지에 설의 입가에 점점 미소가 차올랐다. 그런 언니의 반응에 더 궁금해진 연리가 뭐라고 쓰여 있느냐고 설을 재촉했다.

"백 진사께서 나에게 쓰신 편지야."

마침내 다 읽은 설이 겨우 한 마디를 뱉었다. 누가 썼을지는 이미 뻔했기 때문에 내용이 궁금한 연리가 결국 방심한 언니의 손에서 냉큼 편지를 뺏어 들었다. 내놓으라는 설을 등진 연리가 빠르게 편지를 읽어 내려갔다. 대충 내용을 파악한 연리는 눈이 화등잔만 하게 커져서 설을 바라봤다.

"이건, 연서잖아!"

연리가 기쁨 반 놀라움 반을 섞어 경탄했다. 그런 연리의 말을 누가 들었을까, 설이 재빨리 연리의 입을 막았다. 조용히 주위를 두리번거려 살핀 두 사람의 입에 서서히 웃음꽃이 피어올랐다. 백이명이 보낸 편지는 그렇게 길지 않았고, 내용의 반 이상은 시조였다. 하지만 전달하려는 내용은 확실했다.

玉貌依稀看忽無 (옥모의희간홀무) 고운 얼굴 아련히 보일 듯 없고
覺來燈影十分孤 (각래등영십분고) 깨어보면 등불만이 홀로 외로워
早知春雨驚人夢 (조지춘우경인몽) 봄 비 꿈 깨울 줄 알았더라면
不向窓前種碧梧 (불향창전종벽오) 창 앞에 벽오동은 심지 말 것을

이 편지가 소저에게 잘 도착했으면 좋겠습니다. 설, 혹시 그대가 화답해 줄 마음이 있다면 별당 담장 끝 기와 밑에 답장을 두어주시겠습니까? 오늘 신시에 확인하러 오겠습니다. 소저가 나와 같은 마음이기를 바랍니다.

편지에는 보낸 사람의 이름이나 호가 적혀 있지 않았다. 그럼에도 불구하고 연리와 설은 편지가 백이명에게서 왔음을 확신했다. 그 근거 중 하나는 심도헌이 이 선물을 들고 왔다는 것이고, 다른 하나는 흘려 쓴 것 같은 글씨체가 백이명과 꼭 닮아 있었기 때문이었다.

"이제 어떻게 하지, 연리야?"

"당연히 답서를 써야지! 언니, 꾸물거리다간 곧 신시(申時, 오후 3시-5시)가 지나 버리겠어."

"어? 어, 그래. 그래야겠다."

연리의 말에 정신을 차렸는지 설이 급하게 편지를 들고 일어섰다. 허둥지둥 별당으로 달려가는 언니를 보며 연리는 이웃들에게 나눠주기 위해 쌓아놓은 꽃전 바구니에 다가갔다. 빈 바구니를 놓고 꽃전이 꽉 찬 바구니 하나를 새로 챙겨 든 연리가 기분 좋은 발걸음으로 다시 집 밖으로 나갔다. 꽃전을 가져온다던 연리를 얌전히 기다리고 있던 아이들이 다시금 모여들었다.

"언니! 제가 꽃전을 적었어요."

아까 연리의 무릎에 앉았었던 아이가 연리의 칭찬이 듣고 싶은지 그녀를 끌고 가 흙바닥에 쓴 글씨를 보여주었다. 하지만 바닥에는 꽃전이 아니라 '꼭전'이라고 적혀 있었다. 나름대로 잘 썼다고 자랑하는 모습이 귀여워 연리가 아이의 동글동글한 뒤통수를 쓰다듬었다.

"이건 꽃전이 아니라 '꼭전'이잖니. 제대로 꽃전이라고 적으면 진짜 꽃전을 줄게."

그 말을 들은 아이들이 앞다퉈 나뭇가지를 가져와 바닥에 글씨를 쓰기 시작했다. 아직 받침을 다 배우지도 않은 아이들도 대충 누나 형들을 따라 글자를 그렸다. 제대로 쓰는 아이들은 몇 되지 않았지만 연리는 아이들의 글씨를 일일이 봐주고, 잘했다는 뜻으로 입에 꽃전을 물려주었다. 그러다가 아이들 중에서 가장 키가 작은 어린아이의 앞에 다가간 연리는 풋 웃음을 터뜨렸다.

"하하, 이건 글씨가 아니잖니!"

글씨는 모르는데 꽃전은 너무 먹고 싶은 아이가 글자 대신 그려놓은 꽃전이 연리를 웃게 만들었다. 그렇게까지 웃을 일은 아니었지만 연리는 백이명이 설에게 연서를 보냈다는 사실을 알고부터는 구름 위를 걷는 기분으로 붕 떠 있었다. 연리의 웃음소리에 주위 아이들도 몰려와 그림을 보고 함께 웃으면서 골목길이 웃음으로 가득 찼다. 그런데 갑자기 아이들이 웃음을 멈추고 연리의 뒤로 우르르 숨어들어갔다.

"도깨비, 도깨비!"

"도깨비다! 도깨비가 다시 왔다!"

아이들이 양현수를 만나고 대문에서 나오는 심도헌을 가리키며 소리쳤다. 이미 아이들에게 심도헌은 도깨비로 결정이 난 듯싶었다. 심도헌은 계단을 내려오면서 연리와 아이들에게서 눈을 떼지 않았다. 뭔가 못마땅해서 쳐다보는 것처럼은 보이지 않아서 연리는 등 뒤의 아이들을 앞으로 이끌었다.

"애들아, 도깨비라니 나리께 무슨 말버릇이니. 어서 잘못했다고 말씀 드려야지."

심도헌이 혹시나 아이들의 버릇없는 행동에 경을 칠까, 연리가 먼저 나서서 아이들을 짐짓 엄하게 혼내는 척했다. 양반들 중에는 지나가다가 인사를 안 했다고 애먼 양인들을 두드려 패는 경우도 허다하니 조심해서 나쁠 것은 없었다.

"어린아이들이니 넓은 도량으로 이해해 주시지요, 나리."

계단을 막 내려와 연리 앞에선 도헌에게 연리가 가장 먼저 도깨비라고 소리친 아이의 머리를 숙여 보였다. 그러나 도헌의 시선은 아이가 아닌 그보다 아래 바닥을 향하고 있었다. 연리는 그제야 심도헌이 흙바닥에 아이들이 쓴 글자들을 보고 있다는 것을 깨달았다.

"소저께서 가르치고 계신 것입니까?"

도헌이 아이들과 연리를 번갈아 보더니 연리에게 물었다.

"······비웃으시려거든 비웃으셔도 됩니다."

양반도 아닌 아이들에게 글을 가르치는 것을 마을 양반들이 은근히 비웃고 있다는 사실을 아는 연리가 심도헌의 물음에 날카롭게 대답했다. 여인이 책을 읽어 무엇 하고, 멍청한 백성들이 글을 배워 무엇 하느냐고 비꼬는 말을 수도 없이 많이 들어온 연리는 이 문제에 대해 굉장히 예민했다. 게다가 심도헌은 이미 지난번, 여인인 연리가 군자의 도리를 말하느냐고 비꼬았던 전적도 있었기 때문에 그도 자신을 비웃을 거라는 생각을 할 수밖에 없었다.

"절대 비웃지 않습니다. 비웃고 싶은 마음도 없습니다."

심도헌은 연리의 말이 끝나기가 무섭게 단호한 어투로 연리의 말을 부정했다. 연리는 자신이 예상한 반응과 정반대인 심도헌의 모습에 당황했다.

"선왕 전하께서 어리석은 백성들을 가엾이 여기시어 만든 것입니다. 내 조선의 신하된 자로서 어찌 선왕 전하와 뜻을 같이한 소저를 비웃을 수 있겠습니까."

심도헌은 진심이었다. 아랫것들이 글자를 아는 것이 양반들의 지위를 위협한다고 느끼는 모자란 양반들이 있는 것은 사실이었지만 도헌은 아니었다. 도헌은 항상 훈민정음의 훌륭함이 민초들에게까지 다다르지 못함을 개탄만 했는데, 실제 백성들에게 직접 훈민정음을 가르치는 양반이 있을 줄은 몰랐다. 게다가 그 양반이 이렇게 젊은 여인일 줄은 더더욱 몰랐다.

그러나 심도헌이 비웃음은커녕 아주 진중한 얼굴로 선왕 전하의 뜻을 기리는 일이라고 치켜세워 주었음에도 연리는 아무 반응도 보이질 않았다. 연리가 흙바닥에 앉아 글자를 가르치고 있으면 양반 남자들은 항상 비웃음을 던지면 던졌지, 이런 가탄(嘉嘆, 가상히 여겨 감탄함)을 표현하지는 않았기 때문에, 그녀는 어떤 반응을 보여야 할지 몰랐다. 그런 연리를 잠시 쳐다보던 도헌은 연리의 주위에 느타리버섯들처럼 옹기종기 모여 있는 아이들에게로 시선을 돌렸다.

"훈민정음을 다 떼거든 참판부인 댁으로 오너라. 내 상을 주마."

다정하지는 않더라도 무섭지 않게 심도헌이 아이들에게 상을 주겠다고 말했다. 상이라는 말에 아이들의 눈이 반짝반짝 빛났다. 심도헌이 연리에게 꾸벅 인사를 건네고는 묶어놓았던 자신의 말에 올랐다.

"상이래, 상이 뭐야?"

"아씨, 큰 상이 뭐예요? 얼마나 커요?"

상이란 것을 받아본 적이 없는 아이들이 연리의 팔을 붙잡고 흔들었다. 그제야 정신을 차린 연리가 고개를 돌렸을 때는 이미 말을 탄 도헌이 멀어졌을 때였다. 연리는 그런 도헌의 뒷모습을 잠시 지켜보다가, 빨리 상을 받고 싶어서 훈민정음은 언제 뗄 수 있냐고 조르는 아이들에게 곧 떼게 해주겠다고 말하고 일찍이 집으로 돌아왔다. 설과 백이명으로 인해 붕 떴던 기분이 뒤숭숭해진 탓이었다.

연리가 별당으로 들어왔을 때는 설이 백이명에게 줄 편지에 입김을 불어 말리고 있었다. 책상 아래에는 설이 글자를 잘못 쓰거나 내용이 마음에 들지 않아 던져 놓은 종이 두어 장이 구겨져 있었다. 딱 봐도 공을 들여 답서를 적은 모양이었다. 연리가 설이 말리고 있는 편지를 슬쩍 훔쳐봤다.

早蛩啼復歇 (조공제복헐) 새벽 귀뚜라미 쉬었다 다시 울고
殘燈滅又明 (잔등멸우명) 기우는 등불은 꺼질 듯 또 밝은데
隔窓知夜雨 (격창지야우) 창 밖에 밤비 내림 알게 하는 건
芭蕉先有聲 (파초선유성) 파초잎 두들고 간 빗방울 소리뿐

간밤에 내린 빗소리는 소녀도 들었습니다. 날이 따뜻해졌으나 아직은 겨울이 남아 있는 듯합니다.

설은 백이명이 보낸 봄비를 묘사한 시조에 답시로 밤비에 대한 시조를 적었다. 연리는 시조는 나쁘지 않지만 편지가 너무 건조한 게 아닌가 싶었다. 백이명은 편지에 설의 고운 얼굴이 아련히 그리웠다고 은근 열정적으로 감정을 드러냈는데 설은 편지에 거의 감정을 드러내지 않았다.

"왜? 내용이 이상하니?"

"그게, 좀……. 아냐, 어찌 되었든 답장을 한다는 게 중요한 거지."

편지 내용이 이상한지 물어보는 설에게 연리는 좀 더 언니의 감정을 적어보라고 말하려다 그만두었다. 자매들 앞이 아니면 속내를 드러내지 않는 설의 소극적인 성격을 잘 알기 때문이었다. 연리는 설이 답장을 하는 것만으로도 백이명이 설이 그와 같은 마음이라는 것을 알 거라고 생각했다. 번지지 않고 잘 마른

편지를 봉투에 접어 넣는 언니를 보며 연리가 흐뭇한 미소를 지었다. 설은 벼루를 정리해 두고, 백 진사의 편지를 펼쳐 들었다.

"이렇게 예의바른 연서라니. 상스러운 문구는 하나도 없지 않니."

"시도 멋있고."

"서체도 단정하셔."

"게다가 얼굴도 잘생겼지."

말끝마다 고수의 추임새와 같은 연리의 맞장구가 따라붙으니 설이 연리를 아프지 않게 꼬집으며 웃었다.

"왜 꼬집어, 백 진사님이 결국 완벽한 선비님이라는 거잖아."

"하지만 난 내가 그분한테 연서를 받으리라고는 생각도 못했어, 연리야."

"나는 이렇게 될 거라고 생각했는걸? 그건 전혀 뜻밖의 일이 아니야, 심 진사 같은 분이랑 백 진사 같은 분이 서로 오래된 친구라는 게 뜻밖인 거지. 서로 완전히 정반대잖아."

연리는 잘 웃으며 편안하고 밝은 성격의 백이명과 웃음이 없고 냉랭한 성격의 심도헌이 어떻게 십 년도 넘은 친구인지, 정말로 의문이었다. 설도 두 사람의 성격이 다르다는 건 인정할 만해서 골똘하게 생각에 빠졌다.

"분명히 그분도 나쁜 사람은 아닐 거야. 우리가 못 본 부분이 있지 않을까."

그 골똘한 생각 끝에 나온 결론은 심도헌이 나쁜 사람은 아닐 거라는 거였다.

"하여튼 언니는 나쁜 건 하나도 안 보이지? 언니는 너무 좋은 부분만 보려고 해."

연리는 평생 설이 입 밖으로 부정적인 말을 꺼내는 모습을 본 적이 없다는 걸 다시 한 번 깨닫고 헛웃음을 지었다. 설은 그럼 심 진사님이 나쁜 사람이냐고 반박하려다가, 오늘 심도헌이 연리에게 백이명의 답례 물건을 전해주었다는 것을 기억해 냈다.

"맞다. 아까 그 물건을 심 진사께서 전해주셨다며, 그분이 또 너한테 무슨 말을 하셨니? 또 싸웠어?"

"아니야, 나랑 그분이랑 만나기만 하면 싸우는 줄 알아?"

연리가 절대 안 싸웠다고 말하며 책상 위에 팔을 베고 엎드렸다.

"별 말씀은 없으셨고?"

"글쎄……."

별말이라, 말끝을 흐린 연리가 팔에 턱을 괴고서 방금 전 집 앞에서 만났던 심도헌을 떠올렸다.

"절대 비웃지 않소. 비웃고 싶은 마음도 없소."

절대 비웃지 않는다고, 연리가 하는 일이 왕의 뜻을 잇는 거라고 말해주던 심도헌이 생각났다. 그런 말을 처음 들어봐서 아무 대답도 못했지만, 연리는 심도헌의 그 말이 고마웠다. 이 감정을 고맙다고 표현하는 게 맞을지는 모르겠지만, 심도헌의 말은 마치 위로처럼 와 닿았기 때문에 연리는 이 감정을 우선 고마움으로 정했다. 연리는 이제 저잣거리에서 자신의 집안을 깎아내리던 심도헌과 방금 만난 심도헌이 같은 사람인지 헷갈릴 정도였다.

"별 말씀 없으셨어."

연리는 방금 있었던 일을 설에게 설명하기에는 자신의 머릿속이 너무 복잡해서 아무 일도 없었다고 말했다.

"어서 편지나 두고 와. 그러다 백 진사님이 왔다 가버려도 난 몰라."

"아! 맞다!"

연리의 말에 설이 중천에서 내려오고 있는 창밖의 해를 발견하곤 서둘러 일어났다. 설은 약속했던 대로 별당 담장 끝 기와 밑에 편지를 넣어두었다. 이것이 이 설과 백이명이 처음으로 주고받은 연서였고, 인연의 시작이었다.

❀

혜인 홍씨의 집안은 그리 사정이 좋지 않았다. 조상 중에 과거에 붙어 관직에 나아간 이는 손에 꼽았고, 대부분 하급 관직에 머물렀다. 그나마도 종친 양현수와 혼인한 홍씨가 집안에서는 가장 나은 편이었다. 연리의 외숙과 이모가 되는 홍씨의 오라비와 여동생도 품성은 좋았지만 상업에 종사했기 때문에 지체 높은 집안이라고 볼 수는 없었다. 그래도 양현수와 그들의 사이는 좋은 편이었다.

설과 연리는 이모를 잘 따랐고, 명진과 가연은 장연에서 가까운 풍천에 사는 외숙모를 자주 찾아갔다. 물론 외숙모는 조금 행동이 신중치 못하고 가벼운 구석이 있어 연리는 동생들에게 주의하라고 말했지만, 명진과 가연은 양천으로 외숙모를 만나러 가는 것을 멈추지 않았다. 어제도 명진과 가연은 외숙모를 만나러 양천에 갔다가 하룻밤 놀고, 오늘 아침식사를 할 무렵에나 돌아왔다.

"어머니! 어머니! 들으시면 깜짝 놀라실 얘기를 듣고 왔어요!"

대문에서부터 홍씨를 부르며 달려온 명진은 안채로 득달같이 들어와 어머니의 소매를 붙잡고 늘어졌다.

"이 고을에 있어봤자 무슨 대단한 소식이 있다고 그러니."

어머니와 함께 식사 중이던 연리는 동생의 방정맞음을 타박했다.

"듣고 놀라지나 마."

"명진아, 어미 속 다 타겠구나. 어서 말해보렴."

"며칠 후에 양천에 군대가 온대요!"

명진이 대단한 일이라도 되는 양 왕이 북쪽 경계지역에 보내는 정군이 양천에 잠시 머문다는 소식을 전했다.

"그게 왜 놀랄 일이니, 전쟁이라도 일어난다는 거야?"

셋째 가람은 진심으로 그게 왜 놀랄 일인지 이해하지 못했다.

"거기엔 만호(萬戶) 나리들도 있고, 금군(禁軍)들도 섞여 있으니까!"

명진은 당연히 젊은 남자들이 많이 오기 때문이 아니겠냐고 능청스럽게 말했다. 결국은 땀내 나는 사내들에 대한 이야기였다는 것에 연리가 한심한 눈으로 명진을 바라봤다. 명진은 남녀 사이의 감정에 일찍 눈을 뜬 편이었는데, 그런 명진의 예쁘장한 얼굴과 성숙한 몸매는 주변 남아들의 관심을 받았다. 자신의 인기와 매력을 아는 명진은 항상 자신을 훈계하는 연리와 설보다 잘생긴 남편을 빨리 만들어서 언니들의 기를 죽이겠다는 치기 어린 생각을 가지고 있었다. 물론 명진이 남편감을 고르는 기준에 그 사람의 인품이나 지성은 포함되지 않았다. 명진의 유일한 관심사는 외모뿐이었다.

"오늘 또다시 이 마을에서 가장 어리석은 여자들이 내 자식들이라는 것을 내 눈으로 확인하는구나."

안채를 찾은 양현수가 아내와 딸들이 있는 방 안에 들어서며 말했다. 양현수는 커갈수록 정숙함과는 거리가 멀어가는 명진과 가연, 그리고 그것을 방관하는 아내를 보며 통탄했다.

"어리석다니요! 지금 자식들에게 어리석다고 하신 겁니까?"

홍씨는 갑자기 와서는 자식들 흥을 보는 남편을 야속하게 쳐다봤다.

"그럼 부인의 눈에는 정말로 저 어리석음이 보이질 않소?"

"예! 제 눈에는 다 총명해 보입니다. 설이 좀 보세요, 얼마나 곱고 어여쁩니까?"

"아, 내 부인을 오해하게 했구려. 나는 내 작은딸 둘이 특별히 멍청하다고 이야기하는 거요!"

양현수는 명진과 가연을 쳐다봤다. 양현수는 장녀 설이와 차녀 연리가 동생들에게 모범이 될 만큼 행실이 바른데, 어떻게 동생들인 명진과 가연의 행실이 날이 갈수록 안 좋아지는지 그 이유를 도저히 알 수가 없었다.

아버지의 탐탁지 않아 하는 눈초리에 가연이 설의 뒤에 숨어 고개만 빼꼼 내밀며 눈치를 봤다. 하지만 이미 어머니의 편애로 간이 부어 있는 명진은 자신이 뭘 잘못했냐는 듯 팔짱을 끼는 방자한 태도를 보였다. 그 모습에 양현수는 이번 기회에 명진을 단단히 혼내야겠다고 생각했다. 하지만 하인이 달려와 양현수를 찾는 바람에 맥이 끊기고 말았다.

"주인나리! 백 진사 댁에서 연통이 왔습니다요."

양현수가 명진에게 조금 이따 보자며 눈짓을 하고 하인의 손에서 종이를 받아 들었다. 설은 아버지의 손에 들어가는 종이에서 눈을 떼지 못했다. 혹시나 저 편지가 혹시나 백이명이 자신에게 보낸 것인가 하는 마음에서였다.

"설아, 너에게 온 것이로구나."

아니나 다를까 양현수가 편지에 적힌 수신자를 보고 설에게 편지를 넘겨주었다. 설이 두근대는 마음으로 종이를 받아 들었다. 하지만 설의 기대와 달리 연통은 백이명으로부터 온 것이 아니라 백이명의 여동생인 백소윤으로부터 온 것이었다. 설이 편지에 짤막하게 쓰인 글들을 눈으로 훑어 내리자 홍씨가 옆에서 딸을 닦달했다.

"애야, 빨리 좀 읽어라. 무슨 말이 적혀 있니?"

"백 진사님의 여동생이 보낸 편지예요, 어머니. 오늘 집에 놀러와 줄 수 있겠냐고 하네요."

설이 다녀와도 되겠냐는 허락을 구하는 눈빛으로 아버지와 어머니를 보았다. 설과 연리는 백이명과 심도헌이 막 장연에 내려왔을 무렵에 참판부인 댁에 선물을 전하러 다녀왔었다. 그때 만났던 백이명의 두 누이들은 설을 꼭 마음에 들어 하며 이 마을에 아는 이가 없으니, 언젠가 날을 잡아 다시 놀러와 달라고 부탁했었다. 아마도 그 언젠가가 오늘인 모양이었다. 명진이 설의 손에서 편지를 쏙 빼가서 자기도 읽어보기 시작했다.

"오라버니가 외출해서 내일 아침에나 돌아온다는 걸 보니까, 백 진사님은 집에 안 계시나 본데요?"

명진이 편지에서 백이명이 외출했다는 부분을 발견하고, 설이 그 집에 놀러가더라도 백이명을 만날 수는 없을 거라는 걸 홍씨에게 알렸다.

"백 진사는 없다고? 그거 참 아쉬운 일이구나."

"어머니, 저 갔다 와도 되나요?"

"아쉽지만 어쩔 수 없지, 다녀오려무나."

홍씨는 백이명이 집에 없다니 매우 실망했지만, 그의 여동생과 설이 친해지는 일이 꽤 괜찮다는 생각에 외출을 허락했다.

"어머니, 언니가 가마를 타고 가도 될까요?"

연리가 허락이 떨어지자마자 물었다. 참판부인 댁과 연리의 집 사이의 거리는 칠 리 정도로, 결코 짧은 길이 아니었다. 연리는 저번이야 둘이 함께 쉬엄쉬엄 걸어갔지만, 이번에는 그쪽에서 보는 눈도 있고 하니 설이 가마를 타고 가는 게 좋다고 생각했다. 그 말에 홍씨가 자리에서 일어나 창밖을 살폈다. 하늘을 올려다보는 게 날씨를 살피는 것 같았다.

"아니, 말을 타고 가렴."

하지만 홍씨는 단호하게 가마는 안 된다고 했다. 창밖으로 보이는 먹구름 낀 하늘이 어머니의 결정에 영향을 준 것 같았으나, 연리는 이해할 수가 없었다.

"하지만 그래도 가마를 타고 가는 게 모양이 좋지 않겠어요?"

"네 아버지도 안 된다고 하실 게다. 가마를 타려면 가마꾼이 필요한데 일꾼들은 이웃집 이엉을 얹어주러 다들 나갔잖니. 그렇죠, 나리?"

혜인 홍씨가 양현수를 노려봤다. 절대 가마를 내주면 안 된다는 무언의 경고를 보내오는 부인에 의해 양현수가 떨떠름하게 고개를 끄덕였다. 명진은 아버지와 어머니의 관심이 설에게 쏠렸다는 것을 눈치채고, 슬그머니 방 밖으로 나갔다.

운이 좋게도 명진은 오늘도 아버지에게 혼이 나지 않았다. 하지만 설은 운이 좋지 않았다. 고운 비단옷을 차려입고도 가마가 아닌 말을 타고 백소윤을 만나러 갔기 때문이었다. 설상가상이라더니, 설이 집을 나간 지 얼마 되지 않아 하늘이 우르릉 하고 크게 울더니 비를 쏟아냈다.

"언니가 비를 너무 많이 맞지 않았을까요. 비가 얼음장처럼 차요."

자라나는 빗줄기에 안채 마루로 나온 연리가 걱정스러운 눈으로 하늘을 올려다보았다. 봄이 왔는데도 비는 겨울비처럼 차가웠다. 말은 지붕이 없으니 설은 가는 내내 이 차가운 비를 맞았을 게 분명했다.

"그러게 말이다. 아마 비에 쫄딱 젖었겠구나."

"걱정도 안 되세요? 언니가 돌아올 때도 비가 오면 어떡해요."

"별 걱정을 다 하는구나. 설마하니 비가 오는데 그 집에서 설이가 말을 타고 돌아가게 두겠니? 당연히 하룻밤 머무르고 가라 하겠지. 그러면 외출 나갔다 온 백 진사와도 만날 거고, 그럼 설이도 좋고 백 진사도 좋고, 두루두루 좋은 게 아니겠니."

혜인 홍씨는 구멍이라도 난 듯 비를 쏟아내는 하늘을 올려다보며 흐뭇하게 웃었다. 그제야 연리는 어째서 그렇게 부득불 가마는 안 된다고 했는지, 어머니의 의중을 알아챘다. 설을 말에 태울 때부터 홍씨는 설을 그 집에서 하룻밤 재울 계산을 세워놓은 것이었다. 연리도 어머니의 말대로, 이명의 집에서 설이 빗속을 뚫고 말을 타고 돌아가게 하지는 않을 것이라고 생각했다. 비가 오면 지나가는 나그네에게도 하룻밤 머물고 가라고 하는데, 하물며 설을 그렇게 박대하지는 않을 것이었다.

연리는 어머니의 잔머리에 혀를 내둘렀다. 그렇다고 마냥 어머니의 뜻대로 되리라고 생각하는 것은 아니었다. 밤까지 비가 오리라는 보장이 없었기 때문이었다. 하지만 정말로 하늘이 도운 것인지, 비는 계속 그 세기를 더해갔고 저녁 무렵 설에게서는 오늘 돌아가지 못할 것 같다는 연통이 왔다.

"내 생각이 딱 맞았구나! 설아, 부디 백 진사와 좋은 시간 보내고 오려무나."

설이 오지 못한다는 말에 혜인 홍씨는 자신이 비를 내리게라도 한 것처럼 의기양양하게 기뻐했다. 그녀는 모든 것이 자신의 계획대로라고 생각했지만, 꼭 그런 것만은 아니었다. 그녀의 예상과 다르게 다음 날도 설이 돌아오지 못한 것이 그러했다.

다음 날, 새벽에 가까운 아침 일찍 효진이 연리를 찾아왔다. 효진의 집에는 우물이 없고, 마을 공동 우물보다는 연리네 집 우물이 가깝기 때문에, 효진은 물 기르는 하인과 함께 아침 일찍 연리를 찾는 경우가 많았다. 연리는 설도 없어 심심하던 차에 잘 됐다 싶어 효진과 방에 앉아 담소를 나눴다.

"정말이야? 설 언니랑 백 진사님이?"

"그래! 벌써 세 번이나 답신을 보냈어. 어제는 백 진사님의 누이가 초대해서 그 댁에 갔고."

연리의 말에 효진은 자신의 일처럼 기뻐하며 다리를 동동 굴렀다. 연리가 그동안 두 사람이 주고받은 연서를 죽 살펴본 결과, 연리의 눈에는 두 사람의 감정이 어느 정도 발전한 것 같아 보였다. 물론 여전히 설의 편지는 담백하기 그지없었지만, 아주 천천히 감정을 드러내기 위해 노력하고 있는 중이었다. 연리는 그것만으로도 충분하다고 생각하고 있었는데, 효진의 생각은 조금 달랐다.

"그런데 연리야, 설이 언니가 너무 소극적인 것 같지 않아?"

효진은 연리가 들려준 두 사람의 편지 내용을 듣고 조심스럽게 걱정을 표했다.

"언니도 노력하고 있는 중이야."

"설이 언니도 좋아하고 있는 건 맞고? 편지 내용만 들으면 백 진사님은 언니를 좋아하는데 설이 언니는 아직 망설이는 걸로 보여."

"에이, 만약 언니가 마음이 없었다면 애초에 답장을 안 했겠지. 백 진사님이 그 정도도 모르실까?"

"모를 수도 있지. 자주 만나는 것도 아니고, 두 사람은 연서만 주고받잖니."

효진은 사람 마음만큼 알기 어려운 게 없다고 생각했다. 같은 가족끼리도 알기 어려운 마음인데, 하물며 남녀 사이는 오죽할까.

"아직 연서를 몇 번 주고받지도 않았어. 더 주고받다 보면 백 진사님도 확실히 아시겠지."

"다른 사람들이라면 그 몇 번 안에 혼약도 했을걸?"

시간이 지나면 백이명도 설의 마음을 확실히 알게 될 거라는 연리의 말에 효진이 태평한 소리한다며 타박했다. 연리는 효진의 말도 틀리지 않다는 것을 알기에 반박할 수 없었다.

"하지만 너도 알다시피 설이 언니는 상대방 눈치를 봐서 계획적으로 행동하는 사람이 아냐."

"그래, 그건 맞지."

"만약 언니가 백 진사님의 재산을 봐서 혼인하려고 안달이 나 있다면 그럴 수 있겠지만, 애초에 언니는 그런 사람이 아니잖아? 지금 언니는 다른 사심 없이 그저 백이명이라는 한 사내에게 끌리고 있을 뿐이야."

연리가 한평생 곁에서 지켜본 것을 토대로 설의 현재 상태를 효진에게 설명했다. 효진도 이기적인 면이라고는 하나 없이 순하기만 한 설의 성격을 알기에 그 부분에 대해서는 인정했다.

"그리고 언니가 백 진사님과 혼인해서 행복할지 아직 확신이 안 들어."

연리는 지금이야 백이명이 착하고 좋아 보이지만, 알아가다 보면 안 좋은 면이 나올지도 모른다고 생각했다. 그래서 서로 알아가기 위한 시간이 더 필요하다고도 생각했다. 세상에는 첩을 들이고 정실을 박대해 내쫓는 돈 많은 사내도 많고, 술주정을 부리고 아내를 때리는 가난한 사내도 많았다. 연리는 자신의 자매들과 효진이 그런 남편을 만나지 않기를 바랐기에, 설이 충분히 백이명에 대해 알아가기를 원했다.

"설이 언니와 네가 확신을 가지는 동안 백 진사님의 마음이 떠나가 버리면 어쩌려고."

효진이 그렇게 질질 끌다가 설에 대한 백이명의 관심이 사라지면 어떡하느냐고 물었다. 그 부분까지는 생각지 못한 연리가 대답을 못했다.

"연리야, 설이 언니가 백 진사님과 일 년을 알고 혼인을 하든, 당장 부모님 뜻에 따라 얼굴도 모르는 사내랑 혼인을 하든 어떤 쪽이 행복할지는 모르는 거야."

"어째서?"

"할머니가 그러셨어. 십년을 알아도 사람 마음은 모르는 거라고. 백 진사님이 막상 혼인해 보니 남편으로서 별로일 수도 있잖아."

"……."

"얼굴도 모르는 사내가 좋은 남편이 될 수도 있지. 물론 그 반대일 수도 있어."

"무슨 말이 하고 싶은 거야?"

"너무 재지 말라는 거지. 어차피 판단할 수 있는 데는 한계가 있으니까."

효진은 재느라 백이명 같은 사람을 놓쳐 버리기엔 너무 아깝지 않느냐고 말했다.

"그렇지만 효진이 너도 부모님이 하라는 대로 당장 얼굴도 모르는 사내랑 혼인하고 싶지는 않을 거 아냐."

"그건 그렇지. 하지만 남들도 다 그렇게 혼인하는걸."

효진은 부모님이 하라고 하면 하는 거지 어쩌겠냐며 깔깔 웃었다.

"여하튼, 나는 언니가 조심하다가 백 진사님을 놓칠까 봐 그러는 거야. 알지? 난 언니가 진심으로 잘되길 바라."

"알아."

연리도 효진이 정말로 좋은 의도로 말한다는 것을 알고 있었다. 하지만 연리는 내심 백이명이라면 설의 진심을 이미 알고 있을 거라고 자만했기 때문에 효진의 말을 그렇게 크게 신경 쓰지는 않았다.

효진이 돌아가고 하인들이 아침식사를 준비할 무렵 참판부인 댁 하인이 연리에게 설의 편지를 들고 찾아왔다. 연리는 오늘이면 설이 돌아올 거라고 생각하고 있었기 때문에, 웬 편지인가 하였다.

연리야, 아침부터 몸이 안 좋아 이렇게 편지를 써. 어제 찬비를 한참 맞아서인 것 같아. 백 진사님의 누이들은 너무나 고맙게도 의원을 부르겠다며 나를 보내주지 않고 있어. 아무래도 여기 더 머물러야 할 것 같아. 의원 이야기에 놀라지는 마. 목이 좀 아프고 두통이 있을 뿐이야. 어머니께 잘 말씀드려 줘. 곧 돌아갈게. 언니가.

설의 글씨는 희미하게 흔들려 있었다. 아마 붓을 잡기 힘들 만큼 아픈 모양이었다. 연리는 이 사실을 알리기 위해 편지를 들고 급히 별당을 나갔다. 사랑채로 달려온 연리가 아버지 앞에서 편지를 소리 내어 읽자, 양현수가 부인을 나무랐다.

"부인, 딸이 중병에 걸려 죽어도 백 진사 댁에서 죽게 생겼으니 만족하시오?"

양현수는 기어코 설이 말을 타고 가게 만든 홍씨가 못마땅해서 그녀를 잔뜩 비꼬았다. 가마만 탔어도 설이 아프지 않았을 것이니 틀린 말은 아니었다.

"비 좀 맞았다고 안 죽습니다. 오히려 그 집에 조금 더 머물 수 있으니 잘되지 않았습니까."

"부인!"

아직도 정신을 못 차린 홍씨에게 결국 양현수가 못마땅한 목소리를 냈다.

"아이구, 왜 소리를 지르고 그러십니까."

"언니한테 가봐야겠어요."

연리는 어제 그 찬비를 맞고 분명 호되게 앓고 있을 언니를 생각하니 마음이 조급했다. 사람 명줄이라는 게 모르는 거라서, 가벼운 고뿔로 죽는 수도 있었다. 설이 얼마나 아픈지 직접 확인해야 연리는 마음이 놓일 것 같았다.

"연리야, 가마를 타게 하고 싶다만 오늘은 정말로 내어줄 수가 없구나."

양현수가 그런 연리를 말리지는 않았지만 걱정스럽게 말했다. 오늘은 가마를 태워 보내려 해도 정말 가마꾼이 없었다. 비가 오는 바람에 고을에 물이 새는 집이 많아져 이엉을 엮는 일에 더 많은 일손을 보내주었기 때문이었다. 집에 하나뿐인 말도 어제 설이 타고 가버려 연리는 어쩔 수 없이 걸어갈 수밖에 없었다.

"이 진흙탕 길을 걸어가야 할 텐데. 말이나 되는 소리냐. 거기 도착하면 네 꼴이 얼마나 엉망이겠니?"

홍씨는 연리가 설을 데리고 올까 봐서 그 앞을 막아섰다.

"가족이 아프다는 연통에 한 사람도 와보지 않으면 무정한 집안이라고 저희를 얼마나 욕하겠어요, 어머니."

"그렇긴 하다마는……."

"화평언덕까지는 늘 다녔는걸요. 조심히 다녀올게요."

연리를 더 말릴 수는 없다고 생각했는지 홍씨가 연리에게 설을 절대 집으로 데려오지 말라 신신당부하며 여분의 치마를 챙겨주었다.

"언니, 우리도 데려가!"

연리가 나갈 채비를 하고 막 집을 나서려고 할 때, 명진이 뛰어나와 연리의 뒤에 붙어 섰다.

"안 돼. 집에 있어."

"누가 언니 따라간대? 외삼촌 댁 가는 길까지만 같이 가자고."

명진이 혹시라도 외삼촌 댁에 놀러 가는 것을 사랑채에 있는 아버지가 듣기라도 할까 연리에게 속삭였다. 외삼촌 댁에 가서 또 군인들 이야기를 듣고 올 모양이었다. 연리는 점점 버릇이 안 좋아지는 명진을 혼낼까 했지만, 지금은 당장 설이 아픈 것이 먼저이기에 돌아와서 제대로 주의를 주어야겠다고 생각했다.

"나도 갈래, 나도."

명진의 뒤로 가연까지 따라붙었다. 명진과 가연은 설이 아픈 것보다는 군복을 입은 사내들을 볼 생각에 철없이 들떠 보였다. 연리는 같은 자매인데도 무심한 두 동생이 살짝 얄미웠지만, 두 사람과 갈림길에서 갈라졌기 때문에 그 감정도 오래가지는 않았다. 가연과 명진은 갈림길 아래쪽으로 내려가 외삼촌 댁으로, 연리는 갈림길 위쪽으로 올라가 화평언덕으로 향했다.

산에서 내려온 빗물에 더 질척질척한 진흙길을 지나고 나니 연리의 흰 속치마에는 진흙물이 튀어 자국이 남았다. 다행히 붉은 겉치마는 살짝 들고 걸어 진흙물이 들지는 않았다. 연리는 욱신 욱신 아파오는 발을 느끼며 화평언덕 앞을 지났다. 개울만 건너면 참판부인 댁이라는 것이 연리를 위로했다. 언덕 아래를 거의 다 지났을 때, 연리는 언덕을 내려오는 한 사람과 마주쳤다.

연리가 알기로 이 마을에 저렇게 큰 키에 비싸 보이는 진녹색 도포를 입을 이는 단 한 사람, 심도헌밖에 없었다.

연리가 도헌을 발견한 지 얼마 되지 않아 도헌도 언덕 아래의 연리를 발견했다. 도헌은 수리봉 중턱에 올라 다시 한 번 마을을 쭉 훑어보고 내려오는 길이었다. 마을로 들어오는 길은 여러 개였지만 큰 길은 하나뿐이고, 나머지는 험한 산에 사람들의 발길이 만들어낸 좁다란 길들뿐이었다.

'인삼을 실은 수레를 끌고 험한 산길을 넘지는 않았을 테니 큰 길로 들어왔겠군. 하지만 뱃길로 이곳에 들여왔을 가능성도 배제할 수는 없지.'

도헌은 장연현감 방원수가 궤 두 짝 정도의 인삼을 턱턱 내놓을 정도면 가지고 있는 양이 어마어마할 테니, 인삼을 육로가 아닌 뱃길로 이곳에 가져왔을 가능성도 고려하기로 했다. 도헌은 수리봉을 내려오면서 만약 이 인삼이 한양에 진상된 물품들 중에 빼돌려지는 것이라면 한양에서 바다로 나오는 길은 당연 한강 물이라는 생각을 했다.

그렇다면 어떻게 증거를 찾아내 볼까 고민하던 중 화평언덕 아랫자락에서 익숙한 옥빛 쓰개치마가 눈에 띄었다. 그것이 연리라고 생각한 도헌이 멀리서나마 고갯짓으로 그녀에게 인사했다. 연리도 어색하게 꾸벅였다. 도헌은 연리가 있는 쪽으로 걸어가면서 이상한 점을 찾았다. 연리의 주위에 말도 가마도 없는 것이었다. 도헌이 연리의 앞에 멈춰 섰다.

"예까지 걸어오셨습니까."

"언니가 아프다기에 급히 오다 보니……."

도헌의 물음에 연리가 어색하게 말끝을 늘였다. 연리는 쓰개치마 안에서 손을 움직여 겉치마를 최대한 잡아 내렸다. 혹시나 도헌의 눈에 진흙물이든 속치마가 보일까 싶어서였다.

도헌은 이 여인이 정말 홀로 오 리도 넘는 길을 걸어왔을까 싶어 연리의 모습을 훑어보았다. 진흙길을 빠르게 걷다보니 연리의 얼굴은 발그레하게 달아올라 있었고, 숨결은 고르지 못해 흐트러져 있었다. 동백기름을 바르지 않아 빠져나온 잔머리들은 연리의 둥근 이마 가장자리에서 살랑였고, 그 아래 까만 눈동자는 언니에 대한 걱정으로 촉촉했다.

"전 걷는 걸 좋아해요."

연리가 자신도 모르게 변명처럼 내뱉었다. 오늘은 사정상 못 탄 거기는 하지만, 연리가 가마보다 걷는 것을 좋아하는 건 사실이었으니 변명이라고 하기도 뭐했다.

도헌은 화평언덕도 그렇고 저자에서도 그렇고 연리를 마주칠 때마다 그녀가 걷고 있었다는 것을 깨닫고 고개를 끄덕였다.

그것으로 둘 사이의 대화는 끝이었다. 서로 더 꺼낼 말이 없는 두 사람이 다시금 발길을 옮겼다. 두 사람 모두 목적지가 참판부인 댁이었기에 의도치 않게 도헌과 연리는 한 길을 걷게 되었다. 어색함을 느낄 새도 없이 이내 두 사람이 비에 불어난 개울에 다다랐다.

다행히 작은 개울이라 심하게 불지는 않아 징검다리를 건너는 데는 문제가 없어 보였지만, 세찬 비에 겨우 핀 매화꽃이 개울물에 떨어지고 있어 연리는 떨어지는 꽃잎을 아쉽게 바라봤다. 연리가 쓰개치마를 팔에 걸고 치맛자락을 잡는 사이 도헌은 먼저 돌다리를 건너기 시작했다. 긴 다리로 휘적휘적 가버리는 심도헌의 뒤로 연리도 조심스럽게 돌다리에 발을 올렸다. 도헌의 큰 발이 한 발자국, 연리의 조막만 한 발이 한 발자국. 매화꽃을 맞으며 두 사람이 다리를 건너갔다.

덜컥.

세 번째 돌다리가 도헌이 지나가자 둔탁한 소리를 내며 흔들렸다. 뒤이어 온 연리도 흔들거리는 돌에 불안한 발을 디뎠다.

"어, 어!"

불안하다 했더니 모서리를 밟은 연리가 흔들리는 돌과 함께 중심을 잃었다. 꼼짝없이 개울물에 빠지겠구나 싶어 연리가 눈을 꽉 감았다.

탁.

연리는 누군가 자신의 손을 잡아챔과 동시에 개울 쪽으로 기울던 몸이 잡아당겨짐을 느꼈다. 연리가 다시 눈을 떴을 때, 개울은 여전히 흐르고 있었고 연리는 물에 빠지지 않고 돌 위에 잘 서 있었다. 연리는 자신의 손을 잡은 도헌을 물끄러미 올려다봤다. 만난 이래로 처음, 도헌이 연리의 시선을 피했다. 연리가 서 있는 돌의 반대쪽 모서리를 밟아 돌이 흔들리지 않게 한 도헌은 꽉 붙잡았던 연리의 손을 놓고, 그녀가 먼저 지나가도록 한쪽으로 비켜섰다.

연리는 크지만 우악스럽지 않은 도헌의 손이 자신의 손을 놓는 것을 바라보다가, 그가 비켜준 길로 다음 돌을 밟았다. 작은 징검다리라 아주 잠깐이지만 연리는 도헌에게 바짝 붙어 섰고, 연리는 그에게서 아주 부드러운 난향이 난다고 느꼈다.

연리가 지나가자 도헌은 누르고 있던 세 번째 돌에서 발을 뗐다. 세 번째 돌이 다시 한 번 덜걱- 흔들렸다. 연리의 뒤를 따라 마저 징검다리를 건너가는 도헌의 손이 움찔거렸다. 도헌은 연리의 손을 잡았던 자신의 손이 불에 덴 것처럼 뜨거워서 손을 쥐었다 폈다. 개울을 먼저 다 건너간 연리가 뒤돌아 도헌을 보았다.

"고마워요."

도헌은 저자에서의 일을 아직 사과하지 않았지만, 연리는 그것과 별개로 고맙다고 말했다. 도헌은 그런 연리를 한 번 쳐다보고는 뒷짐을 지어 손을 감추고 아무 말 없이 앞서 걸어갔다. 연리도 더는 할 말이 없어 뒤서서 걸음을 뗐다. 앞서 걸어가는 도헌과 뒤서 걸어가는 연리의 거리는 단 세 걸음.

멀어질 듯하면서도 멀어지지 않고, 가까워질 듯하면서도 가까워지지 않았다. 말없이 묵묵히 걷던 심도헌은 뒤에서 들려오는 사박거리는 흙 밟는 소리에 자연스럽게 귀를 기울였다. 그리고 자기도 모르게 그 소리가 느려지면 발걸음을 늦추고, 그 소리가 빨라지면 발걸음을 빠르게 했다.

백이명과 함께 지내는 참판부인 댁 앞에 도착해서야 도헌은 자신이 연리와 발걸음을 맞췄다는 것을 깨달았다. 쾅쾅. 도헌이 문손잡이로 문을 두드리자 뉘시오, 하는 소리와 함께 하인이 뛰어나왔다.

"오셨습니까, 나리."

이내 도헌의 얼굴을 확인한 하인이 대문을 활짝 열어 연리와 도헌을 안으로 들였다.

"별채에 계신 손님의 일행이다. 별채로 모셔라."

도헌은 연리를 별채로 모시라 하인에게 말하고는, 그녀에게는 별다른 인사 없이 사랑채로 사라졌다. 연리는 화평언덕에서 갓을 건네줄 때 도헌과 스쳤던 손끝이 따끔거렸던 것처럼, 오늘 잡았던 손이 따끔거려 작은 손을 매만지며 별채로 향하는 하인을 따라갔다.

"소윤 아씨! 손님이 오셨습니다요!"

하인의 부름에 별채 안방 문이 열리며 전에 보았던 백이명의 누이들이 나왔다. 연리는 예를 갖춰 인사했다.

"전에 한 번 뵀지요? 이연리라 합니다. 양현수께서 저희 아버님 되십니다."

"예, 당연히 기억나지요."

연리의 말에 백소진과 백소윤이 아는 체를 했다.

"연통도 없이 찾아오는 결례를 범했습니다. 언니가 아프다는 소식에 마음이 급해서."

연리가 정중하게 양해를 구했다. 안 그래도 백소윤은 속으로 언니가 아프다고 이 새벽에 달려온 연리를 별나다고 생각하고 있던 참이었다. 소윤이 겉으론 그런 건 개의치 말라고 말하면서 연리를 설이 있는 방으로 안내했다. 설은 별채 안방 옆에 딸린 옆방에 묵고 있었다. 연리는 방에 들어가자마자 누워 있는 설에게 다가가 그녀의 상태를 살폈다. 열로 얼굴이 들뜬 설이 연리를 알아보고 반가워했다.

"와줬으면, 콜록콜록! 했는데, 미안해서……."

설은 가족들이 와주었으면 하면서도 말을 꺼내지 못한 모양이었다. 거친 기침 소리를 들은 연리는 언니의 상태가 자신이 생각했던 것보다 좋지 않다고 판단했다.

"의원이 오기로 했어요. 조금만 기다려요."

연리와 설을 보던 백소윤이 의원을 불렀다는 것을 연리에게 알렸다.

"아니에요, 더 이상 폐를 끼칠 수는 없어서요. 언니를 데리고 이만 가보겠습니다."

연리는 설을 데리고 오지 말라는 어머니의 말을 기억했지만 언니를 보니 집에 데려가야만 할 것 같았다. 부모님도 걱정하고 계실 거라는 말과 함께 연리는 언니를 태울 가마를 보내달라는 연통을 집으로 보내고 싶다 말했다.

"가마는 제 것을 빌려드릴 수 있어요. 하지만 소저, 밖에 비바람이……."

백소윤은 난감한 듯 방 밖을 가리켰다. 연리는 비바람이라는 말에 일어나 방 밖으로 나갔다. 그리고 마루로 쳐들어오는 거센 비바람을 볼 수 있었다. 연리가 여기 걸어올 때도 날씨가 흐리다 했더니, 얼마 지나지 않아 내리기 시작한 비는 순식간에 늘어나서 마당에 개울을 만들어내고 있었다. 천둥이 울리는 하늘을 보며 연리가 이마를 짚었다.

"제가 괜히 이런 궂은 날씨에 설이 소저께 와달라고 해서는 소저도 아프시고, 연리 소저도 힘든 발걸음 하시게 했네요. 일이 이렇게 된 이상 제 잘못도 있으니 여기 좀 더 머무르시지요."

백소윤은 설과 연리에게 미안하다며 당장 떠날 게 아니라 조금 더 머물러 달라고 말했다. 물론 그건 진심이 아니었다. 백소윤은 비단을 곱게 씌운 자신의 가마를 비바람에 내놓고 싶지 않았다. 차라리 연리 자매를 여기 더 머물게 하는 것이 자신의 비단 가마를 망가뜨리는 것보다 낫다고 생각했다.

잠시 고민한 연리는 자신과 언니를 싣고 이 빗속을 뚫고 가야 할 가마꾼에게도 못할 짓이라는 생각에 소윤의 청을 받아들였다.

"그럼 정말 죄송하지만 비가 좀 수그러들면 언니의 옷가지를 보내달라 저희 집에 하인을 보내주시겠어요?"

"그렇게 하죠. 설이 소저께 제가 죄송해한다고 전해주세요."

소윤은 그쯤이야 어렵지 않다고 말하고 의례적인 인사치레를 건네고서 방을 나갔다. 아픈 설과 그녀의 여동생 연리에 대한 백소윤의 관심은 딱 거기까지였다.

연리가 안채에 있는 참판부인에게 인사하고 오는 동안 마을에 하나뿐인 의원 영감이 도착했다. 흰 수염이 난 의원 영감이 설의 상태를 확인하고 마루에 나와 종이에 약재 이름들을 적어 내려 갔다.

"열이 심하고 기침이 깊기는 하나 더 심해지지 않으면 괜찮습 니다. 지금도 심하지마는."

의원을 약재를 적으면서 증상이 심하다는 말인지 괜찮다는 말 인지 알 수 없는 모호한 진찰을 내렸다. 연리는 그 진찰이 썩 마 음에 들지는 않았지만 언니보다 아파 보이는 늙은 의원이 이 비 바람을 뚫고 와준 게 어딘가 싶었다. 약재를 적은 종이를 품에 넣은 의원이 으잇차 소리를 내며 일어섰다. 사람을 시켜 좀 이따 약을 보내겠다는 말과 함께 지우산을 든 의원 영감이 느릿한 걸 음으로 별채를 나갔다.

"그래, 이 소저의 상태는 좀 어떠합니까."

별채에서 나오는 의원을 붙잡아 사랑채로 데려온 백이명이 설 의 상태를 물었다.

"열이 심하고, 기침이 깊습니다."

"그리 심합니까?"

"그렇게 또 심한 것은 아닙니다."

"그럼 괜찮은 것 입니까?"

"괜찮다고는……."

"심하다는 겁니까! 괜찮다는 겁니까!"

백이명이 말 같지도 않은 대화에 버럭 소리를 질렀다. 의원은 세상사를 다 포기했는지, 이명이 그러든지 말든지 한결같은 표정 으로 서 있었다. 제풀에 지친 백이명이 숨을 크게 들이쉬어 마음 을 가다듬고는 의원 영감의 손을 잡아 손등을 토닥였다.

"여하튼 와줘서 고맙습니다. 되도록 비싸고 좋은 약재로 좀 부탁합니다."

백이명은 하인들을 불러다 의원님 모셔다드려라, 하고 소리치고는 사랑채 안쪽으로 들어왔다. 백이명에겐 설이 아픈 것이 물론 중요했지만 비단 그것만 문제가 아니었다.

"이제 이 물난리를 어찌 처리한다."

백이명이 들어온 사랑채 대청은 비에 젖어 난리도 이런 난리가 없었다. 벽지도 바닥도 몽땅 천장에서 새어나온 비에 푹 젖었다. 어제 외출하지 않았었다면 바로 알았을 터인데 두 사람이 외출한 동안 방 안은 홍수가 나 있었다.

"그래도 책 몇 권은 건졌네."

도헌은 사랑채 안방에서 젖어서 먹물이 다 번져 버린 책들 중에서 그나마 멀쩡한 책들을 골라 나왔다.

"지금 책이 문제인가."

이명은 지금도 천장 곳곳에서 뚝뚝 떨어지고 있는 빗물을 가리켰다.

"언제쯤 수리할 수 있겠는가."

"비가 멈추어야 될 것 같습니다요. 이 빗줄기에 지붕에 올라갔다간, 아휴!"

지붕에서 떨어지는 끔찍한 상상을 한 하인이 몸을 부르르 떨었다. 백이명의 외가는 터가 좋고 설계도 잘 되어 있었지만 오래된 만큼 보수가 필요했다. 이명은 늙은 외조모님이 이 넓은 가옥을 홀로 관리하는 데는 한계가 있었을 거라고 이해했다.

"장맛비처럼 오래가지는 않겠지요?"

"나보다 오래 산 자네도 모르는 걸, 내가 어찌 알겠나."

하인이 불안하다며 물어오자 이명이 대답했다. 설사 비가 빨리 그쳐 지붕을 보수한다고 해도 비에 젖은 사랑채는 벽지와 창호지도 다시 붙이고 바닥도 썩지 않도록 바싹 말려야 하니 하루이틀로 끝날 문제는 아니었다.

"우선은 안 쓰는 위채를 정리하라 일렀습니다요."

하인은 우선은 사랑채를 두고 위채를 쓰는 게 어떻겠냐고 말했다. 이 집은 사헌부 대사헌(大司憲)을 지내셨던 백이명의 외증조할아버지가 지은 집으로 한때는 대가족이 살았었다. 그래서 꽤나 건물이 많은데, 젊은이들은 한양으로 떠나고 늙은이들은 세상을 뜨다 보니 대부분 안 쓰는 건물이 되었다. 그 건물들 중 하나가 위채였다.

"하지만 위채는 별채와 이어져 있지 않은가."

백이명의 외가는 위채와 별채가 복도각(複道脚, 건물과 건물 사이를 잇는 다리건물)으로 연결되어 있어 한 건물과 다름이 없었다. 예전에는 이 집에 사는 여인들이 많았기 때문에 위채와 별채를 여인들이 쓰는 건물로 이어놓은 것이었다. 즉, 백이명과 심도헌이 위채를 쓰면 백이명의 누이들뿐만 아니라 연리 자매와도 한 건물을 쓰게 되는 셈이었다. 남녀가 유별할진대 피도 안 섞인 여인들과 한 건물을 쓰다니, 도헌의 상식과 조선의 법도에 그릇되는 일이었다.

"그렇다고 하인들과 함께 행랑채에서 주무실 수는 없잖습니까."

사랑채 정리도 시작했고 위채도 비워두었고 자신이 할 수 있는 일은 다 해놓은 하인이 주둥이를 내밀었다. 일이 이렇게 될 줄은 몰랐던 심도헌이 물난리에서 구해온 책들을 마룻바닥에 던져 두고 관자놀이를 문지르니 백이명이 그를 달랬다.

"누이들은 이해할걸세."

"자네 누이들은 그렇다 쳐도 별채에는 다른 손님들도 계시지 않는가."

어차피 백이명의 누이들과 연리 자매 모두에게 도헌은 외간사내였지만 도헌은 특히나 연리 자매와 한 건물을 쓰게 된다는 것이 마음에 걸렸다. 아무리 두 채로 나뉜 한 건물이라 해도 외간 사내들이 지척에서 왔다 갔다 한다면 그녀들도 불편할 터였다.

"하늘이 내리는 비를 우리가 어쩌겠는가. 소저들께 양해를 구해보세."

법도를 따르고 싶어도 하늘이 도와주질 않는다며 태평한 소리를 하는 백이명을 보자 도헌은 머리가 더 아파왔다. 반면 백소윤은 백이명과 심도헌이 위채로 거처를 옮긴다는 소식에 크게 기뻐했다.

'도헌 오라버니가 함께 가신다기에 따라왔더니, 하늘이 날 도우시는구나.'

갑자기 파직을 당해 장연에 내려가자는 오라버니를 백소윤이 흔쾌히 따라나선 것은 순전히 심도헌에 대한 사심 때문이었다. 소윤은 심도헌의 집 안방마님 자리를 꽤 오래전부터 탐내고 있었다. 어릴 때부터 알아서 친오라버니 같다는 이유로 심도헌을 오라버니라고 편히 부르며 가까이하는 것도 그런 이유에서였다.

'사랑채는 드나들 수 없지만, 위채쯤은 오라버니를 본단 핑계로 갈 만한걸.'

이렇게 된 이상 소윤은 어떻게든 구실을 만들어 위채에 드나들 생각이었다. 그렇게 자신의 여동생이 어떻게 하면 심도헌과 마주쳐 볼까 고민하는 동안 백이명은 연리에게 직접 양해를 구하러 갔다.

"서로 복도각만 넘지 않으면 마주칠 일은 없지만, 혹여 저희 때문에 불편하시더라도 이해해 주십사 부탁드리러 왔습니다."

굳게 닫힌 설과 연리의 방문 앞에 서서 백이명은 위채를 쓰게 된 것에 대해 사과의 말을 전했다. 연리는 '저희'라는 말에 위채에 백이명뿐만 아니라 심도헌도 머문다는 것을 알았다. 연리는 심도헌과 마주칠 수 있다고 생각하니 아까 전에 징검다리에서의 일이 생각났다.

"연리 소저?"

"아, 예. 저희는 개의치 마세요. 비가 내려서 언니도 백 진사님도 고생이 많으시네요."

연리가 그때 생각에 빠져 아무 말도 하지 않으니, 이명이 연리를 불렀다. 연리는 그제야 개의치 말라고 말했다. 설과 함께 손님으로 머무르고 있는 처지에 까다롭게 굴고 싶지는 않았다.

"하하, 그러게 말입니다."

"언니를 이렇게 잘 돌봐주셔서 감사해요. 집도 이만큼 편하지는 않을 거예요."

방에는 큰 화롯불이 들어와 있었고, 설을 위해 상시 대기 중인 하인들만 해도 둘 이상인 것에 대해 연리는 백이명에게 진심으로 고맙다는 말을 했다.

"그렇게 말씀해 주시니 기쁩니다. 아니, 물론 설이 소저께서 아프신 게 기쁘다는 것은 아닙니다! 그저 여기 계신 것이 기쁘다는 뜻이었습니다."

"예, 언니에게도 말씀 잘 전해드릴게요."

연리는 보지 않아도 방문 밖의 백이명이 얼마나 긴장하고 있는지를 느낄 수 있었다.

"고맙습니다, 이 소저. 그럼."

백이명은 그만 가보겠노라 말했지만, 그의 그림자는 계속 방문 앞을 서성였다. 설에 대한 걱정에 쉽사리 발길이 떨어지지 않는 것이었다. 물론 한참 후에 연리가 수건에 적실 물을 갈기 위해 방밖으로 나왔을 때 백이명은 이미 위채로 간 뒤였다. 하지만 방문 앞에는 꽃 한 송이가 놓여 있었다. 연리는 그것을 보고 한눈에 백이명이 두고 갔다는 것을 알았다. 연리가 물이 담긴 대야를 하인에게 넘기고, 꽃송이를 챙겨 들어 방으로 들어갔다.

"언니, 이것 봐."

연리는 설에게 백 진사님이 주셨다고 말하며 꽃송이를 내밀었다. 꽃송이에 핀 꽃은 설이 백이명에게 꽃전을 만들어주었던 앵초였다. 설이 바짝 마른 입술로 미소 지으며 꽃 향을 맡았다. 그 향기에 두통이 좀 가시는 것도 같아 설이 머리맡에 꽃송이를 두고서 미소를 띤 채 다시 잠이 들었다.

제4장 달밤의 복도각

연리는 참판 부인의 집에 도착한 아침부터 밤까지 설의 곁을 지켰다. 하지만 설의 병세에는 큰 차도가 없었고, 밤이 깊어도 설의 이마는 여전히 불덩이였다. 연리가 해줄 수 있는 일은 탕약을 먹이고, 수건을 갈아주는 것뿐이었지만 그것도 피곤했는지 시간이 지나자 연리도 설을 따라 꾸벅꾸벅 졸기 시작했다.

"콜록콜록! 콜록!"

폐가 조여오는 기침 소리에 연리가 파드득 잠에서 깼다.

"언니? 괜찮아?"

연리가 일어나서 다가오자 설이 괜찮으니 더 자라는 뜻으로 손을 저었다. 그러나 기침이 좀처럼 멈추지 않아 고통스럽게 몸을 마는 모습은 전혀 괜찮아 보이지 않았다. 설이 두어 번의 잔기침을 더 하고서야 편안한 얼굴을 하니 연리가 언니의 등을 쓸어내리며 탕약 그릇을 확인했다. 하지만 그릇과 약주전자 모두 텅 비어 있었다.

"언니, 자고 있어."

연리가 의원이 보낸 약재 봉지를 하나 챙겨 들고 방을 나섰다. 밖에 나오니 봄 같지 않게 바깥 기온이 떨어져 있었고, 조금 사그라진 비가 지붕 밑으로 뚝뚝 떨어지고 있었다. 연리가 닭살이 오른팔을 문지르며 처마 아래로 내려갔다. 처마 아래 마련된 약탕기에 약재와 물을 넣은 연리가 그 앞에 달빛을 벗 삼아 쭈그려 앉았다. 남의 집 하인들을 깨워 이 밤에 약을 달이게 하자니 미안해서 연리가 직접 부채를 들고 불씨를 살렸다.

도헌은 뜨거운 바닥 열기에 잠자리에서 일어났다. 아픈 설이 걱정된 백이명이 하인들에게 불을 세게 피우라 한 덕분에 별채뿐만 아니라 위채도 지글지글 끓고 있었다. 백이명은 이 열기에도 잠이 오는지 옆방에서는 도롱도롱 숨소리가 들려왔다. 결국 심도헌이 참다못해 찬 공기에 머리를 식히기 위해 두루마기만 걸치고서 방을 나섰다.

"하아."

대청에 나오니 찬 밤공기가 뒷목을 서늘하게 했다. 뻐근한 목을 주무르는 도헌이 천천히 발걸음을 옮겼다. 별채로 이어진 복도각에서 시원한 바람이 불어왔다. 도헌은 복도각의 창문에 다가가 밤바람을 맞았다. 비가 내린 후라 약간의 습기를 머금은 바람에 희미한 한약 냄새가 함께 섞여 있었다. 도헌이 냄새의 근원을 찾아 둘러보니 별채 처마 밑에 희미하게 인영이 보였다. 작은 불씨와 올라오는 연기를 보아하니 약을 달이고 있는 모양이었다.

'이 시간에 누가……?'

도헌이 천천히 복도각을 걸어갔다. 창문을 하나하나 지나갈수록 인영의 모습이 가까워졌다. 도헌은 복도의 끝자락에 다다라서야 희미한 좌등(座燈, 실내조명 기구)과 달빛에 비치는 인영이 연리임을 확인할 수 있었다. 복도각의 가장 마지막 창문 앞에 멈춘 도헌이 가만히 연리를 쳐다봤다.

"하아암."

연리가 작게 하품하며 졸린 눈을 비볐다. 애써 졸음을 떨쳐 보려 하지만 연리의 부채질 속도가 눈에 띄게 점점 느려지고 있었다. 약탕기를 데우는 작은 불을 보는 연리의 눈도 점점 느리게 깜박였다. 고개가 서서히 내려간다 했더니 연리가 무릎에 고개를 묻고 선잠에 빠져들었다. 연리의 가녀린 어깨가 추위에 떨리고 있었다. 푸른 달빛이 그녀를 더 춥게 하는 것도 같았다. 그 모습에 도헌은 무의식중에 걸치고 있던 두루마기를 들고 다가가려다가 복도각을 나가지 못하고 그 자리에 우뚝 섰다.

'정숙한 여인이 외간 사내의 겉옷을 받아 입을 리가 없지.'

도헌은 지금 같은 야밤에 다가갔다간 저 작은 여인을 놀라게 할 뿐일 것 같아, 다시 창가로 돌아갔다. 약탕기에서 올라오는 연기와 처마 밑으로 떨어지는 빗방울, 달무리가 살짝 낀 푸른 달과 잠든 연리가 한 폭의 그림처럼 창문에 가득 담겼다.

그림을 감상하듯 천천히 창틀에 기대선 도헌은 벗었던 두루마기를 다시 입을 생각도 못하고 연리를 바라봤다. 어차피 추위와 잠은 도헌에게서 달아난 지 오래였다. 도헌이 얼마나 지켜봤을까, 잠이 들면서 힘이 빠진 연리의 손에서 슬슬 미끄러진 부채가 바닥에 툭 떨어졌다. 그 작은 소리에 연리가 파드득 놀라 일어났다. 그 행동이 귀여워서 도헌의 입꼬리가 살짝 올라갔다.

'언제 잠이 들었지?'

연리는 고개를 들고 아무도 없는 주위를 둘러보며 민망한 듯 머리를 매만졌다. 무심코 매만진 머리가 엉망이라 연리가 등 뒤의 댕기머리를 앞으로 당겨왔다. 반듯하게 땋여 있어야 할 머리는 삐죽삐죽 머리카락이 삐져나와 있었다. 어차피 약을 끓여놓고 들어가면 잠자리에 들어야 하니 연리가 비단 댕기의 매듭을 풀었다. 하루 종일 묶여 있던 머리가 굽이치며 흩어졌다. 숱 많은 흑단 같은 머리가 달빛을 받아 검푸른빛을 띠었다.

도헌은 엉킨 곳이 없는지 손으로 머리를 빗어 내리는 연리의 모습을 눈도 깜박이지 않고 바라봤다. 허리까지 오는 머리를 땅에 끌리지 않도록 반대편 어깨로 넘겨둔 연리가 약탕기의 뚜껑을 열었다.

"후우—."

흘러내리는 머리카락을 붙잡고 연리가 약탕기에서 하얗게 올라오는 김을 불어 날렸다. 혈색이 좋은 입술이 곱게 오므려진 것이 도헌의 시선을 빼앗은 사이, 연리가 약이 다 끓었다고 생각하고 주전자를 가져오기 위해 일어났다.

초점을 잃고 멍하니 연리의 모습을 바라보던 도헌이 급하게 창문 옆에 벽 뒤로 몸을 숨겼다. 연리가 방에 들어가는 소리가 들리고, 도헌은 그제야 자신이 너무 오래 그녀를 지켜봤다는 것을 깨닫고 복도각을 따라 위채로 돌아갔다. 연리가 약주전자를 들고 다시 나왔을 때 복도각에는 아무도 없었다.

바람을 쐬고 들어온 도헌은 두루마기를 대충 던져 두고 아랫목에 몸을 뉘었다. 연리를 보느라 찬기가 든 몸에 다시 온기가 돌았다. 눈을 감았더니 불현듯 연리가 떠올라 눈을 뜬 도헌은 팔을 괴고서 옆으로 돌아누웠다. 도헌은 연리를 마을에 도는 소문만큼 아름답다거나 예쁘다고 느끼지 않았었다. 처음 양현수 댁에서 봤을 때도 그러했고, 저잣거리에서도 마찬가지였다.

하지만 아이들에게 글을 가르쳐 주며 밝게 웃던 연리는 그녀에 대한 도헌의 생각을 바꿔놓았다. 아니 화평언덕에서 자신의 갓끈을 꿰매주던 그 순간부터일지도 몰랐다. 그도 아니면 징검다리에서 손을 잡았을 때일 수도 있었다. 적어도 하나 확실한 건, 방금 전 도헌이 달빛 아래서 약을 달이고 있는 연리를 아름답다고 느꼈다는 것이다. 도헌은 자신이 연리에게 관심을 보이고 있다는 사실을 인정하기가 힘들었다.

'내가 미친 건가······.'

도헌은 야망이 있는 사내였다. 삼의정에 올라 성군이신 주상 전하의 치세에 기여해 후대에 길이 남고자 했다. 그런 자신의 아내는 정경부인에 봉해질 것이고, 내외명부의 수장이자 도헌의 고모인 중전과 함께 외명부 일을 다룰 여인이었다. 그래서 도헌은 여인에게 미모 그 이상의 조건을 원해왔다. 지성과 품위 그리고 도헌의 집안과 어깨를 나란히 할 집안의 여식을 원했다. 이러한 까다로운 조건이 그의 혼인이 지금까지 미뤄진 이유이기도 했다. 연리는 그녀의 어머니와는 달리 말에 교양이 있고 걸음걸이도 기품 있었다. 거기다 가난한 아이들에게 글을 가르칠 정도로 지성과 도덕성도 갖춘 여인이었다. 하지만 연리의 집안은 도헌에게 보탬이 될 만한 환경이 아니었다.

"하아."

도헌이 하나씩 연리의 조건을 따져 보다가 한숨을 쉬며 천장을 바라봤다. 생각할수록 복잡해지니 아무 생각도 하지 않는 것이 좋을 성싶었다. 하지만 천장에는 매화꽃이 흐드러지게 핀 댕기머리를 하고 자신을 돌아보는 연리가 보였다. 그를 피해 도헌이 벽쪽으로 돌아누우니 그곳에는 달빛을 받으며 흑단 같은 머리카락을 늘어뜨린 연리가 있었다. 도헌은 별수 없이 팔로 눈가를 가렸다. 집안을 생각하면 어차피 연리는 도헌이 생각하는 혼인 대상에서 제외인데도 불구하고 그는 자꾸만 그녀가 생각났다.

'생각해 보면 웃음이 너무 많은 것 같기도 하고.'

도헌은 연리에 대한 감정을 부정하기 위해, 집안을 제외하고도 어떻게든 연리가 가지고 있는 다른 결점을 찾아보려 계속해서 머릿속을 헤집었다. 하지만 별달리 큰 단점을 찾지 못했고 도헌은 밤이 깊어갈수록 그녀가 매력적이라는 사실을 스스로 증명하고 있을 뿐이라는 것을 깨달았다.

"바쁜 젊은이들을 오라 가라 하였으니. 늙은이가 주책이다 생각하고 참아주게."

다음 날, 아침 식사를 위해 설을 제외한 외손들과 손님들을 불러 모은 참판부인이 말했다. 백이명의 외조모인 참판부인은 무덤처럼 적막했던 집 안에 젊은이들이 넘치는 걸 퍽 마음에 들어 하고 있었다. 식사가 끝난 후에도 차를 마시자며 그들을 붙잡아 두는 것이 그 증거였다. 각자 찻물과 다과가 올려진 독상(獨床, 혼자 먹도록 차린 상) 앞에 앉은 자신의 외손들과 손님들을 보는 그녀의 눈이 다정했다.

"도헌, 자네 잠을 잘 못 잤는가?"

백이명이 살짝 그늘진 도헌의 눈 밑을 보며 물었다.

"잠자리가 바뀌어 그런가. 조금 피곤하군."

연리 생각에 잠을 못 잤다고 할 수는 없으니 도헌이 위채로 거처가 바뀌어 그런다고 핑계를 댔다. 그렇게 말한 도헌은 사이방문에 쳐진 발 너머로 연리를 곁눈질했다. 참판부인이 있으니 차를 마신다고 모여 있기는 했지만 여자들은 수를 놓고, 남자들은 책을 읽으며 서로 다른 일을 하고 있었다.

"저도 설이 소저의 기침 소리에 잠을 못 잤어요. 언니는 괜찮아지셨나요?"

도헌의 말에 백소윤이 걱정하는 척, 설의 시끄러운 기침 소리에 잠을 못 잤다고 투정했다. 하지만 진짜 잠을 못 잔 도헌이나 연리에 얼굴에 비하자면 소윤의 얼굴은 상쾌해 보이기까지 했다.

"네, 겨우 잠들었어요."

연리는 밤새 언니를 간호하느라 쌓인 피곤함에 까끌까끌한 입안을 찻물로 적시며 대답했다. 아침 일찍 다시 들른 의원은 밤새 기관지가 많이 상했으니 찬바람을 조심하라 이르고는, 몸을 따뜻하게 하는 탕약을 처방했다. 그 탕약을 먹은 설은 어젯밤 내내 기침과 씨름해서 피곤했는지 깊게 잠이 들었다. 괜찮냐는 질문 하나로 연리와 설에게 손님으로서의 최소한의 예우는 해줬다고 생각한 소윤은 말문을 발 너머의 백이명과 심도헌에게로 돌렸다.

"오라버니, 잠이 안 올 때는 매화주나 매실 씨앗으로 만든 베개가 좋다던데요."

소윤은 불면에 좋다는 매실에 대해서 이야기했다. 소윤의 말은 언뜻 들으면 백이명에게 하는 것 같지만, 실은 심도헌을 향하고 있는 것이었다. 소윤은 기회를 봐서 심도헌에게 자신이 베개를 하나 만들어주겠다고 말하려던 참이었다.

"매화라. 이 소저, 그때 보내주신 꽃전은 정말 맛이 좋았습니다. 그렇지 않습니까, 조모님?"

"그래, 맛도 좋고 알록달록하니 보기도 좋았다."

하지만 백소윤의 마음과 달리 그녀의 오라버니 백이명이 대화의 중심을 연리에게 돌렸다. 어느새 소윤과 매실 씨앗으로 만든 베개 이야기는 묻혀 버리고, 연리와 꽃전 이야기가 대화거리가 되었다.

"오히려 답례로 과한 것을 받아 감사할 따름입니다."

연리가 답례로 육포를 받았던 것을 떠올려 대답했다. 그 답례를 가져다준 도헌에게 연리의 시선이 잠시 머무른 것은 자연스러운 일이었다. 자신을 배제시킨 대화에 마음이 상한 소윤이 찻잔을 상 위에 탁 소리 나게 내려놓았다. 하지만 이내 참판부인의 예의 없다는 눈초리에 소윤은 찻잔을 다시금 얌전히 내려놓아야만 했다.

"아직도 비가 내리네요."

음식을 좋아해 다과를 두 접시째 먹고 있는 백이명의 큰누이, 소진이 마루 쪽 문을 열며 말했다. 그녀의 말소리를 따라 연리도 문 밖을 살폈다. 분명 어제 옷가지를 가져다달라는 말과 함께 아버지에게 데리러 와주셨으면 한다고 연통을 넣었건만, 옷가지만 오고 다른 소식은 감감무소식이었다.

"계속 비가 오니 무릎이 쑤셔 더는 앉아 있기가 힘이 드는구나. 그리고 늙은이가 젊은이들 시간을 너무 많이 뺏으면 아니 되지. 그만 일어나자꾸나."

참판부인은 소진이 문을 연 김에 피곤함을 핑계로 자리에서 일어났다. 그녀는 늙었다고 주책 부리는 일은 하지 않아야겠다는 생각을 늘 하는 여인이었다. 참판부인이 아픈 무릎을 짚고 힘겹게 일어서는데, 손녀인 소진과 소윤 중 아무도 그녀를 부축할 생각을 하지 않았다. 그에 연리가 먼저 일어나 참판부인의 손을 잡았다. 참판부인이 잠시 연리를 쳐다보다가 빙긋 웃고는 그녀의 부축을 받아 느린 걸음으로 방을 나섰다.

'누가 손녀고 누가 손님인지.'

심도헌은 아까부터 내내 참판부인에게 살갑게 구는 정도를 보다 보니, 소진이나 소윤보다는 연리가 더 참판부인의 손녀처럼 느껴졌다.

참판부인을 안채 안쪽 방에 무사히 모셔다 드린 연리는 이제는 설이 있는 별채로 돌아가 봐야겠다는 생각으로 함께 차를 마시던 방에 들렀다. 일행에게 별채로 돌아가겠다고 말은 해야 할 것 같아서였다.

"저는 이만 방으로 돌아가 볼게요."

"어머, 벌써요? 하긴 설이 소저가 걱정이 되겠네요."

연리가 방으로 돌아간다는 말에 백소윤이 전혀 아쉽지 않은 얼굴로 아쉽다고 말했다.

"그런데 혹시 남는 서책이 있다면 빌려주실 수 있나요?"

연리는 그래도 책 한 권은 다들 가지고 있지 않을까 싶어 백이명의 누이들에게 물었다. 어젯밤부터 잠든 설의 옆에 가만히 앉아 있으려니 좀이 쑤신 탓이었다. 책이라도 읽어야 그나마 덜 지루할 것 같았다.

"어쩌죠. 여기 올 때 서적들은 챙겨 오질 않았어요. 한양 집에는 큰 서고가 있는데 말이에요."

있어도 별로 빌려줄 생각은 없었던 소윤이 서책이 없다며 은근슬쩍 자신의 한양 집을 자랑했다.

"오라버니들께서는 책을 많이 읽으시니, 책을 많이 가지고 계시지 않나요."

백소윤은 오라버니들이라고 뭉뚱그려 물으며 심도헌을 바라봤다. 하지만 심도헌은 소윤이 있는 쪽은 바라보지도 않았고, 백이명만이 난감한 표정을 지으며 답했다.

"사랑채에 물난리가 나 책들이 망가졌습니다. 빌려드릴 만한 책이라고는 도헌 이 친구가 선물해 준 책들뿐인데⋯⋯."

백이명이 심도헌을 보며 눈을 흘겼다. 도헌이 이명의 시선을 느꼈는지 책에서 눈을 떼고 이명을 바라봤다.

"왜 그리 보는가."

"자네가 내게 선물한 책들이라고는 사서삼경밖에 없으니 그러네. 이 재미없는 친구야."

"나는 소설이나 시집은 읽지 않으니 어쩌겠는가."

이명의 말처럼 도헌은 여인들이 읽을 만한 책은 가지고 있지 않았다. 도헌의 책장에는 오로지 딱딱한 학문에 관한 책들뿐이었다. 더군다나 다 어려운 한문으로 쓰인 책이지, 훈민정음으로 써진 책은 없었다.

"이 소저, 그러지 말고 저희랑 가락지 찾기나 하시지요. 소저는 반지가 없으시니 제 것으로 해도 좋습니다."

백소윤이 검지에 꼈던 은반지를 빼며 말했다. 가락지 찾기는 연리 또래 여인들이 둘러앉아 하는 것으로 술래가 반지를 숨긴 사람을 찾는 놀이였다. 하지만 누가 봐도 소윤은 가락지 놀이를 하고 싶다기보다는 은반지를 자랑하고 싶어 하는 모양새였다.

"죄송해요, 제가 피곤하여 놀이는 다음에 하지요. 나리, 사서도 괜찮으니 주시겠습니까?"

연리는 소윤의 말을 정중히 거절하고서 도헌에게 사서(四書, 논어·맹자·대학·중용)라도 주겠느냐고 물었다. 사서를 달라는 말에 심도헌이 책에서 눈을 떼 발 너머 연리를 바라보았다. 그리고 조심스럽게 물었다.

"한자를 아십니까?"

"읽을 줄만 압니다. 그저 눈 둘 데가 필요하여 그러하니 빌려주시겠습니까."

눈 둘 데가 필요해서 사서를 읽겠다니, 사내들도 학을 떼는 책들이거늘. 놀란 도헌과 달리 정작 당사자인 연리는 그림책을 빌려달라는 것처럼 덤덤한 얼굴이었다. 도헌은 조선팔도에 이런 여인이 있을까 하고 생각했다. 도헌이 매우 흥미롭다는 얼굴로 연리를 쳐다봤다.

"중용이면 될지 모르겠습니다."

마침 읽고 있던 책이 중용인지라 심도헌은 자리에서 일어나 발너머로 연리에게 책을 건넸다. 화평언덕에서 갓을 건네줄 때가생각난 연리가 최대한 손이 안 닿도록 서책의 끄트머리를 잡아책을 가져왔다. 중용을 받아 드는 연리를 백이명이 신기하게 바라봤다. 중용을 읽는 여인이라, 이명은 연리가 언젠가 도헌과 군자의 도리에 대해 따지고 들 때부터 심상치 않다 했었다.

"읽기 힘이 드실 겁니다. 저는 주로 중용을 잠이 안 올 때 읽습니다. 평소엔 멀리하지요."

"군자(君子)는 중용을 따르고, 소인(小人)은 중용에 반한다 하였습니다. 중용을 멀리하지 마시지요."

연리가 중용의 한 구절을 읊었다. 양현수가 중용은 어느 것에도 치우치지 않는 삶의 자세를 다룬 것이니 군자는 중용을 깊이 깨우쳐야 한다고 했기 때문이었다. 그 문장 하나를 읊은 덕에 연리는 정말로 중용을 읽는다는 것을 의도치 않게 증명했다.

"정말 중용을 읽으셨을 줄은 몰랐습니다."

심도헌은 연리가 사내들 앞에서 허세를 부리고자 중용을 읽는다고 한 것이 아니라는 것에 순수한 감탄을 내뱉었다. 얼굴이 어여쁜 여인은 많겠지만 얼굴이 어여쁘면서 중용을 읽는 여인은 몇이나 될까. 도헌은 자기도 모르게 연리라면 자신과 학문에 관한 이야기도 나눌 수 있을지도 모른다는 생각을 했다. 연리는 그런 심도헌을 보자 아차 싶었다. 고매하신 양반네들은 여인의 배움이 깊은 것을 싫어하기 때문에 연리는 도헌도 그렇다고 생각하고, 급하게 말을 덧붙였다.

"한낱 여인인 제가 무엇을 깊게 알겠습니까. 그저 짧은 생각이오니 나리께서도 한 귀로 흘려버리십시오. 그럼."

연리가 급하게 안채를 나와 설이 있는 별채로 달려갔다. 급하게 별채로 가는 일각문을 넘어선 연리의 입술 사이에서 안도의 숨이 훅 새어나왔다. 책 한 권도 눈치를 봐서 읽어야 하다니, 연리는 하루 빨리 집에 돌아가고픈 마음이 들었다.

"군자는 중용을 멀리하고, 소인은 중용을 가까이한다 하였습니다. 흥!"

연리가 나가고 나서 가만히 다과를 먹던 백소진이 연리의 말을 따라하며 비웃었다.

"소진 누이, 그 반대요. 군자가 중용을 멀리하면 어쩌잔 거요."

백이명은 도헌의 앞에서 누이들이 부끄러워질까, 발 가까이로 다가가 속삭였다. 남동생의 지적에 소진이 민망함에 흠흠 목소리를 가다듬으면서 괜히 한 소리를 더했다.

"아니, 다른 게 아니라. 여인이라 함은 모름지기 지아비인 남편을 잘 모시기 위한 덕목을 쌓아야 하는 것 아니겠니. 그런데 쓸데없이 선비들이 읽는 책을 읽는다니 하는 소리야."

"관직에라도 나아가시려나 보지."

소진은 연리가 쓸데없이 잘난 척을 한다고 생각했고, 소윤은 그런 언니의 말에 맞장구치며 함께 연리를 비꼬았다.

"게다가 종친의 여식이시니 가락지 찾기 같은 상것들의 놀이에는 끼기 싫으신가 봅니다."

소윤은 사서를 읽었다는 연리에게 심도헌이 관심을 갖는 것을 의식했다. 그래서 연리가 공주도 옹주도 아닌, 정주라는 그저 호칭뿐인 종친의 여식이라는 것을 은근히 깎아내렸다.

"언니가 아픈데, 놀이가 무슨 소용이겠느냐."

이명이 연리를 두둔했다. 연리가 자신들과 함께 가락지 찾기를 하지 않은 것조차도 그녀들에게는 뒷담거리가 되어버리니, 심도헌은 눈살이 조금 찌푸려졌다.

"그뿐인 줄 알아? 연리 소저는 상것들이나 타는 가마도 타기 싫어하시던걸? 그날 연리 소저의 속치마를 언니도 봤다면 알 거야. 난 말로만 듣던 고려 때 여인을 보는 줄 알았다니까? 연리 소저는 진흙물이 들어 엉망인 걸 겉치마로 가리느라 바쁘셨지."

하지만 소윤은 그런 백이명의 말은 듣는 체도 하지 않고, 어제 아침 보았던 연리의 진흙에 젖은 속치마를 기억 속에서 끄집어내 비웃었다.

"그러게, 언니가 좀 아프다고 그 새벽부터 진흙길을 걸어오다니. 오라버니도 봤어요?"

"보긴 했지만 글쎄다."

"글쎄라니요?"

"내 눈에는 연리 소저의 마음 씀씀이가 고운 것밖에는 보이지 않더구나. 언니에 대한 애정이 큰 게지. 치마 같은 건 눈에 들어 오지도 않았어."

백이명은 진심으로 연리가 대단하다고 생각했다. 언니를 얼마나 아끼면 연통을 받자마자 그 새벽에 걸어서 여기까지 왔겠는가. 이명은 과연 자신이 아프다고 하면 누이나 여동생이 자신을 찾아 진흙길을 마다 않고 걸어올지도 생각해 봤다.

"도헌 오라버니도 보셨죠? 만약에 여동생이 그런 모습으로 나타난다면 기겁하시지 않겠어요?"

백이명에게 만족할 만한 대답을 듣지 못한 소윤은 질문의 방향을 심도헌에게로 돌렸다.

"그렇습니다."

심도헌은 대충 그렇다고 대답했다. 자신의 여동생이 그런다면 놀라는 건 사실이었지만 도헌이 연리를 나쁘게 본 것은 아니었다. 오히려 도헌은 먼 길을 걸어와 흐트러진 연리의 모습을 예쁘다고 생각했었다.

그런 도헌의 속내를 모르는 소윤은 그가 자신의 생각에 동의했다고 보고 뛸 듯이 기뻐했다. 그러나 도헌은 그 이상의 말은 더하지 않았다. 솔직히 말하자면 심도헌은 자꾸만 오라버니라 부르며 말을 걸어오는 소윤이 무례하다고 생각하고 불편해했다. 백이명의 누이이기에 면박을 줄 수 없어 그저 답을 안 하는 것으로 참고 있을 뿐이었다.

"오 리? 십 리는 되겠네요. 그 먼 거리를 걸어오다니. 뭘 보여주려는 걸까요. 나는 가마 따위 타지 않아도 된다는 뭐 그런 걸까요. 촌뜨기다운 짓 같네요."

소윤은 입에서 나오는 대로 내뱉었다.

"도헌 오라버니도 그리 생각하시지요?"

이번에도 도헌이 대답을 해줄 거라고 생각했는지 소윤의 눈이 반짝였다. 하지만 도헌은 이미 다른 생각에 빠져 있어 소윤의 말은 듣고 있지 않았다. 도헌은 화평언덕 아래서 만났던 연리를 다시금 되새기고 있었다. 발그레했던 얼굴과 흐트러진 숨결, 동그란 이마, 잔머리들, 검은 눈동자 따위를 떠올린 도헌은 자신이 점점 연리에게 빠져 가고 있다는 것을 인정할 수밖에 없었다. 어젯밤 내내 인정하지 않으려고 했던 일이라 도헌은 답답함에 벌떡 일어나 방을 나가 버렸다.

소윤은 아무 말 없이 나가 버리는 도헌을 보고 아차 싶었다. 너무 교양 없이 떠들었나, 소윤이 울상을 짓고 입술을 깨물었다.

저녁식사는 당연한 일인 양 다 함께 모여서 하게 되었다. 그리고 약속한 것처럼 다들 자리에 남아 다과를 들었다. 아마 적적해하는 참판부인에 대한 암묵적인 배려였을지도 몰랐다. 다과상을 앞에 두고 여인들은 낮에 놓다 만 수를 놓기 위해 바늘을 들었고, 수를 놓지 않는 발 너머 사내들은 붓을 들었다. 백이명은 부채에 난을 그려 넣었고, 심도헌은 여동생에게 편지를 쓰는 중이었다.

"도헌 오라버니, 도희 소저에게 제가 많이 보고파 한다고 전해주세요."

소윤은 도헌에게 편지에 자신의 말을 적어달라고 말했다. 심도 헌의 동생인 심도희는 이미 백이명의 누이들과 안면을 튼 사이였 는데, 소윤은 심도희가 장차 자신의 시누이가 될 것이라고 생각 하며 친분을 쌓아두는 중이었다. 하지만 정작 소윤이 관심 있는 도헌은 대답 없이 소윤의 말을 편지에 적어주는 것이 전부였다.

그에 굴하지 않고 소윤은 계속해서 서체가 좋다는 둥, 행간이 알맞다는 둥, 하다못해 글씨 속도가 빠르다는 둥 계속해서 도헌 을 칭찬했다. 그러나 정작 도헌은 아무런 반응을 보이지 않아서 마치 그녀 혼자 혼잣말을 하는 것 같았다. 게다가 연리는 소윤의 눈에 발 너머의 것들이 그렇게 상세히 보이는지도 의문이었다.

"아, 그리고 심 소저의 비파 연주도 꼭 다시 듣고 싶다고도 전 해주세요."

"……."

"한양에 돌아가면 제가 들르겠다는 것도요."

"차라리 소윤이 네가 올라가서 말하는 게 낫겠구나. 그걸 어찌 다 편지에 적겠느냐."

소윤이 심 소저에게 전해달라는 말이 지나치게 늘어나자 백이 명은 붓을 내려놓고 동생을 자제시켰다. 소윤이 도와주지는 못 할망정 초를 치는 오라버니를 노려봤다. 하지만 둔한 백이명은 그런 소윤을 전혀 눈치채지 못했다.

"이명아, 네 버선에 학을 수놓았는데 어떤지 보아라."

그때 소진이 발 너머 백이명에게 버선을 건넸다. 기쁜 얼굴로 버선을 받아 든 백이명은 크게 함박웃음을 띠었다. 당장에 신고 있던 버선을 벗고 소진이 수놓은 버선을 신는 것만 봐도 그가 얼 마나 마음에 들어 하는지를 알 수 있었다.

"여자들은 정말 대단해. 어떻게 이렇게 완벽할 수 있을까. 앉은 자리에서 실과 바늘만으로 이런 작품을 만들어내다니!"

"오라버니, 그게 무슨 뜻이에요?"

소윤은 여자들의 수놓는 기술이 대단하다는 이명의 말이 마치 수만 놓을 줄 알면 모든 여자는 완벽하다는 말로 들려와서, 이명에게 정확히 무슨 뜻으로 그 말을 하는 거냐고 되물었다.

"길쌈해서 천을 만들고, 그 천으로 옷을 만들고, 그 옷에 또 자수를 놓다니. 그것만으로도 여자들은 대단하잖아."

이명은 자신의 곰같이 큰 손으로는 바늘 잡기도 힘들 것 같다고 덧붙였다.

"그런 걸로 대단하다면 반가의 여식과 노비가 다를 바가 없어요."

소윤이 새침하게 턱을 들어올렸다.

"오라버니는 여인을 보는 눈을 좀 더 높여야 할 필요가 있어요. 정말 완벽한 규수는 바느질 따위를 잘하는 걸로 되는 게 아니에요. 한 집안의 안주인이 될 여인들은 집안의 대소사를 관할하려면 사리분별에 능해야 하고, 제사에 정성을 다해 조상을 모실 줄 알아야 해요. 거기에 용모까지 아름다우면 금상첨화지만요."

소윤은 자신이 그 모든 조건을 갖췄다는 것을 알리고 싶어 안달이 난 얼굴로 도헌을 쳐다봤다. 하지만 도헌은 여동생에게 보낼 편지를 말려 곱게 접는 데에만 집중하느라 소윤의 말에 그다지 신경 쓰고 있지 않았다.

"애야, 무엇보다 칠거지악을 행하지 않는 것이 가장 중요하지 않겠니?"

외손녀의 말을 가만히 듣고 있던 참판부인이 한마디 거들었다.

칠거지악(七去之惡), 남편이 부인을 내칠 수 있는 일곱 가지 이유를 이르는 말이었다. 여자의 행실이 방탕하거나, 아들을 못 낳거나, 도둑질을 하거나, 시부모에게 순종하지 않거나, 말이 많거나, 질투를 하거나, 나쁜 병이 있는 경우 남편은 부인을 당장에 내쫓을 수 있는 것이 조선의 법도였다.

"그 말씀이 옳아요, 할머니."

소윤은 참판부인의 말에 지당하신 말씀이라고 고개를 끄덕였다. 그런 소윤과 달리 칠거지악은 연리가 가장 이해하지 못하는 법도였다. 말이 많거나 아프다고 쫓아내는 일은 상식적으로 이해가 가지 않았다. 딸만 줄줄이 다섯을 낳은 어머니를 쫓아내지 않고 함께 사는 양현수 같은 사람을 아버지로 뒀기 때문에 이런 생각을 하는 것일 수도 있지만, 연리는 진심으로 칠거지악이 부당하다고 생각했다. 하지만 여기서 그런 말을 했다간 참판부인과 싸울 게 뻔해서 연리는 속으로 꾹꾹 눌러 참았다.

"난 그런 건 다 됐으니, 나와 시 짓기나 같이 해주었으면 좋겠는데⋯⋯."

외조모와 여동생의 말을 부정하는 꼴이 될까 싶어 백이명이 차마 크게 말하지는 못하고 중얼거렸다. 백이명은 그런 조건들을 다 떠나서 자신과 마음이 통하고, 사계절이 가면 가는 대로 함께 시를 짓고 연정을 속삭일 수 있는 맘씨 고운 여인이면 된다고 생각했다.

"도헌, 자네는 어떻게 생각하나."

소윤의 말이 썩 마음에 들지 않은 백이명이 도헌에게 물었다.

"난 무엇보다 현명해야 한다고 생각하네. 그러기 위해선 독서를 통한 내면적 성숙이 꼭 필요하겠지."

여동생에게 보낼 편지를 깔끔하게 접어 하인에게 넘긴 도헌이 대답했다. 조선의 사대부들 중에서는 아내를 스승으로 삼고, 그녀들의 말에서 배움을 얻는 이들도 있었다. 도헌의 아버지와 어머니가 딱 그런 관계였었다. 도헌은 어머니만큼 현명한 아내를 얻고 싶었다.

"도헌 오라버니의 부인 정도라면 당연하겠죠."

소윤은 도헌의 말에 동조하면서, 자신의 앞에 놓인 책의 책장을 일부러 넘겨 보았다. 그 책은 소윤이 일부러 백이명으로부터 빌린 논어였다. 모르는 한자가 대부분인 데다가 도통 해석이 되지 않는 책이었지만, 소윤은 연리만 사서를 읽는 것이 아니라는 것을 보여주기 위해 일부러 읽는 척을 했다.

"여러분들이 말하는 조건의 규수를 저는 한 번도 본 적이 없는 것 같아요."

연리가 주변 사람들의 말이 끝나자 입을 열었다. 연리는 자신이 이 거만한 대화에 낄 수 없다고 생각했다. 한양에는 넘치게 있는지 몰라도, 연리가 생각하기에 장연에 이들이 말하는 조건을 갖춘 여자는 없기 때문이었다.

"여기도 계시지 않습니까."

"어머, 도헌 오라버니도 참. 저 정도면 당연히 갖추었지요."

소윤은 도헌이 자신에게 말할 줄로 알고 부끄러운 듯 얼굴을 붉혔다. 하지만 도헌의 다음 말에 얼굴을 일그러뜨렸다.

"연리 소저는 충분히 조건을 갖추셨다고 생각됩니다."

심도헌은 확실하게 연리를 가리켜 말했다. 사서를 읽고 아이들에게 글을 가르치고 있으면서 저리 겸손할 수 있을까. 도헌은, 양현수 같은 겸손한 사람의 밑에서 자라서인지 연리가 스스로에 가혹할 정도로 겸손하다고 생각했다. 하지만 발 너머에서 정확한 심도헌의 표정을 보지 못한 연리에게 도헌의 말은 마치 자신이 조건을 갖추지 못했다고 비웃는 것처럼 들려왔다. 심도헌의 말투가 워낙 딱딱하기 때문에 더 그렇게 들렸을 수도 있었다. 도헌의 말을 들은 연리의 표정이 급격히 안 좋아졌다.

'사람은 변하지 않는다더니.'

연리는 도헌이 뭔가 조금 달라졌다고 생각했던 것을 후회했다. 방금 보니 도헌의 거만하고 무례한 언사는 전혀 달라지지 않은 것 같았다. 언니의 병세는 그다지 나아진 것이 없지만 연리는 이젠 정말 이 집에 더는 있고 싶지 않아졌다. 연리는 언니의 거동이 불편하더라도 내일은 집에 돌아가리라 마음먹었다.

"저도 붓과 벼루를 빌려주시겠습니까."

연리는 심도헌의 말에 대답하지 않고, 굳은 표정으로 말했다. 그 말에 하인이 발 너머에서 심도헌이 쓴 붓과 벼루가 올려진 책상을 들고 왔다. 연리는 지체할 것 없이 붓에 먹을 묻혀 빠르게 글씨를 적어 내려갔다.

아버님께, 아버님. 어제도 연통을 드렸다시피 저희를 데리러 와주셨으면 해요. 언니를 태울 가마와 함께 와주세요. 언니가 가족들을 그리워해요. 저도 빨리 돌아가길 원해요.

연리는 백소윤의 가마를 빌리는 것도 싫으니 양현수가 설을 태울 가마를 가지고 하루라도 빨리 와서 자신을 데려가 줬으면 했다. 빨리 편지를 써서 보내야겠다는 생각에 빠르게 한자를 써내려 가느라 연리는 사람들의 이목이 자신에게 집중된 것을 눈치채지 못했다.

백이명은 사이방문에 걸린 발을 살짝 들고서 연리의 붓놀림을 보았다. 심도헌도 은근히 몸을 기울여 백이명이 발을 들어 생긴 공간으로 연리의 붓글씨 솜씨를 지켜봤다. 연리의 작은 손이 야무지게 붓 중간을 잡고서 올곧게 내려갔다가 꺾임은 둥그스름하게 마무리했다. 아주 잠깐이었지만 도헌은 그것이 연리에게 어울리는 글씨라고 생각했다. 게다가 왼손으로 소매를 잡고 있는 연리의 자태가 글씨만큼이나 단정하고 고왔다.

"내 한평생 여기 살면서 장연의 명필이 여기 있는 줄 몰랐구나."

참판부인이 연리의 글씨에 감탄하고 나서야 연리는 고개를 들어 주위를 살폈다.

"아, 그러니까 이것은……."

연리는 자신을 미워 죽겠다는 눈으로 노려보는 소윤을 보고 괜히 이 자리에서 편지를 썼다는 생각을 했다. 여기 지내는 이틀간 연리는 소윤이 도헌에게 관심이 있다는 것을 알 수 있었다. 워낙에 티를 내는 데다가 은근 유치한 방식으로 자신을 견제하는 태도를 보여서 눈치를 못 챌 수가 없었다. 참판부인의 칭찬에도 불구하고 연리는 아직 먹물이 마르지도 않은 편지를 접어버림으로써 자신의 글씨에 대한 사람들의 관심을 차단했다. 연리는 손에 먹물이 묻는 것도 개의치 않고 하인에게 편지를 전했다.

"양현수 댁에 전해주시게."

그 뒤로 연리의 글씨에 대한 대화가 잠시 오갔지만 소윤이 고뿔이 옮은 것 같다며 자리를 파했기 때문에 그 이야기는 그리 오래가지 못했다.

몇몇에게 불편함을 느끼게 했던 저녁식사 자리가 끝나고 방에 돌아온 도헌은 책 하나를 펼쳐 들었다. 그 자세 그대로 앉아 호롱불의 기름이 떨어져 아른아른해질 때까지 책 한 권을 끝까지 읽어낸 도헌은 곧바로 다른 책을 읽기 위해 책장을 뒤적였다. 사랑채가 물에 젖어 건진 책들이 얼마 되지 않았다.

도헌이 손으로 책들을 쭉 훑다가 색이 다른 책 한 권을 빼 들었다. 장연에 온 지 얼마 되지 않아, 화평언덕에서 연리를 만났을 때 그녀가 언덕의 그네 위에 놔두고 갔던 책이었다. 언젠가 돌려주어야겠다고 생각했는데 그동안 잊고 있었다. 도헌이 책으로 손바닥을 툭툭 치며 잠시 고민에 빠졌다.

'이걸 어찌 돌려준다.'

그러다 도헌은 문득 어젯밤처럼 오늘 밤에도 연리가 별채 마루에 나와 있을까 하는 생각이 들었다. 도헌은 책을 들고서 조심스럽게 장지문 열고 나왔다. 이명이 있는 옆방은 일찍이 불이 꺼졌고, 밤하늘에는 지겨운 비가 추적추적 내리고 있었다. 도헌이 천천히 별채와 이어진 복도각으로 발걸음을 옮겼다.

끼익끼익.

도헌의 발과 만난 나무마루의 울음소리가 조용한 위채를 울렸다. 도헌은 복도각에 들어서서 곧장 창문으로 다가가 별채 처마 밑을 살폈다. 하지만 그런 도헌의 기대와 달리 처마 밑에는 희미한 좌등 불빛만 있을 뿐 사람은 없었다.

도헌이 아쉬움에 자리를 뜨지 못하고 복도각을 천천히 거닐었다. 기다린다고 나올 것도 아닌데 소용없는 짓임을 알면서도 도헌은 창가를 계속 살폈다. 그러다 슬슬 비가 멈춰가는 느낌에 도헌이 복도 중간쯤 멈춰서 창가로 다가가 하늘을 살폈다. 먹구름이 조금 가시자 달이 자신의 일부를 조금 드러냈다.

끼익.

도헌은 멀리서 들려온 바닥이 우는 소리에 고개를 돌렸다. 반대편 복도각 끝에서 누가 오고 있었다. 바람에 구름이 흘러가 달이 온전히 자신을 드러내자 달빛이 창문으로 가득 들어와 복도를 밝혔다. 도헌은 그 달빛에 복도각과 별채가 이어진 어둑한 그곳에 서 있는 사람이 연리라는 것을 알아봤다. 하지만 아직 연리는 도헌을 발견하지 못한 것 같았다.

연리가 복도를 둘러보면서 천천히 걸어왔다. 도헌은 자기도 모르게 숨을 들이마신 채 그녀를 지켜봤다. 그저 걸어오는 것일 뿐인데 책을 쥔 손에 땀이 배어나왔다.

연리는 자꾸만 밤잠을 설치며 뒤척였다. 불편했던 저녁식사 자리와 도헌의 무례한 말이 자꾸만 떠올라서였다. 결국 계속되는 뒤척임에 언니가 깰까 싶어 이부자리에서 일어나 방 밖으로 나왔다. 밖은 비 냄새로 가득했다. 밤바람에 기분이 좀 나아지는 것도 같아 연리는 천천히 집 안을 둘러봤다. 잠시 비 구경도 하고, 큰 기둥의 나뭇결을 손으로 쓸어보기도 했다.

연리의 집도 넓었지만 이 집은 넓으면서도 구조가 특이했다. 특히 건물과 건물을 복도로 이어둔 것이 제일 신기했다. 처음 보는 구조물이라 구경하고 싶은 마음이 들었지만 남자들이 있는 위채와 이어져 있어 선뜻 구경하는 것이 망설여졌다. 하지만 이렇게 늦은 시간이면 누구와 마주칠 일도 없으니 가볍게 구경 정도는 해도 될 것 같다는 생각이 연리를 복도각으로 이끌었다.

'생각보다 길고 넓네.'

연리는 생각보다 넓은 복도로 천천히 걸어 들어갔다. 복도 양쪽에 달린 창문을 통해 시원한 바람이 들어와 폐쇄적인 느낌은 없었다. 연리는 한 발을 뗄 때마다 나는 마루의 나무 소리도 이 시간에는 운치 있다고 생각하며 기분 좋게 걸어가다가 복도 중간에 떡하니 서 있는 심도헌을 발견하고 흠칫 놀라서 멈춰 섰다.

연리는 비명이 나올 뻔한 것을 간신히 삼켰다.

'왜 저기에 정승처럼 서 있담.'

연리는 언젠가 도헌을 화평언덕에서 만나 놀라 언덕을 달려 내려갔을 때처럼 토끼 눈을 하고서 급하게 몸을 돌려 별채로 돌아가려고 했다. 하지만 도헌은 연리를 그때처럼 그냥 보내지는 않았다. 심도헌은 작지만 강단 있는 목소리로 연리를 불러 세웠다.

"이 소저."

연리는 도헌이 자신을 부를 줄은 몰라서 천천히 뒤를 돌았다. 위채와 연결된 복도각에 왜 왔느냐 따지려는 걸까 싶어 덜컥 마음이 내려앉는 것도 같았다. 연리는 도헌이 또 무슨 시비를 걸려고 말을 거는지 의심이 들어 방어적인 태도를 취했다. 하지만 곧 도헌이 다가와서 내미는 책 한 권을 보고 멍하니 그를 올려다봤다.

"이것을 왜⋯⋯?"

도헌이 내미는 책이 자신의 것임을 한눈에 알아본 연리가 조심스럽게 책을 받아 들었다. 모서리가 닳은 것과 자신이 표시해 놓은 쪽수가 적혀 있는 것으로 연리는 그것이 제 책이라는 걸 확실히 확인했다. 분명히 화평언덕에 놓고 왔다가 잃어버려 찾지 못했었는데, 이걸 왜 도헌이 가지고 있는지 의문이었다.

"언덕 그네 위에 두고 가셨기에 제가 챙겨두었습니다."

연리가 책을 받자 어색하게 손을 쥐었다가 편 도헌이 말했다.

"아— 예…… 감사합니다."

고맙긴 한데 방금 전 저녁 식사에서 도헌이 자신을 비꼬았던 걸 생각하면 마냥 고마운 것만은 아니어서 연리가 떨떠름하게 대답했다.

두 사람 사이에 정적이 찾아왔다. 도헌은 저번에 말하지 못했던 저자에서의 일을 이야기하고 사과할 기회가 지금 이 순간이라는 것을 알았지만 입을 떼지 못하고 망설였다. 도헌은 쉽게 남에게, 특히 여인에게 말을 걸 만한 성격이 아니었기 때문이었다. 한참 망설인 도헌이 결국은 말을 꺼내지 못하고 연리에게 꾸벅 인사를 건넨 뒤 복도를 돌아 위채로 가버렸다.

연리는 정말로 심도헌이라는 사람을 알 수가 없었다.

'사람이 한결같지 않고 왜 저러는 것일까.'

저잣거리에서는 싸워놓고 연리가 아이들에게 글을 가르칠 때는 칭찬했다. 아까 저녁식사에서는 자신을 조건 없는 여자라 비꼬아놓고 지금은 자신의 책을 챙겨두었다가 돌려주었다. 도대체가 연리는 심도헌이 자신에게 악감정을 갖는지 호감정을 갖는지조차도 헷갈렸다. 게다가 결정적으로 연리는 그가 이 책을 들고 이 시간에 왜 여기 서 있었는지가 제일 의문이었다.

연리는 아픈 설에, 헷갈리게 행동하는 도헌에, 자신을 견제하는 소윤까지 생각하니 이 집에 더 있다가는 자신이 누구 한 사람과 대판 싸울지도 모른다는 생각이 들었다. 하지만 다행히도 그렇게 되기 전에 다음 날 혜인 홍씨가 연리를 데리러 왔다. 물론 쓸데없이 명진과 가연이라는 꼬리도 달려 있었다.

설의 상태는 이틀간 꽤나 많이 호전되었다. 그 늙은 의원의 진찰이 좀 모호하긴 해도 제대로 된 약을 처방한 모양이었다. 잔기침이 좀 남았지만 거동이 불편할 정도는 아니었다. 설이 막 아침으로 죽을 들고 있을 때, 혜인 홍씨는 방에 들어와선 다짜고짜 연리부터 타박했다.

"왜 자꾸 오겠다고 하는 게야! 더 있지는 못할망정."

홍씨는 설이 이 집에 더 머물면서 백이명을 확실하게 휘어잡아야 한다고 생각했다. 물론 설은 그럴 만한 건강 상태가 아니었지만 홍씨는 언제 이런 기회가 생기겠냐는 계산속에 그런 걸 생각할 여유가 없었다. 홍씨는 설을 더 두고 싶었지만, 데리러 와달라는 연리의 연통에 양현수가 당장이라도 딸들을 데리러 가겠다고 하니 하는 수 없이 오늘에서야 그녀들을 데리러 온 것이었다.

"더 이상 폐를 끼칠 수는 없잖아요, 어머니. 저도 돌아가고 싶어요."

설은 어머니가 연리를 나무라는 것에 자신도 집에 돌아가고 싶었다고 말했다. 물론 백이명은 설이 조금 더 머물러 주기를 원하고 있었지만 이 집에는 설과 연리가 빨리 돌아가길 바라는 사람도 있었다.

"아씨, 양현수 나리 댁에서 손님들이 오셨습니다."

"그 집 식구들이 이 집으로 이사를 오는 거야? 이 집 별채를 그냥 그 집 식구들에게 줘버리지그래!"

혜인 홍씨와 다른 딸들이 왔다는 하인의 말에 소윤이 앙칼지게 대답했다. 솔직히 소윤은 곱고 얌전한 설이 마음에 들었다. 설을 따로 집에 초대해 놀자고 한 것만 봐도 그랬다. 하지만 이제 소윤은 연리를 질투하는 마음이 커질 대로 커져, 설이 하루라도 빨리 연리를 데리고 떠나주기를 바랐다. 그런 소윤의 바람과 달리 혜인 홍씨는 당장 떠날 생각이 없었다.

"채비하고 있으렴. 나는 우리 백 진사, 아니 참판부인께 감사 인사를 좀 하고 오마."

순간 자기도 모르게 머릿속에 있던 말이 튀어나왔던 홍씨는 빠르게 말을 바꾸고는 별채를 나섰다. 심도헌에게 돌려줄 책을 챙기고 있던 연리는 어머니가 백 진사를 찾아가려 한다는 것을 알아채곤, 빠르게 그녀의 뒤를 따랐다.

"어머니, 그쪽은 사랑채예요. 안채는 저쪽인데."

연리는 홍씨를 참판부인이 있는 안채로 이끌었다.

"나도 안다. 설이를 저렇게 잘 돌봐주었는데 백 진사한테 감사 인사는 해야지 않겠니."

하지만 홍씨는 연리의 손을 뿌리치고 꿋꿋이 사랑채로 향했다. 백 진사를 만나 설에 대해 몇 가지 물어볼 것도 있고 해서 감사 인사를 핑계로 사랑채에 들어갈 생각인 것이었다. 하지만 연리는 그것이 별로 옳지 않은 행동이라고 생각했다. 인사는 이 집에서 제일 어른인 참판부인에게 해도 충분하고, 남자들이 지내는 사랑채에 군이 손님이 직접 찾아 들어가는 건 무례한 짓이었다. 연리는 어머니의 팔을 끌며 그러지 마시라고 만류했다.

"어차피 백 진사님은 위채로 옮겨서 사랑채에 계시지도 않아요. 어머니, 그냥 돌아가요."

"이보시게, 여기 위채가 어디인가!"

위채로 옮겼다고 말하면 사랑채에 안 가지 않을까 싶어 한 말이었는데 혜인 홍씨는 지나가는 하인을 붙잡고 바로 위채가 어디인지 물었다. 애초에 홍씨는 연리가 통제 가능한 존재가 아니었다. 연리는 불길한 예감에 위채로 향하는 어머니의 뒤를 따랐다. 홍씨는 당당하게 고개를 치켜들고 남의 집 위채를 찾아가 마루 앞 디딤돌에 신발을 벗고 들어섰다.

설이 떠난다기에 언제쯤 인사를 하러 가야 되나 마루에서 안 절부절못하던 백이명이 혜인 홍씨와 연리를 마주친 것은 당연했 다. 백이명이 급하게 고개 숙여 인사했다.

"여기는 어찌, 아니 그보다 어서 오……."

"그간 안녕하셨습니까, 백 진사."

혜인 홍씨는 먼저 인사하려는 백이명의 말을 뚝 자르고는 너울 립의 너울을 걷으며 웃어 보였다.

"예, 저……."

"저는 잘 지냈어요. 제 딸 설이를 잘 돌봐준 것에 대해 뭐라 고 맙다고 말을 해야 할지 모르겠네요."

"아닙……."

"설이가 이상 폐를 끼칠 수는 없다며 돌아가겠다고 하도 저를 보채기에 제가 하는 수 없이 왔어요. 설이가 마음 쓰는 것이 참 곱지 않나요?"

백이명이 한마디 해볼라 치면 홍씨가 말을 채가 버려서 이명은 말 한마디를 끝마치지 못하고 입만 벙긋거렸다. 그런 어머니 때 문에 백이명의 기분이 상하지 않을까 홍씨의 뒤에 선 연리의 속 이 바짝 타들어갔다.

도헌이 방문 밖에서 들리는 말소리에 마루로 나왔다. 도헌은 시끄러운 목소리의 근원이 혜인 홍씨라는 것을 알고 방으로 다시 들어갈까 했으나 그녀의 뒤에 서 있는 연리를 보고 걸어왔다.

"돌아가십니까."

도헌은 연리를 향해 물었다.

"예, 그간 감사했습니다. 심 진사."

하지만 대답은 혜인 홍씨에게서 들려왔다. 홍씨는 도헌에게 품은 악감정을 말투에 고스란히 드러냈다. 안 그래도 홍씨를 탐탁지 않아 했던 심도헌의 인상이 찌푸려졌다. 연리가 혹시 어머니와 도헌이 말다툼이라도 할까 싶어 끼어들려는 찰나.

"여기들 와 계셨네요?"

도헌이 방에서 나온 것을 알고 온 건지는 몰라도 때마침 소윤이 별채에서 위채로 건너와 네 사람 사이에 끼어들었다. 실제로 백소윤은 연리와 혜인 홍씨가 위채로 갔다는 하인의 말에 연리와 도헌이 자기가 모르는 이야기를 나눌까 부랴부랴 온 것이었다.

"조금 더 머물러 주셨으면 했는데 벌써 가시다니 아쉬워요."

아무리 싫어도 빨리 돌아가 버리라고 대놓고 말할 수는 없는 법, 백소윤은 예를 갖춰 혜인 홍씨에게 인사를 올리고 연리에게 의례적으로 아쉽다고 말했다.

"아니요, 아니요. 오히려 저희 아이들이 폐를 끼쳐 미안할 따름입니다."

아까까지는 이 집에 더 머무를 궁리를 하라며 연리를 타박하던 홍씨가 언제 그랬냐는 듯 태연하게 말했다.

"그런데 별채와 여기가 이어져 있나 봅니다?"

혜인 홍씨가 소윤이 별채에서 위채로 오기 위해 걸어온 복도각을 기웃거리며 말했다. 그 말에 백이명이 이렇게 된 사정을 설명했다.

"사랑채에 물난리가 나서, 어쩔 수 없이 여기를 쓰고 있습니다."

"남녀가 유별한데…… 아- 아- 물론 백 진사 마음은 이해합니다. 사내란 다 그런 법이지요."

어찌 남녀가 한 건물을 쓰느냐 말하려던 혜인 홍씨는 문득 백이명을 보고 알았다는 듯 묘하게 웃었다. 그리곤 마치 다 이해한다는 듯 고개를 끄덕였다. 그 행동은 마치 백이명이 설이를 보고 픈 마음에 일부러 위채로 와서 있다는 뜻 같았다. 게다가 백이명이 뭔가 다른 흑심이라도 품은 것처럼 말하는 것이 듣기에 영 좋지는 않았다.

"예? 아니, 정말 그런 것이 아닙니다."

백이명이 손사래를 치며 고개를 저었다. 진실로 설을 걱정하고 있었지만 다른 마음은 하나도 없었다. 안 그래도 가녀려 보였던 설이 더 아프진 않을까 한양에서 용하다는 의원을 데려와야 하나 하는 마음은 품었어도 혜인 홍씨가 생각하는 그럼 음습한 마음은 가지고 있지 않았다.

"어머니, 정말 그런 게 아니에요. 이분들은 별채 근처에는 오시지도 않았는걸요? 그보다 장연은 지내기 편하신가요, 백 진사님?"

연리가 곤란해하는 백이명에게 미안하다는 눈을 해 보이고는 화제를 다른 곳으로 돌렸다. 그런 연리의 노력에도 불구하고 이미 심도헌은 여전히 품위라고는 찾아볼 수 없는 혜인 홍씨의 태도에 얼굴이 차갑게 굳어 있었다. 심도헌과 곤란해하는 연리를 본 소윤은 고개를 돌려 몰래 웃었다.

"예, 한양과는 다르게 느긋한 것이 아주 좋습니다. 자네도 그렇지?"

백이명은 다행히도 기분 나빠하지 않고 연리의 의도대로 화제를 바꾸어주었다. 그리곤 심도헌에게도 동의를 구했다.

"그래, 한양에 비하면 여긴 한적하지. 이래서 다들 시골에 오나 싶네."

도헌은 미안해하는 연리의 얼굴을 봐서 백이명의 말에 동의해주었다. 실제 그렇게 생각하기도 했다. 한양은 화려했지만 그만큼 비난과 모함이 난무하는 혼잡한 곳이었다. 반면 장연은 항상 한가롭고 사람들도 평안해 보였다. 그러나 혜인 홍씨는 심도헌의 말을 곡해하고는 장연이 시골이라는 말에 발끈해 소리쳤다.

"한양이 장연보다 나은 게 뭐 있습니까!"

난데없는 큰 소리에 모두 놀라 그녀를 쳐다봤다. 심도헌조차도 놀라서 혜인 홍씨를 쳐다봤다. 놀란 심도헌의 얼굴을 본 홍씨는 자신이 기선을 제압했다고 느꼈는지 기세 좋게 콧대를 들어 보였다.

"사람이 많고 궁궐이 있을 뿐 산천은 여기가 더 좋을걸요. 그렇지 않나요, 백 진사?"

"예, 예. 하지만 한양은 한양 나름대로 장점이 있고, 여기는 여기 나름대로 장점이 있으니까요. 전 어디든 좋아합니다."

"그건 백 진사가 성품이 워낙 좋아서 그런 거예요. 심 진사는 여길 지루하고 재미없는 곳으로 보시는 것 같네요."

연리는 어머니 곁에 다가가 그만하라는 의미로 팔을 잡았다.

"그건 어머니께서 오해하신 거예요. 심 진사님은 그냥 사람이 적어 이웃이 많지 않다는 뜻이셨을 거예요."

연리는 심도헌을 옹호하고자 하는 게 아니라, 진실로 그의 말이 그런 뜻으로 들렸다. 도헌을 그다지 좋아하지 않는 연리의 귀에도 그의 말에 나쁜 의도는 보이지 않았다.

"이웃은 여기도 많단다. 잔치를 열면 올 집은 스물네 집도 넘을걸?"

한양 인구만 십만 명이었다. 거기에다 대고 스물네 집이라니, 백이명은 순간 터져 나오려는 웃음을 옆에 서 있는 연리를 생각해 겨우 참아냈다. 하지만 소윤은 참지 못했는지 피식 웃는 소리를 냈다. 그런 모습들을 눈치챈 연리는 제발 어머니가 그만해 주길 바라는 마음으로 그녀의 관심을 돌렸다. 창피함에 눈물이 날 지경이었다.

"어머니, 혹시 제가 없는 동안 효진이가 찾아오지 않았어요?"

"효진이? 그래, 왔었단다. 식사시간이 되니 밥을 지어야 한다며 가더구나. 아, 물론 저희 집은 딸아이들에게 부엌일을 시키지 않아요. 아랫것들이 다 하죠."

어머니 제발 그만, 이라고 연리는 소리칠 뻔했다. 지금 여기 모여 있는 사람들 중에서 그런 걸 궁금해하는 사람이 있을 리가 없었다. 시골에서야 부엌일 안 하는 게 자랑이지, 한양에서 손꼽히는 집안 자제들에게 부엌일을 안 한다는 건 그렇게 큰 자랑거리가 아니었다.

"효진이라는 아이도 아마 한 번 보셨을 겁니다. 화평언덕에서 함께 꽃을 따던 아인데, 기억나시나요?"

하지만 다른 사람들이 자신을 어떻게 생각하는지 모르는 혜인 홍씨는 계속 말을 이어갔다. 백이명은 웃음을 참느라 대충 기억이 난다는 표정으로 고개를 끄덕였다.

"다들 보시면 알겠지만 외모는 조금 부족해요. 우리 설이에 비하자면. 설이는 열다섯 살 때부터 남달랐답니다. 그때 설이에게 빠진 옆 마을 도령이 밤마다 나와달라고 별당에 돌을 던지고는 했었지요."

"물론 언니는 나가지 않았어요! 그렇죠, 어머니?"

연리는 급하게 홍씨의 말을 막으셨다. 이러다간 어머니 때문에 백이명이 설에게 가진 모든 호감이 떨어져 나가고 말 것 같았다.

"누가 그 도령에게 연정은 달밤에 담벼락 밑에서 피어난다고 말해줬는지 모르겠어요. 달밤에 훔쳐보는 건 굉장히 불쾌한 짓일 뿐이에요."

연리는 어떻게든 설과 그 도령은 정말 아무 사이도 아니었고, 그 도령의 일방적인 구애였다는 것을 강조하기 위해 노력했다. 연리는 부디 백이명이 설을 안 좋게 생각하지 않기를 바라면서 하는 말이었지만, 의도치 않게 그 말에 찔린 것은 심도헌이었다. 그제 밤, 탕약을 달이며 달빛에 머리를 빗어 내리던 연리는 도헌의 기억 속에 선명히 남아 있었다. 만약 연리가 자신이 그 모습을 몰래 봤다는 것을 알면 불쾌해할 거란 생각에 도헌은 기분이 무겁게 가라앉는 것을 느꼈다.

"그렇다면 소저께서는 연모하는 마음을 어떻게 표현해야 한다고 생각하십니까."

연리는 뜬금없이 연정을 표현하는 방식 같은 걸 다른 사람도 아닌 심도헌이 자신에게 물어본다는 것에 잠시 당황했다. 어젯밤에는 책을 찾아주더니, 날이 바뀌고 나니 마음이 달라져서 또다시 자신의 말에 시비를 트고 싶어진 모양이라고 생각했다.

"견고하고 건전한 사랑이라면 그 감정과 그리움은 아름다운 시조 하나를 기왓장 밑에 넣어두는 것만으로도 충분히 전달될 수 있을 거예요."

연리는 백이명이 설에게 그의 마음을 표현한 방식이 정석이라고 말했다. 백이명은 자신이 설에게 쓴 연서를 말한다는 것을 알아듣고 부끄러운 듯 웃어 보였다. 연리는 백이명의 그 웃음에 그의 기분이 상하지 않았음을 알고 안도했다. 하지만 이 이상 어머니의 말실수와 그것을 해명하는 짓을 반복하고 싶지 않았다. 연리는 이만 어머니를 모시고 나가려 했다. 그러나 연리의 그런 마음도 모르고 이번에는 연리의 여동생들이 별채에서 위채로 뛰어왔다.

"언니! 이 집은 정말 넓어!"

"명진아! 가연아! 뛰지 말아야지!"

연리가 댕기를 휘날리며 뛰어다니는 동생들을 단속하며 울상을 지었다. 연리는 동생들이 집에서야 마음대로 행동하더라도 남들 앞에서는 예의를 좀 지켜주길 바랐다. 명진과 가연이 사내아이들처럼 뛰어다니는 모습에 연리는 이 집안사람들이 자신의 집안 가정교육을 어떻게 생각할까 싶어 얼굴이 붉어졌다.

"저희는 정말 가보겠습니다. 그동안 감사했어요."

연리는 다급하게 인사하고 어머니의 손을 잡아끌었다. 그럼에도 불구하고 혜인 홍씨는 몇 번이나 더 그들에게 인사를 건넸고, 설이 갈 준비가 끝났다는 말이 들려오고 나서야 연리는 그 부끄러운 상황에서 벗어나 동생들을 데리고 집으로 돌아갈 수 있었다. 연리와 설이 위채를 나가고, 소윤은 은근슬쩍 도헌에게 말을 걸었다.

"아직도 연리 소저가 충분히 조건을 갖춘 여인이라고 생각하시나요?"

혜인 홍씨의 입방정에 도헌이 인상을 찌푸렸던 것을 본 소윤은 그에게 아직도 연리가 완벽한 소저로 보이느냐 물었다. 소윤은 어제 저녁식사 이후에 심도헌이 자신이 아니라 연리에게 완벽한 조건을 갖춘 여인이라고 했던 것을 마음에 담아두고 있었다.

도헌은 대답하지 않았다. 아무리 연리가 조건을 갖춘 여자라 한들, 그녀의 어머니와 여동생의 방정맞음은 도헌도 받아들일 수 없는 부분이었기 때문이었다.

"아직도 그렇게 생각하신다면, 축하드려요. 저런 장모님을 얻게 되신 걸요."

소윤은 도헌이 어제 그가 했던 말을 후회한다고 생각하고 확실하게 혜인 홍씨가 품위 없다는 것을 꼬집었다. 하지만 도헌은 그런 소윤의 말버릇이 더 거슬렸다. 심도헌은 자신이 당장 연리와 혼인을 하겠다는 것도 아니고 그저 연리가 조건을 갖춘 여인라고 칭찬 한 마디 했을 뿐인데, 소윤이 혼자 앞서 나가서 저런 말을 자신에게 한다는 것 자체가 불쾌했다.

심도헌은 더 이상 소윤과 대화하고 싶지 않아 말없이 방으로 돌아갔다. 하지만 소윤은 그것을 자신의 말에 대한 동의로 받아들였는지 만족스러운 미소를 띠었다. 물론 아직 완벽하게 만족스러운 것은 아니었다. 소윤은 바보 같은 자기 오라비가 설을 좋아한다는 것에 큰 불만을 품었기 때문이었다.

"이명 오라버니, 설마 설이 소저를 새언니로 삼을 생각하는 건 아니죠?"

소윤은 옆에 서 있던 오라비의 팔을 쿡쿡 찔러 물었다. 백이명은 자신의 누이들이 설을 꽤나 마음에 들어 하고 있다고 생각했기 때문에 그녀를 새언니로 받아들일 수 없다는 분위기를 풍기는 소윤으로 인해 크게 당황했다. 그러나 이내 곧 소윤이 설을 반대하는 이유가 방금 전 혜인 홍씨와 명진, 가연이 보였던 행태 때문이라는 것을 알아챘다.

"설이 소저나 연리 소저에게 저런 어머니나 동생이 한 수레 있다고 해도 저 자매의 장점이 사라지는 것은 아니야."

백이명은 설과 연리라는 그 자체는 괜찮은 여인들이라고 소윤을 설득했다. 그녀들의 가족과는 별개로 설은 정숙하고 예의 바른 여인인 데다가 아름다운 시조를 지을 줄 알았고, 연리는 드물게도 한자를 쓰고 책을 읽을 줄 아는 여인이었다. 그런 것들은 가려질 수 없는 사실이었다.

"하지만 저 집안과 우리 집안은 어울리지 않아요. 그건 사실이에요."

소윤은 단순한 품위만을 말하는 것이 아니었다. 소윤은 홍씨 가문에 그 어떤 자랑할 만한 인물이 있다는 것을 들어본 적이 없었고, 한양에서도 홍씨 성을 가진 양갓집 규수를 본 적이 없었다. 소윤은 자신의 오라비가 종친 양현수를 장인어른이라고 부르는 것은 볼 수 있어도, 혜인 홍씨를 장모님이라고 부르는 것은 용납할 수가 없었다. 소윤은 세도가에서 태어나 태생부터 남다른 자신의 오라비가 어떻게 사랑만으로 혼인이 된다는 순진한 생각을 가지고 있는지 답답했다.

이명은 여동생의 단호한 반대에 차마 크게 반박하지 못하고 실망한 기색만을 드러냈다.

반면, 방에 돌아온 심도헌은 혜인 홍씨와 연리의 여동생들을 대면하고 나니 정신이 번쩍 드는 기분이었다. 아무리 연리가 좋은 여인이라 한들 혼인까지는 안 된다는 생각이 그녀가 가진 매력에 흔들렸던 머리에 이성을 되찾아주었다. 그렇다고 당장에 연리에게 생겨났던 마음이 사라지는 것은 아니었지만, 도헌은 그녀에게 더 이상의 관심을 주지 않기로 했다. 그래서 그날 이후 도헌은 최대한 암행어사 일에 집중해 연리에 대한 생각을 떨쳐 내려고 노력하기 시작했다.

제5장 김용복과 손서강

양현수가 사과나무를 심기 몇 년 전, 조선 전체에 큰 가뭄이 들었다. 그 작년에도 가뭄이 들었기 때문에 쌀이며 보리는 금값에 가까울 때였고, 백성들은 당장에 풀뿌리를 씹어야 할 정도였다. 그런 사정은 장연도 마찬가지였다.

속수무책으로 쓰러져 가는 마을 사람들을 보며 양현수는 종친부며 돈녕부며 어디에서든지 대금을 받아 곡물을 사서 마을 사람들에게 나눠주려고 했다. 하지만 나라 전체에 가뭄이 든 상황에서 어디도 흔쾌히 돈을 빌려주지 않았고, 양현수는 차선책으로 환퇴(還退, 담보대출)를 받았다.

"모레 김용복, 그이가 찾아온다는구려."

양현수는 아침에 도착한 편지를 읽으며, 부인에게 김용복이라는 손님이 온다는 것을 알렸다. 이 김용복이 바로 연리와 가족들이 사는 집을 담보로 양현수에게 돈을 빌려준 사람이었다. 물론 돈을 빌린 지는 꽤 되었고 두 달만 있으면 원금을 갚기로 약속한 날짜였다. 하지만 나라에서 나오는 녹봉으로는 이자를 갚기에도 빠듯하다 보니 원금은 거의 갚지 못한 것이 현실이었다.

"그 인간이 여길 왜 옵니까!"

혜인 홍씨는 김용복이라는 말에 펄쩍 뛰었다. 그때는 당장 이웃인 박씨네부터 건넛마을 남동생네까지 굶고 있는 시급한 상황이라 돈을 빌리긴 했지만, 김용복이 제시한 높은 이자는 부당할 정도로 높은 것이 사실이었다. 그 부당함이 억울해서 홍씨는 김용복을 매우 싫어하고 원망스럽게 생각했다. 게다가 앞으로 두 달 동안 원금을 못 갚으면 가족들이 사는 이 집의 소유권이 김용복에 넘어갈 처지라, 홍씨는 그가 온다는 말을 반갑게 여길 수가 없었다.

"이 집에 대한 소유권이 넘어가게 된 것에 대해 유감이라며 사과하고 싶다는구려."

"애초에 사과할 만한 이자를 요구하지 말든지! 게다가 아직 넘어가지도 않았는데 설레발은!"

홍씨는 씩씩대며 이 집의 소유권이 김용복에게 넘어간다는 것에 대해 분통을 터뜨렸다. 홍씨가 '서방님이 죽고 나시면 우리는 어찌 삽니까'라는 말을 달고 사는 것도 다 김용복 때문이었다. 어찌 되든 사람들부터 살리고 보자는 마음으로 빌렸던 양현수도 당장은 한숨을 쉬었다. 마을 사람들도 그 가뭄 때만 생각하면 양현수의 은혜에 고마워했지만, 빚을 함께 갚아줄 수 있는 것은 아니었기에 책임은 오로지 양현수의 가족들이 지고 가야 하는 것이었다.

혜인 홍씨의 짜증과 함께 이틀이 지나 오지 않았으면 하는 모레가 오고, 김용복도 장연에 왔다.

"이리 오너라!"

대문 밖에서 들려오는 우렁찬 부름에 양현수 댁에서 가장 오래 일한 노비인 부평댁이 대문을 열었다. 문 앞에 선 덩치 큰 사내를 보고 부평댁이 어디서 오셨느냐고 물었다. 하지만 대답은 덩치 큰 사내가 아닌 그 아래서 들려왔다. 부평댁의 시선이 죽 아래로 떨어졌다. 그 아래에는 오 척(약 160cm)이 안 되는 키의 사내가 윤기가 반지르르한 비단옷을 입고 서 있었다.

"김용복이 왔다고 전해주시게."

김용복은 긴장이 역력한 모습으로 눈을 끔벅였다. 겉모습에 자신의 재산 정도를 티내고 다니는 이 김용복은 아래 지방에서 무역업으로 큰돈을 번 뒤, 족보를 사들여 양반 행세를 하고 있을 뿐 본디 상놈이었다. 양반으로 탈을 바꿔 쓰고 나서는 상업을 접고, 모아둔 돈을 빌려주고 이자를 받는 고리대금업을 하고 있었다.

"어서 오시게."

김용복이 왔다는 말에 혜인 홍씨가 반가운 척 그를 맞이했다. 물론 홍씨는 김용복이라는 이름만으로도 치가 떨렸지만 혹시라도 그가 원금을 갚는 기간을 늘려준다든가, 싼값에 집문서를 돌려준다거나 하지 않을까 싶어 억지로 웃음을 지었다. 하지만 곧 김용복이 이 집에서 며칠 머물고 싶다는 의사를 밝히면서 홍씨의 입가엔 미소가 싹 사라졌다.

"도대체 무슨 꿍꿍이가 있는 줄 모르겠군."

빚을 진 터라 김용복의 요청을 거절하지 못한 양현수는 그가 무슨 속셈으로 이 집에 머물고 싶다고 하는지 알 수가 없었다. 단지 그의 방문이 좋은 의도가 아니라는 것만 알 수 있을 뿐이었다. 며칠간 양현수는 자신의 집에 머무는 김용복을 예의 주시했다. 그렇다고 그가 별다른 행동을 보인 것은 아니었다. 집 구경을 조금 하고, 이 집 식구들과 인사를 나눈 정도가 전부였다. 그러나 아니나 다를까 그가 이 집에 온 지 삼 일째 되는 날, 김용복은 검은 속내를 드러냈다.

"후, 훌륭한 누마루군요! 난간 조각이 섬세합니다."

양현수 내외와 함께 차를 마시던 김용복이 뜬금없이 누마루를 칭찬했다.

"고맙네."

"차도 아주 향기롭고, 다과도 맛이 대단합니다. 다과는 따님 중 누가 만드셨죠?"

"우리 아이들은 부엌일을 하지 않아요. 우리는 하인들이 충분히 있답니다."

김용복이 과장스럽게 누마루며 다과에 대해 칭찬하자, 혜인 홍씨는 그에 대해 퉁명스럽게 대답했다.

"그 정도 재산이 있으시다니 실로 다행입니다."

김용복이 정말 다행이라며 방긋 웃었다. 누굴 놀리는 것도 아니고, 홍씨는 웃는 김용복의 얼굴에 차를 끼얹을 뻔했다. 그렇게 실없는 소리를 몇 번 내뱉은 김용복이 갑자기 긴장이 역력한 표정으로 차로 목을 축이고 입을 열었다.

"어…… 저는! 상감마마의 후궁이신 숙의마마의 은혜를 입고 있습니다."

갑자기 큰소리를 내면서 갈라져 나온 목소리가 우스꽝스러웠지만 개의치 않은 김용복이 계속 말을 이어갔다.

"숙의마마의 명성은 다들 아실 거라 생각됩니다. 임금님의 총애가 대단하시다는 것도 말입니다."

양귀비만큼 대단한 후궁도 아니고, 이런 시골에서 왕이 어느 후궁을 총애하는지까지 알 턱이 있나. 양현수는 전혀 흥미를 느끼지 못했다.

"숙의마마의 따님이신 송화옹주께서 지내시는 사가가 제 집 바로 옆입니다."

"아, 네. 그렇군요."

아무도 물어보지 않았다고 하려다가 혜인 홍씨가 간신히 그러하느냐고 대답했다.

"송화옹주께서는 왕녀로서 품위가 대단하신 분입니다. 누구보다 옹주에 어울리시는 분이시죠. 그 품격이란 말로 표현할 수 없습니다."

김용복은 온 진심을 담아 그들을 찬양했다. 그 뒤로 숙의와 송화옹주에 대한 그의 찬사는 한참이나 이어졌고, 양현수는 지루한 표정으로 등받이에 몸을 기댔다.

"불행히 옹주 자가의 몸이 많이 약하시어 숙의마마께서 직접 옹주 자가를 뵈러 오시는데 그때 저의 누추한 집에도 가끔 들러주십니다."

결론은 그거였다. 그의 집에도 들를 만큼 숙의가 그를 신뢰하고 있다는 것을 말하기 위해 김용복은 그렇게도 많은 찬사와 수식어를 덧붙여 말을 빙빙 돌린 것이었다. 양현수는 그의 침에서부터 아첨이 섞여 나올지도 모른다는 생각을 하며 그의 말을 한 귀로 흘렸다.

"아시다시피 저는 꽤 많은 재산을 가지고 있습니다. 한양 집도 꽤나 큽니다."

"예, 그건 우리도 잘 압니다."

인맥 자랑이 끝났으니 재산 자랑을 하겠다는 요량인 건지, 홍씨는 언제까지 김용복의 말을 들어줘야 하나 고민했다.

"은혜로우신 숙의마마께서는 저에게 이 많은 재산을 관리해 줄 부인이 꼭 필요하다고 항상 말씀해 오셨습니다."

"……예."

"그리고 좋은 자질을 가진 안주인을 하루빨리 찾으라고도 말씀하셨죠."

혜인 홍씨는 이런 분야에서 만큼은 눈치가 빨랐다. 그녀는 갑자기 드는 좋은 예감에 재빨리 올바르게 자세를 고쳐 앉았다. 그리고 그녀의 예감은 틀리지 않았다.

"그런데 마침 이 댁의 따님들 중 한 분에게 그런 자질을 보았습니다."

김용복이 울대를 움직여 침을 삼켰다. 그 말에 별다른 반응이 없는 양현수와 달리 홍씨의 얼굴에는 큰 기쁨이 떠올랐다. 만약 딸들 중 한 명과 김용복이 혼인한다면 이 집은 자연스럽게 딸아이의 소유가 되니 집을 내어주지 않아도 된다는 계산이 빠르게 섰기 때문이었다.

"물론 내 딸들은 모두 그런 자질을 갖췄어요."

그 기쁨을 겉으로 티내지 않으며 홍씨가 당연히 그랬을 거라고 말했다. 딱히 거부하는 반응이 없는 홍씨를 본 김용복은 그녀가 그녀의 딸과 자신을 혼인시킬 생각이 있다는 것을 알고 본론을 꺼내 들었다.

"제 생각에는 특히 두 분의 큰따님에게 그런 자질이 있다고 판단됩니다."

김용복이 며칠간 이 집에 머문 이유가 이거였다. 며칠간 지켜본 바, 김용복은 양현수와 혜인 홍씨의 다섯 딸 중에 미모가 가장 뛰어난 설을 자신의 신붓감으로 찍었다. 김용복은 머릿속에 설의 아름다운 용모를 떠올리며 꿀꺽 침을 삼켰다.

"정말 미안하지만, 큰 딸아이는 곧 혼인을 할 예정이랍니다."

"혼인이요?"

하지만 김용복의 그런 바람은 이루어지지 못했다. 홍씨가 설과 백이명의 혼인을 거의 확신하고 있기 때문이었다. 예상치 못한 상황에 김용복이 당황한 듯 이마의 땀을 닦으며 눈동자를 데굴데굴 굴렸다. 그때, 사랑채 앞마당이 소란스러워지며 양현수 내외의 네 딸들이 쏟아져 들어왔다.

"어머니! 저희 장터에 다녀올게요!"

"난 새 신을 살 테야!"

앞서 뛰어 들어온 것은 명진과 가연이었다. 두 사람은 새 신발을 살 생각에 잔뜩 들떠 있었다. 그 뒤를 따라 들어온 것은 설과 연리였다. 오늘도 셋째인 가람은 별당에 박혀 있는지 네 사람뿐이었다. 하지만 곧 연리는 누마루에 부모님과 함께 앉아 있는 김용복을 보고 서둘러 동생들을 사랑채 밖으로 내보냈다. 며칠 전부터 연리의 집에 머무는 손님인 김용복은 묘하게 기분 나쁜 사내였기 때문에 연리는 동생들을 그의 앞에 내보이기가 껄끄러웠다. 하지만 김용복의 눈은 연리의 동생들이 아닌 연리를 향했다. 그리고 혜인 홍씨는 그런 김용복의 시선을 귀신 같이 알아차렸다.

"큰딸인 설이보다는 못하지만 둘째인 연리도 못지않게 좋은 신 붓감이에요."

홍씨가 미끼를 물라는 듯 김용복에게 말을 던졌다. 그 말에 김용복은 다시금 누마루를 올려다보는 연리에게 시선을 돌렸다. 김용복은 쓰개치마에 미처 가려지지 않은 연리의 얼굴을 보고 고개를 격하게 끄덕였다.

"그, 그렇군요. 아주 괜찮은 자질을 갖춘 규수라 생각됩니다."

김용복은 인중에 맺힌 땀을 손수건으로 닦으며 입맛을 다셨다. 연리에게 누마루 위의 대화는 들리지 않았지만, 연리는 자신을 뚫어져라 쳐다보는 김용복의 시선에 소름이 돋아 서둘러 사랑채를 나와 그의 불쾌한 시선에서 벗어났다. 연리는 무언가 불길한 느낌을 지우지 못한 채 장터로 향했다.

"그래도 연리의 의견도 물어보는 것이 좋을 듯하오만."

"씁!"

김용복이 사위로는 영 마음에 들지 않는 양현수가 연리에게 의견을 물어보자는 말을 꺼내자, 혜인 홍씨가 남편의 허벅지를 꼬집으며 입을 검지로 툭툭 쳤다. 괜히 일을 망치지 말고 가만히 있으라는 뜻이었다.

"두 달 안에 빚을 갚으실 수 있으십니까."

홍씨가 그럴 능력이 있느냐며 양현수에게 속삭였다. 물론 양현수는 그에 대해서는 입이 하나 더 붙어 있어도 할 말이 없었다. 그것 보라며 홍씨는 딸이 가족을 위해서 혼인하는 것은 너무나 당연한 일이라고 말했다. 홍씨는 연리가 저 모자란 김용복과 혼인하는 것보다 이 집이 넘어간다는 걱정을 내려놓을 수 있다는 사실에 너무나 기뻤다. 그녀의 쇠약한 신경이 하나하나 살아나는 기분까지 들었다. 하지만 몇 시간 뒤 장터에서 돌아온 연리에게는 청천벽력과 같은 소식이었다.

"하지만 어머니, 저는 그럴 준비가 되어 있지 않아요."

"네 나이 열여덟인데 무슨 준비가 더 필요하니? 그리고 너만 혼인하면 온 가족이 편안해진다는데 도대체 뭐가 더 문제인 게야?"

홍씨는 준비가 되지 않았다는 연리의 말에 말도 안 되는 소리 하지 말라며 연리의 의견을 짓밟아 뭉개 버렸다. 망연자실한 연리를 두고 혜인 홍씨는 김용복이 예물(禮物, 신랑 집에서 신부 집에 보내는 선물)로 어떤 것을 보내올지 기대가 된다고 박수를 짝짝 쳤다. 연리는 그런 어머니에게 자신이 무슨 말을 더 해야 할지 알 수가 없었다. 연리가 절망에 빠진 것을 알면서도 홍씨는 자신이 전할 말은 다 전했다며 별당을 나갔고, 연리는 바닥에 주저앉았다.

"언니, 당장 아버지께 가서 말씀 드려. 안 하겠다고."

항상 방에만 조용히 있던 셋째 가람이 말했다. 가람은 당연히 그래야 한다고 생각했고, 아버지께 말씀드린다면 아버지는 무슨 일이 있어도 이 혼사를 물러줄 거라고 확신했다. 물론 연리도 아버지가 그래주리라는 것을 알고 있었지만 그럴 수가 없었다.

"설마 언니, 그 이상한 사내랑 혼인할 생각이야?"

연리가 당장 그러겠다고 답하지 않으니 가람이 그녀의 팔을 잡고 흔들었다. 그에 연리는 아무 말도 하지 않고 가람과 다른 동생들을 방 밖으로 내보냈다. 그 와중에도 명진이 철없이 연리 언니는 김용복이 마음에 드나 보다고 떠들었지만 연리는 화낼 기운도 없어서 그저 문을 꽉 닫을 뿐이었다. 이제 연리의 옆에 있는 것은 설뿐이었다.

"연리야."

"괜찮아."

설이 부르니 무슨 말을 할 줄 안다는 듯 연리가 먼저 괜찮다고 대답했다. 연리는 이 혼사를 거절할 수가 없었다. 설은 아마도 백이명과 혼인할 것이고, 나머지 동생들은 너무 어렸다. 연리가 생각하기에도 이 혼인에는 스스로가 적합했다. 그리고 어머니의 말대로 연리만 혼인하면 집안이 평안해질 터였다.

"네가 혼인하지 않아도 우리가 먹고사는 데는 지장이 없을 거야."

설은, 네가 싫다면 이 혼사를 하지 않았으면 좋겠다며 연리를 설득했다. 설의 말이 틀린 말은 아니었다. 이렇게 넓은 집은 아니더라도 작은 기와집 정도야 양현수가 구할 수 있을 것이고, 그 뒤는 지금까지처럼 나라에서 나오는 녹봉으로 생계를 유지하면 되었다. 하지만 어느 양반집 남자가 제대로 된 집 한 채도 없는 가문의 여식과 혼인을 하려고 들까.

당장 연리네가 집을 김용복에게 넘기고 나면 백이명도 설과 혼인하지 않겠다고 할지도 몰랐다. 게다가 아직 연리에게는 혼인하지 않은 세 명의 동생도 있었다. 연리는 모두를 위해 이 집을 유지하고자 한다면 명예롭지 못한 혼인이라고 해도 하는 게 옳다고 판단했다. 이 혼인이 명예롭지 않더라도 어차피 가난이 명예를 지켜주는 경우는 드물었다.

"하아……."

연리가 차오르는 눈물을 저고리 소매로 닦아냈다. 참으려고 해도 자꾸만 흐려지는 눈앞을 연리가 거칠게 닦으니 설이 눈 상한다며 손수건을 건넸다. 설은 연리가 눈물을 멈출 때까지 아무말도 없이 곁을 지켜주었다. 연리는 최대한 몸을 웅크려 앉아서 눈물을 흘렸다.

연리가 눈물을 멈추고 훌쩍일 때쯤, 설이 연리의 댕기머리를 풀어 천천히 참빗으로 빗어 내려주었다. 설의 부드러운 손길에 연리의 마음도 조금 가라앉는 것 같았다. 거창한 말은 없어도 설의 방식대로 건네는 위로였다.

"그렇지만 너도 부모님이 하라는 대로 얼굴도 모르는 사내랑 혼인하고 싶지는 않을 거 아냐."
"그건 그렇지. 하지만 남들도 다 그렇게 혼인하는걸."

연리는 불현듯 효진과 나누었던 대화가 떠올랐다. 남들도 다 그렇게 한다더라, 그 한마디를 연리는 계속 머릿속에 되새겼다. 그렇게 자신이 특별히 불행한 것이 아니라고 위로해야 스스로가 덜 불쌍할 것 같았다. 연리는 설에게 괜찮다고 말하며 억지로 잠자리에 들었다. 하지만 쉽사리 잠이 오지 않는 밤이었고, 연리는 곧 다시 일어났다.

옆자리에는 설이 잠들어 있었고, 방 안은 어두웠다. 연리는 문득 도헌의 얼굴이 떠올랐다. 언제는 심도헌과 혼인할 기회가 와도 절대 안 한다 해놓고, 이제와 김용복 같은 자와 혼인하려니까 심도헌이 생각나다니. 연리는 자신의 행동이 모순적이라고 생각하며 어둠속에서 자소했다.

김용복이 집에 떡하니 버티고 있다 보니 연리는 집에 붙어 있기가 싫었다. 김용복은 연리가 별당 밖으로 한 발자국만 디디면 기다렸다는 듯이 다가와 말을 걸었다. 그런 그를 완곡하게 거절할 수도, 그렇다고 그와 어울려 줄 수도 없는 연리는 자꾸만 집 밖으로 나가게 되었다. 오늘도 연리는 아침부터 자매들과 일부러 장터에 나갔다가 느긋하게 물건들을 사고 돌아오는 길이었다.

"연리야, 무슨 생각해?"

"응? 아니야. 그냥."

설은 김용복과의 혼인이 잠정적으로 결정 난 뒤부터 망연히 허공을 응시하는 시간이 길어진 연리를 걱정스럽게 바라봤다.

"이랴, 이랴!"

그런 연리와 달리 명진은 오늘에서야 완성되어 받아온 새 당혜가 더러워진다며 혼자 말을 타고 신나 있었다. 함께 새 신을 산 가연은 명진만 말을 타고 자신은 걸어가는 것이 서러운지 말을 따라가며 계속 훌쩍였다. 오랜만에 함께 장터에 따라 나온 가람은 그런 명진과 가연을 철없다는 눈으로 바라봤다.

"가연아, 그만 울어. 네 신발보다 내 신발이 더 비싼 걸 어쩌겠니."

명진은 언니로서 동생인 가연을 달래주지는 못할망정 오히려 약을 올렸다. 가연은 어린 마음에 더 서러워져서 들고 있던 강아지풀을 팩 던져 버렸다. 명진은 가연이 약 올라 할수록 재밌는지 말 위에서 발을 동동 굴렀다.

"그러다 떨어질라."

연리가 저를 위해서 하는 말인데도 듣기 싫은 명진은 보란 듯이 발을 더 세차게 흔들었다. 조심성 없는 명진의 발이 팍 하고 말안장에 걸쳐 있던 짐을 쳤다. 옆구리를 치는 짐을 빨리 달리라는 신호로 받아들였는지 말이 히이잉 하고 울며 번쩍 앞발을 치켜들었다. 명진이 본능적으로 말갈기를 붙잡았다. 순간에 일어난 일이라 설과 연리가 말고삐를 잡아볼 틈도 없이 말이 앞으로 달려 나갔다.

"명진아!"

"언니, 언니! 살려줘!"

명진이 속수무책으로 달려가는 말에 매달려 언니들을 불렀다. 명진은 놀라서 지른 비명이지만 그것은 오히려 말을 더욱 자극시킨 꼴이었다. 귀를 찌르는 비명 소리에 더 세차게 달려가는 말을 쫓아 자매들이 치맛자락을 휘날리며 달려갔다. 하지만 네 발 달린 짐승을 두 발로 쫓기란 무리였다.

"명진아! 고삐! 고삐를 당겨!"

연리가 고삐를 당기라며 외쳤지만 명진은 갈기를 붙잡고 있는 것도 힘이 들어 손을 앞으로 뻗을 엄두조차 내지 못했다. 명진의 새 당혜가 벗겨져 달리는 말발굽에 치였다. 구겨진 당혜를 주워든 설은 저러다 명진이가 말에서 굴러떨어지는 게 아닐까 하는 무서운 생각에 치맛자락을 움켜쥐었다.

"명진아, 꽉 잡아!"

연리는 말을 세울 수 없을 것 같다는 생각에 말이 스스로 멈출 때까지 명진이 잘 버텨주기를 빌었다. 명진도 그러고 싶었지만 흥분해서 달려가는 말에 매달려 있기란 쉬운 일이 아니었다. 뼈마디가 하얗게 질린 명진의 손에서 자꾸만 말의 갈기가 빠져나갔다. 명진이 더 이상은 버틸 수 없겠다 싶어 스스로 말갈기를 놓으려던 순간 기적처럼 말이 멈춰 섰다.

"워워!"

누군가 달려가는 말의 고삐를 잡아챈 것이었다. 말이 갑자기 당겨진 고삐에 잔뜩 날뛰었지만 이내 진정했는지 콧김을 씩씩 내뿜으며 제자리걸음을 했다. 그제야 간신히 매달려 있던 명진이 땅으로 떨어지듯 내려섰다. 긴장으로 풀려 버린 다리에 명진은 아끼는 치마에 흙이 묻는 것도 모르고 흙바닥에 털썩 주저앉았다. 말고삐를 잡아준 명진의 은인이 다가와 명진을 일으켜 세웠다.

"다치신 데는 없으십니까?"

"괜찮아요, 그보다 감사합⋯⋯."

다친 데는 없다며 숨을 고른 명진은 고맙다고 인사하다가 말을 끝마치지 못한 채 멀거니 자신을 구해준 생명의 은인을 올려다봤다. 말고삐를 잡아챈 사람이 심도헌이나 백이명에 비할 바는 아니지만, 그에 못지않은 잘생긴 사내였기 때문이었다.

"감사합니다."

뒤늦게 쫓아온 연리가 절체절명의 순간에 나타나 말고삐를 잡아준 사내에게 고개를 숙였다. 아마 저 사내가 도와주지 않았다면 끔찍한 사고가 일어났을지도 모르는 일이었다. 그런 연리의 인사에 함께 고개를 숙여 보인 사내는 구군복 차림이었는데, 그를 통해 연리는 이 사람이 무관임을 알 수 있었다.

"말이 갑자기 잡을 새도 없이 뛰어가서 이렇게 됐어요. 도와줘서 정말 고마워요."

연리가 사내의 손에서 말고삐를 넘겨받으며 말했다. 하지만 마구간에만 갇혀 있거나 짐을 나르는 데만 쓰이다 보니 뛰어본 적이 거의 없는 말은 아직도 남은 흥분을 가라앉히지 못하고 계속 머리를 흔들며 다그닥거렸다. 힘이 장사인지라 연리가 말에 끌려다니는 것을 본 사내가 다시 연리의 손에서 말고삐를 가져왔다.

"괜찮으시다면 가는 길까지만 말을 잡아드려도 되겠습니까."

자신이 도와주는 것임에도 정중하게 권유하는 사내의 말에 연리는 미안함을 표하며 고개를 끄덕였다. 집에 가다가 또 다시 말을 놓치는 불상사는 겪고 싶지 않아서였다. 거친 군마를 매일 다루는 사내에게 일반 말을 다루는 건 너무나 쉬워 보였다. 다시 집에 가는 동안 말은 들판을 달리고 싶어 몇 번이고 발을 굴렀지만 이번에는 사내가 잡고 있어 다행히 큰 소란 없이 갈 수 있었다. 명진은 말을 피해 연리의 옆에 꼭 붙어 서서 걸었다.

"조심하십시오. 말이 순해 보여도 네 발 달린 짐승입니다."

"마침 도와주셔서 살았지 뭐예요. 제 생명의 은인이세요."

말의 눈치를 보면서 명진이 사내에게 말했다. 은근히 목소리에 비음을 섞는 명진을 연리가 또 시작이냐고 짐짓 엄한 표정으로 바라봤지만 명진은 혀를 내밀어 보일 뿐이었다.

"말씀 편하게 하셔도 됩니다. 귀한 아씨들에 비하면 저는 하잘 것 없는 초관(哨官, 정9품 무관)에 불과합니다."

"저희를 아십니까?"

연리는 마치 자매들을 아는 것처럼 말하는 사내에게 물었다.

"장연에는 꽃 같은 여인들이 다섯 있는데, 모두 양현수 나리의 여식이더라 하는 이야기는 여기 오기 전 양천에서부터 들었습니다."

"아……."

"실례가 되었다면 죄송합니다. 그저 들은 대로 말씀드리다 보니."

사내는 무례했다면 미안하다며 연리에게 고개를 숙여 보였다.

실례되는 말이긴 했지만 자매들에게 기분 나쁘기만 한 말은 아니었다.

"아니에요. 그런데 양천에서 오셨나 봅니다."

"한양에서 양천으로, 여기 장연을 지나 쭉 북쪽으로 행군할 예정입니다."

사내가 포함된 군은 장연과 그 근처 장교청에 군사 일부를 위임하여 보충해 주고 떠날 예정이었다. 자신은 평양 관리영에 초관으로 배정받아 평양까지만 간다고 덧붙인 사내를 명진이 너울 안에서 위아래로 쭉 훑어봤다. 다시 보아도 참 잘생긴 얼굴에 군인답게 몸도 다부졌다. 명진이 연리 몰래 너울을 넘겨 얼굴을 드러내 보이며 사내 옆으로 다가갔다.

"들었어요. 양천에 정군이 왔다는 말이요. 그분들 중 한 분이 시군요. 만호 나리들과 금군들도 왔다고 들었는데."

명진이 사내와 같은 화젯거리로 이야기를 나누고자 다가가자 연리가 명진의 너울을 다시 내려 얼굴을 가렸다. 명진은 그런 연리를 째려보더니 다시 너울을 획 올렸다. 명진은 솔직히 자신의 미모에 자신이 있었다. 당장 저 사내만 해도 제 얼굴을 빤히 보지 않았던가. 백이명은 설이 차지했고, 심도헌은 저를 거들떠도 안 보니 명진은 이 사내라도 반드시 자기가 가져야겠고 생각했다.

"그러셨군요. 아! 제 소개가 늦었습니다. 저는 손서강이라고 합니다."

어쩜 이름도 멋있을까, 명진은 손서강이라는 이름을 입안에 굴려보면서 그를 향해 여유 있는 미소를 지어 보였다. 손서강도 그런 명진을 보고 슬쩍 미소를 지었다. 그때 뒤에서 말 달리는 소리가 들려오고, 익숙한 흑마 한 마리가 연리의 시야에 들어왔다.

그 위에 보랏빛이 도는 청색 도포를 입은 이 또한 연리가 아는 이였다.

"안녕하세요, 나리."

설이 먼저 심도헌에게 인사를 건넸다. 심도헌이 연리의 옆쪽에 말을 멈춰 세웠다. 설을 따라 동생들도 고갯짓으로 인사를 건네자 심도헌도 고갯짓으로 간단히 인사를 보내고서 자연스럽게 연리를 쳐다봤다.

딱히 할 말은 없었지만 두 사람은 서로를 쳐다봤다. 그냥 지나칠 수 없어 멈춘 거라 심도헌이 어색한 기류에 다시 가던 길을 가려 했다. 그런데 무심코 본 연리의 옆에 말을 잡고 서 있는 손서강을 발견하고 말았다. 손서강을 보는 심도헌의 얼굴이 일그러지듯이 굳었다. 손서강도 잠시 그런 심도헌을 보더니 고개를 돌려버렸고, 심도헌은 굳은 얼굴로 거칠게 말을 몰아 그 자리를 벗어났다. 순간이었지만 연리는 분명히 두 남자가 차가운 시선을 나누는 것을 보았다.

"두 사람이 아는 사이일까?"

설도 그런 두 사람을 알았는지, 연리에게 속삭였다.

"글쎄, 만약 안다면 절대 좋게 아는 사이 같지는 않은걸?"

서로를 알아본 걸 보면 모르는 사이는 아니고, 그렇다고 반가워하지는 않은 걸 보면 좋게 아는 사이는 아닌 것 같았다. 설도 그 말에 동의하는지 도헌이 사라지고도 여태 고개를 돌리고 있는 손서강을 힐끔거렸다. 연리가 궁금증을 참지 못하고 손서강에게 혹시 심도헌과 아는 사이냐고 물어보려고 했지만, 손서강이 갑자기 여기까지 데려다주겠다며 연리에게 말고삐를 넘기고 도망치듯이 사라져 버려서 그러지 못했다.

그렇게 손서강과 작별 인사도 못하고 헤어진 것이 아쉬웠던 명진은 집에 돌아와 잠들기 전까지 내내 손서강이 어떻게 자신을 구해줬는지 영웅담처럼 떠들어댔다.

다음 날, 아직 어두운 새벽에 연리는 마구간에서 말을 끌고 나왔다. 어제 달리고 싶어 발버둥치는 말의 모습을 보니, 본디 들판을 달리는 짐승을 마구간에만 가둬둔 것이 미안해졌기 때문이었다.

"답답했지. 오늘은 좀 달리게 해줄게."

말의 갈기를 곱게 빗어준 연리가 등자(鐙子, 안장에 달린 발받침)에 발을 올렸다. 디딤판 없이 올라가는 모습이 익숙했다. 안장에 앉아 전모의 끈을 꽉 조이고 말군(여성들이 말을 탈 때 입는 바지)을 정돈한 연리가 옆구리를 치는 대신 휘파람을 불었다.

"휘익!"

연리와 말 사이의 신호였다. 신호에 말이 갈기를 휘날리며 사람이 없는 새벽길을 거리낄 것 없이 달렸다. 해가 뜨려고 어스름해지는 하늘을 보며 연리가 말의 몸에 바짝 몸을 붙이고 속도를 높였다. 오늘 연리의 행선지는 평소 가던 화평언덕이 아닌 탁 트인 바다가 있는 몽금포였다. 육지 안쪽에 있는 마을에서 몽금포까지의 거리는 화평언덕보다 훨씬 멀었다. 하지만 오늘은 말을 달리게 해준다는 핑계로 멀리 나가고 싶었다. 한참을 달려 바다 냄새가 맡아질 만큼 몽금포에 가까워졌을 즈음 연리는 눈앞에 보이는 해안이 아니라 절벽으로 가는 언덕길로 말머리를 틀었다.

"흑―."

짠 기가 섞인 바닷바람에 차갑게 식은 연리의 볼 위로 따뜻한 눈물이 흘렀다. 눈앞이 흐려질수록 연리는 언덕의 능선을 타고 더 힘차게 말을 내달렸다. 마치 절벽으로 뛰어 내릴 듯 달려가던 연리가 절벽 바로 앞에서 말고삐를 잡아당겼다. 간신히 절벽 앞에 멈춰 선 말이 뜨거운 숨을 쉭쉭 내쉬며 제자리에서 빙글 돌았다. 절벽 아래서 불어오는 바람이 세찼다. 옷고름이 휘날리고, 바람소리가 귓가에 몰아쳤다.

"하……."

얼굴을 가린 답답한 전모를 벗어 던진 연리가 바닷바람을 맞으며 숨을 가다듬었다. 말이 마구간에 갇혀 있는 것처럼 연리는 별당 안에 앉아 있으면 그렇게 답답할 수가 없었다. 그건 김용복과 혼인 이야기가 오가고 나서부터 죽 그랬다. 웃음이 나오다가도 우울했고, 정신이 나간 것처럼 앉아 있기 일쑤였다. 연리가 아직은 더 뛰고 싶어 발로 땅을 툭툭 차는 말에 기대 눈물을 가다듬었다.

"말을 타기에는 너무 이른 시간이 아닙니까."

등 뒤에서 들리는 사내 목소리에 연리가 흠칫 말에서 몸을 일으켜 뒤를 돌아봤다. 갈색 군마를 타고 구군복 차림을 하고서 연리가 달려 올라온 언덕의 능선을 타고 올라오는 사람은 손서강이었다. 손서강은 여인이 말을 타고 달리기에는 너무 이른 시간이 아니냐고 물어왔지만, 연리는 대답 대신 우선 눈물로 얼룩진 얼굴을 전모로 가렸다.

"어제 뵈었을 때도 얼굴에 슬픔이 가득하시더니, 오늘도 그러하십니다."

하지만 전모로 가리기 전부터 연리가 우는 모습을 본 손서강은 저 멀리 동이 터오는 수평선으로 시선을 돌리며 연리의 얼굴에 슬픔이 가득하다고 말했다.

"이 새벽에 말을 거세게 몰고 가시기에 실례인 줄 알면서도 뒤따랐습니다."

"모른 척하시지 그러셨습니까."

"우시는 모습을 보니 모른 척하지 않기를 잘했다고 생각합니다. 저는."

손서강의 말에 연리가 쳐다보니 그가 부드럽게 웃어 보였다. 잠시 군영에서 나와 있던 그가 말을 타고 달려가는 연리를 발견한 것은 순전히 우연이었다. 그리고 그런 연리를 따라 달린 것은 궁금증에 의한 충동적 행동이었다. 물론 연리에게 다른 할 말이 있기도 해서 지금이 기회라고 생각한 것도 있었다.

"무슨 일이 있으신지 모르나. 누구에게나 불행은 찾아옵니다. 너무 슬퍼하지 마십시오."

"그 누구에 나리도 포함되십니까."

누구에게나 불행이 찾아온다는 말이 경험에서 우러나온 말 같아 연리가 손서강에게 당신도 불행이 찾아왔느냐 물었다.

"……예, 뭐 저도 피해갈 수는 없었습니다. 어제 보셨다면 눈치를 채셨겠지만."

손서강이 말끝을 줄였지만 연리는 그것이 어제 그와 심도헌의 짧은 만남을 가리킨다는 것을 알았다.

"심 진사님과 아는 사이십니까."

연리가 어제 물어보려고 했던 것을 물었다.

"아, 혹시 친분이 있으십니까."

"아뇨, 알게 된 지 얼마 되지 않았어요."

"그렇다면, 도헌이 그 친구가 얼마나 거만하고 이기적인 사람인지 모르시겠군요."

심도헌이 거만하고 이기적이라는 직접적인 표현에 연리는 긍정도 부정도 표하지 않았다. 물론 심도헌에 대한 연리의 첫인상은 그랬다. 하지만 심도헌의 이랬다저랬다 하는 행동 때문에 그에 대한 연리의 평가는 뒤죽박죽이었다. 연리는 자신이 심도헌을 싫어하는지 아니면 좋아하는지, 스스로의 감정조차도 분명하게 알지 못했다.

"한때는 형제 같은 사이였습니다. 함께 한집에서 자라기도 했으니."

손서강은 자신과 심도헌이 한집에서 자랐다고 말했다. 하지만 어제 연리가 본 두 사람은 한집에서 자란 형제보다는 외면하고픈 남 같았다. 연리의 의문을 아는지 손서강이 고개를 끄덕였다.

"압니다. 그렇게 보이지 않았다는 거 말입니다."

"실례가 되지 않는다면 어떤 일 때문에 사이가 안 좋으신지 여쭤보아도 되겠습니까."

"흔한 이야깁니다."

뻔한 이야기라고 한숨을 내쉰 손서강은 천천히 언덕 아래로 말을 몰았다. 그를 따라 연리도 말을 움직였다.

"저의 어머니는 심도헌의 집에서 일손을 돕던 분이셨습니다."

노비는 아니셨지만 심도헌의 집에서 꽤나 오래 일을 했다고 말하는 그는 침울해 보였다.

"그러다 도헌의 아버지이신 이판 대감의 눈에 띄셨고, 저를 가지셨습니다."

"……."

"그런 얼굴 안 하셔도 됩니다. 흔한 이야기라고 말씀드렸지 않습니까. 그렇게 그 집에서 도헌과 함께 자랐습니다."

놀라긴 했지만 확실히 흔한 이야기기는 해서 연리는 위로 같은 걸 건네느니 묵묵히 그의 이야기를 들어주기로 했다.

"물론 아버님의 임종도 함께 지켰습니다. 아버님은 저를 적자처럼 예뻐 하셨습니다."

"그런데 왜 사이가 안 좋으신 거죠?"

"그게 문제였던 겁니다. 서자인 제가 똑같이 사랑받는 것이 도헌은 못마땅했던 모양입니다."

손서강은 정말 억울하다는 얼굴로 고개를 숙였다.

"아버님은 저를 서자들이 들어가는 금군에 넣어주시려고 했었습니다. 하지만 아버님이 돌아가시자 도헌은 돌연 말을 바꾸더니 돈 한 푼을 주지 않고 저를 내쫓더군요."

"그런……!"

"덕분에 저는 아버지의 성을 따르지 못했습니다."

손서강은 자신이 심서강이 아닌 이유가 심도헌 때문이라고 말했다. 아무리 서자라 하나 피가 반은 섞인 핏줄일진대 질투심에 쫓아내다니, 연리는 놀라움을 감출 수 없었다.

"어차피 저는 문과에 급제할 수 없는 서자이니, 그저 금군에 들어가고자 했을 뿐인데. 도헌은 그것마저도 허용치 않았습니다. 결국 겨우 무과에 붙어 지방직을 전전하는 신세입니다."

"……"

"올해는 평양이지만 내후년엔 어디로 배정받을지 모르겠습니다."

손서강은 벌써부터 걱정이라며 한숨을 푸욱 내쉬었다.

"힘드시겠어요."

"힘만 들겠습니까. 박봉이기도 합니다. 하하."

손서강은 박봉이지만 어쩔 수 있겠냐며 씁쓸하면서도 순박하게 웃어 보였다. 연리는 그에 반해 문과에 급제하지 않고 성균관에 다니다가 값비싼 도포를 입고 한가하게 진사 소리나 듣고 다니는 심도헌을 그와 비교했다. 연리는 손서강이 어떻게 저렇게 불우한 사정 속에서 긍정적일 수 있을까 하고 감탄했다.

"그나마 위로가 되는 것이. 그 친구도 벌을 받았다는 겁니다. 사헌부 지평까지 올랐다가 파직 당했으니 말입니다."

"……파직이요? 심 진사님이 사헌부 지평이셨단 말이에요?"

"예, 아! 모르셨습니까? 이런, 괜한 말씀을 드렸습니다."

손서강은 심도헌이 파직 당한 일을 연리가 전혀 몰랐다는 것에 곤란한 얼굴로 입을 가렸다. 심도헌의 파직은 한양에서 오는 손서강 같은 사람이나 알고 있는 사실이지, 장연 같은 시골 사람들은 전혀 모르는 일이었다. 연리뿐만 아니라 이 고을 사람들 전부 심도헌이 관직에 나아가지 않은 진사인 줄로만 알고 있었다.

"그럼 혹시 백 진사님도 파직을 당하셨나요?"

연리는 문득 드는 예감에 심도헌과 절친한 벗이라는 백이명도 파직을 당했느냐고 물었다.

"백 진사라 하심은, 백이명 나리를 말씀하시는 겁니까? 그렇다면 맞습니다. 사헌부 감찰이셨으나 도헌 그 친구와 함께 파직을 당했다고 들었습니다."

연리는 하− 하고 헛숨을 내뱉었다. 두 사람이 파직을 당한 것이라니, 아마 양현수도 몰랐을 것이었다. 물론 그들이 자신들의 파직을 알리고 다녀야 할 의무는 없었지만, 연리가 생각하기에는 두 사람이 모두를 속인 것처럼 느껴졌다.

"아마 파직 당해놓고 한양 바닥에 머무르면 낯이 팔리니 여기 내려와 있는 모양입니다. 그런데 제가 괜히 여기서 말을 떠벌려 두 사람을 곤란하게 하는 것 같습니다. 그러니 소저께서도 모르는 척해 주십시오."

손서강은 자신이 심도헌의 뒷담을 한 꼴이 되어버렸다며 곤란한 얼굴로 연리에게 못 들은 것으로 해달라 부탁했다. 하지만 이미 들어버린 것을 잊으라고 한다고 해서 잊게 되는 것이 아니었다. 연리는 두 사람이 왜 모두를 속였을까 고민하다가 낯이 팔려 여기 내려와 있다는 손서강의 말이 꽤나 그럴듯한 추측이라고 생각했다.

"여하튼, 제 말은 너무 슬퍼 마시라는 겁니다. 있다 보면 그저 지나가니 말입니다. 제 경험이니 믿으셔도 됩니다."

손서강은 자신이 실수했다고 생각했는지 재빨리 능숙하게 대화를 마무리했다.

"고맙습니다."

연리는 심도헌과 백이명이 파직 당했다는 놀라운 사실을 뒤로하고서, 자신을 위로하기 위해 속사정을 꺼내놓은 손서강에게 고마움을 느꼈다. 자신의 이야기를 남에게 꺼내놓는다는 것은 절대 쉬운 일이 아니었다. 게다가 자신이 서자라는 이야기는 충분히 자존심이 상할 만한 이야기였는데 그것을 털어놓다니, 연리는 손서강의 배려가 고마웠다.

"그런데 소저께서는 왜 슬퍼하고 계십니까?"

손서강이 왜 여기까지 달려와서 눈물을 흘렸느냐고 연리에게 물어왔다. 연리는 잠시 망설이다가 그가 자신의 이야기를 털어놓은 만큼, 자신도 이야기를 해주어야 한다고 느꼈다. 연리가 조심스럽게 입을 열어 자신과 김용복의 혼사에 얽힌 이야기를 털어놨다. 복잡한 사정은 빼고 단순한 사실만을 말했지만 그것만으로도 손서강은 대강 상황을 파악한 것 같았다.

"귀한 아씨께 찾아온 불행치고는 크군요. 차라리 제가 소저와 혼인한다면 소저를 이렇게 슬프게 하지는 않았을 텐데 말입니다."

손서강은 자신이 그 불행을 겪은 양 우울한 목소리로 말했다.

"아, 죄송합니다. 저도 모르게 그만 속마음을 입으로 뱉어버렸습니다."

그러나 곧 아차 하는 얼굴로 자신이 연리와 혼인한다는 말이 주제넘었다는 것을 알고 사과했다.

"괜찮아요. 썩 틀린 말도 아닌 것 같네요."

연리는 김용복만 아니라면 차라리 두 번밖에 안 본 사이인 손서강이 더 나을지도 모른다고 생각했다. 손서강은 대화라도 통하지만 몇 번 겪어본 김용복은 숙의마마를 빼면 이야깃거리가 없는 사람이었다. 그런 사람과 한평생을 살아갈 생각을 하니 연리는 눈앞이 깜깜했다. 그러다 또 다시 문득 떠오른 심도헌의 얼굴에 연리가 화들짝 놀랐다.

'왜 또 그 사람을 생각하니.'

연리는 스스로를 주책없다고 생각하며 고개를 탈탈 털었다. 그런 연리를 본 손서강이 왜 그러느냐고 묻자 연리는 아무 것도 아니라고 손을 저었다. 두 사람이 대화하는 사이 두 사람의 말이 언덕 밑에 다다랐다. 손서강은 자신과의 대화가 연리의 기분을 좀 나아지게 했으면 좋겠다고 말하며 군부대로 돌아가기 위해 먼저 몽금포를 떠났다.

"자네 생각은 뱃길로 인삼을 나르는 것 같다는 거지?"

백이명은 심도헌의 생각에 고개를 끄덕였다. 한양에서 한강물을 타고 나와 바닷길로 장연에 인삼을 보관하고, 장연에서 명나라로 인삼을 되판다. 장연은 황해 쪽으로 돌출된 반도였다. 명나라와 가까워 뱃길로 삼 일이면 도착할 수 있었다. 한양에서 압록강 유역으로 수레를 끌고 가면 이십 일도 더 걸릴 터인데, 뱃길이면 삼 일밖에 안 걸리니 운송비용이 획기적으로 감소한다. 하지만 아무리 효율적이어도 뱃길을 통한 무역은 금지된 일이었다.

"그렇지. 여긴 작은 어선들밖에 없으니 큰 배가 들어오면 필시 티가 날걸세."

"그렇다면 대낮보다는 밤이나 새벽에 움직이겠군."

백이명은 지도를 손으로 쓱 훑었다. 굳이 힘들게 대동만(大東灣) 안쪽으로 들어오지는 않았을 것 같았다. 편하게 배를 댈 수 있게 튀어나온 몽금포 장산곶이 있기 때문이었다. 우선 몽금포 장산곶 주변에 큰 배가 드나드는지 지켜보는 게 중요했다.

"그럼 자네와 내가 번갈아가며 번을 서도록 하세."

방자라고는 장계를 배달하는 한 명밖에 없으니 모든 것은 백이명과 심도헌 둘이서 해야 했다. 그렇게 어젯밤에는 백이명이 몽금포 주변을 순찰했고, 오늘밤은 도헌의 차례였다. 해가 질 무렵 집을 나서 밤이 깊어질 때까지 도헌은 몽금포 주변을 서성였다. 하지만 몽금포 주위에는 쥐새끼 한 마리도 나타나질 않았다.

'허탕인가.'

새벽 어스름이 밝아오고 바다 안개가 자욱이 끼어가자 도헌은 오늘 무언가를 발견할 것이라는 기대를 반쯤 놓았다. 아쉬운 마음에 축축한 안개를 가르며 바닷가 모래 위에 섬처럼 있는 수풀가를 걷고 있을 때였다. 사람이라고는 없던 해안가에 인기척이 느껴졌다.

"오늘 온다고 했으니, 오늘 오지 않았나! 신경질 부리기는!"

"누가 자네들을 기다렸나. 귀한 인삼을 기다렸지!"

쑥덕거리는 사이에서 인삼이라는 말을 용케 알아들은 심도헌이 재빨리 수풀 속으로 자신을 숨겼다. 저 멀리 안개 사이로 배한 척과 몇몇 사내들이 나타났다. 심도헌은 빠르게 눈대중으로 인원을 파악했다. 배 위와 해안에 드러난 숫자만 해도 꽤 되어 보였다. 도헌은 혼자서 저 인원을 제압하는 것은 무리라고 판단하고, 우선은 지켜보기로 했다. 도헌이 풀을 헤치고 나아가며 최대한 그들에게 가까이 접근해 귀를 기울였다.

"그렇게 기다리던 인삼님 닷새 뒤에 또 올 테니, 보채지 말게."

"닷새? 그렇게 빨리?"

"작년에 수확한 건 그거까지가 전부일세. 내년까진 더 이상 없네."

곰방대를 물고 배에서 내린 배불뚝이 사내가 다음 배에 실려오는 인삼이 마지막이라고 말했다. 가래가 끓어 거친 목소리는 알아듣기 힘들었지만 적어도 닷새 뒤에 인삼을 실은 배가 또 온다는 것은 확실했다. 그들이 시답잖은 농담들을 주고받으며 수레에 인삼 궤짝들을 실고 몽금포 해안을 따라가는 동안 심도헌은 조용히 숨죽여 모든 것을 지켜봤다.

'닷새라…… 시간이 없군.'

그들의 말소리가 저 멀리로 사라질 때쯤, 심도헌이 수레바퀴 자국이 난 모래사장을 보며 수풀 사이에서 일어났다. 바퀴 자국도 다 남기고 갈 정도면 저들이 얼마나 대담해졌는지 알 수 있었다. 이 행위들이 걸릴 것이라고는 생각도 못하고 있는 것이었다. 이제 바다 끝에서는 동이 터오고 있었다. 도헌은 해안에서 좀 떨어진 숲 아래 나무에 매어두었던 말의 고삐를 풀었다.

"너도 졸리느냐."

도헌은 엎드려 졸고 있던 말에 바로 탈 수는 없어 말고삐를 이끌어 길가로 나왔다. 그러면서도 혹시 남은 잔당이 없는지 주변을 살피는 도헌의 눈동자가 날카로웠다. 그런 심도헌의 눈에 말을 타고 언덕길을 내려오는 두 사람이 발견되지 않을 리 없었다. 두 사람 중 한 사람은 여인이었고, 나머지 한 사람은 사내였다. 그 사내를 본 심도헌의 얼굴이 팍 찡그려졌다.

'손서강⋯⋯!'

악연이었다. 하필 자신이 장연에 와 있을 때 손서강도 장연을 지나 행군하게 되다니, 도헌이 주먹을 꽉 쥐었다. 게다가 손서강의 옆에서 말을 타고 있는 여인은 연리였다. 아무리 전모를 쓰고 있다고 해도 확실했다.

'이 시간에 두 사람이 왜 함께 있단 말인가!'

연리가 원수 같은 손서강과 함께 있다는 사실에 심도헌은 당장에라도 뛰쳐나갈 듯이 말에 올라탔다. 순간 치밀어 오르는 화에 말에 올라타긴 했지만 심도헌은 이내 자신이 이럴 이유가 없다는 것을 깨달았다.

'내가 왜 두 사람이 함께 있는 것을 막아야 하지?'

연리와 손서강이 무슨 사이든 심도헌은 관여할 만한 이유가 전혀 없었다. 하지만 자꾸 저 두 사람을 떨어뜨려 놓고 싶은 마음이 들었다. 그도 잠시, 도헌이 그들의 사이에 끼어들지 않아도 손서강이 먼저 말을 몰고 가면서 두 사람은 자연스럽게 멀어졌다. 그제야 도헌은 몸에 힘을 풀었다.

홀로 남은 연리를 보니 도헌은 당장 달려가 왜 손서강과 함께 있느냐 물어보고 싶었으나 이성적으로 그런 마음을 억눌렀다. 이미 연리에 대한 관심을 끊기로 마음먹은 이상 그녀에게 필요 이상의 접근은 하지 않는 게 옳았다. 도헌이 마음을 다스리는 동안 연리는 집으로 돌아가기 위해 마을 쪽으로 사라졌고, 몽금포에는 도헌만이 남았다.

'돌아가 장계를 쓰고, 파발을 보내 지원 요청을 해야겠군.'

머리는 그렇게 생각하면서 도헌은 말머리를 백이명의 외가가 아닌 연리의 집으로 향하게 했다. 머리가 아닌 몸이 먼저 움직인 행동이었다. 분명 연리가 도헌보다 먼저 이 길을 갔을 텐데, 도헌이 연리의 집에 거의 다다를 때까지 그는 그녀의 말 뒤꽁무니도 보지 못했다. 아무래 도중에 연리는 다른 길로 샌 모양이었다.

'한심하군. 이게 무슨 짓인지.'

연리의 집 근처에 다다른 도헌이 까칠해진 얼굴을 마른손으로 쓸어내렸다. 한시가 바쁜 이때에 여인을 따라가다가, 그것도 심지어 그 여인은 보지도 못하고 시간만 허비했으니, 도헌은 날을 새워 피곤한 몸이 더 피곤해짐을 느꼈다. 도헌은 더 이상 시간을 지체하지 않고 돌아가려고 했다.

"심 진사, 여기 어쩐 일입니까."

연리의 집 대문이 열리며 혜인 홍씨가 나오지만 않았어도. 홍씨는 대문 앞에 떡하니 서 있는 커다란 흑마에 놀란 가슴을 안고 도헌에게 어쩐 일이냐고 물었다. 심도헌은 예상치 못한 만남에 답지 않게 당황하며 말에서 내렸다. 도헌은 생각해 둔 말이 없어 대충 둘러댔다.

"양현수 나리를 뵈러 왔습니다."

"저런, 바깥양반은 출타 중이에요."

"아, 그렇습니까."

실제 양현수에게 어떠한 용건도 없었던 도헌에게는 그의 외출이 다행인 일이었다.

"그래도 마침 오셨으니 기쁜 소식을 전해드리겠습니다."

혜인 홍씨는 지금이 심도헌에게 연리의 혼인 소식을 전해줄 가장 좋은 기회라고 생각했다. 왜냐하면 그녀는 예전에 심도헌이 자신의 둘째 딸인 연리를 혼기가 차도록 아무도 데려가지 않은 여인이라고 했다는 것을 항상 염두에 두고 있었기 때문이었다. 의문스러운 얼굴로 자신을 보는 심도헌에게 홍씨는 입꼬리를 최대한 올려보였다.

"저희 둘째 연리가 빠르면 다음 달 중으로 혼인을 할 예정입니다."

혜인 홍씨가 뿌듯한 얼굴로 자랑했다. 홍씨는 심도헌에게 자랑할 거리가 있다는 사실에 혈색이 돌았지만, 심도헌은 손끝까지 피가 차갑게 식어 얼굴이 흙빛이 됐다. 도헌은 머릿속이 하얗게 백지화되면서 입 속이 바짝 말라가는 것을 느꼈다.

'연리 소저가 혼인을 한다니, 누구와 한다는 말인가. 설마……, 설마 손서강은 아니겠지.'

심도헌은 머릿속에 온갖 생각들이 막 튀어나오는 것을 막을 수가 없었다. 그때 홍씨의 뒤로 또 다른 사람이 연리의 집 대문을 열고 나왔다.

"아! 마침 왔네요. 여기 이 사람이 제 사위 될 사람이랍니다."

아직 양현수가 연리와 김용복의 혼인을 정식으로 허락하지 않아 제대로 혼약한 것은 아니지만, 이미 혼인하기로 한 것과 다름이 없다고 생각한 홍씨는 김용복을 사위라고 소개했다. 심도헌은 자신의 생각과는 달리 연리의 혼인 상대는 손서강이 아니라는 것에 잠시 안도했다가, 주춤주춤 홍씨의 옆으로 서는 땅딸막한 김용복을 보고 미간을 살짝 찡그렸다.

"안녕하십니까."

김용복이 키 차이 때문에 심도헌을 하늘을 쳐다보듯이 올려다보며 먼저 인사했다. 인사하는 와중에도 김용복은 삐질삐질 새어나오는 땀을 닦아내는 중이었다.

"저희 설이와 백 진사가 혼인하면 절친한 벗이신 심 진사도 자주 뵐 게 아닙니까. 남 같지 않아서 소개시켜 드리는 것입니다."

혜인 홍씨는 이 만남이 당연하다고 생각했다. 설과 이명이 벌써 스무 번 가까이 연서를 주고받았다는 사실을 명진으로부터 몰래 들었기 때문이었다. 홍씨는 연서를 스무 번이나 주고받았다면 이미 혼인은 따 놓은 당상이라고 생각했다.

"백 진사와 혼인하면 설이는 한양에 가서 살게 될 테고, 연리도 김용복과 혼인하면 한양에서 살게 될 게 아닙니까? 그럼 제 사위들과 심 진사는 좋은 이웃이 될 테니 얼굴 정도 알아두는 건 나쁘지 않을 거예요."

홍씨는 설과 백이명이 이미 혼인이라도 한 양 백이명을 자신의 사위라고 말했다. 심도헌은 자신의 친구를 마음대로 사위로 삼고, 멋대로 김용복과 이웃이 될 거라고 말하는 홍씨의 입방정이 굉장히 불쾌했다.

"김용복이라 합니다. 주, 중전마마와 가까운 숙의마마의 은혜를 입고 있어 한양에서부터 이야기 많이 들었습니다."

김용복이 자신을 노려보는 심도헌에게 어물어물 자신을 소개했다. 심도헌은 자신을 한양에서부터 알았다는 말에 불길한 예감이 들어, 자신도 김용복을 알고 있었는지 그를 위아래로 훑어봤다. 말이 훑어본다는 것이지 김용복은 발가벗겨져 검문을 당하는 기분이었다. 김용복의 이마에는 땀이 새어나오다 못해 얼굴을 타고 흘러내리기 시작했다.

"파직 당하신 일은 유, 유감……."

"그 입 다물어라."

심도헌은 김용복의 입에서 파직이라는 단어가 나오자 당장에 그에게 입을 다물라고 말했다. 도헌의 불길한 예감은 틀리지 않았다. 심도헌은 김용복을 모르지만, 김용복은 심도헌이 사헌부에서 일하다가 파직을 당했다는 것을 아는 사람이었다. 심도헌은 자신의 암행어사라는 신분이 들킬 만한 조금의 단서도 장연에 알리고 싶지 않았다.

만약 심도헌이 사헌부 관원이었다는 사실을 장연현감 방원수가 알게 된다면 즉시 의심을 가지고 인삼 거래를 멈춰 버릴 수도 있다. 그렇다면 심도헌은 중대한 증좌를 얻을 기회를 잃고 암행어사 일을 제대로 완수하지 못하게 된다. 김용복은 입을 다물라는 심도헌의 매서운 얼굴에 그제야 자신이 뭔가를 잘못 내뱉었다는 것을 깨달았다.

"파직이요?"

혜인 홍씨는 뜬금없는 파직이라는 말에 눈이 휘둥그레졌다.

"그 이상을 입 밖으로 꺼냈다가는 조선 땅에 발을 붙이고 살진 못할 것이다."

홍씨의 물음에 대답을 못하고 망설이는 김용복에게 심도헌은 마지막 경고를 했다.

"그, 그것이⋯⋯."

무언가를 더 말하려던 김용복은 한양에서 자신 같은 일개 상 것 출신 양반은 접근할 엄두도 못 낼 도헌의 위세를 봤기 때문에 그의 말이 거짓으로 느껴지지 않았다.

중대한 암행어사 일을 김용복의 혀 놀림 한 번에 망칠 수도 있다는 생각에 심도헌의 얼굴은 야차처럼 매섭게 변했다. 심도헌은 불쾌한 입방정을 떨어대는 혜인 홍씨와 김용복과 한시도 더 함께 있고 싶지 않았다. 심도헌은 차마 홍씨가 더 말을 걸어볼 수도 없을 만큼 냉기를 뿜으며 말에 올라, 거세게 말의 옆구리를 차올려 연리의 집 앞을 벗어났다.

홍씨는 기가 차다는 얼굴로 심도헌의 흑마가 거칠게 땅을 박차고 달려가는 것을 지켜봤다.

"어머니, 왜 여기 서 계세요?"

때마침 집으로 돌아온 연리가 대문 앞에 서 있는 홍씨를 발견하고 그 앞에 말을 멈춰 섰다. 연리는 오랜만에 말에게 건초가 아닌 생풀을 먹이느라 심도헌보다 늦게 집에 돌아오던 중이었다.

"무례한! 어찌 나한테 이런단 말이니. 나한테 조선에서 살고 싶다면 입도 뻥긋하지 말라며 윽박지르더구나!"

연리를 발견한 홍씨는 당장에 어지러움을 호소하며 연리에게 기대서서 방금 전 있었던 일을 하소연했다. 실제로 그 말은 김용복에게 한 말이었지만 홍씨는 자신에게 한 것이나 다름없다고 생각했다.

"누가요? 누가 그래요?"

연리는 깜짝 놀라, 이 마을에서 유일하게 종친부에 적을 둔 여인인 어머니에게 그런 무례한 말을 할 수 있는 사람이 누가 있을지 생각했다.

"심 진사 말이다! 심 진사!"

"……심 진사님이요? 그분이 왜 그런 말을 했는데요? 설명을 해보세요."

"나같이 신경 약한 사람이 별말 했겠니! 네가 혼인한다는 거밖에."

연리는 자신과 김용복의 혼인 소식을 심도헌에게 알렸다는 말에 말을 잇지 못했다. 사실이긴 하지만, 연리는 왜인지 모르게 그가 자신이 혼인한다는 사실을 알았다는 것에 마음이 불편해졌다. 연리는 갑자기 뭔가 턱하니 막힌 듯 답답해지면서 빠르게 쿵쿵 뛰는 가슴을 손바닥으로 꾹 눌렀다.

"……그걸 말하셨어요?"

"말 못 할 건 또 뭐니."

홍씨는 내 딸의 혼사인데, 내가 뭐 못 할 말 했냐며 연리를 이상하게 바라봤다. 연리도 그것이 틀린 말은 아니란 것은 알았지만, 어머니가 조금만 더 조용한 사람이었다면 얼마나 좋았을까 하고 생각했다.

"그리고 너희 언니가 백 진사와 혼인하고, 너와 김용복이 혼인하면 너희와 심 진사가 좋은 이웃이 될 거라는 말밖에 안 했단다."

"네?"

연리가 가슴을 토닥이던 손을 멈추었다. 연리는 이제 정말로 어머니가 언니와 백 진사의 사이를 갈라놓으려는 게 아닐까 하는 의심이 들 지경이었다. 심도헌이 과연 김용복 같은 이와 이웃이 되고 싶어 할까, 어머니가 조금 더 신중하게 말할 수는 없었을까, 연리는 한탄했다. 연리는 이런 어머니의 언사로 백이명과 설의 사이가 안 좋아질지도 모른다고 상상하니 눈앞이 아득해졌다.

"난 그 이야기밖에 안 했는데, 여기 김용복이 심 진사한테 파직을 당하셔서 유감이다, 그러지 않겠니? 그랬더니 아주 버럭 성질을 내더구나."

혜인 홍씨는 자신은 아무것도 잘못한 게 없다며 억울함을 표출했다. 하지만 연리는 어머니의 억울함보다 김용복이 심도헌에게 파직 이야기를 했다는 것에 주목했다. 방금 전 손서강으로부터 심도헌과 백이명의 파직에 대해서 들었기 때문이었다. 연리는 손서강의 진정성 있는 말들을 믿었지만, 심도헌과 백이명이 파직을 당했다는 것은 그가 뭔가 잘못 안 사실일 수도 있다고 생각했었다. 하지만 한양에서 온 김용복도 같은 이야기를 한다면, 두 사람의 파직이 사실이라는 소리였다.

"그것보다, 자네 다시 말해보게. 심 진사가 파직을 당했다고?"

"아, 그것이. 그러니까……."

홍씨는 아까 전 심도헌 때문에 듣지 못했던 터라, 다시 김용복에게 설명해 보라며 닦달했다. 하지만 김용복은 조선에서 살고 싶으면 입을 닫으라는 심도헌의 말이 자꾸만 떠올라 입을 쉽게 열지 못했다.

"어머니, 우선 들어가세요. 들어가서 쉬면서 이야기해요."

땀을 한바가지 흘리면서도 입을 열지 않는 김용복을 본 연리는
더 이상의 대화가 무리라고 생각했다. 연리는 신경쇠약을 말하며
비틀거리는 어머니를 집 안으로 데리고 들어갔다.

제6장 오만과 편견

연리의 혼인 소식에 감정적으로 휘둘리기는 했지만 도헌의 머리는 이성적이었다. 벌써 이 마을 안에 심도헌이 얼마 전까지 사헌부 지평이었다는 것을 아는 자가 둘이나 들어왔다. 손서강과 김용복 같은 이들이 앞으로 얼마나 더 늘어날지 알 수 없었다. 심도헌은 암행어사로서 자신에게 주어진 시간이 얼마 남지 않았음을 알았다.

'계획을 서둘러야겠군.'

닷새 후면 인삼을 실은 배가 한 척 더 온다고 했다. 심도헌은 그 배와 함께 모든 임무를 끝낼 생각이었다. 도헌이 당장 부족한 잠을 자기보다는 이 일을 어떻게 처리할지 백이명과 논의하기 위해 집에 돌아와 곧장 백이명의 방을 찾았다.

"오라버니! 이 소저는 오라버니한테 마음이 없다니까요."

"또 시작이구나. 그 소리 그만 좀 하래도."

"이명아, 여인의 마음은 여인이 가장 잘 알지 않겠니? 이 편지들을 보건대 누이 생각엔 설이 소저는 너와 혼인할 마음이 없는 것 같구나."

백이명의 방 앞에 도착하니 열린 방문 사이로 백이명의 누이들 목소리가 들려왔다. 내용으로 유추해 보건대 아무래도 백이명이 설과 연서를 주고받는다는 것을 누이들에게 들킨 것 같았다. 심도헌은 이미 충분히 피로했기 때문에 백이명의 누이들 등쌀에 휩쓸리고 싶은 마음은 추호도 없었다. 그는 방에 들어가는 것을 잠시 미루고 방문 틈으로 동태를 살폈다.

"보렴. 어디에도 연정을 느낄 만한 문구가 없지 않니."

"시조도 다 풍경이나 날씨에 관한 것밖에 없어요. 이게 무슨 연서예요."

백소진과 백소윤은 설이 보낸 답장들을 일일이 살펴보며 꼬투리를 잡았다.

"이리들 줘요. 누이, 주시오."

백이명은 혹시라도 설의 편지가 찢어지기라도 할까 조심스럽게 누이들의 손에서 편지를 뺏어왔다. 백이명의 나이 스물넷이었다. 스물넷이면 보통 혼인은 물론이고 아이까지 있는 것이 당연할 나이였다. 공부다 일이다 핑계를 대며 유야무야 혼일을 미뤘지만, 이명은 지금까지 혼인을 할 만큼 끌리는 여인을 만나보지 못했다. 그렇기에 백이명에게 설은 늦은 첫정이었다. 그런데 주위에서는 다들 안 된다고만 하니 백이명의 속이 쓰릴 수밖에 없었다.

"더 말하지 않아도 충분히 알아듣게 이야기한 것 같구나. 이만 쉬렴."

한참 트집을 잡던 큰 누이 소진은 이명의 침울한 얼굴에 이쯤

하면 됐다고 말했다. 이 정도면 자신들이 설을 이명의 혼인 상대로 반대한다는 것이 충분히 전달됐다고 생각한 것이었다. 너무 이명을 몰아세우는 것은 좋지 않다고 판단한 소진은 잘 생각해 보라고 말하며 소윤의 손을 이끌어 방 밖으로 나왔다. 당연히 소진과 소윤은 문 밖의 심도헌과 맞닥뜨렸다.

"도헌 오라버니에게도 물어봐요, 분명히 아니라고 할 테니까."

심도헌을 본 소윤은 백이명에게 최후의 한 마디를 더 남겼다. 소윤은 심도헌도 백이명과 설의 관계를 반대할 것이라고 확신했다. 이때까지 그녀가 지켜본 바, 심도헌은 사람을 볼 때 그 사람의 품위와 집안의 명예를 중요시하는 사람이었기 때문이었다. 도헌이라면 확실히 이명과 설을 갈라놓으리라 생각한 소윤이 자신만만하게 별채로 돌아갔다.

"왔나."

방으로 들어오는 심도헌을 본 백이명은 연서들을 정리해 서랍에 넣었다.

"답장을 읽다가 누이들이 들어오는지도 몰랐지 뭔가. 어쩌다 들켜서는 이 사달이 났네."

"그리도 좋은가. 편지를 읽다가 누가 들어오는지도 모를 만큼?"

"그것보다 오늘은 답장을 읽고 나니 좀 안타까워서 말일세."

백이명은 그런 게 아니라며 자네까지 그러지 말라고 미간을 찌푸렸다.

"무엇이 그리도 안타깝던가."

"연리 소저 말일세. 아직 정해진 것은 아니지만 혼인할 수도 있다던데 들었나?"

"오는 길에 들었네."

심도헌은 그 이야기를 듣고 오느라 기분이 엉망이라는 말은 삼켰다.

"그다지 원치 않는 혼인이라는 것도?"

"원해서 하는 혼인이 얼마나 있겠나."

반가나 종친들 사이에서 원해서 하는 혼인은 거의 드물었고, 그것은 당연시 되는 일이기도 했다.

"그렇긴 하지만. 자네 생각은 어떤지 읽어보겠나."

백이명은 설에게서 받은 편지를 심도헌에게 넘겨주었다. 편지를 받은 도헌에겐 내용보다는 연리의 서체보다 더 유약해 보이는 흐릿한 선을 가진 설의 글씨가 먼저 눈에 들어왔다.

백 진사님, 오늘은 보내주신 시에 대한 답시를 보내드리지 못하는 걸 이해해 주세요. 제 동생 연리가 원치 않는 혼인으로 깊은 슬픔에 잠겨 있어 제 마음도 편하지가 않네요. 백 진사님도 다음 달이면 알게 되실 테니 감추지 않고 말씀드릴게요. 연리가 혼인할 이가 김용복이란 자인데, 저희는 그이한테 빚이 있어요. 아버님이 구휼을 위해서 김용복에게 환퇴를 받으셨거든요. 물론 높은 이자 때문에 아직까지 그 돈은 갚지 못했어요. 그런데 그 돈을 갚을 날이 두 달도 채 남지 않자 김용복이 기다린 듯이 찾아와서 연리와 혼인을 하고 싶다고 한 거예요. 연리는 이 혼인을 한다고 하지만 연리의 슬픔을 보는 저는 밤잠을 이룰 수가 없네요. 크게 신경 쓰지는 마세요. 이럴 때는 어떻게 하는 것이 옳은 것일지 몰라서 백 진사님께 괜히 넋두리해 본 거니까요. 이만 줄일게요.

갚을 날이 두 달밖에 남지 않으니 마치 기다린 듯 찾아와서 연리와 혼인을 하고 싶다고 했다는 부분을 도헌은 읽고 또 읽었다. 매우 간접적으로 쓰인 말이었지만 해석해 보면 빚을 못 갚을 것 같으니 양현수에게 김용복이 딸을 내놓아라 했다는 것과 같은 말이었다.

"……팔려 간다는 건가."

"어허, 도헌 이 사람. 말을 그렇게 할 필요는 없지 않은가. 첩도 아니고 정실로 가는 것을."

백이명은 심도헌에게 말을 가려서 하라고 했지만 도헌은 편지를 쥔 자신의 손이 부들부들 떨리는 것을 느꼈다. 방금 전 보았던 김용복의 모습 하나하나가 다시 떠올랐다. 더듬거리며 자기소개를 하고, 도헌의 기세에 눌려 땀을 뻘뻘 흘리며 흐리멍덩한 눈을 끔벅거렸던 김용복.

도헌은 그런 모자란 자와 연리가 혼인한다고 생각하니 속이 뒤집어지는 것 같았다. 백이명은 정실로 가는 일이라고는 하지만 도헌은 종친의 딸인 연리가 첩으로 갈 일은 애초부터 없었으니 그 부분은 논할 가치도 없다고 생각했다.

"게다가 양현수 나리께서 노름을 하신 것도 아니고 구휼을 하셨으니 누굴 탓하겠는가. 그리고 그 김용복이라는 자가 생각보다 괜찮은 이일 수도……."

"괜찮지 않네. 괜찮을 리가 없지 않은가."

"자네가 그걸 어찌 아는가."

연리가 혼인할 상대가 괜찮지 않은 이인지 자네가 어떻게 아냐는 이명의 물음에 도헌은 말문이 턱 막혔다.

심도헌은 자신이 김용복을 괜찮지 않은 자라고 평가한 이유가 그가 평균 이하의 남자이기 때문인지, 아니면 그가 연리와 혼인할 상대이기 때문인지 알 수 없었다. 심도헌은 자기도 모르게 자신이 아닌 혼인 상대는 전부 연리에게 괜찮지 않다고 생각하고 있는지도 몰랐다. 도헌은 연리와 혼인할 생각은 없으면서, 그녀가 다른 사내와 혼인하는 것은 싫다는 이 마음이 이기적이라는 것을 잘 알고 있었다.

"뭐 그건 그렇다 치고. 누이들은 그 편지를 읽더니 설이 소저가 나에게 빚을 갚아달라고 하는 거라고 우기더군. 자네 생각에도 그런가?"

백이명은 도헌에게 편지 속, 설의 의중이 정말 빚을 갚아달라는 것으로 보이는지 물었다.

"자네 생각은 어떠한지 먼저 말해보게."

"음, 이렇게 속사정까지 이야기해 주는 것을 보니 나를 진정 믿고 의지하는 것 같네만. 혼인할 만한 사내로 보는 게지."

백이명은 누이들과 달리 설의 편지 내용을 자신에 대한 신뢰의 근거로 생각했다. 게다가 이명은 설이 집안 사정을 번드르르하게 포장하거나 거짓으로 감추지 않은 것이 남을 속일 줄 모르는 그녀의 심성을 나타내는 것 같아 더욱 마음에 들었다. 백이명이 설이 곱게 웃는 것을 상상하며 부끄러운 듯 책상에 엎드렸다. 하지만 곧 이어지는 심도헌의 말은 백이명의 생각과 정반대였다.

"나라면, 정말 혼인할 상대에게는 이런 속사정은 말하지 않았을걸세. 특히나 이렇게 누가 봐도 한쪽으로 기울게 될 혼사일 경우에는 더더욱."

심도헌이 무미건조한 목소리로 밝게 들뜬 이명에게 말했다.

"무슨…… 뜻인가."

"빚이 있다는 것은 혼인에 불리한 요소일 뿐이네, 정말 자네와 혼인하고 싶었다면 밝히기보다는 숨기고 싶었겠지. 그쪽에서 자네 재산에 관심이 있는 게 아니라고 확신할 수 있겠는가?"

심도헌은 설이 정말 이명과 혼인하고 싶었다면 빚 같은 혼인에 불리한 요소는 감췄을 거라고 말했다. 백이명은 충격을 먹은 듯 천천히 엎드렸던 몸을 일으켰다. 스스로의 감정적이고 결단력 없는 성격을 잘 알고 있는 이명은 평소 심도헌의 의견을 믿고 의지하는 편이었다. 그런데 그런 심도헌이 설에 대한 부정적인 말을 꺼내니 백이명의 눈동자가 속절없이 흔들렸다.

"하지만, 하지만! 항상 이렇게 답장도 보내주고 있네. 싫었다면 답장을 안 하지 않았겠는가."

백이명은 눈을 깜박이며 급하게 서랍에서 설이 보내왔던 십수 장의 연서들을 꺼내 책상에 펼쳤다.

"자네 누이들 말을 들어보니, 연서 같지 않다고 하던데."

도헌은 그 연서들을 슥 눈으로 훑은 뒤, 이명의 누이들이 한 말을 다시 꺼냈다.

"물론, 사모한다거나 연모한다는 표현은 없네. 하지만!"

"있는 그대로 받아들이게. 이 소저에게 자네는 그 정도인가 보군."

심도헌은 상황을 객관적으로 보라며 어떻게든 부정해 보려는 이명의 말을 끊었다. 심도헌도 백이명이 설과 연서를 주고받는 장면을 몇 번 목격했다. 그때마다 백이명은 만나면 어떻게든 눈을 마주치고, 말 한마디를 붙여보려고 노력하는데, 설은 눈을 피하고 편지를 건네고 나면 빠르게 사라졌다.

심도헌은 설의 미적지근한 태도가 이명의 재산에는 관심이 있지만 백이명 자체는 크게 관심이 없는 반쪽짜리 마음에서 비롯되었을지도 모른다는 생각을 했다. 백이명이 편지를 들고 있던 손을 책상에 힘없이 툭 내려놓았다.

"아니야…… 그럴 리가 없네."

힘없이 늘어져 있던 백이명이 벌떡 자리에서 일어났다.

"직접 물어보고 오겠네. 직접 설이 소저에게 물어봐야겠어."

이명은 급하게 도포에 팔을 꿰어 입었다. 허둥지둥 움직여 갓을 집어 들고 방을 나서려는 백이명을 심도헌이 막아섰다.

"정신 차리시게. 자네에게 지금 중요한 것이 그것뿐이던가. 지금 여기 우리는 어명에 따라 사헌부 관원으로서 와 있는 것일세."

심도헌은 백이명에게 지금 그의 처지를 확인시켜 주었다. 백이명이 그 말에 나가려던 발길을 멈추자 심도헌은 그의 어깨를 잡아 돌려세웠다.

"닷새 후에 인삼을 실은 배가 온다고 하는 것을 들었네. 다음 배는 내년이 되어야 온다고 하니 이번이 기회일세. 우리가 지금 무엇을 해야겠는가."

심도헌은 백이명의 어깨를 꽉 쥐고서 지금 그가 해야 할 일이 무엇인지 생각하게 했다.

"놈들을 추포할 역졸들이 필요하네."

"그렇지. 그리고?"

"그리고 놈들을 잡아 한양으로 압송할 수레도 필요하고, 도승지 영감께 놈들을 추궁할 추국장을 열어달라 청해야겠지."

"그래, 그리고 당장 나흘 후까진 준비를 끝내야 하네."

멍한 눈으로 해야 할 일들을 읊는 백이명의 어깨를 심도헌이 잘했다는 듯 흔들었다.

"이번 장계는 자네가 직접 한양에 올라가 전하게."

"하지만……."

"시간이 없네. 지금 당장 올라가 장계를 전하고 방원수의 파직을 승인하는 어찰을 받아와야 하네. 이건 부탁이 아니라는 것을 모르겠는가."

암행어사는 왕의 승인이 없더라도 현감을 파직시킬 수 있는 권한이 있었다. 하지만 심도헌은 일부러 어찰이 필요하다고 백이명을 설득해 한양에 올려 보냄으로써 그와 설을 서로 떨어뜨려 놓을 생각이었다.

설의 어머니인 혜인 홍씨가 벌써 한양에서 자기 딸이 어떻게 살지 계획하고 있더라는 말까지 해가면서 이명의 마음에 상처를 입히느니, 이렇게 보내는 방법이 낫다고 판단한 것이었다. 친우인 백이명이 자신에게 크게 관심도 없어 보이고, 집안도 좋지 않은 여인에게 목매는 것을 더 이상 두고 볼 수가 없는 것도 이유였다.

결국 백이명은 심도헌의 강경한 태도에 어쩔 수 없이 편지 한장 남기지 못하고 그날 오전 한양으로 떠나야 했다.

❀

연리는 설에게 손서강으로부터 들은 말들을 전했다. 손서강이 심도헌과 배다른 형제라는 것과 심도헌이 그를 쫓아냈다는 것, 그리고 심도헌이 파직을 당했다는 것까지 들은 그대로를 전달했다.

"그래서 넌 그 말을 믿어?"

연리로부터 손서강의 이야기를 전해들은 설이 그의 말을 다 믿느냐고 물었다.

"전부 거짓은 아니라고 생각해. 그리고 정말 진실해 보였어."

연리는 게다가 김용복도 심도헌의 파직에 관해 말했으니 신빙성이 있다고 덧붙였다. 하지만 연리는 백이명도 파직을 당했다는 말은 설에게 전하지 않았다. 백이명이 때를 봐서 설에게 말할 수도 있는데, 괜히 자신이 나서서 두 사람 사이의 신뢰를 깨뜨릴까 우려가 됐기 때문이었다.

"그래, 그 사람이 너한테 거짓말할 이유는 없지. 하지만 오해가 있을 수도 있지 않을까."

역시 설은 심도헌과 손서강 중 그 누구도 나쁘게 보지 않았다. 설은 손서강은 거짓을 말하지 않았을 것이고 심도헌과 오해가 있었을 것이라고 생각했다.

"언니는 세상 모든 사람이 착하다고 생각하지?"

"그럴 리가 있니. 그보다 오늘은 늦으시네."

설은 연리에게 웃어 보이면서도 창밖으로 담장을 살폈다. 연서를 기와 밑에 넣어두고, 담장 너머로 인사를 나눌 시간이 훨씬 지났는데도 백이명이 오질 않으니 설이 고개를 갸웃거렸다. 연리도 그러게, 라고 말하며 함께 담장을 내다봤다. 그때, 설이 기다리는 손님이 아닌 다른 손님이 설을 찾아왔다.

"큰아씨, 손님이 오셨습니다."

"응? 누구지?"

설은 찾아올 이가 없는데 누구일까 생각하며 방을 나가 별당 마루로 나왔다. 뜻밖에도 찾아온 손님들은 백이명의 누이들이었다.

"어서 와요! 연통도 없이 어쩐 일이예요?"

설은 반갑게 그녀들을 맞이했다. 신발을 신고 별당 마당에 내려선 설은 기쁜 얼굴로 백소윤의 손을 잡고 흔들었다. 전에 그녀들과 하룻밤밖에 놀지 못해 아쉬웠던 참에 그녀들이 직접 와주다니 설은 정말 잘됐다고 생각했다.

"여기 서 있지 말고 들어가요."

설이 소윤의 손을 안쪽으로 이끌었다. 하지만 소윤은 끌려가지 않고 설의 손을 놓았다.

"죄송하지만 시간이 없어서요."

"아, 어디 가는 길인가요?"

"한양으로 돌아가게 되어서요. 떠나기 전에 인사를 드리러 왔어요."

"······이렇게 갑자기요?"

"오라버니가 오늘 아침에 한양으로 먼저 돌아가셨거든요. 저희도 갑작스러워요."

갑작스러운 일에 놀란 얼굴이 전혀 아닌 소윤이 담담하게 말했다. 소윤이 말하는 오라버니라 함은 백이명일 텐데, 설은 백이명이 한양으로 돌아갔다는 말을 이해하지 못하고 소진과 소윤만 번갈아 바라봤다. 설이 아는 백이명은 아무 언질도 없이 훌쩍 한양으로 떠날 만큼 매정한 사람이 아니었다. 잠시 옆 마을에 다녀온다는 말도 편지에 쓰는 사람인데 한양에 가는 일을 말하지 않았을 리 없었다.

"그럼, 언제 돌아오시나요?"

설은 불길한 예감을 뒤로하고, 백이명이 잠시 한양에 다녀오나 보다, 하고 긍정적으로 생각하려 했다.

"글쎄요. 외할머니를 뵐 일이 없다면 오라버니도 저희도 다신 오지 않을 것 같아요."

그러나 소윤은 백이명이 잠시 한양에 갔다 오는 것이 아니라 영영 가버렸다고 전해왔다. 망연자실한 얼굴의 설을 본 소윤은 주제도 모르고 자신의 오라비를 좋아한 설이 자업자박했다고 생각했다.

점심 무렵 오라버니는 어디 있냐는 백소윤의 물음에 심도헌은 그를 한양에 일이 있어 먼저 올려 보냈다고 했다. 그런데 설의 태도를 보아하니 그녀는 오라버니가 떠났다는 말을 처음 듣는 것 같았다. 아무 말도 없이 떠난다는 것이 이별과 다름이 없다는 것을 오라버니가 모를 리 없었다. 그렇다는 것은 그가 설과 헤어질 생각으로 떠났다는 의미였다.

오늘 아침 오라비와 대화할 때까지만 해도 그는 설과 이별을 할 만한 낌새를 보이지 않았다. 그렇다면 그 뒤로 도헌과 이야기를 나눈 후에 그의 심경에 변화가 생겼다는 것인데, 소윤은 자신의 생각대로 도헌이 오라버니와 설의 사이를 반대했으리라 짐작했다.

"이렇게 소저와 헤어지는 게 아쉽지만, 한양에 있는 사람들이 그립기도 해요."

설의 얼굴이 안 좋아지는 것을 보면서도 백소윤은 아무렇지 않게 말을 이어갔다.

"특히, 한양에 홀로 남아 있는 도헌 오라버니의 여동생인 심소저가 그리워요. 물론 제가 그 소저를 올케처럼 생각하고 있기 때문일지도 모르지만요."

심도헌의 여동생인 심도희를 오라버니인 백이명의 아내, 즉 올케처럼 생각한다는 소윤의 말에 설이 얼어붙었다.

"오라버니도 심 소저를 마음 깊이 흠모하고 있는 것 같고요."

거짓말이었다. 백이명과 심도희는 딱히 교류라 할 만한 게 전혀 없었다. 하지만 소윤은 설이 오라버니에 대한 미련을 갖지 않도록 하기 위해 거짓말을 했다.

"오래 있지 못하는 것을 용서하세요. 이만 가봐야겠어요. 건강히 지내세요, 소저."

"……네, 조심히 올라가요."

"편지 보낼게요. 답장해 주실 거라고 믿어요."

"물론이에요."

소윤은 맘에도 없는 편지를 쓴다는 말까지 했다. 끝까지 예의 바른 척, 품위 있는 척을 유지한 것이었다. 하지만 순진한 설은 슬픈 표정으로 그 말을 믿고 친절히 대답해 주었다. 백소진은, 다시는 설과 만날 일이 없을 거라는 생각에 입조차 열지 않았다. 이윽고 소진은 설에게 고개를 꾸벅여 인사한 뒤 소윤을 데리고 돌아섰다. 이명의 누이들이 나가는 모습을 멍하니 바라보던 설이 별안간 별당 뒷마당으로 뛰어갔다.

"언니!"

그 상황을 지켜보고만 있던 연리가 뒷마당으로 설을 쫓아 뛰었다. 뒷마당에 뛰어 들어온 설은 곧장 백이명이 항상 연서를 넣어두던 별당의 담장 끝으로 향했다. 설이 망설임 없이 급하게 기왓장을 들어냈다. 서로 직접 주고받지 못할 때는 항상 이곳에 편지를 넣어두었다. 하지만 기왓장을 들어낸 곳에는 늘 있던 편지 대신 꽃송이 하나만이 쓸쓸하게 놓여 있었다. 쪽지 하나 쓸 시간 없이 촉박하게 떠나간 백이명이 간신히 두고 간 것이었다.

"앵초꽃……."

설은 그 꽃송이가 제가 아플 때 백이명이 두고 갔던 그 앵초꽃이라는 것을 알고, 천천히 손을 뻗어 꽃송이를 집어 들었다. 살짝 시든 앵초꽃이 힘없이 꽃머리를 늘어뜨렸다. 쫓아온 연리가 담장 앞에 서 있는 설에게 다가갔다.

"이게 무슨 뜻일까, 연리야."

설이 눈물이 그렁그렁 차오른 눈으로 연리를 바라봤다.

'마지막 인사 대신인가요. 백 진사님. 이별의 꽃인가요.'

설의 눈에서 눈물이 망울져 흙바닥에 자국을 만들었다. 설이 스르륵 담장을 타고 주저앉았다.

"언니……."

연리는 소리 없이 눈물만 흘리는 언니를 지켜보다가 결심한 듯 뒤돌아 달음박질했다. 별당 마당을 지나 순식간에 대문으로 달려 나온 연리가 좌우를 살폈다. 오른쪽 길목에 화려한 비단 가마 두 개가 가고 있다. 연리는 치맛자락을 잡고 최대한 빠르게 달려갔다.

"잠시만요! 백 소저!"

연리는 달려가면서 큰 소리로 백소윤을 불렀다.

"응? 잠시 멈추어라!"

처음에는 잘못 들은 줄 알았던 소윤은 자신을 부르는 목소리가 점점 크게 들려오자 몸종더러 가마를 멈추라 일렀다. 멈춰 서는 가마를 본 연리가 갑작스런 뜀박질에 차오른 숨을 가다듬으며 다가갔다. 소윤이 가마 옆에 작게 난 창을 열었다.

"연리 소저? 무슨 일이세요?"

소윤은 쫓아 나온 연리를 작은 창을 통해 바라봤다.

"백 진사님이 별 다르게 남기신 게 없나요? 편지라든지."

연리는 감출 것 없이 대놓고 물어봤다. 연리는 백소윤의 유치한 말버릇을 통해 그녀의 맘속을 꿰뚫어보지 못할 정도로 아둔하지 않았다. 착하고 순진한 설은 그럴지 몰라도 연리는 아니었다. 연리는 백소윤이 설에게 굳이 심도희에 대하여 말한 것만 보고도 소윤이 백이명과 언니의 사이를 알고 있으며 그것을 반대하고 있다는 걸 파악할 수 있었다. 그러니 연리는 굳이 돌려서 물어볼 필요도 없이 백이명이 남긴 것이 없느냐 물었다. 백소윤의 겨우 그것 때문에 뛰어왔냐는 얼굴이 보였지만 굴하지 않았다.

"흠, 설이 소저께서 워낙 마음이 여리시니 직접 말씀 못 드렸지만, 연리 소저께는 말씀드려도 되겠다는 생각이 들어요."

백소윤은 자기나 이런 것을 말해주지 누가 말해주겠냐며 말문을 열었다.

"말씀드렸다시피 오라버니는 심 소저를 깊게 흠모하고 계세요. 뿐만 아니라 심 소저는 설이 소저보다 오라버니께 훨씬 잘 어울리는 여인이구요. 실제 두 사람은 혼약할 예정이기도 해요."

실제로 그런 예정 따위는 없었지만 소윤은 자신이 빈말로 심도희를 올케로 생각한다 말한 것이 아니라며 사실인 척했다. 백소윤은 오랫동안 키워온 자신만의 이상 같은 것이 있었다. 바로 소윤 자신과 심도헌이 혼인하고, 오라버니와 심도희가 혼인해 가족을 이루는 것이었다. 겹사돈이 되겠지만 워낙 가까운 집안이기도 하고 도헌의 고모인 중전이 허락만 한다면 못할 것도 없었다. 그런데 그것을 설과 연리가 망쳐 놓는다고 생각하니 독기가 오른 백소윤은 거짓말을 술술 내뱉었다.

"물론 이것은 오라버니의 친한 벗이신 도헌 오라버니의 생각이기도 해요. 이명 오라버니를 먼저 한양으로 올려 보내신 것도 도헌 오라버니시거든요."

소윤은 심도헌이 연리에게 관심을 가지는 것도 경계하고 있었기 때문에 심도헌도 자신의 편이라고 말했다. 심도헌이 여동생과 제 오라버니를 혼인시킬 생각이라는 것은 거짓말이었지만, 그가 오라버니를 먼저 한양으로 올려 보낸 것은 사실이었으니 백소윤은 자신이 영 거짓만을 말한 것은 아니라고 생각했다.

"심 진사…… 께서요?"

"네, 해야 할 일이 있어서 이명 오라버니를 먼저 한양에 올려 보냈다고 도헌 오라버니가 직접 말씀하셨어요. 하지만 영리한 소저는 알아차리셨겠죠. 왜 도헌 오라버니께서 이명 오라버니를 한양으로 이렇게 급하게 올려 보냈는지."

"그럼 심 진사께서 백 진사님을 일부러 한양에 올려 보내셨는 건가요? 언니와 백 진사님을 떨어뜨려 놓으려고?"

"역시 소저와는 이야기가 통하네요. 그러니 저를 너무 원망치마세요. 제가 무슨 힘이 있나요."

소윤은 정말 어쩔 도리가 없다는 듯 말했다. 어차피 설과 이명은 안 되는 사이이고, 지금 하는 말들도 어느 정도는 선의의 거짓말이라고 스스로를 합리화했다. 그리고 소윤은 지금 연리에게 친절할 만큼 기분이 좋지 않았다. 연리의 집에 오기 전, 도헌이 그녀에게 매우 냉담하게 대했기 때문이었다.

단지 소윤은 어째서 한양에 함께 올라가지 않느냐 물었을 뿐인데, 도헌은 귀찮은 얼굴로 볼 일이 있다는 대답을 내어놓고 더 이상의 질문을 허용하지 않았다.

"그럼 무탈하세요, 연리 소저."

차가웠던 도헌의 태도를 떠올린 소윤은 연리와 더 대화하고 싶지 않아 고갯짓을 한 번 하고는 창문을 닫았다. 뜻대로 이간질하고 나니 장연에서의 원치 않은 인연들을 모두 끊어낸 기분이었다. 도헌으로 인해 상했던 기분이 조금 나아진 것도 같았다.

연리가 비틀대듯 가마에서 한 발자국 떨어져 서자 가마꾼들이 가마를 들어올렸다. 가마가 떠나간 그 자리에 잠시 서 있던 연리가 느리게 집으로 발걸음을 뗐다. 머릿속이 터질 듯 복잡했다. 힘이 빠진 다리로 힘겹게 계단을 올라 대문 안으로 들어선 연리는 별당 쪽이 지나치게 조용하다는 것을 느꼈다.

"어떻게 이럴 수가 있니!"

그때 황망한 혜인 홍씨의 외침이 안채에서 들려왔다. 그 외침에 연리는 불행히도 어머니가 너무 빨리 백이명과 설이 헤어졌다는 사실을 알아버렸다는 것을 감지했다. 연리는 지금 설이 안채에 있을 거라는 생각에 급히 발길을 돌렸다.

"내 당장 참판부인 댁에 가서 따져야겠다."

"그러지 마세요. 다시 안 돌아온대요. 게다가 백 소저 말로는 다른 여인을…… 그러니까 저랑은 이미 끝난 거예요, 어머니."

홍씨는 참판부인 댁에 가서 당장 백이명을 장연으로 내려오게 하라고 소리치고 싶었지만 설이 그녀의 치마를 붙잡았다. 애처롭게 우는 딸의 모습에 홍씨가 가슴을 탕탕 내려쳤다.

"아휴, 내 팔자야!"

믿는 도끼에 발등 찍힌다더니. 홍씨는 백이명이 설마 잠깐 놀러와 시골 처녀의 마음을 흔들어놓고 떠나가는 파렴치한 한양 양반일 줄은 생각지도 못했다. 곧 있으면 머리에 흰 띠를 둘러맬 기세인 어머니를 명진과 가연이 방 밖에서 지켜보고 있었다.

"둘 중 누가 어머니께 말씀 드린 거니."

안채에 온 연리가 방밖에서 상황을 구경 중인 명진과 가연을 돌려 세워 물었다. 명진이 볼에 바람을 넣으며 모른 척 장지문만 만지작거렸다. 연리는 고새를 못 참고 쪼르르 어머니에게 달려가 입을 놀린 명진에게 화가 났지만, 어머니와 설을 떼놓는 것이 먼 저였기에 두 사람을 지나쳐 방 안으로 들어갔다. 연리가 들어서 자 당장에 홍씨가 연리의 팔을 붙잡고 늘어졌다.

"연리야, 잘 왔다. 네가 말해보렴. 이게 진짜란 말이냐."

"혼약한 사이도 아니잖아요. 연서만 주고받았을 뿐인걸요. 이 렇게 화내실 일도 아니에요."

연리는 일부러 어머니 앞에서 백이명과 설의 이별이 별일 아니 라고 말했다. 이렇게 말하지 않으면 백이명에 대한 어머니의 집착 과 미련이 끝나지 않을 것 같았기 때문이었다.

"매정한 것! 네 일이 아니라고 그리 말하는 게야!"

홍씨가 연리의 덤덤한 말에 붙잡았던 팔을 거칠게 내던졌다. 설과 백이명의 이별에 불같이 화를 내는 홍씨를 보니 이것이 다 어머니 때문이라는 말이 연리의 목구멍까지 나왔다가 들어갔다. 아무리 생각해도 오늘 아침 심도헌에게 이명과 설의 혼사에 대해 설레발 친 것이 크게 영향을 미친 것 같았다. 하지만 연리는 이미 일어나 버린 일에 대해 잘잘못을 따지기보다는 설을 보듬어주고 싶었다.

"그보다 어머니, 언니 상태가 안 좋아요. 쉬게 해야 될 것 같아 요."

연리는 우선 어머니와 설을 같은 공간에 있지 않게 하는 것이 좋겠다고 생각했다. 어머니의 짜증을 받아주기엔 설의 마음의 상처가 너무나 커 보였다.

"그래, 설아, 가서 쉬렴. 가여운 내 딸. 그 못된 백 진사인지 뭔지 잊어버려라. 네 미모면 얼마든지 더 잘난 사내도 만날 수 있을 거란다."

홍씨는 설을 위로하기 위한 말들을 내뱉었지만 그것이 오히려 그녀의 마음을 더 상하게 할 뿐이었다. 연리는 어머니도 속이 상했을 뿐 나쁜 의도가 없다는 것을 알기에 더 토를 달지 않고 설을 데리고 나왔다. 하인에게 방에 이부자리를 펴놓으라 말한 연리가 비틀거리는 설의 어깨를 끌어안았다.

"언니, 백 진사님은 돌아오실 거야."

"괜한 말 하지 말어. 백 소저가 나한테 거짓말을 할 리 없잖니."

"백 진사님이 언니를 얼마나 좋아했는지 누구보다 내가 잘 알아."

설이 앓아누웠을 때, 방문 앞을 한참 서성이다가 지금처럼 앵초꽃을 두고 갔던 백이명을 연리는 분명히 기억했다.

"그냥 그분의 마음이 처음부터 내게 없었던 게 아닐까."

설은 깊이 가라앉은 목소리로 한탄했다.

"백 진사님이 언니를 연모한 건 분명해, 바보 같은 소리 하지 마."

항상 긍정적이던 설이 풀이 죽어 부정적인 말들만 내뱉자, 연리가 헛소리하지 말라고 단호하게 설의 말을 쳐 냈다.

연리는 단호한 말과는 달리 부드러운 손길로 설이 옷 갈아입는 것을 도와주었다. 그리고 자신이 김용복과의 혼인 이야기에 울었던 날에 설이 해주었던 것처럼 언니의 머리를 풀어 곱게 빗어 내려 주었다.

"백 진사님의 누이들이 거짓말을 하는 걸 수도 있어, 벌써부터 그렇게 풀 죽지 마."

"누이들이 그런 거짓말을 할 정도로 날 싫어한다면 난 용기가 나지 않아."

"백 진사님이 돌아오셨을 때도 그렇게 나약한 소리를 할 거야?"

연리는 위로의 방법으로 같이 눈물 흘리고 슬퍼해 주는 것보다 이별의 상처로 무너져 내리는 설을 다잡아주는 것을 선택했다. 엉킨 곳 하나 없이 설의 머리를 곱게 정돈해 준 연리는 설을 일찍 이부자리에 들도록 했다.

"한숨 푹 자. 이상한 생각하지 말고."

연리는 설의 어깨까지 이불을 꼭꼭 덮어주고, 그녀의 머리맡에 그날처럼 앵초꽃을 올려두었다. 잠든 언니를 뒤로하고 연리는 별당 주위를 천천히 거닐었다. 별당 앞마당을 한 바퀴 돌아 연리의 걸음은 자연스럽게 언니가 주저앉아 울던 그 담벼락 밑으로 향했다. 연리는 백 진사가 남기고 간 것이 분명한 앵초꽃이 정말 무슨 의미일지 깊게 생각했다.

'언니를 사랑하지만 잠시 떠난다는 의미인 걸까? 아니면 이별의 의미로 남긴 걸까?'

설에게는 백이명이 그녀를 좋아하는 것이 확실하다고 말했지만 연리도 갈등되기는 마찬가지였다.

'심 진사는 그날 어머니에게 들었던 말에 기분이 심하게 상해서 백 진사님을 한양으로 돌려보낸 걸까? 아니면 다른 이유가 있었을까?'

연리는 심도헌이 왜 설과 백이명의 사이를 갈라놓았을지 생각했다. 아무리 어머니의 행동에 기분이 상했더라도 심도헌에게는 두 사람을 갈라놓을 권리가 없었다. 게다가 설사 심도헌이 두 사람을 갈라놓으려고 해도 백이명의 뜻이 뚜렷했다면 소용없는 일일 텐데. 이미 장성한 사내인 백이명이 심도헌의 의견을 따라 정인과 이별했다면 백이명에게도 뭔가 문제가 있어 보였다. 정말 설을 마음에 두고 있다면 백이명은 떠나기 전에 설이 받을 상처도 고려했어야 했다.

'아니, 백 진사님은 언니가 정말 백 진사님을 좋아한다는 걸 알고는 있으실까. 혹시 언니가 백 진사님을 좋아한다는 걸 눈치를 채지 못하신 걸까.'

연리는 이제는 두 사람 사이의 보다 근원적인 감정에까지 의문이 들었다. 언젠가 효진이 말했던 것처럼 언니가 너무 소극적이었기 때문에 백이명이 언니의 감정을 몰랐던 것은 아닐까 하는 의심도 들었다. 만약 그렇다면 설의 마음을 백이명에게 확실하게 전하면 무언가 변화가 있을지도 모를 일이었다.

거기까지 생각이 도달한 연리는 곧장 사랑채로 향했다. 해가 저물어갈 무렵이라 호롱불 불빛에 책을 읽고 있는 양현수의 그림자가 비쳤다.

"아버지, 연리예요."

들어오라는 말에 연리가 문을 열고 들어가니 양현수가 침침한 눈을 비비며 책을 덮었다.

"이 시각에 웬일이냐. 혹시나 해서 말하지만 설이 이야기라면 꺼내지도 말거라."

홍씨가 이미 한바탕 하고 갔다며 양현수가 먼저 선수를 쳤다. 하지만 연리는 그런 아버지의 책상 앞에 앉아 설의 이야기를 꺼냈다.

"하나만 말씀드릴게요. 언니를 잠시 다른 곳으로 보내주세요, 아버지."

"왜? 설이가 창피하더냐? 너희 어미가 온 마을에 소문만 내놓지 않았다면 적어도 이 정도 창피는 당하지 않았을 텐데 말이다."

양현수가 혀를 쯧쯧 차며 말했다. 혜인 홍씨가 설이 백이명과 혼인한다고 이미 온 마을에 입방정을 잔뜩 떨어놓은 터라, 백이명이 떠났다는 소식이 퍼지면 아마 모두들 설에 대해 수군댈 것이 뻔했다. 그렇게 되면 설이 마을에서 얼굴을 들고 다닐 수나 있을지 모를 일이었다. 하지만 연리는 집 밖의 입보다는 집 안의 복병이 걱정이었다.

"그것보다도 아시잖아요."

"아아, 그렇지."

양현수도 알아들었다는 듯 고개를 끄덕였다.

"너희 어미가 먼저 설이를 가만두지 않겠구나."

아마 홍씨는 매일매일 한 시간이 멀다 하고 계속 백이명에 대한 이야기를 꺼내 한탄할 것이고, 설은 그것을 마냥 다 듣고만 있어야 할 터였다. 벌써부터 언니의 어두운 미래가 보이는 것도 같아 연리는 한숨을 쉬며 어깨를 늘어뜨렸다.

"한적한 곳에 가면 잡생각만 드니, 한양으로 보내주세요."

"너희 고모에게 말만 해놓는다면야 어려울 것도 없지. 하지만 한양에는 백 진사가 있지 않느냐."

"그것 때문이기도 해요. 아버지, 부탁 하나 더 드릴게요. 백 진사님께 서신 한 통만 보내주세요."

"너도 너희 어미와 똑같구나. 어리석은 짓 말거라."

자식들 중 가장 똑똑하다고 생각했던 연리가 백이명에게 서신을 적어달라는 어리석은 말을 할 줄은 몰랐는지 양현수가 짐짓 엄하게 그녀를 꾸짖었다.

"다른 건 안 바래요. 그냥 안부 편지에 언니가 한양으로 갔다는 말 한 마디만 섞어주시면 돼요. 마지막으로 한 번만요."

설을 그렇게 좋아했던 백이명이었다. 담장 너머로 얼굴 한 번 보는 것만으로도 천진하게 웃던 사내였다. 연리는 설이 한양에 왔다는 말을 들으면 분명히 백이명이 언니를 만나러 갈 것이라고 생각했다.

"예나 지금이나 여인들은 사랑에 목을 매는구나."

연리의 간곡한 부탁에 양현수가 혀를 끌끌 찼다. 연리는 말은 이렇게 해도 딸들을 끔찍하게 아끼는 아버지시니 결국은 해줄 것을 알았다.

나흘 뒤 새벽, 설은 한양으로 떠나게 됐다. 양현수가 설을 그의 사촌 누이인 진명향주(縣主, 대군의 손녀)의 집에 보내기로 결정한 것이었다. 새벽이슬이 남은 아침, 가족들은 대문 밖에 나와 설을 배웅했다.

"자, 이거 빌려줄게."

이틀 사이에 볼살이 홀쭉해진 설이 막 가마에 오르려고 할 때, 명진은 설을 붙잡아 무언가를 내밀었다. 명진의 손에 들린 것은 다홍색 외줄노리개였다. 국화매듭에 밀화가 올려진 것으로 명진이 가장 아끼는 것이었다.

"뭐해, 빨리 받아. 자!"

설이 받지 않고 가만히 있으니 명진은 직접 설의 손에 노리개를 꽉 쥐여줬다. 홍씨에게 백이명이 떠났다는 것을 일러바친 것에 대한 명진이 방식의 사과였다. 연리는 가마의 문이 닫히자 가연의 옆으로 가서 서는 명진의 둥근 뒷머리를 쓰다듬어 줬다. 잘했다는 의미였다.

"몸조심하렴! 진명향주께 너무 폐 끼치면 안 된다!"

홍씨가 옷고름으로 눈물을 찍으며 말했다. 가마꾼들이 가마를 드는 모습에 연리도 배웅을 나가기 위해 말에 올랐다.

"아씨, 출발합니다요!"

설의 몸종으로 한양에 따라가는 부평댁이 가마 창문을 두드리며 말했다. 가마꾼들이 부평댁의 말에 맞춰 최대한 안 흔들리도록 가마를 들어 올려 앞으로 걸어갔다. 연리도 작게 휘파람을 불어 가마보다 앞서 말을 몰았다.

설은 몽금포까지만 가마로 이동하고 그 이후로는 뱃길을 통해 한양으로 갈 예정이었다. 육지를 통해 한양에 가는 길은 너무 길고 도중에 도적을 만날 위험도 크지만, 뱃길은 시간도 훨씬 짧고 풍랑만 만나지 않는다면 훨씬 안전했다.

"뱃멀미를 하면 어떡하지? 언니 괜찮겠어?"

연리는 몽금포로 가는 내내 가마 안의 설에게 시답지 않은 말들을 계속 붙였다. 별 의미가 없는 이야기들이었지만 설은 그 덕분에 쓸데없는 생각을 하지 않고 몽금포 나루터까지 올 수 있었다.

나루터 뒤로 보이는 몽금포의 어스름한 새벽 바다는 음산했다. 뱃사공은 음산하기는 해도 새벽에 출발해야 어두워지기 전에 중간 지점에 도착할 수 있다고 했다. 검은 바닷물이 연리를 집어삼킬 것처럼 나루터 아래에서 넘실거렸다. 소금이 하얗게 말라붙은 나루터의 나무 바닥을 밟으며 연리는 언니의 손을 꼭 잡았다.

"당고모님께 안부 전해줘."

연리의 말에 설이 힘없이 고개를 끄덕이고는 부평댁의 손을 잡고 배에 올랐다. 배는 작고 간소해서 설과 몸종 몇만을 옮길 수 있어 보였다. 작은 배여서 속도가 빠르다는 말과 함께 뱃사공이 돛을 펼쳤다. 바람이 돛을 팽팽하게 잡아당기고 배가 서서히 나루터로부터 멀어졌다.

연리는 배가 몽금포를 빠져나가 저 멀리 사라질 때까지 손을 흔들었다. 그렇게 설이 사라지고 나서도 연리는 한참 새벽 바다를 바라봤다. 갈매기 우는 소리가 쓸쓸했다.

"설이 소저의 일은 유감입니다."

텅 빈 몽금포 해안에 홀로 있는 줄로만 알았던 연리는 갑자기 목덜미 가까이서 들리는 목소리에 화들짝 놀라 뒤를 돌아봤다. 등 뒤에는 김용복이 달라붙을 것처럼 가까이에 서 있었다.

"무, 무슨. 여기 왜 계십니까."

연리는 바다 쪽으로 슬쩍 몸을 틀어 김용복과 거리를 뒀다.

"여인이신 소저께서 혹시나 돌아오실 때 홀로 쓸쓸하실까. 아니, 위험하실까 봐 함께 가려고 왔습니다."

"말씀은 감사하지만……."

"게다가 요즘 그 아름다운 얼굴을 뵈기가 어려워 오기도 했습니다."

연리의 말을 자르고서 자신의 말을 후다닥 뱉어낸 김용복은 연리가 멀어진 만큼 다시 그녀에게 다가왔다.

"곧 제가 소저의 하나뿐인 지아비가 된다고 생각하니 너무나 기쁘다는 것을 알려드리고 싶어서 견딜 수가 없었습니다."

"잠시만. 제 말을 좀 들어주세요."

"제가 소저와 혼인해야 하는 이유들을 말씀드려도 되겠습니까."

연리의 말은 들을 생각이 없는지 소매 속에서 꽃이 수놓아진 손수건을 꺼내 흐르는 땀을 닦은 김용복이 준비해 온 말들을 읊었다.

"제가 소저와 혼인해야 하는 이유는 첫째로, 계속 불어만 가는 제 재산을 관리해 줄 안주인이 필요하다는 것입니다. 둘째로는 제가 은혜를 입고 있는 숙의마마께서 저에게 더 늦기 전에 혼인하라고 충고하셨기 때문입니다."

"예, 알겠습니다. 하지만 지금은 제가⋯⋯."

언니와 백이명의 이별로 마음이 복잡한 연리는 김용복과 대화하고 싶은 기분이 아니었다.

"셋째로 다음 달이 지나면 연리 소저께서 살고 있는 그 집이 제 소유가 된다는 것이 그 이유입니다."

"무슨 말씀이 하고 싶으신 거죠."

"소저와 저의 혼인이 소저에게 전혀 손해되는 일이 아니라는 점을 말씀드리는 겁니다. 물론 소저가 사시는 집에 큰 욕심은 없습니다. 그 집은 그렇게 큰 가치가 없기 때문이죠."

연리는 듣고 싶지 않은 이야기를 묻지도 않았는데 알아서 뱉어 주는 김용복이 어이가 없어 잠시 하늘을 올려다보았다.

"당연히 소저의 부친께 예물 같은 큰 요구를 할 생각이 없습니다. 또한 소저께서 물려받을 재산이 없다는 것도 알고 있습니다.

저와 혼인하신다면 그것들에 대해 저는 치졸하게 굴 생각이 없다는 것도 말씀드리고 싶습니다."

김용복은 자신이 무척이나 봐주는 거라며 뻐겼다. 하지만 김용복에게도 이 혼인은 손해 보는 장사가 아니었다. 오히려 이득이 컸다. 돈 많은 상놈 출신 양반과 혼인해 줄 종친이 세상에 있을 리가 없었다. 그렇기에 김용복이 종친 양현수에게 돈을 빌려준 것은 그에게는 다시 오지 않을 절호의 기회였다. 연리와 혼인한다면 김용복은 장차 태어날 자식에게 돈 주고도 못 살 종친 외가를 물려주게 되는 것이기 때문이었다.

그것까지 계산을 세워놓은 김용복은 그저 예쁜 외모의 부인을 얻고 싶은 척하고 있었지만, 속으로 양현수의 사위 자리에 아주 욕심을 내고 있었다. 물론 연리의 미모가 그의 마음을 뒤흔든 것은 사실이었다.

그래서 그는 갚지 못할 높은 이자를 붙여 양현수를 놓아주지 않은 것이었다. 연리는 그에게 그런 욕심이 있다는 것을 모를 만큼 순진하지 않았다.

"예, 충분히 알겠습니다. 하지만 제가 지금 상황이 좋지 않습니다. 나중에 다시……."

연리는 들을 만큼은 들어줬으니 그를 잘 구슬려 먼저 돌려보내려고 했다.

"저는 단지 제 재산을 이어받을 자식이 많이 필요할 뿐입니다. 그리고 연리 소저께서는 그런 자질이 충분하시다고 생각이 듭니다."

하지만 여전히 연리의 말을 듣고 있지 않은 김용복은 아직 혼인도 하지 않은 연리에게 자식을 논하며, 그녀를 위아래로 훑어

내렸다. 연리는 그 시선에 오소소 소름이 돋았다.

"지금 뭐 하자는 겁니까."

"어차피 부부가 될 사이가 아닙니까. 내외하지 않으셔도 됩니다."

김용복이 땀에 젖은 손을 연리의 어깨로 가져갔다. 연리가 그 손을 쳐 냈다.

"당장 비켜요!"

김용복의 불결한 시선에서 도망가고자 연리가 그를 밀쳐 내고 나루터를 내달렸다. 오래된 나무 나루터가 불안하게 흔들렸지만 뒤쫓아오는 발소리가 연리를 멈추지 못하게 했다. 연리는 말이 있는 곳까지만 가면 된다는 생각에 더 힘껏 뛰어가려 했으나, 손목을 붙잡는 김용복의 억센 손에 거칠게 돌려세워졌다.

"잠시만! 소저!"

"이것 놔요!"

연리가 그의 손을 뿌리치려고 애썼다. 하지만 아무리 왜소한 자라도 사내는 사내인지라 쉽게 뿌리쳐지지가 않았다. 연리가 발버둥 치면서 모래바닥에 떨어진 쓰개치마가 두 사람의 발아래 짓밟혔다. 아무리 잡아떼려고 해도 김용복의 손이 손목에서 떨어지지 않자 연리가 그의 손을 깨물려 할 때였다.

"억!"

김용복이 난데없이 비명을 지르며 모래사장에 나뒹굴었다. 팔을 잡아당기던 김용복이 떨어져 나가니 힘껏 몸을 뒤로 빼고 있던 연리가 비틀거렸다. 그런 연리를 등 뒤에서 누군가 받쳐 세웠다.

"무슨 짓이냐. 이 버러지 같은."

연리는 김용복을 버러지라 칭하는 부드러우면서도 강직한 목소리를 듣고서야 그를 저리 때려눕힌 사람이 심도헌이라는 것을 알았다.

❀

이명을 한양으로 보내고 나흘이 지난 오늘 새벽에서야 역졸 삼십여 명이 현감의 파직을 허락하는 왕의 어찰과 함께 장연에 도착했다. 어찰에는 사역원에서 관리하는 방물 중 인삼의 양이 지난 몇 년간 크게 줄었으며, 장연현감 방원수의 옆에 있다는 역관이 이전에 사역원에서 압물관으로 일했던 자라는 내용도 함께 들어 있었다. 이걸로 사또 방원수가 후시하고 있는 인삼들의 출처가 한양이라는 것이 분명해졌다. 나머지는 직접 붙잡아 실토하게 해야 했다.

도헌은 자신과 함께 방원수를 붙잡을 역졸들을 면밀히 살펴봤다. 모두 건장하고 발 빠른 자들로 선별된 것이 눈에 보였다. 만족스럽게 고개를 끄덕인 도헌은 장연까지 주야를 가리지 않고 달려온 역졸들을 쉬게 하지 못하고 몽금포로 데려갔다. 내일 새벽 습격에 대비해 어민들이 몽금포에 나오기 전에 미리 진형을 짜고 지리를 익혀둬야 하기 때문이었다.

"너희 다섯은 습격과 동시에 닻줄을 끊고 돛을 찢어라."

도헌은 몽금포 수풀 바닥에 지도를 펼쳐 두고 역졸들에게 지시했다. 밀수꾼들이 바닷길로 도망치지 못하게 하려는 전략이었다.

"너희 넷은 혹시 모를 사태에 대비해 마을로 가는 길목을 지키고 있거라."

도헌은 몽금포에서 마을로 가는 딱 하나뿐인 길을 지도에서 가리켰다.

"나머지는 전부 내 신호를 따라 삼방을 에워싸고 습격한다. 최대한 생포하는 것이 목적이다. 죄인들에게 죽음을 내리는 것은 금상께서 하실 일이다."

도헌은 되도록 생포할 것을 지시하고는 미리 짠 위치에 역졸들을 배치했다. 각자 자기 위치에 잠복한 역졸들이 눈에 띄지는 않는지, 어느 위치에서 도헌의 지시가 잘 보이는지를 미리 파악했다.

"그만! 여기까지. 빠진 것이 없는지 점검해라. 돌아간다."

잠복 위치와 돌격 지점을 조금 수정한 도헌이 흩어져 있던 역졸들을 불러 모았다. 시간이 더 있었다면 좋았겠지만 동이 터오면 어민들의 눈에 띌 위험이 있어 빨리 빠져 나가야 했다.

"최대한 산길로 돌아서 돌아간다."

도헌이 몽금포에서 수리봉까지 이어지는 숲을 가리키며 말했다. 삼십여 명의 칼을 찬 역졸들이 대놓고 마을을 가로지를 수는 없기 때문에 산길을 택하는 것이었다. 지도를 접어 품에 잘 갈무리한 심도헌은 어느새 눈에 익은 바다와 산을 둘러봤다. 문득 내일만 지나면 이곳 장연과도 작별이라는 생각이 들자, 조금 아쉬운 마음이 드는 것도 같아 도헌은 몽금포의 정경을 죽 내려다봤다.

"음?"

새벽의 어둠이 불투명하게 깔린 몽금포를 둘러보던 심도헌의 눈에 나루터에 서 있는 배 한 척이 들어왔다. 왜 이때까지 발견하지 못했을까, 도헌은 급하게 역졸들을 모으려고 손을 들어올렸다.

'인삼을 실은 배가 오는 날이 내일이 아니라 오늘 새벽이었던 건가.'

분명 닷새 후라고 들었던 터라 도헌은 자신의 계획이 틀어졌다는 것에 당황했다. 하지만 이내 배의 크기가 너무 작다는 것을 깨닫고 천천히 손을 내렸다.

가만히 지켜보니 가마 한 대와 말 탄 여인이 나루터에 다가가고 있었다. 심도헌은 먼 거리지만 말 위에 오른 둥근 뒤통수를 보기만 해도 그녀가 누구인지 알 수 있었다. 도헌이 보기에 남빛 치마를 입고서 말에서 내린 여인은 연리가 분명했고, 가마에서 내리는 여인은 추측컨대 설 같았다.

"나리, 정리 끝났습니다. 가시지요."

장계를 배달하느라 심도헌과 가장 오래 함께했던 방자가 도헌에게 다가와 말했다. 도헌은 잠시 고민했다.

"먼저들 돌아가거라. 뒤따라가겠다."

도헌은 역졸들을 먼저 돌려보내고 자신은 잠시 몽금포에 남는 것으로 결정했다. 도헌이 뭔가 더 확인해 볼 것이 있나 보다 생각한 방자가 깊숙이 허리를 숙여 인사하고는 재빠르게 역졸들을 모아 숲길로 사라졌다. 그 모습을 지켜본 도헌은 모래사장에 발장난을 하고 있는 자신의 흑마 위에 올라탔다. 주야를 달린 역졸들만큼이나 잠을 못 잔 도헌은 피곤했지만, 마지막이니 연리를 한 번만 더 보고 싶었다.

'설이 소저가 어딜 가는 건가.'

도헌이 위쪽 모래사장에서 말을 타고 아래쪽으로 내려와 다시 나루터를 봤을 때는 설이 배에 오르고 있었다. 도헌은 설이 한양에 간다는 생각까지는 미처 하지 못했다. 너무 가까이 다가가면 눈치를 챌 것 같아 도헌이 적당한 거리에서 말을 세웠다. 설을 실은 배는 곧 나루터를 떠났지만 연리는 한참을 그 자리에 서서 설이 떠나가는 것을 지켜보았다.

'어지간히도 언니를 아끼는군.'

도헌은 진흙길을 걸어 아픈 언니를 보러 와, 밤새 탕약을 끓여 먹일 때부터 연리의 언니에 대한 애정이 남다르다고 생각은 했었다. 그 애정은 여전히 깊은 모양이었다.

연리는 떠나는 설을 바라보고, 도헌은 그런 연리를 바라보았다. 도헌은 마지막으로 보는 것이 비록 연리의 단정한 뒷머리뿐이라 아쉽기는 했지만, 훔쳐보는 주제인지라 그다지 부족하다고는 느끼지 않았다. 안 그래도 연리는 전에 훔쳐보는 일은 불쾌할 뿐이라 말하지 않았던가.

투르르. 투르르르.

먼발치에서 연리를 보고 있는 도헌의 감상을 깬 것은 잠을 못 자 심통이 난 말의 투레질이었다.

"오냐, 그만 가자."

심도헌이 말의 갈기를 쓰다듬었다. 연리의 얼굴은 못 봤지만 뒷모습이나마 보긴 했으니 도헌이 그걸로 만족한 채 돌아가려고 말의 고개를 틀었다. 옆으로 옮겨진 도헌의 시야에 나루터로 다가가는 다른 말 한 마리가 들어왔다.

나루터 앞에 멈춰 서서 짧은 다리로 말 위에서 떨어지듯이 땅에 내려온 이는 혜인 홍씨 옆에서 땀을 흘려대던 남자, 김용복이었다. 딱 한 번밖에 안 만나봤지만 여러모로 인상적인 외모라 못 알아볼 수가 없었다.

'저자가 왜. 아, 혼인할 사이라고 했던가.'

도헌은 김용복이 연리가 있는 나루터로 올라서는 모습에 왜 저 자가 나타났는지 생각하다가, 그가 연리와 혼인할 사이라는 것을 상기했다. 도헌은 돌아가려던 마음을 바꿔 앞발로 모래바닥을 긁어대는 말을 진정시켰다. 정말로 두 사람이 함께 있는 모습 따 윈 보고 싶지 않았지만 의지와 상관없이 눈을 뗄 수 없었다.

배 한 척 없이 빈 바다를 바라보고 있던 연리가 김용복이 뒤에 서자 놀라서 나루터 끄트머리로 발을 옮겼다. 바다로 떨어질 듯 간당간당하게 선 연리를 보자 도헌은 자기도 모르게 뛰쳐나갈 뻔 했다.

'이 무슨 모자란 짓인지.'

도헌은 이곳에서 몰래 두 사람을 보고 있는 자신이 어디 한구 석이 모자란 이처럼 느껴졌다. 이성적인 머리는 자꾸만 거사를 위해 미련 따위는 거두고 이곳을 벗어나는 것이 옳다고 주장했 다. 도헌은 억지로 고개를 돌려 연리와 김용복에게서 시선을 뗐 다. 그리고 정말 몽금포를 뜨기 위해 고삐를 잡아당겼다.

"당장 비켜요!"

하지만 한 번도 들어본 적 없던 연리의 큰 목소리가 도헌의 고 개를 다시 잡아 돌렸다. 도헌이 목소리를 따라 연리를 찾았을 때, 연리는 남색 치마를 붙잡고 나루터를 내달리고 있었다. 바닷 바람에 거칠게 나풀거리는 치맛자락이 위태로웠다. 그리고 그런 연리의 뒤를 쫓는 김용복을 보는 순간, 도헌은 말의 옆구리를 차 올렸다.

도헌의 흑마가 모래를 튀기며 순식간에 앞으로 치고 나왔다.

바람을 가르고 내달린 흑마가 도헌을 금세 나루터 앞까지 데려갔다. 도헌은 아직 멈추지 않은 말에서 뛰어내려 연리에게로 달려갔다.

"잠시만! 소저!"

"이것 놔요!"

연리의 손목을 잡은 김용복과 발버둥치는 그녀를 보는 순간 도헌은 시야가 붉게 물든 기분이었다. 생각할 틈도 없이 손이 먼저 나갔다. 심도헌의 주먹이 김용복의 턱을 쳐 올렸다.

"억!"

김용복은 어찌 해볼 틈도 없이 고통스런 외마디 비명을 내지르며 모래바닥에 나뒹굴었다. 심도헌은 너부러지는 김용복을 노려보며 왼팔로 비틀거리는 연리를 감쌌다.

"무슨 짓이냐. 이 버러지 같은."

도헌은 턱이 아플 정도로 이가 악다물어졌다. 분노로 머리가 차갑게 식고 근육에 피가 차올랐다.

"누구냐! 누가 나를 감히!"

김용복이 턱을 붙잡고 고통스럽게 모래바닥을 뒹굴며 소리쳤다.

"감히? 감히라 했느냐. 네가 진정 감히 누구에게 그 더러운 손을 댔는지 모르느냐!"

천둥같이 내리치는 심도헌의 고함에 김용복이 움츠러들었다. 이연리는 도헌도 함부로 못하는 여인이었다. 도헌에게 연리는 혼인할 수는 없어도 마음에 담은 여인이었기에 차마 가벼이 다룰 수가 없는 여인이었다. 혹시라도 그녀의 정숙함에 해를 끼칠까 추위에 떨던 작은 어깨에 옷자락 하나 걸쳐 주지 못하고 먼발치에서 바라만 봐야 했던 여인이었다. 그리고 설사 도헌이 관심이 있는 여인이 아니었다고 해도 연리는 양반 행세를 하는 상놈이 함부로 건드릴 수 없는 왕의 핏줄이었다.

"심 진사……."

또 주먹이 날아올까 팔로 얼굴을 감싼 김용복이 그제야 심도헌을 알아봤다. 도헌은 저까짓 놈이 연리를 함부로 대했다는 것이 참을 수가 없었다.

"내 분명히 너에게 경고했었다. 조선 땅에 살고 싶거든 조심하라 일렀었지."

"예, 예…… 압니다. 알고, 말고요."

김용복이 모래바닥을 짚고 비틀비틀 일어나 심도헌에게 고개를 조아렸다.

"꺼져라."

심도헌은 그와 연리를 더 이상 한 공간에 두고 싶지 않아 김용복에게 한시 바삐 이곳을 떠날 것을 명했다. 심도헌의 말이 떨어지기가 무섭게 볼이 부어오르기 시작한 김용복이 서둘러 말로 다가갔다. 말의 뒤로 다가가는 바람에 뒷발길질을 당할 뻔한 김용복은 우여곡절 끝에 고목나무에 붙은 매미처럼 말에 들러붙어 몽금포를 빠져나갔다.

그 모습에 겨우 인상을 푼 도헌이 말없이 모래바닥에 구겨진 연리의 쓰개치마를 들어올렸다. 쓰개치마에 붙은 모래들을 손으로 탈탈 턴 심도헌이 연리에게 다가갔다. 연리의 어깨에 쓰개치마를 둘러주기 위해 몸을 숙이니 아직도 꽉 쥐고 있는 연리의 손이 눈에 들어왔다. 얼마나 꽉 쥐었는지 뼈대가 도드라진 손이 애처로워 보였다.

"저런 무도한 자와 꼭 혼인을 해야겠습니까."

아무리 참아보려고 해도 도헌은 이 한마디를 할 수밖에 없었다. 도헌의 말에, 어깨 위 쓰개치마를 갈무리하며 고맙다고 말하려던 연리가 다시 입을 닫았다. 연리는 도헌이 도와준 것은 고맙지만 그렇다고 해서 그가 자신의 혼사를 왈가왈부할 수는 없다고 생각했다.

"도와주신 것은 감사하나 혼사는 제 개인의 문제입니다."

"혹 집안의 빚 때문입니까."

연리는 자신의 집에 빚이 있다는 사실을 도헌이 알고 있으리라고는 생각지 못했다.

"저희 집안의 문제는 저희가 알아서 하겠습니다."

"이런 꼴을 당했으면서도……, 그런 한가한 말이 나오십니까."

더 이상의 간섭은 허하지 않겠다는 듯 고개를 돌려 버리는 연리는 보니 도헌은 울컥 무언가 목구멍에서 치밀었다. 자신의 혼인과 언니의 이별에 걱정 가득한 그늘이 진 연리의 얼굴 옆선에서 더 이상 아이들에게 꽃전을 나눠주며 해맑게 웃던 모습은 찾을 수가 없었다.

"명예보다, 아니 소저의 행복보다 가난이 더 중요합니까?"

심도헌은 아무리 그래도 왕실의 친척인 종친일진대 명예와는 거리가 먼 이 혼인을 꼭 해야 하는 것인지 생각했다. 게다가 저런 덜떨어지고 핏줄도 정확하지 않은 김용복 같은 놈과 혼인을 결정하다니, 도헌은 연리가 절대 행복할 수 없을 거라고 생각했다.

"제가 중시하는 가치가 무엇인지까지 나리에게 허락을 받아야 하나요."

"그런 말이 아닙니다!"

"그럼 제 혼인이 무엇을 위한 것이든지 나리가 상관할 바가 아니라는 것을 이해하지 못하시는 거군요."

넌 남일 뿐이야, 라는 연리의 차가운 말이 비수가 되어 도헌의 가슴에 꽂혔다. 심도헌의 주먹에 힘줄이 돋아났다. 이 갈등은 연리의 혼사에 대해 들은 날 끝난 것이 아니었나, 도헌은 또 다시 이성적인 머리와 뜨거운 감정이 들끓는 가슴이 충돌하는 것을 느꼈다. 이때까지 이성적인 머리로 누르던 것들을 더 이상 억누르기 어려울 것만 같았다.

"그렇다면 내가."

머리는 그녀는 안 된다고, 그녀는 아니라고 끊임없이 거부하는데 가슴은 계속 뱉어내라고 도헌의 심장을 두드렸다.

"내가."

도헌은 말이 성대에서 걸려 나오기를 망설이는 것을 느끼며 느리게 눈을 감았다 떴다.

연리는 도헌이 무슨 말을 하려고 저렇게 뜸을 들이나 싶었다.

"은애한다면……."

그대의 일에 조금은 관여할 수 있겠습니까, 도헌이 뒷말을 차마 끝맺지 못했다.

"……무슨 말씀을 하고 싶으신지 잘 모르겠어요."

연리는 목적어가 없는 도헌의 말을 완벽히 이해할 수 없었다. 물론 이곳엔 두 사람뿐이었고, 연리도 도헌의 말이 자신을 향하고 있다는 것쯤은 알았다. 다만 한 번도 상상해 보지 못한 이 상황을 믿을 수 없을 뿐이었다. 연리의 눈동자에 혼란이 가득했다.

"소저를 은애하고 있습니다."

심도헌은 한숨을 뱉듯이 고백을 연리 앞에 털어놓았다. 마음

속에 고여 있던 것을 뱉어낸 도헌은 빠르게 분탕질하던 심장이 가라앉는 것을 느꼈다. 반대로 연리의 심장은 빠르게 두근거렸다. 김용복과의 혼인, 설의 이별, 갑작스러운 심도헌의 고백, 그 모든 것들이 연리를 뒤흔들어 혼란으로 이끌었다.

"소저를 연모해 온 시간은 나에게 고통과 같았습니다. 나의 신분과 지위, 가문의 기대, 그리고 소저 집안의 열악함이 나를 고통에 차게 했습니다."

심도헌은 솔직하게 자신이 고민해 왔던 시간과 그 이유들을 고백했다. 도헌의 고백은 즉흥적이고 충동적이어 보이지만 막상 보면 그런 것만은 아니었다. 도헌은 끊임없이 연리에 대한 감정을 부정하면서도 그녀에게 청혼하는 일을 머릿속으로 몇 번이나 그려보았었다. 연리보다 좋은 집안을 가진 여인들은 차고 넘치겠지만, 연리만큼 지성과 인품을 갖춘 여인을 찾을 수 없으리라는 생각이 몇 번이고 들었기 때문이었다.

거기다 연리가 김용복 같은 이와 빚 때문에 혼인을 한다는 소식에 더욱 흔들렸다. 그럼에도 심도헌은 곧 이곳을 떠날 예정이고, 한양에서 자신의 집안에 걸맞은 집안의 여식을 찾아야 한다는 생각에 마음을 다잡았다. 그러나 오늘 김용복이 연리에게 저지른 불경한 행태를 보자 완전히 마음이 뒤바뀌었다.

"하지만 그것들을 감내하는 한이 있다 해도 더 이상은 참을 수가 없었습니다. 내 청혼을 받아들여 나를 이 고통에서 그만 해방시켜 주시겠습니까?"

도헌은 상대의 집안이건 뭐건 더 고민할 것 없이 연리와 혼인하기로 마음을 먹었다. 지금 연리를 놓친다면 평생 후회할 것 같았다. 물론 아버지는 돈을 빌려 구휼할 정도의 인품을 가진 양현수이고, 연리 자체는 양인 아이들에게 글을 가르칠 정도로 지성을 갖춘 여인이었다. 그러나 그렇다고 해서 연리 집안의 열악함이 무마되는 것은 아니었기에 심도헌은 솔직하게 모든 것을 감내한다고 이야기했다.

"제가 나리를 고통스럽게 만들었다 하시니 죄송합니다만 하신 말씀은 못 들은 것으로 하겠습니다."

연리는 도헌의 말이 청혼인지 아니면 자신에 대한 모욕인지 구별할 수가 없었다.

"……거절입니까?"

"네."

연리에게는 이 거절이 당연했다. 내 신분과 지위가 너에 비해 높고, 네가 가문의 기대에 미치지 못하지만 내가 그것들을 감내하고 너와 혼인해 주마, 하는 청혼을 연리가 기분 좋게 받아들일 수 있을 리가 없었다. 연리가 듣기에 심도헌이 뱉은 말은 청혼의 탈을 쓴 거만함 그 자체였다.

심도헌은 무척 당황했다. 자신의 청혼이 받아들여지지 않는 상황은 상상도 해본 적이 없었다. 도헌은 자신이 청혼한다면 어느 여인과도 혼인할 수 있다는 자신감이 있어 이때까지 혼인을 미뤄오기도 했기 때문에 연리가 자신의 청혼을 거절한 이 상황을 믿을 수 없었다.

"일말의 고민도 없이 내 청혼을 거절하는 겁니까?"

"네, 그러니 나리를 고통 받게 한 것들을 굳이 감내하지 않으셔도 됩니다."

청혼을 거절하다 못해 자신의 고통을 비꼬는 연리의 모습을 도헌은 이해할 수가 없었다.

"제 구혼을 비웃으시는 겁니까!"

"아니요, 말씀하신 대로 제가 사는 열악한 환경과 나리가 사는 세상이 다르기 때문이에요! 물론 그것만이 이유는 아니죠!"

연리는 그의 구혼을 비웃는 게 아니라 화를 내고 있는 것이었다. 만약 지금 이 상황에서 연리가 누군가를 비웃는다면 그 대상은 잠시나마 은애한다는 도헌의 말에 흔들렸던 자기 자신이었다. 심도헌의 고백에 잠시 심장이 두근거렸던 연리는 그가 덧붙여 뱉은 모욕적인 언사에 이 오만한 남자가 처음 만난 순간부터 바뀐 적이 없었다는 것을 실감했다. 그 순간부터 연리의 마음속에 쌓여왔던 불안한 감정들이 와르르 쏟아져 내렸다.

"무슨 이유 말입니까?"

"어떻게 친언니의 가슴을 찢어놓은 사람과 제가 혼인할 수 있을까요!"

연리는 어떻게 설과 백이명을 갈라놓고, 그녀의 여동생인 자신에게 그가 청혼할 수 있는지 상식적으로 이해가 가지 않았다. 연리는 다시금 자신이 설을 슬프게 만든 심도헌에게 흔들렸다는 사실에 자책했다.

"백 진사님을 변덕스러운 사람으로 만들고 저희 언니를 절망에 빠지도록 일부러 두 사람을 갈라놓으신 것을 부인하시나요?"

"……부인하지 않습니다."

심도헌은 연리가 그 사실을 어떻게 알게 되었는가, 와는 관계없이 그 말이 사실이었기에 인정했다. 허, 연리는 도헌의 순순한 대답에 기가 찼다. 연리는 차오르던 눈물이 빠르게 말라가는 것을 느꼈다.

"어떻게 그러실 수가 있죠!"

"소저의 언니가 이명이와 매일 주고받는 편지에 보고 싶다는 마음 한자락조차 내비치질 않았기 때문입니다! 제가 아닌 그 누가 봐도 백이명 그 친구 혼자만 깊이 빠져 가는 것 같아 보였을 겁니다!"

"그건 언니가 부끄러워했기 때문이에요! 언니는 저에게도 감정을 다 드러내지 않아요!"

"드러내지 않는 감정을 어떻게 알라는 겁니까! 이명이도 헷갈려 했습니다!"

"대놓고 드러냈다면 정숙치 못한 여인이라 비난하지 않을 자신 있으신가요!"

격앙되는 감정에 점점 커지는 두 사람의 목소리가 새벽 바닷가에 울려 퍼졌다. 비난하지 않을 자신이 있냐는 연리의 물음에 심도헌이 입을 다물었다.

"정말 그게 전부인가요? 언니가 감정을 드러내지 않아서? 다른 이유가 있지는 않나요? 혹시 저희 집안이……."

"그대의 가족을 욕보이는 말은 하지 않았습니다."

"그럼 무슨 말을 하셨나요?"

가족을 욕보이는 말은 하지 않았지만 다른 말을 했다는 소리였다.

"그저 누가 봐도 한쪽으로 기울어진 혼사인 데다가, 남자 쪽 재산을 보는……."

"저희 언니가 심 진사님에게 그런 인상을 주었나요?"

"아닙니다!"

"그럼 뭔가요!"

"제가 그렇게 판단한 것은 소저의 어머니와 자매들이 보여주는 몰상식함과 비교양적이고 품위 없는 행동거지 때문입니다!"

심도헌은 고조된 감정을 주체하지 못하고 소리쳤다. 두 사람 사이에 금이 가는 소리가 들리는 것 같았다. 연리는 그 말에 더 대응하지 못하고 상처가 깃든 눈동자를 바다 쪽으로 돌렸다. 솔직하게 말하긴 했지만 이렇게 거칠고 날카롭게 뱉을 생각은 아니었던 도헌의 눈에는 후회가 깃들었다.

"물론, 소저와 소저의 언니는 그렇지 않습니다."

도헌은 뒤늦게나마 연리와 설은 그렇지 않다고 말했지만, 이미 뱉어버린 말들은 주워 담을 수 없었다. 두 사람 사이에 말이 없어지고, 파도 소리가 그 빈 공간을 채웠다.

"저희의 몰상식이라 하시면, 나리의 몰상식하심은요?"

파도 소리에 잠시 생각을 정리한 연리가 입을 열었다. 자신의 몰상식함이라니. 도헌이 인상을 찌푸렸다.

"손서강이라는 초관 나리를 아십니까."

"손서강?"

자신이 제일 혐오하는 부류의 인간들의 대표인 손서강의 이름이 연리의 입에서 나올 줄 몰랐던 터라, 도헌이 믿을 수 없다는 표정으로 그녀에게 한 발자국 다가갔다. 심도헌은 손서강의 문제에서 만큼은 물러설 수 없는 사람이었고, 도헌의 눈은 자연스럽게 매서워졌다. 하지만 연리는 그런 도헌의 시선을 피하지 않고 똑바로 바라봤다.

"그의 불행에 대해 우연히 들었습니다. 그의 불행의 시작은 심진사님이시더군요."

"불행? 그가 그의 입으로 불행을 말한단 말입니까?"

"나리께서 그의 앞길을 망쳐 놓으셨잖아요. 물론 결국 나리도 파직을 당하셨지만."

"……그게 나에 대한 그대의 평가요?"

최악이었다. 도헌은 이로써 연리가 자신에게 가지고 있는 생각들에 좋은 것이라곤 하나 없다는 사실을 깨달았다. 심도헌은 그녀가 자신을 손서강의 불행에 대한 원인이라고 믿으며, 자신을 관직에 올랐다가 파직 당한 무능력자로 보고 있다는 것을 알았다.

"제가 소저의 집안에 대한 솔직한 말로 소저의 자존심을 건드려 놓지만 않았어도, 소저에게 이런 모욕적인 말을 듣지 않아도 될 뻔했습니다. 제가 소저의 지체 낮은 집안마저 연모한다고 했어야 했습니까?"

"나리께서야말로 저같이 별 볼 것 없는 여인에게 청혼하게 된 것이 자존심이 상해 오만하고 거만한 청혼을 하신 것을 아시나요? 제가 나리의 거만함을 연모한다고 말하길 바라셨어요?"

두 사람이 서로의 가슴을 찢어놓는 독설을 내뱉었다. 연리의 시선은 날카롭게 벼려져 있었고, 그것은 도헌도 마찬가지였다. 칼날 위에 위태롭게 선 두 사람의 관계는 이미 파도에 산산이 부서져 내리는 포말과 같았다. 두 사람의 옆으로 서서히 동이 터왔다. 노랗고 붉은 빛이 수평선 위로 새어나왔다.

"오늘로 전 확실하게 알았습니다. 제가 한평생 혼인을 못한다고 해도 나리와 혼인할 일은 없다는 걸요."

이제 충분히 했다고 생각하면서도 연리는 마지막으로 도헌의 청혼을 평생 거절하노라고 그의 가슴에 대못을 박았다. 연리의 독설로 방금 전까지 뜨겁게 끓어올랐던 도헌의 가슴이 미어졌다. 하지만 이런 순간에도 도헌은 아침 햇살에 비친 그녀가 아름답다고 생각하는 한심한 자신과 마주했다. 어느 때보다 가까이 있는 연리의 깊은 검은 눈을 바라보던 도헌이 먼저 연리의 시선을 피해 고개를 비꼈다.

"소저의 시간을 뺏어 미안합니다. 그럼."

바닷바람을 등진 도헌이 연리를 몽금포 해안에 두고 먼저 떠나 갔다.

제7장 도헌의 편지

심도헌이 떠나간 몽금포 해안에 홀로 남은 연리의 눈에서 눈물이 흘렀다. 연리는 자신이 뱉었던 독설과 그가 뱉었던 독설이 한데 엉켜 가슴이 너무 아팠다. 연리도 왜 자신의 가슴이 아프고 눈물이 나는지 알고 있었다. 더 이상은 지금까지처럼 헷갈린다고, 이해가 안 된다고 자신의 마음을 모른 척할 수는 없었다.

심도헌의 청혼을 매몰차게 거절하고 나서야, 연리는 자신이 심도헌에게 연정을 가지고 있었음을 깨닫고 인정했다. 하지만 이마음을 일찍이 깨달았다고 해도 연리는 심도헌의 청혼을 거절했을 것이었다. 심도헌이 설과 백이명을 갈라놓은 사실을 자기 입으로 시인했으니, 연리는 절대로 도헌의 청혼을 받아들일 수가 없었다.

연리는 자신의 선택이 옳은 선택임을 알면서도 자신을 은애한다고 말하던 심도헌이 자꾸만 떠올라 눈물을 흘렸다. 연리가 한참 만에야 눈물을 감추고 말고삐를 이끌어 다시 집에 왔을 때는 눅눅해진 머리카락뿐만 아니라 몸도 마음도 축 처져 있었다. 그런 연리가 대문으로 들어서자 혜인 홍씨가 기다렸다는 듯 달려들었다.

"아둔하고 미련한 것! 네가 무슨 짓을 했는지 아는 게야!"

홍씨는 연리의 어깨를 콱 틀어쥐고서 연리에게 고함쳤다. 평소같으면 어머니가 왜 이러는지를 금세 알아차리고, 말대답을 할텐데 연리는 오늘 그럴 힘이 없었다. 연리가 왜 이러냐는 얼굴로 어머니를 힘없이 쳐다봤다.

연리가 집에 오기 직전에 먼저 돌아온 김용복이 왼쪽 턱에 시퍼런 멍을 단 채 죽을상을 하고 홍씨를 찾아갔고, 그녀는 당연히 무슨 일이냐고 물었었다.

"마님, 제 의도와는 다르게 둘째 따님과의 혼사를 무르게 된 것을 사과드리는 바입니다."

김용복이 부어오른 볼을 문지르며 한 말은 홍씨를 경악하게 했다. 홍씨는 아직 양현수가 허락은 하지 않았지만 거의 다 성사된 혼인이나 다름이 없는데 왜 무른다는 건지 몰라 김용복을 만류했다.

"자네 그게 무슨 말인가! 왜 무른다는 게야. 그 얼굴은 또 왜 그렇고!"

"연리 소저께서는 저를 정중히 거절하셨고, 이 얼굴은 제 실수입니다."

차마 김용복도 연리의 손목 한 번 잡아보려다가 심도헌에게 맞아서 혼례를 무른다고 말하지는 못했다. 맞은 것도 맞은 것이지만 심도헌에게 말 한마디 못해보고 깨갱 하며 도망친 것에 그의 자존심이 상했기 때문이었다.

"여인의 말은 원래 반대라지 않은가. 싫다는 게 좋다는 뜻이지. 자네도 잘 알지 않나?"

홍씨는 무슨 일인지는 몰라도 연리가 김용복을 거절했다는 것만은 확실해 보여서 무조건 그에게 연리가 자네를 거절한 게 아니라고 우겼다. 하지만 김용복은 이미 연리와의 혼인 생각을 접었다. 서로를 애틋하게 쳐다보는 심도헌과 연리를 보고 두 사람의 사이가 심상치 않음을 직감적으로 눈치챘기 때문이었다.

김용복은 연리와 심도헌이 이미 몽금포에서 미리 만나기로 약속했을지도 모르며, 두 사람이 연인 관계일지도 모른다는 억측까지 하고 있었다. 그 억측을 근거로 김용복은 연리를 미워하기 시작했다. 그는 연리가 연인이 있으면서 자신을 그 예쁜 얼굴로 홀려 이렇게 만들었다고, 모든 것을 연리의 탓으로 돌렸다.

"아닙니다. 더 이상 이 집에 폐를 끼칠 수는 없습니다. 제가 이만 떠나고 싶다는 사실을 알아주셨으면 좋겠습니다."

끝까지 자신의 잘못은 입 밖으로 꺼내지 않은 김용복은 당장 한양으로 돌아가겠다고 말했다. 그 말에 펄쩍 뛴 홍씨가 장연을 떠나겠다는 김용복을 잡아두기 위해 이 집이 불편하다면 박씨네에서라도 하룻밤만 더 머물다 가라고 권유했다. 끈질긴 권유에 김용복은 박씨네로 향했고, 그 사이에 연리가 돌아온 것이었다.

"굴러들어 온 복을 발로 차도 유분수지! 네가 뭐 그리 잘났다고 거절을 해, 하기를!"

홍씨가 분에 차 연리의 등을 찰싹 때렸다. 연리는 어머니가 김용복의 이야기만을 듣고 자신에게 이런다는 것이 서러워져 별로 아프지도 않은 그 손찌검 한 번에 눈물을 뚝뚝 흘렸다.

"아무 것도 모르시잖아요!"

아무리 화가 나도 부모에게 목소리를 높이지 않는 연리가 처음으로 빽 소리를 질렀다. 홍씨가 놀라서 어디 어른 앞에서 소리를 지르느냐고 고함을 쳤지만 연리는 어머니를 피해 대문 앞을 빠르게 벗어났다. 자꾸만 목구멍에서 울컥울컥 설움이 올라와서 어머니를 더 이상 보고 있을 수가 없었다. 연리는 동생들에게 우는 모습을 보여줄 수는 없어서 별당이 아닌 사랑채로 내달렸다.

"어딜 가는 게야! 이리 오지 못해!"

뒤에서 어머니의 호통이 들려와도 연리는 사랑채 앞뜰의 사과나무까지 힘껏 달려갔다.

"당장 가서 김씨한테 사과하고 혼인하겠다고 해라! 그래야 그 사람 마음이 돌아설 게 아니야!"

사랑채로 따라 들어온 홍씨가 큰 소리로 연리를 혼냈다. 그 소리는 사랑채 안방에서 책을 읽던 양현수에게까지 전해졌다.

"부인, 웬 소란이오?"

결국에는 두 사람의 소란에 사랑채에서 양현수가 나왔다.

"서방님! 마침 잘 오셨습니다. 당장 연리 저것을 김용복과 혼인시키십시오."

"억지로 저를 그렇게 하실 수는 없어요!"

홍씨가 노발대발 소리치는 모습에 양현수는 계단을 내려와 사과나무 밑으로 걸어갔다. 사과나무에 몸을 기댄 연리는 며칠 전과 달리 확연하게 어둡고 지친 얼굴을 하고 있었다.

"연리야, 네 어찌 눈물을 보이느냐."

양현수가 딸을 얼굴을 들어 올리며 묻자, 눈물로 얼룩진 연리의 얼굴에 또 다시 눈물이 흘러내렸다.

"아버지, 제발요."

"넌 이 집을 가지게 될 거고, 네 동생들과 우리를 가난으로부터 구할 수 있어!"

연리가 양현수에게 눈물 흘리며 부탁하자, 조급해진 홍씨가 핏대를 세우며 연리가 김용복과 혼인해야 하는 이유를 외쳤다. 그래, 그것 때문에 연리도 하려고 했던 혼인이었다. 하지만 설의 이별과 심도헌의 청혼, 김용복의 무엄한 행태까지 모든 것들이 연리의 결정을 흐트러뜨렸다.

"명예보다, 아니 소저의 행복보다 가난이 더 중요합니까."

"그대를 은애하고 있소."

"시간을 뺏어 미안합니다."

심도헌이 했던 말과 쓸쓸해 보였던 그의 뒷모습 그 모든 것들이 연리의 머릿속에서 어지럽게 휘몰아쳤다. 연리가 눈을 감았다. 이 모든 상황에서 도망치고만 싶었다.

"확실히 말해보거라. 이 혼인을 하고 싶지 않은 게지."

양현수는 연리의 눈물 젖은 속눈썹 위를 닦아주었다. 연리는 아버지의 부드러운 목소리에 새된 울음을 쏟아내며 고개를 끄덕였다.

"서방님, 혼인시키겠다고 하셨잖습니까?"

"나는 그런 약속을 한 적이 없소. 부인이 하는 대로 둔 것뿐."

"서방님! 연리 넌 이 혼인을 하지 않는다면 난 다신 너를 안 볼 줄 알아라."

홍씨는 혼인을 시키지 않겠다는 남편을 보며 발을 바닥에 탁탁 부딪치며 연리를 잔뜩 몰아세웠다.

"어쩌겠느냐. 넌 오늘 너의 부모 중 한 사람과 의절하겠구나. 너희 어미는 네가 혼인하지 않는다면 안 보겠다고 하고."

양현수는 연리의 얼굴을 놓고 한 발 물러서 어찌하겠느냐고 물었다. 그 말에 연리의 반쯤 눈물이 일렁이는 눈이 양현수를 바라봤다.

"나는 네가 이 혼인을 한다면 널 다신 보지 않을 테니 말이다."

연리의 눈이 크게 벌어졌다. 고여 있던 눈물이 볼을 타고 흘렀다.

"아버지, 감사해요."

연리는 아버지에게 깊게 허리 숙여 감사 인사를 올리고 빠르게 사랑채 밖으로 도망쳤다.

"나리! 어떻게, 어떻게!"

홍씨가 달려가는 연리를 잡지도 못하고 양현수의 팔을 흔들었다. 하지만 양현수는 그런 부인의 경악한 얼굴에도 별일 아니라는 듯 그녀의 어깨를 감싸 안았다.

"이 집이 없어도 우린 그럭저럭 살아갈 수 있을 거요. 걱정 거두시오, 부인. 내 그대를 굶기기야 하겠소."

홍씨는 김용복과 연리를 혼인시키지 않아도 살 만할 거라는 태평한 소리를 하는 남편 때문에 속이 터지는 것 같았다. 어찌 이리 자신의 말은 들어주는 법이 없는지 홍씨는 양현수에게 매정하고 무정하다며 짜증을 부렸다. 하지만 이내 자신의 성질에 못 이겨 신경이 끊어질 것 같다고 말하는 부인의 어깨를 부드럽게 문지른 양현수는 차를 마시며 기분을 가라앉혀 보자며 사랑채로 그녀를 이끌었다.

백이명의 외가로 돌아온 심도헌은 참판부인이 역졸들을 보고 놀라지 않도록 잘 설명해 둔 뒤 방에 돌아와 고된 몸을 끌고 책상 앞에 앉았다. 곧 방자가 들어와 어두운 심도헌의 얼굴을 보고 어디 아프냐고 물어왔지만, 도헌은 별일 없다고 말하며 그를 물렸다. 도헌은 침통한 얼굴로 품에 넣어두었던 지도를 펼쳐 다시 한 번 머릿속으로 전략을 검토했다.

　"어떻게 사랑하는 언니의 가슴을 찢어놓은 장본인과 제가 혼인할 수 있을까요!"

　하지만 전략 검토는 환청처럼 들려오는 연리의 목소리에 의해 중단됐다. 지도 위로 눈물을 흘리던 연리의 얼굴이 떠올랐다. 심도헌이 자신에게 힘이 되어줄 처가를 포기하는 대신 연리를 얻고자 했던 결심은 이런 결론을 바란 것이 아니었다.

　"나리께서야말로 저같이 별 볼 것 없는 여인에게 청혼하게 된 것이 자존심이 상해 오만하고 거만한 청혼을 하신 것을 아시나요? 제가 나리의 거만함을 연모한다고 말하길 바라셨습니까?"

　심도헌은 연리에게 뱉었던 말 하나하나가 전부 후회됐다. 연리는 도헌이 백이명과 설을 일부러 갈라놓은 것을 알고 있었고, 도헌이 자존심이 상해서 일부러 모든 것을 감내한다고 말한 것까지도 전부 파악하고 있었다. 도헌은 연리에게 감추고 싶었던 졸렬한 속내를 들켜 버렸다는 생각에 어디 숨고 싶을 만큼 창피했다.

하지만 연리가 저에 대해 잘못 알고 있는 부분도 있었다.

"손서강……."

도헌은 오랜만에 그 이름을 입에 올려보았다. 심도헌은 손서강
이 한양에서부터 하고 다녔던 거짓말들을 떠올렸다. 분명 그도
알고 있는 그런 종류의 거짓말들을 연리에게 했을 것이리라 추측
했다. 며칠간 쪽잠을 잔 머리는 어지러웠고, 잠은 눈 밑까지 차
올라 있었지만 도헌은 이부자리를 펴는 대신, 종이를 펼쳐 들었
다. 지도를 치우고 벼루와 붓을 가져온 도헌은 무엇이든 적을 생
각에 무작정 붓에 먹물을 묻혔다.

하지만 막상 붓을 들고 나니 한 획을 떼기가 어려웠다. 솔직해
진다는 것은 치부를 드러내는 것이었다. 한양에서 피 터지는 정
쟁의 한가운데 있었던 도헌은 치부를 드러내는 것에 익숙지 않았
다. 심지어 친구인 백이명에게도 말하지 않은 비밀이 많은 사람
이 도헌이었다.

심도헌은 붓을 들고 잠시 망설였다. 하지만 오늘 밤이 지나 새
벽이 오면 모든 일을 마무리 지을 것이고, 이곳 장연에 다시 오지
않을 텐데 연리와 이렇게 최악으로 치달은 채 끝내고 싶지는 않
았다. 도헌은 몇 번이고 머뭇거렸지만 천천히 한 획, 한 획 연리
에게 전하고 싶은 글을 적어 내려갔다.

"나리, 시간이 되었습니다."

점심도 저녁도 거른 도헌이 장지문 밖에서 들려오는 방자의 목
소리에 거칠게 망건(網巾, 상투 튼 머리에 두르는 그물) 위로 이마를
문질렀다. 골이 울렸다. 어느새 어둑해져 가는 바깥은 도헌에게
장연에서의 일을 마무리 지으라고 말하고 있었다. 도헌은 평소에
입고 다니는 청색 도포를 벗고, 눈에 띄지 않는 검은색 도포로

갈아입었다. 그리고 겨우 다 쓰기는 했지만 과연 연리에게 전해 줄 수 있을지도 모를 편지와 마패를 챙겨 자리에서 일어나 방 밖으로 나왔다.

"마을 어귀에 있을 네 명을 빼고는 전부 몽금포 근처에 잠복했습니다. 여기."

방자가 현재 상황을 보고하며 도헌에게 검 하나를 내밀었다. 도헌은 그 검을 받아 들고는 방자에게 말했다.

"너는 관아로 가 있어라. 사또 방원수가 혹여 수상한 움직임을 보이거든 지체 말고 달려와 일러라."

그렇게 말한 심도헌이 흑마에 오르자 방자가 부복한 뒤 빠르게 관아 쪽으로 사라졌다. 검은 갓에 검은 도포를 입고 흑마에 오른 심도헌은 어둠에 묻혀 몽금포로 달려갔다. 해안가에 다다르기 전 숲 기슭에 말을 매어둔 도헌은 마을 어귀로 가는 길을 지키는 네 명의 역졸들의 위치를 점검하고 해안가로 들어갔다. 수풀 곳곳에 도헌이 심어놓은 역졸들의 희미한 형체가 보였다. 이미 위치를 알고 있는 도헌의 눈에나 띄는 것이지 그냥 바라봐서는 티도 나지 않았다.

"긴장을 놓지 마라."

도헌의 목소리에 주위에 있던 역졸들이 고개를 끄덕였다. 도헌은 조용히 움직여 해안가가 가장 잘 보이는 앞쪽에 자리를 잡았다. 밤이 깊어가고, 달도 뜨지 않아 묵직한 어둠이 그들을 내리눌렀다. 그 다음부터는 기다림과의 싸움이었다. 잘 훈련받은 역졸들은 시간이 지나도 조는 이 한 명 없이 각자 자기 위치에서 경계를 늦추지 않았지만 시간이 지날수록 긴장이 느슨해지는 것은 어쩔 수 없었다.

무기를 든 역졸들의 손에 힘이 조금 빠졌을 즈음, 가물거리는 초롱불 몇 개와 함께 모래사장에 수레를 이끈 일꾼들이 나타났다. 이번에는 빈 수레가 아닌 인삼 궤짝들을 실은 수레 두 대를 끌고 오는 이들의 숫자가 여덟 명이었다.

"기다려라."

저들을 먼저 포박하겠다고 말해오는 역졸들을 도헌이 손을 들어 말렸다. 도헌이 잡고자 하는 것은 겨우 뱀의 꼬리가 아니었다. 여기서 뱀의 몸통까지 잡고, 한양에서 그 머리까지 틀어쥘 계획을 세웠는데 저런 하수인들을 잡느라 일을 그르칠 수는 없었다. 인삼 궤짝을 열어보며 낄낄대는 놈들의 목소리가 역졸들의 예민해진 신경을 긁어댔지만 역졸들은 도헌의 지시를 따라 다시 자리를 잡았다. 또 다시 기다림이 찾아오고 역졸들이 저린 다리를 주무를 때 파도 소리에 희미한 물결 소리가 섞여 들려왔다. 노를 젓는 소리였다. 이내 곧 저 멀리 밤안개를 뚫고 커다란 등불을 선수에 건 배가 보였다. 드디어 움직일 때가 온 것이었다.

"비(備)."

도헌이 손을 들며 말하자, 역졸들이 부싯돌을 손에 들어 횃대에 불을 붙일 준비를 했다. 이제부터 계획했던 대로 배를 점령하고 놈들을 추포하면 된다고 생각했을 때, 도헌의 예상과 다른 일이 하나 발생했다. 저번에 온 배가 한 척이기에 당연히 한 척이 올 줄 알았는데, 뿌연 밤안개 속에서 또 다른 배가 모습을 드러낸 것이었다.

도헌이 침착하게 정황을 파악했다. 한 척은 전에 보았던 황포 돛배였고, 나머지 한 척은 붉은색 돛에 알 수 없는 그림을 휘갈겨 그린 배였다. 두 배는 서로 반대 방향에서 몽금포를 향해 오고 있었다.

'한 척이 한양에서 왔다면, 나머지 한 척은 명나라…… 인가?'

도헌의 생각이 맞다면 저번에 받아놓은 인삼들과 이번에 싣고 온 인삼을 한꺼번에 명나라 배에 넘길 예정인 모양이었다. 명나라 쪽 배의 반쯤 트인 선방(船房, 선실)에서 나온 선원들이 눈대중으로 봐도 열댓은 되어 보였고, 한양에서 온 배의 선원들도 열댓쯤 되어 보였다.

인원 파악을 마친 도헌은 두 척의 배가 해안가에 최대한 가까이 닻을 내리자 칼을 뽑아 들었다. 심도헌과 역졸들이 잠복하고 있으리라고는 생각도 못한 놈들이 인삼이 젖지 않게 머리 위에 궤짝을 이고 배로 옮기기 시작했다. 완전히 배가 서 있는 지금이 기회였다.

"전원 포박하라!"

도헌의 목소리가 조용한 바닷가를 울리고, 동시에 탁탁탁 하는 부싯돌 소리와 함께 사방에서 횃불이 올랐다. 붉은 횃불과 함께 모습을 드러낸 역졸들이 함성을 내지르며 꽹과리를 있는 힘껏 두들겼다.

"와아아아아!"

"뭐야! 누구냐!"

"도적 떼다! 도망쳐!"

함성과 함께 고막을 찌르는 꽹과리 소리에 놀란 밀수꾼들이 우왕좌왕하며 그렇게 귀하게 끌어안고 있던 인삼 상자를 내팽개 치고 도망치기 시작했다. 갑작스러운 역졸들의 등장에 놀라기는 마찬가지인 배 위의 선원들도 배를 몰아 몽금포 밖으로 벗어나려 고 했다. 하지만 심도헌의 지시를 받은 일부 역졸들은 모래사장의 밀수꾼들을 지나쳐 무조건 배에 올라 돛을 찢고 노를 버려 그런 그들을 저지했다.

배에 오르지 않은 역졸들이 혼란스러운 틈을 타 칼을 쓸 필요도 없이 육모방망이만으로 인삼 수레를 끌고 도망가려는 밀수꾼들을 제압했다. 얼마나 방심했는지 제대로 무기를 들고 있는 자들은 찾기가 어려웠다. 그나마 무기를 가진 자들도 제대로 훈련된 이들이 아니라 도헌과 역졸들의 앞에 피를 흘리며 쓰러졌다.

"멍청한 놈들아! 그것들을 바다에 버려!"

개중에서도 정신머리가 있는 놈들이 심도헌과 역졸들이 도적떼가 아니라는 것을 눈치채고 바다에 인삼을 버려 증거를 인멸하려고 했다. 심도헌이 그놈들의 뒷덜미를 잡아채 모래사장에 집어던지곤 놈들의 목에 칼을 들이밀었다. 횃불 아래서 피처럼 붉게 빛나는 칼날에 겁에 질린 놈들이 얌전히 역졸들의 오랏줄에 묶여 무릎을 꿇었다. 모래사장 위의 상황이 대충 정리되어 가자 도헌은 역졸들에게 배 위를 가리켰다. 두 척의 배 위엔 먼저 돛을 찢기 위해 올라간 역졸들이 선원들과 고전하고 있었다.

"손이 남는 이들은 모두 배에 올라라!"

심도헌의 지시에 사장 위의 역졸들의 목표가 즉시 배로 바뀌었다. 바다에 들어가는 역졸들의 손에 들린 횃불이 밤바다를 비춰 파도가 검붉게 일렁였다. 역졸들이 배에 올라 갑판의 선원들과 격돌하기 시작했다.

치열한 몸싸움에 배가 출렁이며 파도가 해안가로 넘실댔다. 그러나 이내 전의를 상실한 선원들이 갑판 바닥에 납작 엎드려 목숨만 살려달라 구걸하면서 배의 출렁임도 가라앉았다. 한 시진도 안 되는 시간에 배 두 척을 포함한 밀수꾼들을 모두 잡아들인 심도헌은 이날을 위해 수십 일을 이곳 장연에서 보냈다는 것에 허탈함을 느꼈다. 심도헌이 바다에 버려진 인삼 궤짝들을 수거하고, 죄인들의 명부를 작성했을 때는 역졸들뿐만 아니라 도헌도 땀과 흙먼지, 피 따위로 행색이 더러워져 있었다.

"절반은 이놈들을 이끌고 아침 전까지 관아로 돌아오너라. 너희는 나를 따라 당장 관아로 간다."

최소한의 업무를 처리한 심도헌이 역졸들을 반으로 나눠 따로 명을 지시했다. 선발대 열다섯 명을 고른 심도헌은 당장 관아로 달려가 이 일의 몸통 격인 방원수를 잡기 위해 먼저 몽금포를 떴다. 도헌의 손짓에 열여섯 마리의 말들이 모래사장을 박찼다. 어둠이 길 위에 깔려 있었지만 속도를 늦추지 않은 심도헌과 역졸들이 바람처럼 빠르게 달려 마을로 진입했다.

십 수 마리의 말들이 땅을 울리는 소리에 몇몇 사람들이 대문 밖으로 고개를 내밀었다. 하지만 곧 불타오르는 횃불과 피 묻은 무기들을 보고 놀랐는지 도로 들어가 대문을 걸어 잠갔다. 민가 사이를 쉴 새 없이 내달려 심도헌은 곧장 관아로 향했다. 관아의 위용을 드러내기 위해 웅장하게 지어진 외삼문(外三門, 문 3개가 달린 외문) 앞에 도헌이 멈춰 서자, 그의 뒤로 열다섯 마리의 말들이 말발굽을 땅에 긁으며 급하게 멈춰 섰다.

"열어라."

도헌이 외삼문을 열라 명하니 역졸 둘이 뛰어가 문틈에 칼을 넣어 빗장을 풀었다. 반기듯 활짝 열리는 외삼문에 이어서 열리는 내삼문(內三問)을 본 도헌이 말에서 내리지 않고 단숨에 동헌 앞마당까지 말을 몰았다. 힘껏 내달린 여운에 거칠어진 다른 말들도 사나운 기세로 도헌의 뒤를 따라 관아로 뛰어들었다.

"죄인 방원수는 나와 어명을 받으라!"

사또의 거처에 들어선 도헌의 목소리가 동헌 전체를 쩌렁쩌렁 울렸다. 동헌 마당에 역졸들의 말이 일렬횡대하며 횃불로 사방을 환하게 밝혔다. 하지만 횃불이 기름방울을 눈물처럼 뚝뚝 떨어뜨리며 활활 타는데도 동헌 안에서는 아무 인기척이 없었다. 아무 반응이 없으니 역졸들이 직접 동헌으로 뛰어들려고 할 때였다. 우당탕탕 소리를 내며 방원수가 저고리도 없이 바지춤을 붙잡고 동헌 마루로 튀어나왔다.

"이게! 무슨!"

무작정 뛰쳐나온 방원수가 동헌을 가득 채운 말들을 보고 기겁했다.

"심, 심 진사?"

발만 동동 구르던 방원수는 그 중심에 선 심도헌을 알아보고 동헌 앞마당에 주춤주춤 내려왔다. 방원수의 뒤로 방 안에서 이불로 몸을 가린 기생들이 보였다. 어찌하면 저렇게 부정부패와 탐관오리의 표상이 되는 일만 골라 하는 자가 있을 수 있는지. 심도헌이 품에서 구중궁궐에 계신 왕을 대신해 어명이 적힌 족자를 꺼내 들어 펼쳤다.

"장연현감 방원수는 들으라! 나라의 녹봉을 받는 관리가 사사로이 이윤을 탐하고, 지엄한 국법을 어기매 어사 심도헌이 이를 감찰하였도다. 살펴보니 그 죄질이 크고 무거워 현감 방원수를 파직하고, 장연관아의 광을 봉고(封庫, 곳간을 봉함)한다!"

"제가 무슨 죄가 있다고 이러십니까!"

방원수가 맨발로 마당에 내려서서 심도헌 앞으로 달려가며 외쳤다. 그 바람에 바지춤이 흘러내려 추한 꼴이 되었지만 지금 방원수에게는 그걸 신경 쓸 만한 정신이 없어 보였다.

"네 손으로 직접 나에게 인삼을 줘놓고도 네 죄가 무엇인지 모른다 할 참이냐."

도헌은 두말 할 것 없이 네 손으로 네 죄를 고하지 않았느냐고 말했다. 그 말에 방원수가 자신이 인삼을 궤짝째로 심도헌에게 선물했던 것을 기억해 냈다. 스스로 나 죄 짓고 있소, 하고 암행어사에게 자수한 것이나 다름이 없었다. 보통 암행어사는 누추한 옷차림에 적선 받을 거지처럼 하고 다닌다던데, 겉이 번드르르하고 잘생긴 심도헌이 암행어사일 거라고 생각지도 못한 방원수는 미치고 팔짝 뛸 노릇이었다.

"호, 호판대감께서 하라고 하신 대로, 나는 그저 시키는 대로! 한 것뿐입니다. 정말입니다."

이미 모든 것이 들켜 버린 마당에 더는 감출 것이 없는지 방원수가 말 위에 앉은 심도헌의 다리에 매달려 애원했다. 감히 어사의 앞에서 추태를 보이는 죄인에게 역졸 한 명이 어허, 하고 경고하며 말의 앞다리를 들어 그를 위협했다. 방원수가 그 바람에 알궁둥이를 까 보이며 마당에 바싹 엎드렸다.

"그 말을 주상전하 앞에서도 똑같이 해야 할 것이다. 포박해 옥에 가두고, 기생들을 기방으로 돌려보내라."

더는 보기 싫은 모습에 심도헌이 방원수를 데려가라 일렀다. 역졸들에게 끌려가는 방원수를 지켜본 심도헌은 동헌에서의 볼 일은 끝났다고 판단했는지, 동헌을 빠져나가 읍창으로 향했다. 그저 창고 앞에 서 있기만 했는데도 벌써부터 인삼 냄새가 풍겨오는 것 같았다. 아니나 다를까 역졸들의 손에 의해 열린 읍창 안에는 있어야 할 관아 물품들이 아니라 인삼으로 추정되는 궤짝들이 한가득이었다. 몽금포에서 압수한 양보다 많은 것으로 보아, 아마도 방원수가 호판으로부터 받은 인삼 전부를 되팔지 않고 빼돌린 모양이었다.

"붙여라."

도헌의 말에 방자가 종이에 풀을 발라 곳간 문에 붙였다. 도헌이 그 위에 인주 묻힌 마패를 꾹 눌러 인장을 남겼다. 이로써 나라에서 다음 사또를 보낼 때까지 이 광은 아무도 열 수 없게 봉해졌다. 거래 현장을 적발했고, 사건의 주동자도 옥에 가두었고, 증좌도 확보했으니 이제 남은 일은 숨은 죄인들을 낱낱이 밝혀 잡아들이는 일뿐이었다.

"마을을 샅샅이 뒤져 방원수에게 동조한 아전 놈들도 모조리 잡아들여라!"

도헌의 명령에 역졸들이 다시 무기를 들었다. 관아의 실무관리자인 아전(衙前)들이 읍창에 가득한 인삼을 모를 리가 없으니 그들은 백이면 백, 방원수의 일에 동조한 자들이었다. 도헌의 명에 역졸들이 칼과 오랏줄을 들고 마을로 나가려던 찰나, 관아 대문으로 다른 이들이 먼저 들어왔다. 뒤늦게 상황을 알고 달려온 장연 관아의 장교청 군인들이었다. 그들은 잠시 소란을 피웠지만 이내 도헌이 내민 마패 한 번에 아전들을 잡아들이는 일에 동참했다.

"동헌과 객사를 뒤져 나온 장부는 이게 전붑니다."

장교청 책임자인 효진의 아버지 곽동녕은 장교청 장교들은 인삼에 대해 전혀 몰랐다는 것을 주장하며, 도헌의 감찰에 최대한 도움을 주기 위해 관아의 장부를 찾아 도헌에게 건넸다. 장부를 받은 심도헌은 다른 누구를 시키지 않고 자신이 직접 장부와 물건들을 대조하기 시작했다. 왕의 명령을 수행함에 있어 빈틈을 보이지 않겠다는 굳은 의지였다. 도헌의 입에서 물품의 이름이 나오면 역졸들이 무기고나 다른 창고들에서 물건을 들고 나와 수를 세는 것을 반복하는 동안 검은 동쪽 하늘에 보라색이 물들어 가며 동이 터오기 시작했다.

간밤의 소란을 모르는 이가 없으니 아침부터 온 마을이 뒤숭숭했다. 자기 집에서 아무 것도 모르고 달게 자던 아전들이 끌려 나와 나 죽는다고 고래고래 소리를 질러댔으니, 공포심마저 조성되어 다들 무슨 일일까 숨죽인 채 뜬눈으로 새벽을 보냈다.

"방이요! 방!"

그런 장연 사람들의 숨통을 틔게 한 것은 아침 해가 세상을 환히 밝힌 뒤 저자며 마을 곳곳에 붙은 방이었다. 방을 붙이다 못해 글자를 모르는 사람들을 위해 심도헌의 명으로 역졸들이 방 앞에서 서서 방의 내용을 꼼꼼히 읽어주었다. 놀란 가슴으로 두려움에 떨고 있을 마을 사람들에 대한 심도헌의 배려였다. 하지만 방의 내용은 사적인 것 하나 없이 왕의 어명 그대로였다.

"지엄하신 상감마마의 명으로 어사 심도헌이 이곳 장연에 내려와 사또 방원수의 죄를 파헤쳐 잡아들이었다! 따라서 죄인 방원수를 현감직에서 파직하고 광을 봉고하니, 금상께서 어진 이로 골라 다시 사또를 내려 보내주실 것이다!"

역졸이 못 들은 이들을 위해 몇 번이고 방을 다시 읽어주었다. 방 앞에 모여든 사람들 중에는 참판부인 댁에 내려와 있는 한양 양반 심 진사의 이름이 심도헌이라는 것을 아는 이들도 몇몇 있었다. 또한 그 몇몇 이들 중에는 연리의 친구인 효진과 연리네 하인도 포함됐다. 저자에 나와 있던 연리네 하인이 방의 내용을 듣고는 자신의 주인에게 이 소식을 전하기 위해 부리나케 집으로 돌아갔다.

"주인마님! 주인마님!"

하인은 집으로 들어가면서부터 큰 소리로 양현수를 찾았다. 그런 하인의 목소리에 연리가 잠에서 깼다. 늦게 잠들어 아직 푹 자지 못한 연리가 어지러운 머리를 짚고 이부자리에서 몸을 일으켰다. 연리의 어젯밤은 수많은 되새김과 분노, 약간의 후회로 얼룩져 전혀 편안하지 못했다. 그래서 연리는 새벽 내내 밖의 소란에도 불구하고 끝도 없는 감정 소모에 지쳐 잠이 들었고, 밖의 상황이 어떠한지 전혀 알지 못했다.

머리를 부여잡은 연리는 자리에서 일어나자마자 머릿속을 스쳐 가는 것이 심도헌의 얼굴이라, 다시 시작되는 감정 소모에 얼굴을 찌푸렸다. 연리는 방 안에 계속 있다가는 어젯밤처럼 계속 기억을 되새길 것 같다는 생각에 대충 머리를 빗어 넘기고 간단하게 외투만을 걸친 채 별당 밖으로 나왔다. 양현수를 찾는 하인의 목소리를 보면 무슨 일이 생겼다는 생각에 연리가 그쪽에라도 신경을 쏟고자 아버지를 찾았다.

"아버지, 무슨 일이 있어요?"

사랑채에서 대부분의 시간을 보내는 양현수가 웬일로 행랑마당에 나와 있어서 연리는 곧장 그에게로 걸어갔다. 양현수는 별당에서 나오는 여인이 과연 자신의 둘째딸이 맞는지 의심스러웠다. 하룻밤 사이에 눈에 띄게 볼이 쏙 들어간 데다가 생기라고는 없는 허여멀건한 연리의 얼굴에 양현수가 혀를 쯧 찼다.

"너만큼 무슨 일이 있어 보이는 사람이 있겠느냐."

양현수의 말에 연리가 어색하게 웃으며 푸석한 얼굴을 매만졌다.

"괜히 방 안에 박혀 있지 말고 좀 이따 나와 같이 어디 좀 갔다 오자꾸나."

"그럴게요."

집에 있다가 괜히 너희 어미에게 불똥을 맞지 말라는 말이었다. 연리도 집에만 있을 바에야 그 편이 더 나을 것 같아 선선히 그러겠다고 했다. 설처럼 어머니의 입방정으로 온 마을에 파혼당했다는 소문이 나 창피를 당한 일은 없으니 연리가 외출을 삼갈 이유가 없었다. 그러나 양현수와 연리의 외출은 뜻밖의 손님이 집을 방문함으로써 미뤄졌다.

말 여러 마리가 달려오는 소리와 함께 대문 앞이 소란스러워졌다.

"이리 오너라!"

"이 시간에 뉘가…… 나가보아라."

대문 밖에서 들려오는 목소리에 연리와 함께 행랑마당에 서 있던 양현수가 아랫것더러 나가보라 손짓했다.

"뉘십니까."

"양현수 나리를 뵈러 왔네. 심 진사라 말씀 드리면 아실걸세. 안에 계시는……."

대문을 열자 그곳에는 심도헌이 거칠어진 얼굴로 서 있었다. 도헌은 대문 안쪽을 들여다보며 양현수가 있는지 묻다가 행랑마당 한켠에 서 있는 연리를 보고 말끝을 흐렸다. 아랫것이 양현수의 끄덕임에 대문을 열어 도헌과 도헌의 뒤를 따르는 역졸들이 집 안으로 들어올 수 있게 했다.

도헌은 연리에게서 눈을 떼지 않고 대문턱을 넘어 행랑마당에 들어섰다. 두 사람이 서로를 잠시 말없이 바라봤다. 그러나 곧 밤새 얻은 피로로 날카로워진 얼굴을 한 심도헌이 먼저 돌아서서 양현수에게로 향했다. 연리는 닿을 거리도 아닌데 비켜서서 도헌이 지나가도록 했다. 연리를 지나쳐 가는 도헌의 뒤를 열다섯의 역졸들이 따랐다. 무기를 들고 형형한 표정을 지은 역졸들이 어째서 심도헌의 뒤를 따라왔는지, 연리는 의문이 들었다.

"암행어사께서 예까지 무슨 일이십니까."

이미 심도헌이 암행어사라는 것을 하인에게 들은 양현수는 공손히 고개 숙여 그를 맞이했다. 연리가 암행어사라는 말에 놀라 심도헌을 쳐다봤다.

"편히 말씀하십시오. 부탁드릴 것이 있어 온 것입니다."

아무리 품계가 높다 하더라도 어사는 임시 관직이고 아버지 연배인 양현수에게 존대를 받고 싶지는 않아 도헌이 손을 저었다.

'파직 당해 장연에 온 것이 아니라, 암행어사?'

연리는 놀람과 혼란 사이에서 방황하고 있었다. 그 사이 양현수는 자신에게 부탁이 있다는 암행어사의 말에 얼마든지 말하라며 고갯짓했다.

"간밤의 소란을 아셨으리라 생각합니다."

"방금 그 이유를 전해 들었네. 방원수가 인삼을 빼돌려 팔았다고?"

"예, 알고 계신 그대롭니다. 그래서 말씀드립니다만, 새 현감이 내려올 동안 나리께서 읍창의 관리를 맡아주셨으면 합니다."

아버지와 심도헌이 나누는 말을 듣는 연리는 다른 이도 아니고 그가 암행어사라는 것을 믿을 수가 없었다. 하지만 항상 부채를 쥐고 있던 도헌의 손에 들린 검은 칼집과 허리춤에 매달린 마패가 심도헌이 암행어사임을 증명했다. 부드러운 비단 도포 대신 입은 투박한 검은 도포에는 흙과 피로 추정되는 것들이 튀어 얼룩이 져 있었다. 연리가 도헌의 차림새를 훑어보며 주춤하고 뒤로 물러섰다.

"아전들을 전부 잡아들여 관리가 소홀해질까 우려됩니다. 고을 내 믿을 분이 나리밖에 없어 부탁드립니다."

"이런 일을 모른 척할 수는 없는 법. 부탁하지 않아도 하겠네."

"폐를 끼쳐 송구합니다. 대신 방자 하나를 두고 가겠습니다. 필요하실 때 요긴히 쓰십시오."

"알겠네. 지금 돌아가는 겐가."

"예, 정리되는 대로 가려 합니다. 다시 뵐 때까지 강녕하십시오."

과연 다시 볼지 모르겠지만. 도헌은 예의상 인사를 올리고 아까부터 느껴지는 연리의 시선에 고개를 돌렸다. 연리는 멍한 얼굴로 도헌과 눈을 맞추다가 흠칫 정신이 들어 고개를 돌렸다. 자신의 얼굴만큼이나 좋아 보이지 않는 연리의 얼굴에 입이 써진 도헌이 소매 속에 넣어둔 편지를 만지작거렸다.

인사를 해놓고도 가지 않는 심도헌을 양현수가 이상하게 쳐다보니 그제야 그가 소매에서 손을 꺼내고 대문으로 향했다. 막 대문을 나서 계단을 내려가던 도헌은 따르던 역졸들이 먼저 말에 올라타는 모습을 보며 우뚝 멈췄다. 지금이 아니면 다시 오지 않을 기회였고, 어렵게 쓴 편지인 만큼 적어도 주인에게 주고는 가는 것이 맞지 않을까 하는 생각이 들었기 때문이었다.

심도헌은 발길을 돌려 다시 대문 안으로 들어섰다. 아직 연리는 행랑마당에 서 있었다. 흰 저고리에 연한 푸른빛이 도는 치마를 입은 연리는 댕기를 땋지 않고 옆으로 머리를 늘어뜨린 수수한 차림새였다. 도헌은 그 모습을 하나하나 눈에 담아두며 연리에게 다가갔다.

"소저."

도헌이 자신을 부르는 목소리에 연리가 고개를 들었다. 이번에는 양현수가 아닌 자신에게로 걸어오는 도헌을 보며 연리가 살짝 떨리는 손을 다른 손으로 감싸 쥐었다. 도헌은 조금 전과 달리 망설임 없이 소매에서 편지를 꺼내 들었다.

"부디 이것을 읽어주시겠습니까?"

심도헌은 아주 조심스러운 권유와 함께 연리에게 편지를 내밀었다. 연리는 그런 도헌의 얼굴과 도헌이 내민 봉투를 번갈아 보며 한참을 망설였다. 마침내 그녀가 자신의 한 뼘 앞에 내밀어진 편지봉투로 천천히 손을 뻗어 끄트머리를 잡았을 때, 도헌은 더 머뭇거리지 않고 봉투에서 손을 뗐다.

"그럼."

심도헌은 긴장으로 멈췄던 숨을 내쉬며 연리에게 고개를 숙여 보였다. 그에 함께 고개를 숙여 보인 연리에게 등 돌린 도헌은 이번엔 정말로 연리의 집을 떠나갔다. 그의 발걸음에서 연리에게는 보이지 않는 미련이 떨어져 발자국처럼 남겨졌다.

"돌아간다!"

등 뒤에 미련을 드리운 줄도 모르고 심도헌이 역졸들을 이끌어 다시 관아로 향했다. 도헌이 관아에 돌아왔을 때는 아전들의 이름이 명부에 추가되어 있었고, 지금 당장 가져갈 장부들과 증거들이 수레에 실려 정리되어 있었다. 심도헌은 남아 있을 역졸들에게 위급 상황에서는 양현수 나리를 찾으라고 말해두고, 최소 인원을 챙겨 관아를 나섰다.

"수리봉을 돌아 해주까지 곧장 갈 생각이다. 역에서 말을 갈아탈 때까지 쉬지 않을 것이다."

도헌은 한양으로 돌아가는 일정이 결코 녹록치 않을 것임을 역졸들에게 알리며 말이 끝나기가 무섭게 출발했다. 그런 심도헌을 따라 역졸들이 모래바람을 일으키며 마을을 가로질러 달려갔다.

도헌은 마을을 가로지르며 곳곳에서 연리에 대한 기억들을 떠올렸다. 연리와 싸웠던 저잣거리 기생집 앞, 꽃전을 나눠주며 아이들 글공부를 시키던 그녀의 집 앞, 그리고 화평언덕. 어느새 화평언덕을 지나게 된 도헌은 자신이 매고 있는 갓의 끈을 매만졌다. 화평언덕은 연리와 도헌이 처음 만났던 장소이자, 연리가 도헌의 갓끈을 이어준 곳이었다. 도헌이 달리는 말 위에서 연리가 꿰매놓은 갓끈 부분을 손으로 더듬었다.

'이것도 미련이고, 미련한 짓인 것을.'

이미 끝나 버린 인연이라고 자책한 도헌이 갓끈에서 손을 떼었다. 장연만 벗어나면 연리에 대한 생각에서도 벗어날 수 있다고 믿으며 도헌은 더욱 속도에 박차를 가해 장연을 빠져나갔다.

연리는 도헌이 가고 난 뒤, 손에 든 편지를 가만히 바라봤다. 그 모습에 별당 담장에 매달려 훔쳐보고 있던 명진과 가연이 어느새 달려 나와 연리를 보챘다.

"뭐야, 언니! 뭘 주신 거야! 이게 뭔데?"

"나도, 잘…… 모르겠어."

"빨리 열어봐! 궁금해!"

연리는 빨리 보라는 재촉에 대답치 않고 영혼 없는 사람처럼 도헌이 나가 버린 대문을 바라봤다. 그런 딸들을 보는 양현수도 도헌이 주고 간 것이 무엇인지 꽤 궁금했다. 미혼인 외간 사내가 미혼인 여식에게 직접 무언가를 주었는데 신경이 쓰이지 않을 수 없었다. 물론 연리의 아버지인 제가 바로 앞에 있는데도 당당히 준 것을 보면 연서라거나 불손한 내용이 적힌 것은 아닐 터였다.

"연리야. 외출은 되었으니 이만 들어가 보거라. 너희는 이리 오고."

잠시 고민한 양현수는 봉투 안의 내용물이 뭐냐고 물어보는 대신 명진과 가연을 연리에게서 떼어놓았다. 명진과 가연은 투덜 댔지만 아버지의 말을 따르지 않을 수 없었다. 연리는 아버지에게 고개를 꾸벅이고는 머리가 흐트러지는 것도 모르고 서둘러 별당의 자신의 방 안으로 뛰어 들어가 문에 걸쇠를 걸었다. 그리곤 봉투를 열어 정갈한 글씨가 빼곡하게 적힌 매끄러운 흰 종이를 꺼내들었다.

종이에 적힌 내용은 연리에게 보내는 편지였다. 한 장으로 부족했는지 두 장이 넘는 편지를 연리가 천천히 읽어 내려갔다.

이 편지가 어제와 같은 불쾌함을 소저께 드리려는 것이 아님을 먼저 알려드립니다. 이 편지를 읽을 기분이 아니라는 것은 잘 알고 있지만, 이 편지를 읽고 소저께서 제게 내리신 통렬한 비판을 거두어주셨으면 하는 바람으로 편지를 적습니다. 먼저, 제가 두 사람의 관계를 반대한 이유는 어제 말씀 드린 것과 같습니다. 하지만 제 친구 백이명을 먼저 한양으로 올려 보낸 그 일의 바탕에는 친구에 대한 우정과 충심이 있었음을 알아주셨으면 합니다.

'충심? 충심이라고?'

연리는 충심이라는 말에 이 편지를 과연 계속 읽어야 하는지 의구심이 들었다. 그렇게 망설이면서 주고 가더니 결국에는 변명이 가득한 편지인 건가 싶었다. 친구와 자신의 언니의 감정을 무시해 놓고 충심을 운운하다니, 연리는 순간 편지를 구겨 버리고 싶었지만 속을 가라앉히고 다시 편지를 들었다.

의도치 않게 속이게 되었지만 저는 어명을 따라 암행을 온 어사이고 본직은 사헌부 지평이었습니다. 제가 파직을 당한 것을 어찌 알게 되었는지는 모르나 연리 소저께서도 이미 알고 계시더군요. 제 파직이 불순한 일과는 전혀 관련이 없음을 이제는 이해하셨으리라 생각합니다.

암행어사는 신분을 속이는 것이 당연하니 심도헌이 연리를 속였다고 볼 수는 없었다. 연리는 자신이 심도헌의 파직에 대해 잘못 생각하고 있었다는 것은 인정하기로 했다. 하지만 분명 자신의 판단에는 근거가 있었고, 그렇게 판단할 만한 상황이었다고 생각했다.

제가 소저의 언니와 백이명을 갈라놓을 의도로 이명이를 먼저 한양에 올려 보낸 것은 사실이며 이에 변명의 여지는 없습니다. 하지만 이명은 본디 사헌부 감찰로 저를 도와주기 위해 함께 장연으로 온 것입니다. 따라서 막중한 임무를 띠고 온 바, 소저의 언니에게 지나치게 감정이 쏠려 일을 그르칠까 먼저 한양에 올려 보낸 이유도 있다는 것을 알아주셨으면 좋겠습니다. 이런 변명으로나마 소저의 마음이 풀리길 바라는 저의 마음도 알아주십사 말씀드립니다.

처음 편지를 읽었을 때보다는 많이 마음이 누그러진 연리가 뒷장을 펼쳐 들었다.

또한 손서강에 대해 조금 이야기하고자 합니다. 아마 소저께서 손서강으로부터 그가 제 가문의 서자라는 이야기를 들었을 것이라 생각됩니다. 하지만 그것은 사실이 아님을 확실하게 말씀드립니다. 손서강의 어머니인 손씨가 아이를 낳은 것은 저희 아버지께서 나주(羅州)도호부 목사로 떠나고 일 년이 훨씬 넘어서이기 때문입니다. 그것은 제 친우인 백이명과 제 여동생, 그 외 모든 사람들이 증명해 줄 수 있는 일입니다.

아이는 열 달이면 세상 밖으로 나온다. 그런데 일 년도 더 지나서 나왔다면 아이의 친부는 심도헌의 아버지일 수가 없었다. 게다가 백이명과 그 외의 모든 사람이 증명해 줄 수 있는 일이라고 하니 말뿐인 손서강보다야 조금 더 믿음이 갔다.

아버지께서 손서강의 비상한 머리를 눈여겨보고 다른 이들보다 조금 더 신경 써주었고, 서자들이 들어가는 금군에 넣어주시려 했던 것은 사실입니다. 하지만 아버지가 돌아가시고 그는 금군에 들어가는 대신 일정량의 돈을 요구했습니다. 저는 흔쾌히 그렇게 해주었지만 그 뒤로도 그는 계속해서 금전을 요구했고 제가 그를 받아주지 않자 연락은 끊겼습니다.

손서강이 이야기한 것과는 정반대의 내용이었다. 손서강은 분명히 심도헌이 질투로 인해 금군 자리를 주지 않고 자신을 쫓아냈다고 말했었다.

제가 그를 다시 본 것은 일 년 전 제 여동생이 추위를 피해 광주(光州)에 계시는 할머니 댁에 피접을 갔을 때였습니다. 제가 없는 사이 손서강은 제 여동생에게 사랑을 속삭이며 함께 도주해 혼인하자고 했습니다. 여기서 문제는 제 여동생은 저와 거의 같은 양의 재산을 물려받았다는 것입니다. 그것이 왜 문제인지는 연리 소저께서 이미 충분히 이해하셨으리라 생각합니다.

심도헌 여동생의 재산을 탐내 접근했다는 뜻인가, 도헌의 생각대로 연리는 충분히 이해했다. 게다가 연리는 한발 더 나아가 손서강이 심도헌 집안의 서자가 아닌 다른 이유도 찾아냈다. 만약 손서강이 그 집안의 서자라면 심도헌의 여동생과도 이복남매가 된다. 진짜 손서강이 그 집의 서자라면 이복여동생인 심도희에게 함께 도주해 혼인하자고 하지는 않았을 것이었다.

손서강을 믿은 여동생은 그를 따라 나서려고 했으나 저에 대한 걱정으로 저에게 편지 한 통을 남겼고, 그 덕분에 저는 무사히 동생을 찾을 수 있었습니다. 큰 사건이었지만 제 여동생이 겪을 수모가 걱정되어 소문이 나지 않도록 그 일은 조용히 넘어갔었습니다. 그의 목적이 제 여동생이 물려받은 재산이었다는 것과 열네 살에 불과했던 제 동생이 받았을 상처는 굳이 더 말씀드리지 않겠습니다.

만약 심도헌의 여동생인 심도희가 외간 남자와 야반도주를 했다는 것이 세상에 알려지면, 그녀는 다시 돌아오더라도 혼삿길은 커녕 집안의 수치로 갇혀 지내야 했을 것이었다. 연리는 자신이 심도헌이었더라도 여동생의 치부를 감춰주었을 것이라, 심도헌의 행동이 나쁘게 보이지는 않았다.

제가 드리고 싶은 말씀은 여기까지가 전부입니다. 혼란스럽겠지만 제가 말씀드린 모든 것은 진실입니다. 제가 어제 털어놓은 제 마음도 진실입니다. 제가 비록 신분을 감추고 있었고, 소저 언니의 이별에 직접적인 관계가 있지만 제가 말한 것들이 사실이라는 것은 변하지 않을 것입니다. 다시 볼 일이 있을지는 모르겠지만 행복하시길 바랍니다.

심도헌.

편지를 다 읽은 연리가 종이를 바닥에 떨어뜨리듯이 내려놓았다. 심도헌과 손서강 중 누구의 말이 진실인지는 불확실하지만, 심도헌이 진실에 가까운 것은 확실했다. 그는 그의 진실을 보증해 줄 친구와 여동생이 있었고, 심지어 그가 어사라는 것은 이미 공인된 사실이었다. 연리는 과연 심도헌과 자신이 서로에 대해 진실하게 알고 있는 것이 도대체 있기나 할까 싶었다. 심지어 연리는 심도헌이 자신에게 마음이 있다는 조금의 낌새조차도 느끼지 못했었다.

'나는 그 사람이 나를 싫어하는 줄로만 알았는데……'

언제부터였을까. 심도헌은 언제부터 자신을 마음에 품었을까. 그리고 자신은 언제부터 심도헌을 마음에 두었을까. 생각이 물밀

듯 밀려들어 왔다.

갑자기 나타나 놀랐던 첫 만남, 부딪쳐도 사과 한 마디 없던 모습, 기생집에서 나오며 자신에게 관심이 없다 말하던 심도헌이 연리의 머릿속에 빠르게 스쳐 지나갔다. 또 한편으로는 징검다리에서 저를 잡아주었던 크고 따뜻한 그의 손과 잃어버린 서책을 가지고 있다가 돌려주던 모습, 그리고 자신을 은애하노라 고백하는 심도헌을 떠올렸다. 그리고 그런 도헌의 고백을 매몰차게 거절하고서 이렇게 가슴 아파하는 자신을 되돌아봤다.

연리는 연정이란 어떤 계기에 의해서만 찾아오는 줄로만 알았다. 이렇게 스스로도 모르는 새에 가슴 깊숙한 곳에 싹트기도 하는 줄은 몰랐다.

'나는 그 사람이 중전마마의 조카에 한양 양반이라는 것에 편견을 가졌고, 그 사람은 내가 가난하고 품위 없는 집안의 딸이라는 것에 편견을 가졌겠지.'

연리는 눈을 가린 무언가가 벗겨진 기분이었다. 연리와 도헌 모두 자신의 판단에 오만했고, 편견에 사로잡혀 진실을 외면했다. 그래서 설과 백이명은 헤어졌고, 연리는 도헌의 청혼을 거절했으며 그는 연리의 감정을 눈치조차 채지 못하고 한양으로 돌아갔다. 어디서부터 잘못된 것일까, 연리는 어긋나 버린 조각을 도대체 어디서부터 맞춰야 할지 알 수 없었다. 아니, 이미 어긋나 깨져 버린 조각이라 다시 이어붙일 기회조차 오지 않을 거라는 생각에 절망했다.

연리는 도헌이 남기고 간 편지를 읽고 또 읽었다. 매일매일 편지를 읽으면서 연리는 이걸 쓰면서 도헌이 무슨 생각을 했을지, 이걸 자신에게 주기 위해 얼마나 머뭇거렸는지를 떠올렸다. 그리

고 그것이 그리움이라는 것을 연리는 도헌이 장연을 떠나고 며칠
이 지나서야 깨달았다. 연리는 동생들의 호기심 어린 눈을 피해
편지를 들고 나와 별당 주위를 천천히 거닐었다. 편지를 읽을수
록 그리운 감정이 깊어져 가는 것이 느껴졌다.

"연리야, 거기 있니?"

뒤뜰을 걷던 연리는 앞마당 쪽에서 들리는 효진의 목소리에
편지를 접었다.

"효진아, 나 여기 있어!"

효진이 연리의 목소리를 따라 보랏빛이 도는 분홍치마를 살랑
이며 뒤뜰로 걸어왔다. 그 치마는 효진이 아주 기분이 좋은 날이
거나 뭔가 경사스러운 일이 있을 때만 입는 것이었다. 효진의 얼
굴도 기분이 꽤나 좋아 보였지만 연리는 접은 편지를 품 안에 감
추느라 그녀의 치마나 기분을 크게 쓰지 못했다.

"연리 너 얼굴이 왜 그래? 죽을상이잖아."

기분이 좋은 자신과 달리 그늘진 연리의 얼굴에 효진이 그녀의
손을 잡고 주물렀다. 효진의 다정한 손길에 연리가 괜찮다는 듯
웃어 보였다. 연리는 아직 누구에게도 심도헌과의 일을 말하고
싶지 않았다.

"언니 때문에 그래? 한양 생활은 괜찮대?"

"응, 잘 지내고 있대."

어제 설에게서 편지가 한 통 왔다. 연리 자매의 고모인 진명향
주 댁에 잘 도착했다는 것과 한양에는 신기한 것도 많고, 진기한
것도 많다는 내용이었다. 하지만 설의 편지에서는 연리와 가끔
주고받는 가벼운 농담조차 찾아볼 수 없어서 연리는 아마도 그녀
가 백이명을 만나지 못했다고 추측했다. 아니나 다를까 편지에는

백이명의 누이들에게 설이 한양에 있다는 연통을 넣었지만 별다른 소식이 없다는 말도 적혀 있었다. 분명 양현수가 백이명에게 따로 편지까지 적었건만 두 사람이 만나지 못했다는 것은 백이명이 설과의 만남을 원하지 않는다는 뜻으로 해석되기에 충분했다.

"언니가 이달 내로 돌아오면 좋을 텐데."

연리가 한탄하듯이 중얼거렸다. 연리는 이 정도면 설이 백이명에게 할 정도는 다 했다고 생각했다. 설은 슬플 만큼 슬퍼했고, 한양까지 찾아갈 만큼의 미련도 내비쳤다. 이제 설은 그만 장연으로 돌아와 지친 몸과 마음을 쉬게 해도 될 것이었다. 연리 또한 설이 빨리 돌아오기를 바랐다. 설이 없는 동안 너무나 많은 일들이 있었기에 연리도 기댈 곳이 필요했다.

"그런데 너는 무슨 일이야?"

잠시 설을 그리워하던 연리는 시종일관 미소가 떠나지 않는 효진을 의아하게 쳐다봤다. 효진은 입술을 움찔대면서 연리의 손을 꽉 쥐었다.

"너한테는 먼저 알려주고 싶어서."

"뭘?"

무슨 일이냐고 연리가 재촉하자 효진이 침을 꼴깍 삼키고는 입을 열었다.

"나, 혼인하기로 했어."

효진의 입에서 혼인이라는 말이 나온 순간 연리는 헉 하고 숨을 들이마셨다. 그도 잠시 연리는 기쁜 마음으로 효진을 힘껏 끌어안았다.

"정말이야? 상대가 누군데?"

"저어, 그게……."

"누군데 그래?"

"김용복 님과 하기로 했어."

오랜만에 올라갔던 연리의 입에서 미소가 천천히 사그라졌다.

"누구? 김용복? 그 김용복을 말하는 거야?"

"그래. 네가 아는 그분이야."

효진은 굳어버린 연리의 얼굴에 그녀의 손을 놓고 떨어졌다. 김용복은 연리와의 혼인이 깨지고 지금 박씨 부인의 집, 그러니까 효진의 집에서 머물고 있었다. 만약 그가 효진과 엮일 줄 알았다면 연리는 무슨 일이 있어도 김용복이 효진의 집에 머무는 것을 반대했을 것이었다.

"효진아, 다시 생각해. 이건 말도 안 돼!"

"놀라는 게 당연해. 너한테 그 사람이 청혼했던 게 얼마 되지 않았으니까. 하지만 너도 곧 이해할 거야."

"김용복 그 사람. 사람이 좀 이상하잖아! 그래서 나도 거절한 거고!"

"말조심해! 내 남편이 될 사람이야. 너에게 거절당한 사람은 혼인할 자격도 없다는 거니?"

연리는 그런 뜻이 아니라고 말하고 싶었지만 말이 자꾸 꼬였다.

"그게 아니라. 넌 진심으로 그 사람이 마음에 들어?"

"연리야, 모든 혼인이 연모하고 사모하는 마음으로 이루어지진 않는다는 걸 너도 잘 알잖아."

"하지만."

"하지만이 아냐. 난 이미 열여덟 살이야. 곧 혼기가 지날 거고, 그럼 평생 혼인하지 못하겠지. 미인도 아닌 데다가 집안도 좋지 않으니까 말이야."

연리에게 자신의 객관적인 지위를 설명하는 효진의 표정이 참
담했다.

"난 너처럼 혼인하지 않아도 먹고살 수 있는 종실녀가 아니야.
난 이미 부모님에겐 짐 덩이 같은 맏딸일 뿐이고! 내 남동생들은
내가 자기들에게 얹혀살까 전전긍긍하고 있어!"

연리는 효진을 진정시키려고 했지만, 효진은 자신이 아끼는 치
맛자락을 구겨지도록 쥐고서 연리에게 서운함을 표했다.

"난 두렵고 무서워."

"효진아……."

"난 그저 내 몸 하나 의지할 곳이 필요한 것뿐이야. 그러니까
너는, 너만은 날 그런 눈으로 보면 안 돼."

효진은 더 이상 연리의 말을 듣지 않고 뒤뜰을 벗어나 버렸고,
연리는 그런 효진을 잡지 못했다. 홀로 남겨진 연리는 효진의 결
정이 이해가 가지 않았다. 자신이 거절한 혼인을 효진이 한다는
것이 문제가 아니었다. 김용복이 존경받을 남편이 되지 못하리라
는 것과 그의 아내가 될 효진의 불행에 슬픈 확신이 들었기 때문
이었다. 마치 며칠 전까지 연리가 자신의 불행을 확신했던 것처
럼.

"효진아."

연리는 허공에 효진을 불러보았다. 연리 또한 명예와 감정, 행
복보다 세속적 유익을 위해 김용복과의 혼인을 하려고도 했었으
니 효진을 비난할 수 있는 입장은 아니었다. 그럼에도 불구하고
연리가 효진과 김용복이 어울리지 않는 한 쌍이라는 뜻을 굽히기
까지는 꽤 오랜 시간이 걸렸다.

하루 꼬박을 효진에 대한 생각으로 보낸 연리는 효진이 그녀의 혼인을 후회하지 않도록 최대한 도와주고 축하해 주는 것이 친구의 도리라는 결론에 도달했다. 하지만 절대 그럴 수 없는 사람도 있었다.

"효진이 고 여우 같은 것이 김용복을 꼬여낸 것이 분명해."

다음 날, 혜인 홍씨는 김용복이 자신의 딸이 아닌 박씨 부인의 딸과 혼인한다는 소식을 듣고 분개했다. 그녀는 연리가 안 된다면 셋째 가람이나 다섯째 가연을 김용복과 혼인시킬 생각이었다. 그런데 그 며칠 사이에 김용복이 효진과 혼약을 해버린 것이니 화가 날 밖에.

"두 달 후면 이 집을 효진이 고것이 가지게 되는 것 아니냐. 분명 우릴 업신여길 게야."

그렇게 말하면서 홍씨는 연리를 째려보았다. 그녀는 이 모든 일의 화근이 연리라고 생각했다. 홍씨는 여전히 연리가 그저 변덕으로 혼인을 거절한 줄 알고 있었다. 연리는 김용복이 자신을 희롱하려 했다는 말을 어머니는 물론이고 한양에 있는 설에게도, 친구 효진에게도 말하지 않았다. 이제와 그 이야기를 꺼내보았자 자신에 대한 소문만 안 좋아질뿐더러, 친구의 혼례에 찬물을 끼얹는 일이기 때문이었다. 하지만 그런 사실을 모르는 홍씨에게는 연리가 눈엣가시였다.

"박씨가 이 집을 가지고 얼마나 떵떵거릴까! 네가 혼인만 했어도!"

아니나 다를까 불똥이 튀는 통에 연리가 급하게 안채를 빠져나왔다. 저기 더 있어봤자 좋은 소리를 들을 리가 없었다. 연리는 어머니의 화살을 피해 방으로 돌아와 그리운 언니 설에게 편지를 적으며 마음을 달랬다. 일부러 김용복과의 혼인을 거절했다는 것은 약소하게 적고, 그 대신 효진의 혼인 소식을 크게 적었다. 먼 곳에 떠나 있는 언니에게 걱정을 더 실어주고 싶지는 않아서였다.

　다행스럽게도 며칠 뒤 도착한 설의 답장에는 연리에 대한 걱정은 없이, 효진의 혼인에 대해 순수한 축하만이 담겨 있었다. 연리는 그 편지를 핑계로 효진을 찾아가 처음 그녀의 혼인 소식을 알았을 때 해줬어야 할 축하 인사를 해줬다. 그날 그렇게 화를 내고 돌아온 것이 안 그래도 마음에 걸렸던 효진은 그런 연리에게 진심으로 고마워하며 그녀를 끌어안아 주었다.

제8장 한양행

오월 초닷새, 경복궁 편전(便殿)에서 아침 문안을 올리는 신하들을 보는 임금의 얼굴에 미소가 지어졌다.

"금일 아침, 내 생각해 보니 이 자리에 오른 지 벌써 십 년이 되어가더군. 과인은 과인이 나름대로 이 나라를 잘 다스려 왔다고 생각하는데 그대들의 생각은 어떠한가?"

"지당하신 말씀이시옵니다. 이런 태평성대가 다시 올 수 없을 것이옵니다."

임금이 말이 끝나자마자 손바닥을 비비듯 호판이 아부를 했다. 그 말에 다른 이들도 서둘러 왕의 치세를 찬양했다. 웃음소리와 호평이 가득한 편전에 함께 미소 짓는 상감마마의 눈빛이 예사롭지 않게 빛났다.

"그러나 내 눈과 귀가 조선 팔도 곳곳에 다 닿지 못하는 바."

방금과 달리 묵직하게 내려앉은 왕의 목소리에 편전 내가 조용해졌다.

"내 눈에 띄지 않게 백성들의 고혈을 빠는 이들도 분명히 있을 테지."

왕의 눈이 편전 내부를 슥 훑자 방금까지 신이 나 아부를 떨던 이들이 모두 입을 다물었다.

"아니 그런가, 호판."

왕이 돌연 눈길을 호판에게로 돌렸다.

"예? 아니 그, 그런…… 누가 그런 짓을 하겠사옵니까."

호판은 왕이 자신을 부르자 간담이 서늘해져 더듬더듬 대답했다.

"그래? 그럼 누가 감히 그런 짓을 하는지 오늘 한번 밝혀보도록 하지. 들여라."

왕이 호판을 가소롭다는 듯이 쳐다보며 손짓했다. 왕의 손짓에 내시들이 편전 문을 열었다. 경첩이 끼이익 소리를 내며 열리고, 문틈으로 눈부신 햇빛과 함께 두 인영이 나타났다. 햇빛을 등지고 있어 보이지 않는 얼굴에 편전 안 신하들이 눈을 게슴츠레하게 뜨며 두 사람에게 집중했다.

"심도헌? 심도헌 아닌가!"

제일 문에 가까이 앉아 있던 이가 둘 중 한 사람이 심도헌이라는 것을 알아보고 펄쩍 뛰었다. 심도헌, 이름 세 글자에 편전 내부가 술렁였다.

"그럼, 뒤에 있는 이는 백이명인 겐가?"

"파면 당한 이가 어찌 여기 있단 말이오!"

곧 심도헌뿐만 아니라 뒤따라오는 백이명도 알아본 이들이 눈을 홉뜨며 경악했다. 닫히는 편전 문을 뒤로하고 중앙부로 걸어오는 심도헌과 백이명의 기세가 당당했다. 두 사람 모두 살이 조금 빠지기는 했지만 두 달 전과 다를 바 없이 훤칠한 미장부들인 것은 여전했다.

"전하께 문안인사 드리옵니다."

심도헌과 백이명이 옥좌를 향해 인사를 올렸다. 두 사람을 보는 왕의 얼굴이 환했다.

"어서들 오라. 내 그대들의 장계를 읽기 전에, 먼저 내릴 전교가 있노라. 도승지."

두 사람을 반갑게 맞이한 왕은 그들의 안부를 묻기보다는 도승지에게 전교부터 읽으라고 지시했다. 금의환향한 심도헌과 백이명에게 몰래 살짝 웃어 보인 도승지가, 엄한 표정으로 전하의 전교(傳敎, 임금의 명령)를 들고 나와 섰다.

"금년 삼월 초하루, 사헌부 지평 심도헌과 사헌부 감찰 백이명에게 내린 징계는 과인의 명으로 황해도 지방의 감찰을 위해 내려진 위명이므로 거두어들인다. 따라서 두 사람의 직품을 금일 사월 스물닷새에 복원한다."

도승지가 교지를 읽어내려 갈수록 호판의 눈이 분노로 시뻘게졌다. 눈엣가시 같은 저놈들이 다시 궁궐 안에 발을 붙인다 하니 속에서 열불이 났다.

"또한."

"되었다. 거기까지. 나머지는 조금 이따 처리하도록 하지. 심지평, 장계를 올리라."

심도헌이 한양에 올라온 지 벌써 이틀이 넘었고, 임금은 장계를 이미 다 읽었다. 하지만 마치 처음 읽는다는 얼굴로 왕은 두꺼운 책자로 엮인 장계의 첫 장을 넘겼다.

"전하의 칙유를 받들어 황해도 서쪽의 감사, 병사, 병영우사, 변방의 장수와 구 개소의 첨사, 삼 개소의 별장, 오 처의 만호, 오 개소 권관에 대한 치적을 염탐하였습니다. 그에 따라 권징상벌해 주시옵소서."

심도헌은 장계의 앞부분이 황해도 지역에 대한 감찰 사실이라는 것을 알렸다. 도헌이 암행어사로 간 것은 두 달이라는 짧은 기간 동안이었고, 암행어사로 간 주목적은 별장이나 만호, 권관들에 대한 염탐이 아니었다. 그럼에도 불구하고 그런 일들까지 훌륭히 수행해 온 데다가, 그것이 왕의 칙유였노라고 그 공을 왕에게 돌리니 진정한 충신이라 할 수 있었다. 이러니 왕이 심도헌을 아끼지 않을 수가 없었다.

"오호라, 그런데 여기 아주 흥미로운 내용이 있소. 황해도 장연에서 인삼이 후시(밀무역)되고 있었다고?"

왕은 모르는 척 장계의 뒤쪽을 뒤적여 인삼 후시에 관한 내용을 찾아내 읽었다. 황해도를 감찰했다는 말이 나올 때부터 식은 땀을 흘리기 시작한 호판이 인삼이라는 말에 몸을 움찔 떨었다.

"예, 그렇사옵니다. 나라의 녹봉을 받는 장연의 현감이 이를 주도하여 즉각 파면시키고, 잡아들였사옵니다."

"그대의 공이 크다. 여봐라, 죄인이 밖에 있느냐. 있다면 들여라!"

파면 허가를 내린 것이 왕이었으니 이 모든 것이 짜고 치는 판이었다. 오늘 이 편전은, 죄를 저지르고도 궁에 들어 정사를 보겠다 하는 파렴치한 자들의 목을 조여 한 발도 빠져나가지 못하게 하려는 왕과 도헌의 덫 그 자체였다. 흰 소복을 입은 방원수가 붉은 오랏줄에 묶여 편전으로 끌려들어 왔다. 포졸들의 손에 이

끌려 오는 그의 꼴은 엉망이었다.

"죄인 방원수는 고개를 들어 네놈의 죄를 소상히 고하라!"

"죽을죄를 지었사옵니다! 재물에 눈이 멀어 전하에 대한 충심을 저버렸나이다. 소신을 죽여주시옵소서!"

중앙에 끌려온 방원수가 흐느끼며 편전 바닥에 고개를 조아렸다.

"그러나! 소신은 간신(奸臣, 간사한 신하)의 꼬드김에 넘어간 것이옵니다! 저 같은 한낱 현감이 어찌 조선의 명물인 인삼을 손에 넣을 수 있겠사옵니까. 모두 저 자리에 있는 호판대감의 명을 받고 한 짓이옵니다!"

눈에 독기를 품은 방원수가 호판을 삿대질했다. 예로부터 재물에 눈이 멀고, 색에 눈이 먼 자들은 의와 정이 없고 간에 붙었다 쓸개에 붙었다 했다. 방원수도 딱 그런 자였다.

"네놈이 어느 안전이라고 거짓을 고하느냐! 전하! 분명 누군가 저를 모함하는 것이옵니다!"

호판이 자리에서 벌떡 일어나 목에 핏대를 세웠다. 도헌이 사헌부에 있는 동안 항상 죄인들은 자신의 죄를 부인하며 누군가의 음모라고 주장했다. 호판도 먼저 죄를 저지른 이들의 발자취를 그대로 따라가고 있었다.

"최근 사역원에서 이르길, 강원도에서 한양으로 들어오는 인삼의 수가 줄었다 하더군. 이래도 발뺌할 터냐."

임금께서 죄인들의 검은 혀 놀림을 눈감고 들어주시다가 스스로 죄를 고할 수 있는 기회를 주시었다. 방원수에게 붙어 있던 역관은 사역원의 압물관으로 있던 이로, 한양에 끌려오면서 모든 죄를 스스로 불었다. 왕을 올려다본 호판이 안절부절못하며 주위를 둘러봤다. 호판과 기생집에서 술판을 벌이며 같은 배를 탔다고 소리치던 자들이 전부 그를 외면했다.

"네, 네놈들이······."

호판이 털썩 자리에 주저앉았다.

"죄인들을 썩 내 눈앞에서 치워라. 의금부판사는 빠른 시일 내에 추국장을 열어 함께 죄를 범한 이들을 찾아 명부를 올리라."

왕의 현명한 처사에 대소신료들이 고개 숙여 칭송했다. 이로 임금의 눈이 닿지 않는다 생각하며 꾀를 부리던 놈들의 발등에 불이 떨어졌다.

"도승지는 과인이 내린 교지를 마저 읽으라."

"예, 또한 사헌부의 관원으로서 어사 임무를 훌륭히 수행한 지평 심도헌과 감찰 백이명에게 그에 상응하는 상을 내리노라. 사헌부 정오품 지평 심도헌을 정사품 장령(掌令)에 봉하고, 사헌부 정육품 감찰 백이명을 정오품 지평에 봉한다."

도승지가 뿌듯한 얼굴로 교지를 읽어 내렸다. 아마 이뿐만 아니라 광흥창(廣興倉, 녹봉을 지급하는 관아)에서 도헌과 이명에게 지급하는 녹봉이 꽤 많이 올라갔을 것이었다. 백이명과 심도헌이 왕의 은혜에 감읍하여 깊게 절을 올렸다.

"전하, 한 가지 올릴 말씀이 있사옵니다."

이로써 마무리되나 싶었던 차에, 심도헌이 새로이 화제를 꺼내 들었다. 그 순간 심도헌의 입에서 또 어떤 사람이 찍혀 나갈까, 다시 편전에 긴장감이 돌았다. 왕은 어서 말해보라며 심도헌 쪽으로 몸을 기울였다.

"장연을 감찰하던 중, 종친부에 속한 양현수(守) 이 결을 만났사온대. 그이의 덕이 장연을 넘어 황해도에 널리 칭송되고 있었습니다. 저 또한 직접 살펴본 바 양현수는 가난한 이에게 가진 것을 나눠주고 여식 다섯과 함께 검소히 사는 이였사옵니다."

"그런 이가 있었단 말인가."

"한데 몇 년 전 조선에 큰 가뭄이 들었을 적, 백성들을 구휼하려 환퇴를 받았다가 빚을 갚지 못해 집을 빼앗길 처지에 놓여 있었사옵니다."

"어허, 딱한지고. 그 말이 사실이라면 나라에서 미처 못다 한 구휼을 행하였으니 그 빚은 마땅히 나라에서 청산해 주는 것이 옳다. 아니 그러한가?"

"예, 어질고 또 어진 처사이시옵니다."

왕이 혀를 차며 수염을 가다듬으니 신하들이 당연히 그래야 한다며 수긍했다. 다행히 심도헌이 누군가를 더 찍어 내리려는 것이 아니라는 것에, 신하들이 안도의 한숨을 내쉬었다.

"자신이 굶을지언정 백성을 두루 살피는 마음이 과인보다 낫구나. 내 큰 상을 내릴 것이다. 여봐라, 양현수(守) 이 결을 종이 품 군(君)에 봉하라."

파격적인 승급이었다. 매일 땅을 더 주어라, 품위를 유지해야 하니 내탕금을 올려달라, 징징대는 후궁들과 종친들을 보다 그런 이가 있다 하니, 그것이 금상의 심금을 울린 것이었다. 그 뿐만 아니라 왕은 양현수 같은 이를 크게 치하할수록 다른 종친들도 그를 모범 삼아 행실을 다르게 하리라는 기대도 있었다. 이로써 벌할 이는 벌하고, 상을 줄 이에게는 상을 주었으니 심도헌의 암행어사 책무가 끝났다. 드디어 심도헌은 높지만 무거웠던 종이 품 암행어사 자리에서 내려와 사헌부로 돌아가게 되었다.

연리와의 파혼으로 자신감을 잃은 김용복은 박씨 부인의 집에서 머물다가, 혼처를 찾는 효진을 보고 덥석 청혼을 해 혼약을 했다. 신붓감을 구해온다고 큰 소리를 탕탕 치고 떠났던 한양에 빈손으로 돌아가기 창피했던 김용복의 눈에 효진은 딱 좋은 신붓감이었다. 물론 효진에게 그가 바라던 미모는 없었지만, 예쁜 첩을 따로 두엇 들이면 된다고 생각한 김용복은 그것을 크게 개의치 않았다. 혼례는 조급해 보일 정도로 빠르게 치러졌다. 신랑이 왜소해 신부가 지나치게 커 보였다는 것을 빼면 크게 나쁘지 않은 혼례식이었다. 번갯불에 콩 구워먹듯 효진이 신랑을 따라 한양으로 떠나 버리고, 얼마 지나지 않아 설이 장연으로 돌아왔다.

"일찍 온다고 했는데도 늦어버렸어."

설이 한양에서 사온 효진의 혼례 선물이 담긴 빨간 비단 보자기를 들어 보이며 말했다. 마을에 얼마 되지 않은 경사 중 하나인 효진의 혼례를 놓친 것이 설은 꽤나 아쉬웠다. 대신 연리는 설에게 혼례가 어땠는지 본 대로 소상히 알려주었고, 설은 그것에 대한 답례로 한양이 어땠는지 줄줄이 읊어주었다. 오랜만에 꽃핀 수다는 설의 여독도, 연리의 슬픔도 잠시 잊게 했다.

설이 돌아온 며칠간 연리는 최근 들어 가장 밝은 시간을 보낼수 있었다. 좋은 일은 겹친다고 그로부터 며칠 후, 연리의 집에 한양에서 온, 관복을 입은 자들이 찾아왔다.

"천안군의 증중손, 양현수 이 결은 나와 교지를 받으라!"

이미 전날 전갈을 받았던 터라 양현수는 일생에 몇 번 입지 않은 의대를 갖춰 입고 한양에서 온 사자에게 고개 숙였다. 아마 지금쯤 안채 마당에서 혜인 홍씨도 딸들과 함께 금박을 수놓은 예복을 입고 서 있을 터였다.

"오월 초닷새, 금상께서 황해도 지방에 대한 암행어사의 장계를 받으시매 그곳에 천안군의 증손자, 양현수 이 결의 어진 덕이 낱낱이 밝혀져 종부시 도제조 광명대군으로 하여금 그 공을 치하하도록 하시었다. 그에 따라 양현수 이 결을 종이품 군(君)의 품계로 올리고, 그 부인 혜인 홍씨를 현부인(縣夫人)에 봉한다."

양현수가 금상이 계신 한양을 향해 두 번 절을 하고, 교지를 받아 들었다. 이로서 양현수(守)는 양현군(君)이 되었고 혜인 홍씨는 현부인 홍씨가 되었다. 아버지의 품계를 따라 연리와 그 자매들은 정주(亭主)에서 향주(鄕主)로 그 호칭이 바뀌었다. 물론 정주였을 때도 딱히 위세를 부리고 다니지 않았던 터라, 향주가 된다고 해도 연리의 자매들은 크게 바뀌는 것이 없었다.

"이 집을 넘겨주지 않아도 되다니!"

누구보다 가장 크게 기뻐한 사람은 홍씨였다. 홍씨는 현부인이 된 것보다도 종친부에서 빚을 청산해 준다는 것이 더 행복했다. 김용복에게 빌린 돈을 갚아야 하는 기간이 아직 한 달여가 남아 있었으므로 빚을 청산한 지금, 집문서가 김용복에게 넘어갈 일은 없어졌기 때문이었다. 다시 말하자면 연리의 가족이 김용복에게 다시 돈을 빌리지 않는 한, 이 집이 박씨 부인과 효진의 손에 들어가 그들이 떵떵거릴 일은 영원히 없어진 것이었다.

"이제 너에 대한 어머니의 원망이 좀 가시겠구나."

설이 기뻐하는 어머니를 보며 연리의 어깨를 툭 쳤다. 연리는 설의 말에 동의했다. 이렇게 될 줄은 몰랐지만 연리는 김용복과의 혼사가 깨지길 천만다행이었다는 생각이 들었다. 이로써 어머니의 원망에서도 벗어났으니 연리는 한결 홀가분해졌다. 하지만 함께 기뻐하던 설은 금세 얼굴에서 미소를 지웠다. 한양에 다녀온 뒤로도 설의 기분은 좀처럼 나아지지 않아서, 지금처럼 갑자기 축 처지는 일이 많았다.

"연리야, 그런 얼굴 하지 않아도 돼. 난 괜찮아."

"한양에서 백 진사님은 만났어?"

애써 괜찮다고 말하는 설에게 연리가 조심스럽게 물었다.

"······아니. 백 소저가 잠시 다녀가긴 했는데, 나를 별로 반가워하는 것 같지는 않았어."

설은 백이명과 관계없이 백이명의 누이들을 친구로 생각했기 때문에 한양에 간 김에 그녀들을 보고 싶었다. 당연히 설은 그녀들도 그러리라 생각했다. 하지만 설이 그녀들에게 연통을 여러 번 넣고, 그 후로도 며칠이 지나서야 겨우 소윤은 진명향주의 집으로 설을 찾아왔다. 별로 달갑지 않은 얼굴로 찾아온 소윤은 아주 잠시 머무르다가, 몇 마디를 나누지도 않고 바쁘다며 가버렸다. 그제야 설은 백이명의 누이들이 자신을 진심으로 친구로 생각하지 않았음을 깨달았다.

"아버지가 그러셨어. 언니가 이번 일로 좀 달라졌을 거라고 말이야. 언니는 사람을 너무 쉽게 믿잖아."

설이 대답 없이 바닥을 쳐다봤다. 연리는 아버지가 백이명에게 서찰을 보냈다는 말은 하지 않았다. 이미 백이명과 설이 끝났다면 굳이 그 말을 꺼내 설의 상처를 헤집을 필요는 없을 것 같다.

설은 최대한 긍정적으로 생각하려고 했다. 설은 자신이 인복이 없는 사람은 아니고 핏줄이자 친구이며 자신을 평생 믿어줄 자매들, 특히 연리가 있다는 것으로 스스로를 위안했다.

"한양도 좋았지만 난 여기가 그리웠어. 그중에서도 네가 가장 보고 싶었어, 연리야."

"나도. 언니가 없는 동안 너무 많은 일이 있었거든."

그렇게 서로가 그리웠다고 말한 설과 연리는 누가 먼저랄 거 없이 대문을 나서 목적지 없이 걷기 시작했다. 동생들과 어머니의 귀가 있어 그간 나누지 못했던 이야기들을 풀어놓기 위해서였다. 연리는 설이 없는 동안 그 누구에게도 말할 수 없었던 것들을 털어놓았다. 연리가 편지에 미처 적지 못했던, 김용복이 자신을 희롱하려 했다는 이야기와 심도헌이 그것을 막아주었다는 일을 이야기하니 설은 놀라움을 감추지 못했다.

"가엾은 내 동생, 혼자서 모든 걸 감당했구나. 하지만 효진이를 위해서 김용복의 일을 말하지 않은 건 네가 정말 현명했어. 이미 결정되어 버린 혼례이니 말했다면 괜히 박씨 부인과 어머니의 사이만 안 좋아졌을 거야."

설이 옳았다 해주니 연리는 한결 마음이 편해졌다. 연리는 역시 언니에게 말하길 잘했다고 생각했다.

"김용복 그자가 간이 작아 너한테 몹쓸 짓은 못 했겠지만, 그래도 심 진사께서 도와주셔서 다행이다. 아, 이제는 심 진사님이 아니시겠구나. 암행어사셨으니."

"사헌부 관원이라 하셨으니 심도헌 나리는 이제는 궁에 계실 거야. 아버지께서 베푸신 선행을 임금께 전해주신 것도 그분이시겠지."

연리가 한양이 있다는 동남쪽을 보며 말했다. 사자의 말을 듣기에 분명 왕이 황해도 지방에 대한 암행어사의 장계를 받아 아버지의 공을 치하한다고 했다. 그 암행어사가 심도헌인 것은 너무나 당연했다.

"연리 너는 심도헌 나리를 싫어하지 않았니? 그 손서강이라는 분한테 들은 것도 있고 말이야."

설이 심도헌에 대한 이야기를 하는 연리의 표정이 예전과는 사뭇 다르다는 것을 알아채고 물었다.

"그랬지. 내가 그분에 대해 잘못 생각했어. 손서강 일도 마찬가지야."

연리는 자신이 과거에 스스로의 판단을 과신했다는 것을 인정했다. 그게 무슨 말이냐고 묻는 설에게 연리는 심도헌에게서 들은 손서강의 일을 전했다. 연리는 손서강이 심씨 집안의 서자가 아니라는 것과 이미 심도헌에게 돈을 뜯어갔다는 것까지 빼놓지 않고 설에게 말해주었다.

"심도헌 나리께서 직접 이야기해 주셨다는 거지?"

설이 세상에 믿을 사람 하나 없다는 얼굴로 물었다. 편지로 말했으니 직접 말한 것과 다름이 없었기에 연리가 긍정의 뜻으로 고개를 끄덕였다. 심도헌과 손서강 사이에 깊은 오해가 있을 거라고 말하던 설도 이번엔 둘 중 한 사람이 분명히 거짓말을 한다는 것을 인정했다. 연리가 손서강이 거짓말을 한다고 생각하는 이유를 설에게 설명하며 걷고 있을 때였다.

"오랜만에 뵙습니다."

불쑥 나타난 손서강이 연리와 설의 앞길을 막아섰다. 연리는 그의 이야기를 하는 줄 어떻게 알고 귀신같이 나타난 손서강을 놀라 쳐다보았다. 그리고 이내 불쾌함을 감추지 않은 얼굴로 그에게서 두 발자국 떨어져 섰다. 예전에는 손서강이 날뛰는 말을 잡아주었기 때문에 이야기를 나눴다지만, 오늘 같이 아무 일도 없이 너울로 얼굴을 가린 귀한 집 여식들에게 굳이 말을 거는 것이 예의는 아니었다.

"놀라셨다면 죄송합니다. 제가 곧 이곳을 떠나게 되어 떠나기 전에 인사를 드리고 싶었습니다."

분명 연리의 불쾌해하는 얼굴을 봤을 텐데도, 손서강은 능청스럽게 순박한 얼굴로 말을 걸었다. 그것이 마치 몽금포 절벽에서 거짓말을 술술 늘어놓던 얼굴과도 같아서 연리는 그가 가면을 쓴 것처럼 느껴졌다.

"예, 안녕히 가시지요."

연리가 그에 대해 차갑게 대꾸했다. 능청을 떨던 손서강은 그제야 연리의 반응에 당황해했다. 손서강의 생각에 연리는 분명 그때 자신이 한 거짓말들을 믿고 그를 동정했었다. 그런데 지금 연리의 눈에는 그런 감정들을 찾아볼 수가 없으니 이상했다.

"하하, 양현수 나리께서 양현군 대감이 되셨다는 소식을 들었습니다. 축하드립니다."

분명 당황했는데도 손서강은 어색하게 웃으면서 연리에게 계속 말을 걸었다. 연리는 손서강이 들통 날 거짓말을 굳이 자신에게 왜 하며, 차갑게 대해도 다시 말을 거는 이유가 무엇일까 생각했다. 그러다 문득 연리는 손서강이 지금 축하하고 있는 일이 심도헌에 의해 이루어졌다는 것을 알면 그가 무슨 표정을 할지 궁금해졌다.

"예, 심도헌 나리 덕분에요. 나리께서 상감마마께 아버지의 공덕을 전해주셨다 합니다."

"아…… 그렇습니까? 그 친구가 암행어사라는 이야기는 들었습니다. 하하, 남 칭찬이라고는 못하던 친구인데 조금 달라졌나 봅니다. 뭐, 본성은 달라지지 않겠지만요."

심도헌이 벌을 받아 파면 당했다는 말을 자기 입으로 꺼내놓고, 자기는 그런 말을 한 적이 없다는 듯 천연덕스럽게 심도헌을 깎아내리는 손서강을 연리가 흥미롭게 바라봤다. 게다가 손서강은 자신이 아직도 심씨 일가의 서자인 척, 그에 비하자면 높디높은 곳에 있는 심도헌을 그 친구라고 부르고 있었다.

"맞아요. 본성은 바뀌지 않은 것 같아요."

연리의 말에 손서강이 역시 그렇다는 눈빛을 했다.

"그분은 처음부터 끝까지 바뀌지 않으셨어요. 하지만 전부는 아니더라도 이제 저는 그분을 이해해요."

심도헌을 이해한다는 말에 손서강이 표정을 바꾸었다. 사실이기도 했다. 연리는 심도헌의 거만한 구석이 실제로는 그런 의도가 아닐 수도 있다는 것을, 이제는 조금 이해하고 있었다.

"아, 심도헌 나리를 잘 알고 계신다고 하니 물어요. 혹시 그분의 여동생도 잘 아시나요?"

연리가 날카롭게 물으며 손서강의 반응을 살폈다. 그는 심도헌의 여동생이라는 말에 자기도 모르게 코로 숨을 강하게 들이마셨다. 하지만 그는 거짓말하기를 그만두지 않았다.

"예, 물론 잘 압니다."

"그럼, 그 소저께 닥친 불행에 대해서도 잘 알겠군요."

연리의 눈빛이 의미심장했다. 네가 심도헌의 여동생 심도희의 재산을 탐내 그녀를 데리고 도주하려다가 들킨 사건을 말하는 거야, 라고 연리의 눈이 손서강에게 말했다. 그제야 손서강은 정말 연리가 무언가를 알고 있다는 것을 눈치챘다.

"아니요, 저는 잘 모르겠습니다. 제가 소저들께 무례를 끼친 것이 아닌지 모르겠습니다. 그럼 이만."

손서강이 연리의 눈을 피하며 모르겠다고 답했다. 그리곤 연리와 설에게 다가오던 당당한 모습과는 반대로 황급히 사라졌다. 골목으로 달려 들어가는 손서강의 뒷모습은 마치 예전에 심도헌을 보고 도망가던 모습 같았다. 연리는 그런 손서강을 속으로 한껏 비웃으며 다시는 그와 마주칠 일이 없기를 빌었다.

"심도헌 나리의 여동생과 저분이 무슨 관계가 있니?"

연리와 손서강의 대화를 지켜보기만 하던 설이 손서강이 가고 나서야 입을 열었다. 티가 나게 행동하는 손서강 덕분에 설도 두 사람 사이에 무언가 있다는 것을 알아챈 것이었다. 하지만 연리는 심도희가 손서강과 야밤에 도주했었다는 것과 심도헌이 자신에게 청혼했었다는 것을 웬만하면 입 밖으로 꺼내지 않을 생각이었다. 연리는 심도헌의 여동생을 소문에 휘말리게 하고 싶지 않았고, 심도헌의 청혼을 거절했다는 것을 남에게 알려 그의 자존심을 상하게 하고 싶지도 않았다. 길고 긴 편지로 자신을 배려한 심도헌에 대해 연리가 보일 수 있는 최소한의 예의였다.

"나도 자세히는 몰라. 그냥 찔러본 거야."

연리는 한번 찔러본 건데, 손서강이 제 발 저린 거라며 어깨를 으쓱였다. 설은 연리가 무언가를 더 알고 있을 거라고 생각은 했지만, 감추려고 하는 것을 굳이 캐물을 만큼 동생을 신뢰하지 않는 사람이 아니었다.

손서강과 심도헌에 대해서 설과 연리는 몇 마디를 더 나누었지만, 이내 다른 흥미로운 주제로 넘어갔다. 오랫동안 떨어져 있던

두 사람에게 거짓말쟁이 손서강보다는 더 재미있는 이야깃거리가
필요했기 때문이었다. 그래서 대신 설이 한양에서 들은 희한한
소문들에 대해 이야기하면서 두 사람은 집으로 발길을 돌렸다.

❀

연리 자매의 이모이자 현부인 홍씨의 여동생인 홍자현은 남편
과 함께 전국을 돌아다니다가도 황해도를 지날 때면 항상 장연에
들러 언니와 조카들을 만나고 갔다. 자식이 없는 자현이 설과 연
리를 워낙 예뻐하기 때문에 지나치지 못하는 것도 있었다. 물론
그녀 못지않게 연리와 설도 자현을 좋아했다.

"미안하지만 연리야, 아무래도 이번에 남쪽에는 가지 못할 것
같구나."

마루에 앉아 떡을 먹으며 자현이 연리에게 말했다. 자현은 작
년 이맘때쯤, 연리에게 내년에는 남쪽으로 함께 여행을 가자고
권했었다. 하지만 남편의 사업으로 한양에 가야 할 일이 생겨 그
약속은 지키지 못하게 됐다.

"아무래도 한양에 좀 머물러야 할 것 같아서 말이다. 한양이
라도 따라갈 생각이 있니?"

자현이 아주 우아하고 다정한 말투로 연리에게 물었다. 자현은
언니와 달리 경박하지 않은 현숙한 여인이었다. 자현의 남편 역
시 상업에 종사하기는 하지만 양반다운 교양을 갖춘 이었다. 남
편 덕분에 다른 아녀자들과 달리 자유롭게 밖을 돌아다니는 자
현은 자신이 본 많은 것들을 조카인 연리와 설에게 항상 보여주
고 싶어라 했다. 때문에 남쪽에 가지 못하게 된 것이 꽤나 아쉬운

자현은 한양에라도 연리를 데려가고자 했다.

"좋은 생각이에요. 연리야, 한양은 여기와는 정말 다른 곳이야. 다녀오면 절대 후회하지 않을걸?"

이미 한양에 다녀와 본 설은 연리에게 이모를 따라가라고 적극적으로 권했다. 거기에 자현은 뱃길로 아름다운 정경도 볼 수 있을 거라고 말을 보탰다. 설의 적극적 권유와 이모의 설득에 연리는 흔쾌히 그러겠다고 대답했다. 솔직히 한양이라고 하면 심도헌이 먼저 떠오르는 것이 사실이었다. 혹시 그를 만나게 될지도 모른다는 기대가 연리를 움직이게 한 것도 있었다. 그리고 그것이 사건의 발단이 되었다.

"언니가 가면 나도 가요! 언니는 되고 난 왜 안 돼요!"

연리의 여행 소식에 넷째 명진이 자기도 가겠다며 소란을 피운 것이었다. 마루에서 구르다시피 하며 현부인 홍씨에게 자기도 가겠다며 떼를 쓰니, 홍씨는 마지못해 명진의 여행을 허락했다. 하지만 문제는 명진이 연리와 함께 이모를 따라 한양으로 가는 것이 아니라, 외삼촌을 따라 평양에 가고 싶다는 것이었다.

양현군은 정숙한 연리도 아니고 명진이 따로 여행을 간다는 것이 마음에 썩 들지 않았다. 그러나 이틀간 지치지도 않고 명진이 눈물과 짜증으로 보채는 통에 결국은 그녀의 여행을 승낙해 주었다.

"아버지, 안 돼요."

이모 자현을 따라 한양에 갈 준비를 하던 연리는 자신도 평양에 가는 걸 허락을 받았다며 웃으며 뛰어다니는 명진을 보고 곧장 양현군을 찾아왔다. 당연히 허락해 주지 않을 줄로만 알았던 터라 믿을 수가 없어서였다.

"멀리 보내기에는 위험하고 명진이가 너무 어려요."

연리는 명진을 보내지 않는 게 낫겠다고 양현군을 설득했다. 차라리 셋째 가람을 홀로 어딘가를 보낸다고 하면 동의할 수 있었다. 아마 놀러가서도 방 안에 앉아 책만 읽을 아이였기 때문이었다. 하지만 명진이는 마을 내 도령들뿐만 아니라 행군 온 군인들과도 몰래 어울릴 만큼 품행이 단정치 못했다. 부모의 눈이 닿지 않는 평양에서 어떤 행동거지를 보일지 알 수 없었다.

"네가 걱정하는 일이 무언지 이해한다. 하지만 너희 외삼촌은 명진이가 사고를 치는 걸 두고만 볼 사람이 아니지 않느냐. 충분히 책임감 있게 명진이를 데리고 갔다 올 게야."

연리가 보기에도 외삼촌은 책임감 있는 사람이 맞았지만, 이때까지 어머니의 비호 아래 멋대로 자란 명진을 외삼촌이 과연 통제할 수 있을지는 모를 일이었다.

"적어도 내년이나 내후년에 보내세요. 이대로 보내신다면 명진의 방종함으로 인해 이제 막 인정받은 아버지의 명예가 우스워지고, 명진이는 저희 집안의 수치가 될 거예요."

연리의 말에도 양현군은 큰 반응이 없었다. 연리는 진심으로 아버지가 명진이를 보낼 생각이라는 것에 답답해졌다.

"그럼 저도 안 가요. 명진이도 보내지 마세요, 아버지."

"네가 안 간다고 해도 명진이는 자기를 보내줄 때까지 집 안을 들쑤실 게다. 네 동생이니 너도 잘 알고 있겠지."

"이대로는 절대로 안 돼요!"

연리가 참지 못하고 소리를 높였다. 양현군이 놀란 눈으로 연리를 쳐다보았다. 연리는 명랑하기는 하지만 한 번도 예법에 그릇 나는 일을 한 적이 없었다. 그런 연리가 소리를 지르다니. 양현군은 연리가 평소보다 예민하다고 생각했다.

"죄송해요. 하지만 정말로 안 돼요, 아버지."

"이리와 앉아라."

양현군이 엄한 목소리로 연리를 옆에 앉혔다. 보다 많은 대화가 필요할 듯했다.

"명진이의 경박한 행동이 저희에게 어떤 피해를 줬는지 아시면 그런 말씀 못하세요."

"이미 피해를 줬다는 게야? 내가 모르는 무슨 일이 있는 게로구나."

홍씨와 명진이의 품위 없고 교양 없는 행동이 일으킨 파장은 백이명과 설을 갈라놓게 했다. 게다가 심도헌은 직접적으로 그것이 매우 비교양적이었다고 연리에게 말하기도 했었다.

"자세히는 말 못해드려요. 하지만 정말 명진이를 보내시면 안돼요!"

연리는 아버지 곁에 앉아 다시 한 번 간곡히 부탁했다.

"애야, 진정해라. 평양 같은 넓은 곳에 가면 자신이 얼마나 볼품없는지 명진이 스스로도 깨닫는 것이 있을 게야. 한 번 데여봐야 사람은 바뀌는 거란다. 너희 언니처럼 말이다."

"하지만……."

"걱정 말아라. 아무 일도 없을 거란다. 아마 평양에선 명진이 같은 촌것에게는 아무도 관심을 주지 않을 게다."

양현군은 더 이상 이 일에 대해서는 논하지 말자고 했다. 그런 아버지의 말에 더 이상 토를 다는 것은 대드는 것과 다를 바가 없어서 연리는 실망을 안고 사랑채를 나와야 했다. 연리가 걱정하는 것은 비단 명진이 어리기 때문만은 아니었다. 육로로 상업을 하는 외삼촌은 군대를 따라 주로 이동했는데, 군인들을 따라가면 도적들을 만날 위험이 적기 때문이었다.

그런 외삼촌을 명진이 따라갈 경우, 혹시나 명진이 군인들과 어울리지는 않을까 걱정이 앞섰다. 결국 믿을 건 하나였다. 하늘이 도와서 외삼촌이 떠날 때까지 명진이 아프기만을 바랄 수밖에 없었다. 하지만 하늘은 무심하게도 그런 연리의 바람을 들어주지 않았고, 명진은 며칠 뒤 건강한 모습으로 외삼촌 내외를 따라 평양으로 떠나게 됐다. 그리고 말 등에 올라 신나게 손을 흔드는 명진을 보며 가연이 서럽게 눈물을 떨어뜨렸다.

"가다가 넘어져 버려라!"

"가연아!"

저를 두고 혼자 여행을 가는 명진이 샘나서 넘어져라 소리치는 가연을 설이 나무랐다. 명진은 그러든지 말든지 어머니가 사준 새 옷을 입고 가연을 약 올리며 가버렸다. 명진과 붙어 다니며 명진의 행실을 그대로 따라하는 가연인지라, 연리는 가연이만큼은 안 된다고 막내의 여행을 강력히 반대했다. 떼를 써보기도 전에 반대를 당하는 바람에 가연은 명진을 따라나서지 못했고, 샘이 나서 죽겠다는 얼굴로 눈물만 뚝뚝 흘렸다. 설은 지금 당장은 서러울지라도 언젠가는 명진을 못 따라가게 한 언니들에게 고마워할 거라며 가연을 달랬다.

"연리야, 이제 우리도 그만 출발해야 할 것 같구나."

명진이 외삼촌을 따라 평양으로 가는 모습을 지켜보는 연리를 이모가 재촉했다. 배 시간이 있으니 이제 그만 연리도 출발해야 했다.

"네, 이모. 언니, 다녀올게."

"조심히 다녀와, 시간 나면 연통해."

연리가 말에 오르는 것을 도와준 설이 한 발 떨어져서 손을 흔들었다. 그런 설에게 어서 집으로 들어가라며 연리도 손을 마주 흔들었다. 이모가 탄 가마 옆으로 말을 몰면서 연리는 반대에도 불구하고 떠나 버린 명진에 대한 걱정을 털어냈다. 이미 떠나 버렸으니 걱정보다는 무사히 돌아오길 바라는 게 맞을 것 같았기 때문이었다.

그렇게 나루터로 향한 연리는 새벽이슬에 젖은 배에 몸을 실었다. 그리고 지난 밤 못 이룬 잠을 위해 선내로 들어가 쪽잠을 청했다. 후에 연리가 다시 갑판 위로 나온 것은 점심을 간단한 과일로 요기한 다음이었다.

"정말 좋아요, 이모부."

갑판에 나온 연리는 눈앞에 펼쳐진 눈부신 바다에 감탄했다. 바닷가에 서서 맞는 바람과는 차원이 다른 시원하고 세찬 바닷바람에 돛이 팽팽하게 부풀었다. 중간 중간 객사에서 쉬면서 천천히 갈 예정이라고 했으니, 앞으로도 이 넓은 바다를 볼 시간이 넉넉할 것이라 생각하니 연리는 기분이 절로 좋아졌다.

"저길 좀 보렴. 자연 앞에 사람은 아무 것도 아니지 않니."

저 멀리 보이는 육지에 깎아지른 절벽을 가리키며 이모가 연리에게 말했다. 기괴하게 깎인 절벽은 몽금포 절벽과는 비교가 되지 않을 만큼 크고 웅장했다. 이모의 말이 맞았다. 커다란 자연 앞에 연리는 자신이 너무나 작게 느껴졌다. 책으로 보는 세상보다 눈으로 보는 세상은 더 넓었다. 그리고 그것은 한양에 도착했을 때 더욱 크게 느껴졌다.

"이렇게 사람이 많은 건 처음 봐요."

연리는 배에서 내려 한양 땅을 밟자마자 보이는 나루터의 크기에 한 번, 그리고 나루터에서 움직이는 수많은 사람들에 또 한번 놀랐다. 바다도 아니고 강에 있는 것인데 장연의 나루터는 나루터 취급도 못 받을 만큼 널찍하고 배도 많았다.

"내일까지면 물건 거래가 끝날 것 같으니 모레는 함께 불공을 드리러 가자꾸나."

자현이 타고 온 배에서 물건들을 내리는 일꾼들을 보며 연리에게 말했다. 자현은 불공을 드리러 갈 절은 고아한 멋이 있는 데다가 주지스님의 불경 소리가 아주 훌륭하니 꼭 들어야 한다고 했다.

"그럼 내일까지는 객주에 혼자 있어야 해요?"

"아무래도 그래야겠지."

"그럼 효진이의 집에 잠시 다녀와도 될까요, 이모?"

"얼마 전에 혼례를 치렀다는 그 친구 말이니? 그래, 그러렴. 절대로 부평댁과 떨어지지 않겠다면 아무렴 어떻겠니."

자현은 연리가 몸종인 부평댁과 함께 다닌다면 괜찮다고 말했다. 연리는 알았다고 대답하며 배에 실려 있던 자신의 짐들 속에서 붉은 비단 보자기를 꺼내 들었다. 설이 효진의 혼례 선물로 샀지만 혼례에 오지 못해 주지 못한 것이었다. 한양에 가는 연리에게 설이 대신 전해달라고 부탁했기 때문에 연리는 짐 속에 이것을 챙겨왔다.

"오늘 갈 생각이니? 피곤할 터인데."

"하나도 피곤하지 않아요. 다녀올게요!"

연리는 한양에 왔다는 사실만으로도 피곤은커녕 설렘이 가득했다. 효진은 한양 집이 좋다며 연리에게도 한번 보여주고 싶다고 편지를 썼기 때문에, 효진과 효진의 집을 보는 것에도 기대가 컸다. 그 기대에 빨리 가고 싶은 나머지 말을 타고 가겠다는 연리를 부평댁이 한사코 만류해 그녀는 가마를 타고 효진의 집으로 향했다.

"연리야! 네가 진짜 와줄 거라고는 생각도 못했어."

연리가 왔다는 말에 대문 앞까지 뛰어나온 효진은 활짝 웃으며 그녀를 맞이했다. 댕기 머리를 처음 묶던 시절부터 알던 사이인지라 두 사람 모두 효진의 쪽찐 머리를 어색해했다. 그 어색함을 깨고자 연리가 비녀를 꽂은 머리를 민망한 듯 매만지는 효진에게 설의 선물을 내밀었다.

"설이 언니가 주라고 했어."

"와준 걸로도 고마운데 뭐 이런 걸 다 챙겨왔어. 너도 참. 어서 들어와."

효진은 고맙다고 말하며 보자기를 소중하게 들고서 연리를 집 안으로 이끌었다. 회색빛이 도는 대문을 넘어 행랑마당에 발을 디딘 연리가 집에서 처음 본 것은 지붕도 기둥도 아닌 김용복이었다.

"소저, 누추한 집에 와주셔서 감사합니다. 이렇게 일찍 다시 뵐 줄은 몰랐습니다. 가족들은 강녕하십니까?"

김용복이 다다다 말을 내뱉었다. 연리가 오기 전까지 준비해뒀던 말을 한꺼번에 내뱉은 모양새였다.

"예, 덕분에요. 집이 참 멋있네요."

연리는 전혀 반갑지 않지만 의례적으로 대답했다. 하지만 집이 멋있다는 그 인사치레 하나에 김용복은 눈을 번쩍 뜨며 자랑스럽게 어깨를 들썩였다.

"숙의마마께서 조경에 도움을 주셨습니다. 안쪽을 보시면 더 놀라실 겁니다. 따라오시면 구경을 시켜드리겠습니다."

"아뇨, 저……!"

김용복은 연리의 의사를 묻지도 않고 집 구경을 시켜주겠다고 했다. 연리는 그것을 전혀 바라지 않아서 효진을 내세워 거절하려고 했다. 하지만 연리의 말은 듣지도 않고 김용복이 안내를 시작했기 때문에 어쩔 수 없이 그의 뒤를 따라 집 구경을 하게 되었다.

"작지만 사랑채 앞에는 못을 파두었습니다. 이걸 파는 데 스무 냥을 썼습니다."

연리는 티는 내지 않았지만 속으로 조금 놀랐다. 백오십 냥이면 한양에 집 한 채를 살 수 있는데, 고작 연못 하나 파는 데 스무 냥이나 썼다니. 김용복은 계속해서 집을 안내하며 이 고목을 옮겨 심는 데는 얼마, 정자의 기둥을 세우는 데는 얼마가 들었다고 늘어놨다.

"정말 좋아 보이지 않습니까?"

김용복이 연리에게 물었다. 김용복은 연리가 이런 집에서 살수 있는 특권을 놓쳐 아쉬워하는 모습을 보이길 바라고 있었다. 나와 혼인했다면 넌 이런 집에서 살 수 있었어, 라고 말하는 김용복의 속마음이 연리의 귀에 들리는 것만 같았다.

"연리는 이제 막 한양에 와서 피곤할 거예요. 저희는 안채에 있을게요. 바쁘실 텐데 일 보세요."

효진은 친구의 눈치를 보며 남편과 연리의 사이에 끼어들었다. 아까부터 돈 타령을 하며 채신머리없이 구는 남편이 부끄러워 효

진은 친구 얼굴을 볼 낯이 없었다. 연리는 그런 효진을 모른 척
해주며 그녀와 함께 안채로 들어갔다.

"나는 네가 편지에 답장을 안 해줄까 봐 얼마나 걱정했는지 몰
라."

효진은 남편에 대한 이야기는 미뤄두고 연리의 손을 이끌어 자
신의 방으로 들어갔다.

"그럴 리가 있니."

"그렇게 말해줘서 고마워. 여기 안채는 남편도 오지 않아서 오
로지 나만 있을 수 있어."

효진은 미리 우려놓은 찻물을 연리의 잔에 따르며 말했다. 차
향이 아주 좋다는 효진의 얼굴이 편안해 보였다. 효진과 김용복
의 사이가 어떤지 정확히 알 수는 없었지만 그녀의 상태가 나빠
보이지 않아 연리는 조금 안심했다. 효진은 밤 모양의 율란(栗卵)
을 내어놓으며, 새 살림살이와 이웃들에 관해 이야기를 늘어놓
았고 연리는 가끔 추임새를 넣으며 이야기를 들어주었다.

"그럼 연리야, 내일은 뭘 할 예정이니?"

"모레는 이모님과 절에 불공을 드리러 가기로 했어. 내일은 글
쎄……."

"그럼 내일도 와줄 수 있니? 널 이렇게 보내기엔 너무 아쉬워."

효진은 연리와의 만남이 너무나 좋았고, 연리는 흔쾌히 그러겠
다고 약속했다. 그리고 다음 날, 연리는 약속대로 효진의 집을
찾아 효진과 점심을 들고 시간을 함께 보냈다. 오후 시간도 어제
처럼 두 사람만의 시간을 보낼 생각이었다. 하지만 예상치 못한
일이 생겨나 두 사람을 방해했다.

"부인! 부인! 나와보시오!"

김용복이었다. 밖에서 들리는 김용복의 큰 목소리에 효진이 일어나 창문을 열어 무슨 일이냐고 물었다.

"또 소가 외양간을 나왔나요?"

"그게 아니라 숙의마마께서 오셨소!"

김용복이 흥분에 떨리는 목소리로 말했다. 물론 그것은 진짜 김용복의 집에 왕의 후궁인 숙의 장씨가 왔다는 말이 아니었다. 김용복의 옆집은 장 숙의의 딸인 송화옹주의 사가였는데, 그곳에 장 숙의가 행차했다는 말이었다.

"저번처럼 와서 이야기를 나누고 가라고 하셨소."

"어머, 좋아요."

효진은 지난날에 장 숙의와 함께 차를 마셨던 것을 기억하고는 좋다고 말했다. 시골 처녀였던 효진에게 왕의 후궁과의 담소는 다소 불편한 자리긴 했지만 굉장히 특별한 일이었다.

"집에 손님이 계시다 하였더니, 그 손님도 함께 오면 좋겠다고 하셨습니다. 연리 소저, 함께 가주시겠습니까?"

그러다 갑자기 김용복은 숙의든 뭐든 신경 쓰지 않고 효진의 옆에 가만히 앉아 있던 연리에게로 대화의 초점을 바꾸었다. 연리는 함께 가자는 말이 너무나 갑작스러워 대답을 하지 못했다. 연리와 장 숙의는 전혀 연결고리가 없기 때문이었다. 연리는 고모인 진명향주와 장 숙의가 혹시 친분이 있나 생각해 봤지만 그도 아닌 것 같았다.

"옷차림이 단정치 않아 마마를 뵙기가 좀 그러네요."

친분도 없고, 친해질 이유도 없는지라 연리는 간접적으로 거절 의사를 밝혔다. 정이품 숙의의 초대에 가기 싫다고 할 수는 없어 눈치 있게 옷차림을 이유로 거절한 것이었다.

"숙의마마께서는 진정으로 소탈한 것을 타박하지 않으십니다."

하지만 김용복은 눈치 없이 누추한 옷차림도 상관없다고 했다. 연리는 두어 번 더 가고 싶지 않다는 의미를 담아 말을 돌렸지만 김용복은 끈질기게 함께 갈 것을 권유했다. 더 이상의 거절은 할 수 없다는 생각에 결국 송화옹주의 사가로 숙의 장씨를 만나러 가게 된 연리는, 김용복이 일부러 자신과 숙의를 만나게 하려 한다는 꺼림칙한 기분이 들었다.

연리가 송화옹주의 사가에 처음 발을 들였을 때의 느낌은 어둡고 묵직하다는 것이었다. 검은색에 가까운 기와와 색이 진한 단청이 그런 느낌을 주기도 했지만, 병약한 송화옹주로 인해 가라앉은 집안 분위기 때문이기도 했다. 효진이 말하길 송화옹주는 어릴 때부터 병약해 나이가 차기도 전에 궁 밖 사가에 나와 요양 중이라 했다. 혼인도 하지 않은 옹주가 홀로 사가에 나와 사는 것은 흔하지 않았다.

"기와들 좀 보십시오. 정말 정교한 조각이 새겨져 있지 않습니까?"

김용복은 마치 자신의 집인 양 송화옹주의 사가를 돌멩이 하나까지 자랑했다. 하지만 연리는 숙의를 본다는 것에 긴장해 그의 말은 하나도 듣고 있지 않았다.

"어서 오너라."

세 사람이 궁녀가 열어주는 문으로 들어가자 날카로운 여성의 목소리가 연리를 맞이했다. 사이 방문을 터 넓게 만들어놓은 방 안에는 두 개의 발이 쳐져 있었다. 상석에 보이는 화려한 술이 달린 발 너머에 아마도 숙의 장씨가 있을 것이고, 그 옆에는 송화옹주가 있을 것이었다. 연리는 천천히 그 앞으로 걸어가며 발 너머를 살폈다. 촘촘한 발도 송화옹주의 병색이 짙은 파리한 안색을 완벽히 가려주지는 못했다. 김용복이 먼저 절을 올리고 숙의의 발 가까운 곳에 자리를 잡았다.

'저 여인입니다.'

김용복이 발 너머 장 숙의에게 속삭였다. 장 숙의가 김용복의 말에 효진과 함께 절을 하는 연리를 유심히 바라봤다.

"숙의마마를 뵙습니다. 옹주 자가를 뵙습니다."

차례로 인사를 올리는 동안 연리는 숙의 장씨의 송곳 같은 시선을 느껴야 했다. 장씨의 뒤에 걸린 호랑이 그림 속 호랑이가 그녀와 함께 연리를 잡아먹을 것처럼 보고 있었다.

"이번에 군으로 진봉된 양현군 대감의 여식이라고?"

연리가 자리에 앉자마자 장 숙의의 질문이 들려왔다.

"예. 이연리라 합니다."

연리는 호랑이에서 시선을 떼고 장 숙의의 물음에 조심스럽게 답했다. 연리의 조곤한 목소리에 장 숙의가 끼고 있는 옥가락지와 같은 재질의 찻잔을 달각 소리가 나게 내려놓았다.

"다담상입니다."

발걸음 소리도 없이 다가온 궁녀들이 연리의 앞에 다담상(찻상)을 내려놓았다. 약과며 다식들이 음식이 아니라 장식물처럼 반듯하게 상 위에 놓여 있었다.

김용복은 장 숙의에게 연리가 꽤나 미인이라 전했었다. 장 숙의가 보기에도 흰 피부 덕에 더 깊고 진해 보이는 검은 눈동자를 지닌 연리는 한양에서도 흔치 않은 미색이기는 했다. 부드럽게 떨어지는 둥근 이마와 수양버들처럼 곱게 늘어진 첩모(睫毛, 속눈썹)하며, 주홍처럼 붉은 입술까지 뜯어본 장씨는 연리의 외모에는 흠 잡을 데가 없다는 것을 인정했다.

"양현군 대감께 자식이 다섯이라는 말은 들었다."

"예. 위로 언니가 한 명 있고 여동생이 셋 있습니다."

"딸만 다섯이냐? 그것 참 별난 일이구나. 양자를 들이지 않았단 말이냐?"

장 숙의가 의아하다는 듯 발 너머로 고개를 갸웃했다.

"네, 아버지께서 들이고 싶지 않아 하시어 없습니다."

"그럼 첩을 들였느냐?"

"아닙니다. 아버지의 부인은 어머니 한 분이십니다."

"딸만 다섯이면서 양자도 첩도 없다니, 정말 별나구나."

장 숙의는 마치 양현군이 정상이 아니라는 듯이 말했다. 연리는 장 숙의가 자신과 대화를 나누고자 하는 것인지, 아니면 심문하고자 하는 것인지 구분이 가지 않았다. 숨 막히는 분위기에 효진은 차만 마셨고, 발 너머의 송화옹주는 종이인형처럼 정말 가만히 앉아만 있었다.

"아버지께서 첩을 들이는 것은 본처를 박대하는 일로 조선의 법도에 어긋나는 것이라 하셨습니다. 종친 어른들께서도 그러한 아버지의 뜻을 굽히지 못하시어 양자도 첩도 없는 것입니다."

연리는 장 숙의가 이상하다고 생각하는 자신의 가족 일에 대해 의문이 풀리길 바라며 최대한 그녀의 기분이 상하지 않도록 말을 꺼냈다. 연리의 똑 부러지는 말에 장 숙의가 눈을 치켜떴다.

"……차가 다 식을 때까지 입에 대지 않는 것은 예의가 아니지."

장 숙의는 연리의 말에는 대꾸하지 않고 대신 차를 권했다. 연리의 말대꾸가 마음에 들지 않은 것이었지만 한 번은 그냥 넘어가 주마, 하는 뜻이었다. 그 말에 다들 찻잔을 들었다. 연리도 따뜻하게 데워진 찻잔을 들어올렸다. 매끄러운 흰 다기의 표면이 연리의 손에 달라붙었다. 찻물이 연리의 입술에 막 닿았을 때였다.

"장연 같은 촌에서 신랑감을 찾으려면 좋은 매파가 있어야겠구나. 언니는 어느 집안과 혼인했느냐."

"언니는 아직 혼인하지 않았습니다. 시골이라 매파가 많지도 않구요."

다시 날아든 장 숙의의 질문에 연리는 살짝 닿은 찻물로 간신히 입술만 적시고 대답했다.

"딸이 다섯인데 중매를 통하지 않는다니. 네 어미는 자식들을 혼인시킬 생각이 없다는 말이냐?"

"아, 제 동생들의 혼처는 중매를 통해 찾고 있습니다."

"언니들이 시집을 가지도 않았는데 동생들부터? 그것도 별나구나."

또 다시 시작된 숙의 장씨의 '별나구나' 타령에 연리가 어색하게 입가를 당겼다. 연리는 더 이상 저 별나다는 말을 듣고 싶지 않았다.

"언니들이 혼인을 하지 못했다고 해서 동생들이 적당한 시기에 혼인을 못하는 건 불공평하다고 생각합니다, 마마. 그렇게 되면 자매들의 우애도 상하구요."

결국 연리가 허리를 꼿꼿이 세우고서 자신의 가족은 전혀 별나지 않다고 말했다.

"젊은 소저가 내 앞에서 생각을 꽤나 당당히 말하는구나."

연리의 똑 부러지는 말에 장 숙의가 기분 나쁜 기색을 감추지 않았다. 생각을 당당히 말한다는 것은 감히 윗사람에게 말대꾸를 하냐는 소리였다. 그 뜻을 알지만 연리는 갑작스럽게 초대당해 모욕적인 언사를 받고 있는 것이 그다지 달갑지 않아 사과하고 싶은 마음이 들지 않았다. 그러면서도 장 숙의가 크게 경을 치진 않을까 살짝 두려워지기는 했다.

"하지만 내 오늘은 기분이 좋은 날이니 넘어가도록 하마. 우리 송화옹주의 가례(嘉禮, 왕의 자손의 혼례)를 위한 가례색(가례를 위한 임시관청)이 세워진 날이니."

장 숙의는 찻상을 탕탕 내리치며 화를 내리다가, 송화옹주를 생각해 묵직한 가체를 몇 번 가다듬는 것으로 마음을 가라앉혔다.

"감축 드립니다, 마마."

효진이 겨우 한마디를 텄다. 그녀는 보이지 않는 신경전을 벌이는 숙의와 연리 사이에서 눈치를 보던 중이었다.

"고맙네."

"간택을 내정해 두신 이가 있으십니까?"

효진은 지금이야말로 대화에 끼어들 수 있는 순간이라고 생각했는지 장 숙의에게 질문을 던졌다.

"아아, 물론 그러하네. 내 간택령을 내려 귀한 옹주의 남편이자 사위로 사헌부 지평 심도헌을 달라 전하께 주청을 올릴 참이거든."

장 숙의가 마침 잘 물었다는 듯 효진의 말에 기쁘게 대답했다. 간택이라는 말과 함께 심도헌의 이름이 언급되자 연리는 불편한 낯빛을 감추지 못했다. 장 숙의가 그런 연리를 향해 웃어 보였다. 그것은 마치 연리의 반응을 기다린 듯한 모양새였다.

연리는 장 숙의의 웃음을 봄과 동시에 그녀가 자신과 심도헌이 무슨 관계가 있다고 생각한다는 것을 직감했다. 그리고 장 숙의가 그렇게 생각하게 만든 데에는 아까부터 장 숙의의 곁에 앉아 무언가를 속닥거리는 김용복이 관련이 있을 거라는 생각이 들었다. 연리의 추측처럼 장 숙의가 도헌과 연리의 사이를 의심하는 것은 김용복 때문이 맞았다.

'꼴좋구나. 어때, 나와 혼인하지 않은 것이 후회되지?'

김용복은 심도헌을 송화옹주의 남편감으로 점찍어두었다는 장 숙의의 말에 안색이 어두워진 연리를 비웃었다. 스스로를 외모, 재력, 뭐 하나 빠지지 않는 사내로 보고 있는 김용복은 연리가 자신과의 혼약을 거절한 것은 다른 이유가 있어서가 아니라 심도헌을 연정하기 때문이라고 생각했다. 효진과 혼인한 후에도 김용복은 자신이 아닌 심도헌을 연정하는 연리에게 앙심을 품고 있었다.

'너는 나 같은 남편감도 잃고, 심도헌과도 혼인하지 못할 테니. 두 마리 토끼를 다 잃었구나.'

차마 심도헌에게는 아무 짓도 하지 못하면서, 힘없는 여인인 연리에게만 고약한 심보를 드러내는 김용복은 자신의 졸렬함 따위는 알지 못했다. 그 졸렬함 때문에 김용복은 어제 연리가 자신의 집을 방문한 뒤, 한달음에 장 숙의에게로 가 연리와 도헌의 관계가 의심스럽다는 말을 흘렸다. 당연히 심도헌을 사위로 점찍어두었던 장 숙의는 그 말에 노발대발했고, 김용복은 오늘 장 숙의의 앞에 연리를 끌고 온 것이었다.

'이 숙의가 직접 사위로 점찍은 자라고 이리 확실하게 말해놨으니. 뒤탈은 없겠지.'

장 숙의는 여인이라고는 도통 가까이 하질 않는 심도헌이 관심을 보인 여인이 고작 시골 처녀라기에 무시했었다. 그런데 직접 보니 생기가 도는 얼굴과 꼿꼿한 허리, 반듯한 말본새를 가진 연리는 항상 힘없고 아파 보이는 자신의 딸과 비교가 되는 터라 조금 초조해졌다. 하지만 이제는 심도헌을 사위로 맞을 것이라고 연리의 눈앞에서 도장을 찍어두었으니 한시름을 놔도 될 것 같았다.

"심도헌 나리 말씀이십니까?"

뜻밖의 이름이 튀어나와 놀란 연리보다 먼저 효진이 그 이름을 아는 체했다.

"내 사위 될 이를 아느냐?"

장 숙의는 모르는 척 자애로운 탈을 쓰고 효진에게 물었다.

"얼마 전, 제 고향 장연에 암행어사로 오셨습니다. 덕분에 얼굴도 알고 있습니다."

"그럼 너도 알겠구나?"

효진이 심도헌을 안다는 말에 장 숙의는 효진과 동향인 연리에게도 심도헌을 아느냐 물었다. 연리가 어떤 반응을 보일지 궁금해 떠보는 것이기도 했다.

"예, 알고 있습니다."

연리는 도헌을 알고 있다 대답은 했지만 마음 한켠이 쓰려왔다. 그의 이름을 입에 올리기엔 도헌과 저의 마지막이 너무나 안 좋았기 때문이었다. 서로의 이야기를 서로가 없는 자리에서 꺼내는 것 자체가 실례일 수도 있다는 생각이 들었다. 연리는 더 이상 심도헌에 대한 이야기는 꺼내고 싶지 않아 입을 꾹 닫았고, 다섯 사람 사이에 대화는 점점 줄어들었다. 처음부터 친분이 없던 터라 다른 이야깃거리는 더 이상 나오지 않았고, 그제야 연리는 가시가 돋아 있는 것 같은 방석 위에서 일어나 그곳을 벗어날 수 있었다.

"만약 다시 숙의마마의 부름을 받는다 해도 난 절대 응하지 않을 거야."

송화옹주의 사가를 나오며 연리가 효진에게 단호하게 말했다.

"많이 불편했지. 미안해."

"왜 네가 미안하니. 미안할 사람은 따로 있는데."

연리는 미안하다고 하는 효진의 손을 도닥이며 김용복을 노려봤다. 김용복은 후련한 얼굴로 연리의 시선을 피해 딴청을 피웠다.

"저녁이라도 먹고 갈래?"

"아냐. 피곤해. 이만 돌아갈게."

이 상황에서 김용복과 함께 식사를 했다간 체할 것만 같아서 연리는 효진에게 이만 돌아가겠다고 했다.

"그래, 연리야. 한양을 떠나기 전에 한 번 더 들러줘."

효진은 아쉬움을 담뿍 담아 인사를 건넸다. 연리는 고개를 끄덕이고는 부평댁을 손짓으로 불러 가마를 가져오라 했다. 그 담담하면서도 여유 있는 손짓 하나가 효진은 부러웠다. 아니, 연리의 모든 태도가 부러웠다. 가끔 장 숙의 말에 맞장구치는 것이 최대한의 용기인 효진은 장 숙의 앞에서도 기죽지 않고 할 말은 다 하던 연리가 대단해 보였다. 거기다 아마 연리는 자신과 똑같은 처지였어도 김용복과는 혼인하지 않았을 것 같다는 생각이 들어, 효진은 조금 우울한 얼굴로 가마에 타는 연리에게 손을 흔들었다.

'심도헌 나리가 송화옹주 자가와 혼인······.'

가마 문이 닫히고 어두침침한 가마 안에 앉자 온갖 생각이 연리의 머릿속에 밀려들어 왔다. 심도헌의 청혼은 이미 지나간 과거에 불과하고, 연리와 두 사람의 혼인은 관계가 없었다. 하지만 마음이 불편한 것은 심도헌에 대한 자신의 마음을 뒤늦게나마 깨달았기 때문일까. 연리는 깊게 숨을 들이쉬고는 가마의 창문을 열었다.

"그래도 하나는 통쾌하네."

연리가 중얼거렸다. 연리는 심도헌을 그렇게 좋아한다고 티를 내고 다니던 백소윤이 제가 아니더라도 어차피 그와는 혼인하지 못하리란 것에 공허한 웃음을 흘렸다. 전혀 통쾌하지 않은 웃음이었다. 연리가 씁쓸한 속내를 가다듬으며 다시 창문을 닫았다.

제9장 재회(再會)

효진의 집에서 돌아와 기절하듯 잠들었던 연리는 이모 내외와 함께 평화롭고 느긋한 오전을 맞이했다. 문득문득 심도헌과 송화옹주의 혼인이 생각나기는 했지만 이내 어제 일을 머릿속에서 털어냈다. 그리곤 오후 늦게 이모 내외와 북한산 진관사(津寬寺)에 불공을 드리기 위해 객사를 떠났다.

"잠시 들를 데가 있는데 괜찮겠지?"

연리의 이모부, 남강수가 북한산으로 가는 길에 연리에게 의사를 물었다. 시간을 지체하기엔 좀 늦었지만 불공을 드리러 가려면 남자인 이모부가 필요했기에 연리는 괜찮다고 할 수밖에 없었다. 불공을 드리러 간답시고 불경한 짓을 저지르는 여인네들이 있어서, 여인들만 불공을 드리러 가는 것은 상스럽다고 여기기 때문이었다. 실상 꼭 그런 것만은 아니었지만 세간의 이목이란 그랬다.

"여기가 어디예요?"

연리는 가마 창문 밖으로 보이는 거대한 솟을대문에 놀라 물었다. 여기가 궁궐일까. 궁궐의 문이 저렇게 큰 걸까. 연리는 궁금함을 참지 못하고 가마에서 내렸다.

"역대 영의정 대감님들은 거의 이 집안에서 나왔다고 해도 과언이 아니지. 이런 가옥은 처음 보지?"

"네, 전 궁궐인 줄 알았어요."

"허허, 궁은 이것보다 더 크단다. 온 김에 구경할 테냐?"

"그래도 되나요, 이모부?"

"안 될 것도 없지."

자현도 두어 번 구경을 했다며 남강수는 연리를 데리고 대문 앞에 섰다. 으리으리한 중문 대신 옆의 쪽문이 열리며 하인 하나가 나와 연리의 이모 내외를 맞았다.

"어서 오십시오."

"늘 가져다 드리는 대로일세."

"예, 값을 치러드릴 터이니 안으로 드시지요."

남강수는 이 집이 예전부터 개인적으로 물품을 거래하는 곳이라고 했다. 그 말을 들으며 집 안으로 들어간 연리는 놀라움에 입을 벌렸다. 김용복이 그렇게 자랑하던 것보다 몇 배는 큰 연못이 자리 잡고 있었고, 굽이치는 줄기를 가진 흑송(黑松)이 연못 주위를 감싸고 있었다. 그 옆에는 선명한 푸른 기와로 덮인 정자가 우뚝 서 있었다.

"주인나리께서는 아니 들어오셨나?"

"예, 예전에도 그러셨지만 요즘은 밤늦게 퇴궐하십니다. 여기 계십시오."

하인이 빠른 걸음으로 어딘가로 향했다. 하인을 기다리는 동안 연리는 찬찬히 집을 살폈다. 이모와 이모부는 따로 대화를 나누느라 연리가 무엇을 하든 신경 쓰지 않는 것 같았다. 연리는 연못 가장자리를 따라 천천히 걸었다. 그 안에 노니는 다홍빛 점박이 잉어들이 물 위로 빼끔빼끔 주둥이를 내밀었다.

연리의 발걸음이 정자를 지나 담장을 따라갔다. 담장 중간에는 큰 일각대문 하나가 자리를 잡고 있었다. 아마 안채나 사랑채로 이어진 것 같았다. 예의가 아닌 줄은 알지만 이렇게 멋진 집은 다시 볼 수가 없을 것 같아 일각대문 안쪽으로 연리가 고개를 내밀었다.

'잠깐만 보고 올까.'

연리는 호기심에 문 안쪽으로 뒤꿈치를 조심히 디뎠다. 다행히 별다른 인기척이 느껴지지 않았다. 연리는 완전히 문 안으로 들어섰다. 그곳엔 정자와는 비교도 안 되는 웅장한 건물 한 채가 터를 지키고 있었다. 아마도 사랑채 같았다. 연리는 다가가 문 위에 달린 편액(扁額, 문 앞 등에 걸어놓는 글씨나 그림이 적힌 목판)을 바라봤다.

위여당(衛予當).

위여당. 나를 지키는 곳, 참 어울리는 당호였다. 이 정도의 권세를 누리는 집이라면 허세가 있을 법도 한데 있는 그대로를 나타내는 담백한 당호였다. 연리는 군더더기 없이 수려한 글씨로 적힌 편액 아래까지 걸어갔다. 가까이서 보니 마냥 수려하기만 하지도 않고 획 하나 하나가 흔들림 없이 반듯한 것이 군자답기도 했다. 그런데 그 글씨가 묘하게 눈에 익었다. 연리는 글씨를 찬찬히 뜯어보며 생각에 빠졌다.

"아이구…… 나리 오셨……요!"

연리의 감상을 깬 건 멀리서 드문드문 들리는 아까 그 하인의 목소리였다. 집에 누군가 왔는지 대문 쪽이 웅성거렸다. 그러다 문득 연리는 지금 온 누군가가 이 집의 주인일지도 모른다는 생각이 들었다. 연리는 집주인이 돌아왔을지도 모르는 이 상황에 자신이 지나치게 집 안 깊숙이 들어와 있다는 것을 뒤늦게 깨달았다.

"맨날 달이 뜨시면 돌아오시더니 오늘은 웬일로 일찍 들어오셨습니까. 관복에서 냄새나겠습니다, 나리."

"잔소리가 점점 심해지는구나. 네가 언제부터 이 집 안주인이 되었느냐."

검은 가죽신과 관모, 흉배에 기러기와 구름이 수놓인 푸른 관복을 입은 사내는 누가 봐도 이제 막 퇴궐을 한 모양새였다. 그렇다면 그가 밤늦게나 퇴궐한다는 이 집의 주인이 되는 것이었다. 주인은 조금 냉정한 어투였으나 따르는 하인은 그게 저가 미워서 하는 소리가 아님을 알고 있었다.

"저어기 연화당에 안주인이 떡! 하니 들어 계셨으면, 제가 이리 잔소리하지 않아도 안주인 마님께서 다 해주실 터이니 소인도 좀 편하지 않겠습니까."

"쓸데없는 소리."

결국 집주인은 사랑채인 위여당에 들어섬과 동시에 나불거리는 하인의 입을 닫아 돌려보냈다. 자신만의 공간인 위여당에 들어서서까지 잔소리를 듣고 싶지는 않아서였다. 위여당 바로 옆에는 하인이 말한 이 집 안주인의 거처, 연화당(蓮花堂)으로 가는 대문이 있었다. 연화당은 그의 어머니가 쓰시던 공간이었다. 하지만 어머니가 돌아가신 지금 새로운 주인이 될 그의 부인을 기다리며 지금은 비어 있는 곳이었다. 신기하게도 집은 사람이 살지 않을수록 더 낡아가서, 하인들이 거의 매일 들어가 대청에 옻칠을 하고 쓸고 닦아야 유지가 되었다.

오랜만에 연화당을 보며 어머니 생각을 하고 있던 그의 눈에 살짝 열린 대문 사이로 붉은 치맛자락이 보였다 사라졌다. 순간 잘못 보았나 했지만, 연화당 너머로 사라지는 발소리까지 들리는 걸 보니 귀신은 아니었다. 그의 머리에 비슷한 잔상이 스쳐 지나갔다. 언제 보았을까 생각하며 그는 연화당으로 발걸음을 옮겼다.

'아, 그때로군. 나도 중증이지. 어찌 모든 일이 다 연리 소저로 이어지는지.'

장연의 화평언덕에서 자신을 보고 놀라 급히 언덕을 내려가던 연리의 치맛자락을 떠올리며 그가 스스로를 나무랐다. 새삼스러운 일은 아니었다. 잊으려고 해도 연리에 대한 생각은 계속해서 떠올랐고, 연리에 대한 생각을 머리에서 밀어내고자 그는 더욱 일에 매진했다. 그에 따라 도헌의 퇴궐시간이 늦어진 것은 당연했다. 하지만 며칠간의 밤샘은 그를 지치게 했고, 어쩔 수 없이 오늘은 일찍 퇴궐해야 했다.

끼이익.

그는 조심스럽게 연화당 대문 앞으로 가 두 짝 중 닫혀 있던 한쪽 문을 마저 열고 안으로 들어갔다. 비어 있는 연화당의 정원 가운데에 고운 붉은 치마, 남색 저고리를 입은 소저가 뒤돌아 있었다.

"누구시오?"

연리는 가까이 다가오는 하인과 그 주인으로 추정되는 목소리에 급히 몸을 피했었다. 무례하게 남의 집을 마음대로 돌아다닌 것이니 주인을 만나 좋을 것이 없기 때문이었다. 그렇게 연리가 몸을 피한 곳은 연화당이었는데, 그때 뒤에서 누구냐고 묻는 목소리가 들려왔고 연리는 화들짝 놀라 뒤돌았다.

"연리 소저."

그를 보고 놀라는 여인의 얼굴이 화평언덕에서 봤던 그때와 같았다. 도헌은 진짜 이곳에 있는 사람이 연리인지 자신의 눈을 의심했다. 연리는 자신을 부른 그를 보고서야 왜 위여당이라는 편액에 쓰인 글씨와 하인과 대화를 나누던 목소리가 익숙했는지 알았다.

연리가 몇 번이고 읽었던 편지를 쓴 사람이자, 그녀에게 청혼했던 사람. 연리는 눈앞에 서 있는 심도헌을 멀거니 바라봤다. 그가 이 집의 주인이라는 것을 믿을 수 없었다.

"왜 그대가 여기 있소?"

도헌은 나비가 날아다니는 연화당 정원에 꿈처럼 서 있는 연리에게 다가가 물었다.

"그게, 구경을 하다가 길을 잃어…… 아니, 이모님을 따라 한양에 왔다가 우연히."

연리가 답지 않게 말을 더듬었다. 이 집의 주인이 심도헌이라고 생각하니 하늘이 무너지는 것 같았다. 눈을 깜박일 때마다 팔랑이는 속눈썹이 연리가 얼마나 안절부절못하고 있는지를 보여주었다.

"오늘로 전 확실하게 알았습니다. 제가 한평생 혼인을 못 한다고 해도 나리와 혼인할 일은 없다는 것을요."

뜬금없이 연리의 머릿속에 몽금포에서 제가 도헌에게 내뱉었던 말들이 떠올랐다. 연리는 그렇게 독설을 해놓고 천연덕스럽게 그의 집을 구경하고 있는 자신을 그가 뻔뻔하다고 느낄 거라고 생각하자 낯이 뜨거워졌다. 물론 연리가 이 집이 도헌의 집인지 알고 들어온 것은 아니었지만, 주인도 없는 집에 이렇게 깊숙이 들어와 있는 것은 확실히 문제였다.

"정말 몰랐어요. 나리의 집인 줄은…… 정말. 알았다면 들어오지 않았을 거예요."

연리는 이모부에게 이 집이 정확히 누구의 집인지 물어보지 않은 것을 후회했다.

"게다가 늦은 밤에나 퇴궐하신다고 들었어요."

"……오늘은 아니었소."

심도헌은 오늘 일찍 퇴궐한 것이 연리와의 만남을 위해서였다는 생각이 들었다. 소저를 보게 되어 기쁘다, 어서 오십시오, 같은 인사말들이 도헌의 머리를 스치고 갔지만 막상 말을 꺼내기가 여간 어려운 것이 아니었다.

"그런 것 같네요."

연리가 그런 것 같다며 고개를 숙였다. 두 사람의 눈앞에 날아다니는 나비의 날갯짓 소리까지 들릴 만큼 고요한 정적이 찾아왔다.

"그럼 실례하겠습니다. 안녕히 계세요, 나리."

연리는 참담한 얼굴로 도헌에게 인사를 남겼다. 연리도 도헌과 언젠가 다시 만나는 것을 상상해 본 적 있었다. 하지만 이런 만남은 아니었다. 무례하게 그의 집을 헤집다가 그에게 발각되는 만남을 원한 게 아니었다. 도헌은 연리가 그를 지나쳐 연화당 대문을 나가고 나서야 정신을 차렸다. 연리를 잊으려는 그간의 노력은 어느새 기억 저편으로 사라지고, 도헌은 지금이 아니면 다신 못본다는 생각 하나로 연리를 뒤따랐다.

"이모부, 돌아가요."

연리는 흑송을 어느 지역에서 캐왔을 것이다, 같은 이야기를 이모와 나누고 있는 이모부를 붙잡아 대문으로 이끌었다. 갑작스러운 조카의 재촉에 남강수는 당황했다. 아직 잔금도 받지 못했는데 가자니, 게다가 남강수는 조금 더 이 집에서 운치를 즐기다 가고 싶었다.

"아니, 온 지 얼마나 되었다고? 이렇게 좋은 가옥은 구경할 기회가 많지 않단다. 왜 네 눈에는 이 가옥이 별로더냐?"

"그런 게, 그런 게 아니에요. 애초에 오는 게 아니었어요. 절 뭐라고 생각할까요?"

연리는 거의 울먹이다시피 말했다. 자꾸만 떠오르는, 왜 여기 있냐는 도헌의 물음이 마치 연리를 질책하는 것 같았다.

"누가 말이냐? 갑자기 왜 그러는 게야?"

자현은 조카의 울상을 보고는 왜 그러느냐 재촉했지만 연리는 대답 대신 고개만 저었다. 하지만 곧 연리에 대한 관심은 그녀를 따라 위여당에서 나온 도헌으로 옮겨졌다.

"벌써 돌아가십니까?"

연리는 등 뒤에서 들려오는 도헌의 목소리에 흠칫 놀라 뒤돌았다. 연리는 도헌의 말을 왜 조금 더 머물지 않느냐는 말로 착각할 것만 같아 대답하지 않았다. 하지만 도헌은 더 무슨 말을 하기보다는 연리의 옆에 서 있는 이모 내외에게로 시선을 돌렸다. 도헌이 그들을 바라보고 있자 연리는 한참 만에야 도헌이 소개를 바란다는 것을 알아챘다.

"아, 이쪽은 저희 이모이시고, 이쪽은 이모부세요."

연리는 자신의 친척이 양반이긴 하지만 도헌의 집에 물건을 대는 상인이라는 것에 그가 어떻게 반응할지 몰라 도헌의 표정 변화에 집중했다.

"와 계신 줄 몰랐습니다. 심도헌이라 합니다."

"아, 예. 당연히 압니다. 남강수입니다."

"돌아가신 아버님과 함께 계시던 모습을 몇 번 뵈었습니다. 맞습니까?"

도헌은 기억을 되살려 연리의 이모부를 아는 척했다. 얼굴에는 살짝 웃음을 머금은 채였다. 같은 양반이라도 급은 있는 법. 연리는 당연히 도헌이 관직에 나아가지 않은 이모부와 어울리기 싫어 금방 이 자리를 뜰 것이라고 예상했다. 하지만 연리의 예상과 달리 도헌은 밝은 얼굴로 이모부와 대화를 이어갔다.

"예, 대감마님께서 생전에 낚시를 좋아하셔서 자주 함께했었습니다."

남강수의 말에 도헌이 고개를 끄덕였다. 연못을 이렇게 크게 판 이유도 돌아가신 아버지가 낚시를 워낙 즐겼기 때문이었다. 이판대감과 남강수는 달에 한 번쯤 이 못에서 낚시를 즐겼었다.

"그럼, 오늘은 저와 낚시를 해주시겠습니까? 오랜만에 아버님의 친우를 뵈니 반가워 그렇습니다."

연리는 도헌의 제안에 놀랐다. 아까 벌써 가느냐고 물었던 도헌의 질문은 정말로 더 머물러 주길 바라는 의미였던 것이다. 게다가 남강수를 아버지의 친우라고 지칭하기까지 했다.

"불공은 내일 드리러 가도 되겠지?"

남강수는 이미 낚시에 마음이 기울어서 불공은 안중에 없었다. 자현은 일정이 하루 정도 미뤄져도 관계없다는 의미로 고개를 끄덕였다. 결국 절에 가는 대신 연리는 이모부와 도헌의 낚시를 구경하게 됐다. 물론 도헌이 도대체 무슨 생각으로 이모부에게 낚시를 제안했는지 의문이 남은 채였다.

"저도 소개시켜 드리고 싶은 사람이 있습니다."

하인을 시켜 낚싯대와 미끼를 가져오게 한 도헌은 그와 함께 누군가를 불러오게 했다. 그 사이 연리와 이모는 연못이 내려다보이는 정자 위에서 다담상을 받았고, 이모부와 도헌은 연못 앞에 나무 의자를 대고 앉아 낚싯대를 드리울 터를 잡았다.

"관직에 오르기보다는 이 일을 하는 것이 부국강병에 보탬이 되는 일이라 생각되어 하고 있습니다. 그러다 보니 학식이 짧아 나리의 대화 상대로는 부족치 않을까 싶습니다."

나무 의자를 고쳐 앉으며 남강수가 겸손하게 먼저 말문을 텄다. 낚시는 기다림의 연속인지라 옆 사람과의 대화조차도 낚시의 일환이기 때문이었다.

"아버님과 대화를 나누셨다면 저와 나누지 못할 것이 뭐가 있겠습니까."

그에 도헌이 겸손하게 자신을 낮췄다. 아버지가 만약 남강수와 대화가 되지 않았다면 그와 함께 자주 낚시를 즐겼을 리가 없다고 생각한 것도 맞았다.

연리는 자현이 우려주는 찻물을 받으며 정자 아래서 들려오는 이모부와 도헌의 대화에 미소를 지었다. 남강수는 말 하나하나에 신중을 기했고, 자신이 조선팔도와 명나라를 돌아다니며 얻은 교양과 지식들을 자랑치 않으면서도 자연스럽게 언급했다. 연리가 듣기에 도헌도 그런 이모부와의 대화를 마음에 들어 하는 것 같았다. 연리는 자신의 친척이 교양 없고 지체 없는 이들이 아니라는 것을 도헌이 알게 된 것이 조금 뿌듯하기도 했다.

"이렇게 좋은 가옥은 조선에서 아주 보기 드뭅니다. 아니 그렇소, 부인?"

남강수는 틈틈이 정자 위의 자현에게 말을 걸었다. 좋은 것은 항상 아내와 나누길 좋아하는 그의 성격이었다.

"예, 서방님. 연리 너는 어떠니?"

"아름다워요."

연리는 최대한 말을 아꼈다. 도헌의 집에 대한 칭찬이 마치 자신이 그의 재산을 탐내는 듯한 인상을 줄 수도 있다는 우려 때문이었다. 하지만 도헌은 연리의 짤막한 대답이 그녀가 이 집을 별로 마음에 안 들어 한다고 느껴져 정자 위를 올려다봤다.

'혹시 너무 사치스럽다고 생각하는 건가.'

도헌은 연리와 연리의 아버지인 양현군은 청렴하고 검소한 이들이니 이 집을 그렇게 느낄 수도 있다는 생각이 들었다. 순간 연리가 이 집에 들어오면 연리의 취향대로 집을 고칠 수 있을 거란 생각을 한 도헌은 그것을 입 밖으로 뱉지 않기 위해 혀를 살짝 물었다.

'내 청혼을 다시 받아줄 리도 없거늘.'

그렇게 자책하는 도헌의 뒤로 하인을 따라 한 여인이 걸어와 멈춰 섰다.

"왔느냐. 제 여동생입니다. 연리 소저께 소개해 드리고 싶어 불렀습니다."

"심도희라 합니다."

도헌이 자리에서 일어나 여동생을 소개했다. 연리는 백소윤이 말하던 심 소저가 저 여인이구나, 하고 떠올렸다.

도헌은 남강수에게 인사시킨 동생을 정자 위로 올려 보냈다. 심도희가 조심스러운 발걸음으로 자현과 연리가 있는 정자 위로 올라왔다.

"오라버니께 말씀 많이 들었어요. 연리 소저."

심도희는 두 사람의 앞에 앉아 작은 목소리로 인사했다. 작고 부드러운 심도희의 목소리는 그녀가 얼마나 얌전하고 조용한 소녀인지를 알려주었다. 가연의 또래로 보이는 심도희는 오라비인 도헌에게 들은 말들로 인해 꼭 연리를 만나보고 싶었노라 말했다. 연리는 도헌이 도희에게 자신에 대해 과연 무슨 말을 했을까 싶었다.

"연리야, 심도헌 나리와 네가 아는 사이니?"

연리가 심도헌에게 자신과 남편을 소개하는 것을 이상타 생각했던 자현은 심도희의 말을 듣고서 확신이 들었는지 그와 아는 사이냐고 물었다.

"예, 장연에서 연이 좀 있었어요."

연리의 입에서 연이 있었다는 말이 나오자 도헌이 정자 위의 말소리에 귀를 기울였다.

"오라버니께서 장연에 암행어사로 가셨다지요?"

심도희가 말을 보탰다. 두 사람의 말에 자현이 그래서 두 사람이 일면식이 있나 보구나, 하고 수긍했다. 심도희가 연리를 보며

빙긋 웃었다. 웃어주는데 인상을 찌푸릴 이유가 없으니 연리도
마주 웃어주었다. 연리는 심도희가 백이명의 누이들과 비슷한 성
향의 사람이면 어쩌나 걱정했다. 하지만 심도희는 매우 차분하고
편안했고 연리도 따라서 몸의 긴장을 풀었다.

"오라버니께서는 아무리 물어도 암행어사 일이 어땠는지 말씀
을 안 해주세요. 장연에서 오라버니는 어땠나요?"

"글쎄요. 정말로 듣고 싶으세요?"

도헌이 자신을 불편하게 대하지 않고 그의 여동생까지 소개를
시켜줬기 때문에 연리는 원래 명랑한 모습을 조금 드러냈다. 연
리는 장난을 가득 담아 입을 열었다.

"나리를 처음 뵈었을 때 첫인상은 최악이었죠."

그 말에 정자 아래 심도헌이 움찔 낚싯대를 떨었다.

"물고기가 잡혔나 봅니다."

남강수가 물고기가 잡힌 것 같다며 도헌의 낚싯대를 살폈다.
하지만 들어 올린 낚싯대는 텅 비어 있었고 남강수는 몹시 아쉬
워했다.

"부딪쳐도 사과 한 마디 없으셨고, 저희 집에 오셔서는 예, 아
니오. 이 말만 하고 돌아가셨어요."

"어머. 오라버니, 정말 그러셨어요?"

오라버니의 성격을 누구보다 잘 아는 심도희는 그럴 만도 하다
고 생각했다. 하지만 장난치고 싶어 하는 연리의 얼굴에 함께 맞
장구를 치며 괜히 도헌에게 정말 그랬느냐 물어봤다. 도헌은 못
들은 척 크흠, 하고 목을 가다듬었다.

"게다가 두 번째 뵈었을 때는 기생집에서 나오고 계셨죠."

"그것은!"

귀를 기울이고 있지 않은 척하던 도헌이 기생집이라는 말에 벌떡 일어섰다.

"그것은 어사로서 간 것입니다. 절대 생각하시는 그런 일로 간 것이 아닙니다."

도헌이 진지한 얼굴로 단호하게 말했다. 그 말에 연리가 참지 못하고 입에 웃음을 활짝 피웠다.

"예, 믿습니다."

입가의 미소를 손으로 가린 연리가 말했다. 연리의 작은 손 사이로 보이는 웃음에 도헌은 그녀가 일부러 짓궂게 굴었다는 것을 깨달았다. 도헌이 옷자락을 정리하며 다시 낚싯대 앞에 앉았다.

"저는 처음 보는 사람들과 쉽게 어울리는 재주가 없습니다."

연못 가운데로 낚싯대를 던진 도헌은 첫인상이 별로였다는 연리의 말에 대답하듯이 허공에 대고 말했다.

"항상 아는 사람만 만날 수는 없잖아요. 노력하셔야지요. 지금처럼."

연리는 그 말이 자신을 향한 것임을 알고 똑같이 허공에 대고 대답했다. 연리는 도헌이 지금 노력하고 있다는 것을 알았다. 가려는 저를 잡아두었고, 일부러 이모부에게 낚시를 하자고 권유했으며, 그의 여동생을 소개시켜 주었다. 그것이 그가 남긴 편지에 스며들어 있던 배려의 연장선인지 아닌지는 알 수 없었다. 연리는 도헌이 아직도 자신을 연모하는 것일지도 모른다고 착각할 것만 같았다. 도헌이 연리의 말에 이어 답하려는데 남강수의 낚싯대에 물고기가 걸려들었고, 도헌과 연리의 대화는 끊어졌다.

"아무도 나리가 암행어사인 줄 몰랐어요. 나리께서 사또를 잡아들이고 떠나시는 날에야 알았어요."

"멋있으셨나요?"

"부채 대신 검도 어울리셨습니다. 무관을 하셔도 되겠던걸요."

연리는 제 오라버니가 멋있었느냐 묻는 심도희에게 장연을 떠나는 날 집에 왔던 도헌의 모습을 떠올리며 답해주었다. 칼을 들고서 역졸들을 이끌고 온 도헌은 그 매서운 표정으로 그의 손바닥보다 작은 편지를 조심스럽게 건네주고 갔더랬다. 연리가 기억 속으로 빠져드는 동안, 심도희는 오라비의 부채에 관한 이야기를 꺼냈고 자현은 담양에서 만든 부채가 그렇게 시원하고 향이 좋다고 말해주었다.

"그럼 내일은 무얼 하시나요?"

"내일은 북한산 자락에 있는 진관사에 오늘 못 드린 불공을 드리러 갈 생각이에요."

큰 소득 없이 작은 잔챙이 두 마리를 잡은 남강수와 심도헌이 슬슬 낚싯대를 정리하자 세 사람도 대화를 마무리하기 시작했다. 연리가 내일 불공을 드리러 간다고 하자 심도희의 낯빛이 밝아졌다.

"오라버니, 연리 소저는 내일 불공을 드리러 간대요. 저도 함께 가도 되나요?"

하인에게 낚시 바구니를 건네던 심도헌이 정자 위를 올려다봤다.

"나와 함께 간다면 허락하마. 그보다 함께 가도 되느냐고 소저께 부탁부터 드려야지."

도헌이 허락과 함께 순서가 잘못되었다고 동생을 짐짓 나무라는 척을 했다. 하지만 속으로는 여동생이 오랜만에 외출하겠다고 하는 것을 기뻐해 마지않았다. 손서강과의 일이 있은 뒤로 심도희는 지나칠 정도로 외출을 삼갔기 때문이었다.

"저도 함께 가도 되나요, 연리 소저?"

"물론이에요."

연리는 이모를 한 번 보고는 당연하다며 고개를 끄덕였다.

저물어가는 해를 보며 연리와 이모 내외는 함께 객주로 돌아왔다.

"생전 이판대감도 좋은 분이셨지만, 아들인 심 장령 나리도 사람이 꽤 괜찮더구나."

옷을 갈아입고 식사 자리에 앉은 남강수는 반기의 덮개를 열며 심도헌의 이야기를 꺼냈다. 오늘 일정을 모두 뒤엎게 만든 이가 심도헌이었으니 식사 자리에 그의 이야기가 나오는 것은 당연한 수순이었다.

"연리야, 너와 그분은 뭐가 더 없니?"

도헌과 연리의 사이가 그다지 나빠 보이지가 않아서 자현이 혹시나 하는 마음에 물었다. 그에 연리는 뭐가 더 있겠냐며 모르는 척 연근 요리를 집어 먹었다. 솔직히 오늘 마음이 흔들리지 않았다고 하면 거짓말이었다. 아마 장 숙의를 만나지 않았다면 연리는 심도헌이 아직 자신을 좋아한다고 착각했을지도 몰랐다. 하지만 이미 연리는 장 숙의가 심도헌을 송화옹주의 남편감으로 보고 있다는 것을 알고 있었고, 괜한 기대는 하지 않기로 했다.

다음 날, 심도헌과 여동생 심도희는 연리네 보다 한참 일찍 진관사에 도착해 있었다. 그날은 달에 한 번 있는 입궐하지 않는 날로 도헌도 편안한 평복 차림이었다. 날씨도 적당히 구름이 끼어

덥지 않게 산을 오를 수 있었다.

"벌써 와 계셨습니까."

막 진관사에 도착한 남강수가 도헌에게 다가가 말을 걸었다. 남강수의 뒤를 따라 올라온 연리는 산을 오르느라 더운 기운과 습기가 찬 쓰개치마를 살짝 펄럭여 시원한 산바람이 들어오도록 했다. 도헌과 연리의 눈이 마주쳤지만 두 사람 다 고개를 돌려 시선을 피했다.

"일찍 왔다면 주지스님과 예불을 드릴 수 있었을 텐데. 아쉽구나."

오긴 했지만 자현은 새벽 예불을 오지 못한 것을 못내 아쉬워했다.

"먼저 삼배 하시지요."

자현은 남편과 한 발 뒤로 물러나 심도헌과 심도희에게 먼저 불당에 들라고 했다. 두 사람이 삼존불 앞에 삼배를 하고 나오자 연리와 이모 내외가 뒤따라 불당에 들었다. 그러나 불당에서 나올 때는 연리 혼자였다.

"두 분은 왜 나오지 않으세요?"

홀로 나오는 연리를 보고 심도희는 자현과 남강수는 왜 나오지 않느냐고 물었다.

"백팔배를 드리신대요. 두 분 사이에 아직 자식이 없으시거든요. 이모도 이모부도 불심이 저렇게 깊으신데 말이에요."

연리의 설명에 도희는 불당 안에서 절을 올리는 자현과 남강수를 보며 안쓰러운 표정을 해 보였다. 연리의 이모 내외는 쉰둥이(50세에 낳은 아이, 늦둥이)도 좋으니 아이 하나만 점지해 달라며 절이 있는 곳이라면 가는 곳마다 죄다 불공을 드리곤 했다.

연리는 개의치 말고 함께 탑을 돌자며 도희를 이끌었다.

"그러고 보니 장령 나리는 어디 가셨나요?"

방금 전에 도희와 함께 삼배를 드리고 나왔었는데 어느새 도헌은 사라지고 없었다.

"누구를 데리러 가신다고 하셨어요. 어, 저기 오시네요."

연리와 함께 탑 주위를 돌며 우요삼장(右繞三藏)하던 도희가 저쪽에서 걸어오는 도헌을 발견했다. 도헌의 뒤에는 하늘색 도포를 입은 이가 뒤따라오고 있었다. 도헌은 뒷짐을 지고서 걸어와 탑 앞에 멈춰 섰다.

"소저를 만나고 싶어 하는 사람이 있어 데려왔습니다."

심도헌은 그렇게 말하면서 옆으로 비켜섰다. 그와 함께 도헌의 뒤에 서 있던 사람이 모습을 드러냈다. 그이는 연리도 아는 사람이었다.

"오랜만에 뵙습니다."

백이명이 어색하게 웃으며 연리에게 인사했다.

"반가운 얼굴을 뵙습니다. 한양에서 이리 소저를 다시 뵐 줄은 몰랐습니다."

"예, 저도 이리 다시 뵐 줄은…… 저도 반가워요."

진심으로 반가워하는 백이명을 보고 연리는 반갑기는 했지만 떨떠름하게 인사했다. 어찌되었든 백이명이 설과 헤어진 것은 사실이기 때문에 마냥 반가울 수 없었던 것이었다. 하지만 설만큼이나 반쪽이 된 얼굴로 나타난 백이명을 보니 당장에 화를 내고픈 마음은 들지 않았다.

"나머지 자매 분들은 한양에 오시지 않았습니까?"

백이명이 연리의 주위를 둘러보며 말했다. 다른 사람들은 그저 자매들을 찾나 보다 하겠지만, 연리와 도헌은 그것이 설을 찾고 있다는 말임을 알아들었다.

"저만 왔어요. 나머지 자매들은 장연에 있지요."

"모두 말입니까?"

"한 명은 빼고요. 넷째는 평양에 놀러가 있거든요."

연리는 설에 대해 묻는 것을 뻔히 알면서도 모르는 척 넷째에 대해 말했다. 그에 백이명은 실망스러운 얼굴로 어깨를 축 늘어뜨렸다. 설을 만날 수 있을까 기대했던 걸까. 설이 그리운 걸까. 연리는 살짝 기분이 좋아졌다. 하지만 백이명과 심도희가 혼인할 사이라던 백소윤의 말이 마음에 걸렸다.

"심 소저, 백이명 나리와 무슨 사이십니까?"

연리는 도헌과 이명에게 들리지 않게 심도희의 귀에 속삭였다.

"무슨 사이라니요. 백이명 나리는 저희 오라버니의 가장 친한 친우이실 뿐이에요."

연리의 말에 심도희가 화들짝 놀라며 돌아보곤, 그녀의 귀에 부정의 말을 속삭였다.

"아, 그래요. 제가 뭔가를 잘못 들었나 봐요."

연리는 도희의 부정에 조금 안심했다. 이걸로 백이명이 심도희가 혼인할 거라던 백소윤의 말은 거짓말인 것이 확인되었다. 그렇다면 백이명은 심도헌의 강요로 한양행을 결정하고, 설은 소윤의 거짓말로 상처 입은 걸까. 백이명은 아직 설에게 감정이 남은 걸까. 연리는 두 사람이 틀어진 원인을 생각했다.

백이명은 한양에 돌아와 내내 설을 그리워하고, 그 그리움을 술로 달랬다. 그의 화창하던 얼굴에 그늘이 진 이유였다. 그런데 불현듯 오늘 아침 댓바람부터 도헌이 이명을 찾아와 한양에 연리가 와 있다며 그를 깨웠고, 이명은 간밤에 마신 술에 대한 숙취를 느낄 새도 없이 헐레벌떡 일어나 북한산을 올라온 것이었다. 그 증거로 이명의 옷차림은 조금 흐트러져 있었다.

"어머, 오라버니 비가 와요!"

심도희는 연리에게 도대체 누구한테서 무슨 말을 들었느냐 물어보려다가 얼굴에 툭 떨어지는 물방울에 하늘을 올려다봤다. 도희의 말에 심도헌이 하늘을 향해 손을 들어올렸다. 심도헌의 손바닥에도 빗방울이 하나 떨어졌다. 그렇게 한두 방울씩 떨어진 빗물이 흙바닥에 자국을 남기기 시작했다. 연리는 그게 마치 백이명이 떠난 날, 설이 흙바닥에 흘렸던 눈물 같아 언니를 떠올렸다.

비를 피해 네 사람이 불당 처마 밑으로 자리를 옮겼다. 그때부터 빗방울이 길게 자라나 빗줄기를 이뤘다.

"비가 시원한 게 이제 여름인가 봐요."

비안개 섞인 바람이 시원하다며 심도희가 마루에 앉아 쏟아지는 빗줄기를 바라봤다. 비 내리는 소리에 불당 안에서 자현이 읊는 불경 소리가 섞여들었다.

"그때도 이렇게 비가 내렸습니다. 찬비라 설이 소저께서 크게 앓으셨던 게 기억납니다. 사월 스물엿새가 마지막이었던 것 같습니다. 얼굴을 뵌 것이……."

연리의 옆에 선 백이명이 정확한 날짜까지 꼽아가며 장연에서의 일들을 헤아렸다. 말끝을 흐린 백이명의 얼굴이 날씨만큼이나 흐렸다.

"다시 안 보실 생각으로 떠나신 게 아니셨나요?"

연리는 백이명이 설을 그리워한다는 것에 꽤나 마음이 풀어졌지만 그럼에도 말은 차갑게 내뱉어졌다. 백이명은 먼저 떠난 사람이었고, 남아서 눈물 흘린 사람은 연리의 언니인 설이었기에 당연했다. 백이명이 한양으로 가는 것이 암행어사를 돕기 위한 일의 일환이었다고 해도 일언반구의 말도 없이 떠난 것은 사실이었다.

"많이 슬퍼했습니까."

백이명은 처마 밑에 매달린 작은 종을 타고 흐르는 빗물을 보며 설이 많이 슬퍼했느냐고 물었다.

"그걸 진정 몰라 물어보시는 건 아닐 테지요."

연리는 그의 질문이 어이가 없었다. 지금 그 당연한 것을 굳이 묻는 백이명의 얼굴을 보기 위해 연리가 고개를 돌렸다. 심도희가 심상치 않은 두 사람의 대화에 눈치를 보며 뒤로 물러나 오라비의 곁으로 갔다.

"다행입니다. 저는 저와의 이별을 조금도 신경 쓰시지 않을까 봐……."

백이명은 울 것 같아 보였지만 그의 눈에는 조금의 기쁨도 섞여 있었다. 백이명은 설이 자신이 떠나고도 슬퍼하지 않으면 어쩌나, 자신이 설에게 그 정도밖에 되지 않는 사람이면 어쩌나 시름에 잠겼었다. 그런데 설이 슬퍼했다고 하니 기쁠 밖에.

그 모습에 연리는 예전에 백이명이 언니의 마음을 눈치채지 못하지 않았을까 했던 우려가 사실이었음을 알았다. 백이명은 설이 자신을 연모하지 않는다고 생각했던 것이었다.

"아니, 물론 슬퍼하셨다는 것이 기쁘다는 것이 아닙니다."

백이명이 떠듬떠듬 변명했다. 연리는 설이 아파 그의 집에 머물렀을 때를 떠올렸다. 지금 백이명의 모습은, 설이 자신의 집에 머무는 것이 기쁘다고 했던 그때의 모습과 같다고 생각했다. 아직 그는 설에게 마음이 있는 것이 분명했다. 그렇다면 아버지가 설의 한양행에 대해 적은 연통을 백이명에게 넣었을 터인데, 왜 한양에 왔던 설을 만나러 가지 않았는지 의문이 들었다.

"나이가 들었는지 이제는 백팔배도 힘이 드는구나."

연리가 백이명에게 양현군의 편지를 받지 못했냐 물어보려 할 때, 불당에서 연리의 이모 내외가 걸어 나왔다. 무릎이 안 좋은 이모 자현 대신 백팔배를 올린 남강수는 땀에 흠뻑 젖어 있었다.

"다행히 소낙비였나 보네요."

이모 내외가 나오자 수그러드는 빗줄기를 보며 도희가 말했다. 도희는 작약 꽃이 수놓인 흰 저고리가 비에 젖지 않아도 된다는 것에 안도했다. 백이명이 연리의 불당에서 나온 이모 내외와 인사를 했다. 백이명은 특유의 친근한 성격으로 연리의 이모 내외와 금세 정답게 이야기를 나눴다.

"괜찮다면 산 아래 제 집에 오셔서 잠시 쉬었다 가시겠습니까?"

백이명은 여기 서서 이렇게 이야기를 나눌 게 아니라 함께 자신의 집에 가자고 권유했다. 자현은 그 말에 곤란한 얼굴을 했다.

"한양에 온 김에 주지스님을 뵈고 갈 생각인데…… 그럼 연리야, 너는 내려가 먼저 쉬고 있겠니? 어차피 예서 이모 기다리려면 많이 지루할 게야."

"저는 좋습니다."

이명은 자현의 제안도 나쁘지 않았다. 연리에게 설의 이야기를 더 듣는 것이 주목적이었기 때문이었다. 연리도 여기서 이모와 함께 주지스님의 지루한 설교를 듣고 싶지는 않았기 때문에 먼저 백이명의 집으로 내려가는 것을 택했다. 연리는 심도희와 담소를 나누면서 비에 살짝 젖은 산길을 내려갔다.

산 아래 위치한 백이명의 집은 심도헌의 가옥과 달리 화려하게 장식된 가옥이라 눈에 확 띄었다.

"잠시 소저들을 데리고 들어가 있게. 난 옷만 갈아입고 가겠네."

집에 도착한 백이명은 급하게 북한산을 오르느라 대충 차려입은 옷차림을 정돈하기 위해 자신의 방으로 향했다. 그 사이 도헌과 연리는 사이 방문에 발을 치고서 하인들이 들여온 찻상을 받았다. 연리는 자신의 옆에 앉는 도희 옆으로 또 하나의 찻상을 발견했다. 백이명의 찻상이라면 도헌의 옆에 있으니 연리는 저 것이 누구의 것일까, 하고 생각했다.

"심 소저!"

그 궁금증은 심도희를 부르며 들어온 한 여인으로 인해 풀어졌다. 밝은 얼굴로 방문을 열고 들어온 여인은 연리와 좋은 연이라고는 할 수 없는 백소윤이었다. 소윤은 연리가 처음 봤을 때처럼 큼지막한 노리개에 금박 물린 비단옷을 입어 화려한 차림새였다. 백이명의 집에 따라오겠다고 하면서도 연리는 그의 누이들이 집에 있을 것까지는 미처 생각지 못했다.

소윤도 도희가 왔다는 말에 달려왔으나 도희의 옆에 연리가 있을 줄은 몰랐는지 얼굴을 딱딱하게 굳혔다.

"연리…… 소저. 소저께서 어찌 여기에 계십니까?"

"인사가 먼저 아닐지요."

연리가 무례하게 인사도 하지 않는 소윤에게 대꾸했다.

"······예, 오랜만에 뵙습니다. 소저."

다시는 볼 일이 없을 줄 알았는데. 소윤은 반갑다는 말은 일부러 하지 않았다. 연리도 그녀가 반갑지 않아 별달리 인사를 건네지 않고 고개를 끄덕였다. 연리는 향주(鄕主)의 칭호를 가진 여인이었기에 고개만 끄덕이는 것이 전혀 무례한 일이 아니었다.

소윤은 장연에서 보았을 때처럼 여전히 고고해 보이는 연리의 자태가 마음에 들지 않았다. 연리가 입은 옷은 자신의 옷보다 훨씬 수수한데도 그녀가 더 고와 보이는 것도 별로였다.

"한양에 오신지 몰랐어요. 오셨다고 연통하셨으면 인사드렸을 텐데요."

소윤은 예의상 그랬을 거라고 말했다. 하지만 연리는 소윤이 설이 한양에 왔다는 연통에 싸늘하게 대했다는 것을 이미 들은 뒤라 그것이 가식이라는 것을 알고 있었다.

"온 지 얼마 되지 않았습니다. 지평 나리와도 오늘 처음 뵙는 거지요."

"아, 그러셨군요."

시큰둥하게 답한 소윤이 도희의 옆에 놓인 제 몫의 상 앞에 앉았다. 그리곤 허리를 꼿꼿이 세우고서 차를 음미하는 연리를 흘끗 보았다.

"연리 소저께 한양 음식이 입에 맞으셨을지 모르겠어요. 장연에 비해 너무 기름지지 않았나요? 하긴 시골 분들은 입맛이 까다롭지 않다던데."

"예, 열구자탕(신선로)이 입맛에 꼭 맞더군요. 맛있었어요."

소윤의 얼굴이 팍 구겨졌다. 열구자탕은 궁중음식으로 웬만해서는 잘 먹을 수 없는 고급 음식이었다. 연리가 자신을 시골 사람이라고 비웃으려는 소윤의 얄팍한 수를 모를 리 없었다.

"그렇군요. 그보다 심 소저, 이렇게 와주어서 고마워요. 언제 놀러와 주나 기다렸어요."

소윤은 뜻대로 연리를 깎아내리지 못하자 금세 대화의 방향을 틀었다. 연리가 먹은 열구자탕에 대한 이야기를 나누고 싶지는 않았기 때문이었다. 그녀의 관심이 제게 쏠리자 심도희는 어색하게 웃어 보였다. 조용하고 얌전한 도희는 적극적인 소윤의 성격이 늘 버겁게 느껴졌다.

"아참, 소문 들으셨어요? 사옹원 판관 나리의 여식이 사내와 야반도주를 하려다 들켰대요."

도희가 어색하게 느끼든 말든 소윤은 판관의 여식에 관한 소문을 재미있는 이야깃거리로 꺼내놓았다.

"이렇게 한양 바닥에 소문이 자자하게 났으니 판관 나리의 얼굴에 먹칠을 한 셈이네요. 심 소저께서도 들으셨죠?"

"예? 아, 아니요."

심도희가 자신은 듣지 못했다며 고개를 돌렸다. 도희의 얼굴은 희게 질려 있었다. 옆에 앉아 있던 연리는 도희의 손이 조금씩 덜덜 떨리는 것을 발견했다. 야반도주, 도희는 그 단어 하나에 놀란 것이었다. 연리는 도희가 열네 살 무렵 손서강에 의해 비슷한 일을 겪었다는 것을 기억해 냈다. 아마 판관의 여식처럼 소문이 났다면 심도희도 오라비인 도헌의 얼굴에 먹칠을 했을 터였다. 하지만 다행히도 도희가 그런 일을 겪었다는 것을 아는 사람은 도헌과 도헌의 편지로 그 사실을 알게 된 연리뿐이었다.

"같이 도주하려던 사내가 건드린 처자가 한둘이 아니라던데요. 그런 사내에게 속는 바보 같은 여인들이 있다는 게 믿기지 않아요.”

소윤은 같은 여인인 판관의 여식에게 조금의 동정심도 보이지 않았다. 소윤이 말을 할수록 도희는 심하게 손을 떨었다. 이제 심도희가 들고 있는 찻잔은 다른 손에 든 받침과 부딪쳐 달그닥 달그닥 소리까지 내고 있었다.

“여인들을 속인 그 사내가 문제예요. 속은 사람은 죄가 없죠.”

연리는 소윤의 말에 욱했다. 그렇게 말하면서 연리의 시선이 발 너머에서 여동생을 불안하게 바라보는 심도헌을 향했다. 발을 사이에 두고 있었지만 연리와 도헌은 찰나 동안 눈빛을 나눴다.

도헌은 연리의 말이 도희를 위로해 주기 위한 말임을 알았고, 소리 없이 빙긋 웃었다.

“그래도 조심은 했어야죠.”

“작정하고 속이는 것을 양갓집 규수들이 어찌 조심하겠어요.”

연리가 또다시 소윤의 말에 반박했다. 소윤은 차마 짜증을 내지는 못하고 입술을 깨물었다.

“그리고 소문은 소문일 뿐. 사실이 아닐 수도 있지 않나요.”

“제가 지금 거짓말을 한다는 건가요? 흥, 미안하지만 사실이에요. 그 사내 이름이 손…… 뭐라던데.”

결국 그 순간 심도희가 찻잔을 떨궜다. 치마폭에 떨어진 찻잔은 깨지지 않았지만 찻물이 도희의 저고리와 치마를 적셨다.

“심 소저! 괜찮아요?”

연리가 놀라 물었다. 도헌이 자리에서 벌떡 일어났다. 판관의 여식을 꼬여낸 사내가 손씨 성을 가졌다고 하자 연리의 머리에는 손서강이 스쳐 갔다. 도희도 아마 같은 사람을 생각했으리라.

“찻물이 뜨거운데, 데이지 않았어요?”

"아니, 전 괜찮아요."

"게 누구 없는가! 아씨 손이 데였으니 다른 방으로 뫼셔라."

연리는 지금이 기회다 싶어 하인을 불렀다. 연리의 말과 달리 찻물은 많이 식은 상태라 뜨겁지 않았지만 연리는 아직도 떨리고 있는 도희의 손을 감싸 보이지 않게 했다.

"데였을 때는 빨리 찬물에 담그는 게 좋아요. 옷도 말려야겠네요."

연리는 도헌이 나서기 전에 심도희를 방 밖으로 내보냈다.

연리가 괜찮다는 도희를 억지로 내보내고 나니 도헌이 안도의 한숨을 내쉬며 다시 자리에 앉았다. 도헌은 도희를 이 자리에서 벗어나게 해준 연리에게 진심으로 고마웠다. 여동생이 아직까지도 그때 일을 마음에 두고 죄책감을 느낀다는 것을 알기에 더욱이 그랬다.

도희가 나가느라 열린 문으로 백이명이 들어왔다. 아까보다는 훨씬 단정한 차림새였다. 이명은 도희가 손을 데였다는 말에 하인들에게 잘 식혀주라 단단히 이르고 문을 닫았다.

"그러고 보니 연리 소저께서는 어떻게 오라버니들과 만나셨어요?"

소윤은 도희가 가버린 것에 상당히 아쉬워했지만 이내 관심을 돌렸다. 그녀의 성격이 차갑고 가식적이라는 것을 일면에 볼 수 있었다.

"연리 소저의 이숙(姨叔, 이모부)이 내 아버지의 친우입니다."

연리가 대답하기 전에 발 너머의 심도헌이 소윤의 말에 대답했다. 연리가 어떻게 설명해야 하나 고민할 필요도 없는 깔끔한 정리였다. 소윤은 그 말에 의외의 인맥이라고 생각하면서도 도헌의 말이기에 의심을 품지 않았다.

"저는 또 이번엔 도헌 오라버니에게 양현군께서 편지를 보내셨나 했지요."

"편지? 양현군께서 말이냐?"

도헌의 옆에 자리를 잡으려던 백이명이 양현군이라는 말에 소윤에게 되물었다.

"아, 아무것도 아니에요."

소윤은 아차 싶었다. 설이 한양에 오기 전, 백이명의 집에는 양현군이 보낸 편지가 도착했었다. 그 편지는 백이명에게 온 것으로 설이 한양에 간다는 말이 적혀 있었다. 소윤은 그 편지를 오라비 모르게 숨겼고, 설이 한양에 와서도 혼자만 잠시 만나고 왔을 뿐이었다. 그 덕에 백이명은 지금까지도 설이 한양에 왔다 간 줄 모르고 있었다.

연리는 소윤의 말을 듣고 바로 아버지의 편지가 백소윤의 손에 들어갔음을 알았다. 연리는 소윤을 괘씸하게 여기면서 끝까지 감추지 못한 그녀의 어수룩함에 비웃음을 보냈다.

"그러고 보니 나리, 저희 언니가 한양에 왔었는데 알고 계셨나요?"

연리는 양현군의 편지에 대해서는 전혀 모르는 것으로 보이는 이명에게 일부러 물어봤다. 소윤의 못된 짓을 그녀의 오라버니에게 알려주어야 할 차례였다. 더 이상 소윤의 오만방자함을 참아 줄 수가 없었다.

"네? 설이 소저께서 한양에 오셨단 말입니까!"

이명은 날벼락이라도 맞은 듯 찻잔을 찻상에 내려치듯이 내려 놨다.

"예, 고모님을 뵈러 와서 보름 정도 머물렀습니다. 나리께선 모르셨군요."

"전혀 몰랐습니다. 제가 알았다면……!"

백이명은 정말 놀랐는지 말을 잇지 못했다.

"저런, 언니가 말하길 백 소저와는 만났다 하던데요? 그렇지요, 백 소저?"

연리는 백소윤을 바라봤다. 소윤은 오라버니인 이명의 눈치를 보며 대답을 하지 못했다.

"그리고 말씀하시는 것을 들어보니 저희 아버님의 편지에 대해 아는 것 같군요. 저희 아버님께서는 나리께 편지를 보내신 걸로 아는데, 어찌 지평 나리는 모르시고 소저께서는 알고 계시는지요?"

연리의 말에 드디어 백이명이 돌아가는 상황을 파악했다. 평소에 분노와는 거리가 먼 백이명의 얼굴에 화가 깃들었다.

"소윤이, 너는 당장 따라 나오너라."

이명이 낮은 목소리로 소윤에게 말했다. 본디 착하고 순한 이들이 화가 나면 무서운 법이었다. 백이명이 궐 안의 칼이라는 사헌부에 있는 이유기도 했다. 소윤은 망했다는 얼굴로 자리에서 일어나 이명을 따라 나갔다. 그 와중에도 연리를 째려보는 것은 잊지 않은 것이, 잘못을 반성할 생각은 없어 보였다. 아마 이명과 소윤은 크게 싸울지도 모른다. 하지만 자업자득이었다.

연리는 저 남매의 사이가 나빠진다 해도 이 일을 그냥 넘어갈 생각이 없었다. 만약 백이명이 아직 설에게 마음이 있고, 그녀와 다시 만나고 싶다면 더 이상 누이와 친구의 말에 휘둘리지 않아야 했다. 연리는 그러기 위해 필요한 과정이라고 생각했다.

백이명과 백소윤이 나간 방에는 연리와 도헌밖에 남지 않았다. 방 안에 남은 두 사람 사이에 어색함이 감돌았다. 손님을 초대해 두고 나가 버린 이명의 잘못이었지만, 그가 두 사람을 놔두고 나가게 만든 것이 연리였기에 연리는 식은 찻잔만 만지작거렸다.

"저……."

"소……."

연리와 도헌이 동시에 말을 꺼냈다.

"소저 먼저 말씀하십시오."

"아니에요, 나리 먼저 말씀하세요."

두 사람이 서로에게 순서를 양보했다. 결국 심도헌이 먼저 말문을 열었다.

"그때 제가 했던 말을 거둘 수 있게 해주시겠습니까?"

연리는 도헌이 말하는 그때가 언제인지 알 수 없었다.

"제가 그 기방 앞에서 소저께 말했던 것 말입니다."

"아."

기방 앞이라는 말에 그제야 연리가 기억을 떠올렸다. 연리가 봐줄 만하지만 반할 정도는 아니라는 말. 혹시 어제 기생집에서 그를 보았다고 한 말 때문에 떠올린 것일까. 예전이라면 몰라도 지금의 연리는 도헌이 이 말을 꺼내기 위해 얼마나 망설였을지부터 생각했다.

"예, 그 사과 받겠습니다. 나리께서도 그 일로 더 이상 마음 쓰지 마세요."

연리가 살포시 웃으며 도헌의 사과를 받았다. 도헌은 연리의 웃음을 보니 그녀가 정말로 그 일을 개의치 않는구나 싶어졌다.

"아버지의 일을 장계로 올려주셨다 들었습니다. 진정으로 감사드려요."

연리는 도헌의 말이 끝났으니 이번엔 자신이 말할 순서라고 생각했다. 도헌 덕분에 아버지의 덕성이 인정받았고, 군으로 진봉된 데다가 연리의 자매들은 향주라는 칭호도 받았다. 게다가 김용복에게 진 빚도 없어져 집을 잃지 않아도 되었다. 연리는 지난날의 일과는 별개로 크게 감사해야 할 일이라고 생각했다.

"제가 감사 인사를 받을 일은 아닙니다. 어사로서 사실만을 전하게 보고 드렸습니다. 그것이 제가 한 일의 전부입니다."

도헌은 겸손을 떠는 것이 아닌 진심이었다. 있는 그대로의 양현군의 인품과 덕을 장계에 옮겨 적었을 뿐이었고, 그에 따른 상은 임금께서 내리신 것이었다. 감찰을 맡는 사헌부 관원으로서 사사로운 감정을 섞어 양현군을 배려한 것이 절대 아니었다.

아무리 그래도 연리는 자신과 그렇게 다투고서 미운 감정이 들어 보고하지 않았을 수도 있다고 생각했다. 하지만 그는 그러지 않았고, 연리는 도헌의 올곧고 정직한 성품이 이제야 제대로 눈에 들어왔다.

"그래도 감사드리는 마음은 변치 않아요."

"그럼 저도 그 감사 받겠습니다. 소저께서도 그 일로 더 이상 마음 쓰지 마십시오."

도헌은 연리에게 받은 말을 그대로 돌려주었다. 도헌이 살갑게 웃었다. 연리는 도헌에게 이런 모습이 있었나 싶어 함께 웃었다. 잠시 그렇게 있었을까, 심도희가 방으로 돌아왔다.

"손은 괜찮아요?"

"네, 덕분에요."

연리의 물음에 손을 내보인 도희는 빠르게 방 안을 둘러봤다. 다행히도 방 안에는 소윤이 없었다. 다시 판관 댁 여식의 야반도주 이야기가 나온다면 그땐 눈물을 참지 못할 것만 같아서 도희가 눈에 띄게 안도했다.

"방금 건넛방에 다녀왔는데 방에 사군자 그림이 아주 크게 걸려 있었어요."

오라버니와 연리밖에 없다는 것을 안 심도희는 금세 밝아져 종알종알 떠들었다.

"아마 이명이 그린 걸 거다."

도헌은 어떤 그림이 걸려 있는지 아는 것 같았다. 이명은 그림에 재주가 있었다. 도헌의 부채에 있는 난도 이명이 친 것이었다.

"아, 어쩐지 눈에 익었어요. 소저께서는 그림을 잘 그리세요?"

도희가 새로 우린 찻물을 따라주는 연리에게 물었다.

"아니요. 저는 그림에는 재주가 없어요."

"오라버니께서 말하길 붓글씨는 아주 잘 쓰신다던데요?"

도희가 붓글씨를 잘 쓰시니 그림도 잘 그리시지 않느냐 물었다. 첫 만남부터 도희는 연리에게 도헌으로부터 자신의 이야기를 많이 들었다 했다. 무슨 말을 들었나 했더니 이런 말들인 모양이었다.

"흠흠."

도헌이 괜히 목소리를 가다듬었다.

"나리께서 과장하신 걸 거예요. 무슨 이유인지는 모르지만요."

연리는 또 다시 도헌이 아직 자신에게 마음이 있다고 착각할 뻔했다. 그가 송화옹주와 혼인한다는 사실을 알고 있으면서 말이었다.

"아니에요. 오라버니는 과장을 모르세요. 늘 진실만 이야기하시는걸요?"

도희는 절대 그렇지 않다고 말했다. 연리는 도희의 말에 잠시 도헌을 바라봤다.

"……맞아요. 그렇죠."

연리가 공기에 스며들 듯 가만히 대답했다. 연리는 그가 몽금포에서 제게 했던 청혼도 진심이었을 거라는 생각을 하며 도헌에게서 눈을 뗐다.

도희와 연리가 몇 마디를 더 나눴을까, 자현과 남강수가 북한산에서 내려와 연리를 찾았다. 이 자리에 더 있다간 도헌에게 미련을 내비칠 것만 같아서 연리는 이모를 따라 객주로 돌아가기 위해 채비했다. 백이명의 집을 떠나는 연리를 심도헌과 심도희가 배웅했다. 아무래도 이 자리의 주인인 백이명은 돌아올 기미가 없어 보였다.

"다시 뵐 수 있겠죠?"

"인연이 있다면요."

심도희와 연리가 대문 앞에서 작별 인사를 나눴다. 연리는 도헌과 이곳 한양에서 다시 만난 것도 인연이 있기 때문이라고 생각했다. 이 인연이 어디까지일지는 모르지만.

연리가 떠나는 것을 배웅하지 못한 이명은 손님들이 있던 방에서 멀리 떨어진 곳에서 소윤과 입씨름을 벌이고 있었다.

"오라버니께서 뭐라 하시든 전 절대 설이 소저와 오라버니의 혼인을 받아들일 수 없어요!"

잘못을 따져 묻는 이명에게 소윤이 한 말이었다. 양현군의 편지를 숨기고, 한양에 온 설을 만나지 못하게 만든 사실을 모두 들켜놓고도 소윤은 잘못을 반성하지 않았다.

"네가 오라비의 혼사에 계속 관여하겠다, 그 말이냐?"

아무리 누이들에게 항상 져 주는 이명이라도 오늘은 참을 수가 없었다.

"그렇다면 나도 그렇게 하마. 네가 그리도 따지는 집안, 명예, 재산을 두루 갖춘 늙은 영감과 혼 자리를 알아봐 주마. 만족하느냐?"

"오라버니!"

두둑한 명예와 재산을 가진 집안이 그리도 혼인에 중요한 요소라면 그렇게 해주겠노라는 말에 소윤이 비명 지르듯 제 오라비를 불렀다. 미룰 것도 없이 당장에 알아봐 주겠다는 이명의 앞에서 소윤은 크게 울음을 터뜨렸다.

그 뒤론 이명과 말 한마디도 하지 않고 토라져 있었지만 이명은 그게 더 편한 것 같았다. 이번만큼은 소윤의 고집에 져 주지 않을 생각이었다.

제10장 불미스러운 실종

연리가 이명의 집에서 돌아온 이튿날이었다.

"아씨, 서찰이 왔어요."

객주에서 연리는 이모 내외와 함께 외출 준비를 하다가 부평댁이 들고 온 서찰 두 통을 받아들었다.

"누구에게서 온 거니?"

"설이 언니가 보냈어요. 한 통은 다른 데로 잘못 갔다가 왔나봐요. 보낸 지 더 오래된 거네요."

이모의 물음에 연리가 두 통 모두 설이 보냈음을 알렸다.

"이모, 이것만 읽고 나가면 안 되나요?"

"안 될 것도 없지. 우린 잠시 강변을 거닐다가 오마."

이모가 방에서 나가고 연리는 책상 앞에 앉아 보낸 지 더 오래된 편지부터 펼쳐 들었다.

연리야, 너의 즐거운 여행에 이 편지가 방해가 될 것 같아 먼저 양해를 구할게. 급한 소식이라 이 편지가 너에게 빨리 갔으면 좋겠어. 지금 집은 난리야. 어머니는 몸져누우셨고, 아버지는 명진이를 찾기 위해 평양에 가 계셔. 외삼촌에게서 급서가 왔거든. 명진이가 사라졌다는 소식이었어. 다른 사람도 아니고 손서강과 함께 말이야. 나는 아버지께서 명진이를 찾아오시리라 믿고 싶어. 빠른 시일 내에 또 편지 쓸게.

연리는 명진과 손서강이 함께 사라졌다는 말에 경악했다. 어떻게 이런 일이 일어날 수 있을까. 연리는 급하게 다음 편지를 손에 들었다.

연리야. 너에게 답장이 없어 답답해. 아직 명진이에 대한 소식은 없어. 부디 손서강이 그렇게까지 나쁜 사람이 아니길 바라고 있어. 명진이를 가지고 노는 게 아니라 혼인할 생각으로 데려갔다고 생각하면서 말이야. 하지만 마을 안에 손서강에 대한 안 좋은 이야기가 돌아. 손서강이 기생집과 주막에 진 노름빛이 많나 봐. 게다가 포목점 딸인 소선이에게도 함께 도망가서 혼인하자고 했다고 해. 물론 소선이 어머니가 알아서 그렇게 되지는 않았지만 말이야. 이제 나는 손서강이 명진이와 혼인하지 않고 명진이를 버릴까 봐 걱정이 돼.

'명진이, 이 어리석은 것!'
아무리 어리다고 해도 어찌 손서강 같은 이와 도망을 했을까. 연리가 깊게 탄식했다.

만약 그렇게 된다면 연리야, 어떻게 해야 될까. 명진이가 가연이와는 연락을 하고 있었어. 가연이는 명진이가 손서강과 도망친다는 사실을 알고 있었던 것 같아. 가연이에게 마지막으로 남긴 편지에는 손서강과 함께 압록강을 건너 명나라로 간다고 되어 있었어. 하지만 아버지와 외삼촌은 두 사람이 아직 멀리 가지 못했다고 생각하시나 봐. 아버지와 외삼촌은 계속 평양 근처에서 명진이를 찾고 계셔. 연리야 빨리 돌아와 줘. 난 너무 두려워.

연리는 다 읽은 편지를 구겨 쥐면서 자리에서 일어났다. 연리의 눈에는 눈물이 차올랐다. 아무리 미운 동생이라도 명진이가 혹시라도 어떻게 되지는 않았을까 온갖 걱정이 밀려왔다. 게다가 설 혼자 어머니와 동생들을 돌보고 있을 것을 생각하니 서둘러 돌아가야겠다는 생각이 들었다.

"당장 돌아가야……."

연리가 힘이 풀려 버린 다리를 이끌고 벽을 짚으며 간신히 방문으로 걸어갔다. 밖에 나가 이모와 이모부를 찾아야 했다. 연리는 거기까지 생각하다가 문 앞에 털썩 주저앉고 말았다.

그 먼 타지에서 아버지께서 명진이를 어찌 찾으실까. 찾는다고 해도 손서강이 혼인하지 않겠다고 한다면 명진이를 어떻게 해야 할까. 혹시나 아이라도 가졌다면. 연리는 최악의 상황을 연달아 떠올렸다.

"아씨, 손님이 오셨어요."

밖에서 손님이 왔다고 알리는 부평댁의 목소리가 어디 먼 곳에서 울리는 것처럼 들려왔다.

"아씨?"

부평댁은 연리가 안에 있는 것이 분명한데 대답이 없으니 마루를 기웃거렸다. 연리가 눈물을 대충 닦고 일어나 문을 열었다.

"나중에 다시 오시라 이르거라."

연리는 방문한 사람이 이모의 손님인 줄 알고 부평댁에게 손님을 물리도록 하려고 했다. 그런데 문을 열어보니 부평댁과 함께 있는 이는 연리의 손님이었다.

"······나리?"

연리는 도헌을 발견하곤 다시 다리에 힘을 주어 마루로 걸어 나왔다.

"연통도 없이 찾아와 실례합니다."

"죄송하지만 나리, 제가 당장 이모를 찾아야 해서요."

연리는 도헌의 말을 자르고 돌아가 달라고 청했다. 지금 연리에게는 도헌을 반가워할 겨를이 없었다.

"급한 일이라 시간이 없어요."

도헌은 입술을 바르르 떠는 연리의 눈에 눈물이 고여 있음을 발견했다.

"무슨 일이 있습니까?"

무작정 연리를 보고자 객주를 찾아온 도헌은 연리의 눈물에 당황을 감추지 못했다. 도헌은 이곳 객주까지 오면서 연리의 이모부에게 다시 한 번 낚시를 해보자 할까, 아니면 동생인 도희가 연리를 만나고 싶어 한다고 할까 여러 가지 고민을 했었다. 하지만 연리는 그런 핑계들을 들어줄 형편이 아닌 것 같았다. 연리가 얼굴을 가리며 고개를 저었지만 누가 보아도 무슨 일이 있는 모양새였다.

"아씨, 이모님은 제가 대신 모셔올까요?"

대신 자현을 데려오겠다고 하는 눈치 빠른 부평댁의 말에도 불구하고 연리는 직접 가려고 했다. 하지만 상태가 좋아 보이지 않는 연리를 도헌이 만류했고, 부평댁이 대신 자현을 찾으러 객주 밖으로 향했다. 도헌은 창백하게 질린 연리를 방에 들여보내면서도 그녀가 왜 이렇게 애처롭게 눈물을 흘리는지 알 수 없었다.

"어디가 아프십니까? 의원을 불러드리겠습니다."

"아니에요. 전 정말 괜찮아요."

도헌이 보기에는 전혀 괜찮아 보이지 않았다. 연리가 붉어진 눈 주위를 옷고름으로 꾹꾹 눌렀다. 연리는 최대한 눈물을 삼키려고 애쓰는 중이었다.

"집에서 온 편지에 안 좋은 소식이 있었을 뿐이에요."

"무슨 일인지 물어봐도 되겠습니까? 제가 도울 수 있다면 무엇이든 돕겠습니다."

도헌은 지금 연리가 무엇을 말하든 도와줄 생각이었다.

"아무 것도요. 이미 너무 늦어버린 것 같아요. 명진이가, 명진이가……."

연리는 울음이 목을 막아 잠시 말을 멈추었다. 천장을 보며 차분하게 숨을 고른 연리가 말을 이었다.

"명진이가 사라졌어요."

도헌은 명진이 사라졌다는 말이 정확히 어떤 의미인지 몰라 연리에게 더 말해보라는 듯 눈을 마주했다.

"손서강과 함께요."

연리의 눈에 다시금 눈물이 차올랐다. 도헌은 그 눈물을 차마 닦아주지 못하고 안쓰럽게 쳐다봤다.

"제가 막을 수 있었어요! 손서강이 그런 자라는 것을 제가 동생들에게 경고했다면요!"

연리는 후회와 슬픔이 치밀어 목소리를 높였다.

"······왜 말하지 않았는지 압니다. 소저의 잘못이 아니란 것도 누구보다 잘 압니다."

도헌은 연리를 진정시키려 했다. 연리가 만약 동생들에게 손서강의 정체를 이야기하고 싶었다면 저와 제 여동생의 이야기까지 모두 말해야 했을 것이었다. 도헌은 연리가 그러지 않기 위해 말하지 않았다는 것을 충분히 알 수 있었다. 소윤의 앞에서도 도희를 감싸주지 않았던가.

"소저께서도 말하지 않았습니까. 속인 이가 나쁜 것이지 속은 이가 나쁜 것이 아니라고 말입니다."

도헌은 연리가 도희에게 했던 말을 언급했다. 도헌은 그녀가 자책하지 않기를 바랐다.

"아버지가 평양 근처를 샅샅이 뒤지고 계시지만, 명진이와 손서강이 강을 건너 명나라로 갈 거라고 했대요."

"압록강은 그리 쉬이 건널 수 있는 곳이 아닙니다."

"명진이는 돈도 연줄도 없으니 손서강이 만약 명진이를 버린다면······ 저흰 다시는 그 애를 보지 못하겠죠. 저는 그게 너무 무서워요."

연리가 가녀린 어깨를 떨며 눈물을 떨궜다. 도헌은 그 어깨를 다독여 주고 싶었으나 그러지 못하고 주먹만 꽉 쥐었다. 도헌이 고개 숙인 연리의 동그란 정수리를 말없이 바라봤다.

"연리야, 무슨 일이니, 어머."

부평댁의 재촉에 뛰다시피 객주로 돌아온 자현이 연리의 방문을 열었다가 도헌을 보고 멈칫했다.

"이모."

자현은 연리의 부름에 도헌을 지나쳐 연리에게 다가갔다. 눈물 자국이 선명한 연리의 얼굴을 쓰다듬은 자현이 연리에게 조곤조곤 자초지종을 묻기 시작했다.

"이런 때 손님인 제가 더 머무는 것도 폐를 끼치는 것 같습니다. 이만 돌아가겠습니다."

도헌은 이제 이모가 왔으니 자리를 뜨는 것이 맞다고 생각했다.

"안녕히."

도헌이 고개를 숙여 보였고, 연리는 그 안녕이라는 말이 그와 자신의 인연이 끝났음을 알리는 말로 느껴졌다. 여동생이 사내와 달아나 버린 수치스러운 집안의 여식에게 그가 다시 청혼할 일은 정말 영원히 없어져 버렸다. 설사 그가 송화옹주와 혼인하지 않는다고 해도 말이다.

이런 순간에 도헌에 대한 생각을 하는 자신에 대한 자괴감과 함께 연리에게 더 깊은 슬픔이 밀려왔다.

명진의 소식을 들은 이모부는 당장 장연으로 돌아가자고 했다. 하지만 연리에게 닥친 불행을 아는지 모르는지 날씨는 급격히 안 좋아졌고, 불어난 강물과 높아진 파도 위에 배를 띄울 수는 없었다. 별수 없이 장연으로의 출발은 미뤄졌다.

추적추적 내리는 비가 방 안을 눅눅하게 했고 연리도 물 먹은 목화솜처럼 방 안에 늘어졌다. 그러나 연리가 잠시라도 고요한 시간을 보내는 것을 하늘은 허락지 않았다. 밤이 깊어갈 즈음, 연리가 머무는 객주에 손님이 든 것이었다.

"게 아무도 없느냐!"

대문 밖에서 낮고 무거운 여성의 목소리가 들려왔다. 반쯤 잠이 들었던 부평댁이 비도 오는 이 야밤에 누구냐고 투덜대며 대문으로 향했다. 부평댁은 대문을 열면서 뉘시오, 하고 신경질적으로 물었다. 하지만 이내 대문 밖의 사람들을 보고 아연실색해 넙죽 엎드렸다.

대문 밖에 서 있는 이들은 궁의를 입은 궁녀들이었다. 궁녀들의 앞에는 군청색 당의를 입은 장 숙의가 서 있었다. 궁녀들이 등불을 들어 올려 객주 안을 밝히자 장 숙의가 객주 안으로 들어섰다.

"고해라."

궁궐과 송화옹주의 사가에 비하자면 초라한 객주에 들어선 궁녀가 부평댁을 향해 말했다. 부평댁이 헐레벌떡 안으로 뛰어 들어가 연리와 연리의 이모 내외를 불러냈다. 뜬금없이 불려 나온 연리와 이모 내외는 별안간 찾아온 장 숙의를 보고 마루 위에서 절을 올렸다. 연리는 잠자리에 들려고 했던 참이라 소복 차림에 간신히 외투를 걸치고 있을 뿐이었다.

"어서 차를 내오너라."

남강수가 곁에 있던 하인에게 손을 휘휘 저으며 말했다.

"되었다. 내 너에게 필히 들을 말이 있어 온 것이니."

장 숙의가 연리를 노려보았다. 연리는 걱정스럽게 쳐다보는 이모와 시선을 주고받고는 장 숙의를 자신의 방으로 안내했다. 당의 자락 안에 두 손을 곱게 넣은 장 숙의가 당혜를 벗고 마루에 올라섰다.

연리를 따라 연리의 방에 들어서는 장 숙의가 더욱 목을 빳빳하게 세웠다. 연리가 방문을 닫는 동안 장 숙의는 연리가 묵는 방 안을 둘러보며 미간을 찌푸렸다. 연리는 부디 그녀가 오래 머물지 않기를 바랐다.

"내 무슨 일로 왔는지는 짐작했겠지."

"죄송하나 알지 못합니다, 마마."

연리는 정말로 장 숙의가 왜 자신을 찾아왔는지 티끌만큼도 알지 못했다.

"돌려 말하지 않겠다. 네가 심 장령(掌令)과 혼약했다는 것이 사실이냐?"

심 장령이라 함은 심도헌을 가리키는 말이었다. 아닌 밤중에 홍두깨 내민다더니 장 숙의의 물음에는 맥락도 설명도 없었다.

"너와 심 장령이라니. 그런 얼토당토않은 말이 맞느냐 묻지 않느냐!"

너 따위와 심도헌이 혼약을 했느냐고 장 숙의가 물었다. 아무리 숙의라고 하나 연통도 없이 이 야밤에 찾아와 무례한 언사를 서슴지 않는 장 숙의에게 연리는 불쾌감을 느꼈다. 게다가 연리는 이미 동생 명진에 대한 걱정으로 매우 예민해진 상태였다.

"얼토당토않은 소문이었다면 굳이 직접 오셔서 확인하실 필요가 없으십니다, 마마."

연리도 말이 곱게 나가지 않았다.

"이 숙의를 기만하려는 수작은 부리지 않는 것이 좋을 게다! 내 오늘 심 장령이 여기 왔다 간 것을 이미 알고 왔으니 말이야!"

장 숙의는 서슬 퍼런 목소리로 연리를 다그쳤다. 심도헌이 이곳을 찾아온 것이 온 마을에 소문이 날 일도 아니고 장 숙의가 이를 어찌 안단 말인가. 생각해 보니 연리는 장 숙의가 자신이 머무는 객주를 어떻게 알고 찾아왔는지도 의문이 들었다.

"흥, 이 까짓 것으로 놀란 표정 짓지 마라. 그 따위 것은 네 곁에 귀 하나만 붙여두면 끝날 일이다."

장 숙의가 시골 처녀답게 순진한 반응을 보이는 연리를 비꼬았다. 장 숙의는 송화옹주의 사가에서 연리를 만난 뒤 계속 그녀에게 사람을 붙여두었다. 그리고 송화옹주의 상태가 좋지 않다는 핑계로 계속 사가에 머물며 지속적으로 연리와 도헌의 동태를 살폈다. 붙여둔 이는 연리가 도헌의 집을 찾아간 일, 연리와 도헌이 백이명의 집에 간 일, 그리고 오늘 심도헌이 연리의 객주에 들른 일까지 모조리 장 숙의에게 일러 바쳤다.

장 숙의는 분명히 연리에게 자신이 도헌을 사윗감으로 보고 있다고 경고처럼 말했었다. 그럼에도 불구하고 심도헌과 연리의 사이가 심상치 않으니 그에 대해 추궁하고자 이 야밤에 찾아온 것이었다.

"게다가 네 어린 혈육이 사내와 도망갔다는 것도 전해 들었다."

장 숙의가 표독스럽게 말했다. 몰래 엿듣는 비겁한 짓을 해놓고서 당당하게 내뱉는 장 숙의의 모욕적인 말들이 연리의 속을 긁어놓았다.

"자, 이젠 모른 척 잡아떼진 않겠지. 심도헌과 네가 혼인을 약속한 일이 있느냐?"

"마마께서 당치 않은 일이라고 하셨습니다."

"물론이지. 하지만 사내란 유혹에 약한 법. 네가 심 장령을 홀렸을 수도 있지 않느냐."

"종친의 여식인 제가 한낱 기생들이나 하는 짓을 했다고 말씀하시는 겁니까?"

"내가 누군지 모르느냐? 어디서 버르장머리 없이 말대꾸를 하는 게야!"

다시금 장 숙의가 목소리를 높였다. 그러나 그 정도에 눈 깜짝할 연리가 아니었다. 연리는 오히려 정신을 똑바로 차렸다.

"오호라, 네가 심 장령과의 혼인이 꽤나 구미가 당기는 모양이구나. 네 신분을 알아야지!"

"심도헌 나리는 문관의 아들이시고 저는 종친의 여식이니 신분은 상관없습니다."

"사내와 도망간 네 동생은? 재산도 권력도 없는 네 부모는 어찌 설명할 테냐. 하긴 욕심이 나겠지. 하지만 너와의 혼인은 심장령의 집안에 누가 될 뿐이야!"

"심도헌 나리가 그 모든 것을 개의치 않는다 하면 숙의마마께서도 관여하실 수 없습니다."

"나는 내 딸과 심 장령을 혼인시킬 생각이야! 그러니 난 너와심 장령이 혼약했는지에 대해 알 권리가 있어!"

"심도헌 나리가 혼약했는지 아실 권리는 있으셔도 제가 혼약했는지는 아실 권리가 없으십니다. 게다가 아직 옹주 자가와 나리가 혼약한 것이 아니지 않습니까. 간택령도 내리지 않았으니말입니다."

장 숙의는 꼬박꼬박 옳은 말을 해대는 연리로 인해 뒷골이 당겨왔다. 안 그래도 장 숙의는 간택령이 내려지기 전에 연리와 도헌이 혼약을 하게 되면 그를 빼앗길까 우려하고 있었다.

장 숙의가 보기에도 도헌은 강단 있고 뜻이 뚜렷한 이였다. 그가 혼인을 결심했다면 무를 수 없을 것 같아 미리 이렇게 수를 쓰는 것이었다. 그런데 연리가 그것을 훤히 꿰뚫어 보고 있었다.

"여러 말 할 것 없다! 당장 대답하지 않으면 내 너를 가만두지 않을 것이야!"

약이 오를 대로 오른 장 숙의가 연리에게 호통 쳤다. 장 숙의는 뒷배가 돼줄 아버지도 없었고, 겨우 낳은 아들로 숙의 자리에까지 올랐지만 그 아들마저도 병으로 사망했다. 그런 그녀에게 심도헌과 송화옹주의 혼인은 전하의 총애를 한 몸에 받고 있는 중전과 그녀의 조카 심도헌을 모두 얻을 수 있는 절호의 기회였다. 장 숙의는 절대 이 혼인을 놓칠 생각이 없었다.

"네가 심 장령과 혼약을 했느냐 안 했느냐!"

"……안 했습니다."

연리가 까짓것 말해준다는 얼굴로 대답했다. 장 숙의가 안도의 한숨을 내쉬었다.

"그럼 앞으로도 하지 않겠다고 약조하여라."

"아니요. 그 약조는 절대 할 수 없습니다. 약조를 군이 받으시겠다면 심도헌 나리께 받으시지요."

연리는 단호하게 거부했다. 애초에 송화옹주와 심도헌의 혼약 사이에 연리는 관계없는 사람이었다. 묻고 따지려면 장 숙의는 연리가 아니라 심도헌을 찾아 갔어야 옳았다. 하지만 함부로 다루기 어려운 심도헌보다는 만만한 자신을 찾아왔다. 연리가 그것을 모를 리 없었다. 그렇기에 연리는 무도한 행태를 보이는 장 숙의가 강요하는 약조를 절대 하지 않겠다고 단호하게 말한 것이었다.

"결국 혼인할 마음이 있다는 것이 아니냐! 이런……!"

"더 하신다면 제가 신문고라도 울려 주상전하께 제 억울함을 소상히 고해 올리겠습니다. 마마께서 절 가능한 모든 방법으로 모욕 주셨으니 그리해도 되겠지요."

연리는 더 이상 장 숙의의 패악을 들어줄 용의가 없었다. 연리는 문으로 걸어가 방문을 열어젖혔다. 당장 나가달라는 뜻이었다.

"허! 내 평생 이런 대우를 받다니!"

장 숙의는 당장 궁녀들에게 명해 연리를 마당에 끌어내려 크게 경을 치고 싶었다. 그러나 그럴 명분이 마땅치 않아 당의 자락 안에 감춘 손만 꽉 쥐었다. 노비나 양인이라면 당장 심하게 매질이라도 하였을 텐데 종친의 여식이라 그러지도 못했다.

"가자!"

장 숙의가 마루가 쾅쾅 울리도록 걸어 내려갔다. 심기가 불편한 장 숙의의 뒤로 궁녀들이 눈치를 보며 따랐다. 궁녀들이 들고 있는 등불에 비춰 반짝이는 장 숙의의 비녀와 뒤꽂이가 어둠속으로 사라지자 부평댁은 그들이 다시 돌아오기라도 할까 봐 대문을 꼭꼭 걸어 잠갔다. 그 모습에 연리가 숨을 훅 내쉬었다.

"그냥 절 내버려 두세요."

뒤에서 서성이는 이모와 이모부가 무언가를 물어보기 전에 연리가 먼저 방문을 닫고 들어갔다. 연리는 방문에 걸쇠를 걸고 그대로 내려앉았다. 하얀 소복 치마가 바닥에 펼쳐지고, 연리가 무릎에 고개를 묻었다. 명진이의 실종 소식, 심도헌의 위로, 장 숙의의 질타들이 연리의 머리 위에 우박처럼 쏟아졌다. 연리는 자신이 했던 말들을 되씹었다.

'혼약하지 않겠다는 약조는 절대 하지 않겠다니…….'

장 숙의는 심도헌이 연리에게 청혼했다는 사실을 모르니 별 생각이 들지 않았겠지만 연리에게 그 말은 미련 그 자체였다. 한양에서 다시 만난 심도헌은 부드럽고 다정했으니 더 그런 것 같기도 했다. 연리는 장 숙의에게 그렇게 당해놓고도 도헌을 생각하는 자신에게 조소를 보냈다. 이대로 어디론가 사라져 버리고픈 마음에 연리가 어두운 방 안에 자신을 숨겼다. 그리고 천천히 눈을 감았다.

"연리야."

연리는 방문 밖에서 들리는 이모의 목소리에 무릎에서 고개를 들었다. 방 안이 환했다. 잠시 잠이 들었다고 생각했는데 그 사이 해가 뜬 모양이었다. 연리는 찬 바닥에서 굳은 몸을 일으켰다. 걸쇠를 풀고 밖에 나와 보니 하늘에는 구름 한 점 없고 해가 쨍쨍했다. 장연으로 돌아가야 할 때가 온 것이었다.

❀

"파도가 잠잠하구나."

막 한강을 벗어나 바닷길로 들어섰을 때 연리와 함께 뱃머리에 나와 있던 이모가 말했다. 바닷바람에 연리의 머리가 휘날렸다. 연리는 머리 손질을 할 여력도 없어 머리를 대충 쓸어 모아 끈으로 묶었다.

"이모, 어머니께 객주에서의 일은 말하지 말아주세요."

연리가 한참을 주저하다가 말했다.

"당연히 그러마."

자현은 인자한 미소로 연리가 안심할 수 있도록 해주었다. 그날, 방 밖에서 듣기에 심도헌과 연리 사이에 혼약이 오갈 만한 상황이 있었던 것 같았지만 자현은 그 일을 따로 입에 올리지 않았다. 세상사 살아보니 진실을 알기 위해 상대의 마음을 헤집는 것만큼 못된 일이 없었기 때문이었다. 자현은 자식이 없는 자신에게 자식만큼 살갑게 구는 설과 연리가 진심으로 행복하기를 바랐다.

"이모! 연리야!"

연리가 며칠에 걸쳐 장연에 돌아와 나루터에 배를 대자 마중 나와 있던 설이 뛰어왔다. 연리는 배를 기둥에 묶기도 전에 나루터에 올라 언니를 끌어안았다. 그리고 급한 소식부터 물었다.

"언니, 평양에서 뭐 다른 소식 없었어?"

"그다지 아무것도. 아버지께서 잘 도착하셨다는 것 외엔."

"그럼?"

"응, 아무래도 못 찾으신 것 같아."

설이 비통한 표정으로 연리가 돌아오는 동안에도 아버지가 명진을 찾지 못했다고 말했다. 연리는 하늘이 무너지는 것 같았다.

"어머니가 널 많이 보고 싶어 하셔."

설은 어머니가 연리를 많이 그리워하고 있다고 말했다. 평소에는 연리가 미워 죽으려 하더니 상황이 많이 안 좋긴 한 모양이었다. 연리와 이모 내외가 급히 집으로 향했다.

"연리 데려오너라! 연리는 내가 이리 아픈데 한양에서 올 생각을 안 하는구나!"

연리가 집 안에 첫 발을 들였을 때 안채에서 들려온 말이었다. 연리는 어머니의 목청이 저리 좋은 것을 보니 건강에 문제는 없는 것 같아 안심했다. 안채 안방 문을 열고 들어가니 자리보전하고 누운 현부인 홍씨와 그 곁을 지키는 가람과 가연이 보였다. 홍씨가 연리를 알아보고 몸을 일으켰다.

"연리야, 내 딸!"

연리가 어머니의 옆에 다가가 앉았다.

"매정한 것. 어미가 병들어 누워 있는데 이제야 오다니! 게다가 명진이 그것이 나에게 어쩜 이럴 수가 있다니!"

"어머니, 진정하세요."

연리는 어머니의 손을 잡아 문지르며 그녀가 진정하도록 도왔다.

"아버지가 가셨으니 뭔가 조치를 취하실 거예요."

"네 아버지가 가셨으니 손서강인가 뭔가 그놈을 만나면 싸우실 게 아니니. 네 아버지는 싸움과는 거리가 먼 분이시니 분명지고 말 거야!"

"어머니, 아버지는 싸우지 않으세요."

"너희 아버지가 손서강에게 맞아서 죽으면 나는 어찌 사니! 동생아, 네가 도와주지 않으면 난 살 수 없을지 몰라."

"언니, 그런 말 말아요. 매형이 맞아 죽다니 그런 일은 절대 없어요."

자현이 언니의 곁에 다가가 앉았다. 아무리 그래도 양현군이 손서강에게 맞아 죽기야 할까, 애초에 싸울 리가 없었다. 자현은 언니의 손을 어루만지며 안심하라는 듯 그녀의 과장된 말에 웃어 보였다.

"처형, 저희도 평양으로 가 조치를 취해볼 생각입니다. 그러니 이상한 생각일랑 접어두십시오."

남강수가 말하자 자현이 그 말에 고개를 끄덕이며 자리에서 일어났다.

"바로 갈 생각이에요. 설아, 연리야, 너희 어머니를 잘 돌봐드려라."

자현도 여독이 풀리지 않아 피곤할 텐데 쉬지도 않고 바로 평양으로 간다 하니 연리는 미안함이 치밀었다.

"동생아! 꼭! 반드시 명진이와 그 손서강이라는 놈을 늦기 전에 혼인시켜라. 그리고 너희 매형이 손서강과 싸우는 걸 말려야 해!"

여동생의 피로 따위는 생각도 들지 않는 홍씨는 무조건 명진이와 손서강을 혼인시키라고 소리 질렀다. 물론 그것이 답이기는 했다. 명진이 집안 망신을 더 이상 시키지 않고 살 수 있는 방법은 단 하나, 손서강과 혼인하는 것뿐이었다.

"안 그러면 내 딸을 뺏어간 그 악마 같은 손서강 놈이 너희 매형을 죽일지도 몰라!"

"언니, 그건 너무 과장된 생각이에요."

"그리고 너희 매형에게 꼭 전해주렴. 내가 얼마나 심각한 상태인지 말이야. 손발이 저리고 온몸이 떨려! 게다가 가슴도 두근거리고 머리는 또 어찌나 깨질 듯이 아픈지!"

손발을 억지로 덜덜 떨어 보이는 현부인 홍씨를 보며 자현이 또 시작이라는 얼굴로 고개를 돌렸다. 무슨 일만 생기면 신경쇠약을 핑계로 저렇게 신경질을 부리고 아픈 척을 하는 것이 한두 해가 아니었기 때문이었다.

"그리고 절대 명진이에게 아무 혼례복이나 입히지 마렴. 내가 만들어둔 게 이미 있으니까 말이야!"

홍씨가 여동생에게 지치지도 않고 소리쳤다. 자현은 더 이상 들어줄 수 없어 일어나 안채를 나섰다. 결국 물 한 잔도 얻어 마시지 못하고 연리의 이모 내외는 다시 장연을 떠나갔다. 이제 연리와 설에게는 오로지 좋은 소식이 들려오기를 바라며 기다릴 일만 남아 있었다.

❀

연리를 만나러 갔다가 연리가 우는 모습만 보고 돌아온 심도헌은 다른 날을 잡아 퇴궐 후, 다시 그녀가 머무는 객주를 찾았다. 하지만 이미 연리는 장연으로 떠난 뒤였고, 객주에는 다른 손님이 들어 있었다.

"한 달은 머무른다 하시더니 어제 갑자기 번개 불에 콩 구워 자시듯 가버리셨습니다."

하인이 연리를 찾는 도헌에게 그들이 오늘 오전에 떠났다고 전했다.

"간밤에 궁에서 누가 오고 뭐 그래서 무슨 일이 있긴 있나 보다 했습니다."

하인이 잘은 모르지만 그런 것 같더라고 말했다.

"궁에서? 누가 왔단 말인가?"

"어휴, 묻지 마십쇼. 괜히 입방정 떨었다 불똥 맞기 싫습니다요."

도헌의 물음에 하인이 슬쩍 뒤꽁무니를 뺐다. 그런 하인에게 도헌이 엽전 두 닢을 건넸다. 엽전을 본 하인이 손을 날래게 움직여 그것을 가져갔다.

"거, 뭐더라. 숙의마마시라던데? 음침한 궁녀들을 잔뜩 끌고 오셨습죠. 반 시진도 안 있다가 화내면서 가셨습니다. 제가 아는 건 여기까지가 전붑니다."

하인이 엽전을 쥔 손을 소매 안으로 숨기며 말했다. 임금의 후궁 중에 숙의의 품계를 가진 이는 장 숙의 한 명뿐이었다. 하지만 장 숙의가 이곳에 왜 왔는지, 정확히 누구를 만나기 위해 왔는지는 알 수가 없었다. 단지 하인의 어투 상 좋은 만남이 아니라는 것 정도가 도헌이 알 수 있는 전부였다. 결국 도헌은 연리도 만나지 못하고 별 다른 소득도 없이 집으로 발길을 돌려야 했다.

그러나 다음 날 입궐 길에 고모인 중전에게 문안을 올리러 가던 심도헌은 교태전 앞에서 때마침 장 숙의를 맞닥뜨렸다. 장 숙의는 도헌보다 먼저 중전에게 문안을 드리고 나오는 길이었다.

"심 장령, 오랜만입니다."

장 숙의가 객주에 왜 들렀을까 생각하며 도헌이 묵례하자 장 숙의가 인사를 건넸다.

"예, 그간 강녕하셨습니까."

도헌이 인사치레에 불과한 말을 꺼냈다. 심도헌과 장 숙의는 궁중 행사가 아니라면 이렇게 오다가다 아주 가끔 마주치는 사이일 뿐, 친근한 사이가 아니었다.

"난 강녕하네만 자네도 나와 전하의 고민을 잘 알지 않는가. 옹주 말일세."

"옹주 자가께서 쾌차하시길 바랍니다."

"고맙네. 부군 될 이가 걱정해 준다는 것을 알면 송화옹주도 기뻐할걸세."

도헌이 후궁의 얼굴을 보지 않기 위해 고개를 숙이고 의례적인 말들을 주고받다가 '부군 될 이'라는 말에 고개를 들었다.

"아, 아직 못 들은 겐가? 곧 있을 간택에 자네가 내정되어 있다는 것 말일세."

"……처음 듣는 말입니다."

"뭐 어떠한가. 이제라도 알았으니 되었지. 정해진 것이나 다름 없으니 마음 놓게."

도헌이 인상을 찡그렸다.

오늘 아침 장 숙의는 드디어 왕에게 심도헌을 송화옹주의 남편 으로 달라 주청을 올린 참이었다. 비록 뒷배는 없어도 왕의 마음 은 어느 정도 얻었던 장 숙의는 재작년 죽은 아들로 인해 왕의 동정도 조금 사고 있었다. 아들을 잃고 딸인 송화옹주도 잔병치 레가 끊이지 않으니 왕은 장 숙의를 좀 애틋하게 여겼다.

"혹…… 객주를 찾아가신 연유가 연리 소저 때문입니까?"

자신이 송화옹주의 사위로 내정되어 가는 판국에, 송화옹주 의 어미인 장 숙의가 연리가 머무는 객주를 찾아갔다. 그것만으 로 장 숙의가 연리를 찾아갔다고 보는 것은 비약적인 추측일 수 도 있지만, 도헌은 직감적으로 그런 기분이 들었다.

왕의 후궁으로 두려울 게 없는 장 숙의는 자신이 객주를 찾아 간 일을 도헌이 알고 있다는 것에 크게 놀라지 않았다. 때문에 천 연덕스럽게 고개를 끄덕였다.

"그래, 내 자네의 장모 될 이로서 찾아갔네."

장 숙의는 자신을 장모로 칭하는 데 거리낌이 없었다. 그녀는 왕에게 심도헌을 사위로 달라 청했고, 왕이 생각해 보겠노라 했 으니 그것은 잠정적 확정이나 다름없다고 생각했다.

"저와 아무 관계도 없는 여인입니다."

장 숙의가 장모가 되든 아니든 그와 상관없이 연리는 도헌과 아무 사이도 아닌 여인이었다. 그런데 장모로서 연리를 찾아갔다 니. 도헌은 장 숙의가 연리를 찾아간 일이 매우 무례하고 경우 없는 짓이라고 생각했다.

"당연히 그래야지. 하지만 상대는 그렇게 생각지 않는 것 같더
군. 내 자네와 혼약하지 않겠느냐 물었더니 절대 그렇게는 못 하
겠다 하지 않겠는가? 그 말에 얼마나 놀랐던지."

도헌의 의도를 파악하지 못한 장 숙의는 당연히 그래야 한다고
대답했다. 그러면서 장 숙의는 그날 밤의 연리를 떠올렸다. 아무
리 생각해도 건방지다고 생각됐는지 장 숙의는 허, 하고 헛숨을
내뱉었다.

"그 소저의 여동생이 외간 사내와 도망간 것은 알고 있는가?
어찌 그런 처지에 자네와 혼인할 욕심을 내는지 난 이해할 수가
없었네."

장 숙의의 생각에 그런 일은 절대 일어날 수가 없는 일이었다.

"그것을 어찌…… 아니, 그보다 연리 소저에게 그런 말씀들을
하셨습니까?"

"했네만."

장 숙의는 태연자약했다. 동생이 사라져 눈물만 흘리던 연리
에게 장 숙의가 저런 말을 했다면 그녀의 속이 얼마나 무너졌을
까. 도헌은 연리가 또 얼마나 눈물을 흘렸을지 생각하니 자신도
가슴이 무너지는 기분이었다.

"사실이지 않은가? 내 거짓을 말한 것도 아니거늘. 보아하니
자네도 그 사실을 아는 모양이구먼. 조심하시게. 자네처럼 학문
과 나랏일밖에 모르는 사내들이 꼭 여인 보는 눈이 없으니 말이
야."

장 숙의가 복잡한 심정을 고스란히 드러내는 도헌의 얼굴을 보
며 충고했다. 도헌의 좋지 않은 얼굴을 보니 분명 연리라는 여인

과 어떤 관계가 있긴 하구나 하는 생각이 들었지만, 장 숙의는 그것을 더 이상 신경 쓰지 않았다. 도헌이 연리의 여동생의 일을 안다면 그 스스로 그녀의 집안과 엮일 일은 없다고 판단했기 때문이었다. 장 숙의는 모든 일이 술술 잘 풀려간다는 느낌을 받았다. 도헌은 아무런 말이 없었다.

"송화옹주는……."

"조회가 얼마 남지 않아 이만 물러가는 것을 이해해 주십시오."

장 숙의는 지금이야말로 연리와는 비교도 되지 않는 제 딸 송화옹주의 품위에 대해 이야기할 순간이라 믿었다. 하지만 도헌은 장 숙의의 말을 예의 없이 툭 자르며 고개를 숙여 보였다.

"아아, 그래. 내가 바쁜 이를 너무 오래 붙잡아뒀구먼. 들어가 보시게."

다른 이유도 아니고 왕을 뵙는 아침 조회 시간이 가까워 빨리 중전을 만나야겠다는 도헌을 장 숙의는 말리지 못했다. 장 숙의는 아쉬움을 드러내지 않기 위해 노력하며 교태전으로 들어가는 길을 터주었다.

도헌은 뒤도 돌아보지 않고 교태전으로 올라가는 계단을 밟았다. 도헌의 등 뒤로 장 숙의를 따르는 궁녀들의 발걸음 소리가 들렸다. 장 숙의도 교태전 안뜰을 벗어나고 있는 듯했다. 도헌은 그 발소리가 멀어지는 것을 듣고서야 계단 중간쯤에 멈춰 섰다.

도헌은 장 숙의의 말을 머릿속으로 되새겼다. 혼인하지 않겠냐는 약조를 절대 못 하겠다고 했다는 연리.

도헌은 가슴이 벅차올랐다. 약조를 거부했다는 것은 연리에게 자신과 혼인할 의사가 조금은 있다는 것이었다. 몽금포에서 제 청혼을 거절했던 그때와 달리, 연리의 심경에 무언가 변화가 있었다는 뜻이기도 했다. 그 변화는 아직 연리에게 미련이 남은 도헌에게는 분명히 긍정적인 것이었다.

'연리 소저가 나에게 마음이 있을 수도 있다는 것인가.'

그렇게 생각한 순간 도헌은 머리부터 발끝까지 전율이 흐르는 것 같았다. 계단이 가파른 것도 아닌데 숨이 가빠졌고 얼굴이 뜨끈해졌다. 그런 도헌을 지켜보던 교태전 궁녀가 흠흠, 헛기침을 내뱉었다. 머리 위쪽에서 들려오는 헛기침 소리에 도헌이 계단 위를 올려다봤다. 궁녀가 어서 들지 않고 무얼 꾸물거리고 있냐는 표정으로 도헌을 쳐다보고 있었다. 궁녀의 재촉 어린 시선에 도헌이 관모를 정대하고 교태전으로 다시 발걸음을 옮겼다.

"마마, 사헌부 장령 심도헌 들었사옵니다."

궁녀가 도헌을 중전이 정무를 보는 대청마루 오른편 온돌방으로 안내했다. 궁녀의 목소리에 안쪽에서 들라 하는 부드러우면서도 묵직한 여인의 목소리가 들려왔다. 열리는 문에 도헌이 안으로 들어서자 여느 때처럼 상석에 앉아 서책을 읽고 있는 중전의 모습이 보였다. 도헌은 천천히 절을 올린 뒤 관복을 정돈하고 자리를 잡았다.

"중전마마, 지난밤 안녕하셨사옵니까."

"안녕하다마다. 도헌이 너는 잘 잤느냐?"

반갑게 도헌을 맞이한 중전은 도헌과 이야기를 나누기 위해 서책을 물렸다. 자식도 아닌 조카가 매일이라 해도 과언이 아닐 만큼 자주 문안을 올리는 일은 흔치 않았지만 도헌은 왕의 명령으로 그렇게 하고 있었다. 세자를 제외한 중전 소생의 대군과 공주들은 이미 나이가 차, 사가에 나가 있기 때문에 중전의 적적함을 달래고자 왕이 내린 명이었다.

"예."

"대답이 시원치 않구나. 혈색도 좋지 아니하고. 연유가 있느냐?"

중전이 걱정 어린 눈길로 도헌을 바라봤다.

"있는 게로구나. 감추지 말고 털어놓아 보거라."

도헌이 아니라고 하지 않으니 중전은 고민이 있다면 말해보라 도헌을 타일렀다. 도헌은 잠시 생각을 정리한 뒤 입을 열었다.

"송화옹주 자가의 혼사에 대해 아는 것이 있으시옵니까?"

"……네 근심이 그것이었느냐?"

"제가 부마 후보에 있다는 이야기를 들었사옵니다."

"옳게 들었다."

중전은 그것이 사실이라고 말했다. 장 숙의가 거짓을 말했을 리는 없다고 생각했지만 그럼에도 도헌은 아니기를 바랐다.

"방금 문안 든 숙의가 말하길 전하께 너를 송화옹주의 남편으로 달라 주청을 올렸다 하더구나. 전하께서도 생각해 본다 하시었고."

"그것을 마마께서는 어찌 생각하시옵니까?"

"내 생각은 중요치 않다. 네 생각은 어떠한지 말해보아라."

중전의 물음에 항상 막힘없이 대답하는 심도헌이 대답을 미루었다. 평소처럼 무표정한 얼굴이었지만 조카를 잘 아는 중전은 그의 속내를 바로 알아차렸다.

"원치 않는 게로구나."

중전이 도헌의 의중을 떠보았다.

"송화옹주가 마음에 들지 않는 것이냐?"

"그런 것이 아닙니다."

옹주의 남편은 종이품인 왕의 부마였다. 왕의 부마가 된다는 것은 품계뿐만 아니라 옹주가 받는 토지 팔백 결도 함께 소유한 다는 뜻이니 천문학적인 재산도 얻게 되는 일이었다. 송화옹주가 병약하든 어쩌든 그녀의 남편 자리를 원하는 이는 차고 넘쳤다. 하지만 왕의 부마가 되는 순간부터 실무에서 벗어난 명예직만을 전전하게 될 테고 도헌의 포부와 야망은 허공에 사라져 버릴 터였다.

진심으로 도헌은 그 자리를 원하지 않았다. 물론 중전은 품계도 높고 외척이라고 견제 당할 일도 없는 왕의 부마라는 직책이 꽤 마음에 들었지만 도헌이 원하지 않는다면 강요할 생각이 없었다.

"정확히 말해보아라. 그래야 내가 무언가를 해줄 것이 아니냐."

"중전마마, 송구하오나 소신, 그 자리를 원하지 않습니다."

"그래, 그거면 됐다. 내 너의 편을 들어줄 것이다."

중전은 무언가를 더 말하려는 도헌을 향해 손바닥을 보이며 말을 끊었다. 더 들어볼 것도 없이 도헌의 편을 들어주겠다는 것이었다. 말로 표현할 수 없는 무한한 신뢰였다. 중전은 도헌이 원치 않는다면 그에 합당한 이유가 있을 것이고, 그런 조카의 편을 들어줄 준비가 되어 있었다.

도헌은 부모님이 살아 계셨다면 저렇게 제 편을 들어주었을 것만 같아 진심으로 고모님이 고마웠다. 물론 아직 완전히 송화옹주의 남편 후보에서 제외된 것은 아니지만, 하늘이라는 왕과 땅이라는 중전의 말 한마디 한마디는 약속과 같았다. 도헌은 고모님이 도와주겠다고 한 이상 이 일을 해결이 되었다고 보았다.

"네 얼굴이 한결 났구나. 궁궐에 있으면서 그리도 속내를 못 감춰서야. 원."

중전은 방금 전보다 나아진 도헌의 얼굴에 미소를 지었다. 그리고 장성해 버린 조카를 괜히 나무랐다. 그 목소리는 너무나 다정해서 나무라는 것이 아니라 잘했다 칭찬하는 것처럼 들려왔다.

도헌은 들어갈 때와 달리 한층 밝아진 얼굴로 문안을 마치고 나와 조회를 위해 편전으로 향했다. 그리고 그날 밤, 중전은 자신의 처소를 찾은 왕에게 도헌의 이야기를 조심스럽게 꺼냈다. 심도헌을 송화옹주와 혼인시켜 달라는 장 숙의, 그리고 심도헌을 송화옹주와 혼인시키지 말아달라는 중전. 왕이 두 사람 중 누구를 선택할지 그 답은 확실히 하나였다.

"내 그리하리다. 심 장령의 뜻이 관직에 있다 하니 과인은 그 또한 기쁘오."

답은 중전이었다. 왕은 장 숙의와 중전 사이에서 갈등했지만 그것은 아주 잠깐일 뿐이었다. 아들을 잃고 뒷배도 별달리 없는 장 숙의가 눈에 밟히긴 했지만 외척을 견제하는 싸움에 핏줄들이 줄줄이 고초를 당한 중전만큼 눈에 밟히지는 않았다. 왕의 마음에 한없이 아프고 애틋한 조강지처가 중전이었다. 게다가 사헌부에서 두각을 드러내고 있는 심도헌이 명예와 재산, 안정적인 삶을 전부 마다하고 관직에 남고 싶다 하는 충심도 왕의 결정에 한몫했다.

"아, 그러고 보니 오늘 심 장령 그이가 승정원에 휴가원을 냈소."

오늘 무슨 일이 있었노라, 평범한 가장이 부인에게 말하듯이 왕은 중전에게 오늘 일들을 하나둘 꺼내놓았다. 정무가 끝나고 교태전에 들어 중전과 이렇게 이야기하는 것이 그에게는 피로가 풀리는 일이었다.

"도헌이가요?"

왕의 어수를 물수건으로 정성스레 닦아주던 중전이 눈을 동그랗게 떴다.

"허허, 중전께서도 놀라셨소?"

심도헌은 아버지와 어머니의 제삿날이 아니면 휴가원을 쓴 적이 없었다. 정기 휴일이 아니면 제 시간에 입궐해 남보다 늦게 퇴궐하는 것이 심도헌이었다. 그런 도헌이 제삿날도 아닌데 그것도 당일에 당장 쓰겠다며 휴가원을 냈다 하니 왕은 묻지도 않고 승인을 내려줬다. 어지간한 신임이 아니고서야 없을 일이었다.

"중전께서도 모르신 것을 보니, 내 그가 돌아오거든 무엇을 했느냐 꼭 물어보리다."

"그리해 주십시오. 저도 궁금합니다."

아침 녘에 문안을 들 적만 해도 휴가원을 내겠다는 말이 없었던 터라, 중전은 조금의 걱정과 함께 궁금증이 일었다.

왕과 중전의 신임과 궁금증을 등에 업은 심도헌은 같은 시각 평양을 향해 내달리고 있었다. 당연히 도헌의 목적은 명진과 손서강을 찾는 일이었다. 도헌의 평양행은 충동적인 결정은 아니었다. 처음 연리로부터 손서강과 명진이 사라졌다고 들은 그때 결정한 일이었다.

'내가 그때 손서강을 봐주지 않았더라면 이런 일은 일어나지 않았겠지.'

도헌은 손서강이 제 여동생을 데리고 도주했던 그때 그의 죄를 물어 관아에 넘겼더라면 명진이 사라질 일은 없었을 거라 생각했다. 동생을 도덕적 손가락질에서 지켜주고픈 마음에 손서강의 죄를 덮고 넘어갔고, 그로 인해 판관의 여식과 명진을 포함한 많은 여인들이 피해를 입었다. 사헌부에 적을 두고서 나라의 녹봉을 받는 이로서 도헌은 죄책감이 일었다. 도헌은 더 이상의 피해가 일어나지 않도록 자신의 손으로 이 일을 마무리 지어야겠다고 다짐했다.

'그리고 이 일이 해결된다면 연리 소저가 더 이상 눈물 흘릴 일은 없을 터.'

책임감과 더불어 연리의 슬픔을 거두고 싶다는 마음이 도헌을 움직였다. 물론 그 깊은 속에는 연리가 조금은 자신에게 마음이 있을지도 모른다는 기대감도 있었다. 만약 연리와 제가 같은 곳을 바라보고 있는 것이 확실하다면 도헌은 한 번 더 다가가 볼 용의가 있었다. 그렇게 생각하고 나니 도헌은 평양행을 미룰 수 없었다.

도헌이 책임감과 기대를 가지고서 말의 엉덩이를 채찍질했다. 한양에서 먼 평양까지 주야를 가리지 않고 달려간 도헌에게 다행인 것은 평양 객주에서 연리의 아버지 양현군을 찾는 일이 그리 어렵지 않았다는 것이었다.

"자네가 여기 어찌 있는가."

"그것은 후에 말씀드리겠습니다. 그보다 명진 소저는 찾으셨습니까?"

가볍게 인사를 나눈 심도헌이 양현군에게 물었다.

"명진이 소문이 벌써 거기까지 갔는가? 조선이 이리 좁은지 몰랐네그려."

양현군은 심도헌이 평양에 있는 것보다 그가 명진의 일을 알고 있다는 것에 더 놀랐다.

"연리 소저에게 들었습니다. 아직 못 찾으신 겁니까?"

"연리가? 연리가 속이 많이 탔나 보군. 자네에게까지 말을 하고. 그래, 아직 못 찾았네. 이렇게 딸자식 하나를 잃을 줄 누가 알았겠는가."

양현군이 수척해진 얼굴로 고개를 저었다.

"그 애의 애비인 나로 모자라 외숙들까지 나서서 이 주변 객주란 객주, 주점이란 주점은 다 뒤지고 다녔지만 못 찾았네."

"손서강은 객주나 주점에 머무르지 않습니다. 굉장히 용의주도합니다."

"자네가 그걸 어찌 아는가?"

"저도 숨은 그를 찾느라 고생을 좀 했었습니다. 손서강은 일반 여염집에 숨어 있을 겁니다."

손서강이 도희를 데리고 도망쳤을 때도 그랬다. 객주와 주점에 머무르지 않고 일반 여염집 방 한 칸을 빌려 숨어 있었다. 만약 도희가 편지를 남기지 않았다면 절대 찾지 못할 수법이었다.

"멀리 가지 않았을 겁니다. 아마 근처에 머물면서 어떻게 하면 명진 소저를 이용해 돈을 받아낼까 고민하고 있을 겁니다."

말로만 압록강을 건너 명나라로 간다고 해놓았을 가능성이 높았다. 압록강까지 가는 여비만 해도 어마어마하니 노름빚까지 있는 손서강이 명진까지 데리고서 명나라에 갈 수 있을 리 없었다.

그런 도헌의 예상은 적중했다. 도헌의 조언에 따라 산기슭 아래 따로 떨어져 있는 집들을 위주로 젊은 남녀 한 쌍을 찾아다녔더니 금세 그들을 찾을 수 있었다.

"이명진! 네가 제정신이더냐!"

초가집의 방 한 칸을 빌려 쓰고 있던 명진과 손서강을 발견한 양현군이 수척해진 얼굴을 붉으죽죽하게 만들며 소리쳤다. 양현군은 가족 모두에게 걱정을 떠밀어놓고선 너무나 밝은 얼굴을 하고 있는 명진 때문에 더욱 분노했다.

"형부, 진정하세요. 명진아, 이리 나오너라."

평양에 와 양현군과 함께 명진을 찾아다녔던 자현은 화가 난 형부를 먼저 달랬다. 여기서 이럴 게 아니라 나가서 따로 이야기를 하자며 그녀가 양현군과 명진을 이끌어 집 밖으로 나갔다.

"내가 뭘 잘못했다고 그래요!"

집 밖으로 끌려 나가면서 명진은 양현군이 여기까지 찾아왔음에도 자신은 잘못한 게 없다고 신경질적으로 소리쳤다. 한바탕 소란을 일으키며 명진과 양현군이 나가고 방 안에는 자연스럽게 심도헌과 손서강이 남았다. 손서강은 구군복을 벗고 형태만 요란한 갓과 비단옷을 꿰어 입고 있었다. 게다가 몸에서는 술과 연초 냄새가 진동하는 것이 전형적인 노름꾼의 모습이었다.

"오랜만에 뵙습니다."

상투 튼 머리를 긁적이며 손서강이 심도헌에게 인사했다. 연리의 앞에서는 자신이 심도헌과 친구 같은 사이라고 말했던 손서강이었지만, 실제로는 높으신 양반과 양인으로, 그 이상도 그 이하도 아니었다. 차마 말조차 낮추지 못하고, 도헌이라고 그의 이름을 부를 엄두조차 내지 못했다. 손서강은 자신을 찾아낸 것이 심도헌이라는 것에 일이 귀찮게 됐다고 생각했다.

"혼인할 생각은 있는 거냐."

도헌은 앞뒤 재지 않고 단도직입적으로 물었다. 명진과 혼인할 생각으로 이 일을 벌였는지.

"저 여자는 그럴지 몰라도 전 없습니다. 아시잖습니까? 돈이 어디 있어서 혼인을 합니까. 빚도 못 갚고 있는데."

명진을 남처럼 저 여자라고 부르며 손서강은 모르는 일이라고 손을 털었다.

"네놈은 변한 게 없구나. 아버지가 너를 어여삐 여기신 것이 한이다."

도헌은 몇 년 전과 한 치의 다름없이 염치없고 무도한 손서강의 자태에 짜증이 일었다.

"뭐라 하시든 저 여자와 혼인할 생각이 없습니다, 저는. 그냥 데리고 가시든지 마음대로 하시지요."

그러든지 말든지 손서강은 방구석에 떨어져 있던 곰방대를 들어 연초를 태우려고 했다. 정신을 흐리게 만드는 연초 연기를 싫어하는 심도헌이 들고 있던 부채로 손서강의 손목을 내리쳤다.

"악!"

딱딱한 부챗살이 손목을 내려치는 힘에 곰방대가 바닥에 다시 떨어졌다. 곰방대에서 타버린 연초 잎의 재가 바닥을 더럽혔다.

"무슨 짓입니까!"

"빚을 갚아주마. 그럼 혼인할 테냐."

도헌은 빚을 갚아주면 그 더러운 버릇을 좀 고치겠느냐고 물었다. 심도헌의 말에 손서강의 눈이 빛을 냈다. 형형한 눈에 욕심이 가득했다.

"전부 말씀이십니까?"

"……그래."

"그럼 생각 좀 해보겠습니다. 저쪽에서 혼수를 얼마나 해오는 지도 좀 보고 말이지요. 제 혼인인데 저도 그 정도는 따져야 되지 않겠습니까?"

고려 때만 해도 예물을 받거나 혼수를 주는 것은 자식을 상대 집에 파는 것으로 봐 상스럽게 여겼거늘, 조선에 와서는 신부가 혼수를 적게 해오면 쫓아내는 일이 일상다반사였다. 심도헌은 명 진과 혼인을 하더라도 혼수가 적으면 그녀를 소박 주겠노라 하는 손서강의 구린내 나는 속내에 구역질이 일었다. 손서강은 심도헌 이 그를 아는 내내 한결같이 속물적이었다.

"그래? 그럼 택해라. 혼수 없이 혼인할 테냐, 아니면 수많은 아 녀자들을 희롱한 죄로 관아에 잡혀가 곤장을 맞을 테냐."

당근을 주었더니 당근을 더 내놓으라 하니 이젠 채찍을 줄 밖 에. 심도헌은 당장이라도 관아에 끌고 갈 기세로 날카롭게 말했 다. 그리고 진심으로 명진과 혼인하지 않으면 손서강을 장독에 걸려 죽을 만큼 곤장을 때려 그동안 그의 방탕한 행태에 대한 벌 을 줄 생각이었다.

"지금 저를 협박하시는 겁니까?"

"정당한 협상이다. 어찌 할 것이냐. 지금 당장 관아에서 나졸 들을 불러오랴?"

심도헌은 이 방에 들어올 때부터 흔들림 없는 자세로 손서강 을 지켜봤다. 손서강이 일이 꼬여도 단단히 꼬였다는 얼굴로 팩 돌아앉았다. 나졸에게 잡혀 가긴 싫다는 뜻이었다. 빚을 갚아주 는 것도 감지덕지해 넙죽 엎드려도 모자라거늘, 어디 혼수 타령 을 한단 말인가. 심도헌과 손서강 사이에 암묵적인 협상이 이루 어졌다.

"도망갈 생각 마라. 도망가는 순간 너는 수배범이 될 테니."

도헌은 손서강이 속으로 이를 아득아득 가는 것을 알고 있었다. 도헌은 그가 도망갈 궁리조차 하지 못하도록 마지막으로 한 번 더 못을 박아두고 방을 빠져나왔다. 드디어 손서강과 명진, 그리고 심도헌과 연리 사이 악연의 끝이 보이는 것 같았다.

제11장 풀리는 운명의 실타래

장연으로 돌아온 다음 날, 연리는 명진이 사라지기 전 가연에게 보냈다는 편지들을 하나씩 꼼꼼히 읽었다. 혹시나 명진을 찾을 만한 단서가 있을까 싶어서였다. 앞서 주고받은 몇 통은 별 의미가 없었고, 그나마 제일 마지막에 주고받은 것으로 보이는 편지에만 명진이 떠난다는 내용이 적혀 있었다.

가연아, 네가 이 편지를 읽고 있을 때쯤이면 나는 이미 평양을 떠나고 없을 거야. 너나 가족들이 놀랄 걸 생각하니 너무 재미있어서 웃음이 나와. 나는 압록강을 건너서 명나라로 갈 거야. 왜냐하면 내 하나뿐인 서방님이 될 손서강님이 그렇게 하자고 했거든. 가족들한테는 말하지 말아줘. 나중에 명나라에서 내가 직접 편지를 쓸 거거든. 명나라는 얼마나 재밌을지 생각하면 웃음이 나와서 편지를 못 쓰겠어. 다음에 편지할게. 내가 부럽다면 너도 손서강님 같은 분을 찾으렴.

"허! 철이 없어도 이렇게 없을 수가 있을까?"

연리는 비뚤거리는 한글로 쓴 편지를 읽고 나니 단전부터 화가 끓어오르는 것을 느꼈다. 부럽다면 손서강 같은 남자를 만나라는 마지막 문장이 제일 가관이었다. 게다가 명진의 편지에는 잘못을 저지르고 있다는 두려움이나 죄책감, 남겨질 가족들에 대한 걱정 따위는 하나도 적혀 있지 않았다.

"이런 애를 찾으려고 아버지께서 평양까지 가시다니."

"연리야, 말이 심하지 않니?"

"이건 좋게 봐줄 문제가 아니야, 언니. 아직도 모르겠어? 명진이뿐만 아니라 모든 게 다 엉망이 되어버릴 거라는 걸 말이야."

설이 연리의 말에 우울한 한숨을 내쉬었다.

"그래, 네 말이 맞아. 너랑 나를 포함해서 가람이와 가연이까지 모두 구설수에 오르겠지. 아마 우리 자매들은 좋은 혼처 따위는 구할 수 없을 거야."

설도 앞으로의 미래가 밝지 않은 것을 알고 있었다. 연리도 그 말에 동의했다.

"원래 좋은 혼처를 얻을 수 있을 거란 생각도 안 해봤지만 이젠 정말 그럴 기회조차 없을 거야. 아무도 우릴 가까이 하지 않겠지. 심도헌 나리만 봐도 그래."

"갑자기 심도헌 나리는 왜? 설마 심도헌 나리께서 우리 일을 아시니?"

설이 심도헌이 명진이 사라진 일을 알고 있는지 연리에게 되물었다.

"한양에서 언니 편지를 읽고 나서 그분이 오셨어. 내 이야기를 듣고도 다정하게 위로해 주셨지만, 글쎄 내 생각엔 그분이 나에게 다시 청혼할 일은 없을 것 같아."

"청혼이라고? 그분이 너한테 청혼을 했었단 말이니? 난 처음 듣는 이야기야."

연리가 심도헌에게 다시 청혼 받을 일이 없다는 말은, 적어도 한 번은 청혼을 받았다는 뜻과 같았다. 설은 깜짝 놀라 연리를 바라봤다.

"이제와 감춰서 뭘 하겠어. 내가 그분의 청혼을 거절했어. 매몰차게. 나도 심도헌 나리도 서로에 대해 너무 몰랐거든."

연리가 손끝을 매만지며 슬픈 목소리로 두 달 전 일을 털어놨다. 설은 그 이야기에 가슴이 미어졌다.

"내가 내 감정에만 빠져서 너에게 너무 무심했어. 네가 무슨 일들을 겪었는지 이렇게 항상 한참 뒤에서야 알다니. 명진이 일도 그래. 나도 너랑 같이 명진이를 못 가게 말렸어야 했어. 내가 맏이 노릇을 못한 거야."

설은 백이명과의 이별로 슬픔에 빠져 동생들을 돌보지 않았다고 자책했다. 연리는 항상 자신을 위해 옆에서 위로해 주고 편을 들어주었는데 막상 연리가 힘들 때는 옆에 있어주지 못했다는 생각에 설이 손바닥으로 얼굴을 가렸다.

"연리야, 내가 널 볼 면목이 없어."

"그러지마. 도헌 나리의 일은 내가 말하지 않은 거고, 명진이 일은 손서강을 조심하라고 내가 먼저 말했어야 했던 거야. 언니 잘못은 없어."

연리는 빈말이 아니라 정말로 설의 잘못은 없다고 생각했다. 말했던 것처럼 명진의 일은 철없는 명진과, 그녀를 속이기 위해

작정하고 달려든 손서강의 잘못이었다.

"언니, 이렇게 되어버렸으니 이젠 정말 백이명 나리와 언니가 다시 만날 일은 없어져 버린 것 같아. 그래도 괜찮아?

"난 더 이상 백이명 나리께 아무 기대도 하지 않아. 정말이야."

설은 동생을 잃어버린 판국에 그것이 중요하겠느냐고 말했지만 연리는 그것이 거짓임을 알고 있었다. 어떻게 신경 쓰이지 않을 수 있을까. 아무리 그래도 설은 이명이 돌아오지는 않을까 하는 일말의 기대를 품고 있을 것이고, 정말로 이명이 돌아왔을 때 집안이 이 모양이라면 그것만큼 최악은 없었다. 게다가 심도헌이 이 일을 알고 있으니 백이명도 아는 것은 시간문제였다.

연리가 한숨을 푸욱 내쉬었다. 그때 방문이 열리며 하인이 방 안으로 고개를 들이밀었다.

"아씨, 주인마님 앞으로 편지가 왔어요. 어떻게 할까요?"

"뭐? 어서 이리 주어라."

연리는 양현군 앞으로 왔다는 편지를 급하게 받아들었다. 혹시나 명진에 대한 소식인지 기대가 서렸다. 하지만 이내 편지를 펼친 연리는 실망을 감출 수 없었다.

"왜 무슨 편지야?"

"김용복에게서 온 편지야."

연리가 짜증을 감추지 않은 목소리로 말했다. 편지는 유감이라는 말로 시작했다. 하지만 그 내용은 그저 연리의 집안에 일어난 일을 비꼬는 것이었다. 대충 내용을 훑어본 연리는 더 볼 것도 없다는 듯 편지를 내려놓았고, 설이 편지를 주워들었다.

"정말로 모든 가족 분들께 유감을 표하는 바입니다. 저뿐만 아니라 제 부인과 숙의마마도 같은 뜻임을 알려드립니다. 제 부인은 명진 소저의 행동거지가 현부인 마님의 지나친 애정으로 그렇다고 하지만 제 생각에는 천성인 것 같습니다. 차라리 죽어서 돌아오지 않는 게 그 집안에는 더 좋을 일 같다고 여겨집니다."

설이 편지를 소리 내어 읽었다.

"김용복 그치는 명진이가 돌아오지 않기를 바라고 있어. 우리 집이 망하길 바라면서 굿이라도 하는 거 아닌가 몰라."

연리는 김용복이 그의 청혼을 거부한 것에 대해 복수심을 품고 이런 편지를 보냈다고 확신했다. 얼마나 옹졸하고 치졸한지 밥그릇 크기도 안 될 만한 심보를 가지고 있었다.

"아마 이 일로 댁에 계신 많은 따님들께서 피해를 입으시리라 생각됩니다. 특히 큰 따님과 작은 따님의 경우 혼기가 찬 데다 이젠 혼처도 찾을 수 없을 테니 더 걱정이 크시겠습니다. 다시 한 번 유감입니다."

편지는 연리와 설이 혼인을 못 할까 걱정한다고 보기에 무리가 있었다. 오히려 김용복은 너희의 혼삿길은 이제 꽉 막혔으니 어쩌겠느냐 비웃고 있었다.

"아버지가 돌아오시더라도 이 편지는 안 드리는 게 낫겠어. 이게 편지야? 독설문이지."

연리는 어쩌다 김용복 같은 치와 이 집안이 엮여서 이런 모욕을 당하나 싶었다. 명진이 사라지지만 않았어도 이런 모욕을 들을 일은 없었을 텐데. 연리는 명진이 원망스러웠다.

"혹시나 해서 말씀드립니다만, 송화옹주 자가와 심 장령의 길례가 이루어지지 않았다고 하여 그 댁의 둘째 따님과 혼사가 이루어질 거라는 착각을 하지 않으시길 바랍니다. 기대하면 실망이 큰 법 아니겠습니까……? 이 댁 둘째 딸이면 연리 너를 말하는 거 아니니?"

"길례가 이루어지지 않았다고?"

연리는 이게 무슨 말이냐 묻는 설에게 대답하지 않고 송화옹
주와 심도헌의 길례가 성사되지 않았다는 말에 주목했다.

"송화옹주 자가와 심도헌 나리가 의혼이라도 하셨다는 거야?
그런데도 너한테 청혼을 하신 건 아니겠지? 이게 무슨 일이니?"

설은 설마 심도헌이 송화옹주와 의혼(議婚, 약혼)해 놓고, 연리
에게 또 청혼을 한 건 아닌가 걱정했다.

"내가 알기론 의혼까지 한 사이는 아니었어. 왜 길례가 깨졌는
지는 안 적혀 있어?"

연리는 설에게 그런 것이 아니라고 설명했다. 물론 심도헌이
송화옹주와 혼인을 원했는지, 그리고 송화옹주와 혼인할 예정이
면서 자신에게 청혼했는지는 알 수 없었다. 하지만 연리는 도헌
이 이 여자 저 여자를 찔러보는 사람은 아니라고 확신하고 있었
다.

"심 장령이 관직에 뜻이 있음을 장히 여기신 주상전하의 뜻으
로 옹주 자가와 심 장령의 혼인이 이루어지지 않은 것입니다. 절
대 심 장령이 댁의 작은 따님에게 마음이 있어 옹주 자가와 혼인
을 거절한 것이 아니라는 점을 말씀드리고 싶습니다. 작은 따님
께 마음이 있다 오해하지 않으실까 우려되어 드리는 말씀입니다.
그럼 언젠가 제가 처가댁을 방문할 때 찾아뵙겠습니다. 강녕하십
시오."

설은 이게 편지의 전부라며 어깨를 으쓱였다. 그러니까 이유는
그다지 정확하지 않지만 송화옹주와 심도헌의 혼인이 주상전하
의 허락 하에 성사되지 않았다, 그 뜻이었다. 이게 기쁠 일인지는

몰라도 연리는 손가락에 박혔던 가시가 빠진 것처럼 뭔가 개운해진 기분이 되었다.

'그 혼사가 깨지면 뭐해, 김용복 말처럼 나랑 이어질 연도 아닌데.'

연리는 싫지만 김용복의 말의 일부를 인정할 수밖에 없었다. 잠시 좋아지려던 연리의 기분이 다시 바닥에 곤두박질쳤다.

설은 밝아졌다가 다시 어두워지는 연리의 얼굴에 그녀가 심도헌에게 마음이 있다는 것을 알아차렸다. 게다가 방금 전에는 심도헌이 다시 청혼하지 않을 거라고 후회 섞인 말도 하지 않았던가. 설은 연리와 자신이 모두 사랑에 실패했다는 것에 쓴웃음을 지었다.

"연리야, 지금은 명진이가 무사히 돌아오기만을 바라자."

설은 김용복이 후벼 파놓은 속을 감싸고서 연리의 손을 잡고 다독였다. 그리고 힘이 빠질 때마다 김용복의 편지를 다시 읽으면서 분노로 하루하루를 버텼다.

그런 와중 며칠이 지난 후 다행히도 아버지로부터 장연으로 돌아온다는 연통이 왔다. 그리고 그 연통에는 명진이 손서강과 혼인했다는 소식도 들어 있었다.

"명진이가 혼인했다니!"

양현군에게서 온 연통을 받고 현부인 홍씨가 벌떡 자리에서 일어나며 소리 질렀다. 그것은 기쁨의 탄성이었다. 양현군이 보낸 연통은 굉장히 짧았다. 명진을 찾았다는 것, 그리고 무사히 손서강과 혼인시켰다는 것이었다. 이마를 동여맸던 흰 끈을 당장 벗어버리고 소복 위에 부랴부랴 겉옷을 입은 홍씨가 명진이 사라진 후 처음으로 안채 밖으로 나섰다.

"어머니, 어디 가세요?"

"당연히 박씨한테 제일 먼저 알려줘야 할 게 아니니? 효진이를 시집보낸 걸로 얼마나 뻐기던지 눈꼴이 다 시렸는데 이젠 박씨 눈꼴을 시리게 해줘야지."

"그러지 마세요. 혼례도 여기서 안 했고, 괜한 소문이라도 날까 저어돼요."

연리는 이 혼인이 아무리 그래도 자랑스러운 것은 아니라고 에둘러 말했다. 마을에 명진이 외간 사내와 도망갔다고 소문이 나지는 않았지만 본가를 두고 타지에서 혼인을 하고 돌아온 것이 경사스러운 것은 아니었다.

"열다섯 살에 시집을 갔으니 천하의 효녀지! 너완 달리 말이다."

"정말로 그렇게밖에 생각 안 하세요?"

"너도 시집 안 간 딸자식을 다섯이나 가져 보렴. 얼마나 기쁜지 말로 다 표현할 수 없을 게야."

현부인 홍씨는 다섯 딸 중에 드디어 하나를 시집보냈다며 기쁜 기색을 감추지 않았다. 연리는 딸이 누구에게 시집을 갔는지는 전혀 중요해 보이지 않는 어머니가 실망스러웠다.

"잔말 말고 아랫사람더러 푸줏간에서 쇠고기 한 덩이 가져오라고 일러라. 사위는 백년손님인데 대접은 해야 되지 않겠니?"

치맛자락을 들고 대충 당혜에 발을 구겨 넣은 홍씨는 연리의 말은 들은 척도 않았다. 거기다 애먼 쇠고기만 일러놓고는 횅하니 집을 나서 버렸다. 연리는 혼인했다는 말 한 마디에 악마 같다던 손서강을 사위라고 부르는 어머니의 태도에 기가 찼다. 누가 홍씨에게 정신 좀 차리라고 말해주었으면 싶었다. 아니나 다를까 그런 연리의 바람은 며칠 뒤 돌아온 양현군에 의해 이루어졌다.

"내 귀여운 딸! 어서 오렴!"

현부인 홍씨는 새색시답게 녹색 저고리에 붉은 치마를 입고서 양현군의 뒤를 따라 들어오는 명진을 반갑게 맞이했다. 세상만사 걱정 없는 반질반질한 얼굴을 한 명진이 어머니의 품에 쏙 안겼다. 미안한 기색이라고는 하나도 없다며 욱하는 가람을 설이 잡아 말렸다. 그래도 가족이 상봉하는 자리인데 싸움판으로 만들 수는 없었다.

"아버지, 고생하셨어요."

연리는 명진과 어머니를 지나쳐 부쩍 수척해진 얼굴의 아버지에게 다가갔다. 양현군은 연리의 어깨를 한 번 토닥이고는 아무 말도 없이 사랑채로 들어갔다. 나이가 있는 양현군에게 이번 여정은 지나치게 힘들었던 것 같았다. 연리가 걱정스러운 마음에 아버지를 쫓아가려는데 누군가 연리의 앞에 섰다.

"다시 뵈어 반갑습니다."

손서강이었다. 구군복이 아닌 질 좋은 도포를 입은 그는 새신랑 특유의 밝은 얼굴을 하고 있었다. 그에게는 연초 냄새가 풀풀 풍겼다. 연리는 도저히 그 인사를 받아줄 마음이 들지 않아 그를 지나쳐 사랑채로 들어와 버렸다. 도대체 얼굴이 얼마나 두꺼우면 자신에게 저렇게 스스럼없이 말을 걸 수 있는지 연리의 상식으로는 이해되질 않았다.

연리는 씩씩대면서도 아랫것을 시켜 아버지가 쓸 따뜻한 소셋물을 준비시켜 놓고, 아버지가 간단히 요기할 만한 것들을 챙기기 위해 부엌으로 향했다. 그 뒤에 연리가 다시 사랑채 대청으로 돌아왔을 때는 방 안에서 홍씨의 목소리가 들려오고 있었다. 그래도 어머니도 아내로서 남편 걱정이 되기는 했나 보다 싶어 연리는 잠시 방 밖에서 들어갈 시기를 기다렸다.

"나리께서는 꼭 그리 급하게 거기서 혼례를 치르셔야 했습니까? 장연에 돌아와 가족들 보는 데서 혼례를 올려주시면 좀 좋아요?"

양현군이 옷 갈아입는 것을 돕던 홍씨가 툴툴댔다. 명진을 찾기 전에는 찾기만 하면 당장에 혼인시켜야 한다고 말해놓고, 당장 딸이 타지에서 혼인하고 오니 서운하다는 것이었다. 양현군이 그 말에 낯빛을 달리했다.

"크흠."

양현군이 불편한 기색을 헛기침 소리로 드러냈다. 방 밖에서 두 사람의 대화를 듣던 연리는 심상치 않은 기운에, 이제 막 사랑채를 찾은 설과 동생들을 방에 들어가지 못하게 했다. 설이 왜 그러느냐 물으니 연리는 조용히 해보라고 입술에 검지를 올렸다.

"명진이 몫의 혼례복은 진즉에 맞춰두었는데. 아, 그리고 쇠고기 좀 더 사와야겠어요. 손 서방 몸보신 좀 시켜줘야……."

"그만! 그만 좀 하시오! 그놈의 손 서방, 손 서방. 입 밖으로 그 이름 꺼내지도 말란 말이오!"

양현군이 버럭 화를 냈다. 양현군은 안 그래도 집에 들어올 때 홍씨가 명진과 손서강을 붙들고 웃고 떠들었던 것부터가 마음에 들지 않았다. 어쩔 수 없이 사위로 삼기는 했지만 마음에 드는 구석이라고는 한 톨도 없는 것이 손서강이었고, 딸자식이지만 당장에 쫓아내고 싶은 것이 명진이었다.

"아니, 왜 소첩한테 화를 내십니까?"

홍씨가 양현군의 호통에 놀란 가슴을 부여잡았다.

"따지고 보면 부인께서 뭘 하셨소. 명진이가 사라졌다니까 안채에 드러누워 고래고래 소리 지르는 것밖에 더하셨소?"

"대감!"

"다른 아녀자들 같으면 딸이 사라지면 울면서 삼천 봉우리를 다 뒤지고 손서강 같은 놈한테 딸을 준 걸 천추의 한으로 여길 거요. 그런데 손 서방? 그놈을 손 서방이라고 부를 마음이 드는 걸 보니 부인께서 맘고생을 덜 하셨구려!"

양현군이 오늘만큼은 유야무야 넘어가지 않을 생각인지 함께 산 지 스무 해가 넘어 처음으로 아내에게 큰 소리를 냈다.

"그리고 그놈의 입방정! 한 번만 더 그 입방정을 떠는 것을 보였을 때는 내 가만 있지 않을 거외다!"

차마 무슨 말을 못하고 입만 벙긋대는 아내를 보는 양현군의 눈빛이 매서웠다.

"너희들도 들어오너라!"

이번에는 양현군이 방 밖에 모여 있는 딸들을 불러들였다. 설이 방문을 열고 들어가지 않으려고 꾸물거리는 동생들의 등을 툭툭 쳐서 들여보냈다. 연리도 소셋물과 찻상을 들고 온 아랫것들을 물린 뒤, 설을 따라 방으로 들어섰다. 아버지가 화내는 모습을 처음 본지라 다들 슬금슬금 눈치를 보며 양현군의 앞에 섰다.

"가연이랑 가람이, 너희는 잘 들어라. 앞으론 너희 언니들이 동행치 아니하면 별당 밖으로 한 발자국도 못 나간다. 특히 가연이 너는 한동안은 내 허락 없이는 대문 밖은 담 너머로도 구경치 못할 줄 알거라."

양현군이 가연과 가람의 외출에 연리와 설의 동행이라는 조건을 붙였다. 원체 외출을 잘 하지 않는 가람은 별 반응이 없었지만, 가연은 그 자리에서 펄쩍 뛰었다. 하지만 아버지가 무서워 차마 말대꾸는 못하고 애꿎은 연리의 소매만 잡고 늘어졌다. 양현군에게 뭐라 말 좀 해달라는 뜻이었지만 워낙 명진의 행동을 하나부터 백까지 빠짐없이 그대로 따라 하는 가연인지라 연리도 이번에 확실히 잡아야 한다는 생각이 들었다.

"피곤하니 연리만 남고 다들 나가보아라."

집에 돌아오면 집안 단속부터 해야겠다고 생각한 양현군은 이정도면 됐다고 생각했는지 연리만 남기고 집안사람들을 물렸다. 현부인 홍씨가 충격을 먹었는지 혼을 빼놓은 채 사랑채 밖으로 딸들을 따라 나갔다.

"아버지, 괜찮으세요? 냉수라도 가져오라고 할까요?"

"되었다. 그보다 앉아보거라."

연리는 평양에 다녀와서 십년은 늙어버린 듯한 아버지가 걱정되었다. 그런 연리를 애틋하게 쳐다본 양현군은 망건만을 쓴 채 편안히 아랫목에 가부좌를 틀었다.

"연리 너에게는 미안하다는 말을 꼭 해야겠구나. 그때 네가 하는 말을 내가 귀 기울여 들었어야 했다."

양현군은 엄하게 지었던 표정을 풀며 연리에게 사과했다. 정확하진 않지만 아마도 연리가 명진이 평양으로 떠나는 일을 반대했던 것을 말하는 것 같았다.

"어찌 되었든 해결되었잖아요. 그래도 다행이에요. 손서강 그이가 그렇게 나쁜 이는 아니었나 봐요. 이렇게 금방 혼인한 걸 보면 말이에요."

연리는 이 집에 들어오던 손서강을 생각하면 기분이 영 좋지 않았다. 그래도 도망갈 줄 알았던 손서강이 명진과 혼인을 했다는 사실에 기분이 좀 나아진 것은 맞았다. 양현군이 연리의 말에 긍정도 부정도 없이 입을 꾹 다물었다.

"그런데 아버지 손서강이 예물은 얼마나 달래요?"

연리는 명진의 혼인 소식을 듣고 나서부터 죽 궁금했던 것을 물었다.

"예물을 받지 않고 하겠다고 하더구나."

"예물 없어요? 그럴 리가요. 그가 명진이를 그렇게까지 마음에 들어 하고 있는 줄은 몰랐어요."

"그러게나 말이다."

양현군이 남 일을 말하듯이 대충 대답하며 시선을 피했다. 아버지를 따라 자리에 앉은 연리가 의아함에 고개를 갸웃거렸다.

"그럼 빚은요? 노름빚이 많다던데요."

연리가 손서강의 빚은 어떻게 하고 혼인을 시키셨느냐 물었다. 손서강은 노름빚뿐만 아니라 기생집이나 주막에서 한 외상이 한양이며 장연이며 없는 곳이 없었다.

"생각보다 손서강의 재정 상태가 좋더구나. 빚을 갚고도 돈이 남아 혼례 비용도 댔단다."

"……아버지, 제가 그걸 믿을 거라고 생각하는 건 아니시겠죠?"

연리는 손서강이 빚을 갚고도 남을 만한 재산을 가지고 있었다는 것을 말도 안 되는 말이라고 생각했다. 듣기론 빚이 집 한채 값이라던데, 빚을 갚고도 혼례 비용까지 댔다니. 정구품 초관이 그런 목돈을 가지고 있을 리가 없었다. 만약 그랬다면 손서강이 굳이 이 여자, 저 여자를 등쳐먹으려고 다니지 않았을 것이었다.

"실은…… 너희 이모부가 돈을 많이 썼지. 너는 그 정도만 알아둬라."

양현군이 책상의 낡은 모서리를 쓰다듬으며 깊은 한숨을 푹 쉬었다.

"이모부가요?"

연리는 이모부가 돈을 썼다는 말에 그제야 조금 수긍이 되었다.

"이 은혜를 어쩌죠. 그래도 다행이에요. 이모부한테는 천천히 갚아나가면 되니까 너무 걱정 마세요."

이모부도 하는 일이 잘 풀리게 된 지 얼마 되지 않아 큰돈은 없었을 텐데 큰맘 먹고 도와준 것이리라 생각하니 연리는 이모 내외가 너무나 고마웠다.

"……그래야지."

양현군이 이마에 깊은 주름을 만들어냈다. 연리는 아버지에게 다른 고민이 있다고는 생각하지 못하고 그저 피곤하신가 보다 싶어 자리에서 일어났다.

"조금이라도 쉬세요. 저녁식사 때 말씀 드릴게요."

연리가 나가고 양현군은 집에 돌아와도 평안치 않다는 생각에 관자놀이를 문질렀다.

다음 날, 연리와 설은 어젯밤 양현군의 꾸지람 이후로 영 기운이 없는 어머니를 모시고서 저자로 나갔다. 명진과 손서강이 처가인 장연에 머무는 시간이 얼마 남지 않았기 때문에 명진의 손에 들려 보낼 물건들을 사러 나온 것이었다. 때문에 따라 나온 명진은 물건 사는 것은 자매들에게 나 몰라라 맡겨두고 쓸데없는 말들만 내뱉었다.

"이 가락지 좀 봐. 언니들이 가진 반지랑은 비교도 안 될걸?"

명진이 자신의 손에 끼워진 쌍가락지를 연리와 설의 앞으로 들이밀었다. 쌍가락지는 일반 반지와 달리 혼인한 여인만이 낄 수 있는 물건으로 기혼녀의 상징이었다.

"아무도 물어보지 않았어."

연리가 정말 관심 없다는 얼굴로 조용히 좀 하라며 명진에게 주의를 줬다. 하지만 연리와 달리 가연은 뿌듯한 얼굴을 한 명진을 부럽게 쳐다보았다. 연리의 타박에 명진이가 버릇처럼 입술을 삐죽이며 쌍가락지를 낀 손을 어머니에게만 보이도록 자세를 틀었다. 하지만 예전 같았으면 정말 예쁘다고 호들갑을 떨었을 홍씨는 명진의 쌍가락지를 보고 대충 고개를 끄덕이고 말았다. 남편의 꾸지람으로 생각이 많아졌기 때문에 호들갑을 떨고 싶은 마음이 들지 않은 것이었다.

"내가 얼마나 힘이 들었는데, 다들 이렇게 냉정해?"

항상 자신의 편이었던 어머니까지 영 반응이 없으니 명진은 잔뜩 삐뚤어진 말투로 말했다.

"네가 힘이 들었다고? 글쎄, 넌 명나라로 갈 생각을 하니 웃음이 나서 편지를 못 적을 정도 아니었니?"

연리가 포목점에서 설의 새 가을 옷을 짓기에 딱 좋을 천을 집어 들며, 명진을 비꼬았다.

"잘난 척하지 마. 안 그래도 이모한테 잔소리는 실컷 들었으니까. 정말 지겨워 죽는 줄 알았어."

"지겨웠다니, 넌 정말 이모가 왜 그랬는지 모르는 거야?"

연리는 네 남편의 빚을 갚아준 분들이 이모 내외라고 소리치려다가 간신히 참아냈다. 사람 많은 저자에서 굳이 집안의 치부를 크게 떠들어서 수군거리기 좋은 이야깃거리를 제공해 줄 필요는 없었다.

"게다가 명나라는커녕 맨날 방에 갇혀 있었어. 이러다 그 좁은 골방에서 죽는 게 아닌가 싶었다고."

명진은 다시 힘들었다고 앓는 소리를 냈다. 그 듣기 싫은 소리를 들으며 연리는 명진을 데려온 것을 후회했다. 그리고 최대한 명진의 과장된 말들을 한 귀로 듣고 한 귀로 흘리기 위해 노력했다. 기운이 없는 현부인 홍씨도 명진의 이야기를 귀 담아 듣지 않았지만 명진은 계속해서 평양에서 어떤 일이 있었는지 줄줄이 읊었다.

"만약에 심도헌 나리가 우리를 찾지 않았다면, 아마 거기서 영원히 늙어 죽었을지도 몰라."

연리가 심도헌의 이름에 놀라 뒤적거리던 포목들을 놓고 명진을 쳐다봤다.

"……너 방금 뭐라고 했니? 누가 널 찾았다고?"

"어머!"

명진이 눈을 홉뜨며 입을 막고는 누구 들은 사람이 없는지 주위를 둘러봤다. 다행히 설은 어머니와 다정하게 이야기를 나누고 있었고 가연은 두 사람과 거리가 좀 있어 듣지 못한 것 같았다.

"실수했어. 절대 말하지 말라 하셨는데."

명진은 실수로 내뱉기는 했지만 그 대단한 심도헌이 자신의 혼례를 도왔다는 말을 하고 싶어 입술을 움찔거렸다.

"뭘?"

"못 들었어? 절대 말하지 말라 하셨다니까?"

"집에 있는 네 물건들을 하나도 안 가져가고 싶으면 계속 숨겨도 돼."

"언니는 절대 그렇게 못 할 거야!"

"내가 할 수 있을지 없을지는 보면 알겠지."

협박이나 다름없는 연리의 말에 명진이 연리를 힘껏 째려봤다. 하지만 마침 자랑도 하고 싶은 데다가 굳이 캐물어준다니 명진의 깃털처럼 가벼운 입은 주저 없이 열렸다.

"나랑 서방님을 찾은 게 심도헌 나리야."

"뭐?"

"우리 혼례 비용을 대주신 것도 그분이고, 서방님의 빚을 갚아주신 것도 그분이야."

명진은 심도헌의 도움을 받은 것이 창피한 일인지도 모르고 그렇게 대단한 심도헌이 밀어준 혼인이라고 자랑하듯이 말했다.

"게다가……."

"그만! 그 정도면 충분해."

연리는 심도헌이 혼례 비용도 모자라 손서강의 빚까지 갚아주었다는 충격적인 말에 명진의 입을 다물게 했다. 명진은 혼례복 천이 얼마나 좋았고 족두리가 얼마나 화려했는지 떠벌리고 싶었지만 하얗게 질린 연리의 얼굴에 더는 그럴 수가 없었다.

연리는 설에게 돈이 든 비단 주머니를 맡기고는 당장 집으로 뛰어갔다. 명진의 말은 믿을 수가 없어서였다. 아버지에게 명진의 말이 사실인지 물어야 했다.

당혜 아래 흙먼지가 일고, 숨이 턱 끝까지 차올랐지만 연리는 멈추지 않았다. 집 앞에 다다라 계단을 뛰어 올라간 연리는 대문을 벌컥 열고 들어가 사랑채 안뜰로 달려갔다. 마침 양현군은 안뜰에 나와 사과나무를 이리저리 살피며 일일이 과실을 솎고 있었다.

"왜 말씀 안 하셨어요!"

"응? 연리야. 장에 간다 하지 않았느냐?"

"저한테 왜 말씀을 안 하셨어요!"

"뜬금없이. 도대체 뭘 말이냐."

연리는 자초지종도 없이 따져 물었다. 양현군은 저자에 간다더니 갑자기 돌아와 뜬금없이 무언가를 따져 묻는 연리에게 그게 무슨 소리냐고 되물었다.

"심도헌 나리가 갚아주셨다면서요. 손서강의 빚 말이에요."

연리가 명진에게 들은 그대로를 말했다. 그 말에 간만에 평온을 되찾았던 양현군의 눈가에 깊은 주름이 파였다. 양현군은 언제고 연리가 알게 되리라 생각은 했지만, 너무 빨리 알아버렸다고 생각했다. 결국은 네가 알아버렸구나, 하는 의미에서 양현군은 깊은 한숨을 내쉬었다. 양현군이 전정가위를 내려놓고 옆의 감나무에 기대섰다.

"……너에게 말한다 한들 무엇이 달라지겠느냐."

"어쩌시려고 그분의 도움을 받으셨어요."

연리는 양현군이 어떤 마음으로 심도헌의 도움을 받게 되었는지, 어떻게 심도헌이 명진과 손서강의 혼례를 도울 수가 있었는지가 진심으로 의문이었다.

"낸들 도움을 받으려고 받았겠느냐. 내가 명진이를 찾는 걸 포기하려고 할 때쯤 심도헌, 아니지, 심 장령 그이가 평양으로 찾아왔더구나."

양현군은 기왕 연리가 알게 되어버린 것, 거짓 없이 속 시원히 털어놔야겠다고 생각해 말문을 텄다. 양현군은 그를 심도헌이라고 편히 불렀다가 심 장령이라고 그의 직위를 존중했다. 양현군 자신보다 직품은 낮아도 그 사람 자체는 존중할 만하다 생각했기 때문이었다.

"심 장령 그이가 손서강 그놈을 잘 알더구나. 나와 네 외숙들이 몇 날 며칠을 걸려도 못 찾은 명진이를 하룻밤 만에 찾아냈다. 아비라는 사람은 못 찾았는데 말이야. 내가 심 장령 앞에서 면이 서질 않더구나."

"그래서요?"

"그렇게 찾아냈는데 심 장령이 자기가 먼저 나서서 금전적으로 보태겠다고 하지 않겠니. 물론 나는 그럴 이유가 없다고 거절했다."

"거절하셨는데 왜 받게 되신 거예요."

"거절했는데도 뜻을 굽히지 않더구나. 아비도 못 찾은 딸을 찾아준 이가 자신의 뜻대로 하겠다고 하는데, 내가 입이 열 개라도 할 말이 있겠느냐? 결국엔 그의 뜻대로 된 게지."

양현군은 자신도 어쩔 수 없었다고 말했다. 또한 심도헌이 양현군에게 재정적 도움을 주겠다고 말했을 때는 이미 손서강과 심도헌 사이에 이야기가 끝난 뒤이기도 했다.

"너무 큰 도움을 받으셨어요."

"나도 그렇게 생각한다만 심 장령은 그게 절대 우리를 도와준 것이 아니라고 하더구나. 자기에게도 책임이 있다고 말이야."

"책임이요?"

"그래. 그래서 내 딸과 손서강의 혼인에 자네가 무슨 책임이 있느냐고 물었지."

양현군의 물음에 심도헌은 스스럼없이 자신의 이야기를 꺼내 놓았다. 자신의 여동생부터 손서강에게 피해를 입은 다른 여식들의 이야기까지 털어놓은 심도헌은 손서강을 제때 잡아들이지 못한 것이 도헌 자신의 명예와 자존심을 지키려는 오만 때문이었다고 말했다.

"물론 연리 너에게 심 장령의 사정을 다 이야기해 줄 수는 없다. 하지만 그의 말이 날 충분히 설득시켰다는 것만 알아다오."

양현군은 심도헌의 이야기에 대해서는 말을 아꼈다. 하지만 연리는 양현군이 말하지 않아도 심도헌이 그의 치부를 아버지에게 드러냈음을 알 수 있었다.

"그렇다고 해서 그가 우릴 전혀 돕지 않았다는 건 아니다. 난 심 장령을 정말 고맙게 생각하고 있어. 내가 할 수 있는 선에서 최대한 보답할 생각이기도 하단다."

양현군은 연리가 이 일에 대해 깊이 고민하지 않았으면 했다. 물론 연리는 고민하지 않았다. 연리는 심도헌이 충분히 손서강을 자신의 책임으로 느끼고도 남을 만큼 정직하고 올곧은 사람이라는 것을 믿었다. 그렇기에 부담감이나 미안한 마음이 더 크게 느껴졌을 뿐이었다.

양현군은 아무 말이 없는 연리의 기색을 살피더니 조심스럽게 다른 이야기를 꺼내 들었다.

"그런데 연리야, 심 장령이 나에게 네 안부를 부탁하더구나."

명진과 손서강을 혼인시킨 뒤 평양을 떠나오는 길에 심도헌은 장연에 도착하거든 연리의 안부를 전해달라 양현군에게 부탁했다. 이미 심도헌이 평양에 있었다는 이야기를 했으니 양현군은 직접 연리에게 그 이야기를 꺼내도 된다고 생각했다.

"제 안부를요?"

"그래, 한양을 떠날 때 네 상태가 좋지 않았다고 걱정했었다."

양현군이 그렇게 말하며 연리의 표정을 살폈다. 양현군은 연리와 심도헌 사이에 무언가 있다고 생각했다. 심도헌이 암행어사로 왔다가 장연을 떠나기 전에 연리에게 편지 한 통을 남기고 간 것도 그랬고, 연리가 도헌에게 명진이 손서강과 도망갔다는 이야기를 했다는 것도 그랬다. 게다가 당당하게 미혼인 여식의 안부를 그녀의 아버지에게 물어보는 심도헌의 태도도 걸렸다. 양현군은 두 사람 사이에 무언가 있지 않고서야 그런 행동이 불가능하다고 생각했다.

"연리야, 내게 뭐 할 말이 있지 않느냐?"

양현군은 조급해하지 않고 연리에게 말할 기회를 주었다. 연리가 명진이처럼 천방지축인 것도 아니었고 외간 사내랑 도망갈 아이도 아니었으니 굳이 양현군이 딸을 압박할 이유가 없었다.

"……아니요, 아무 말도요."

연리는 잠시 바람에 흔들리는 사과나무의 그림자를 보다가 아버지를 향해 고개를 저었다. 심도헌과 송화옹주와의 혼인이 깨졌고, 심도헌이 자신의 가족사에 관여했다고 해도 그와 저는 여전히 아무 사이도 아니었다. 서로를 직접 찾지 않는 이상 다시 만날 일이 없는 사이였다.

연리는 양현군에게 심도헌에 대해 아무 말도 할 수가 없었다. 지금은 그저 그가 보고 싶었다.

그 시각, 한양. 심도헌이 평양에서 집으로 돌아왔다는 소식에
가장 먼저 달려온 사람은 백이명이었다. 이제 막 갓을 벗어 내려
놓는 심도헌의 방으로 들어온 이명은 딱 봐도 먼 길을 다녀온 것
으로 보이는 친구에게 물었다.

"어딜 갔다 오는 건가? 나에게 말도 없이 가다니."

백이명은 도헌이 자신에게 말도 없이 훌쩍 휴가원을 냈다는 말
에 놀랐었다. 그 뒤로 어찌 되었다 연통이라도 줄 것이라 생각했
는데 그렇지도 않았다.

"그럴 만한 일이 있었네. 한양엔 별일 없었는가?"

"별일이랄 게 있을까. 혼을 좀 냈더니 소윤이 그게 조용한 게
가장 별일이네."

이명은 대수롭지 않게 말했다.

"오랜만에 봤으니 한잔하세."

이명은 말을 타느라 흙먼지로 뒤덮인 도포를 벗는 도헌에게 뒷
짐에 숨기고 있던 술병을 흔들어 보였다.

"또 술인가."

장연에서 돌아온 뒤로 술을 입에 댄 이명은 쉽게 술을 떨쳐 내
지 못하고 이렇게 자주 술을 찾았다.

"달밤엔 술이지."

"달이 안 떴네만."

"별밤엔 술이지."

달밤에는 술잔에 달 하나 동동 띄워 마셔줘야 한다고 말하던
이명이 달이 안 떴다는 도헌의 말에 금세 말을 바꾸었다. 술상이

랄 것도 없이 기름붙이 한 조각에 술잔 두 개를 두고 이명이 자리를 잡자 도헌이 편한 옷으로 갈아입고서 그의 앞에 마주 앉았다.

"받게."

술을 가까이 하지 않는 도헌이지만 못 마시지는 않았다. 도헌이 오랜만에 먼저 이명의 술잔을 채웠다. 흰 도기 잔에 투명한 술이 넘실거렸다. 이명도 술병을 건네받아 도헌의 술잔을 채웠다. 이명이 술잔을 들어 보이고는 먼저 잔을 꺾어 술을 털어마셨다. 그 모습에 도헌이 술을 마시지 않고 술잔을 내려놨다.

"그렇게 잊는 것이 힘이 드는가."

"뭐가 말인가."

이명은 못 알아듣는 척하며 웃었다.

"설이 소저를 말하는 걸 이미 알고 있잖나."

태연하게 기름붙이 한 조각을 집어 들던 이명이 그제야 웃음기를 지웠다. 젓가락을 도로 내려놓은 이명은 도헌이 무슨 의중으로 설의 이름을 입에 올리는지 의문이 들었다.

"무슨 말이 듣고 싶은 건가."

"자네의 솔직한 마음."

도헌은 그렇게 말하며 술잔을 꺾었다. 끝 맛이 쓴 걸 보니 그다지 좋은 술은 아니구나 생각한 도헌이 비어버린 이명과 자신의 술잔을 다시금 가득 채웠다.

"갑자기 그게 왜 궁금한지 물어도 되겠지."

이명이 보기에 심도헌이 다른 이의 솔직한 마음 같은 걸 묻는 이 상황은 매우 이상했다. 이성적인 심도헌은 다른 사람의 감정적인 의견에 귀를 기울이는 성격이 아니었다.

"……이명이 자네에게 사과하고 싶어 그러네."

이명이 술잔을 든 채 도헌의 얼굴을 멍하니 바라봤다.

"뭘 하고 싶다 했는가?"

"사과 말일세. 미안해서 하는 사과."

"아니, 그걸 왜 자네가 나한테 하느냔 말일세."

이명은 술잔을 내려놨다. 지금 술을 마시는 게 중요한 일이 아닌 것 같았다. 갑자기 말도 없이 사라졌다가 돌아오더니 뜬금없이 자신에게 사과를 하고 싶다니. 이명은 심도헌 이 친구의 머리가 어떻게 된 게 아닌가 싶었다.

"그 이유를 말하자면 너무 길어 이 술이 부족할지도 모르겠네만 그래도 들어주겠는가?"

"당연하지."

시간이 얼마나 걸리든 이명은 도헌의 이야기를 들어줄 수 있었다.

"그리고 그 이유를 듣고 날 용서해 줄 생각이 든다면 나와 함께 장연으로 가주겠다고 약조해 주게."

"……그러지."

함께 장연으로 가달라니. 이명은 조금 미심쩍었지만 도헌을 믿는 터라 그러겠노라 대답했다. 약조를 받고서 술을 한 모금 넘긴 도헌은 입을 열어 언젠가 이야기했어야 할 것들을 솔직히 털어놨다.

"나는 자네가 설이 소저를 만나 소저의 마음을 직접 들어봤으면 좋겠네."

"하지만 자네는 설이 소저를 마음에 들어 하지 않지 않았나? 게다가 설이 소저가 나에게 마음이 없는 것 같다고 말한 건 자네일세."

"사람 마음을 겉모습만으로 판단한 것은 나의 독단이었고 오판이었네. 게다가 두 사람의 사이이니 두 사람이 직접 판단해야 한다는 것을 깨달았네. 내가 자네에게 설이 소저의 감정을 마음대로 판단해 전한 건 분명한 내 과오네."

도헌은 이명과 설의 관계에 왈가왈부한 것에 대해, 그의 의도는 이명을 생각하는 우정에서였지만 결과는 자신의 잘못임을 시인했다.

"자네 정말 도헌이 맞는가?"

이명이 십년 동안 알아왔던 도헌은 자신의 판단은 항상 옳다 생각하는 사람이었다. 그런데 지금의 도헌은 너무나 변해 있었다.

"전에도 한 번 말했지만, 자네 변했군."

이명이, 자네가 변하다니 천지가 개벽하겠다며 헛웃음을 지었다. 술 한 잔에 도헌이 거하게 취했을 리는 없으니 이건 분명히 그의 심경에 큰 변화가 있었다는 것인데, 이명은 도헌이 이렇게 변한 이유가 무엇일지 궁금했다.

"자네가 변한 이유가 뭔지 들어나보세."

"그걸 말해주면 이 부족한 친구를 용서해 줄 텐가?"

"말하지 않아도 용서하네."

변한 이유 따위를 말하지 않아도 이명은 이미 도헌의 솔직한 토로를 인정하고 용서했다. 이명의 말에 도헌은 그가 뒤끝 같은 건 키워본 적도 없는 친우라는 것을 새삼 깨달았다. 잠시나마 이명을 잃을까 우려했던 것이 허탈할 정도였다.

"한 여인을 만났네."

도헌이 언뜻 공허해 보이기도 하는 미소를 지었다. 다른 친우들이면 몰라도 도헌의 입에서 여인의 이야기를 듣는 것은 처음인지라 이명은 그 어느 때보다 집중했다.

"겉모습으로 판단해 오해했고, 못된 말을 내뱉었지. 하지만 나도 모르게 연정을 품었던 모양인지 어느새 보니 내가 그 여인에게 청혼을 하고 있더군."

잠시 말을 멈춘 도헌은 비어버린 술잔에 술을 채우며 그날의 몽금포를 떠올렸다. 이명은 자신도 모르게 도헌이 어떤 여인을 만난 것도 모자라 청혼까지 했었다는 말에 놀랐지만 그저 이야기를 듣고만 있을 수밖에 없었다.

"물론 그녀는 내 청혼을 거절했네. 당연하지, 내가 생각해도 싫었을 거야."

도헌은 자조적으로 자신의 행동을 고찰했다. 이명은 세상에 도헌의 청혼을 거절한 여인이 있다니, 하고 입을 떡 벌렸다. 게다가 도헌은 청혼을 거절당한 것이 당연하다 말하고 있으니 더 놀라웠다.

"그래서 그 여인이 자네를 이렇게 변하게 했다, 그 말인가?"

"이야기가 그렇게 되는군."

"그 여인이 누군가? 어느 집 여식이야? 지금 어디에 있는지 말해보게."

이명이 도헌을 거절한 그 대단한 여인이 누구냐 물었다.

"여기까지만 하지. 자네는 약속이나 지키게. 방금 나와 장연으로 가겠다고 약조하지 않았는가."

"가긴 하겠지만……."

잠깐 도헌의 이야기에 들떴던 이명이 씁쓸하게 말끝을 흐렸다.

"내가 어찌 설이 소저 앞에 얼굴을 내밀겠는가. 날 원망할 게 분명할 텐데."

"이대로 놓치는 것보다는 낫겠지."

자신을 원망할 설을 보는 것이 두렵다는 이명에게 도헌은 그래도 만나보라고 말했다. 이명은 대답 없이 술잔을 기울였다. 그리고 이튿날 백이명은 외조모의 병문안을 이유로 휴가원을 내고 심도헌과 함께 장연으로 향했다.

제12장 용서와 허혼

명진과 손서강은 장연에서 멀리 떨어진 곳에 새 보금자리를 얻었다. 장연 근처에 사는 것은 절대 허락지 못한다는 양현군의 결단이었다. 게다가 장연을 떠나는 명진과 손서강에게는 아주 짧은 배웅만 했다. 아무리 그래도 혼례를 치른 딸에게 친정에서 잔치 정도는 해줘야 사위에게 면이 서지 않겠느냐며 현부인 홍씨가 나름 명진을 옹호했었다. 하지만 양현군은 손서강을 면을 세워야 할 정도의 사위로 보지 않았고, 명진은 육전 한 조각도 얻어먹지 못하고 장연을 떠나야 했다.

"현부인 마님! 마님!"

명진이 떠난 며칠 뒤, 양현군저의 몸종인 부평댁이 홍씨를 부르며 헐레벌떡 안채로 뛰어들어 왔다. 명진이 떠나고부터 우울해서인지 자꾸만 새콤한 게 당긴다는 홍씨를 위해 씨알 굵은 자두 몇 알을 사러 나갔다 오는 길이었다.

"아이고, 두야. 왜 너까지 그렇게 소리를 지르는 게야."

자신에게 소리치는 건 남편만으로 충분하다며 홍씨가 머리를 짚었다.

"뭔데 그러느냐."

"잠시만요, 마님. 제가 숨이 꼴딱거려 가지고."

부평댁이 가슴을 쥐고 헉헉 숨을 내쉬었다.

"박씨 부인네 몸종한테 들었는데 저기 참판부인 댁에 외손자가 또 왔답니다."

"뭐야!"

자신을 꾸짖은 남편에게 서운함을 나타내기 위해 보란 듯이 매일을 누워서 지내던 홍씨가 참판부인 댁 외손자라는 말에 없는 힘이 솟았는지 자리에서 벌떡 일어났다. 참판부인에게 다른 외손자가 있을 수도 있지만 또 왔다 하는 것을 보면 그는 백이명이 분명했다. 하지만 이내 홍씨는 언제 흥분했냐는 듯 고상하게 다시 자리에 앉았다.

"흠흠, 부평댁. 절대 설이 귀에 이 이야기가 들어가서는 아니되네."

"예? 설이 아씨한테는 오는 길에 이미 말씀드렸는뎁쇼?"

"아니, 고새 그걸 쪼르르 달려가 말했단 말이야! 그 사내 하나 돌아온 게 뭐 그리 중한 일이라고 그걸 벌써 말을 해!"

"아이고, 마님 잘못했습니다요. 쇤네는 아씨가 궁금해하실까봐……."

안채로 오는 길에 만난 설에게 이미 백이명이 장연에 왔다는 말을 전해 버린 부평댁이 홍씨의 호통에 주둥이를 툭툭 치며 죽는 시늉을 했다.

홍씨는 솔직히 백이명이 돌아왔다는 말에 순간 혹했지만 예전처럼 그가 마냥 반가운 것은 아니었다. 딸의 마음을 흔들어놓고 그렇게 떠난 주제에 장연에 다시 얼굴을 내민 것이 괘씸하다는 생각 때문이었다. 결국 현부인 홍씨가 딸들을 안채로 불러들였다.

어머니의 부름에 별당에서 안채로 걸어가며 연리가 설의 안색을 살폈다.

"언니, 괜찮아?"

"그만 좀 물어봐. 난 정말 괜찮다니까? 길에서 마주치더라도 아무 일 없던 것처럼 지나칠 수 있을 정도야."

설은 백이명이 돌아왔다는 말을 들은 뒤로 계속해서 자신이 괜찮은지 물어오는 연리를 밉지 않게 타박했다. 하지만 연리는 설이 애써 흔들리지 않은 척하는 것이 눈에 보여 걱정을 거둘 수가 없었다. 게다가 어머니가 또 입방정을 떨어 설을 상처 줄까 그것도 걱정이었다. 하지만 안채에서 만난 홍씨는 연리의 우려와 달리 설을 먼저 걱정했다.

"흥, 이제는 내 딸을 달라고 빌어도 안 줄 생각이니 너도 걱정 말거라."

달라고 해도 안 준다니. 연리는 어머니의 변화된 작태에 놀라움을 금치 못했다. 누가 뭐래도 아버지의 꾸지람이 효과는 있었나 보다 싶었다.

"하지만 정말 설이 언니를 다시 보러 온 걸 수도 있잖아요."

언니들을 따라 안채로 건너온 가연은 백이명이 설을 보러 왔다면 좋은 일이지 않느냐고 순수한 의도로 말했다.

"그럴 가능성이 없지는 않지."

이번엔 백이명이 암행어사로 온 게 아니라면, 연리도 그가 장연에 온 이유는 설 때문이라고 생각했다. 한양에서 설에 대한 그리움을 은근히 드러내던 백이명의 모습이 기억에 남아 있기 때문이기도 했다. 하지만 연리는 설이 괜한 기대를 하지 않도록 한양에서 백이명을 만났다는 이야기를 굳이 꺼내지 않았다. 두 사람의 감정에 더 이상 다른 사람이 관여해서는 안 된다는 판단에서였다.

"넌 내가 다시 그분에게 마음을 줄 만큼 나약하다고 생각하니?"

"아니, 언니가 백이명 나리를 다시 연정에 빠지게 할 만큼 예쁘다고 생각해."

연리의 능청스러운 대답에 설이 괜한 소리 말라며 동생을 흘겨보았다. 하지만 오히려 연리의 말에 흔들린 사람이 있었으니, 현부인 홍씨였다. 다른 딸들도 아니고 연리가 그럴 가능성이 있다고 말하니 정말 그럴 수도 있겠다는 생각이 들어서였다. 만약 정말로 백이명이 설을 만나기 위해 장연에 돌아온 것이라면 홍씨는 백이명이 좀 덜 괘씸해질 것도 같았다.

"됐다. 쓸데없는 이야기는 그만들 해라."

혹시나 하는 마음을 가지고 있으면서도 홍씨는 안 그런 척 딸들을 만류했다.

"그보다 집에만 있으니 좀이 쑤셔 못 살겠구나. 저어기 화평언덕으로 나들이라도 다녀오자꾸나."

하지만 사람은 바뀌지 않는 법. 홍씨가 오랜만에 잔머리를 굴렸다. 화평언덕은 백이명의 외조모인 참판부인 댁과 가까운 장소로 오다가다 스치듯 만나기 좋은 장소였다. 그 예로 저번 봄에 꽃을 따기 위해 그곳을 찾았을 때도 우연히 백이명을 만났었다. 괘씸한 백이명을 직접 초대는 못하겠고, 그렇다고 놓치기는 싫은 홍씨의 머리가 내놓은 잔꾀였다.

"정말? 정말 가요?"

아버지의 불호령에 집 밖 외출을 삼갔던 가연이 나들이를 가자는 말에 확 밝아졌다.

"나는 됐어요. 집에 있을래요."

하지만 정작 당사자인 설은 나들이 갈 기분이 아니라며 고개를 저었다.

"언니가 안 가면 어떡해! 나도 못 가잖아!"

가연이 발을 동동 굴렀다. 언니들과 함께가 아니라면 담장 너머로는 한 발자국도 못 나간다는 양현군의 불호령 때문이었다. 그 덕에 한동안 별당 안에만 갇혀 있었던 가연은 이 나들이가 반가울 수밖에 없었다. 매일 놀러 나가자고 노래를 부르던 가연을 아는지라 결국 설이 막냇동생의 조름에 못 이겨 일어났다.

오 리도 넘는 길을 꼬박 걸어 도착한 화평언덕은 늘 보던 그대로였다. 바람은 선선했고, 햇빛은 적당히 따뜻했다. 설은 향긋한 풀냄새를 맡으니 기분이 좀 나아지는 것 같다고 말했고, 가연은 답답한 별당을 벗어난 기분을 만끽했다. 거기다 그네를 뺏어 탈 명진도 없으니 더욱 좋았다.

"가연아, 살살 타렴. 살살."

설이 치마가 너무 펄럭이지 않게 타라며 그네 위의 가연에게 말했다. 현부인 홍씨는 그런 설과 가연을 한 번 보고는 언덕 아래로 시선을 돌렸다. 하지만 언덕 아래, 사람들이 밟아서 생긴 흙길 위에는 아무도 없었다. 그렇게 한참이 지나고 홍씨가 다시 백이명을 괘씸하게 생각하려고 할 즈음이었다.

"어머니, 아까부터 자꾸 어딜 그렇게 보세요?"

연리가 대화에 집중하지 못하고 자꾸만 주위를 둘러보는 어머니에게 물었다. 홍씨가 언덕 아래를 보면서 조용히 하라고 손을 팔랑였다.

"어? 저기!"

연리가 어머니의 시선을 따라 눈을 돌리려 할 때, 먼저 가연이 언덕 아래를 가리켰다. 설과 연리의 고개가 가연의 손가락을 따라 돌아갔다. 설이 손에 굴리고 있던 풀잎이 바람에 날려 언덕 어딘가로 날아갔다.

언덕 아래로 지나가는 것은 두 마리의 말이었다. 백이명의 백마와 심도헌의 흑마. 연리의 백이명을 보고 놀란 가슴이 심도헌을 보고 두 번 놀라 쿵쿵 뛰었다.

"백이명 나리지, 맞지?"

그네에서 폴짝 뛰어 내려온 가연은 말이 없는 언니들 사이에서 손바닥을 짝짝 마주쳤다.

연리는 백이명이 왔다는 소식은 들었지만 심도헌이 함께 왔다는 소식은 듣지 못했었다. 연리는 백이명이 지금 언덕 위로 올라와 설을 만나러 왔으면 좋겠다 싶다가도, 심도헌을 보면 지금은 그냥 지나갔으면 싶었다. 연리는 싱숭생숭한 마음에 언덕 아래만 망연히 바라봤다.

그때 두 마리의 말이 멈추고는 심도헌이 언덕 위를 올려다봤다. 언덕 아래를 내려다보던 연리와 언덕 위를 올려다보는 도헌의 눈이 마주쳤다.

"아……!"

연리가 짤막한 탄성과 함께 고개를 돌렸다. 그리고 그것에 또 놀라서는 당황한 얼굴로 다시 언덕 아래를 바라봤다. 백이명은 말에서 내리고 있었지만 심도헌은 그대로 가던 길을 달려가고 있었다. 금세 언덕 아래를 벗어나는 심도헌을 보며 연리는 왜 고개를 돌렸을까 후회했다.

그 사이 백이명은 말을 묶어두고 언덕 위로 올라왔다. 백이명이 언니가 있는 이곳에 온다. 그 사실에 연리는 잠시 심도헌에 대한 생각을 미뤄두기로 했다. 그 언젠가처럼 백이명이 언덕을 올라오는 동안 현부인 홍씨가 딸들을 단속해 자리를 정돈했다.

"……안녕하십니까."

언덕에 올라온 백이명은 잠시 망설이다가 두 발 앞에 멈춰 서더니 꾸벅 고개를 숙였다.

"예, 오랜만에 보네요."

홍씨가 백이명의 인사에 샐쭉하게 대답했다. 연리와 설은 어머니의 뒤에서 조용히 고개를 한 번 꾸벅일 뿐이었고, 언덕 위엔 조용히 바람이 불어왔다. 처음 만난 사람과도 원래 알던 사이처럼 대화하는 백이명이 언덕 위의 어색한 공기에 괜히 갓에 달린 구슬 엮은 장신구를 만지작거렸다. 그의 얼굴에 답지 않게 긴장한 표정이 역력했다.

"그간 무탈하셨습니까?"

"예, 무탈 못할 일이 뭐 있었겠습니까."

홍씨는 반가운 기색을 드러내지 않으려 노력하며 짤막하게 대꾸했다. 백이명은 홍씨의 눈치를 보다가 슬쩍 그녀 뒤의 설을 처다봤다. 설은 이명이 처음 모습을 드러냈을 때를 제외하고는 고개를 숙여 얼굴조차도 보여주지 않고 있었다. 그런 설의 모습에 백이명은 참담한 심경이었다.

홍씨는 좋지 않은 백이명의 얼굴을 보니 그가 괘씸했던 마음이 확실히 누그러드는 것 같았다. 그리곤 이번 한 번만 그에게 기회를 줘볼까 하는 마음도 들었다.

"너희 아버지께서 빨리 들어오라 하셨는데, 너무 늦어버렸구나. 어서 일어들 나렴."

홍씨가 괜히 하늘 위에서 살짝 아래로 기운 해를 보며 늦어버렸다고 말했다. 나무 그늘 아래 돗자리를 편 지 얼마 되지 않았는데 뭐가 늦었느냐고 가연이 투덜대려고 하자, 홍씨의 뾰족한 시선이 가연을 찔렀다. 그 눈빛에 결국 가연이 돗자리를 접었다.

"우린 먼저 갈 터이니, 설이 너는 박씨 부인네에 들러서 맡겨둔 물건 좀 찾아오너라."

"맡겨둔 물건이요?"

자매들을 따라 일어나던 설이 갑자기 무슨 말이냐며 되물었다. 홍씨가 그거 있잖니, 하면서 백이명을 가리켜 눈을 찡긋거렸다.

그 의미를 눈치챈 설은 연리에게 자신을 두고 가지 말아달라 눈짓했고, 홍씨는 굼뜬 가연을 데리고 먼저 언덕을 내려갔다. 설의 마지막 기대였던 연리는 웬일로 어머니의 행동에 딴지를 걸지 않고, 잘 해보라고 입을 벙긋거리곤 곧장 내려가 버렸다. 결국 화평언덕에 두 사람만이 남았다.

'절대 안 그런다고 하시곤⋯⋯.'

설은 어머니의 설레발이 백이명 눈에도 보였을 것만 같아 창

피해져 이 자리를 빨리 뜨고만 싶어졌다. 그럼에도 백이명이 자신을 보러 왔을지도 모른다는 연리의 말이 설의 발목을 붙잡았다.

하지만 백이명은 설의 앞에 가만히 서 있을 뿐 아무 말이 없었다. 역시나 헛된 기대는 품는 것이 아닌데, 설은 두말없이 백이명을 지나치려 했다.

"드릴 말씀이 있습니다."

백이명이 입안에 고인 침을 꼴깍 삼키며 설을 불러 세웠다. 설은 다른 그 어떤 말도 아닌 할 말이 있다는 그 한 마디에 가슴이 두근거렸다. 설은 쓰개치마가 어깨 아래로 내려가는지도 모르고 백이명을 돌아봤다.

"지난봄 제가 했던 비겁한 행동을 사과드리고 싶습니다."

백이명은 준비해 뒀던 말은 다 잊어버리고서, 당장 머릿속에 떠오르는 말들을 조심스럽게 내뱉었다.

"소저께서 많이 슬퍼하셨다는 말을 들었을 때야 제가 어리석었다는 것을 깨달았습니다. 소저가 슬퍼하셨다는 말을 듣고 안도하는 제가 얼마나 못나 보였는지 모르실 겁니다."

백이명은 연리로부터 설이 슬퍼했다는 말을 듣고 안도했던 자신을 떠올렸다.

"누이들의 말에 흔들렸고, 친구의 충고에 반박하지 못했습니다. 누이들의 잘못도, 친구의 잘못도 아닙니다. 모든 것은 소저의 마음을 의심했던 제 잘못입니다."

누이든 친구든 그 누구의 말에도 흔들려선 안 됐고, 소저의 마음을 의심해선 안 됐다는 것. 그것이 백이명이 하고 싶었던 말이었다.

"제 마음을…… 의심하셨나요?"

설은 설마 백이명이 자신의 마음을 의심했으리라곤 생각지 못했다. 설이 차오르는 눈물을 애써 참았다. 그랬구나, 이 사람은 내가 자신을 좋아하지 않는다고 생각했구나. 설은 백이명의 상한 얼굴에 가슴이 아팠다.

"제 잘못이에요. 나리께서 그렇게 생각하셨다면 그건……."

설은 먹먹한 목소리로 자신의 잘못이라고 말했다.

"그럼 그것은 제 오해인 겁니까. 소저의 마음은 저를 향하고 있으셨습니까?"

이명은 가슴에 품고 왔던 기대감이 부풀어 오르는 것을 느꼈다. 기쁜 기색을 감추지 않고 자신을 바라보는 백이명의 얼굴에 설이 고개를 끄덕였다.

"물론이에요. 항상…… 늘, 지금까지도."

설은 처음으로 자신의 모든 마음을 이명의 앞에 드러냈다. 두 번 다시 이명이 자신의 마음을 의심하지 않도록 그가 떠난 후로 지금까지 자신의 마음은 변치 않았다고 말했다. 이명의 얼굴이 환희로 일그러졌다. 그의 눈에서 기쁨이 흘러내려 길을 만들었다.

"제 마음 또한 늘 소저 곁에 있었습니다. 먼 한양 땅에서조차."

백이명은 술로 지새운 지난날을 후회하며 자신도 슬펐노라 털어놨다. 마음을 꽉 눌러오던 돌덩이를 내려놓는 기분이었다.

"지난날의 저를 용서하신다면 같은 실수를 두 번 하는 일은 없을 겁니다. 저는 지금 당장이라도 양현군께 허혼을 받을 준비가 되어 있습니다."

백이명은 지난날처럼 설과의 관계를 모호하게 둘 생각이 없었다. 지난날처럼 흔들리는 이명은 더 이상 없었다. 그래서 만약 이번 장연행에서 설에게 용서를 받는다면 그것은 설과의 혼인을 전제로 하는 것이라고 결심한 상태였다.

백이명의 목소리는 강단 있었다. 설은 이명의 입에서 나온 허혼이라는 말에 눈을 꽉 감았다. 이명과는 영영 끝나 버린 줄로만 알았었다. 그런데 그는 지금 자신과 남은 생을 살아가겠다고 말하고 있었다.

"용서해 주시겠습니까?"

"⋯⋯용서해요."

설은 꽉 막힌 목소리로 겨우 말을 내뱉었다. 용서하고 말고도 없었다. 설은 이명이 자신을 그리워했다고 말한 순간부터 그에 대한 원망 따위는 내려놓은 지 오래였다. 이 순간을 위해 얼마나 먼 길을 돌아왔던가.

이명의 손이 설의 하얀 손을 잡았다. 느리고 조심스러운 손길이었다. 자신의 손 안에 설의 손을 폭 감싼 채 이명은 끊임없이 고맙다는 말을 반복해서 내뱉었다. 선선한 바람이 부는 가을의 화평언덕, 그곳에서 두 사람은 다시 연을 이었다.

백이명은 설에게 뱉은 한마디 한마디가 진심이었다. 당장 양현군에게 허혼을 받겠다는 말도 진심이었다.

"이 댁의 첫째 여식께 혼인을 청하러 왔습니다."

양현군은 예고도 없이 찾아와 혼인을 청하는 백이명을 보고 기함했다. 설은 정말로 지금 당장 허혼을 받을 필요는 없다고, 그러지 않아도 이명을 믿는다고 말했다. 하지만 이명은 불확실하고 불안정한 설과 자신의 관계를 분명히 하고 싶었다. 더 이상 서

로의 마음을 몰라 전전긍긍하고 싶지도 않았다. 이명은 더 이상
이 사안을 미뤄서는 안 된다고 생각했다.

"놀라셨으리라 생각합니다. 하지만 제가 결코 가벼이 온 것이
아님을 알아주시길 바랍니다."

이명은 사윗감으로서 양현군에게 유약해 보이는 인상을 주고
싶지 않아, 단호하게 자신의 입장을 밝혔다. 누마루에 서서 이명
의 말을 들은 양현군이 저 멀리 사랑채 문밖에 초조하게 서 있는
설을 바라봤다.

양현군은 그리도 가슴앓이를 심하게 하던 설이 드디어 그 결실
을 맺는구나 싶었다. 솔직한 심정으로는 딸의 가슴을 아프게 한
사내의 청혼 요청을 쉽게 받아주고 싶지 않았으나, 딸을 더 초조
하게 만드는 일은 더욱 원치 않았다.

"대감, 뭘 꾸물대십니까?"

옆에 서 있던 홍씨가 양현군의 옆구리를 쿡쿡 찔렀다. 그녀는
남편이 또 입방정을 떤다 할까 차마 큰 소리는 못 내고 재촉만 하
는 중이었다.

"좋네. 내 허락하지."

양현군의 입이 결국 허락을 내뱉었다. 물론 정식 혼례 절차에
서 인정하는 허혼은 아니었지만, 양 집안에 혼사를 알릴 수 있는
허락이었다. 그 허락에 이명의 얼굴에 안도가 차올랐다. 이명의
눈이 자연스럽게 사랑채 대문 밖으로 향했다. 설을 향해 빙긋 웃
는 이명의 얼굴이 행복해 보였다.

쇠뿔도 단김에 빼랬다고 허락을 받은 백이명은 별세한 부모님
대신 가장 촌수가 가까운 어른인 외조모에게 하루 빨리 이 소식
을 알려 혼인을 앞당기기 위해 급히 집으로 돌아갔다.

"역시 내 딸이야, 저리 곱고 착하니 분명 시집을 잘 가리라 생각했지!"

현부인 홍씨는 아직 이게 꿈인지 생시인지 분간을 못하는 설의 얼굴을 쓰다듬으며 감탄했다. 이제 열다섯 살에 시집을 간 명진이는 더 이상 그녀의 자랑이 아니었다. 이제 홍씨의 최고 자랑은 한양에서도 알아준다는 백씨 가문에 시집을 간 자신의 맏딸이었다.

"내가 말했잖아. 백이명 나리가 언니를 다시 보러 올 거라고 말이야. 뭐 시간은 좀 많이 지났지만."

"그분은 내가 그분한테 관심이 없는 줄 아셨대."

"워낙 신중하시니까 그런 거겠지. 자기에 대한 자만심도 없으시고."

연리가 장차 자신의 형부가 될 백이명의 칭찬으로 언니의 기를 더욱 세워주었다. 연리는 지금까지 슬퍼했던 것을 생각하자면 언니가 충분히 행복해질 자격이 있다고 생각했다.

"연리야, 난 정말 운이 좋은 사람이야. 백이명 나리 같은 분을 만나고, 너 같은 동생이 있으니. 이젠 나는 더 바랄 게 없어. 네가 빠른 시일 내에 나처럼 좋은 사람을 만나 행복해지는 걸 빼면 말이야."

"글쎄 우리가 또 김용복 같은 자에게 돈을 빌리면 내 혼례가 가까워질지도 모르지."

연리가 잠시 생각하는 척하더니 김용복 같은 자가 또 나타나지 않는 이상 자신의 혼례가 빠른 시일 내에 이루어질 것 같지는 않다고 유쾌하게 장난쳤다. 설이 연리의 팔뚝을 아프지 않게 꼬집고는 그런 말은 꺼내지도 말라며 웃었다.

연리는 겉으론 언니와 즐겁게 이야기를 나누는 듯했지만 속으로는 화평언덕 아래로 지나갔던 심도헌을 생각하느라 복잡했다.

'언덕 위로 올라와서 인사 정도는 나눌 수 있었을 텐데, 왜 올라오시지 않았을까. 보기 거북했던 걸까. 아니면 다른 바쁜 일이 있으셨을까.'

연리는 혼자 심도헌의 심리를 추측했다. 하지만 그것은 오히려 연리를 더 고민에 빠지게 했기 때문에 그녀는 눈앞에 닥친 기쁜 일만 생각하기로 했다.

그날 밤, 연리는 이제야 마음 놓고 한양에서 백이명을 만났던 일과 백소윤이 아버지의 편지를 가로챈 일 같은 이야기들을 털어놓을 수 있었다. 호롱불 하나에 의지해 이야기꽃을 피운 자매들 덕분에 그날 밤엔 양현군저의 별당 불이 꺼지지 않았다.

심도헌은 양현군에게 혼약을 받아냈다며 쾌재를 부르는 백이명에 잘됐다며 어깨를 두드려 주었다. 이명의 외조모는 자신의 외손자가 장연에서 신붓감을 찾았다는 것에 놀라움을 금치 못했다. 하지만 그것도 잠시, 그 신붓감이 양현군의 맏딸이자 마을에서 가장 고운 처자인 설이라는 것에 인지상정이라 판단하고는 두 사람의 사이를 인정했다. 양 집안의 어른이 이 혼사에 찬성한 것이었다. 그 덕에 백이명은 양현군의 저녁식사 초대에 외조모의 허락이라는 좋은 소식을 듣고서 찾아갈 수 있었다.

"심 장령, 어서 오게. 자네를 다시 보니 정말 반갑네."

양현군은 심도헌이 장연에 함께 와 있다는 말에 그도 함께 초대했다. 명진과 손서강의 일을 해결하는 데에 있어 큰 도움을 받았던 터라 양현군에게 심도헌은 크게 반겨야 할 손님이었다. 거기다 백년손님이라는 예비 사위 백이명까지 찾아왔으니 상다리가 휘도록 저녁상이 올라온 것은 당연했다.

"명진 아씨랑 그 서방은 잔치 음식 한 입도 못 얻어먹고 갔는데, 같은 사위라도 대우가 다르구먼."

부엌에서 오랜만에 기름붙이를 지지면서 아랫것들이 입을 털었다.

"어허! 입들 조심하게!"

식사를 마친 뒤에는 술상을 들이라 말하러 부엌에 들렸던 홍씨가 아랫것들의 입방정을 단속했다. 하지만 아랫것들의 말이 틀린 말은 아니었다. 홍씨는 심도헌이 명진과 손서강에게 베푼 것들을 알 수가 없으니, 양현군이 왜 저리도 심도헌을 반가워하는지 알 수가 없었다. 게다가 홍씨는 조선 땅에 살고 싶으면 입을 다물라던 심도헌의 호통이 뇌리에 깊게 박혀 있어, 그가 영 불편했다. 그 불편함 덕분에 홍씨가 양현군과 심도헌, 백이명이 이야기를 나누는 자리에 끼어들지 않게 되었으니 결과적으로는 좋은 일이었다.

"가장 친한 친우의 혼례이다 보니 저도 기쁩니다."

백이명과 양현군이 가족으로 묶이게 된 것에 축사를 던진 심도헌은 식사 시간 내내 즐겁게 웃으며 자리를 지켰다. 이어진 술자리에서도 거만하거나 오만한 행동은 일체 하지 않아서 지난봄과는 완전히 다른 사람 같았다.

"또 언제 장연에 올지 모르니, 두 사람 모두 오늘은 예서 묵고 가시게나."

간만의 술자리가 퍽 즐거운지 양현군은 백이명과 심도헌에게 오늘 밤 이 집에서 묵고 가라 말했다. 그 숨은 뜻은 쓰러져 자도 상관없으니 마음껏 마시자는 것이었다.

"예, 그러겠습니다."

백이명이 당연히 그러겠다고 대답하면서 도헌을 빤히 쳐다봤다. 자네도 어서 대답하라는 재촉이었다. 물론 도헌은 묵고 가라는 말을 거절해서 이 즐거운 분위기를 깰 만큼 눈치 없는 이가 아니었다. 도헌이 웃으면서 그러겠노라 대답한 뒤 술잔을 입안에 털어 넣었다. 양현군이 그를 가리켜 은근히 호탕한 구석이 있다며 웃었다.

"저분이 저렇게 웃을 줄 아는 분인 줄은 몰랐어."

누마루에서 들려오는 세 사람의 웃음소리에 설이 말했다. 그 언제처럼 연리와 설은 별당 담장 너머로 그들을 훔쳐보고 있었다.

"그러게."

연리가 설의 말에 고개를 끄덕였다. 연리는 처음 이 집에 와서 시종일관 무표정한 얼굴로 있다 갔던 그 심도헌을 떠올렸다.

"잘 웃으시는 분이었네."

연리는 술기운이 오르는지 부채를 팔랑이며 양현군과 이야기를 나누는 도헌에게 눈과 귀를 빼앗겼다. 연리는 초점 없는 눈으로 막연히 도헌이 있는 곳을 바라봤다. 그런 연리의 시선을 느꼈는지는 몰라도 심도헌의 눈이 별당 쪽으로 향했다. 도헌이 연리를 발견하고, 연리는 심도헌이 자신을 보고 있다는 것을 알면서도 시선을 떼지 못했다.

찰나의 시간이 흐르고 화들짝 놀람과 동시에 연리의 눈에 초점이 돌아왔다. 연리는 그제야 자신과 그가 서로를 빤히 보고 있었다는 것을 깨닫고 담장에서 떨어졌다. 연리의 얼굴이 화끈하게 달아올랐다.

"연리야, 왜 그래?"

설이 갑자기 왜 그러냐며 장독대에서 내려오려고 하자, 연리는 황급하게 그러지 말라고 말했다.

"아무것도 아냐. 갑자기 어머니한테 가볼 일이 생각나서."

연리는 핑계를 대고서 급히 별당을 빠져나왔다. 언니는 백이명을 보느라 저와 도헌이 서로를 쳐다보고 있었는지도 몰랐을 텐데, 혼자 찔려서는 도망쳐 나와 버린 것이었다.

연리는 행랑마당 가장자리에 서서 얼굴에 손부채질을 했다. 다행히 사랑채에 들어갈 술상에 올릴 안주를 만드느라 부엌이 분주한지, 행랑채는 텅 비어 있었다. 덕분에 행랑마당도 비어 있어 연리의 부끄러운 얼굴을 볼 사람이 없었다.

반쪽이 조금 넘게 채워진 달 주위로 은은한 별빛들이 떠올랐다. 담 너머로 불어온 바람이 연리의 붉은 얼굴을 식혀주었고, 연리는 볼을 도닥이는 시원한 밤바람을 느끼며 잠시 어둑한 하늘을 올려다봤다. 열기가 식으니 아쉬움이 밀려왔다. 다신 보지 못할 줄 알았던 도헌을 다시 본 것만으로도 좋았지만, 그는 곧 한양으로 돌아갈 테니 아쉬울 밖에.

연리가 복잡한 마음에 한참 밤하늘을 보고 섰는데, 끼익 소리와 함께 사랑채 소문(小門)이 열렸다. 소리를 따라 연리의 고개가 돌아가고, 연리는 자신의 얼굴을 붉어지게 만들었던 도헌이 문 안쪽에서 나오는 것을 발견했다. 도헌도 연리를 보았는지 잠시 멈칫하다가 등 뒤로 문을 닫고 완전히 행랑마당에 들어섰다.

"소저."

도헌은 머쓱하게 부채를 접어 품에 갈무리하고는 연리를 불렀다. 연리는 고갯짓으로 인사를 하고는 급히 손으로 머리며 옷매무새를 매만졌다.

"술기운을 쫓을 겸, 바람을 쐬러 나왔습니다."

연리가 물은 것도 아닌데, 도헌은 변명처럼 자신이 예의 없게 술자리 도중에 나온 것이 아니라는 것을 설명했다.

술을 매우 좋아하는 것은 아니지만 한 번 술자리를 열면 꽤 마시는 양현군을 알기에, 연리는 도헌이 주도(酒道, 술자리에서 도리)를 지키기 위해 꽤 많은 술을 마셨을 수도 있겠다고 생각했다. 도헌의 말에 딱히 답할 말이 없어 두 사람 사이에 정적이 흘렀다. 사랑채 쪽에서 양현군의 너털웃음 소리가 들려오고, 담 아래 풀포기 아래서 풀벌레도 함께 울어댔다.

"명진이를 찾아주시고 도움을 주신 것은 정말로 고맙다고 말씀드리고 싶었어요. 아무리 생각해 봐도 모르는 척하는 것은 도리가 아닌 것 같아 말씀 드려요."

이 말을 할까 말까 고민하던 연리가 입을 열었다. 이번이 아니면 제대로 감사를 표시할 기회가 없을 것만 같았다. 연리는 아버지께선 말씀하지 않으시려고 했으나 어쩌다 보니 알게 되었다고 말을 보탰다. 그러나 명진이라는 이름이 나오자 도헌의 표정이 안 좋아졌다.

"죄송합니다."

그의 사과에 연리는 의아해졌다. 도움을 받은 건 이쪽인데 도리어 왜 도헌이 죄송하다고 하는지 알 길이 없었다.

"혹시나 제가 소저의 집안을 낮게 보고 주제넘게 참견했다 오해하실까 양현군께 비밀로 해달라 부탁드렸습니다. 불쾌하게 생각지 말아주시면 좋겠습니다."

도헌은 정말 당황했다. 연리의 집안을 동정해 금전적으로 해결을 보았다든가 하는 오해를 할까 봐 도헌은 정말 최선을 다해 자신의 입장을 표명했다.

"제가 정말 해야 할 일이라고 생각했기에 한 것입니다. 그것에 대해 의심을 하실 필요는 없다고 말씀드리고 싶습니다."

"불쾌하다니요. 오해도 없어요. 나리의 뜻과 관계없이 저희가 도움을 받은 건 사실이기에 말씀드리는 거예요. 저희 식구들도 사실을 알게 되면 나리께 크게 고마워할 거라는 걸 나리께서 알아주셨으면 해요."

연리는 도헌이 혹시나 서운해할까 우려되었다. 도헌은 자신이 먼저 명진과 양현군으로 하여금 가족들에게 말하지 말아달라 했으니 서운한 감정 따위는 일체 없었다. 하지만 연리의 배려는 충분히 도헌에게 전달되었다.

"아닙니다. 감사 인사는 소저께 받은 것으로 충분합니다. 제가 만약 누군가를 위해 그 모든 일을 했다면 그건 소저를 위한 것일 테니 말입니다."

오로지 연리뿐이라는 도헌의 마지막 말은 그 어떤 말보다 열정적이었지만 특유의 담담한 말투 때문인지 연리는 그것이 마치 고백과 같다는 것을 알아채기까지 조금 시간이 걸렸다. 연리가 당혹스러운 얼굴로 도헌을 바라봤다.

달빛에 비친 도헌의 깊고 어두운 눈동자에 흔들림이 없었다. 너무나 갑작스러워서 연리는 어떤 반응을 보여야 할지 알 수 없었다. 더 이상 사랑채에선 웃음소리가 들려오지 않았다. 아마도 술자리가 끝난 것일지도 모르고, 돌아오지 않는 도헌을 찾고 있을지도 몰랐다. 하지만 연리와 도헌은 서로에게 닿은 시선을 떼지 않았다.

"오늘, 이명이가 소저의 언니와 약혼했습니다."

도헌은 연리도 이미 알고 있는 사실을 말해왔다. 연리는 그가 축하 인사를 하려는 것인가 싶었다. 도헌은 잠시 뜸을 들였다.

"혹시…… 이제는 두 사람을 갈라놓았던 지난봄의 저를 용서해 주시겠습니까?"

도헌은 언니의 가슴을 찢어놓은 사람과 혼인할 수 없다는 연리의 말을 기억했다. 도헌은 이명에게는 이미 용서를 구했다고 덧붙였다. 말은 안 했지만 연리도 어렴풋이 눈치는 채고 있었다. 이명이 장연에 온 것이 도헌과 관계가 있지 않을까 싶었는데, 그 생각이 맞은 모양이었다. 이전에 북한산 진관사에 불공을 드리러 갔을 적에도 도헌은 이명을 데려와 연리와 만나게 했었다.

"두 사람이 행복한데, 지나 버린 봄에 무슨 의미가 있겠어요. 죄책감을 가지셨다면 이젠 내려놓으시지요."

연리는 행복해 보였던 설의 얼굴을 떠올리며 고개를 저었다. 도헌이 시선을 내리더니 살짝 고개를 끄덕이고는 다시 입을 열었다.

"또 한 가지, 숙의마마께서 소저를 찾아간 일도 사과드리고 싶습니다."

도헌은 자신의 일에 연리를 휘말리게 했으니 마땅히 사과해야 한다고 생각했다.

"아- 맞아요. 찾아오셨죠. 나리께선 모르는 일도 없으십니다."

연리는 그날을 떠올리며 미소를 지었다. 그녀의 미소는 도헌에게 그녀가 그 일을 개의치 않는다는 것을 알려주기에 충분했다. 실제로 연리가 웃을 수 있는 것은 더 이상 그때 일을 마음에 두고 있지 않기 때문이었다. 객주로 찾아온 장 숙의의 말들이 송곳 같았던 것은 사실이었지만, 그것보다 연리가 신경 쓰고 있었던 것은 도헌이 장 숙의의 딸인 송화옹주와 혼인한다는 것이었다. 그러나 지금 도헌과 송화옹주의 길례는 이미 깨졌고, 연리는 그것만으로도 이미 마음이 풀렸다.

"저는 개의치 않으니, 그 또한 잊으셔도 됩니다."

"저는 잊을 수가 없습니다."

당사자가 잊어버리라 하는데, 도헌이 잊지 못하겠다 하니 연리는 살짝 당황한 기색을 내비쳤다. 설마 도헌이 화가 났나 싶어 연리가 그의 안색을 살폈지만 딱히 그런 기색은 없었다.

"소저께서 저와 혼약하지 않겠다는 약조를 하지 않으셨다는 것을 들었으니, 저는 잊을 수가 없습니다."

"그것을 나리께서 어찌……?"

연리는 장 숙의와 단둘이 나누었던 대화를 어떻게 도헌이 알고 있는가 싶어 말문이 막혔다. 도헌이 없는 자리이니 할 수 있었던 말이었다. 연리는 다시 낯이 달아오르는 것 같았다.

"숙의마마께 직접 들었습니다."

도헌이 말과 함께 연리의 앞으로 한 발자국 걸어왔다. 무례하지 않을 정도의 거리에 멈춰 선 도헌은 마른침으로 목을 축이더니 결심이 선 듯 연리를 똑바로 마주했다.

"소저의 성품을 아는 저는 그 말에 희망을 가질 수밖에 없었습니다. 소저께서는 마음과 다른 말은 못하는 성품이시니, 저와 혼인할 마음이 조금도 없으셨다면 마마께 약조를 하셨으리라 생각했기 때문입니다."

심도헌은 자신의 솔직한 심정을 털어놓았다. 고요한 밤공기에 심도헌의 낮고 부드러운 목소리가 퍼졌다.

"저의 마음과 소망은 변한 게 없습니다. 하지만 소저의 마음이 지난봄과 전혀 달라지지 않았다면 저는 더 이상 제 일방적인 마음으로 소저를 괴롭히지 않을 것을 맹세합니다."

도헌은 연리가 이 청혼을 거절한다면 그녀가 장 숙의에게 하지 않았다던 약조까지도 모두 잊을 생각이었다. 혼자만의 마음으로 연리에게 부담을 주고 싶지는 않았다. 도헌은 이 말을 하기 위해 이명과 설의 일, 장 숙의와의 일을 굳이 끄집어내 사과했다. 연리와 자신의 사이에 마음을 제외한 다른 걸림돌은 하나도 남겨놓고 싶지 않았기 때문이었다.

도헌의 청혼에 굳어 섰던 연리가 천천히 눈을 깜박였다. 잠시 생각에 빠진 듯 바닥을 내려다본 연리는 고개를 들어 도헌을 보더니 도헌의 앞에 한 발자국 더 다가가 섰다. 풀벌레 소리가 뚝 멈췄다.

"나리는 변하셨어요."

자신의 마음은 하나도 변하지 않았다 말했거늘, 연리는 그가 변했다고 말했다. 도헌은 이해할 수 없다는 얼굴로 연리를 내려다봤다. 연리가 보기에 그녀의 앞에 더 이상 부딪쳐도 사과 한 마디 없던 거만한 사내는 없었다. 몽금포에서 오만한 청혼을 던져 연리를 상처 입혔던 오만한 사내도 없었다.

"그리고 저도 변했어요. 나리께서 청혼하셨을 적엔 저도 제 마음을 몰랐거든요. 하지만 이제는…… 알아요. 만약 제가 한 평생 혼인을 못 한다고 해도 나리가 아닌 다른 사람과는 혼인하고 싶지 않다는 걸요."

도헌은 자신을 올려다보는 연리의 검은 눈동자에서 마치 그날의 몽금포가 보이는 것 같았다. 한 평생 혼인을 못 한다고 해도 자신과는 혼인하지 않겠다던 연리가 그의 앞에 서 있는데, 지금 그녀는 자신이 아니면 다른 사람과는 혼인하지 않겠다고 했다. 도헌은 자신이 술에 취해 꿈을 꾸는 것이 아닌가 싶었다. 저 멀리서 밤바람을 타고 온 부엉이의 울음이 도헌을 깨어나게 했다.

"진심이십니까?"

도헌은 믿을 수가 없어서 되물었다.

"말씀하신 것처럼 저는 마음과는 다른 말은 못해요."

연리는 거짓으로 도헌의 청혼을 우롱하고 싶진 않았다. 다신 받을 수 없는 청혼이라고 믿지 않았던가, 연리는 다시 한 번 다가와 준 그의 용기를 모르지 않았다.

"나리가 떠나시던 날 주셨던 편지를 아직 잘 가지고 있어요. 그걸 주시려고 얼마나 머뭇거리셨는지 알고 있어요. 그래서 몇 번이고 읽고, 또 읽었어요. 처음엔 화가 났지만 시간이 지나니 슬펐고, 그 슬픔이 지나고 나니 나리가 사무치게 그리웠습니다."

연리는 과거에 겪었던 감정의 발자취를 따라 하나씩 하나씩 풀어놨다.

"저 또한 그랬습니다."

도헌은 미련과 후회가 가득했던 지난날을 돌이켰다. 그러고 나니 더욱 마음이 확고해졌다.

"저는 곧 한양으로 돌아갑니다. 이명이처럼 느긋하게 소저와 연서를 주고받고, 담장 너머로 서로를 볼 시간은 없습니다. 내일 아침 제가 양현군 대감을 찾아뵙고, 제 구혼을 말씀드려도 되겠습니까?"

도헌은 그 그리운 시간을 다시 반복하고픈 마음이 없었다. 장연과 한양의 거리는 너무나 멀었다. 연리는 도헌의 얼굴에서 조급함을 읽었다. 항상 냉정하고 차분한 그에게 조급함을 가지게 만든 사람이 자신이라는 생각이 묘한 충만감을 전해와, 연리는 빙긋 웃었다.

"만약 나리께서 앞으로 지난봄에 대한 이야기를 다시 꺼내지 않겠다는 약조를 하신다면 좋아요. 나리나 저나 그 이야기에서 서로에 대한 비난을 피할 수 없잖아요?"

연리는 부끄러운 마음을 감추고자 조건을 하나 내걸고는 고개를 끄덕였다. 그 끄덕임 한 번이 도헌의 모든 걱정과 시름을 녹였다.

"약조합니다."

도헌도 그날 일을 굳이 다시 꺼내 상처를 들추고 싶지는 않았다.

"그럼 소저께서도 저와 혼인하시거든 제가 드린 그 편지는 태워 버리십시오. 전 제가 이성적인 상태에서 썼다고 생각했지만 다시 생각해 보니 제 감정에 빠져 소저를 화나게 할 말들이 많았던 것 같습니다."

도헌은 그 편지를 몇 번이고 다시 읽었다는 연리의 말에 창피했었다.

"제게 주셨으니 제 것입니다. 저는 그걸 영원히 간직할 생각이에요."

"부끄러운 과거는 감춰주셨으면 합니다."

창피하다는 감정을 드러내는 도헌을 보는 연리는, 그와 자신이 이렇게 허심탄회하게 서로의 감정을 터놓고 이야기하는 날이 왔다는 것이 신기했다.

"저도 부끄러운 과거가 있는걸요. 나리의 집에서 나리를 처음 만났을 때, 저는 너무나 부끄러웠어요. 어디든 숨고 싶을 만큼."

연리는 자신이 더 부끄럽다고 말했다. 정말 그때만 생각하면 쥐구멍이라고 못 들어갈까 싶었다.

"전 사실, 그날 나리께서 저를 뻔뻔하고 천연덕스러운 여자라고 생각하셨을까 두려웠어요."

"아닙니다. 그곳이 제 집인 줄 알았다면 오지 않았을 거라는 소저의 말씀을 믿었습니다. 게다가 저는 반가움이 더 커서 그런 생각은 조금도 들지 않았습니다."

도헌은 당황하며 그런 생각은 전혀 할 수조차 없었다는 듯 다급히 대답했다. 도헌의 당황스러운 얼굴에 연리가 풋, 웃음을 터뜨렸다. 이 사람도 이런 얼굴을 하는구나, 싶었다. 이렇게 솔직하게 이야기하고 나니 부끄러운 감정들이 좀 수그러드는 것도 같았다.

두 사람이 말없이 서로를 물끄러미 바라봤다. 그저 바라만 보는 것만으로도 좋았다. 이제 막 서로를 바로 마주한 연인의 사이에 행랑채로 돌아오는 하인들의 목소리가 파고들었다. 가까이 붙어 섰던 두 사람이 떨어졌다. 하인들이 보기 전에 헤어져야 했다.

"꿈자리 안녕하시길 바랍니다."

도헌이 별당의 일각문 안으로 연리를 들여보내며 밤 인사를 건넸다.

"내일 봬요."

연리가 문틀을 잡고서 인사에 미소로 답했다. 별당 문이 완전히 닫히는 것을 보고서야 도헌도 사랑채 문을 열었다. 사랑채 문이 닫히고 하인들이 행랑마당에 쏟아져 들어왔을 때 마당은 텅비어 있었고, 두 사람의 만남은 행랑마당 풀잎사귀 밑에 숨어 있던 풀벌레들밖에 모르는 것이었다.

연리는 설레는 마음을 숨기지 못하고 웃으면서 설과 함께 쓰는 방으로 들어갔다.

"어머니한테 갔다 온다더니 왜 이제야 오는 거야?"

막 이부자리를 펴고 있던 설이 물었다. 언니의 물음에도 연리는 웃음만 꾹 참을 뿐 대답하지 않았다. 밝게 상기되어 보이는 연리의 얼굴에 설이 고개를 갸웃거렸다.

"내일 이야기해 줄게."

"뭔데 그래?"

연리가 설을 끌어안으며 그녀의 어깨에 볼을 비볐다. 설은 말을 해보라며 연리를 밀어냈지만, 연리는 오히려 더 꽉 끌어안으며 웃었다. 무슨 일인지는 몰라도 기분 좋은 일 같아서 설도 실없이 함께 웃어주었다.

같은 시각, 사랑채 건넛방에 돌아온 심도헌도 올라가는 입꼬리를 주체 못하고 입가를 가렸다. 이명이 술에 취해 잠들어 있어 망정이지, 깨어 있었다면 잔뜩 풀어진 도헌의 얼굴을 놀렸을 터였다.

자신이 아니면 혼인하지 않겠다고, 자신이 그리웠다고 말하던 연리의 목소리가 도헌의 머릿속에 메아리쳤다.

다음 날 아침, 심도헌은 숙취라고는 하나 없는 얼굴로 자리에서 일어나 빠르게 의복을 갖추고 채비를 했다. 세숫물이 묻은 얼굴을 닦는 도헌에게 아직 잠과 술이 덜 깬 이명이 투덜댔다.

"입궐하는 것도 아닌데 이 시간에 일어났는가? 자네는 이럴 때 스스로에게 지나치게 가혹하네."

"급한 일이 있어서 그러하네. 더 자게."

도헌이 망건이 삐뚤어지지 않았는지 경대에 비춰보며 갓을 맸다. 이 갓은 언젠가 연리가 끈을 꿰매준 갓으로, 도헌은 연리가 이어준 뒤로 한 번도 헐거워진 적 없는 갓끈을 조여 갓을 고정했다. 이 갓을 쓴 것만으로도 혼인을 반은 승낙 받은 기분이었다.

"무슨 급한 일말인가? 혹시 전하께서 돌아오라 하시었나?"

이명이 혹시나 한양에 계신 왕으로부터 무슨 급한 하달이 왔나 싶어 벌떡 몸을 일으켰다.

"아닐세. 양현군께 연리 소저와의 허혼을 받으러 가네."

도헌이 이명에게는 숨길 것도 없으니 지금 어디에 무엇을 하러 가는지 솔직하게 말했다. 그 말을 듣고 한참을 백치처럼 가만히 이불 위에 앉아 있던 이명이 눈을 크게 떴다.

"하지만! 자네는 연리 소저를 별로 마음에 안 들어 했지 않나! 봐줄 만은 하지만 반할 정도는 아니라며?"

양현군에게 허혼을 받는다는 것은 도헌이 말하는 연리 소저가 자신이 아는 그 연리 소저임을 의미하고, 그렇다는 것은 연리 소저가 도헌의 청혼을 거절한 그 여인이라는 소리였다. 이명은 태연하게 도포에 구겨진 곳이 없는지 살피는 도헌을 보며 입을 벙긋댔다. 기생집 앞에서 심도헌과 연리가 다투던 모습이 아직도 생

생한 백이명은 어떻게 둘 사이가 혼담까지 나눌 정도로 발전했는
지 이해하지 못하는 것 같았다.

"다녀오겠네."

"아니, 설명을 해주게!"

심도헌은 백이명을 뒤로하고 방을 나섰다. 닫힌 방문 안에서
연리 소저와 자네가 어찌 혼인을 하느냐고 말하는 목소리가 들려
왔지만 도헌은 대답 없이 양현군이 있는 안방으로 향했다. 도헌
은 혹시나 양현군이 일어나지 않았으면 어쩌나 우려했으나, 도헌
의 문안인사에 장지문 너머에서는 들어오라는 대답이 들려왔다.
양현군의 목소리에는 잠기운이 전혀 서려 있지 않았다.

"이른 아침부터 웬일인가?"

일찍 일어나 책을 펼쳐 들었던 양현군은 도헌에게 앉으라고 권
했다. 그러면서 결연한 표정으로 자신을 찾은 심도헌이 자신에게
무언가 중요한 할 말이 있다는 것을 중년의 눈치로 알아챘다. 도
헌은 양현군의 앞에 자리를 잡고 앉아 양 무릎에 주먹 쥔 손을
내려놓고 허리를 곧게 세웠다.

"양현군 대감께 저와 연리 소저의 혼인을 허락받기 위해 왔습
니다."

도헌은 떨리는 마음을 가라앉히고서 차분하고 평온하게 말했
다. 도헌은 양현군이 조금이라도 놀라리라고 생각했다. 하지만
양현군은 마치 예상한 것처럼 도헌만큼 편안한 얼굴로 그를 바라
봤다. 양현군은 연리와 심도헌 사이에 무언가가 있다는 생각을
이미 한 뒤였기 때문에 그다지 놀라지는 않았다.

"한양에서 더 좋은 집안의 여식과도 혼인할 수 있을 터인데,
나는 자네가 굳이 왜 내 여식과 혼인하려는지 모르겠군."

다만 왜 하필 자신의 여식인지 순수한 의문이 들었다. 양현군은 자신이 세속적으로 보일 수 있다는 것을 알면서도 돌려 말하고 싶지는 않아 대놓고 물었다.

"자네가 잘 모르나 본데, 내 여식은 얼굴은 곱상하지만 사내와의 말싸움에서 지는 법이 없는 아주 당찬 아이네. 내 자네가 꽤나 마음에 들어 하는 말이지만, 얌전하고 온순한 여인을 원한다면 내 여식은 아니라고 솔직히 말할 수 있어."

양현군은 지금이라도 무를 기회를 주겠다며 여염집 여인들과는 다른 연리의 성품을 아비로서 솔직히 털어놨다.

"소저의 아버님께 드릴 말씀은 아니지만, 지난날 저는 연리 소저의 성품과 지성에 매료되어 청혼한 적이 있었습니다. 그때 연리 소저는 한평생 혼인하지 못한다 해도 저와 혼인할 일은 없다고 단호히 거절했었습니다."

도헌은 그때를 생각하면 어이가 없는지 고개를 숙이고 한숨 쉬듯 작게 웃었다. 설마 그런 일이 있었을 줄은 몰랐던 양현군이 드디어 조금은 놀란 기색을 보였다.

"솔직히 자존심이 상했습니다만 그 일로 제 자신을 많이 돌아봤습니다. 그리고 나니 연리 소저에 대한 마음이 더욱 깊어졌습니다."

양현군은 청혼을 거절당해 놓고도 연리를 잊지 못했다는 말에 딸에 대한 도헌의 마음이 순간적인 것은 아니라고 생각했다.

"물론 그때는 소저와 김용복이란 자 사이에 혼담이 오갈 때였고, 저는 한양으로 돌아간 터라 소저와의 인연을 반쯤 포기했었습니다. 그러나 다행히도 소저는 혼인하지 않았고 저에게 기회가 왔습니다. 그러니 저는 지금 망설일 이유가 없습니다."

도헌은 허혼을 받으러 온 이상 발걸음을 돌릴 생각은 없다고 당당히 말했다. 양현군은 도헌의 말을 듣고 그가 연리를 선택한 것이 단지 고운 얼굴 때문만은 아니라는 것에 동의했다. 하지만 그렇다고 아직 허혼할 생각은 들지 않았다.

"자네 뜻은 존중하지만 난 내 딸이 원하는 혼인이 아니면 시키지 아니할 생각이네. 괴팍하다고 생각할 수도 있지만 딸을 다섯 가진 아비의 마음일세."

양현군은 자신의 행동이 다른 양반들과 다르다는 것을 알고 있었다. 딸은 부모 뜻대로 혼인하면 출가외인일 뿐인데 딸이 원하는 혼인이 무슨 소용이냐고 주위 양반들은 양현군을 비웃었다. 하지만 양현군의 생각은 달랐다. 부모 뜻에 따라 억지로 혼인해 불행하게 살며 부모 원망을 하느니 스스로의 선택으로 혼인하는 게 훨씬 낫다고 보았다.

"연리 소저와는 이미 지난밤 혼인을 약조했습니다."

도헌은 그 부분에 대해서는 확실히 준비되었다고 대답했다. 양현군은 그 말이 사실이냐 물어보려다가 도헌이 굳이 거짓말을 할 리는 없다는 생각에 이내 그만두었다. 양현군은 도헌이 한 말들을 쭉 되돌려 생각을 정리했다. 그리곤 고개를 끄덕였다.

"자네의 마음이 확실하고, 연리 또한 그렇다 하면 나는 허락하는 것 외엔 방도가 없군."

양현군이 연리와 도헌의 혼인을 허락했다. 도헌은 양현군의 말이 끝나자 숨겨놨던 긴장의 끈을 놓았다. 긴장이 풀리고 나니 양현군의 방을 어떻게 나왔는지 기억조차 나지 않았다. 도헌은 이제야 어젯밤의 숙취가 올라오는 것 같아 타는 목을 붙잡고, 물을 것만 잔뜩 가진 이명이 있는 방으로 돌아갔다.

그 무렵 연리는 일찌감치 이부자리를 정리하고 앉아 설에게 심도헌과 어젯밤 있었던 일을 털어놓고 있었다.

"정말 믿을 수가 없어. 너와 심도헌 나리가 혼약했다니!"

연리는 누구보다 먼저 설에게 이 사실을 알리고 싶었고, 설은 연리의 기대만큼 기뻐해 줬다.

"항상 네 이야기는 나중에 듣게 되어 속상했는데, 제일 먼저 알려주다니 정말 고마워. 이제 심도헌 나리는 너 다음으로 내게 가장 소중한 분이 될 거야. 네 남편이 될 테니까."

설은 백이명과 가장 친한 친우인 심도헌이 연리의 배우자가 된다는 것이 굉장히 큰 인연으로 느껴졌다. 혼인은 기쁜 일이었지만 혼례 후 한양으로 감으로써 연리와 헤어지는 것이 설에게는 가장 큰 슬픔이었다. 그러나 연리와 심도헌이 혼인한다면 함께 한양에서 같이 살 수 있을 터였다.

"작은 아씨! 대감마님께서 사랑채로 급히 오시랍니다!"

설은 연리로부터 더 많은 말을 듣고 싶었지만 그것은 연리를 부르는 양현군에 의해 중단되었다. 연리는 아버지가 자신을 부르는 이유가 심도헌 때문이라는 것을 알고 들뜬 마음으로 사랑채로 향했다.

연리가 사랑채에 뛰어 들어갔을 때 양현군은 누마루에 나와 있었다. 사랑채 마당에 들어서는 연리를 발견한 양현군이 손짓으로 딸을 불렀다. 연리는 양현군의 옆에 심도헌이 없다는 것을 알고 주변을 두리번거리며 누마루에 올라섰다. 양현군은 밝은 얼굴로 다가오는 연리를 보곤 눈을 흘기며 물었다.

"연리야, 내가 방금 아주 놀라운 소식을 들었는데 너도 알고 있느냐?"

"심도헌 나리께서 저에게 장가라도 오신다던가요?"

연리는 놀란 아버지의 얼굴이 재미있어서 모르는 척 새침하게 물었다. 연리의 입가에 서린 미소로 양현군은 심도헌의 말대로 이 혼사가 연리도 동의한 일임을 확인했다.

"이른 아침에 심 장령이 나를 찾아왔더구나. 그가 내게 너와 혼인하고 싶다고 했을 때, 이 아비가 얼마나 놀랐을지 생각해 보았느냐?"

"그래서 허락해 주셨어요?"

연리는 아버지가 놀란 것보다 아버지가 이 혼사를 허락했는지가 더 궁금했다.

"심 장령 그이가 말하길 너와 혼인을 이미 약조했다고 하더구나. 그가 거짓을 말할 인사가 아니니 당장은 허혼을 했다. 하지만 만약 네가 명진이 일로 심 장령에게 빚을 진 것 같아 이 혼인을 결심했다면 이야기가 달라질 듯하구나."

심도헌의 말을 믿고 혼인을 허락했지만 양현군은 아직 약간의 의심을 가지고 있었다.

"아니에요, 아버지 그건 오해세요."

연리는 아버지가 그런 생각을 했을 줄은 예상치 못했던 터라, 전혀 그런 것이 아니라고 손을 내저었다. 그리고 양현군에게 지금까지 심도헌과 있었던 일들을 차근차근 설명했다. 양현군은 수염을 쓰다듬으며 연리의 말을 유심히 들었다.

"네 말이 정말 사실이라면 너는 심 장령에게 마음이 있는 게로구나. 맞지?"

양현군은 다른 건 필요 없으니 정확한 네 마음만을 말해보라고 했다. 연리는 아버지 면전에 대고 그런 말을 내뱉기가 부끄러워 얌전히 고개만 끄덕였다. 그 모습에 양현군이 허허 하고 너털웃음을 지었다.

"연리 네가 계집애답지 않게 배움이 깊고, 옳은 말을 할 줄 아니 분명 너보다 잘난 사내를 만나야 네가 수치심 없이 남편을 존경하고 연정을 주리라 생각했다만. 저 정도 사내를 고를 줄은 몰랐다."

양현군은 한양도 아니고 이곳 장연에 살면서 심도헌 같은 사내를 사위로 맞으리라고는 꿈에도 몰랐다. 연리도 방금 전까지는 자신과 심도헌이 혼약을 하리라고는 생각지도 못했으니 양현군은 오죽 놀랐을까.

"이젠 네가 시집을 못 가면 늙어 죽을 때까지 널 끼고 살아야 한다는 걱정을 좀 내려놓을 수 있겠구나."

양현군은 어려서는 똑똑한 머리로 자식 키우는 재미를 주고, 커서는 말벗이 되어주던 둘째딸을 시집보낸다는 것이 드디어 실감이 났다. 그와 동시에 섭섭함이 밀려왔다. 백이명과 설의 혼인을 허락했을 때와는 사뭇 느낌이 달랐다. 주름이 진 눈가가 축축해지는 것 같기도 해서 양현군은 괜히 속이 후련하다고 거짓말을 하며, 이야기 끝났으니 어서 별당으로 돌아가라고 연리를 내쫓았다.

연리는 아버지에게 쫓기듯이 사랑채를 빠져나와 별당으로 가지 않고 안채로 향했다. 아버지에게 정식으로 허혼을 받았으니 이제는 어머니에게도 이 사실을 알려야 하기 때문이었다. 연리가 아침인사를 건네며 방에 들어갔더니 현부인 홍씨가 때마침 심도헌에 대한 이야기를 꺼냈다.

"심도헌 그자는 언제 돌아간다니? 마주칠까 봐 집 안을 돌아 다니질 못하겠구나."

홍씨는 내 집인데 마음대로 돌아다니지도 못한다고 불만을 토로했다. 연리는 심도헌이 이 집에 다시 온 이래로 계속 못마땅함을 내비치는 어머니를 보니 속이 상했다. 빨리 혼인 소식을 전하는 것만이 이 상황의 해결 방법인 것 같았다. 연리는 간결하고 짧게 심도헌과 자신의 혼인 소식을 알렸다. 연리의 말을 들은 홍씨는 반응은 기묘했다. 잠시 얼어붙어 꼼짝도 않은 것이었다.

"세상에, 뭐, 뭐라고?"

웃는 건지 우는 건지 모르게 입술을 움찔거린 홍씨가 눈을 흡떠 자신이 경악한 상태라는 것을 알렸다. 홍씨는 앉은 자리에서 엉덩이를 들썩이며 주위를 둘러보곤 덥석 연리의 손을 잡았다.

"나무아미타불! 부처님께서 내 불심을 드디어 알아주셨나 보다! 심도헌이라니!"

딸을 줄줄이 다섯이나 낳으면서 이 많은 딸자식을 언제 다 시집을 보내느냐고 애면 부처님에게 빌고 빌었던 홍씨가 감탄했다. 연리는 어릴 적부터 항상 얄밉게 옳은 말만 하고 사내를 우러러 볼 줄을 모르는 아이였다. 그 탓에 홍씨는 연리가 분명 혼기를 넘겨 노처녀가 되고 말 거라고 생각했었다. 그런데 다른 사람도 아니고 심도헌과 연리가 혼인한다니.

"오늘처럼 기쁜 날이 있을까! 넌 분명 설이보다 더 크게 혼례를 올리고, 더 좋은 가마를 타고 한양으로 올라갈 거란다. 너에 비하면 설이는 아무것도 아니란다. 연리 이 앙큼한 것. 이렇게 될 때까지 어미한테 한 마디도 하지 않다니!"

홍씨는 기쁜 마음을 주체하지 못했다. 연리는 어머니가 심도헌의 인품보다 재산을 더 좋아하는 것이 조금 마음에 걸리기는 했지만, 어머니가 가진 그에 대한 부정적인 생각을 조금 떨칠 수 있다는 생각에 홀가분해졌다. 이내 너무 심하게 기뻐하는 어머니를 보니 연리는 조금 늦게 혼인 소식을 알려도 괜찮았겠다는 생각을 가지고 안채를 벗어났다. 그러나 뒤따라 안채를 나온 홍씨는 흥분을 가라앉히지 못하고 연리를 붙잡고 감탄사를 연발했다.

"연리야, 가서 네 남편 될 이가 뭘 좋아하는지 좀 물어보렴. 지금 같은 기분이라면 내가 소 한 마리를 못 잡겠니?"

연리는 소를 잡겠다는 어머니의 말에 조금 불길한 기분이 들었다. 어머니가 혹시 심도헌에게 예전처럼 주책없이 굴어 그의 기분을 상하게 할까 걱정이 든 것이었다.

"작은 아씨, 대감마님께서 심 장령 나리가 돌아가신다고 전하시랍니다."

하인 하나가 종종걸음으로 뛰어와 전해왔다. 그 말에 소를 잡겠다던 홍씨가 당장에 연리를 이끌고 대문으로 향했다. 대문 앞에는 이미 배웅을 나온 양현군과 갈 준비를 마친 심도헌이 있었다. 참판부인 댁에 그의 흑마를 놓고 온 도헌은 걸어서 돌아갈 생각이었다.

"아니 왜 벌써 돌아간다니?"

홍씨는 방금 전까지 심도헌이 빨리 돌아갔으면 했던 생각은 싹 잊어버리고는 도헌이 왜 벌써 돌아가느냐 연리에게 물었다. 심도헌이 사위가 되는 것은 기쁘지만 그가 어려운 것은 여전해서, 홍씨는 도헌에게 그것을 직접 묻지는 못했다.

"아버지께는 허혼을 받으셨으니, 나리의 집안에도 허혼을 받아야지요."

연리가 어머니의 귀에 속삭였다. 심도헌은 곧장 한양에 올라가 허혼을 받고, 다시 휴가원을 낸 다음 여기로 내려와 혼례를 올릴 계획이었다.

"이만 가보겠습니다."

도헌은 장래의 장인, 장모에게 이만 가보겠노라 인사했다.

"연리야, 뭐하느냐 따라 나서지 않고."

연리가 떠나는 심도헌을 아쉽게 바라보니 양현군이 눈치껏 딸에게 심도헌을 저어기까지 배웅 갔다가 오너라, 하고 말했다. 홍씨는 웬일로 남편이 융통성을 부린다며 하인에게 서둘러 들어가 연리의 쓰개치마를 가져오라고 말했다.

"다녀올게요."

연리가 어머니가 건네주는 쓰개치마를 받아들고 심도헌을 따라나섰다. 심도헌도 이대로 헤어지기엔 아쉬움이 남아 모르는 척 연리를 기다렸다가, 그녀와 함께 길을 걸었다. 처음엔 한 발 뒤에서 걷던 연리가 심도헌이 걸음 속도를 늦춤에 따라 그와 나란히 걷기 시작했다. 어젯밤의 여운이 남은 두 사람은 별 다른 이야기를 나누지 않았지만 이따금 서로를 흘끔대는 걸로도 미소를 지었다.

"심 소저도 절 마음에 들어 했으면 좋겠어요."

그러던 중 연리가 문득 생각났다며 심도헌의 여동생을 언급했다. 연리는 백이명의 누이들을 생각하면 상대의 가족이 자신을 가족으로 인정한다는 건 상당히 중요한 일이라고 생각했다.

"그건 그렇게 걱정하지 않아도 될 겁니다. 전에 소저께서 한양에서 급히 떠나셨다는 소식을 듣고 무척 아쉬워할 만큼 소저를 좋아하고 있습니다."

도헌은 우리에게 이명과 설 같은 상황은 벌어지지 않을 거라고 연리를 안심시켰다. 연리는 다행이라고 말하며 도헌의 발걸음에 자신을 맞췄다.

도헌의 큼지막한 흑피혜가 한 걸음을 걸으면 연리의 작은 당혜가 따라서 한 걸음을 걸었다. 땅바닥을 보며 걷는 연리를 눈치챈 도헌이 그녀의 시선을 따라 고개를 내렸다. 그리고 연리가 한 발한 발 걸음을 맞추는 걸 보곤 빙긋 웃음을 지었다.

원래 시간이 빨리 지나갔으면 하고 바라면 느리게 지나가고, 시간이 느리게 갔으면 하고 바라면 빠르게 지나가 버리는 법이었다. 도헌을 따라 걷던 연리는 어느새 화평언덕을 지나고 있다는 것을 알았다. 연리는 언젠가 참판부인 댁에 갔던 설이 아파 누워 있을 적에, 그녀를 만나기 위해 가던 중 이곳에서 심도헌을 만났던 것을 기억해 냈다.

"여기서 절 만났던 거 기억하세요? 그때 절 되게 뚫어지게 보셨잖아요. 무슨 생각을 하셨어요?"

"먼 데다가 진흙탕인 길을 소저 혼자 걸어왔다는 것에 놀랐고, 흐트러진 모습마저도 고와서 더 놀랐습니다."

심도헌이 낯부끄러운 기색 하나 없이 그날의 연리가 어여뻤다고 말했다. 말하는 사람은 무던한데 듣는 사람이 오히려 낯이 달아올랐다.

"흠, 빈말일지도 모르지만 믿을게요. 심 소저는 오라버니가 과장을 모르고 항상 진실만을 이야기한다고 했거든요."

연리는 빈말이어도 기분이 좋았다. 걸음 하나, 말 한 마디가 서로에 대한 애정을 확인하게 해줬다. 두 사람이 얼굴 가득 웃음을 띤 채 개울가에 다다랐다. 활짝 핀 매화꽃이 떨어지던 봄은

가고 지금은 햇살에 개울물만 반짝이고 있었다. 그 봄날처럼 도헌이 먼저 징검다리에 발을 올렸다.

"그날 제 책을 가지고 계시다가 돌려주셨잖아요. 전 그때 나리가 참 변덕스러운 사람이라고 생각했어요."

도헌을 따라 첫 징검다리 돌에 올라선 연리가 말했다. 도헌의 발이 두 번째 돌로 향했다. 연리도 다시 한 번 다음 돌을 디뎠다.

"그럴 수밖에 없었을 겁니다. 저도 한참 제 마음을 부정하고 있을 때니까요."

도헌이 그때의 혼란을 떠올리며 세 번째 돌을 밟고 섰다. 누군가 돌을 평평한 것으로 바꿔두었는지 이젠 더 이상 흔들리지 않았다. 그럼에도 도헌은 뒤돌아 연리에게 잡으라는 듯 손을 내밀었다. 연리는 예전에 도헌이 자신을 잡아줬던 일을 떠올리며 조심스럽게 그의 손에 자신의 손을 올려놓았다.

"그럼 지금은요?"

"아시지 않습니까."

하지만 연리는 안다고도, 모른다고도 대답하지 않았다. 연리는 도헌의 입으로 직접 듣고 싶었다. 몽금포에서 들었던 그 열정적인 고백까지는 아니더라도 그의 감정을 다시 듣고 확인하고 싶었다.

서로 다른 징검다리 돌 위에 선 두 사람이 서로를 마주본 채 시선을 나눴다. 도헌은 자신의 모습이 비치는 검은 눈동자를 보며 연리의 손을 놓고 그녀의 작은 어깨를 잡았다. 손안에 들어온 여린 어깨가 깨질까 조심히 쥔 도헌이 천천히 연리에게 다가갔다.

도헌의 갓이 만든 불투명한 그늘이 연리의 얼굴에 드리웠다. 가까이 다가온 심도헌의 짙은 속눈썹을 보던 연리가 자연스럽게 눈을 감았다. 도헌은 속눈썹이 파르르 떨리는 연리의 얼굴을 잠시 지켜보다가 자신도 눈을 감았다. 도헌의 입술이 매화꽃잎처럼 가볍게 연리의 입술에 닿았다. 가버린 줄 알았던 봄이 다시 온 것 같았다. 그 순간만큼은 두 사람 사이에 햇빛과 공기, 개울이 흐르는 소리밖에 존재하지 않았다.

"제 마음은 백년이 지나 혼백이 되어도 소저의 것입니다."

도헌의 목소리가 봄바람처럼 연리의 귓가를 맴돌고, 연리의 입가에 미소가 물들었다.

제13장 청선과 홍선 사이

한양으로 돌아온 백이명과 심도헌은 무엇보다 먼저 휴가원을 반납하고 동시에 밀린 사헌부 업무에 들어갔다. 혼사라는 것이 절차와 법도가 있는 것이라 당장에 치를 수 있는 것이 아니었다. 게다가 예법상 언니인 설의 혼례가 연리의 혼례보다 먼저이기에 연리와 도헌의 혼례는 더욱 뒤로 미뤄지게 되었다.

늦장부릴 것 없다는 현부인 홍씨의 주도 아래 설과 이명의 집안 사이에는 빠르게 청혼서와 허혼서가 오갔고 마침내 두 사람의 혼례가 확정되었다. 두 사람의 혼례식은 그로부터 한 달 후 장연에서 치러졌고, 설과 이명이 한양에 올라오고 나서야 연리와 도헌의 혼사가 화두에 올랐다.

"네 나이 약관이 지난 지 오래거늘 이제야 혼사를 논하는구나."

중전은 혼인을 하겠다는 도헌의 말에 크게 기뻐했다. 한양에서 다섯 손가락 안에 꼽는 중매쟁이를 데려와 도헌에게 맞는 여인네들을 수소문해 그에게 권유해 보기를 수십 번이었다. 그때마다 무정하게 고개를 젓는 조카 때문에 중전은 꽤나 속을 썩었었다. 그런데 드디어 자신의 눈에 드는 여인을 찾았다 하니 아니 된 말로 쌍수 들고 반길 일이었다.

중전은 도헌이 말하는 여인이 어떤 이인지는 차차 알아봐야겠지만 그가 스스로 찾아온 여인이라는 데에 크게 의의를 두었다.

"그래서 어떤 여인이 네 마음을 사로잡았더냐."

"……장연현 종친 양현군 대감의 여식입니다."

도헌은 답지 않게 쑥스러움을 얼굴에 드러냈다. 도헌의 낯빛에 중전의 입가에도 미소가 들었다. 그러다 문득 중전은 장연현의 종친 양현군이라는 말이 묘하게 익숙해서 생각에 잠겼다.

"양현군이라 함은 네가 덕이 높다 장계에 올린 그이가 아니냐."

중전은 도헌이 지난날 장연으로 암행어사를 다녀온 뒤 올렸다는 장계에 그 이름이 올랐던 것을 기억해 냈다. 장계를 직접 본 것은 아니지만 왕이 이르길 도헌이 상을 내려달라 청했다 했다. 도헌은 긍정의 침묵을 지켰다.

"아니, 내 백 지평이 양현군의 첫째 여식과 혼인했다 들었거늘."

"맞사옵니다. 제가 혼인하고자 하는 여식은 양현군 대감의 둘째 여식입니다."

도헌은 중전의 말이 모두 맞다 하였다. 중전은 양현군이라는 사람은 여식들을 어찌 길러냈기에 이명이 첫째 여식과 혼인하고, 도헌은 둘째 여식을 부인으로 맞이하겠다고 하는지 진심으로 궁금해졌다.

"어떤 여인이냐. 네 입으로 들어보고 싶구나."

그리고 그 전에 도헌의 입으로 그 여인을 소개받고 싶었다.

"글을…… 아는 여인입니다. 제 무례한 말에 군자에 도리를 논하는 여인이고, 지루하면 중용을 읽는 여인입니다."

잠시 망설인 도헌은 자신이 연리를 특별하게 생각했던 것부터 꺼내놓았다. 도헌은 연리가 언젠가 중용을 빌려달라 했던 것을 떠올리고는 다시 생각해도 어이가 없는지 말을 하다 살짝 웃음도 흘렸다.

"마을 아이들에게 훈민정음을 가르치는 참된 이이고, 솔직하고 청빈한 것을 부끄러워하지 않는 사람입니다."

도헌의 끝없는 칭찬은 중전을 웃게 만들었다. 또한 연리에 대한 중전의 궁금증을 부채질했다.

"얼굴은 곱더냐?"

도헌은 차마 고모의 앞에서 곱다 말하지는 못하고 수긍의 뜻으로 침묵을 지켰다. 도헌의 눈에 연리는 가마를 타지 않고 속치마에 진흙물이 들도록 걸어 다녀도 예뻤고, 금박 하나, 화려한 자수 하나 없는 옷을 입어도 고왔다. 감정을 숨기지 않고 그 해맑은 웃음을 보여주는 것도 좋았다.

"네 말을 들으니 내 하루빨리 그 여인을 보아야겠다. 간선을 청하려면…… 어디 보자, 오라버니가 아니 계시니 혼주는 네 백조부(伯祖父)께서 맡아줘야 하겠구나."

중전은 연리의 집에 청혼서를 넣기 전에 낭재와 규수가 서로를 확인하는 간선을 청해 연리라는 소저를 직접 보기로 했다. 양현군은 이미 심도헌을 직접 만나 허혼하겠노라 말했으니, 이제는 중전 쪽에서 연리를 보고 허혼할지 결정해야 하는 것이었다.

도헌의 백조부는 예법상 혼주를 해야 할 혈연관계가 가장 가까운 남자였으나 나이가 지긋하여 복잡한 혼례 절차를 주도하기에는 무리가 있었다. 그래서 그를 혼주로 하되 중전 자신이 나서 도헌의 혼례를 주관할 생각이었다.

중전은 도헌이 물러간 뒤 궁녀에게 직접 일러 도헌과 연리의 집안 사이에 문제가 있는지 불혼성을 확인해 보라 일렀다. 며칠 뒤 궁녀에게서 집안 간에 척을 진 일이 없다는 것을 확인한 후에야 중전은 장연에 간선을 청하는 편지와 사인교(四人轎, 4명이 메는 가마) 두 대와 궁녀들을 보냈다. 연리와 양현군이 그것을 타고 한양에 온 것은 그로부터 열흘이 더 지나고였다.

❀

"자네가 직접 나와 있었는가."

오늘 한양에 도착할 것 같다는 연통에 미리 숙정문(肅靖門, 한양의 북문)에 나와 있던 심도헌을 양현군이 먼저 발견했다. 쌍학이 화려하게 수놓인 흉배를 드러낸 양현군은 사인교 위에 앉아 도헌에게 인사했다.

"당연한 일입니다."

도헌은 먼 여정이 힘들지 않았는지 안부를 물으며 양현군에게 예비 장인에 대한 예우를 갖췄다. 그러면서도 시선을 양현군 뒤쪽으로 따라온 가마에 옮기는 것도 잊지 않았다.

도헌과 양현군의 만남에 멈춰 서는 가마에 달린 술 장식이 좌우로 흔들렸다. 연리가 가마는 답답하고 흔들려서 좋아하지 않는다고 말했던 것을 기억해 낸 도헌이 걱정스러운 얼굴로 흑마를 몰아 가마로 다가갔다. 역시나 답답했는지 연리의 가마 창문은 반쯤 열려 있었다. 발이 쳐진 창문은 가마 내부를 보여주지 않았지만, 연리의 인영은 어스름하게 비쳤다.

"그간 무탈하셨습니까."

도헌은 조심스럽게 물었다. 단지 안부를 묻는 무심한 말이었지만 그 목소리만은 무척 다정했다. 도헌은 조금 더 괜찮은 말이 있지 않았을까 싶었지만 간선을 하는 날이라 그런지 긴장이 가시지 않았다.

"예, 나리께서도 잘 지내셨나요?"

연리가 흑마 위의 도헌을 올려다보며 물었다. 도헌이 말없이 고개를 끄덕였다. 재회한 지 며칠 만에 또다시 원치 않는 이별을 했던 두 사람이었다. 연리는 설의 혼례식에 도헌이 이명을 따라 오리라 생각했는데, 도헌은 그 전에 휴가원을 오래 쓴 터라 오지 못했고, 두 사람은 두 달 가까이 보지 못했다. 발을 사이에 두고 서로를 보는 눈이 애틋했다.

"크흠."

양현군은 눈치 없이 연인의 재회를 망칠 만큼 둔한 사람은 아니었으나 두 사람이 언제까지고 그렇게 있을 것만 같아 이만 가자는 신호를 주었다. 잠시 혼을 빼놓은 것 같던 도헌이 그제야 말을 몰아 행렬의 앞으로 치고 나왔다.

"여기서부터는 제가 모시겠습니다."

도헌은 도성 내부터는 자신이 안내하겠다고 말하며 앞장섰다. 중전은 궁을 나올 수 없는 몸이니 간선은 중전이 있는 교태전에서 행할 예정이었다. 연리를 만나길 손꼽아 기다리는 중전이 있는 경복궁 교태전으로 가기 위해 도헌의 흑마 뒤로 양현군의 교자와 연리의 가마가 뒤따랐다.

"한양에는 오랜만이구먼."

백악산에서 내려온 산줄기 사이를 지나 경복궁의 궁성(宮城, 궁궐을 둘러싼 성벽)의 끝자락이 보일 즈음 양현군이 앞선 도헌에게 말했다. 그 말에 도헌은 말 속도를 늦춰 양현군의 옆에 섰다.

"마지막으로 오신 게 언제이십니까?"

"글쎄, 연리가 일곱 살쯤이었나, 저 아이 손을 잡고 한 번 왔었지. 기억나느냐?"

양현군은 고개를 뒤로 돌려 연리의 가마를 향해 물었다.

"아버님 손을 놓쳐서 그 자리에서 펑펑 울었던 건 기억이 나요."

연리는 다른 건 몰라도 그건 기억이 난다고 말했다. 살짝 웃음을 머금은 연리의 목소리는 밝았다. 육로로 한양까지 오는 데 크게 지친 것 같지는 않아 도헌이 안심했다.

도헌은 연리의 가마가 많이 흔들리지 않도록 천천히 동십자각을 돌아 경복궁의 정문인 광화문 앞으로 말을 몰았다. 도헌이 말에서 내려 광화문을 지키는 수문장들에게 다가가자 양현군도 교자에서 내렸다.

"종친 양현군 대감과 그 여식으로 중전마마의 객이오."

도헌의 말에 이미 귀띔을 받은 수문장들이 고개를 끄덕였다. 육중한 붉은 나무문이 열림과 동시에 연리의 가마문도 열렸다. 가마 밖으로 작은 당혜를 내민 연리가 부평댁의 손을 잡고 일어났다. 백색 당의 아래로 연분홍 치마가 흘러내려 당혜를 가렸다. 그저 하얀 비단 당의일 뿐인데 화사하기 그지없었다.

도헌은 아무리 혼약한 사이라 하나 미혼인 규수에 시선을 두는 것이 무례한 일임을 알면서도 연리의 모습을 가득 눈에 담았다. 부평댁이 어두운 자색 쓰개치마로 연리를 가리고 나서야 도헌이 고개를 돌렸다.

도헌의 인도에 양현군이 먼저 광화문 안쪽으로 발을 들이고, 연리가 가만히 고개를 낮춰 그 뒤를 따랐다.

"교태전으로 모시겠습니다."

도헌은 익숙한 발걸음으로 궁 안을 걸었다. 무품계인 왕가의 일원이 아니고서야 궁 안에서 말이나 가마를 타는 것은 금기시되었기 때문에 걸을 수밖에 없었다. 그 덕에 연리는 쓰개치마를 살짝 들어 주위를 둘러볼 수 있었다. 반듯하고 정갈한 돌바닥, 높다란 궁성의 벽, 그리고 표정 없는 내시들과 궁녀들의 얼굴이 궁 안의 공기를 무겁게 만들었다.

연리가 중압감에 다시 햇빛이 들어 노란빛을 띠는 흰 돌바닥으로 고개를 내렸다. 연리는 새삼 이 궁궐의 안주인이 중전이라는 것, 그리고 그 중전의 조카인 도헌이 자신과 혼인한다는 사실이 현실로 다가왔다. 긴장감에 쓰개치마를 꼭 쥐었다. 연리가 다시 고개를 들어 올린 것은 몇 개의 문턱을 넘어 교태전으로 들어가는 양의문(兩儀門) 앞에 섰을 때였다.

"중전마마께서 기다리고 계실 겁니다."

도헌은 세 쌍의 문 안쪽으로 두 사람을 이끌었다. 용마루가 없는 커다란 전각 앞에 멈춰선 연리가 숨을 가다듬었다. 진초록 궁의를 입은 교태전 궁녀들의 눈이 심도헌을 지나 양현군과 연리에게로 향했다. 지난번 장 숙의를 따라왔던 궁녀들처럼 그녀들의 얼굴에는 표정이 없어 시선에도 감정이 묻어나지 않았다.

세 사람이 계단을 올라가자 문을 지키는 궁녀들이 말없이 문을 열었다.

"심 장령, 양현군 대감 드셨사옵니다."

대청마루에 서 있던 곽 상궁이 왼쪽 온돌방 문 안쪽을 향해 목소리를 높였다. 방 안에서 잔잔한 목소리가 흘러나와 문을 열도록 했다. 조심히 들어간 방에는 화려한 비단 장식이 달린 촘촘한 발이 마치 벽처럼 틈 하나 없이 쳐져 있었다. 발의 사이사이로 중전의 매화처럼 붉은 당의가 보였다.

문이 열린 그 순간부터 중전의 시선은 양현군에게 잠시 머물렀다가 그 뒤를 따라오는 연리에게 붙었다.

'걸음걸이는 바르고……'

중전은 적당한 보폭으로 걸어와 서는 연리의 발에서 절을 하는 손 모양새로 눈길을 옮겼다.

'절을 하는 모양새도 곱고.'

포갠 손부터 저고리에 감싸인 곧은 팔까지 꼼꼼히 살핀 중전은 흐트러진 옷매무새를 단정히 하고 제 아비인 양현군의 뒷자리에 자리한 연리에게서 기본적인 범절이 잘 갖춰졌다는 것을 확인했다.

"대감의 덕성은 교태전에 앉은 이 중궁에게까지 들리더이다."

세 사람이 자리를 잡고 앉자 중전이 먼저 양현군의 방문에 대한 반가움을 표했다.

"과찬이시옵니다."

칭찬에 대해 과하게 겸손하게 굴지 않은 양현군이 보기 좋게 웃었다. 이미 임금이 치하한 덕성이었으니 아니라고 부정하며 점잔빼는 것은 보기 좋지 않을 수 있었다. 간선 요청에 대한 답신을 통해 양현군의 분위기를 서면으로나마 대충 파악했던 중전은 그의 번듯한 풍채와 기운이 마음에 든 듯 약하게 고개를 끄덕였다.

"첫째 여식이 백 지평과 혼인했다 들었소. 오늘 이 자리가 대감께는 겹경사를 위한 자리가 될 수도 있겠구려."

중전의 시선이 양현군을 지나 그 뒤에 자리한 연리에게로 향했다. 연리가 그 시선에 살짝 고개를 숙였다. 중전이 말없이 다시 고개를 돌려 도헌을 바라봤다. 발 옆자리로 비켜 앉은 도헌의 신경은 온통 연리에게 쏠려 있었다. 중전은 곱게 꾸민 후궁들이나 궁녀들에게 시선 한 자락 주지 않던 자신의 조카를 아는지라, 그 모습이 매우 흥미로웠고 연리라는 소저가 더욱 궁금해졌다.

"결례가 아니 된다면 내 대감의 여식과 독대해도 되겠소?"

중전은 연리와 단둘이서만 잠시 이야기를 나누고 싶다고 했다. 양현군과 더 이야기를 나누는 것이 예의일 수는 있으나 중전은 연리를 자세히 보는 것을 더 이상 미룰 수 없었다. 간선을 요청할 때부터 생각해 왔던 일이었다. 중전과의 독대라는 말에 연리가 퍼뜩 고개를 들었다.

"……예, 그리하시옵소서."

중전의 부탁 아닌 부탁을 거절할 생각도, 방도도 없는 양현군은 놀란 연리를 향해 그리하라 일렀다. 양현군의 대답에 중전이 발 너머의 도헌에게 손짓했다. 도헌은 중전이 독대에 대해 따로 언질해 준 것이 없어 약간의 당황을 드러내며 자리에서 일어났다.

"건순각(健順閣)으로 뫼셔라."

중전은 도헌에게 양현군을 교태전의 별채 격인 건순각으로 데려가라 일렀다. 도헌이 무슨 생각이시냐 물어보지도 못하고 양현군을 데리고서 온돌방에서 물러났다. 표정에 약간의 걱정을 내

비친 두 사람이 나가고 연리의 귀에 궁녀들이 닫는 문소리가 들려왔다. 방 안에는 중전과 연리, 그리고 두 궁녀뿐이었다.

"발을 걷어라."

중전의 명에 문가에 서 있다가 소리 없이 걸어온 궁녀들이 방 중간에 걸린 발을 말아 올려 비단 끈으로 고정했다. 가려져 있던 중전의 모습이 연리의 앞에 드러났고, 연리의 모습이 중전의 앞에 드러났다.

"너희는 나가보아라."

중전이 궁녀들을 방 밖으로 물렸다. 이제 오로지 중전과 연리만이 남았다. 윗자리에 앉은 중전에게서는 자연스럽게 위엄이 풍겨져 나왔다. 옥판에 칠보와 진주, 갖은 보석을 얹은 떨잠들과 화려한 금박을 물린 붉은 당의에 수놓인 황룡보가 그녀의 위엄을 더 돋보이게 했다. 지난날 연리가 만났던 장 숙의의 장신구와 옷차림도 화려하기 그지없었지만 그것과는 달랐다. 장 숙의에게서 거북한 위엄이 느껴졌다면 중전이 풍기는 위엄 속에는 고상함과 차원이 다른 묵직함이 있었다.

"가까이 오라."

연리는 가까이 다가오라는 중전의 말에 침을 한 번 삼키고는 자리에서 일어나 조심스럽게 중전의 책상 앞에 자리했다.

중전은 얌전히 바닥을 내려다보고 있는 연리를 자세히 쳐다봤다. 발 너머에서도 고운 생김새다 했지만, 가까이서 보니 피부 결이 매끄럽고 살짝 휜 눈썹이 보기 좋았다. 얇은 입술은 입방정을 떨기 좋다 하니 적당히 도톰하고 혈색이 좋은 입맵시도 중전의 마음에 들었다.

"내 장연에 사람을 보내 간선할 수 있으나 직접 보고 싶었네.

중궁이 아닌 고모 된 이로서."

중전은 목소리에 격식을 잠시 내려놓고 부드럽게 말했다. 그녀의 말대로 본디 간선이란 통상적으로 혼주나 삼자를 통해 이루어졌다. 그러니 친자식도 아닌 조카의 혼인 상대를 중전이 직접 간선하는 것은 그녀가 그만큼 도헌을 귀하게 여긴다는 것을 의미했다.

"내 도헌이 직접 혼인할 이가 있다 했을 때 꽤 놀랐네. 내 조카는 오는 혼사 마다하고 가는 혼사 잡지 않는, 그런 이거든."

중전은 이때까지 놓친 혼사가 몇 자린지 셀 수도 없다며 고개를 저었다.

연리는 도헌에게 많은 혼사가 스쳐 지나갔다는 것에 기분이 안 좋아야 하는 건지, 아니면 그 많은 혼사를 제치고 자신과 혼인한다는 것에 기뻐해야 할지 혼란스러웠다. 그러다 문득 장 숙의가 찾아왔던 그날 밤이 생각났다. 혼인하지 않겠다고 약조하라던 장 숙의의 억지와 패악도 떠올랐다. 중전이 자신에게 그런 짓을 하리라 생각하는 것은 아니었지만 도헌과 자신의 혼인을 반대하려고 독대를 청한 게 아닌가 하는 생각은 들었다.

"도헌이와 이미 구두로 혼약했다지. 그럼 도헌이 그 잘난 얼굴과 달리 성격이 모났다는 것을 아느냐?"

연리는 아무 대답을 하지 못했다. 긍정하면 도헌의 잘난 얼굴을 칭찬하게 되겠지만 중전의 눈앞에서 그의 성격이 모났음을 인정하게 되어버린다. 그렇다고 부정하자니 그의 외모가 못났다 하는 것도 같아 연리는 잠시 대답을 고민했다.

"부정하지 않는 것을 보니 이미 잘 알고 있는 모양이로구나."

중전이 긍정도 부정도 하지 못하고 가만히 있는 연리를 보며 살짝 웃었다. 연리는 그 웃음이 교태전의 자태처럼 우아하다고 생각했다.

"이름이 이연리라고?"

"예. 이을 연(聯)에, 속 리(裏)를 쓰옵니다."

연리는 눈치껏 중전이 묻지 않은 말도 덧붙였다. 연리가 태어나고 얼마 지나지 않아 현부인 홍씨는 셋째 가람을 임신했고, 양현군은 둘째가 첫째와 셋째 사이를 잘 이어주기를 바라는 마음을 담아 연리의 이름을 그렇게 지었다.

"마음을 잇다."

중전이 연리의 이름을 풀어 뜻을 말했다. 속 리는 속마음을 뜻하기도 하니 맞는 해석이었다. 보통 여아의 이름에는 남아가 아니라 실망스럽다는 뜻을 담아 없을 무, 아닐 비, 등 배, 아닐 미 같은 부정적인 한자가 많이 쓰였다. 그러나 양현군은 남아가 아니더라도 하나하나에 뜻을 담아 이름을 지어주었다. 중전은 양현군이 딸아이를 많이 아낀다는 것을 정성스레 지은 이름만 보아도 알 수 있었다.

"좋은 이름이구나. 그렇다면 도헌이의 이름자를 아느냐."

"……이끌 도(導)에 법 헌(憲)자를 쓰시는 걸로 아옵니다."

연리는 도헌이 편지 끝에 썼던 한자를 기억해 내 말했다. 혹시나 틀리면 어떡하나 하는 마음이 들었지만 중전의 얼굴을 보니 딱히 틀린 것 같지는 않았다.

"그 뜻은 무엇인 것 같으냐."

"깨우쳐 이끌게 하라는 뜻이라 생각되옵니다."

연리는 단정한 목소리로 자신의 생각을 밝혔다. 연리가 글을 아는 여인이라는 말이 사실이었구나 싶어 중전의 얼굴이 한층 더 부드러워졌다.

"옳다. 내 부친, 그러니까 도헌이의 조부가 지으신 이름이지. 삼의정에 오르기 전에 병조판서이자 군기시 도제조 영감으로 꽤 오래 계셨던 분이라 손자도 법을 이끌어 나라를 바로 세우는 데 일조하길 바라셨다."

중전은 자신의 아버지, 심강헌을 떠올렸다. 적당히 강직한 성격이었던 오라비, 즉 도헌의 아버지와 달리 심강헌은 날카롭게 벼려진 칼 같은 사람이자, 옳고 그름이 확실해 아닌 것은 끝까지 아닌 대쪽 같은 사람이었다.

"나는 도헌이가 오라버니 같은 성정을 갖길 바랐건만. 이름을 그리 지어서인지 제 조부의 성정을 닮았어. 어찌 그리 아버님을 닮았는지 굽히고 숙이는 법이 없어. 그 때문에 거만하다 손가락 질도 많이 받았네."

중전은 아무리 이 방 안에 앉아만 있어도 알 것은 다 안다고 말했다. 도헌은 멸시나 무시는 받지 않았지만 배척과 견제는 당해왔다. 거만하다 손가락질 받았다는 말에 연리는 도헌의 첫인상을 떠올렸다. 확실히 도헌의 태도는 모르는 이에게 충분히 그렇게 느끼게 할 만한 소지가 있었다. 하지만 도헌의 곁에 조금 더 다가가면 알고 있던 것들의 꽤 많은 부분이 오해였다는 사실을 깨닫고, 그를 이해할 수 있게 된다. 그리고 도헌이 많이 변하기도 했다. 연리는 도헌에 대한 생각에 빠져들었다.

"게다가 혼사는커녕 매일 공부야, 업무야, 나랏일만 쫓아다녔지. 매달 오는 휴가일이 아니면 쉬지도 않았어. 그런데 그런 아이가……."

중전은 도헌을 아이라고 불렀다. 장성한 지 오래지만 부모를 일찍이 여의고 모진 풍파를 견뎌낸 도헌이, 그녀에게는 늘 지켜주고픈 아이 같았다.

"휴가원을 내고 장연에 다녀왔다 하더라는 게지. 도헌이에게 일보다 더 먼저인 무언가가 생겼다는 의미였어. 그것이 자네고. 그래서 보자고 했네. 내 직접 보고 싶어서."

중전은 자신이 직접 연리를 만나고자 한 이유를 길고도 길게 설명했다. 연리는 중전이 독대를 청한 이유가 도헌과 자신의 혼사를 반대하기 위해서가 아니라는 것에 안도했다. 그러나 도헌이 장연에 내려온 것이 그런 의미를 담고 있는 줄을 몰랐다.

"소저의 마음이 지난봄과 전혀 달라지지 않았다면 저는 더 이상 제 일방적인 마음으로 소저를 괴롭히지 않을 것을 맹세합니다."

휴가원까지 내고 장연에 와서도 도헌은 연리에게 배려심이 가득한 청혼을 했다. 장연에 내려온 것이 쉽지 않은 선택이었다는 것을 드러내지 않았고, 그 어려운 선택을 거절하더라도 연리를 원망하지 않겠다고 했었다. 연리는 또다시 도헌의 따뜻한 마음을 다른 이의 말을 통해 느꼈다.

"보고 나니 네가 연화당에 아주 잘 어울릴 사람이라는 생각이 드는구나."

중전은 제 어머니가 살았고, 도헌의 어머니가 살았던 연화당을 떠올리며 말했다. 부모가 별세하고 도헌과 도희, 두 사람에서 그 집에서 산 지 벌써 십 년이었다. 장차 도헌의 아내가 살 연화당이 빈 지도 십 년이라는 말이었다.

"물론 내가 도헌이의 부모도 아니니 내 허혼이 뭐 그리 큰 의미가 있겠느냐 싶겠지만……."

중전은 조카의 혼사에 남자 혼주인 백부도 아니고, 여자인 고모가 이리 나서는 것이 예법에 그릇난다는 것을 알기에 조금 안타까운 미소를 지었다. 하지만 연리는 그렇게 생각하지 않았다. 지금까지 도헌에 대한 이야기를 하는 중전의 얼굴에는 애정이 가득했다. 그것이면 중전에게 이 혼사에 관여할 자격은 충분하다 생각됐다.

"아뢰옵기 황송하오나 마마께오서는 이 나라의 국모이시니 조선 모든 백성의 어머니이십니다. 그러니 마마께오서 나리와 소녀의 혼인을 허락해 주심은 효의 이치에 맞고 예에 맞는 일이라 생각되옵니다."

긴장을 조금 내려놓은 연리는 평소대로 조곤조곤하게 자신의 생각을 말했다.

"또한 마마께오서 허혼해 주신다 함은 이 땅의 허락을 받은 것이니 이보다 더한 축복은 없을 것이옵니다."

중전을 달리 부르는 말은 곤전(坤殿), 즉 땅이었다. 왕이 조선의 하늘이라면 중전은 조선의 땅이다. 중전의 허락을 받은 혼인이라니, 연리는 진심으로 큰 축복이라 생각했다.

"진정 그리 생각하느냐."

"예, 마마."

연리는 다소곳이 고개를 숙여 보였다. 이십 년도 넘은 세월을 궐 안에서 보낸 중전은 진심과 아첨쯤은 쉽게 구분했다. 말 속에 사리가 분명한 연리의 말은 아부가 아니었다.

"내 조카의 여인 보는 눈을 걱정했더니, 쓸데없는 걱정이었구

나. 이 중궁, 오늘부로 자네를 나의 질부로 대우할 것이다. 그리 알라."

중전은 오늘 간선으로 연리를 자신의 질부(姪婦, 조카의 부인)로 결정했다. 물론 애초부터 중전에게 이 혼인을 뒤엎을 마음은 없었다. 국모라는 이 큰 자리에 앉은 고모를 두고도 부탁 하나, 선물 하나 바란 적이 없는 사람이 도헌이었다. 도헌은 혹시나 책이 잡혀 고모에게 누가 될까, 짐이 될까 늘 행동거지를 조심했다. 그런 도헌이 처음 한 부탁이 송화옹주와의 혼사를 물러달라는 것이었다. 지금 와 생각해 보면 그 부탁조차도 연리와의 혼인을 위해서였던 것만 같았다.

중전에게 이 혼사에서 가장 중요한 것은 도헌의 마음이었다. 도헌의 마음이 확실한 마당에 연리의 성품까지 더해졌으니 중전이 허혼치 않을 이유가 없었다. 조심히 돌아가라는 중전의 말로 연리와 중전의 독대는 끝이 났다.

교태전에서 물러난 연리는 양현군과 도헌이 있을 건순각으로 향했다. 아미산 정원을 보며 초조하게 연리를 기다리던 양현군은 건순각 복도를 걸어오는 딸을 보고 자리에서 벌떡 일어났다. 연리는 긴장이 역력해 보이는 양현군에게 웃음으로 화답했다. 중전의 허혼을 받았음을 알리는 미소에 양현군이 안도의 한숨을 내쉬었다.

고모인 중전이 연리를 함부로 대하지 않으리라는 것을 알면서도 긴장을 늦추지 않았던 심도헌도 알게 모르게 안도했다.

"예 있어라. 내 마마께 퇴궐한다 말씀만 드리고 오마."

양현군은 아마 특별한 일이 없다면 남은 평생 다시 볼 일이 없을 중전에게 인사하기 위해 연리를 지나쳐 교태전으로 향했다. 연리는 양현군을 기다리기 위해 도헌이 있는 건순각 방 안으로 걸어 들어갔다. 분합문(分閤門, 천장에 걸어 열어둘 수 있는 문)이 활짝 열려 있는 건순각은 누마루처럼 아미산 정원을 앞마당을 보여주었다. 겨울이 코앞으로 다가와 방 안은 서늘했다.

"마마와 무슨 말씀을 나누셨습니까?"

도헌이 연리를 향해 물었다.

"음, 글쎄요."

허락을 받고 기분이 좋아진 연리가 모르는 척 창가로 다가갔다. 마른 가지를 드러낸 아미산은 한적했다. 도헌이 연리를 따라 몸을 틀었다.

"나리께서 이때까지 놓친 혼사 자리가 셀 수도 없이 많다고 하시던데요?"

도헌이 돌처럼 굳었다. 그 모습에 연리가 속으로 웃음을 삼켰다.

"혼담이 많이 오기는 했으나 보낸 적은 없습니다. 중전마마께서 직접 간선하신 것도 처음이고, 혼주를 정한 것도 이번이 처음입니다."

뒤늦게 도헌이 당황한 기색을 드러내며 그런 것이 아니라고 설명했다.

"그나저나 정말 그런 말씀들을 나누신 것입니까?"

도헌은 곤란하다는 듯 눈썹을 찡그렸다.

"그 외엔 나리에 대한 칭찬밖에 안 하셨어요. 나리께선 휴가일 빼고는 쉬지 않고 일하시는 충직한 분이라고 하셨죠."

연리는 항상 무표정한 도헌이 감정을 드러내는 것이 재밌었지만 그를 곤란하게 만들고 싶지는 않았다.

"그리고 그런 분이 나랏일 다 제쳐 두고 장연으로 오신 거라고, 제가…… 나리께 일보다 먼저였다고. 그렇게 말씀해 주셨어요."

"그런 말씀도 하셨습니까? 마마께서 별말씀을 다 하셨습니다."

도헌은 연리가 몰라도 될 것들을 말했다며 난감한 기색을 내비쳤지만, 연리는 고마움을 담아 도헌을 올려다봤다.

"그보다 나리, 얼굴이 좀 상하신 것 같습니다."

연리가 도헌에게 다가가 안색을 살폈다. 관모를 써 갓끈도 없는데 턱 선이 도드라져 보였다.

"업무가 많아 그런가 봅니다."

도헌은 밤에 못 잔 것이 태가 나는가 싶어 얼굴을 쓸었다.

"이명이가 자리를 비웠고 또 얼마 안 있으면 소저와의 혼인으로 제가 자리를 비우게 되니 업무를 서둘러 처리하는 중입니다."

호판이 부당한 이익을 취해온 사실이 수면 위로 드러나면서 그와 관련된 인사 문제도 불거졌다. 사헌부와 사간원이 바빠졌을 뿐만 아니라 관리 선발에 관여하는 이조와 사건의 중심지인 호조도 발등에 불이 떨어질 수밖에 없었다. 거기다 직전에 도헌이 긴 휴가원을 썼고, 이명은 혼례로 아직 자리를 비워 일이 쌓여 설상가상이었다. 당장 지금도 연리와 양현군이 돌아가면 도헌은 사헌부로 달려가 국정 현안에 대한 상소문을 써야 했다.

"제가 도와드릴 수 없는 일이네요."

업무를 대신 해줄 수는 없는 일이라 연리가 한숨을 포옥 내쉬었다.

"……하나 도와주실 수는 있습니다."

"뭔데요? 말씀하세요. 뭐든 해드리겠습니다."

연리는 자신이 도울 수 있다는 말에 반갑게 대답했다. 정말 무엇을 말하든 들어줄 것만 같은 연리의 얼굴에 도헌이 부드럽게 미소 지었다. 도헌의 손이 관복 소매 안쪽을 뒤적였다. 그 안에서 무언가를 꺼내 손에 쥔 도헌은 연리의 오른손을 끌어왔다. 연리는 자신의 손에 매끄럽고 서늘한 무언가가 닿는 것을 느꼈다.

"좋은 날 갈 터이니, 그저 기다려 주시기만 하면 됩니다."

그저 기다려 주라던 도헌은 연리의 손을 놓고 뒤로 한 발자국 멀어졌다. 도헌의 손이 떨어져 나간 자리에는 연한 옥빛의 가락지 한 쌍이 남아 있었다. 연리가 자신의 검지에 끼워진 가락지 한 쌍을 물끄러미 바라봤다.

흰 당의 소매 아래, 연리의 손에 끼워진 옥지환에는 은으로 매화꽃이 섬세하게 세공되어 있었다. 연리는 손가락으로 옥가락지 표면의 은장식을 매만졌다. 우둘투둘한 반지 표면을 더듬으며 연리가 고개를 들어 도헌을 바라봤다. 겨울을 거느린 바람이 건순각 안으로 불어 들어왔다. 아마도 도헌과 연리의 혼례는 찬바람 부는 겨울일 터였다.

"기다릴게요. 대신 다음 해가 오기 전에 와주시기로 해요."

연리가 바람에 목소리를 실어 보냈다. 도헌의 남색 관복 자락과 연리의 하얀 당의 자락이 바람에 흔들렸다.

"나리와 함께 맞이하는 새해는 참…… 좋을 것 같거든요."

함께 새해를 맞이하자 하는 연리에게 도헌이 가볍게 고개를 끄덕였다. 연리의 집 담장 정도는 가볍게 넘을 동장군이 오고 있었다.

중전은 되도록 빠른 날짜로 길일들을 골라 납채와 함께 연리의 집에 보냈다. 도헌과 연리의 사주를 통해 고른, 혼례를 올리기 가장 좋은 날짜들이었다. 양현군은 중전이 보내온 세 날짜를 보고 고민에 빠졌다.

"십일월 스무날, 십이월 초여드레, 십이월 스물여드레."

"연리의 달거리가 보통 스물에서 서른 날 사이이니 말일은 피하셔야 합니다, 대감."

날짜를 읊으며 갈등하는 양현군의 옆에 앉은 현부인 홍씨가 피해야 할 날짜를 말했다. 신부의 달거리 기간에 혼인을 하면 신랑이 죽거나 신부가 이혼을 당한다는 말도 안 되는 속설이 있기 때문에 그 주기를 피하기 위해 혼례식 날은 보통 신부 쪽에서 택일했다.

"그럼 초여드레로 합시다. 그날 찬비나 눈이 내리지 않았으면 좋겠소."

날짜를 정하면서도 양현군은 혹여 그날 날씨가 좋지 않으면 어찌하나 걱정했다. 마음 같아서는 봄까지 날짜를 미루고 싶건만 신랑신부가 올해를 고집하니 별 도리가 없었다. 양현군은 신중에 신중을 기해 날짜를 종이에 적었다.

이로써 연리와 도헌의 혼례식이 겨울의 어느 날로 정해졌다. 두 사람의 의혼이 이루어진 것이었다. 그로부터 사흘 뒤, 현부인 홍씨는 심도헌의 집안에서 보낸 커다란 납폐함을 받았다. 그러지 않으려 해도 자꾸만 찢어지는 입을 주체 못한 홍씨가 비단보를 풀어 납폐함을 열었다. 안에는 연리를 위한 혼수품이 가득 차 있었다. 홍씨는 옷감, 이불감, 패물, 화장품 따위의 물건을 하나씩 꺼내 바닥에 펼쳐 두었다.

"언니는 좋겠다."

가연은 납폐되어 온 물건들을 다 제치고서 연리가 받은 옥가락지를 만지작거리며 부러움을 드러냈다. 명진의 평범한 가락지도 부러워했던 가연은 은 세공이 들어가 화려하면서도 연한 옥빛으로 수수함까지 갖춘 연리의 가락지에서 시선을 떼지 못했다.

"글쎄다. 내 생각에는 겨울이니 금지환이 훨씬 어울렸을 텐데."

홍씨는 저고릿감으로 온 청홍 비단을 연리의 턱 밑에 대보며 투덜댔다. 겨울에는 금지환, 여름에는 옥지환을 하는 것이 보통이기에 하는 말이었다. 홍씨는 금지환이 훨씬 화려하고 혼례복에도 어울렸을 거라는 말도 덧붙였다.

"그래도 역시 혼인에는 옥가락지죠."

방구석에서 연리의 혼례복의 바느질이 잘 됐는지 꼼꼼히 확인하던 가람이 말했다. 또 어미 말에 토를 다냐며 홍씨가 가람을 흘겨봤다.

"전 무얼 주시든 좋아요. 아무 물건이나 주실 분도 아니지만요."

연리는 싸울 일이 아니라고 말했다. 설사 도헌이 매화가 조각된 나무가락지를 주었다고 해도 좋았을 것 같았다. 무엇을 주든 도헌의 마음이 들어 있다는 것이 중요했다. 연리는 도헌이 직접 공방에 가 공예가에게 매화를 세공해 달라 했을 걸 생각하면 마음이 뿌듯했다.

아쉬움을 가득 담아 연리의 손에 가락지를 돌려준 가연은 납폐함에서 면경을 꺼내 자신의 얼굴을 살폈다.

"나도 어디 하나 안 빠지는데, 중전마마께 다른 조카는 없으시대?"

"있으시지."

"정말?"

"심도희라고 예쁜 질녀가 하나 있으시지."

연리는 가연의 기대를 싹부터 잘랐다. 가연은 누가 여자 조카 있는지 물었냐고 버럭 소리를 지르며 면경을 탁 소리 나게 내려놨다. 연리는 네 짝은 어딘가 있을 거라고 말하며 면경을 꺼낸 자리에서 두툼한 종이 한 장을 집어 들었다.

"그게 뭐야?"

"의제장이야."

가연이 다가와 얼굴을 들이미니 연리가 종이를 펼쳐 보여주었다. 도헌의 의복 길이와 품을 적은 종이였다. 혼례식을 마친 뒤 신랑은 신부 쪽에서 준비한 옷을 입어야 하기 때문이었다. 연리는 함께 온 물건들보다 의제장을 유심히 살폈다.

"품은 그렇다 치고, 옷 길이가 다섯 자가 넘는단 말이냐?"

홍씨는 연리에게서 종이를 뺏어 치수를 확인했다. 키가 크고 골격이 다부지니 옷도 그만큼 클 수밖에 없었다.

"옷값이 많이 들어가겠어요."

"이런 납폐를 보내신 분과 혼인한다는데 옷값이 문제겠니."

가람이 순진하게 옷값을 따지는 가연의 여린 볼을 꼬집었다. 가람은 옷값이 많이 들어도 좋으니 저도 저리 체격을 갖춘 사내를 만났으면 좋겠다고 생각했다. 어찌 이 마을 사내들은 하나같이 바닥에 붙어 다니는지 알 수가 없었다.

"포목점 소선이한테 맡겨야겠다. 시간이 얼마 없으니 말이다."

"아니에요, 어머니. 제가 하고 싶어요. 이모가 이미 옷감도 가져다 주셨는걸요."

연리는 도헌의 옷을 남에게 맡기고 싶지 않았다. 연리는 설의 혼례로 장연에 와 있던 이모에게 도헌의 옷을 만들 좋은 비단부터 부탁했다. 도헌에게 어울릴 만한 검은빛이 도는 남색 비단이었다.

"준비할 것도 많은 애가 뭘 그런 것까지……."

홍씨는 그럴 시간에 몸단장에나 더 시간을 쓰라고 잔소리했지만 연리의 뜻을 꺾지는 못했다. 혼례에 쓰일 혼례복부터 예복, 각종 보자기, 홍선까지 바느질하고 수놓을 것들이 산더미였다. 연리가 도헌의 예복을 만들 예정이라고 하니 결국 금침(衾枕, 이부자리와 베개) 정도는 포목점 소선이에게 맡기기로 했다.

"아니, 겨울에 하는 혼례에 웬 부채를 보냈다니. 모피로 된 손싸개나 보낼 것이지."

노리개며 뒤꽂이, 비녀 같은 장신구를 꺼내 패물함에 정리하던 홍씨가 접선(摺扇, 쥘부채) 하나를 꺼내 들었다. 손잡이에 푸른 술 장식이 달린 부채는 끝이 펴지지 않도록 가지런히 굽어진 것으로 사람의 손길을 탄 물건이었다. 연리가 이미 알고 있는 물건이기도 했다. 도헌의 부채였다.

연리가 말없이 홍씨의 손에서 부채를 건네받았다. 연리는 착- 소리가 나게 부채를 펼쳐 들었다. 그 위로 이명이 그렸다는 난이 모습을 드러냈다. 신랑이 신부 집에 보내는 납폐에는 간혹 신랑이 자신의 아끼는 물건을 끼워 보내기도 했다. 연리가 기분 좋은 얼굴로 부채를 팔랑였다. 난향이 나는 것도 같았다.

"나리께서 너무 많이 보내신 게 아닌가 싶어요."

"그 집안에 이 정도도 못하겠니?"

부채를 팔랑이던 연리가 패물들을 보며 심려된다 하니 홍씨가 패물함 뚜껑을 탁 소리가 나게 덮으며 별말을 다 한다고 했다. 물론 홍씨도 예물이 조금 과하게 왔다고 느끼긴 했다.

"그리고 네 이모가 또 선물을 준비하고 있을 텐데 뭐가 걱정이니."

그렇지만 홍씨는 동생이 분명 답례로 보낼 물건을 따로 준비해 놓았으리라는 확신이 있었다. 당연히 그럴 것이라 생각하는 데는 이유가 있었다. 지난번 설의 혼례 때, 자현이 이명에게 꽤나 번지르르한 선물들을 보냈기 때문이었다. 그것은 자현이 설과 연리를 어여삐 여기기 때문이었지만 그녀에게 아이가 생길 것이라는 기대를 저버렸기 때문이기도 했다.

도통 찾아오지 않는 아이 소식에 자현은 앞으로 불공을 드리는 일도 그만두기로 했다. 장차 혼인시킬 아이도 없겠다, 자현은 설과 연리의 혼인에 더 열성을 올렸다.

아나나 다를까 홍씨의 기대대로 장연에 돌아온 자현은 도헌에게 줄 온갖 물건들을 들고 왔다. 이명에게 답례로 보냈던 물건들과는 또 다른 것들이었다.

"이건 저기 나주 육방에 유명한 사람이 만든 포도무늬 벼루인데 이 포도무늬 필통이랑 같은 나무로 만들어진 거다. 그리고 이거는 산양 목덜미 부위 털로 만든 붓이야. 세미광봉(細微光鋒)이라고 아주 귀한 물건이지."

자현은 나무 궤짝에서 물건을 꺼내놓으며 자랑했다. 이전에 비싼 값에 되팔려고 사들여 광에 넣어두었던 물건들인데 연리의 남편이 될 도헌이 쓰면 좋겠다 싶어 도로 꺼내온 것이었다. 개중에는 새로 사온 물건들도 있었다.

"이건 흑칠선(黑漆扇)이다. 딱 보자마자 네 신랑과 어울리겠다 싶어 아니 팔겠다는 걸 내 기어코 사왔지."

혹시 망가질까 싶어 부챗살 양끝을 살며시 잡고 부채를 펼쳐 보이는 자현의 얼굴은 행복해 보였다. 부챗살 모두에 검은 옻칠을 한 흑칠선은 잘못 만들면 접히는 부분이 꺾여서 여간 공을 들이지 않으면 만들 수 없는 것이었다. 연리는 도헌의 부채를 받았으니 다른 부채를 선물해야겠다고 생각은 했지만 이런 고가의 물건을 줄 생각은 없었다.

"이모, 너무 무리하신 게 아니에요?"

"무슨, 그런 말 말아라. 내가 이런 것 말고 뭘 해주겠니. 눈이 침침해서 네 어머니처럼 날 새가며 네 혼례복을 만들어줄 수도 없고."

방금까지 행복하게 웃던 자현은, 네가 그런 말을 하면 이걸 다 준비해 온 자신이 뭐가 되겠냐며 얼굴 가득 서운함을 드러냈다. 부채를 접어놓는 자현의 손에 힘이 죽 빠졌다.

"그런 뜻이 아니라요, 저는 해드릴 게 없으니 죄송해서 그래요."

"어디 어른이 해주시는데 그런 말을 하니. 그저 건강하고 다복하게 잘 살아. 그게 내가 바라는 거다. 가끔 이 외로운 이모 불러주면 좋고."

자현은 나이에 맞게 예쁘게 자리 잡은 팔자주름이 패이도록 웃어 보였다.

"이모도 참, 당연히 그래야죠. 꼭 그렇게 할게요."

연리가 안타까운 마음을 뒤로 미뤄두고 자현을 향해 마주 웃었다.

❀

"신랑출우차집안자이종!"

집례(執禮, 혼례식을 진행하는 사람)가 양현군의 행랑마당을 가득 채운 사람들이 다 들을 수 있도록 큰 소리로 신랑의 입장을 알렸다. 초례청(醮禮廳, 혼례식을 치르는 장소)이 차려진 행랑마당에는 겨울치고는 따뜻한 햇빛이 내리쬐고 있었다. 깃털구름 몇 점만이 흩날려 있는 하늘은 높고 푸르렀다.

"아이고, 신랑 인물이 귀하다 귀해! 근데 정말 그 암행어사, 그 양반이 신랑인감?"

"맞어. 그 한양에서 온 잘난 양반네들 다 이 집 사위로 들어간 게지."

구름과 학이 수놓인 푸른 청선(靑扇, 둥근 파란색 부채) 사이로 보이는 심도헌의 얼굴에 주위가 술렁였다. 도헌이 초례청에 멈춰 서자 기러기아비가 나무 기러기를 내려놓았다. 부평댁이 그것을 치마폭에 싸안고 연리가 있을 신부 방으로 달려 들어갔다.

"모도신부출문외!"

집례의 우렁찬 목소리가 다시 한 번 초례청을 울렸다. 신부 방으로 꾸며진 행각의 방문이 열리며 모란이 수놓인 붉은 홍선(紅扇, 둥근 빨간색 부채)으로 얼굴을 가린 연리가 행랑마당으로 나왔다. 얼굴에 연지곤지를 찍고, 족두리에 초록 원삼을 입은 연리가 천천히 초례청 앞으로 걸어갔다. 신랑인 도헌은 초례청의 동쪽에, 신부인 연리는 초례청의 서쪽에 자리를 잡았다.

홍선과 청선 사이로 연리와 도헌이 서로를 바라봤다. 눈빛만으로 그동안 잘 지냈느냐 안부를 물은 두 사람이 얌전히 고개를 숙였다. 수모의 도움을 받은 연리가 먼저 도헌에게 절을 올렸다. 무거운 원삼 자락에 연리가 잠시 비틀거리자 자기도 모르게 튀어나가려던 도헌이 다시 바르게 섰다. 도헌이 답배를 올렸.

수모가 연리 손에서 홍선을 치우고, 시반이 도헌의 손에서 청선을 치웠다. 동정을 의미하는 부채를 치웠으니 이제는 총각처녀가 아니라는 의미였다. 부채를 치우고 완전히 드러난 도헌과 연리의 얼굴에 사람들이 경탄했다.

"곱다— 고와. 선녀님이 따로 없네."

"혼례식 때는 다 선녀 같지. 나도 그땐 선녀같이 곱지 않았나? 내가 당신 같은 서방이랑 혼인한 걸 행운으로 알아."

"여편네, 남의 잔칫집 와서 뭔 헛소리를 하고 그래. 그땐 내가 손해였지. 나 혼인한다고 옆집 곱분이가 얼마나 울었는데."

"뭐가 어째! 곱분이가 누구여!"

잔칫집에 사람이 많으면 소란도 좀 이는 법. 마당 한구석에서 일어난 때 아닌 부부싸움에 사람들이 와하하 웃음을 터뜨렸다. 무거운 옷에 눌려 긴장하고 있던 연리도 그 덕에 웃음을 띠었다.

"신랑읍지신랑신부각거음즈효."

읍하고 서로에게 술잔을 올리라는 말에 연리가 길고 긴 원삼 소매에서 손을 꺼냈다. 서로 백년해로하겠다는 의미에서 신랑신부가 한 술잔의 술을 나누어 먹는 것이었다. 도헌이 먼저 술잔을 받아 들어 잔에 가득찬 술의 반을 마셨다.

"입만 대셔도 됩니다."

도헌이 마시고 반이 남은 술잔을 가져온 시반이 신부는 입술만 대도 괜찮다고 말했다. 연리는 문득 도헌이 징검다리 위에서 했던 말이 떠올랐다. 백년해로를 넘어 혼백까지 함께하자던 말. 그 말을 떠올리니 약속의 의미로 마시는 술을 도헌 혼자 마시게 하고 싶지 않았다. 연리는 잔을 기울여 반 남은 술을 입안에 머금었다. 잔을 수모에게 돌려주니 수모가 놀란 눈으로 빈 잔을 살폈다.

연리가 꼴깍 입안의 술을 삼켰다. 의외로 독한 술이었는지 목이 타들어가는 것 같았다. 그 사이 두 번째 술잔이 왔다. 이번엔 연리가 먼저 마시는 것이었다. 연리는 눈을 딱 감고 반잔을 다시 입에 머금었다. 시반이 연리가 반쯤 마신 술잔을 들고 도헌에게로 갔다. 술잔에는 연리의 입술에 곱게 발라져 있던 연지가 자국을 남겨둔 채였다. 도헌이 그 위로 입술을 겹쳐 술잔을 기울였다. 차게 식은 술이 목으로 넘어갔다.

"대체 어느 신부가 저리 술을 마신답니까."

맵시 있는 예복을 차려입은 현부인 홍씨가 양현군에게 속삭였다. 마시라고 주는 것을 마시는 것이 뭐 문제냐며 양현군이 허허 웃었다. 연리와 도헌이 서로에게 다시 한 번 절을 하고는 양현군과 도헌의 백부에게 절을 올려 식의 마지막을 고했다.

"예필철상!"

집례가 기쁜 목소리로 혼례식의 끝을 외치고 초례청에 모여 있던 사람들이 잔칫상으로 흩어졌다. 신랑, 신부를 보는 재미도 재미지만 오늘 이 집에 모인 사람들은 제사보다 잿밥이라고, 잔치국수에 더 관심이 많았다. 그 와중에도 쏟아지는 덕담을 들으며 연리와 도헌이 행각으로 들어섰다. 혼례복을 벗고 내 신랑 내 신부의 얼굴을 확인하기 위해서였다.

"아, 하십시오."

도헌은 방에 들어서자마자 연리에게 대뜸 무언가를 내밀었다. 홍시에 꿀을 발라 말린 것이었다. 연리가 도헌의 손에서 그것을 받아먹었다. 술 향이 가시지 않은 입에 꿀의 달콤함이 돌았다.

"독한 것을 어찌 다 드셨습니까."

도헌은 술 때문인지 찍어놓은 연지 때문인지, 붉어 보이는 연리의 볼을 바깥에 있느라 차게 식은 자신의 손으로 식혔다. 연리는 홍시를 녹여 먹으며 그리 독하지는 않았다고 고개를 저으려 했다. 그러나 머리에 쓴 족두리와 큰 봉황비녀, 그리고 가슴께까지 늘어진 도투락댕기가 연리의 고개를 붙잡았다. 연리의 불편함을 눈치챘는지 도헌의 손이 부드럽게 그녀의 족두리를 벗겨냈다.

"바로 가셔야 한다 하셨지요?"

연리는 비녀에 감긴 도투락댕기를 순서대로 풀어 내리는 도헌의 손길을 받으며 물었다.

"예, 지금쯤 다들 돌아갈 채비를 하고 있을 겁니다."

도헌은 혼례복을 예복으로 갈아입고 바로 한양으로 올라갈 것이라고 말했다 이미 가을에 휴가원을 길게 쓴 데다가 아직 호판에 관련된 관리들의 감찰 문제를 끝맺지 못한 도헌은 혼례식이 끝난 이 길로 연리를 데리고 한양에 올라가야 했다.

"죄송합니다."

도헌은 연리에게 앞으로 일 년간 오지 못할 친정과 작별 인사를 할 만한 충분한 시간을 주지 못한다는 것이 미안했다. 본디 첫날밤을 포함한 며칠을 신부의 집에서 보내는 것이 관례이기에 더 그랬다. 도헌의 손이 용머리 비녀를 빼내고 그 자리에 작은 진주가 박힌 비녀를 대신 꽂아 넣었다. 연리가 손으로 자신의 쪽찐 머리와 비녀를 더듬었다.

"괜찮습니다. 그보다 나리, 피곤치 않으세요? 곧장 내려와 쉬지도 못하시고 또 올라가셔야 하니."

연리는 오히려 도헌이 걱정되었다. 한양에서 내려와 한 시진도 쉬지 못하고 바로 혼례식을 올렸으니 피곤하지 않을 리 없기 때문이었다. 도헌은 이 정도는 끄떡없다고 말하며 다시 한 번 미안하다 사과를 했다. 연리가 정말 괜찮다며 고개를 뒤로 돌려 밝게 웃었다. 도헌이 고맙다며 연지곤지가 찍힌 연리의 볼에 작게 입맞춤을 남겼다.

연리가 볼을 손등으로 꾹꾹 누르며 일어나 원삼의 옷고름을 풀었다. 도헌이 슬며시 뒤로 몸을 돌렸다. 이미 부부이고, 원삼 안에는 잘 갖춰 입은 예복이 있을 테지만 왠지 보면 안 될 것 같았다.

"나리께서도 옷 갈아입으시지요. 백부님께서 기다리시겠어요."

원삼 아래 붉은 저고리에 남색 치마를 드러낸 연리가 원삼을 정갈하게 개어두며 말했다. 연리와 도헌은 밤이 되면 수리봉 산길을 넘어가기 어려우니 해가 지기 전에 한양으로 출발할 계획이었다. 그러기 위해서는 서둘러야 했다.

"아, 나리 옷은 여기 있습니다."

연리는 행각 안에 미리 걸어뒀던 도헌의 도포를 가져와 내밀었다. 도헌이 사모와 관대를 가지런히 벗어두고 연리가 내민 진남색 도포에 팔을 꿰어 입었다. 겨울이라 안감을 덧댄 도포는 묵직하면서도 품이 딱 맞았다. 소매 품도 적당하니 좋아서 도헌은 옷매무새를 정돈하며 도포를 쓸어내렸다. 그런데 비단 도포의 특유의 매끄러움이 아니었다.

도헌이 의문스러운 얼굴로 도포 자락을 들어올렸다. 그리고 그제야 일정 간격으로 수놓인 수많은 검은 매화를 보게 되었다. 진남색 비단에 검은 실로 수놓은 터라 자세히 보지 않으면 눈치채지 못할 것이었다. 그저 단정한 도포인 줄로만 알았던 도헌은 숨겨진 화려함을 드러낸 도포 자락을 놓고 연리를 쳐다봤다.

"마음에 드세요?"

"설마…… 이걸 직접 하셨습니까?"

뿌듯한 얼굴을 한 연리를 도헌이 멍하니 바라봤다.

"도포를 자주 입으시니 꼭 한 벌 해드리고 싶었어요."

사군자 중 하나인 매화는 선비에게 퍽 친숙한 것이지만 사내의 옷에 분홍 자수를 놓을 수 없어, 연리는 검은 실로 수를 놓았다. 연리는 도포를 마음에 들어 하는 도헌을 보니 바느질로 얼얼해진 손이 아깝지 않았다.

"예물로 아끼시는 부채를 주셔서 드리는 것이기도 해요."

"답례로 이모님께서 이미 다른 부채를 주시지 않았습니까."

"그것은 말 그대로 이모께서 드리는 것이니, 제가 드리는 것은 따로 있어야 하지 않겠어요?"

연리는 그런 것과는 별개의 문제라고 말했다.

"그저 기다려만 달라 부탁드리지 않았습니까."

도헌은 이 수많은 수를 놓기 위해 고생했을 연리의 손을 쥐었다. 고운 손이 상했을까 싶어 주물러 주는 도헌의 손길이 부드러웠다.

"기다려 달라 하셨어도 그리운 것은 어쩔 수 없었어요."

"앞으로는 그리워하며 기다리는 일 없도록 하겠습니다."

은애하는 여인이 그리웠다 하는 것만큼 사내의 마음을 녹이는 말이 있을까. 도헌은 연리가 해준 옷을 입고, 연리를 품에 안았다. 머릿결이 좋아 동백기름을 많이 바르지 않은 연리의 머리에서는 귀한 백단향이 났다. 도헌의 품에 안긴 연리가 그의 어깨에 작은 고개를 기댔다. 쪼개진 표주박이 다시 하나가 된 것 같은 두 사람의 얼굴이 편안했다.

"나리! 아씨! 준비 끝났습니다!"

도헌과 연리가 행각 밖에서 들려오는 하인의 목소리에 떨어져 섰다. 이젠 정말 가야 할 때였다. 도헌이 연리의 치마와 같은 천으로 만든 남색 쓰개치마를 그녀의 어깨 위에 둘러주며 방문을 열었다. 마치 맞춘 것처럼 함께 남색 옷으로 갈아입은 신랑, 신부에게 잔치집의 주목이 쏠렸다.

"신방 좀 엿보려고 했더니 그걸 용케 알고 신랑, 신부가 도망가네!"

우물가에서 아낙들끼리 떠는 주책 섞인 말이 날아왔다. 친정에서 첫날밤도 치르지 않고 무정하게 훌쩍 떠나는 도헌과 연리에게 하는 말이었다. 주변 사람들이 새신부를 부끄럽게 하지 말라며 아낙을 말렸다. 시끄러운 잔칫집을 뒤로한 연리와 도헌이 대문 밖으로 나왔다.

"이리 먼저 돌아가게 되어 죄송하단 말씀밖에 못 드리겠습니다."

배웅을 나온 양현군과 현부인 홍씨에게 도헌이 사과의 말을 했다.

"되었네, 조심히 올라가기나 하시게. 나도 곧 따라 올라가겠네."

양현군은 그런 것에 마음 쓰지 말고 몸 성히 올라가라 말했다. 원래 신랑이 신부를 데리고 신랑의 집으로 가는 신행에는 신부의 할아버지나 아버지, 그리고 오라비들과 웃각시들이 따라가야 했다. 그러나 잔치가 남아 있고, 설과 연리에게 줄 물건들도 정리해야 하니 양현군은 며칠 뒤에 따로 올라갈 생각이었다.

"언니! 언니, 나 꼭 데려오라고 아버지한테 편지 써야 해!"

도헌과 양현군이 인사하는 사이에 달려 나온 가연은 연리를 붙잡아 사정사정했다. 연리는 그러겠으니 몸성히 잘 있으라고 당부하고는 옷고름에 눈물을 찍는 어머니에게로 다가갔다. 얌전해지지 않으면 혼인은 절대 못 할 줄 알라고 으름장을 놓던 어머니의 약한 모습을 보니 연리도 조금 눈물이 나려고 했다. 연리가 어머니의 등을 쓸어내리며 그녀를 달랬다.

"아씨, 가시지요."

교전비(轎前婢, 신부를 따라가는 친정 노비)로서 연리를 따라가는 부평댁이 가마가 준비되었음을 알렸다. 연리가 아쉬움을 뒤로 한 채 가마로 걸어갔다. 가마 문이 열리자 도헌이 다가와 옥가락지를 낀 연리의 손을 잡아주었다. 도헌의 손을 꼭 붙잡고 연리가 가마에 오르고 가마 문이 닫히자 도헌도 말에 올랐다. 두 사람의 뒤로 초행에 동행했던 행렬이 뒤따랐다.

"정말 자주 연통해야 한다!"

현부인 홍씨가 멀어져 가는 가마를 보며 옷고름을 흔들었다.

"내 딸들이 다 떠나다니."

흔들던 옷고름을 눈가로 가져간 홍씨가 다시금 눈물을 찍어냈다. 다섯 딸들에게 빨리 시집가서 떠나라고 말하는 것과 실제 떠나는 여식을 배웅하는 것은 느낌이 너무나 달랐다. 양현군이 아내의 좁다란 어깨를 큰 손으로 쓱쓱 쓸어내렸다.

"그래도 우린 훌륭한 두 명의 사위를 얻었잖소."

"대감, 두 명이라뇨. 저희의 사위는 세 명이에요."

"아, 손서강을 빼먹었군. 계속 이렇게 말해주시오. 안 그러면 난 손서강이 내 사위라는 걸 영영 잊어버릴지 모르니까."

양현군은 손서강이 자신의 사위라는 것은 언제든 까먹을 준비가 되어 있다며 한창 잔치 중인 집 안으로 다시 들어갔다. 홍씨는 꼭 저렇게 미운 소리를 한다며 중얼거리곤 양현군의 뒤를 쫓았다.

연리는 가마의 창문을 열어 집으로 들어가고 있는 어머니와 아버지를 바라봤다. 이십여 년을 살았던 집을 떠나는 거라고 생각하니 이유 모를 공허함이 느껴졌다. 그때, 연리의 가마 옆으로 도헌의 흑마가 다가왔다. 연리는 고개를 들어 흑마 위의 도헌을 바라봤다.

"나리."

"예, 부인."

연리의 부름에 도헌이 몸을 숙여 연리를 봤다. 부인이라는 말은 아버지가 어머니를 부를 때 자주 들었지만, 도헌의 입으로 들으니 연리는 기분이 묘했다.

"나리."

"말씀하십시오, 부인."

도헌은 혹시 가마 안이 많이 불편한 건가 걱정스러운 얼굴로 연리를 바라봤다. 연리는 그걸 알면서도 한 번 더 나리, 하고 도헌을 불렀다. 도헌이 왜 그러느냐는 얼굴로 가만히 있으니 연리가 왜 부인, 하고 부르지 않느냐 물었다. 도헌은 그제야 연리가 부인이라는 말을 듣고 싶어 계속 자신을 불렀다는 걸 알고 크게 웃었다. 뒤따르던 친척들은 처음 듣는 도헌의 큰 웃음소리에 부부의 금슬이 벌써부터 좋다며 수군거렸다.

제14장 내외명부회의

"마님, 기침하셨어요?"

연리는 방 밖에서 들리는 부평댁의 목소리에 눈을 떴다. 아직 방 안에 어둠이 머무르고 있었다. 겨울은 밤이 길었다.

"나리께선 위여당에 계시는가?"

머리를 정돈하며 자리에서 몸을 일으킨 연리가 밖을 향해 물었다. 위여당은 도헌이 있는 사랑채였다.

"어제 밤늦게 오셨다가 다시 입궐하셨대요."

부평댁은 도헌이 부재중이라고 말했다. 세숫물을 들이겠다는 부평댁에게 연리는 더 자겠다고 답했다. 연리가 다시 자리에 누웠다.

벌써 열흘째였다. 며칠에 걸쳐 장연에서 한양으로 돌아온 도헌은 연리에게 짧은 입맞춤 하나만 남겨두고 궐로 들어갔다. 도헌과 처음 며칠 동안 만나지 못했을 때는 연화당에 짐을 정리하고 집안에 적응하느라 큰 외로움을 느끼지 못했지만, 열흘씩이나 되니 외로움이 느껴졌다. 매일 매일이 소란스럽고 시끄러웠던 자매들과 떨어져 지낸다는 사실이 향수를 불러일으킨 것일 수도 있었다. 연리는 도헌이 언제까지 자신이 잠든 사이에 집에 잠시 들렀다가 나가기를 반복할 생각인지 알 수가 없었다.

"나리께선 자주 이러시느냐?"

입맛이 없다는 연리의 말에 아침식사 대신 간단히 조반(早飯)을 차려온 하인에게 연리가 물었다.

"세 달에 두어 번은 이러셔요. 옷만 갈아입고 나가시고, 하루 이틀은 한양 밖에 나갔다 오시기도 하고요. 쇤네 같은 무지렁이는 나랏일이 그리 힘든 건지 몰랐습니다요."

"나도 몰랐네."

작게 한숨을 내쉰 연리는 조반에 올라온 호박죽으로 속을 달랜 뒤 책을 펼쳐 들었다. 책이 한가득 쌓여 있는 도헌의 방에서 가져온 그의 책들이었다. 한 장 한 장 모서리가 닳은 종잇장을 넘기다 보면 아마도 어린 도헌이 적어놓았을 작은 글씨들과 빨간 색줄을 그어놓은 부분들도 볼 수 있었다. 도헌의 흔적들을 되짚어가며 연리는 한참 손에서 책을 놓지 않았다.

그런 연리의 손에서 책을 놓게 만든 것은 촛대에 불을 밝힐 즈음 찾아온 심도희였다.

"오라버니는 오늘도 안 들어오셨어요?"

"새벽에 잠시 다녀가셨대요."

"또요? 어지간히 바쁘신 모양이네요. 새언니 서운하시겠어요."

"서운하긴요, 놀러 나가신 것도 아닌데. 저 서운할까 봐 온 거예요?"

"적적하실까 해서요."

"고마워요. 그럼 온 김에 저랑 저녁이라도 먹어줄래요?"

함께 저녁을 들자는 연리의 말에 도희는 그러려고 왔다며 저녁
상을 들이게 했다. 상에 동치미며 냉채 같은 시큼한 것들이 올라
왔기 때문인지 아니면 도희가 앞에 앉아 있어서인지 입맛이 좀
돌았다. 동생들처럼 말수가 많은 아이는 아니었지만 수줍게 웃으
며 고개를 끄덕이는 도희로 인해 외로움이 좀 가시는 것도 같았
다.

식사 후에도 연리는 도희와 따뜻한 율무차를 마시며 도란도란
이야기를 나눴다. 그러나 밤이 깊어 도희가 별채로 돌아가자 다
시 쓸쓸함이 연리를 찾아왔다. 연리는 방 안에만 있어서 더 그런
가 싶어서 연화당 밖으로 나왔다. 찬 공기를 쐬니 좀 개운해지는
것도 같았다.

"마님, 어디 가시게요?"

늦은 밤 신을 신고 마당에 나온 연리를 본 하인이 알은 체하며
달려왔다.

"잠시 걷고 싶어 그러네. 개의치 말고 볼일 보게나."

연리는 하인에게 뒤따르지 않아도 된다고 이르고는 마당을 가
로질렀다. 지난여름, 나비와 꽃이 만발하던 연화당 뜰은 초록빛
을 잃은 채 갈색으로 물들어 있었다. 생기 없는 식물들을 보니
더 기운이 없어지는 것 같아 연리가 연화당과 한 담장을 쓰고 있
는 위여당으로 발길을 돌렸다. 그곳엔 인기척 하나 없었지만 연
리는 왠지 도헌이 문을 열고 나오지 않을까 하는 허황된 생각을
했다.

불 꺼진 위여당에서 도헌이 나올 리가 있나, 연리는 다시 걸음

을 옮겨 연못으로 향했다. 살얼음이 언 연못은 고요했고 푸른 기와를 얹은 정자는 차갑게 굳어 있었다. 연리가 정자 위에 올라 난간에 기대섰다. 아무리 겨울이라는 계절이 생명이 숨을 죽이는 때라지만 집 안이 지나치게 고요했다.

"하아……."

연리는 하얀 입김을 한숨 쉬듯 뱉어냈다. 오늘은 뭐라도 연통이 오지 않을까 했는데 아무런 소식도 없었다. 도헌은 오늘도 못 올 모양이었다. 연리가 하인들이 미리 밝혀놓은 정자의 처마 밑 호롱불을 가만히 쳐다봤다. 겨울바람에 이리 휘청 저리 휘청거리는 불빛이 아른거렸다. 검은 연못에 뜬, 푸르게 시린 달도 겨울바람에 일렁이고 있었다.

그 시각, 도헌은 말고삐를 힘차게 내리치며 밤길을 내달렸다. 적어도 오늘은 해가 지기 전에 집에 돌아갈 생각이었다. 그러나 이조에서 내일 쓸 사헌부 자료를 보내달라 하여 그것을 필사하고 나니 어느새 하늘은 어두워져 있었다.

"이랴!"

도헌이 말의 옆구리를 쳐 더 빨리 집으로 향했다. 쉬지도 않고 달려온 도헌의 흑마는 거칠고 뜨거운 숨을 내뱉으며 집 앞에 멈춰 섰다. 뛰느라 수고한 흑마의 이마를 쓰다듬은 도헌은 말에서 내려 대문을 열었다. 늦게 오는 도헌을 위해 잠금쇠를 걸어놓지 않은 대문이 주인을 맞아들였다. 큰소리를 내지 않았다고 해도 말발굽 소리를 들은 하인이 도헌이 왔음을 알고 뛰어 나왔다.

"오늘은 일찍 오셨습니다, 나리."

"쉿."

도헌은 하인에게 조용히 하라며 손을 들어 보였다. 그리곤 대문 밖의 말을 가리켰다. 조용히 하고 말이나 데리고 들어가라는 뜻이었다. 어리둥절한 하인을 뒤로한 도헌은 천천히 연못가로 걸어갔다. 도헌을 이토록 급하게 달려오게 만든 사람인 연리가 정자 위 난간에 기대서 있었기 때문이었다.

달빛을 받은 연리의 자태가 항아에 비해도 손색이 없을 것 같다는 생각을 하며 도헌은 발소리가 나지 않게 정자 밑까지 걸어갔다. 아무리 그래도 기척이 느껴질 법도 한데 무슨 생각에 그렇게 곤히 잠겨 있는지 연리는 멍하니 연못만 바라봤다.

"무정도 하시지."

연리의 입술이 조금 열리더니 한탄 섞인 말이 흘러나왔다. 누구를 무정타 하는지는 말하지 않았지만 도헌은 그것이 자신을 향한 말임을 알았다. 찬 겨울바람이 연못에 물결을 일으키며 정자 위까지 불어갔다. 연리가 바람에 고개를 돌리며 몸을 움츠렸다. 도헌은 그제야 연리가 겨우 겹저고리 하나만 입고 이곳에 나와 있음을 깨달았다.

도헌이 입고 있던 두터운 갖옷(모피로 만든 겉옷)을 벗으며 정자 위로 올라가려고 했다. 그리고 그 순간, 어느 날 밤이 떠올랐다. 그 언젠가 도헌은 언니를 위해 달밤에 나와 탕약을 달이던 연리를 지켜본 적이 있었다. 그때도 밤 추위에 어깨를 떨던 연리에게 도헌은 입고 있던 두루마기를 건네주려 했었다. 하지만 정숙한 규수에게 외간 사내가 야밤에 다가갈 수는 없어 차마 건네주지 못했었다. 도헌과 연리가 아무 사이도 아니었기 때문이었다. 하지만 지금은 아니었다.

연리는 도헌과 영원을 약속한 여인이었고, 도헌은 외간 사내가 아닌 연리의 남편이었다. 도헌은 망설임 없이 정자 위에 올라 자신의 갖옷을 벗어 연리를 감싸 안았다.

"제가 그리도 무정합니까?"

연리는 갑작스럽게 자신을 안아오는 따뜻한 온기에 화들짝 놀라 뒤를 돌아봤다. 도헌을 발견한 연리의 얼굴에 놀람과 기쁨이 섞였다.

"나리! 언제 오셨어요?"

"이 추운 날 그리 입고 나오신 겁니까."

연리의 물음에 대답하지 않은 도헌은 차갑게 식은 연리의 손을 자신의 손안에 넣어 찬기를 빼앗아왔다. 방금까지 추위에 떨던 연리는 도헌을 본 순간부터 추위가 아득히 멀게 느껴졌다. 도헌의 체온으로 덥혀진 갖옷 때문인지, 아니면 따뜻한 도헌의 손 때문인지는 몰라도 온몸에 따뜻한 피가 돌았다.

"볼도 차고, 손도 차갑습니다. 왜 나와 계신 겁니까."

도헌은 이리 추운 밤 대청마루도 아니고 연못에까지 왜 나와 있느냐며 갖옷을 더욱 여며주었다.

"혹시, 정말 혹시나 오늘은 오실까 해서요."

"제가 언제 올 줄 알고, 아니, 오늘 못 오면 어쩌시려고 기다리셨습니까."

"안 왔다면, 이라는 가정은 말씀하셔도 소용없어요. 이미 와주셨으니까."

연리는 왔으니 모든 것이 되었다고 말했다. 미안함을 가득 드러낸 도헌의 얼굴만 보아도 연리는 아주 조금 가졌던 서운함이 가시는 것 같았다. 도헌이 걱정스러운 얼굴로 연리의 차가운 볼을 쓸었다.

"그리고 만약 오늘도 안 오시면 상소문이라도 써서 올리려고 했지요."

연리는 남편을 돌려달라 임금에게 상소문을 올리겠다고 말하며 웃었다. 미안해하지 말라는 뜻에서 하는 농이었다. 도헌이 애써 웃으며 안타까운 낯빛을 숨겼다.

"미안합니다. 그래도 앞으론 이리 나와 계시지 마십시오. 제가 무슨 일이 있어도 오는 날엔 오겠다고 반드시 연통 드리겠습니다."

"예, 알겠으니 여기서 이럴 것이 아니라 들어가시지요. 나리도 몸이 차십니다."

연리는 갖옷 밖으로 팔을 뻗어 도헌의 손을 잡고 정자 아래로 이끌었다. 자신에게 겉옷을 벗어주고 얇은 관복만 입고 서 있는 도헌이 이러다 고뿔에라도 들까 싶어서였다.

정자 아래로 내려온 연리는 도헌이 돌아왔으니 나와 모시라 하인들을 불렀다. 목욕물을 데우고 간단한 요깃거리 준비하라 이르는 연리를 도헌이 만류했다. 도헌은 연리를 연화당 문 안쪽 마당으로 들여보냈다.

"그런 건 알아서 할 터이니, 부인께선 어서 들어가 몸 좀 녹이십시오."

"하지만……."

"제가 조금 이따 연화당으로 가겠습니다."

도헌은 조금만 기다리면 갈 테니 들어가라고 말했다. 연리가 그 말에 어쩔 수 없다는 듯 도헌에게서 등을 돌려 연화당으로 향했다. 연리가 연화당 마루 위로 올라서는 것까지 보고 나서야 도헌이 머리를 죄이던 관모를 벗고 위여당으로 들어섰다. 하인 광덕이 날래게 뒤따라오며 관모와 허리띠를 받아 들었다.

"목욕물 데우고 있습니다. 목욕 전에 따뜻한 것 좀 올릴까요?"

"그건 되었다. 그보다 연화당은 오늘 어땠느냐?"

"조용했습니다요. 마님이 하루 종일 책만 보시니 조용할 밖에요. 요 며칠 입맛이 없다 하시고 오늘 아침에는 식사를 거르시더니 저녁엔 작은 아씨가 오셔서 밥 한술 뜨셨습니다."

연리가 식사를 잘 하지 않았다는 말에 도헌이 관복을 벗다 말고 광덕을 돌아봤다.

"어디 아프신 것은 아니고?"

"예, 간식으로 대추정과는 몇 개 드셨습니다."

"네가 식사에 신경 좀 쓰거라."

"아무렴요. 식사만 신경 쓰겠습니까. 하나부터 열까지 허투루 하는 것이 없습니다. 암요, 제가 연화당 마님을 얼마나 기다렸는지 누구보다 잘 아시지 않습니까. 그보다 저희한테 신경 쓰라 하실 게 아니라 나리께서 집에 잘 들어오셔야 마님 마음이……."

"또 시작이로구나."

한 번 입이 트이면 쏟아내기 바쁜 광덕의 잔소리에 도헌이 고개를 저었다. 광덕은 제 충정 어린 말을 잔소리라 하시며 면포를 들고 다시 방을 나가는 도헌의 뒤를 졸졸 따랐다. 광덕은 이제 마흔이 되어가는 하인으로 도헌이 어릴 적부터 함께한 이였다. 그 덕에 도헌을 별로 어려워하지 않아 조금만 틈을 보이면 저렇게 잔소리를 하곤 했다.

"아이고, 안주인 마님이 들어오셨어도 나리께서 집에 아니 들어오시니 그러지요. 기껏 데려오셔 놓고 왜 소박을 주십니까?"

"어허, 할 말 못 할 말 가리지 못하겠느냐."

"애써서 좋은 과실주를 사다 날라놓고 나비 촛대까지 반질반질하게 닦아놓았는데 쓸 데가 없어 그럽니다요."

광덕은 주인 내외의 밤 분위기를 위해 준비해 놓았던 모든 것이 도헌이 집에 오지 않아 말짱 도루묵이 되었다며 투덜댔다. 그것을 들으며 도헌이 정방(목욕을 위해 마련된 방, 욕간방)의 문을 열었다. 목욕물에 약초를 띄워놓았는지 약초 냄새가 풍겼다. 도헌이 관복을 벗어 광덕의 손에 건네며 덤덤하게 입을 열었다.

"그럼 오늘 쓰면 될 게 아니냐."

"그렇지요! 오늘 쓰면…… 예?"

"그 나비 촛대에 불 밝혀놓아라. 좀 이따 연화당으로 갈 것이다."

도헌은 설핏 웃으면서 정방의 문을 닫았다. 도헌의 관복을 든 채 닫힌 문 앞에서 잠시 멍하니 서 있던 광덕은 한순간 정신이 번뜩 든 듯 위여당을 뛰어나갔다.

조용하던 집 안이 한순간에 시끄러워졌다. 광덕이 행랑채에서 쉬고 있던 이들까지 모두 불러다 모아 분주하게 움직였다. 아낙들이 광에 넣어두었던 과실주를 고운 호리병에 옮겨 담고, 말린 과일 꺼내다 곱게 썰어 첫날밤을 위한 주안상을 만들어냈다. 그렇게 분주한 부엌을 뒤로한 광덕은 다른 하인들과 원앙금침과 나비 촛대를 들고 급히 연화당으로 사라졌다.

소란스러운 바깥을 모르는 연리는 도헌처럼 연화당 정방에 들어 있었다. 씻을 생각까지는 없었는데 부평댁이 몸도 녹일 겸 씻으라고 하니 씻는 것이었다. 향 좋은 꽃잎을 띄운 물에 연리가 씻는 동안, 초의 노란 불빛과 과실주의 달콤한 냄새가 가득한 연화당 안방에 도헌이 먼저 들었다. 창문마다 청홍 비단 걸어두고 원앙금침 너르게 펴둔 방 안에는 촛대의 나비 그림자가 길게 드리워져 있었다.

"나리께서 벌써 와 계시느냐."

얼마나 기다렸을까, 방 밖에서 연리의 목소리가 들려왔다. 이내 아직 물기가 남은 머리를 흰 천으로 가지런히 묶은 연리가 방문을 열었다. 도헌에게 많이 기다렸느냐고 물으려던 연리는 방안의 분위기에 할 말을 잃었다. 이게 무슨 분위기인지 파악한 연리는 아주 느리게 문턱을 넘어섰다. 등 뒤로 방문이 닫히고 연리가 눈동자를 주안상이며 금침으로 바쁘게 움직이며 도헌의 앞에 앉았다.

"몸은 좀 녹이셨습니까?"

도헌이 연리의 덜 마른 머리카락을 어깨 뒤로 넘겨주며 물었다. 연리가 가만히 고개를 끄덕였다. 도헌은 편안한 미소를 지으며 호리병을 들어 과실주를 따라냈다. 연리는 붉은빛을 띠는 술이 잔을 채우는 것을 바라봤다. 도헌이 연리에게 붉은 것이 반쯤 찰랑이는 잔을 들어 건넸다. 연리는 조심스럽게 도헌의 손에서 잔을 받아들었다.

도헌과 시선을 주고받은 연리가 천천히 잔을 입으로 가져갔다. 자두 냄새가 짙게 풍기는 차가운 술이 입술에 막 닿았을 때, 연리가 잔을 다시 상 위로 내려놨다. 합환주를 마시다 마는 연리를 본 도헌은 혹시 술이 독한가 생각했다. 혼례식에 사용하는 합환주는 꽤 독했을지 모르나 방합례(房合禮, 첫날밤)에 쓰이는 술은 달기 때문에 도헌이 연리를 의아하게 바라봤다.

"입에 안 맞으십니까?"

"아니요. 그런 것이 아니라, 저…… 실은."

연리는 무언가 말하기를 망설이면서 자신의 옷고름을 만지작 거렸다. 도헌의 시선이 연리의 손을 따라 내려갔다. 그리고 그 시선이 연리의 옷고름에 매어진 옥가락지에 닿았다. 동시에 도헌은 탄식과 같은 숨을 내뱉었다. 옷고름에 가락지를 매어두는 것은 부인이 달거리(여자의 생리) 중이라는 뜻이었다.

씻고 나오던 연리는 속곳에 비친 붉은색에 자신에게 예정보다 일찍 달 손님이 찾아왔음을 알았다. 그래서 이 방에 들어왔을 때 당황할 수밖에 없었던 것이었다.

도헌과 연리 사이에 말이 없었다. 연리는 난감하면서 미안했고, 도헌은 미안하면서 난감했다. 무슨 말을 해도 어색할 것 같은 상황에 먼저 침묵을 깬 것은 연리였다.

"부평댁! 여기 이부자리 새로 펴주시게!"

연리가 방 밖에 있을 부평댁을 불렀다. 원앙금침을 물리고 이부자리 두 채를 따로 펴기 위해서였다. 보통 여인의 달거리 중에 접촉하면 부정을 탄다 하여 부부지간에도 이 기간만큼은 이부자리를 따로 사용하는 것이 일반적이었다. 연리는 서운해도 하는 수 없다고 생각했다.

"되었다! 물러가거라."

이부자리를 바꿔달라는 말에 놀라 뛰어오던 부평댁은 방 안에서 들려오는 도헌의 되었다는 말에 주춤했다. 부평댁은 연리가 자신을 다시 부르지 않을 것이라는 생각이 들고 나서야 슬며시 건넛방으로 돌아갔다.

연리는 부평댁을 오지 말라 해버린 도헌에게 약간은 우울한 낯빛을 내보였다. 이부자리를 따로 펼 필요도 없이 위여당으로 돌아가겠다는 뜻처럼 들렸기 때문이었다. 그러나 도헌은 자리에서 일어나 나가는 대신 연리의 어깨를 당겨 안았다.

"나리, 놓으십시오. 부정 탄다 하지 않습니까."

"못 배운 무도한 자들의 말입니다. 어찌 지어미 몸에 닿았다 하여 부정이 타겠습니까."

연리가 도헌의 몸을 살짝 밀어내자 도헌은 어찌 하늘 아래 하나뿐인 아내의 몸에 닿았다 하여 부정이 탈 수 있겠느냐고 단호하게 말했다. 도헌의 팔이 연리를 더 강하게 안았다. 단호한 말과 달리 연리의 등을 토닥이는 도헌의 손길은 다정했다. 약간의 우울함이 묻어 있던 연리의 얼굴이 부드럽게 풀어졌다.

혹시 달거리 중인 연리의 몸에 안 좋을까 싶어 주안상은 저리 밀어놓은 도헌은 금침을 걷어 안쪽에 연리를 조심스럽게 뉘였다. 연리의 가슴께까지 곱게 이불을 덮어주고 난 도헌이 망설임 없이 나비 촛대 위에서 일렁이는 촛불을 훅 불어 날렸다. 심지에서 하얀 연기가 피어오르며 방 안에 밤이 물들고, 방 안을 장식한 화려함 따위는 어둠에 묻혀 버렸다. 창문마다 비단이 쳐져 달빛 하나 들어오지 않는 어둠이었다. 도헌이 내는 바스락거리는 이불 소리만이 들려왔다.

"나리."

연리는 옆자리에 누웠을 도헌을 부르며 손을 뻗었다. 어둠을 가르고 다가간 연리의 손이 도헌의 콧잔등에 닿았다. 연리가 도헌의 콧대를 검지로 천천히 더듬어 올라가 툭 튀어나온 눈썹 뼈 위의 눈썹을 쓸었다. 자신의 얼굴 위를 간지럽게 돌아다니는 연리의 손을 도헌이 잡아 깍지를 끼웠다.

"예, 부인."

도헌은 대답과 함께 다른 손을 뻗어 연리의 둥근 뒷머리를 감싸 품 안으로 가져왔다. 연리가 도헌의 손등에 볼을 묻고 살짝 웃었다. 그 작은 웃음소리가 들렸는지 도헌이 연리를 품에서 떼어내고는 아마도 연리의 얼굴이 있을 그 어딘가를 바라봤다. 그리곤 고개를 내려 연리의 입술을 찾았다. 앞이 보이지 않은 어둠 속에서 두 사람의 코끝이 살짝 부딪치고, 과실주가 묻어 달콤한 냄새가 나는 연리의 입술을 코앞에 둔 도헌이 멈칫했다.

"……주무십시다."

도헌은 입을 맞추는 대신 연리를 다시 품에 안았다. 긴 밤을 편히 보내려면 깊은 입맞춤은 다음으로 미뤄두는 것이 좋을 듯 싶어서였다. 연리가 편하게 도헌의 가슴팍에 이마를 기댔다.

방 안에 두 사람의 숨소리만이 들려왔다. 연리의 들숨, 도헌의 날숨. 시간이 지날수록 가까워지던 두 사람의 숨소리가 마침내 하나처럼 들려오고 그들이 잠 속으로 가라앉았다.

다음 날, 새벽의 어스름이 찾아왔을 때 연리가 눈을 떴다. 자신을 품에 고이 안고 잠이 들어 있는 도헌의 얼굴을 바라보며 잠시 시간을 보낸 연리는 아주 천천히 그의 품에서 벗어났다. 조심스럽게 자신을 안은 도헌의 팔을 풀어낸 연리는 이불의 바스락거리는 소리가 도헌을 깨우지 않도록 하며 이불에서 나와 겉옷을 걸쳤다. 다행히 도헌은 피곤이 깊었는지 연리의 움직임에도 곤히 든 잠에서 깨어나지 않았다.

"마님, 왜 이리 일찍 일어나셨어요?"

연리가 방문을 열고 나오니 세숫물을 길러 뒤뜰 우물에 가던 부평댁이 왜 이리 일찍 일어났냐며 다가왔다.

"나리 아직 주무시니 일어나실 때까지 깨우지 마시게. 그리고 내 전에 부탁한 것은 어찌 되었는가?"

"진작 싸놨지요. 지금 드릴까요?"

연리는 도헌을 깨우지 말라 당부해 두고 부평댁이 가져다준 보자기를 들고서 사당(祠堂, 조상의 신주를 모셔놓은 곳)으로 향했다. 사람이 살지 않는다 하여 창문을 만들지 않은 사당의 문 앞에서 연리는 마음을 가다듬었다. 처음 도헌의 부모를 보는 날이니 만큼 떨릴 수밖에 없었다. 그동안 도헌과 함께 올 생각에 인사를 미뤄왔지만, 피곤에 지쳐 잠든 도헌을 보니 그와는 나중에 와야 할 것 같았다.

연리는 너무 늦게 와 송구하다고 마음속으로 생각하며 문을 열고 들어갔다. 좌등에 불을 옮겨 붙인 연리는 신주 앞에 두 번 절을 올리고 앉았다. 재가 가득 쌓인 향로에 새 향을 피우자 조용한 사당 내에 금세 향내가 그득해졌다. 연리가 보자기에서 밤이며 대추 따위를 꺼내 간소하게 상을 차렸다. 폐백 음식이었다.

"이연리라 하옵니다."

아마 살아 있었다면 지금쯤 연리의 폐백에 덕담을 던져 주었을 테지만, 이미 이승 사람이 아닌 도헌의 부모는 아무 말이 없었다. 연리는 그들이 해주었을 법한 말들을 속으로 생각했다. 아마도 가문의 번영이나 집안의 화목에 대해 말해주었을 것이다. 연리는 향이 타들어가는 것을 지켜보다가 두 눈을 지그시 감았다.

향이 제 몸을 태워 회색 재를 떨어뜨렸다. 연리는 향의 연기에 도헌과 자신을 굽어 살펴달라는 마음을 실어 저승에 있을 도헌의 부모에게 보냈다.

"여기 계셨습니까. 이 새벽에 어딜 가셨나 했더니……."

연리가 머리 위에서 들려오는 목소리에 눈을 떴다. 도헌은 부모의 신주 앞에 피워진 향과 연리를 번갈아 보곤 그녀의 옆에 함께 무릎을 꿇고 앉았다. 도헌이 합장하며 그동안 못 했던 문안인사를 올렸다.

"신경 쓰고 있으실 줄은 몰랐습니다."

"어찌 신경이 안 쓰이겠어요."

남편의 죽은 부모에게 마음이 쓰이지 않을 수 없었다. 그리고 도헌이 부모의 부재와 남겨진 재산 아래 탕아로 자랄 수 있었음에도 저리 올곧게 큰 것은 생전에 바르게 가르쳤을 그의 부모 덕이라는 생각에 진심으로 고마움과 존경심을 느끼고 있었다.

"어떤 분들이셨어요?"

"다정하신 분들이었습니다. 그렇지만 어린 도희는 부모님에 대해 아무것도 기억하지 못하는 것 같아 조금 안타까운 마음이 듭니다."

도헌은 도희를 낳고 기뻐하던 부모의 얼굴을 떠올렸다. 그러나 너무 어린 나이였던 도희는 부모님에 대해 아무것도 기억하지 못했다. 도헌도 많은 나이가 아니었을 텐데, 연리는 그 자신의 슬픔보다 어린 여동생을 안타까워하는 도헌을 보니 도희의 마음씨가 제 오라비를 닮았구나 생각했다.

부모의 신주 앞에 나란히 절을 올린 두 사람이 도란도란 이야기를 나누며 사당을 빠져나왔다.

"그러고 보니 장인어른께서 오실 때가 된 것 같습니다."

"예, 며칠 전에 이제 올라오시겠다고 연락하셨으니 내일이나 모레쯤 오실 듯해요."

"그럼 머무르실 곳을 준비해야 할 것 아닙니까?"

도헌은 손님방을 준비해야 한다고 말했으나 연리가 고개를 저었다.

"언니의 혼례가 먼저였고, 또 자매에 있어 맏이인 설이 언니네에 머무는 것이 맞다 하셨어요."

양현군의 이번 한양행은 혼인한 두 딸을 보기 위한 것이었다. 설의 혼례 뒤에 연리의 혼례가 있어 설의 신행에 따라오지 못했고, 연리가 혼례 직후 바로 떠나는 바람에 연리의 신행에도 따라가지 못했기 때문이었다. 그래서 양현군은 한양에 올라와 며칠 백이명의 집에 머물며 딸들이 잘 지내는지 볼 생각이었다.

"그럼 장인어른 오시는 날, 처형 집에 가 계십시오. 밤에 제가 이명이와 함께 그곳으로 퇴궐하겠습니다."

도헌은 그날 함께 저녁을 들고 이야기를 나누자고 말했다. 그리고 이틀 후, 양현군이 웃각시(신행에 따라오는 신부의 자매, 친구)로 가연을 데리고서 한양에 도착했다. 연리는 연통을 받자마자 설의 집으로 가 그들을 맞이했다.

설과 함께 대문 앞에 서 있으니 가연이 가마 문을 벌컥 열고 내려 한달음에 달려와 설에게 안겨들었다. 한양에 온다고 제일 좋아하는 옷을 입고 금박 입힌 붉은 댕기를 한 가연의 기분은 붕 떠 보였다. 한양으로 오는 길이 고단하지도 않았는지 가연은 곧바로 가람 언니랑 둘이 있으려니 좀이 쑤셔 못살겠다고 조잘조잘 입방아를 찧었다. 그런 가연을 도닥거린 연리가 교자에서 내리는 양현군에게 다가갔다.

"오시느라 힘들지 않으셨어요?"

"나보다야 가마꾼들이 고생했다. 지난번보다 날씨가 추워서 말이지."

연리의 물음에 자신은 괜찮다고 말한 양현군은 가마꾼들을 따로 챙겨주라고 말했다.

"그리고 저 뒤에 오는 자개장도 챙겨두어라. 양문이 달린 것은 설이 네 것이고, 단문이 달린 것은 연리 것이다."

양현군은 가마꾼들이 집 안으로 들어가는 것을 보며 노새들이 끌고 온 장 두 개를 가리켰다. 자개를 박아 반짝이는 검붉은 색이 진한 자개장이었다. 설과 연리가 태어날 때 심었던 오동나무로 만든 것이리라. 하인들이 노새의 위에서 장을 내리는 동안 설은 가족들을 집 안으로 들였다.

오랜만에 백이명의 집에 온 연리는 여전히 화려한 집이라고 생각했다. 오색찬란한 처마 밑 색깔도 그러했고 붉은빛이 도는 기와도 그러했다.

"동지죽을 좀 했어요. 점심은 그걸 들고, 저녁에는 제부도 다 온다고 하니 좀 늦게 먹어요."

설은 마침 날짜가 맞아 동지 음식을 넉넉하게 했다고 말하면서 아래채로 그들을 데려갔다. 양현군에게는 큰 방을, 가연에게는 건너 작은방을 쓰라고 권하는 설에게 연리가 다가갔다.

"언니 시누이들은 사돈이 왔는데 나와보지도 않아?"

"안 나오는 게 더 나을 수도 있어."

"왜. 무슨 일 있어?"

"글쎄, 딱히 일은 없는데. 좀 그래."

설은 말을 아끼며 곤란한 얼굴을 했다. 아무래도 설과 시누이들의 사이가 좋지 않은 듯했다. 남 안 좋은 일이라고는 할 줄 모르는 설이 시누들을 적대시할 리는 없고, 아마도 시누들 쪽에서 그녀를 달갑지 않게 여기는 듯했다. 연리는 아마도 그 시누들 중에서 특히 백소윤에게 문제가 있을 거라 지레 짐작하며 설을 따라 큰방으로 들어갔다.

일 년을 떨어져 있던 것도 아닌데 다시 만난 아버지가 어찌 그리 반가운지 설과 연리는 양현군의 곁에 앉아 그간의 이야기들을 나누었다. 양현군의 말에 따르면 연리가 허전함을 느낀 만큼 장연에서도 연리와 설의 빈자리를 느끼고 있었다. 양현군은 집이 조용하길 그렇게 바랐는데 오히려 조용해지니 어색하다고 말했다.

"네 어미는 가람이 잔소리에 진이 빠졌는지 요즘은 잠잠하더구나."

양현군은 홍씨의 안부를 제일 먼저 전했다. 연리가 한양으로 올라간 뒤, 가람은 잔소리꾼이 되길 자처했다고 했다.

"가람이가요?"

"네 어미 성격을 알잖느냐. 가연이랑 가람이 혼처를 찾는다고 옆 동네 매파까지 찾아갔던 모양이다. 거기서 너희 남편 이야기를 자랑삼아 떠들었는데 그것이 창피하다고 가람이가 어찌나 화를 내며 하소연하던지. 결국은 가람이가 네 어미를 달달 볶아서 혼담 이야기를 쏙 들어가게 만들었다."

연리는 매일매일 언제 시집을 가느냐 닦달하던 어머니의 모습이 눈에 선했다. 아마 그 닦달을 이젠 가람과 가연이 당하고 있을 것이라 생각하니, 가람을 잘 이해할 수 있었다.

"그런데 가람이는 안 따라왔네요?"

"그 녀석이 보기보다 속이 깊지 않느냐. 네 어미 혼자 집에 두고 갈 수 없다며 오지 않겠다고 하더구나. 대신 안부 전해달라 했다."

"말은 안 해도 오고 싶었을 텐데. 그럼 돌아가실 때 가람이 줄 선물들 좀 챙겨드릴게요. 가져다주세요."

한양에는 세책점(貰冊店, 세를 받고 책을 빌려주는 곳)이 많아서 책을 쉽게 빌리고 살 수 있었다. 연리는 겨울옷 두 벌과 가람이 좋아할 만한 패설(소설책)들을 몇 권 사서 보내줘야겠다고 생각했다.

"나는! 왜 가람 언니만 선물 주는데!"

자신의 방에 짐을 놓고 온 가연은 가람에게 무언가를 준다는 말에 자신에게 줄 것은 없냐며 큰 목소리로 투정을 부렸다.

"가연아! 아무리 언니 집이라지만 그리 목소리를 높이면 되겠니?"

"언니가 나만 선물 안 주려고 했잖아!"

"어허, 이제 시집을 가도 될 나이거늘. 어찌 정숙치 못하느냐. 네 언니들을 보고도 배우는 게 없느냐!"

양현군은 명진을 그대로 베껴놓은 듯한 가연의 행동을 엄하게 꾸짖었다. 가연은 아버지를 무서워하면서도 버릇없이 입을 삐죽였다. 연리가 보기에 가연은 아직도 자신이 어리기만 하다고 생각하는 모양이었다. 비단 철이 일찍 들은 가람뿐만 아니라 가연과 비슷한 연배인 도희만 봐도 가연과 달리 생각과 행동거지가 성숙했다.

"네가 한양에 와서 배우고 가는 게 있으면 좋겠어."

연리는 일찍이 명진과 가연의 버릇을 잡아놓지 않았던 것은 확실히 가족들의 잘못이라고 생각했기 때문에 막내의 행동들을 무조건 꾸짖기 보다는 새로 많은 것들을 가르쳐야겠다고 마음먹었다.

"올케 언니!"

그때, 또 다시 큰 목소리가 들려왔다. 가연은 이미 자리에 앉아 있으니 다른 사람이란 소리였다. 방문이 쾅 열리며 옷가지를 손에 든 백소윤이 들어왔다.

"아가씨? 어쩐 일로……."

"이것 봐요! 이거 어떻게 할 거예요!"

설이 무슨 일이냐 물어보려던 찰나, 백소윤이 들고 있던 옷가지를 팩하니 던졌다. 노란 저고리였다. 설이 당황스러운 얼굴로 저고리를 집어 들었다. 저고리는 등 부분이 까맣게 타 있었다. 아마도 하인이 숯으로 다림질을 하다 태워먹은 모양이었다.

"옷이 왜 이렇게 된 건가요?"

"왜긴요! 언니가 데려온 사람이 이렇게 해놨잖아요! 어떻게 할 거예요!"

소윤은 설이 혼례와 함께 친정에서 데려온 하인이 자신의 옷을 이렇게 해놨다며 소리쳤다. 설이 진정하라고 말했지만 백소윤은 자신이 가장 좋아하는 옷이라며 짜증을 부렸다.

"경우 없이 뭐하는 짓인가요, 사돈아가씨."

결국에는 연리가 나섰다.

"사돈어른이 와 있는 방에 고함도 없이 들어와서는 이 무슨 행팹니까. 게다가 손위의 올케에게 물건을 집어 던지질 않나, 큰 소리를 치질 않나, 무엇 하나 예의가 있는 것이 없습니다."

연리는 여인들의 일에 어른인 양현군이 나서지 않도록 조목조목 백소윤의 행동을 지적했다. 소윤은 연리의 얼굴을 보고 아랫입술을 깨물며 인상을 구겼다. 연리도 지난 만남이 결코 좋지 않았다는 것을 알기에 좋은 표정은 짓지 못했다.

"나가서 이야기하죠. 아버지, 소녀 잠시 자리를 비우겠습니다."

연리는 양현군에게 양해를 구하고 설과 백소윤을 데리고 방을 나왔다.

"내가 같은 걸로 하나 사주면 될까요? 다음에 함께 장에 나가면……."

설은 자신의 탓이 아니지만 안 좋은 분위기를 무마하기 위해 새로 하나 사주겠다고 말했다. 그러나 백소윤은 또다시 설의 말을 자르고 들어와 싫다고 단칼에 제안을 거절했다.

"됐어요. 새로 산 건 이거랑 같지 않아요. 그리고 왜 우리 오라버니 돈으로 사주는 걸 새언니가 생색내려고 해요?"

거기다 설을 가족으로 인정하지 않는다는 뜻을 담은 말까지 내뱉었다.

"지금 두 집안 모두가 인정한 혼인을 사돈아가씨는 인정하지 못하겠다는 건가요? 언니는 분명한 소저 오라버니의 부인이에요."

"엄밀히 따지면 아직 아니죠. 아직 봉작도 받지 못했으니."

연리가 차분히 물었지만 소윤은 약간의 비웃음을 입에 걸고 백이명의 아내로서 외명부 봉작을 받지 않았으니, 설이 아직 완벽한 부인은 아니라고 대답했다. 연리와 설은 도헌과 이명의 부인으로서 외명부 봉작을 받지 않은 것이 사실이었다. 소윤의 비웃음을 본 순간 연리의 얼굴이 차갑게 굳어졌다.

"저는 소저를 사돈처녀로서 존중했습니다. 그런데 소저는 그러지 아니 하겠다 하니 저도 그냥 넘어갈 수 없군요."

"그냥 안 넘어가면 어쩌실 건데요?"

"나라의 관리들은 잘못을 하면 귀양을 가죠. 그때 보니 소저가 장연을 꽤나 좋아했던 것 같은데 어때요? 장연에 계신 외조모님께 가서 예절 교육이라도 다시 받고 오시겠어요?"

연리는 소윤이 계속 이런 태도를 보인다면 기꺼이 그렇게 해주겠다고 말했다.

"누구 마음대로 절 보내요? 오라버니께서 허락하지 않을 거예요."

"글쎄요. 전 허락하실 것 같네요. 방금 소저가 저지른 무례들을 형부께 말씀 드린다면 말이죠."

이명이 자신을 장연으로 보낼 리 없다고 믿던 소윤은 연리의 말 한마디에 그 확신을 잃었다. 예전의 이명이라면 자신이 무슨 일을 하든 넘어가 주었겠지만 지금의 이명이라면 정말 자신을 장연에 보낼 수도 있을 것 같았다. 소윤이 입을 꾹 다물었다.

"연리야, 그만해. 아가씨도요. 그만해요."

희게 질린 소윤과 매서운 연리의 얼굴에 설이 두 사람 사이를 말리고 나섰다.

"왜 거기들 서 계십니까."

심상치 않은 분위기를 내뿜는 세 사람의 사이로 백이명의 목소리가 파고들었다. 막 아래채로 들어서던 이명의 눈에 대청마루에 나란히 서 있는 세 사람이 보인 것이었다. 이명이 보기에 결코 단란해 보이는 자리는 아니었다.

설이 이 상황을 뭐라 설명해야 할지 몰라 가만히 있으니 소윤이 마루를 내려가 신발을 거칠게 구겨 신었다. 그리곤 주먹을 꽉 쥔 채 백이명을 지나쳐 달려 나가 버렸다.

"소윤아?"

이명이 얼굴이 일그러진 소윤을 불렀지만 그녀는 뒤도 돌아보지 않고 사라졌다. 백이명이 영문을 모르겠다는 얼굴로 안채 마루에 올라서자 연리는 그에게 인사도 않고 양현군이 있는 방으로 들어가 버렸다.

소윤도 그렇고, 연리의 기분도 상해 보이니 분명 무슨 일이 있다는 생각에 이명이 설명을 바라는 얼굴로 설을 바라봤다. 그러나 설도 조용히 고개를 가로젓고는 방에 들어갔다. 그런 설을 방에 따라 들어온 이명은 세 사람 사이에 무슨 일이 있었는지 궁금했지만, 우선 장인이 있기에 그에게 안부를 묻고 사소한 이야기를 나눴다. 그러면서도 이명의 신경은 침울하게 가라앉은 설과 전혀 웃지 않는 연리를 향해 있었다.

"방금 소윤이와 무슨 일이 있으셨습니까."

결국 이명이 참지 못하고 이야기를 꺼내들었다. 딸들의 기분이 안 좋아 보임에도 아무것도 묻지 않는 양현군도 소윤과의 일을 알고 있다는 판단이 들어서였다. 그러나 양현군도 딱히 입을 열지는 않았다. 양현군은 시집간 딸의 집안일에 감 놔라 배 놔라 하고 싶지 않았다. 이명은 설에게 대답해 달라는 눈빛을 보냈지만 설은 쉽사리 말을 꺼내지 못했다. 말을 하는 순간 이명과 소윤이 다투게 될 것이고, 자신은 집안에 분쟁을 일으킨 사람이 될 것 같았다.

"소저, 말씀을 안 하시니 더 걱정이 됩니다."

"형부, 왜 아직도 언니를 소저라 부르세요?"

설에게 계속 말해보라 재촉하는 백이명의 말에서 연리는 문제를 찾았다. 아까부터 이명은 계속 설을 소저라고 부르고 있었다. 두 사람이 혼인한 지 두 달이 넘어가는데 아직도 설을 소저라 부르다니, 연리는 그것부터 바로잡아야 한다고 생각했다.

"아- 아직은 소저라는 말이 익숙한지라……."

"매형께서 언니를 그리 부르시니, 시누이가 오라버니의 부인을 부인이라 인정하지 않는 게 아닌지요."

"지금 그것이 무슨 말씀이십니까. 인정하지 않다니요."

"소윤 소저가 언니에게 하인이 망가뜨린 저고리를 집어 던지면서 물어내라 윽박지르고 갔습니다."

연리는 더도 말고 덜도 말고 사실 그대로만을 이야기했다. 다시 생각해도 화가 났다. 연리의 말에 이명이 놀라 설에게 정말 소윤이 그런 짓을 했느냐고 물었다. 이명에게 고자질이라도 하는 것 같아 잠시 망설인 설이 미약하게 고개를 끄덕였다.

"죄송합니다. 장인어른, 제가 집안 단속을 잘못했나 봅니다. 이런 일이 다시는 없도록 단단히 일러놓겠습니다."

이명은 설과 양현군에게 사과하며 뒷목을 붉게 물들였다. 장인을 볼 낯이 없었다. 남의 집 귀한 딸을 데려와 이런 대우를 받게 하다니, 이명은 만약 양현군이 자신을 꾸짖는다고 해도 할 말이 없다고 생각했다. 그러나 양현군은 이명을 꾸짖기보다는 오히려 설을 향해 혀를 쯧쯧 찼다. 양현군은 백소윤이 무례한 것도 무례한 것이지만 노여움 한 자락 내비치지 않는 설도 문제가 있다고 봤다.

"그럼 언제고 이런 일이 있을 때마다 자네가 나설 작정인가?"

"예?"

"왜 부인을 내자라 부르겠는가. 가문의 대소사를 처리하고, 집안을 평화롭게 유지하는 것이 부인의 역할일세. 그런데 자네가 그 영역까지 침범하여 나선다면 그것은 우스운 일인 것이고, 설이를 위한 일도 아니란 말이지."

"그러면 제가 어찌해야 한다는 말씀이십니까."

"그냥 맡겨두게. 죽이 되든 밥이 되든 설이가 해결해야 할 문제이니 말이야. 알아듣겠느냐, 설아."

"……예, 아버지."

양현군은 남편이 나설 일이 있고 그렇지 않은 일이 있다며, 집안에서 벌어진 일은 집의 안주인인 설에게 맡겨두라고 말했다. 그에 설은 자신 없는 목소리긴 해도 그리하겠다고 대답했다. 당장에라도 뛰쳐나가려던 이명이 다시 자리에 앉았다. 마음 같아서는 당장 소윤을 끌고 와 설에게 사과하라고 하고 싶었지만, 근원적으로는 양현군의 말이 옳다는 것을 알았다.

화가 났던 연리도 양현군의 말에 동의했다. 지금 이명이 나선다면 당장은 해결될지 몰라도 소윤은 언제까지고 설을 인정하지 않을 터였다. 게다가 앞으로는 이 집 사람으로 살아가야 할 텐데 이런 작은 일조차 처리하지 못한다면 설의 앞날이 더 힘들어질 것 같았다. 연리는 양현군의 말대로 설사 앞으로 이런 일이 또다시 일어난다 하더라도 나서지 않기로 했다.

"그러고 보니 형부 혼자 오셨어요? 저희 나리께서는 함께 오지 않으셨나요?"

화가 좀 가라앉으니 그제야 연리는 이명과 함께 도헌이 오지 않았다는 것을 깨달았다.

"도헌이는 중전마마와 사적인 면담을 나누고 있어 저 먼저 퇴궐하였습니다. 뒤따라온다고 하였으니 곧 올 겁니다."

"주인마님! 장령 나리 오셨습니다요. 사랑채로 모실까요, 아니면 여기 아래채로 모실까요?"

곧 온다는 이명의 말에 대답하듯이 방 밖에서 하인의 목소리가 들려왔다.

"양반은 못 되려나 봅니다. 제 말하니 오는군요. 여기로 모셔라!"

곧 나무가 삐걱대는 발소리가 들리더니 방문이 열렸다.

"늦어 죄송합니다."

도헌은 자신을 기다리느라 저녁식사를 미루고 있다는 하인의 말에 사과부터 하며 방에 들어섰다. 양현군은 괜히 업무가 있는데 자신 때문에 급히 퇴궐한 것은 아닌지 몰라 오히려 미안하다고 말했다.

"오늘은 업무가 바쁜 것이 아니었습니다. 퇴궐 전에 잠시 들르라는 중전마마의 명으로 인해 늦은 것입니다."

"중요한 말씀을 하시던가요?"

"부인과 처형에 관해 말씀하셨습니다."

도헌은 중전이 자신을 부른 이유가 연리와 설 때문이라며 소매에서 작은 종이봉투를 두 개 꺼내들었다. 그리곤 그중 하나를 설에게, 나머지 하나는 연리에게 건네주었다. 연리가 봉투를 열었다.

"내외명부 회의가 열릴 겁니다. 아마 신년이 다가오니 신년 연회와 곧 치러질 송화옹주의 가례에 대해 예를 논하실 듯합니다."

연리는 도헌의 말을 들으며 중전의 인장이 찍힌 편지를 읽어내려갔다.

"봉작에 관한 말씀도 있네요."

"부인과 처형의 봉작도 그날 정식 처리하신다고 말씀하셨습니다."

남자의 관품과 달리 여인의 봉작은 능력과는 전혀 상관없는 명예직이었다. 미혼 여인의 봉작은 아버지의 지위를 따라, 기혼 여인의 봉작은 남편의 관품을 따라가기 때문이었다. 그렇기에 연리는 봉작식에 큰 의미를 두지 않았다. 다만 이제는 양현군의 딸이 아닌 심도헌의 부인으로 살아간다는 것을 새삼 자각했을 뿐이었다.

❀

십이월 스물나흘 진시(辰時, 아침7시-아침9시), 새벽의 한기가 아직 남은 광화문 앞에는 형형색색 비단으로 휘감은 가마들이 속속들이 모여들었다. 가마 문을 열고 나오는 여인들의 화려한 당의가 백성들의 눈길을 사로잡았다. 정오품 이상 관리의 부인들로 후궁을 제외한 조선 최고의 여인들이었다.

"연리야, 난 조금 떨려."

설은 처음 보는 궁궐의 장대함에 연리에게 다가와 바짝 붙어 섰다. 겨우 두 번째 궐에 와보는 연리도 떨리긴 피차일반이었음에도 연리는 설을 이끌어 광화문 앞으로 걸어갔다. 저고리 동정을 빳빳하게 세운 귀부인들이 남편의 호패로 자신의 신분을 증명하며 하나둘 광화문 안쪽으로 들어가고 있었다. 연리와 설도 그들을 뒤따라 경복궁 안으로 들어갔다.

처음 보는 얼굴이라는 듯 흘끔대는 다른 부인들의 눈길을 의식하면서 연리와 설은 교태전으로 향했다. 교태전 양의문을 들어서니 앞마당에 먼저 온 후궁들과 귀부인들이 자신의 몫으로 놓인 돗자리 앞에 자리를 잡고 서 있었다.

"언니 이름이 적혀 있을 거야."

연리는 설에게 이름이 적혀 있는 돗자리를 찾아가라 이르고, 자신도 자리를 찾아갔다. 이명의 관품이 오품이고, 도헌의 관품이 사품이라 연리의 자리가 더 앞이었다. 파란 비단으로 테두리를 장식한 돗자리에는 봉작에 따라 다른 꽃이 그려져 있었다. 연리는 자신의 이름이 적힌 연꽃 돗자리 앞에 멈춰 섰다.

설이 제대로 자리를 찾았는지 살피려 연리가 시선을 옮기는데 저 멀리 내명부석에 장 숙의가 보였다. 연리를 매서운 눈초리로 쳐다보고 있었다. 연리는 가볍게 묵례를 한 뒤 고개를 돌렸다. 그러나 장 숙의는 진시 정각(아침 8시)을 알리는 종소리가 들릴 때까지 연리를 노려보다가 겨우 시선을 돌렸다.

"중전마마 납시오!"

교태전 지밀상궁 남씨의 고함이 울렸다. 교태전에 모인 여인들이 머리를 조아리고 교태전 문이 열리며 왕비만이 입을 수 있는 대란치마를 입은 중전이 뒤에 세자빈과 송화옹주를 이끌고서 나와 섰다. 모두 품계를 매길 수 없는 무품계의 여인들이었다.

"배례!"

다시 한 번 남씨의 목소리가 교태전을 울리자, 당혜를 벗고 돗자리에 올라선 여인들이 교태전 계단 위를 향해 큰절을 올렸다. 송화옹주의 친어미인 숙의조차도 그들을 향해 절을 올렸다. 그것이 조선의 법도고 신분의 벽이었다.

"다들 내 부름에 응해주어 고맙소. 조촐한 다담상을 차렸으니 모두 안으로 드시오."

중전은 고맙다는 말과 함께 교태전에 연결된 전각인 함홍각으로 향했다. 내명부가 중전을 따라 먼저 이동하고 그 뒤를 따라

외명부 여인들이 계단을 올랐다. 바스락거리는 속치마 소리만이 들려왔다.

함홍각의 널따란 대청마루에는 두 줄의 방석이 일렬로 놓여 있었다. 상석에 앉은 중전의 좌우에는 세자빈과 송화옹주가 앉았고, 그 동쪽에 내명부가, 서쪽에는 외명부가 자리를 잡았다. 방석 앞마다 놓인 다담상에 오른 물고기 모양을 본 뜬 유밀과가 다모(茶母)가 우리는 차와 함께 고소한 냄새를 풍기고 있었다.

"내 오늘 그대들을 모이라 한 것은 세 가지 일에 대해 논하기 위해서요. 그중 하나인 신년 연회가 얼마 남지 않아 논의가 시급하나 우선 외명부에 새로이 든 이들을 봉작한 뒤, 그 일들을 논하는 것이 마땅할 듯하오. 곽 상궁."

편히 말을 낮춘 중전이 등 뒤에 서 있는 곽 상궁을 부르자, 곽 상궁이 당의 자락 안에서 족자를 하나 꺼내 들어 펼쳤다. 연리와 설의 봉작식이었다.

보통 내외명부 모임에서 봉작식이 이루어질 일은 거의 없었다. 내외명부 모임에 오는 이들은 정오품 이상 관리의 여인들이고, 그들은 남편이 오품이 되기 전 이미 봉작을 받은 경우가 대부분이기 때문이었다. 이는 순전히 도헌과 이명의 혼인이 일반 사내들보다 매우 늦었기 때문에 일어나는 일이었다.

"사헌부 장령 심도헌의 정실부인 이연리를 외명부 공인(恭人)에, 사헌부 지평 백이명의 정실부인 이설을 외명부 의인(宜人)에 봉작한다. 이 공인과 이 의인은 나와 명을 받잡으십시오."

곽 상궁이 중전을 대신하여 명을 하달했다. 연리와 설이 자리에서 일어나 중전의 앞에 공손히 절을 올리자 곽 상궁의 옆에 있던 전의가 걸어왔다. 전의는 연리의 진주비녀가 꽂힌 쪽머리에 붉은 벽옥으로 만든 석류뒤꽂이를 꽂아주었고, 설에게는 비취로 만든 뒤꽂이를 꽂아준 후에 조심히 물러났다.

전례가 없는 일이었지만 중전은 외명부에 새사람이 들 때 자신이 잘 쓰지 않는 패물을 외명부의 증표로 내렸다. 앞으로의 충성을 기대한다는 의미였다. 내외명부의 업무가 그리 많지 않지만 항상 외명부의 일원이라는 생각을 가지고 몸가짐을 바르게 하라는 중전의 말과 함께 설과 연리가 자신의 자리로 돌아갔다. 이것으로 향주로서 외명부에 올라 있던 연리와 설이 관리의 부인으로서 외명부에 새로이 적을 두게 되었다.

봉작식을 이행한 중전은 가볍게 한 해를 보내는 마음가짐에 대해 이야기하며 분위기를 환기했다. 그리고 곽 상궁이 회의일지를 적기 위해 붓을 들자 찻잔을 내려놓고 주의를 집중시켰다.

"그럼 내외명부 회의를 시작하겠소. 내 오늘 논의할 일 중 첫째는 신년 초이틀에 열릴 중궁정지명부조하요. 이 중궁의 이름을 걸고 내외명부들을 모아 신년에 나라의 부국과 홍복을 기원하고자 하는 것이오."

새해 전날인 십이월 스물아흐레, 새해 첫날인 일월 초하루, 다음 날인 일월 초이틀. 이 삼 일에 걸쳐 새해를 맞이하는 연회가 열리고, 중전이 그 연회의 둘째 날인 일월 초하루 아침에 정식으로 내외명부들을 모두 불러 모으겠다는 것이었다.

중전은 오늘 이 자리에 모인 이들뿐만 아니라 정구품 관리의 부인들과 말단 후궁들까지도 모이는 자리인 만큼 예와 격식이 필요하다며 의견을 내길 바랐다.

"소첩의 생각에는 의복의 색부터 질서정연해야 한다고 보옵니다."

먼저 말문을 연 것은 세자의 정비인 빈궁이었다. 빈궁은 종육품 이하 부인들의 당의 색은 흑색으로 통일하고 스란은 한 단만을 허해야 하고, 뒤꽂이는 두 개 이상 허용치 말아야 한다고 말했다. 또한 종삼품 이상의 후궁과 부인들에게만 오작 노리개를 허용하고 나머지 여인들에게는 삼작노리개를 착용하도록 해야 한다고 덧붙였다. 그 말에 귀인 양씨가 고개를 끄덕였다.

"저도 그리 생각하옵니다. 그날은 마마께오서만 붉은 당의를 입으시는 것이 옳고, 종오품 이상 부인들의 옷은 녹색 당의로 통일하여 의례를 지켜야 한다고 보옵니다."

"빈궁과 공빈의 말이 모두 옳소. 지나친 용모 단장으로 품계간의 질서를 무너뜨릴 수 없는 법."

중전은 내일 중으로 지켜야 할 의복 예절을 공빈과 귀인이 상의하고 정리해 올리도록 했다.

"둘째는 여기 있는 송화옹주의 가례가 닷새 뒤인데, 그 가례에 따른 가례연의 날짜를 정하려 하오."

중전은 그 말과 함께 옆에 앉은 송화옹주의 손을 잡았다. 병색을 벗지는 못했지만 예전보다 상태가 좋아 보이는 송화옹주는 여전히 종이인형처럼 앉아 있었다. 이때까지 송화옹주는 병으로 혼례를 미뤄온 터였고, 심도헌과의 혼인이 물 건너간 뒤 예조판서의 막내아들과 가례를 올리기로 했다. 중궁이 낳은 공주들은 왕의 적녀로 가례연을 열었지만, 후궁인 장 숙의와 왕의 사이에서 태어난 서녀인 송화옹주를 위해 가례연을 여는 것은 예외적인 일이었다.

"전하께서 송화옹주를 어여삐 여기시어 특별히 가례연을 열어주신다 하셨습니다."

장 숙의는 왕이 송화옹주를 특별히 여긴다는 것을 강조했다. 도헌을 부마로 달라는 부탁을 들어주지 못하겠다는 왕에게 장 숙의는 눈물바람으로 서운하다 하소연하였고, 왕은 그에 대한 사과로 옹주이지만 가례연을 열어 성대히 축하해 주겠다고 약속했다. 게다가 옹주의 남편으로는 조금 과분한 예조판서의 막내 아들을 송화옹주의 짝으로 주기까지 했다.

"하온데 마마. 제 생각에는 따로 연회 날을 잡을 것 없이, 신년 연회가 열리는 일월 초하루에 송화옹주의 가례연을 함께 열면 어떨까 하옵니다."

장 숙의는 미리 생각해 온 듯 신년 연회와 송화옹주의 가례연을 함께하자고 주장했다. 그날은 새해 첫날이자 신년 연회의 이튿날이고, 중전의 이름 아래 중궁정지명부조하가 열리는 날이었다. 중전이 내외명부에게 신년 축하인사를 받는 날과 후궁의 딸이 가례를 축하 받는 날이 같다니. 아무리 명부조하가 아침이고, 연회는 밤이라 하여도 문제가 없지 않았다.

중전의 얼굴에 미약하지만 거슬림이 드러났다. 하고 많은 날을 두고 하필 그날이라니, 연리가 생각해도 이상했다.

"연회 준비에 오십만 냥씩은 들지 않사옵니까. 전하께서 가례 연을 열어주시는 것은 망극하나 너무 많은 돈이 들어가는 것은 아닌지 소첩, 심히 걱정이 되었사옵니다. 그래서 깊이 고심해 보았사온데, 신년 연회와 송화옹주의 가례연을 함께하면 따로 연회를 준비할 필요도 없사옵고 국고의 낭비도 줄일 수 있다는 생각이 들었사옵니다."

장 숙의는 옹주의 가례연을 신년 연회와 함께 한다 하더라도 송화옹주와 자신은 전혀 서운치 않으니 괘념치 마시고 결정해 달라 청했다. 중전은 그 생각이 참으로 갸륵하다고 대답했으나 장숙의의 거만한 얼굴에 기분이 상했다. 신년 연회는 일 년 중 가장 큰 연회였다. 그런 연회 자리에 송화옹주의 가례연을 함께한다는 것은 중전 소생의 적녀인 공주들보다 가례연을 더 성대히 연다는 의미였다. 그것을 연회비를 아끼겠다는 명목으로 감추고 있었다.

중전은 장 숙의가 도헌과 송화옹주의 혼사가 물 건너간 뒤로 자신에게 안 좋은 감정을 가졌다는 것을 알고 있었다. 교태전 문턱이 닳도록 매일 같이 문안을 찾아오던 장 숙의가 발길을 끊은 것만으로도 충분히 알 수 있는 일이었다. 게다가 최근에는 장 숙의가 친한 내외명부 이들을 따로 불러 모아 자주 이야기를 나눈다는 것도 전해들은 중전은, 감히 자신의 앞에서 왕의 총애를 뽐내고 싶어 하는 장 숙의의 오만방자함에 경고를 주어야겠다는 생각을 했다. 하지만 자칫하다가는 중전이 내외명부들을 모아놓고 질투심에 숙의를 나무랐다는 오명을 쓸 수도 있었다.

중전은 어떻게 하면 도의적으로 어긋나 보이지 않으면서도 장 숙의에게 그녀의 서열을 확인시켜 줄 수 있을까 생각했다.

연리는 장 숙의가 일월 초하루를 송화옹주의 가례연 날로 고른 이유를 생각해 봤다. 본디 공주나 옹주의 가례연에는 관료들은 참석치 않고, 왕과 내외명부 그리고 동궁 내외 정도가 참석하는 것이 관례였다. 세자빈의 가례연도 그러했다. 하지만 신년 연회에는 모든 품계의 관료들과 대비전, 창경궁에 있던 선왕의 후궁들까지 모두 참석하게 되니 규모가 다르게 된다. 그 말은 즉 신년 연회에 참석한 내빈들을 가례연의 하객으로 만들겠다는 생각이란 소리였다.

장 숙의가 겉으로는 국고를 걱정하는 척하면서 속으로는 다른 것에 욕심을 내고 있는 것이었다.

'적녀인 공주보다 서녀인 송화옹주의 가례를 더 성대히 열겠다는 것인가?'

중전의 딸인 공주보다 후궁의 딸인 송화옹주의 가례를 더 성대히 열겠다는 것은 정궁인 중전에 대한 도전이었다. 연리는 장 숙의가 이를 위해 얼마나 머리를 굴렸을지 알 것 같았다. 구중궁궐에 사는 후궁들이나 정치판에 몸담은 남편을 둔 부인들도 모두 대충 장 숙의의 뜻을 간파했는지 할 말을 잃고 입을 다물었다.

"또한 새해의 첫날이니 그 복을 받아 송화옹주와 부마가 함께 잘 살지 않겠습니까?"

그런 분위기를 알면서도 장 숙의는 한 번 더 그날을 가례연 날로 하고 싶다고 말했다. 장 숙의가 이렇게 당당하게 말할 수 있는 것은 이미 가례연을 약조한 왕을 믿고 있기 때문이었다. 게다가 궐내의 의례의식을 총괄적으로 담당하는 예조판서가 자신의 사돈이 될 테니, 이 회의에서 날짜만 따낸다면 나머지는 물 흐르듯 흘러갈 수 있었다.

중전의 사람인 공빈과 양 귀인은 장 숙의의 의도가 마음에 들지 않았지만, 오십만 냥도 넘게 드는 연회의 비용을 아끼겠다는 그녀의 명분을 꺾을 만한 것이 딱히 떠오르지 않아 모두 중전의 시선을 피했다. 유일하게 중전의 시선을 마주한 사람은 연리뿐이었다. 중전은 연리를 유심히 보다가 입을 열었다.

"나도 장 숙의의 뜻이 그러하다니 존중해 주고 싶소만 그것이 예에 맞는지 논해볼 필요가 있다고 생각하오. 내 질부인 이 공인이 예와 이치에 밝으니, 어디 한번 이 공인의 의견을 들어보고 싶구려."

함께 예를 논하는 품계 높은 후궁들을 다 밀쳐 두고 뜬금없이 정사품 관리의 부인에게 의견을 묻는다 하니 회의장 내가 술렁였다.

"왜 이 공인에게 묻는답니까."

"아까 못 들으셨소. 사헌부 장령 심도헌의 부인이라지 않소. 중전마마의 조카며느리란 게지."

설의 곁에 앉아 있던 부인네들이 연리에 대해 수군거렸다. 연리는 갑작스러운 중전의 질문에 당황했지만 차분히 생각을 정리한 뒤 고개를 들어 좌중을 향해 자신의 소신을 밝혔다.

"마마께오서 하문하시니 소인의 짧은 소견을 말씀 올리겠사옵니다. 소인의 생각에 신년 연회와 송화옹주 자가의 가례연을 함께하는 것은 무리가 아닌가 싶사옵니다."

"아니, 어찌 그렇단 말이냐."

중전이 안타까워하는 듯한 목소리로 그 연유를 물었다. 장 숙의가 무슨 꿍꿍이속이냐는 얼굴로 두 사람을 쳐다봤다.

"몇 년 전 승하하신 대왕대비전하의 탄신연에 많은 빈객이 몰려 여러 소동이 일어났다고 들었사옵니다. 특히나 귀부인들의 가마가 뒤바뀌어 서로 다른 집에 가는 불미스러운 일도 있었다고 하옵니다. 만약 이번 신년 연회와 송화옹주 자가의 가례연이 함께 열리게 된다면 그와 같은 일이 일어나 다음 날 연회에까지 영향을 미치지 않을까 우려가 되옵니다."

연리는 긴장으로 목소리가 떨리지 않기를 바랐다. 신년 연회에 가례연이 겹치게 되면 지나치게 많은 하객이 오게 되는 것은 사실이었다. 실제 사건에 근거한 데다 예까지 차려 자신의 주장을 말하는 연리를 보고 중전이 미소를 지었다. 실망스럽지 않은 대답이었다.

"그것이야 궁녀들로 하여금 안내하도록 하면 그만일 일이옵니다."

장 숙의는 그깟 것을 이유로 막을 수 없다는 듯 가볍게 연리의 말을 넘겼다. 연리는 그렇다 하더라도 둘을 함께하는 것은 안 된다고 말했다.

"게다가 신년 연회의 첫날에는 잡귀를 쫓는 나례도 열지 않사옵니까. 기운이 좋지 않은 나례를 옹주 자가의 가례연과 함께한다는 것은 옳지 않은 결정인 듯하옵니다."

귀신을 본뜬 탈을 쓰고 처용무를 추는 나례와 혼례를 축하하는 가례연은 서로의 기운이 상극이었다. 그것은 어찌 반박할 수 없는지 장 숙의의 말문이 막혔다. 저 어린 계집이 또 자신의 앞길을 막는다는 생각에 장 숙의가 연리를 노려봤다. 장 숙의와 친분이 있는지 몇몇 여인들도 연리에게 곱지 않은 시선을 보내왔다. 그럼에도 연리는 말을 이어갔다.

"또한 신년 연회가 일 년 중 가장 큰 연회이다 보니 옹주 자가의 가례연이 신년 연회에 가려 그 의미가 퇴색되는 것도 우려가 되옵니다. 단 한 번뿐인 옹주 자가의 가례연을 다른 것과 함께 치르게 되어 옹주 자가에 대한 예를 다하지 못하게 된다면 모친이신 중전마마의 상심이 크시지 않을까 하옵니다."

연리는 생모인 장 숙의의 상심이 아닌 중전의 상심을 걱정한다 말했다. 그 말에 장 숙의가 자신의 치맛자락을 꽉 쥐었다. 후궁의 태를 빌어 낳은 왕자군과 옹주는 친어미는 후궁일지라도 모두 중전의 소생으로 보는 것이 궁궐의 법도였다. 장 숙의는 송화옹주가 자신의 옆이 아닌 중전의 옆에 앉아 있는 것도 마음에 들지 않는데, 연리가 불난 집에 부채질한다고 중전을 모친이라 칭하니 이를 갈았다.

"내 차마 말하지 못했던 것이거늘, 이 공인이 내 마음까지 헤아려 주는구나. 장 숙의, 이 공인의 말이 모두 충심에서 우러나온 말이니 기분 상해 말게."

"……예, 마마. 그럴 리가 있겠사옵니까."

중전은 확실하게 연리의 편을 들어주었고, 그로 인해 장 숙의는 연리에게 윗사람들이 결정해야 할 일에 지나치게 말이 많다는 핀잔조차 주지 못했다.

"이 공인의 말대로 내 장 숙의와의 그간 정을 생각해서라도 송화옹주의 가례연을 그리 대충 넘길 수가 없구나. 장 숙의, 내 관상감에 일러 날 좋은 일을 고를 터이니 그때 가례연을 하도록 하는 게 어떻겠는가? 이제 완전히 궁 밖에 나가 살아야 할 터인데 비용을 아낀다는 명목으로 송화옹주의 가례연을 대충 하기에는 이 중궁의 마음이 좋지 않아서 그러네."

중전은 정말 가슴이 아파 그렇다는 듯 송화옹주의 손을 잡고서 장 숙의를 보았다.

"맞네, 장 숙의. 제대로 날을 잡으시게. 자네의 하나뿐인 옹주이지 않은가."

공빈은 지금이 자신이 끼어들 틈이라고 생각했는지 부드럽게 장 숙의를 타일렀다. 장 숙의는 입술이 하얘지도록 꽉 물며 아무 말 하지 않았다. 논쟁에서 침묵은 곧 긍정으로 받아들여진다는 것을 알면서도 침묵을 지킬 수밖에 없었다. 송화옹주를 걸고넘어지니 달리 반박할 거리가 없었다.

"그럼 따로 날을 잡는 걸로 하지. 예조에서 어련히 알아서 하겠지만 그래도 빈궁과 공빈은 가례연에 따로 신경을 써주시게."

"……성은이 망극하옵니다."

각별한 신경을 써주겠다는 중전의 말에 장 숙의가 겨우겨우 뱉어낸 목소리로 감읍하다 전했다. 전혀 감읍하지 않은 얼굴이었지만 중전은 그것으로 넘어가기로 했다. 장 숙의가 바라는 것과 정반대되는 가례연을 열어줄 것이기 때문이었다. 제대로 격식은 갖추되 중전이 아닌 한 단계 낮은 빈궁의 주최 하에 내명부만이 참석하는 가례연이 될 것이다.

중전은 장 숙의의 성품을 보건대 잘 설명해 타이르기보다는 권력으로 자신의 위치를 깨닫게 해주는 것이 맞다 판단했다. 중전은 도헌의 뜻에 따라 도헌과 송화옹주의 혼인을 반대한 것도 있지만, 다른 이유도 있었다. 장 숙의가 도헌을 사위로 고르게 된 이유가 대대로 고위관료를 배출한 그의 집안, 도헌과 왕의 친분, 중전의 조카라는 지위뿐이라는 것을 알기 때문이었다. 도헌의 성격이나 도헌과 송화옹주가 앞으로 부부로서 잘 살아갈 수 있을지와 같은 것들은 전혀 고려하지 않은 결정이란 말이었다.

중전은 그것을 알기에 송화옹주를 부인으로 원하지 않는다는 도헌의 뜻을 존중해 주었다. 그러나 중전은 장 숙의에게 이 모든 것을 설명해야 할 필요를 느끼지 못했다. 아마 장 숙의라면 송화옹주와 도헌이 아주 잘 어울린다고 말할 것이 뻔했기 때문이었다. 중전은 지금 상황을 보니 그때 도헌이 송화옹주의 혼사를 거부한 것은 천운이었다고 느꼈다. 그 혼사를 거부함으로써 연리와 같은 조카며느리 얻었으니 더더욱 그랬다.

"그럼 세 번째 안건으로 넘어가지. 아직 먼 일이지만 경칩이 지나 봄이 오면 전하의 친경에 맞추어 친잠례를 연다는 말을 전하고자 함이네."

중전이 사월쯤 친잠례(親蠶禮, 길쌈을 위해 중전이 직접 누에를 치는 일)를 열 것이라 말했다. 매년 왕이 먼저 친경(親耕, 왕이 직접 농사를 짓는 일)을 하면 중전은 친잠을 행하곤 했다.

백성들의 고단함을 이해하는 일이지만 후궁들이나 귀부인들이나 징그러운 누에를 직접 만져야 하는 일인 친잠례를 그다지 달가워하지 않았다. 하지만 왕이 직접 쟁기를 들고 농사를 짓는데 내명부에서 가만히 있을 수야 없었다. 떨떠름한 얼굴을 한 부인들이 어쩔 수 없다는 듯 그리하겠다 대답함으로써 내외명부회의가 끝을 맺었다.

곽 상궁이 회의가 파했음을 알리자 장 숙의를 비롯한 부인들이 중전의 앞에 인사를 올리고 물러가는 가운데 중전은 세자빈과 공빈 강씨, 귀인 양씨, 소원 이씨 그리고 연리를 따로 교태전으로 불러 모았다. 모두 중전이 신임하는 이들이었다. 교태전 온돌방에 모여 앉은 여섯 여인은 조금 전보다 화려한 다담상 앞에 앉았다.

"단 음식을 좋아한다지? 아직 젊으니 그런 게지. 내 너를 위해 특별히 준비하라 이른 것이다."

중전은 과즙을 굳혀 만든 말랑한 앵두 과편을 가리켰다. 그리고 그 많은 내외명부의 여인들 앞에서 기죽지 않고 할 말은 끝까지 다한 연리를 아주 기특하게 바라봤다. 조선 팔도 어디서 이런 여인을 골라 신붓감으로 데려왔는지 도헌의 안목 또한 신기할 따름이었다.

"아는 이들은 알겠지만 오늘 여기 온 이 공인이 내 조카며느리

일세."

중전은 궐내에 확실한 자신의 사람이라 할 수 있는 네 사람에게 연리를 소개했다. 연리가 곱게 인사를 올렸다.

"어찌 저희가 모르겠사옵니까."

"저희끼리 어떤 이일지 궁금타 이야기 많이 하였사옵니다. 그런데 이리 곱고 영특한 이인 줄은 전혀 예상치 못했사옵니다."

공빈은 중전의 질부라서가 아니라 진심으로 연리를 칭찬했다. 답답한 것을 싫어하는 공빈은 목소리가 작고 부끄러움이 많은 이보다는 연리처럼 약간의 담대함을 가진 사람을 좋아했다.

연리에게 내외명부가 모두 모여 있다는 것은 부담을 가져야 할 요소가 아니었다. 오히려 연리는 내외명부가 모두 모여 있으니 장 숙의가 지난 번 객주를 찾아왔을 때처럼 자신을 함부로 대할 수 없을 거라는 확신이 들어 더 담대하게 굴 수 있었다. 연리가 공빈의 칭찬에 고개 숙여 감사를 표했다.

"그러나 어마마마, 오늘 장 숙의의 무례함은 도를 넘어선 듯하옵니다."

"걱정은 이해한다, 빈궁. 그러나 이 이상의 무례는 이리 넘어가지 않을 것이니 걱정은 하지 말거라."

빈궁의 걱정 어린 말에 중전은 이번이야 연리의 영리함으로 큰 소란 없이 넘어갔지만, 다음에 또 이런 일을 벌이려 할 시엔 장 숙의를 크게 경을 칠 것이라 말했다. 연리도 그래야 한다고 생각했다.

"마마, 군주 아기씨 드셨사옵니다."

그때, 방 밖에서 들리는 말에 중전이 기쁘게 들라 하니 이제 막 걸음마를 뗀 것으로 보이는 여자아이가 아장아장 걸어 들어왔다. 아직 작호도 받지 못한 어린 군주였다. 혹여 넘어질까 궁녀들이 군주의 뒤에 종종걸음으로 따라오고 있었다.

"어마."

옹알이하듯 빈궁을 부른 군주가 어미의 품에 안겨들었다. 빈궁은 군주로서 중전에게 문안부터 올려야 한다고 했지만 중전은 군주가 아직 어리니 괜찮다고 했다. 한 뼘 길이밖에 되지 않는 치마를 입은 군주가 자주 보는 귀인 양씨의 품으로 옮겨갔다. 여인들의 얼굴에 흐뭇한 미소가 지어졌다.

"군주가 많이 자랐구나. 벌써 이목구비가 점점 빈궁을 닮아가는 것도 같고."

"이리 낯을 안 가리는 아기씨는 처음 봅니다. 송화옹주는 낯을 심하게 가려서 장 숙의에게만 꼭 붙어 있지 않았습니까?"

공빈은 송화옹주와 군주를 비교하며 귀인의 품에 안긴 군주가 편히 앉도록 옷을 정리해 주었다. 군주는 뭐라고 옹알대면서 양 귀인의 노리개를 잡아 입으로 가져갔다. 귀인은 먹는 것이 아니라며 옷고름에서 노리개를 풀어 군주의 손에 쥐어주었다. 노리개를 들고 해맑게 웃은 군주는 뒤뚱뒤뚱 연리에게 걸어와 그것을 대뜸 내밀었다. 연리가 놀라 찻잔을 내려놓고 노리개를 받아 들었다.

"아기씨, 이것을 저에게 주시는 것입니까?"

연리는 웃으며 노리개를 받아 다시 귀인에게 건네주고 품에 들어오는 군주를 안아 들었다. 군주는 연리의 노리개를 보니 또 탐이 나는지 그것을 주물럭거렸다. 공빈의 말대로 낯을 가리지 않는 군주였다. 작은 손으로 노리개의 실을 뒤적이다 손에 실이 묶인 군주가 울먹이며 손을 흔들었다. 연리가 그것을 또 살살 풀어

주었더니 언제 그랬냐는 듯 다시 노리개를 흔들며 웃었다. 연리가 은장도에 군주의 손이 닿지 않게 노리개만 떼어 넘겨주었다.

"내 군주를 데려오라 한 것은, 너를 군주의 글 선생으로 하면 어떨까 해서다."

중전은 아이 특유의 부드러운 냄새가 나는 군주의 색 옅은 머리를 살살 쓰다듬는 연리에게 군주의 글 선생을 제안했다. 연리가 생각지도 못한 제안에 중전을 황망하게 바라봤다. 군주의 어미인 빈궁은 이미 언질을 받았는지 놀란 기색이 없었다.

조선에서 글을 아는 여인은 거의 없었다. 역대 왕비 중에서도 글을 모르는 사람이 있을 정도였다. 공주나 군주의 글은 곁에 있는 궁녀가 가르치는 정도가 전부였다. 그러니 왕녀에게 글 선생을 따로 붙이는 것은 매우 드문 일이 분명했다. 연리는 중전이 한양에 온 지는 한 달도 되지 않았고, 궁에는 겨우 두 번 와본 자신에게 왜 그런 드문 일을 제안하는지 알 수 없었다.

"아직 군주 아기씨의 연치가 어린데 제가 어찌……."

"어허, 내가 진정 군주에게 글을 가르치는 것 때문에 너를 글 선생으로 두려 하겠느냐."

연리가 군주의 나이를 이유로 부담스럽다는 것을 돌려 말했다. 그러나 중전은 영리한 사람이 그것 하나를 못 알아듣느냐며 혀를 찼다.

"궁궐이라는 곳은 연줄이 거미줄처럼 얽혀 있는 곳이지. 동궁이 왕위에 오르면 빈궁은 왕비가 될 것이고, 이 어린 군주는 공주가 될 것이다. 그때가 되면 도헌이도 무시할 수 없는 위치에 있을 텐데, 너 또한 외명부에서 네 자리를 만들어둬야 할 것이 아니냐."

중전은 연리가 도헌의 부인이 된 이상 완전히 정치판에서 발을 뺄 수 없다는 것을 경고했다. 연리는 다른 여인들에 비해 늦게 외명부에 들어왔으니 편이 되어줄 만한 인맥이 부족했다. 그러니 군주의 글 선생을 핑계로 궁에 드나들며 지금부터라도 인맥을 쌓아가야 한다는 말이었다.

"네 말귀가 어둡지 아니하니 내 더는 설명 않겠다."

"예, 마마. 깊이 새겨듣겠사옵니다. 군주 아기씨, 제가 아기씨의 글 선생이 되어도 괜찮을까요?"

연리는 품에 안긴 군주에게 물었다. 물론 군주는 노리개에만 관심이 있지 연리의 물음에는 관심도 없었다. 아마 글이 무엇인지는 전혀 모를 터였다. 연리는 군주의 입에 실이 들어가지 않도록 정리하며 웃었다.

"어여쁘냐?"

"예, 벌써부터 태가 곱사옵니다."

연리는 군주가 크면 아주 고울 것이라 말했다. 빈궁이 연리의 말에 웃으며 손을 뻗자 군주가 일어나 어미 품으로 쏙 옮겨갔다. 다른 품도 좋지만 그래도 제 어미의 품이 제일인 모양이었다.

"남의 아이가 고우면 내 아이는 얼마나 곱겠는가."

"예? 아, 그렇겠지요."

빈궁은 남의 아이가 아무리 예뻐도 제 뱃속으로 낳은 아이만큼 예쁘겠느냐 말했다. 연리가 그 말에 깔린 의미를 알 것만 같아서 난감한 기색을 내비쳤다.

"그 기분은 낳아봐야 아는 것이지. 공인의 나이, 아직 스물을 넘지 않았으니 금방 좋은 소식이 들려오지 않겠느냐? 당장 이 달 안에 올 수도 있지."

중전은 도헌이 언제쯤 혼인해 조카손주를 안겨줄지 오랫동안 기다려 왔다. 도헌과 연리의 나이면 이미 다 자란 아이가 둘 이상 있는 것이 보통이었다. 열네 살이면 대부분 성혼해서 열여섯 살이 되기 전에 아이를 낳기 때문이었다. 이 달에 소식이 오길 기대하는 중전에게 연리는 아직 방합례를 치르지 못했다는 말은 하지 못했다. 대신 난처한 미소를 지어 보였을 뿐이었다.

제15장 첫 새해

　회의 후, 연리는 교태전으로 향한 반면 설은 곧장 집으로 돌아왔다. 집에 도착해 안채에 들어서자마자 솜을 입힌 무거운 겉옷부터 벗어낸 설은 한결 가벼워진 어깨로 아랫목에 앉았다. 옆에 치워놓았던 경대(鏡臺, 거울을 세운 화장대)를 펼친 설이 오늘 중전으로부터 하사받은 비취 뒤꽂이와 무거운 비녀를 빼내고 가벼운 은비녀를 꽂아 넣었다. 그리고 잠시 거울을 들여다보더니 한숨을 푸욱 내쉬며 어깨를 늘어뜨렸다.

　온몸에 힘이 쭉 빠지는 기분이었다. 궁에 다녀와 긴장이 풀려 그런 것도 있었지만, 집에 들어오면서 만난 시누이 소윤의 눈초리 탓이 더 컸다. 지난번 저고리 일에 아직도 마음이 남았는지 눈빛이 여간 좋지 않았다. 큰 시누이 소진은 별 생각이 없어 보이는 반면, 소윤은 점점 더 자신을 더 싫어하는 것만 같아 설은 근심이 깊었다.

"마님, 주인마님 돌아오셨습니다!"

그때 이명이 집에 돌아왔다는 말이 안채까지 들려왔다. 아직 정오도 되지 않은 시각이니, 혹여 이명의 몸이 안 좋아 일찍 퇴궐한 것은 아닌가 싶어 설이 급히 방 밖으로 나섰다.

"나리는 어디 계시느냐?"

설은 무거운 외투를 다시 어깨에 걸치며 신발을 신고 마당에 발을 디뎠다. 아직 대문 근처에 계시다며 하인이 행랑채 쪽을 가리켰다. 설이 행랑채로 가기 위해 안채 출입문이 있는 담장으로 서둘러 걸어갔다. 그런데 설이 문을 나서기도 전에 익숙한 얼굴이 담장 위로 나타났다.

"나리?"

설은 담장 밖에 서 있는 이명을 불렀다. 이명은 담장 너머에서 설에게 이리 가까이 오라 손짓했다. 저를 보러 왔으면 들어오시지 거기에 왜 서 계시냐며 설이 담장으로 가까이 다가갔다. 그러자 이명이 보란 듯이 담장 위에 걸친 기와 한 장을 들어 그 안에 편지로 보이는 종이를 넣어뒀다. 설은 지금 무얼 하시느냐 물으려 하다가 그것이 마치 지난봄과 같다는 것을 알고 담장 앞에 멈춰 섰다.

이삼 일에 한 번 신시가 되면 이명은 답장을 받으려 설의 집 별당 담장으로 찾아왔었다. 그저 기와 밑에 숨겨둔 답장만 가져가면 되는 것이지만 이명은 설이 나오길 기다렸다가 얼굴을 보고 가곤 했었다. 설은 그때가 떠올라 담장 너머의 이명을 아련히 바라봤다.

"편지를 꺼내 가셔야 저도 가지요."

이명이 말하자 설이 그제야 기왓장을 들어 그 아래 편지를 집었다.

"다시 가셔야 하나요?"

"예, 다시 입궐해야 합니다."

"그럼 이걸 주시려고 오신 거예요?"

설은 설마하니 이걸 주려고 왔나 싶어 물었다. 그러자 이명이 씨익 웃음을 지었다.

"보고 싶어서 왔습니다."

이명은 부드러운 목소리로 단지 그것뿐이라고 말했다.

"나리……."

"답장은 오늘 밤에 가지러 오겠습니다."

이명은 아직 내외하던 그때처럼 살짝 고개를 숙여 보이곤 뒤돌아섰다. 문서 더미에 파묻혀 있는 도헌을 두고 온 터라 빨리 궁으로 돌아가야 했다. 새해가 오기 전에 오래된 업무를 다 정리하라는 명이 있어 바쁜 시기였지만 그럼에도 이명이 무리해서 온 것은 설이 걱정되어서였다. 요즘 힘이 없고 지쳐 보이는 것이 입궐하는 아침부터 눈에 밟혔던 차였다.

왜 그러한지 짚이는 구석이 없는 것은 아니었지만, 집안일에는 한 걸음 뒤로 빠져 있으라는 양현군의 조언이 있었기에 그저 지켜보는 중이었다. 그렇다고 아무 것도 안 하기보다는 위로라도 해주고 싶어 생각한 것이 연서였다. 이명은 설에게는 누구보다 그대를 생각하는 자신이 있다는 것을 알려주고 싶었다.

궁으로 돌아가는 걸음을 재촉하며 이명은 조만간 설의 기분을 좀 전환시켜 주어야겠다고 생각했다. 그래서 계획한 것이 뱃놀이였다.

십이월의 막바지, 새해가 곧이라서 들렀다는 연리의 이모 내외를 핑계로, 이명은 양현군과 연리 내외까지 불러다 한강물 위에 배를 띄웠다. 올해 겨울이 겨울치곤 유난히 따뜻해서 가능한 일이었다. 아직 첫눈도 내리지 않은 한양의 한강물은 얼지도 않고 잔잔히 흘렀고, 배 양쪽에 걸어놓은 가리개는 햇빛을 가려주었다. 높이가 높지 않은 배 위에는 어린 소년이 부는 피리 소리가 들려와 운치 있었다.

"그래서 네가 그 집 도령하고 혼인할 뻔했다. 그 말이야?"

"그렇다니까! 내가 안 하겠다고 난리를 피워서 망정이지 얼굴에 그리 큰 점이 있는 사내라니. 어후, 난 싫어!"

배 한가운데 화롯불을 두고서 둘러앉은 연리와 가연은 가연의 남편이 될 수도 있었을 한 도령에 대해 이야기했다. 진저리 치는 가연의 모습이 재미있는지 도희가 미소를 머금은 채 가연을 빤히 바라봤다. 자현은 얼굴이 그래도 성품이 좋을 수도 있지 않느냐 말했지만 가연은 아무리 그래도 안 된다고 단호하게 고개를 저었다. 심도헌과 백이명, 그리고 얼굴만은 봐줄 만한 손서강을 형부로 둔 가연은 눈이 한참 높아져서 자신도 그런 운명의 상대를 만날 것이라 믿고 있었다.

"언니들이 좀 도와주면 나도 여기서 살 수 있을 텐데, 히히."

"겨울바람이 찰 텐데, 가연이한테는 아닌가 보구나. 바람이 들어도 단단히 들었어."

선미에서 남강수와 함께 한강물에 낚싯대를 드리운 양현군이 이야기에 끼어들었다. 남강수는 바람을 쐬러 나왔으니 바람이 좀 들면 어떻겠느냐고 말하며 술지게미로 만든 미끼를 강물에 뿌렸다. 뱃놀이를 나와 기분이 좋은 것이니 너무 나무라지 말라는 뜻이었다. 못마땅한 헛기침을 하는 양현군의 옆으로 백이명도 낚싯대를 들고 와 자리를 잡았다. 그러나 이명이 힘차게 던진 낚싯바늘은 멀리 가지 못하고 배 바로 아래 똑 떨어졌다.

"자네가 낚고 싶은 것이 배는 아니라고 믿네."

도헌이 뒤로 다가와 낚싯줄을 다시 던져 주었다. 이명이 실수였다고 말하며 낚싯대를 고쳐 잡는 것을 보고 설이 입가를 가리며 소리 없이 웃었다. 민망한 듯 아내를 본 이명은 설의 웃음을 따라 슬쩍 웃었다. 물고기는 낚지 못할지언정 설의 웃음은 낚았으니 그것만으로도 이명의 낚시는 성공 같아 보였다.

이명이 오늘 이 많은 사람들을 데리고 뱃놀이를 나온 것은 오로지 설을 위해서였다. 이모 내외가 양현군을 보러 한양에 왔기 때문이라고 말했지만 실은 설을 위한 일이었다. 장연에 있을 적에는 화평언덕으로 자주 나들이를 갔다 들었는데, 요즘은 매일 집에만 있으니 답답할 것이라는 배려에서 나온 생각이었다.

다행히 자매들과 이모를 만나 이야기하는 설은 기분이 좋아보였다. 그러나 그 가운데 기분이 좋지 못한 사람이 있었으니, 소윤이었다. 함께 가자는 이명의 말에 못 이기는 척 나왔던 소윤은 괜히 왔다는 생각을 하고 있었다.

'다들 뭐가 그렇게 재미있는 거야.'

소윤은 자신만 물 위의 기름처럼 둥둥 떠 있는 느낌이었다. 언제 봤다고 친해졌는지 도희와 가연은 신이 나서 이야기를 나누고 있었고, 설과 연리는 말할 것도 없이 자매간의 다정함을 드러냈다. 혼자 침묵을 지키고 있는 것은 언니인 소진이 오지 않아 이야기 나눌 상대가 없는 소윤뿐이었다.

말을 걸어오는 도희와 가연에게 쌩한 태도를 보인 것은 소윤 자신이었음에도 혼자 있는 것이 짜증났다. 가장 마음에 안 드는 것은 연리의 옆에 앉아 다정스레 고개를 끄덕여 주고 있는 도헌이었다. 도헌과 다정해야 할 것은 자신이고, 도희와 각별해야 할 것도 자신이라고 생각하니 소윤은 속에서 부아가 치밀었다.

"아가씨, 속이 안 좋아요?"

"신경 쓰지 마요."

혹시 멀미라도 하나 싶어 걱정스럽게 묻는 설에게 소윤이 뾰족하게 대답했다. 안 그래도 아까부터 샐쭉하게 앉아 분위기를 흐리는 소윤에게 한 마디 하려던 이명이 동생을 쳐다봤다. 이명이 오늘 그녀를 데리고 온 것은 지난번 저고리 일에 대해 설에게 사과할 기회를 주기 위해서였다. 그런데 소윤은 사과할 생각도, 이 분위기를 풀 생각도 전혀 없어 보였다. 아무리 양현군의 조언이 있었다 해도 이번엔 그냥 넘어갈 수 없다는 생각에 이명이 입을 열려는 찰나, 설이 한 발 빠르게 일어나 이명에게로 다가갔다.

"뭐 좀 잡으셨어요?"

이명은 소윤이 보이지 않도록 자신의 시야를 가린 설을 올려다봤다. 설은 어색하게 웃고 있었다. 아마도 자신 때문에 남매 사이가 좋지 않아졌다는 생각에 또다시 자책하고 있는 듯했다. 결국 이명이 한숨을 한 번 쉬고는 고개를 끄덕였다. 아무 말도 하지 않겠다는 의미였다. 설이 이명의 기분을 풀어주기 위해 살짝 무릎을 굽혀 물속을 들여다보며 화제를 바꾸었다.

"겨울이라 낚시가 잘 될지 모르겠어요."

"모르는 소리. 겨울에는 물고기들이 굼뜨고 먹이가 부족해서 잘만 하면 월척도 쉽게 잡는단다."

낚시를 좋아하는 남강수는 설의 말이 뭘 모르는 소리라고 했다. 그리곤 옆에 둔 나무 물통을 가리켰다. 그 안에는 제법 큰 물고기 하나가 얌전히 아가미를 뻐끔대고 있었다. 설이 정말 크다며 감탄하자 이명은 자신의 빈 물통을 은근슬쩍 발로 밀어 뒤로 감추다가 설과 눈이 딱 마주쳤다. 누가 먼저랄 것 없이 동시에 두 사람이 웃음을 터뜨렸다.

다정한 두 사람의 모습은 소윤의 기분을 더욱 상하게 했다. 고운 털배자에 귀한 보랏빛 치마를 입은 설의 웃음소리가 거슬렸다. 항상 사람 좋은 웃음을 짓는 설의 얼굴이 구겨졌으면 싶었다. 설이 자신의 노란 저고리를 망쳐 놓았듯이 자신이 설의 옷을 망쳐 놓으면 저 얼굴이 구겨지지 않을까 하는 생각이 들었다.

그런 생각들이 치민 순간 소윤은 자기도 모르게 몸을 움직였다. 자리를 조금 옮기는 척 일어난 소윤은 양현군이 잡은 물고기가 들어 있는 통을 설이 있는 쪽으로 툭 밀었다. 물통에서 물과 함께 물고기가 쏟아져 나오고, 물고기들이 펄떡펄떡 날뛰기 시작했다.

"어머!"

"꺄악!"

소윤의 맞은편에 앉아 있던 가연과 도희가 자신들 쪽으로 뛰어 오르는 물고기에 벌떡 일어나 비명을 질렀다. 그와 함께 배 가운데 놓아두었던 화롯불이 넘어지며 빨간 숯을 쏟아냈다. 숯의 열기에 연리와 도헌도 급히 자리에서 일어나 피했다. 함께 있던 사공들이며 몸종들이 정리를 위해 우왕좌왕하니 배가 좌우로 격하게 흔들렸다. 흔들리는 배에 물고기를 피해 뒷걸음질 치던 설이 뒤로 넘어간 것은 순식간이었다.

"나리……!"

너무 놀라 비명조차 지르지 못한 설의 작은 외침에 이명이 낚
싯대를 집어던지고 뒤로 넘어지는 설을 향해 급하게 손을 뻗었
다. 설의 손과 이명의 손끝이 스쳐 갔다. 허공을 쥔 이명의 눈에
설의 등 뒤로 아가리를 벌린 한강물이 비쳤다. 이명의 얼굴이 경
악으로 물들고 이내 설이 완전히 배 아래로 떨어지며 거친 물의
파열음이 배 위를 울렸다.

"언니!"

연리가 찢어지는 외마디 비명을 질렀다. 곧장 이명이 갓과 겉
옷을 벗어 던지며 배 아래로 몸을 던졌다. 차가운 겨울의 한강물
이 설과 이명을 감싸며 휘몰아쳤다. 심장을 멈추게 할 것만 같은
차가운 물이 옷 속으로 밀려들어 왔다. 공기가 부글거리는 소리
와 함께 설이 묵직한 물살에 쓸려 가라앉고 있는 것이 보였다. 이
명은 살을 에는 물살을 가르고 나아가 간신히 설의 허리를 잡아
챘다. 숨이 차올랐지만 이명은 설을 먼저 수면 위로 밀어 올렸
다.

수면 위로 얼굴을 내민 설이 콜록거리는 기침과 함께 숨을 토
해내자 그 옆으로 이명도 모습을 드러냈다. 초조하게 배 아래를
지켜보던 연리가 안도의 탄식을 내뱉었다. 도헌이 배 아래로 손
을 뻗어 설의 팔을 잡아끌었다. 설의 몸은 그 잠깐 사이에 얼음
장처럼 차가워져 있었다. 좌아아, 물 쏟아지는 소리와 함께 설이
배 위로 끌어올려졌다.

"언니! 괜찮아?"

연리와 몸종들이 급한 대로 손수건으로 설의 얼굴이며 손의
물기를 닦아냈다. 설은 차마 괜찮다고는 말하지 못하고 미약하게
고개를 끄덕였다. 설의 뒤로 도헌과 사공의 손을 잡고 이명이 배

위로 올라왔다. 이명의 체온을 빼앗아 미지근해진 물들이 저고리와 바지를 타고 또 한 번 나무 바닥으로 쏟아져 내렸다.

이명은 물기를 닦으러 다가오는 하인들을 지나쳐 설의 상태를 살폈다. 다행히 설이 다친 곳이 없다는 것을 확인한 이명은 물을 먹어 무거워진 설의 털배자를 벗겨냈다. 배자가 질퍽한 소리를 내며 바닥에 떨어졌다. 이명이 벗어놓았던 겉옷으로 설의 바들바들 떠는 몸을 감쌌다.

"배를 강가로 돌려라!"

도헌은 사공들에게 서둘러 뭍으로 돌아가라 이르며 물에 폭 젖은 친구 내외와 놀란 사람들, 숯과 물로 엉망이 된 배 위를 둘러봤다. 누가 지금 이 상황을 본다면 뱃놀이가 아니라 전쟁이라도 치른 줄 알 것 같았다.

"미안합니다. 제가 괜히 뱃놀이를 가자고 하여서는…… 모두 제 탓입니다."

얼음물에 들어갔다 온 이명도 분명 고통스럽도록 추울 텐데, 이명은 설을 꼭 끌어안은 채 계속해서 미안하다고 말했다. 설이 그렇지 않다 했지만 이명은 설이 물에 떨어지던 그 끔찍한 순간을 떠올리면서 그녀를 더 꽉 끌어안을 뿐이었다.

"형부의 탓이라 할 수 없지요. 일부러 물통을 엎은 사람이 있는데 말이에요."

설이 괜찮다는 것을 확인한 연리가 자리에서 일어나며 말했다. 도헌이 그것이 무슨 말이냐 물으니 연리의 시선이 소윤에게로 돌아갔다. 소윤이 움찔 몸을 떨었다. 연리는 그녀가 설을 뚫어져라 쳐다보다가 물통을 미는 것을 똑똑히 보았다.

"그렇죠. 사돈아가씨?"

"아, 아니. 나는 그냥 장난 좀 치려고 그랬던 건데……."

소윤은 일이 이렇게 되어버릴 줄은 몰랐다. 물론 소윤도 물통을 엎는 것을 그 좁은 배 위에서 아무도 못 보리라 생각한 것은 아니었다. 그러나 옷을 좀 망친 것뿐이니 만약 누가 보았다고 해도 장난이었다고 비웃으며 넘어갈 생각이었다. 설마 설이 물에 빠지리라고는 상상도 못했기 때문에 벌인 일이었다.

"장난? 사람이 죽을 뻔했는데 지금 장난이라고 했어요?"

가연이 장난이었다는 소윤의 말에 울컥하며 격한 감정을 드러냈다. 도희가 가연의 소매를 잡아끌어 말렸다. 양현군과 남강수 같은 어른들이 있는 자리이니 우리는 가만히 있어야 한다는 뜻이었다.

"정말이냐. 정말로 네가 그랬느냐."

이명이 설을 놓고 일어서서 소윤을 돌아봤다. 자신도 이럴 줄은 몰랐다고 당당하게 말하려던 소윤은 냉랭한 오라비의 얼굴에 입을 다물 수밖에 없었다. 그렇지 않다고 말하지 않는 소윤을 잠시 쳐다보던 이명이 고개를 숙였다. 소윤은 물에 젖어 파리한 안색을 한 오라비의 눈에서 실망감을 읽었다. 소윤이 오라버니, 하고 작게 불렀지만 이명은 대답하지 않고 그녀에게서 등을 돌렸다.

항상 누이들에게 져 주는 다정한 오라비였던 이명이었기에 소윤은 그 뒷모습이 낯설었다. 소윤이 양현군의 편지를 가로채고, 설이 한양에 왔다는 것을 감췄을 때도 이명은 잠깐 혼낸 것이 전부였다. 소윤은 아마 이번에도 이명이 그렇게 넘어가 주리라고 막연하게 생각했던 걸지도 몰랐다. 이명의 싸늘한 태도에 배 위에 겨울바람보다 더 서늘한 기운이 내려앉았다. 불편한 분위기에 눈치를 본 하인들이 가까워지는 뭍에 슬금슬금 짐을 챙겨 내릴 준비를 했다. 그 사이에 끼인 어린 소년은 더 이상 피리를 불지 않았다.

"먼저 가보겠네."

사공들이 뭍에 다리를 놓자 이명은 도헌에게 뒤를 부탁한 뒤 설을 안아들었다. 제 발로 걷겠다고 하려던 설은 힘이 들어가지 않아 순순히 이명에게 몸을 맡겼다. 설을 말안장에 올리고 자신도 그 뒤에 올라 설의 몸을 단단히 안은 이명이 백마의 옆구리를 찼다. 몸종들이 떠나가는 이명과 소윤을 번갈아 봤다. 소윤이 그런 시선들을 피해 황급히 가마에 올라 제 손으로 가마 문을 닫았다.

설이 물에 빠지던 순간 소윤도 놀랐다. 아직도 손이 덜덜 떨리는 것이 그 증거였다. 뒤도 돌아보지도 않고 설을 데리고 먼저 가버린 오라버니의 실망스러운 눈초리가 잊혀지지 않았다. 소윤은 집에 가면 설과 이명의 얼굴을 어떻게 봐야 하나 생각하니 정신이 아득해지는 것만 같았다.

"아이고, 마님!"

뱃놀이를 간다더니 물에 쫄딱 젖어 돌아온 주인마님 내외를 본 하인들이 호들갑을 떨며 두 사람을 안으로 데려갔다. 어찌된 일이냐 물을 정신도 없이 하인들이 따뜻한 방 안에 주인 내외를 들여놓고서, 쟁여놓은 장작들을 아끼지 않고 아궁이에 밀어 넣었다. 방을 따뜻하게 함과 동시에 뜨거운 물을 잔뜩 끓이기 위함이었다. 하인들이 부지런히 우물에서 찬 물을 길러다 솥 안에 붓고, 솥 안의 뜨거운 물을 함지박(나무욕조, 목간통)으로 옮겨 담아 목욕물을 준비했다. 그리곤 함지박 하나를 가득 채우자마자 설과 이명이 있는 방으로 달려 들어갔다.

"안채 목욕간 먼저 준비됐으니 마님 먼저 들어가시어요. 빨리 몸을 데우셔야지 그러다 뼈에 찬기 들겠습니다."

안채 관리를 맡고 있는 보리 어매는 눈치껏 사랑채가 아닌 안채 목욕간에 물을 먼저 채웠다. 아무래도 남자인 이명보다는 약한 설이 더 걱정되어서였다. 이명이 잘했다는 듯 눈짓하며 설을 일으켜 세웠다.

"나리 먼저 들어가세요. 저 때문에 그 칼바람을 몸으로 다 맞으시고……."

설은 푸르게 질린 입술을 열어 이명더러 먼저 목욕간에 들어가라 말했다. 설은 자신에게 겉옷을 주고 홑옷만 입은 채 젖은 몸을 칼바람에 고스란히 내어준 이명을 떠올렸다. 이명이 자신은 참을 만하니 어서 들어가라 말했지만, 설은 답지 않게 고집을 부리며 고개를 저었다. 두 사람이 서로 먼저 가라며 가벼운 실랑이를 벌였다. 설이 고집을 꺾지 않으려 하니 종국에는 이명이 다시금 설을 안아 들었다.

"그러면 함께 들어가십시다."

서로의 몸이 닿아도 차가운 기운밖에 느껴지지 않는 터라 이명은 더 시간을 끄는 것이 옳지 않다고 생각했다. 주인 내외가 모두 아프면 집안이 뒤집어질 것이 훤하니, 보리 어매는 혼자 들어가든 둘이 들어가든 빨리 들어가기만 해줬으면 좋겠다고 생각했다. 높으신 양반들은 벗은 몸을 내보이는 것이 상스럽다고 하여 소복을 입은 채 목욕하기 때문에, 두 사람이 한 함지박에 들어간다고 해도 하인들 보기에 남사스러울 것은 없기 때문이었다.

이명은 설이 찬바람을 조금이라도 덜 맞게 하기 위해 빠른 걸음으로 목욕간에 들어섰다. 목욕간은 뜨거운 물에서 올라온 김으로 공기마저 따뜻했다. 목욕간 바닥에 설을 조심히 내려놓은 이명은 물에 젖어 짙은 자색을 띠는 자신의 겉저고리를 벗어젖혔다. 그것을 흘끔 곁눈질한 설이 옆으로 살짝 비켜서서 자신의 옷고름을 잡았다. 그러나 잔뜩 얼어 곱은 손은 생각처럼 움직이지 않아 그 풀기 쉬운 옷고름이 엉켜갔다.

금세 소복차림이 된 이명이 돌아선 설의 앞으로 걸어가 그녀의 차가운 손을 잡아 내렸다. 그리곤 몇 번의 손짓으로 엉킨 옷고름을 풀었다. 귀를 붉게 물들인 설이 고개 숙인 채 저고리를 벗었다. 흰 속저고리가 보이자 이명은 뒤돌아 먼저 함지박 안에 들어갔다. 초야보다 지금이 더 부끄럽게 느껴졌다.

흰 속치마를 붙잡은 설이 함지박 가까이 다가오자 이명은 손을 내밀었다. 이명의 손을 잡고서 설이 발끝부터 천천히 함지박 안으로 들어갔다. 뜨거운 물에 닿은 차가운 발이 저릿저릿했다. 이내 설이 이명의 품에 안기듯 어깨까지 완전히 물속에 잠겼다. 잔뜩 움츠렸던 몸이 노곤하게 풀리는 것 같았다.

설을 끌어안은 채 목간통 안에 앉은 이명은 아무 말이 없었다. 말을 타고 달려올 때도, 함께 따뜻한 방 안에서 목욕물이 데워지기를 기다리던 때도 이명은 아무 말이 없었다. 소윤에 대한 생각으로 복잡한 모양이었다.

이명은 지금까지 소윤이 설과 관련된 일에 대해 거짓말을 하거나 짜증을 부리던 것이 정말 나쁜 마음이 있어서는 아닐 것이라고 믿어왔다. 단둘뿐인 누이들에 대한 기본적인 신뢰였다. 그러나 오늘 이명은 처음으로 그런 자신의 생각이 틀린 것일지도 모른다는 의심이 들었다. 양현군은 설에게 모든 것을 맡겨보라 말했고, 설도 자신이 나서기를 바라지 않는 것 같기에 이때까지 가만히 있었지만 이대로는 안 될 것만 같았다. 어떻게 해야 하는가. 이명은 울리는 골을 짚었다.

"무슨 생각을 하시든 내려놓으세요. 나리의 그런 표정을 보니 마음이 미어집니다."

설은 이명의 볼을 손등으로 쓸어내렸다. 이명은 그런 설의 손을 잡아 다시 따뜻한 물속으로 넣어 주물렀다. 설은 이명의 시름 섞인 얼굴을 보니 이때까지와는 다른 생각이 들었다. 이명이 이렇게 힘들어하기 전에 자신이 나서서 이 일을 해결했어야 했다는 것이었다.

소윤의 일방적인 행동이기에 때가 되면 알아서 누그러지겠지 하는 심정으로 설은 지금까지 가만히 있기만 했다. 화도, 짜증도 내지 않았고 소윤과 대놓고 이야기 해보려 하지도 않았다. 비단 이 일이 아니더라도 명진이나 가연이 잘못된 행동을 할 때 입을 여는 것은 항상 연리였고, 설은 그때도 가만히 있기만 했다.

설은 이제는 그래서는 안 된다는 것을 알았다. 이명에게 더 이상의 고민을 주어서는 안 되었다. 설은 죽이 되든 밥이 되든 스스로 해결해야 한다는 아버지의 조언이 이제야 피부로 와 닿았다.

결심이 선 설의 흰 피부에 보기 좋게 혈색이 돌아올 즘에야 두 사람은 새 옷을 입고 목욕간에서 나왔다. 그때는 소윤도 집에 돌아와 있었다.

"때론 어느 감정이 눈앞을 가리고, 판단을 흐리게 할 때도 있지. 그것을 내려놓으면 편해질 거란다."

소윤은 자신의 가마 밖에 서 있던 양현군이 한 말을 떠올렸다. 가마 안에서 들은 말이라 자신에게 한 말이라고 확신할 수는 없었지만 소윤은 그것이 자신을 향한 말이라고 생각됐다. 집으로 오는 길에 소윤은 가마 안에서 양현군의 말을 되새겼다. 그의 말대로 눈앞에 무언가 씐 것처럼 소윤은 설을 보면 무조건 화가 났다. 언젠가는 자신이 그럴 만한 합당한 이유가 있다고 생각했는데, 가만히 생각해 보니 그 이유가 무엇인지 명확하지 않았다. 그저 화가 나기만 했던 것 같았다.

소윤은 차마 잘 떨어지지 않는 발걸음을 옮겨 설이 있을 안채로 향했다. 어찌 되었든 사과는 해야 했다. 소윤은 부산스럽게 안채에서 나오는 하인들을 지나 마루에 올라섰다. 설이 쓰는 안방 앞까지는 어찌 왔지만 차마 쉽게 문을 두드릴 수는 없었다. 소윤은 들어가지도 돌아가지도 못한 채 그 자리에서 손을 올렸다 내리기를 반복했다.

"저, 새언니⋯⋯!"

소윤이 한참 만에 겨우 목소리를 냈을 때 벌컥 문이 열렸다. 소윤은 문을 열고 나온 자신의 오라비를 놀란 눈으로 쳐다봤다. 이명은 굳어 서 있는 소윤을 보며 등 뒤로 문을 닫았다.

"왜 왔느냐."

이명은 들어가지 말라는 의중을 담아 문 앞을 막아섰다. 소윤은 왜 왔느냐는 말이 또 무슨 짓을 하러 왔느냐고 다그치는 것으로 들려 문을 두드리려 올렸던 손을 천천히 내려놨다. 소윤이 입을 꾹 다문 채 옆으로 고개를 돌렸다.

"하아, 소윤아."

그런 소윤을 본 이명은 한숨을 내쉬며 자신보다 어린 누이의 이름을 불렀다. 소윤이 피곤해 보이는 이명의 얼굴을 조심스럽게 쳐다봤다.

"내 한양에 이만 한 다른 집을 구해주마. 소진 누이네와 함께 그곳에서 사는 것이 어떻겠느냐."

이명은 생각해 본 적은 있어도 입 밖으로 낸 적은 없던 말을 고통스러운 얼굴로 내뱉었다. 이명의 집안은 아주 오래전부터 대대로 서옥제(壻屋制, 남편이 아내의 집에 몇 년간 들어와 사는 것)를 따랐기 때문에 소진의 남편과 아들은 이명과 한집에 살고 있었다. 사헌부 관원으로 한양을 떠날 수 없는 이명은 서옥제를 따르지 못했지만, 이명의 형인 이청이 그의 장인의 집에서 아내와 살고 있는 것도 그 때문이었다.

지금까진 소윤이 혼인하게 되면 그녀의 남편도 함께 이 집에서 살 예정이었지만, 이명은 이 상태라면 소윤과 한 지붕 아래 사는 것이 힘들지도 모르겠다는 판단이 섰다. 그러나 아직 맏형인 이청이 아내를 데리고 본가에 돌아오지 않았으니, 차남인 이명이 본가를 지키고 있어야 했다. 게다가 미혼인 여동생을 홀로 분가시킬 수도 없으니 소윤에게 소진의 가족과 함께 나가 사는 것이 어떨지 제안한 것이었다.

소윤은 날벼락 같은 오라버니의 말에도 불구하고 그의 씁쓸한 얼굴에 아무 대꾸도 할 수가 없었다. 이명의 입에서 나가 살라는 말이 나오도록 만든 것이 그녀 자신임을 알았기 때문이었다. 소윤은 눈가가 뜨거워지면서 목이 콱 막혀왔다.

"아가씨?"

소윤이 입술만 달싹이고 있던 그때 이명의 뒤로 방문이 열리며 설이 얼굴을 내밀었다. 방문 너머로 들려오는 이명의 목소리 때문에 나온 것이었다. 심각한 이명의 얼굴과 눈시울이 붉어진 소윤을 본 설은 방문을 조금 더 열었다.

"절 보러 온 것 같은데, 맞아요? 그렇다면 들어와도 좋아요."

이명은 왜 아랫목에 누워 있지 않고 나왔냐며 설을 도로 들여보내려 했지만, 설은 오로지 소윤에게만 시선을 뒀다. 소윤이 이명의 눈치를 보며 들어가지 못하고 있으니, 설이 직접 그녀의 손을 부드럽게 잡아끌었다. 소윤을 방 안으로 들여보내면서 설은 이명에게 괜찮다는 눈짓을 해 보였다.

이명은 설마 무슨 일이 있겠나 싶으면서도 마음 한구석이 불편했다. 결국 이명은 두 사람이 들어간 방문 앞을 떠나지 않고 지켜섰다. 설은 아무리 뜨거운 물에 몸을 데웠어도 아직은 찬기가 남아 따뜻한 아랫목에 앉으며 소윤에게 자신의 앞을 가리켰다. 소윤은 설이 본 이래 가장 차분한 얼굴로 자리에 앉았다.

"미, 미안해요! 정말, 정말로 그럴 생각은 아니었어요."

잠시 바닥을 내려다보며 숨을 고르던 소윤은 참았던 것을 터뜨리듯이 설에게 사과했다. 아무도 믿지 않을 것을 알지만 그래도 설을 물에 빠뜨릴 생각은 아니었다는 것을 말하고 싶었다. 설은 눈을 있는 힘껏 꽉 감은 소윤을 보곤 희미하게 미소를 지었다.

"일부러 그랬다고 생각지 않아요. 그보다 아가씨도 많이 놀랐겠네요. 괜찮아요?"

설은 설마 자신이 그렇게 생각했겠냐며 오히려 소윤을 걱정했다. 그냥 하는 말이 아닌 따뜻하고 진심이 어린 말이었다. 내내 아무도 소윤에게는 놀라지 않았는지, 괜찮은지 묻지 않았다. 설이 처음 물은 것이었다. 설이 가장 많이 놀라고 괜찮지 않을 텐데, 소윤은 왈칵 울음이 나왔다. 눈가가 뜨거워지며 차가운 볼을 타고 미지근한 눈물이 흘렀다. 설은 갑작스러운 소윤의 눈물에 살짝 놀랐지만 이내 그런 티를 내지 않고 조용히 그녀의 어깨를 다독였다.

"정말 미안해요. 나도 내가 왜 그랬는지 모르겠어요. 그냥 너무 다 싫었어요."

소윤은 변명 할 것 없이 자신의 잘못을 인정했다. 처음에는 자신의 이상향이 깨졌다는 것에 화가 났다. 자신과 도헌이 혼인을 하고, 심도희가 제 오라비와 혼인을 해서 겹사돈을 맺는 것이 소윤의 이상이었다. 그것이 몽땅 다 깨진 순간 소윤은 그 모든 원인은 설과 연리라는 생각에 이르렀다. 그것이 얼마나 잘못된 생각인지 소윤도 모르지 않았다. 자신이 아닌 연리를 선택한 것은 도헌이었고, 설과 혼인한 것 역시 이명의 선택이었다. 그것들에 소윤은 아무런 관계가 없었다. 그 사실을 알면서도 소윤은 치미는 화를 누군가에게 내야만 했고, 그 대상이 설이였던 것이었다.

"내가 그렇게 싫었어요? 솔직히 말하자면 내가 한양에 왔을 때 소저가 차갑게 굴어서 서운하기는 했지만, 소저가 내 시누이가 된다는 게 싫지 않았어요."

설은 자신이 싫었다는 말에도 인상을 찌푸리지 않고 덤덤하게 자신의 생각을 말했다.

"그날 기억나요? 소저가 나보고 놀러와 달라고 해서 비 오던 날, 내가 찾아갔었잖아요. 비록 내가 고뿔에 들어서 하룻밤밖에 같이 못 놀았지만 난 그날 정말 재미있었어요. 화롯불에 떡도 구워먹고, 둘러앉아 반지 찾기도 하고, 처음 보는 장신구들도 잔뜩 구경하고."

설은 그 하룻밤이 참 길었다고 말하며 웃었다. 소윤도 그날 밤
만은 정말 설이 좋았고 재미있었다. 처음 봤을 때부터 부드러운
목소리에 예쁜 얼굴을 가진 설과 먼저 친해지고 싶어 했던 쪽은
소윤이었다. 그러나 그런 좋은 감정들은 도헌과 연리가 가까워졌
다는 것을 알자마자 기억 저편으로 사라져 버렸다. 남은 것은 시
기와 미움뿐이었다. 그 어두운 감정들이 소윤을 화나게 하고, 충
동적인 행동을 하게 만들었다. 아마도 도헌의 옆자리에 자신이
아닌 다른 사람은 어울리지 않는다는 오만함이 그렇게 만든 것일
수도 있었다.

"난 내가 이 집에 들어오면 그때로 돌아갈 수 있을 거라고 생
각했어요. 하지만 아니었죠."

설은 소윤과 자신의 사이가 어땠는지 말하지 않아도 알 것이라
고 생각했다. 소윤은 이때까지 자신이 설에게 부렸던 짜증과 패
악을 생각하며 부정하지 않았다.

"그런데도 난 아직 돌아갈 수 있을 거라는 생각을 해요. 아가
씨가 조금만 내게 다가와 준다면요. 오늘처럼."

설은 그래줄 수 있겠냐고 물었다. 이명이 나가 살라는 말까지
했으니 돌이킬 수 없을 거라 생각했던 소윤은 설의 말에 잠시 멈
추었던 눈물을 다시 뚝뚝 흘렸다. 설이 자신과 처음부터 다시 시
작해 보자고 말하는 것과 다름이 없었기 때문이었다.

"새언니, 날 용서해요?"

"나한테 진심으로 미안하다고 했잖아요."

설은 소윤이 진정성 있는 사과를 했으니 그것을 받아들였을
뿐이라고 말했다. 지금까지의 경거망동에 대한 질타도 없고, 앞

으로 어떻게 하라는 지적이나 충고도 없었다. 올케와 시누이 사이의 서열을 확실히 하려는 것조차도 없었다.

문 밖에서 두 여인의 이야기를 듣고 있던 이명은 맥이 탁 풀렸다. 용서를 구하니 용서를 해줬다고 당연하게 말하는 설의 얼굴이 얼마나 순수하게 맑을지 눈에 선했다. 만약 설이 소윤을 나무라고 비꼬았다면 이명은 동생을 내보내는 결정을 유지할 수밖에 없었을 것이다. 그러나 설은 소윤의 사과와 솔직한 토로를 모두 포용함으로써, 이명이 자신의 누이인 소윤이 그렇게까지 실망스러운 사람은 아니었다는 것을 확인할 수 있게 했다. 앞으로 소윤의 행동을 지켜봐야겠지만 두 사람은 남매간의 우애와 신뢰를 회복할 수 있는 기회를 갖게 되었다.

"그때 저와 다음 날 윷놀이를 하자 약속했었는데, 기억해요?"

눈물을 닦아내는 소윤에게 설이 물었다. 소윤은 그랬던 것도 같아서 고개를 끄덕였다. 설이 그 끄덕임에 빙긋 웃으며 이번 설날에 그 약속을 지키겠다고 말했다. 소윤은 윷놀이를 하자는 그 하잘 것 없는 약속을 지금까지 기억하는 것도 모자라 지키겠다고 하는 설을 멍하니 바라봤다. 이명이 왜 설을 좋아하는지 오늘 처음으로 알 것만 같았다. 설은 사람의 말 한마디를 귀하게 듣고, 있는 그대로를 받아들일 줄 아는 사람이었다.

'받아들일 준비가 안 된 건 나뿐이었나.'

소윤은 자신이 만들어놓은 기준으로 설을 재고, 오라버니의 부인으로 어울리지 않는다고 판단해 밀어냈다. 그런 집안은 안 돼, 라는 편견은 설의 본모습들을 가려 보이지 않게 했다. 오늘로써 소윤은 처음 자신을 돌아보고 설을 참된 마음속으로 받아들였다.

거기까지 들은 이명은 더 이상 엿들을 필요가 없을 것 같다는 생각에 방문 앞을 벗어났다. 양현군의 말대로 집안의 일은 설에게 맡기는 것이 맞을 듯싶었다. 안채를 나서는 이명의 옷자락이 가볍게 펄럭였다.

이명이 설을 데리고 먼저 가버린 뒤, 남강수와 자현도 눈치껏 자리를 피해 객주로 돌아가고 양현군과 가연은 원래 머물고 있던 이명의 집이 아닌 도헌의 집으로 왔다. 지금 이명의 집으로 가봤자 껄끄러운 상황을 더 껄끄럽게 만들 뿐이라 판단해서였다. 이명이 아무리 도헌의 친구이고, 설이 연리의 언니라 하여도 집안 문제에 만큼은 한발 물러나 있는 것이 옳았다.

그러나 걱정이 되지 않는 것은 아니라서 연리는 저녁식사가 끝난 뒤 조용히 혼자 설의 집을 찾았다. 번거로운 가마가 아닌 도헌의 흑마를 타고 설의 집을 찾은 연리는 안채 앞에서 뜻밖에도 소윤을 맞닥뜨렸다. 보통 때 같았으면 연리를 휙 지나쳤을 소윤은 약간 부은 눈두덩이를 들어 연리를 쳐다봤다. 그리곤 주춤거리며 연리에게로 걸어왔다.

"새언니는 주무세요. 피곤하시다고 일찍 잠자리에 드셨어요."

소윤은 들어가지 않는 것이 좋겠다고 말했다. 연리는 소윤이 무언가 바뀌었다는 것을 알았다. 쌀쌀맞던 목소리부터 부드럽게 바뀐 것이 그랬다.

"미안해요. 너무 늦었다는 거 알아요. 그래도 사과드리는 게 맞을 것 같아 말씀드려요."

소윤은 설에게도 제대로 사과했다며 일부러 거짓말한 것부터 오늘 일까지 모두 미안하다고 사과했다. 연리는 소윤이 혹시 다른 꿍꿍이가 있어 이리 순순히 사과를 하나 의심했다. 소윤은 그런 연리를 안다는 듯 설과 많은 이야기를 나누었고 정말로 자신의 잘못을 뉘우치고 있다고 덧붙였다.

연리는 설이 소윤과 이야기를 나누었고 사과를 받았다면 자신은 더 할 말이 없다고 생각했다. 연리는 아무 감정도 담지 않고 그저 알겠다고 대답했다. 장차 소윤과 사이가 좋아질지는 두고 봐야 알겠지만, 연리는 당장에 가졌던 악감정을 조금 내려놓기로 했다. 자세한 정황은 다음에 찾아와 들어야겠다고 생각한 연리가 이만 가보겠다고 하자 소윤은 정중하게 살펴 가시라 말했다. 연리는 정말 소윤이 바뀐 걸지도 모른다고 생각하며 안채에서 도로 나왔다. 그리고 대문 앞에서 도헌과 마주쳤다.

"나리, 아니 어떻게 여기 계세요?"

"이명이가 걱정되어 와보려 했더니 누가 제 말을 훔쳐가지 않았겠습니까. 그 범인을 쫓다보니 여기까지 왔습니다."

말을 마친 도헌은 범인을 찾은 사헌부 관원처럼 연리를 빤히 쳐다봤다. 연리는 이곳에 오기 위해 자신이 도헌의 흑마를 타고 왔다는 사실에 입술을 말아 넣으며 미안한 얼굴을 했다. 도헌이 연리의 시야에 맞추어 허리를 숙였다.

"같이 가자 말씀하셨으면 같이 왔을 터인데, 어찌 홀로 오셨습니까."

"언니 얼굴만 보고 갈 생각이었어요. 괜히 나리를 번거롭게 하고 싶지 않았습니다."

"그럼 광덕이라도 데리고 가셨어야지요. 여긴 마냥 평화롭기만 한 장연과는 다릅니다."

도헌은 한양은 장연과는 달리 안전한 곳만은 아니라며 허리춤에 매고 온 검집을 내보였다. 일반적으로 양반들은 함부로 건드리지 않지만, 가마를 타고 가는 양갓집 규수가 습격당하는 일이 아예 일어나지 않는 것은 아니었다. 도헌은 이른 저녁이기는 하지만 연리가 홀로 말을 타고 갔다는 말에 걱정부터 들었기 때문에 주의를 주지 않을 수 없었다.

연리는 도헌을 걱정시켰다는 생각에 다음부터는 절대 이리하지 않겠다고 약속을 했다. 연리가 경솔하지 않다는 것을 아는 도헌은 더 말하지 않고 하인더러 말을 끌고 오라 손짓했다.

"그런데 여기까지 오는 동안 말이 날뛰지 않았습니까? 제가 아닌 다른 이가 안장에 앉는 것을 싫어하는 녀석인데."

도헌은 하인에게 말고삐를 받아 대문 밖으로 말을 끌고 나오면서 연리에게 물었다. 연리는 오랜만에 타는 말에 올라타기 위해 헛발질을 몇 번이나 해도 순하게 기다려 주던 흑마를 떠올리곤 고개를 저었다.

"순하기만 하던걸요?"

"이 녀석이 부인이 제 사람인 것을 아는 모양입니다."

도헌은 제 말이 순하다는 연리의 말에 기가 찬 듯 웃었다. 도헌의 말은 순한 것과는 거리가 멀었다. 그 증거로 낯선 이가 아닌 백이명조차도 도헌의 흑마에 한 번 타보려다가 뒷발에 거하게 차일 뻔한 사건이 있었다. 도헌은 말이 연리를 알아봤다는 사실에 녀석의 갈기를 손으로 빗질해 주며 칭찬했다. 그리곤 연리가 말 안장 위에 곱게 앉을 수 있도록 허리를 들어 올려주었다. 홀로 말을 타고 올 때와는 달리 다리를 옆으로 모아 조신하게 앉은 연리가 옷자락을 정리했다.

"천천히 걸어갑시다."

도헌은 말에 오르지 않고 고삐를 잡고 옆에서 천천히 걷기 시작했다. 이명의 집과 도헌의 집 사이의 거리가 얼마 되지 않으니 좋은 저녁 산책이 될 수 있을 것 같았다. 꼬리를 턴 흑마가 느리게 다그닥거리며 말굽을 디뎠다. 달무리가 낀 초승달이 희미한 달빛으로 두 사람의 나아갈 길을 비춰주었다.

"이명이 말로는 일이 잘 해결되었다 했습니다. 이리 잘 해결될 줄 알았으면 장인어른께 저희 집에 머무르시라 섣불리 말하지 않을 것을 그랬습니다."

"아니에요. 잘하셨어요. 이번 일과 관계없이 요 며칠은 언니 집에서 지내셨으니 앞으로 며칠은 저희 집에서 지내는 것이 좋지요."

혹여나 양현군이 설의 집에 머무는 것을 불편해할까 싶어 미리 말을 해두었던 도헌에게 연리가 잘했다고 하였다.

"처제가 특히 좋아했습니다. 도희도 그렇고, 두 사람이 말을 놓은 걸로 보아 꽤 가까워진 모양입니다."

앞으로는 자신의 집에 머무르라는 도헌의 말에 가연은 진심으로 기뻐했고, 기쁨에 팔짝팔짝 뛰는 가연을 도희가 신기하게 바라봤다. 소심하고 얌전한 도희에게 감정 표현이 다양하고 활발한 가연은 다른 세상 사람과 다름없었다. 전혀 다른 성격의 두 사람은 서로가 꽤나 마음에 들었는지 서로 도희야, 가연아, 하고 이름을 불렀다.

"좋은 일이긴 한데, 가연이가 지나치게 밝은 아이라 걱정이 돼요."

연리는 혹시나 가연이가 도희에게 안 좋은 영향을 주면 어떡하나 싶었다. 팔은 안으로 굽는다 하는데 아직 고칠 게 많은 가연의 행동거지를 생각하면 무작정 팔이 안쪽으로만 굽지는 않았다.

"도희는 지나치게 조심성이 많은 이고, 처제는 지나치게 밝은 이니. 서로를 닮으면 좋은 게 아니겠습니까."

도헌은 연리가 걱정하는 것이 무엇인지 말하지 않아도 알았다. 도헌은 손서강과의 일이 있은 뒤로 지나치게 사람을 조심하는 도희가 이제는 조금 변할 때가 되었다고 생각했다. 그런 면에서 가연은 아주 좋은 적임자였다. 도희는 가연이 연리의 동생이라는 것만으로도 경계심을 풀었기 때문이었다.

"그러면야 좋겠지만…… 아!"

가연이 도희의 신중한 면을 좀 닮았으면 좋겠다고 말하던 연리의 발에서 신발이 쑥 빠져나갔다. 그 순간, 탁- 하고 도헌이 말 아래로 떨어지는 연리의 당혜를 낚아챘다. 정확하게 당혜를 받아내어 손에 쥔 도헌이 연리를 올려다보며 빙긋 웃었다.

"조심하십시오."

말고삐를 잡아 세운 도헌은 흰 버선에 감싸인 연리의 발목을 잡았다. 키가 작은 편이 아닌 연리이건만 발은 조막만 한 것 같아 도헌이 연리의 발을 한 번 잡아본 뒤 그 발에 벗겨진 당혜를 다시 신겨주었다. 도헌의 눈앞에 연리의 물빛 치맛자락이 바스락거렸다.

연리는 아래쪽으로 손을 뻗어 도헌의 얼굴을 들어올렸다. 선이 뚜렷한 이목구비가 연리의 눈에 가득 찼다. 도헌의 검은 눈을 잠시 바라본 연리가 천천히 말의 아래쪽으로 허리를 숙였다. 연리가 말안장에서 스륵 미끄러지자 도헌이 그녀의 허리를 잡아 받쳤다. 도헌의 어깨를 짚은 연리의 얼굴이 그가 쓴 갓의 차양 아래로 사라졌다. 초승달이 부끄러운 듯 달무리로 자신의 눈을 가렸다.

❀

십이월 스물아흐레 창덕궁 선정전에서 사흘 동안 열리는 신년 연회 중 첫 연회가 시작됐다. 연회의 둘째 날이 남자 관리들만을 위한 날이고, 셋째 날은 내명부 여인들만을 위한 날인 반면, 첫 날은 궁에 입궐 가능한 모든 이를 위한 날이었다. 조용하고 무거운 공기만이 가득하던 궐 안에 음식 냄새와 사람들의 활기가 가득 찼다. 먹물과 종이 냄새만 가득한 사헌부에서 항상 함께 일하던 도헌과 이명, 그리고 이명의 형인 이청이 오랜만에 사헌부에서 벗어나 연회장에 모였다.

"이럴 줄 알았으면 나도 전하께 장연에 암행어사로 보내달라 주청을 올릴 것을 그랬다."

이청이 저 멀리서 자신의 부인과 함께 이야기를 나누고 있는 연리와 설을 보며 농담조로 말을 던졌다. 장연에 소문난 미인들이었던 터라 인파 속에서도 태가 남다르긴 했다.

"형수님께 그 말씀 그대로 전해드릴 겁니다."

"아서라. 난 네 형수가 범보다 더 무섭다."

백이청은 조용히 좀 말하라며 이명의 얼굴 앞으로 손을 저었다. 그러나 이명은 조용히 하는 대신 이청의 어깨 너머를 쳐다봤다. 이청이 이명의 시선을 따라 뒤를 돌았다. 그리고 그곳엔 범보다 더 무섭다는 제 아내가 팔짱을 낀 채 서 있었다. 두 사람의 다정한 대화를 위해 도헌과 이명이 뒷걸음 쳐 자리를 피했다. 그리곤 단란하게 이야기를 나누는 설과 연리에게 다가갔다.

"채화(綵花, 비단으로 만든 가짜 꽃)들 사이에 두 분이 서 계시니 어느 쪽이 꽃인지 모르겠습니다."

이명은 능숙하게 두 사람 사이에 끼어들어 말을 걸었다. 연서 쓰던 솜씨가 입으로 옮겨갔는지 말에서 꿀이 떨어지는 것 같았다. 설과 이명이 함박웃음을 띠며 붙어 섰다. 연리가 그런 두 사람을 보며 도헌에게로 시선을 옮겼다. 도헌은 아직 왕과 왕비가 등장하지 않아 소란스러운 장내를 둘러보며 인상을 약간 찌푸리고 있었다. 정확히는 저 멀리서 도헌을 알아보고 손을 흔드는 이들을 본 것이었다. 그것은 마치 도헌이 처음 연리의 집에 찾아왔을 때 짓고 있던 표정과 같았다.

"무슨 생각을 하고 계신지 맞춰볼까요?"

연리가 흠흠 목을 가다듬고는 물었다. 도헌은 그게 갑자기 무슨 말이냐며 의문스러운 얼굴을 했다.

"이렇게 낯선 사람들과 어울려서 사흘 밤을 보낼 것을 생각하니 빨리 벗어나고만 싶으신 거지요?"

연리는 언젠가 도헌이 자신은 낯선 이들과 쉽게 이야기하는 재주가 없다고 말했던 것을 상기했다. 도헌을 잘 몰랐던 때라면 오만한 표정을 짓고 남들을 깔보는 얼굴이라 생각했겠지만 지금은 아니었다. 그 말에 도헌의 얼굴에 천천히 미소가 폈다.

"완전히 잘못 짚으셨습니다."

"그럼요? 무슨 생각을 하고 계셨는데요?"

"고운 여인의 얼굴에서 아름다운 두 눈동자가 베풀어주는 큰 기쁨에 대해 깊게 묵상하는 중이었습니다."

도헌은 고개를 숙여 연리의 두 눈을 그윽하게 바라봤다. 도헌이 이명처럼 낯간지러운 말은 못하리라 생각했던 연리는 입술을 오므리며 웃음을 참았다.

"나리께 그런 생각이 들게 한 그 대단한 여인이 어디 계시죠? 제가 당장 데려오겠습니다."

그리곤 도저히 모르겠다는 얼굴로 장내를 둘러보는 척했다. 부끄러워해 주길 바라서 했던 말이었는데 연리가 오히려 장난으로 받아치자 도헌이 기가 차다는 듯 헛웃음을 지었다.

"이미 제 옆에 계시지 않습니까."

"알아요. 그 말이 듣고 싶어 해본 말이에요."

연리는 당연히 알고 있었다며 고상한 웃음을 지었다. 도헌은 자신이 아무리 궐 안팎으로 날고 기는 사헌부 관원이라도 연리의 말장난 앞에서는 그녀의 손바닥 안이라는 생각을 지울 수 없었다.

"실은 그런 생각을 좀 하긴 했습니다. 이 자리를 빨리 벗어나고 싶다는 생각 말입니다."

도헌은 아마도 오늘 이 연회 자리를 지킨다면 밤새 술을 잔뜩 마시게 될 것만 같은 예감이 들었다.

"그래서 오늘은 좀 빠져 볼까 합니다."

도헌은 내일 따로 남자들만을 위한 외진연이 열리니 오늘은 좀 자리를 비워볼까 한다고 말했다. 빠진다는 것이 무슨 뜻인지 이해할 수 없다는 듯 연리가 눈을 동그랗게 떴다. 그때, 장내의 촛불들이 꺼지며 선정전 대문이 활짝 열렸다. 그리곤 커다란 노란 초롱을 들고 있는 여인들이 줄줄이 들어오며 풍악이 울렸다.

연회의 시작을 알리는 일이었다. 초롱불로 연회장 분위기를 정돈하고 나면 불이 켜지면서 왕과 왕비가 들어올 것이고, 그 뒤엔 자연스럽게 액을 쫓는 나례가 시작될 터였다. 장 가운데에 둥글

게 늘어서는 초롱을 기대에 차서 바라보는 연리의 손을 도헌이 살며시 잡았다.

"갑시다."

이제 막 연회가 시작되는데 어디를 가자는 건지 묻고 싶었던 연리는 도헌에게 이끌려 닫히려는 선정전 문 밖으로 빠져나왔다.

"곧 전하께서 오실 텐데 어딜 가세요! 찾으시면 어쩌시려고!"

"전하께선 업무를 보실 땐 저를 찾으시지만, 음주가무를 즐기실 땐 멀리하시니 찾지 않으실 겁니다."

도헌은 게다가 사람이 이리 많으니 우리 정도야 사라져도 모를 것이라 장담했다. 연리는 다른 사람도 아니고 도헌이 왕의 눈을 피해 꾀를 부리자는 말을 할 줄 몰랐다. 하지만 도헌이 연회에서 몰래 빠져나온 것은 이번이 처음은 아니었다. 도헌은 매년 연회마다 잠시 자리를 비우는 척하다가 홀로 사헌부로 돌아가곤 했다. 멀리서 음악 소리와 사람들의 웃음소리를 들으며 업무를 보던 도헌에게 달라진 것은, 돌아가는 곳이 사헌부가 아니라는 것과 혼자가 아닌 연리와 함께라는 것이었다.

선정전을 나온 두 사람은 인정전을 지나 돈화문을 통해 창덕궁을 빠져나왔다. 돈화문 앞에는 외명부 부인들이 타고 온 수많은 가마들과 말들이 세워져 있었다. 그 사이에서 도헌이 용케 길을 찾아 자신의 흑마를 발견했다.

"오셨어요, 마님."

연리의 가마 안에서 쉬고 있던 부평댁이 나와 연리를 맞이했다. 말고삐를 잡고 있던 광덕이나 부평댁이나 마치 연리와 도헌이 나올 것을 알고 있던 것처럼 바로 출발할 채비를 했다. 부평댁이 어서 타시라 가마 문을 여니, 연리는 무슨 일이냐 묻지도 못하고 엉겁결에 가마에 올랐다. 기우뚱하는 느낌과 함께 가마가 들리자 연리는 가마 창문을 열어 도헌을 찾았다.

"어디로 가는지도 말씀을 안 해주시는 건가요?"

연리가 창틀을 붙잡고 어디로 가느냐 물었다. 그러나 도헌은 한 번 빙긋 웃더니 가마 가까이로 말을 몰아 창문에 달린 발을 내려줄 뿐이었다. 발을 내리면 창문을 연 의미가 없지 않느냐 말하려던 연리는 가까운 곳에서 들려오는 와자지껄한 소리에 고개를 돌렸다. 시전 거리에 들어선 모양이었다. 아까 이 길로 궁에 갈 때만 해도 사람이 많지 않았는데, 지금은 사람들로 복작였다. 술 취한 사내들의 목소리와 장구 소리, 시전 상인들이 물건 파는 소리 따위가 뒤엉켜 시끄러웠다. 발에 가려 잘 보이지는 않았지만 그럼에도 연리의 눈을 사로잡은 것은 괴상한 탈을 쓰고 덩실덩실 춤을 추는 이들이었다.

"백성들끼리 하는 나례입니다."

도헌이 연리가 쳐다보는 탈춤을 설명해 주었다. 궁에서 하는 행사들을 백성들이 따라 하는 모양이었다. 발을 살짝 들어 그들만의 연회를 구경한 연리는 아쉬운 마음이 들었다. 궁 안에서 열리는 나례연도 분명 재미있었을 거라는 생각이 들어서였다. 그러나 도헌도 뜻이 있어서 데리고 나왔겠지 싶어, 연리는 약간의 기대를 가지고 창문을 닫았다. 그러나 잠시 뒤, 가마에서 내린 연리는 신년 연회를 뒤로하고 겨우 온 곳이 자신의 집이라는 것에 약간 허탈한 웃음을 지었다.

"집에 오고 싶으실 만큼 그렇게 피곤하셨어요?"

연리가 흑마를 마구간지기에 넘기는 도헌에게 물었다. 도헌은 대답 없이 다정하게 연리의 어깨를 끌어안아 집 안으로 이끌었다. 물론 연리는 도헌이 피곤하다면 신년 연회에 큰 미련이 없었다. 화려한 연회도 좋지만 오랜만에 둘이서 한가로이 쉬며 새해를 맞이하는 것도 나쁘지 않을 것 같았다. 따뜻한 아랫목에 앉아, 둘이서 책 한 권을 나눠 읽어도 좋겠다는 생각이 들었다. 연리는 시간이 생긴 김에 도헌이 책을 읽는 목소리도 들어보고 싶었다.

"저잣거리에서 궁궐 연회를 따라하는 줄은 몰랐어요."

연리는 저잣거리에서 보았던 탈춤을 생각하며 어깨를 잡은 도헌의 손을 잡아내려 마주 잡았다. 도헌은 새해보다도 추석 때 더 큰 장이 열린다고 대답했다. 불 꺼진 위여당 앞을 지나 따뜻한 기운이 가득한 연화당으로 향하는 두 사람이 조곤조곤 시답지 않은 이야기를 정답게 나눴다. 도헌이 열어주는 연화당의 일각문 안으로 연리가 치맛자락을 살짝 들고 들어갔다. 하지만 이내 손가락 사이로 스스륵 빠져나가는 도헌의 손에 연리가 의아하게 뒤돌아봤다.

"나리?"

연리가 갑자기 손을 놔버린 도헌에게 왜 그러냐는 얼굴을 해보였다. 하지만 도헌은 일각문 너머에서 연화당 안쪽을 가만히 쳐다볼 뿐이었다. 도헌이 어디를 보나 싶어 연리가 연화당 앞뜰로 시선을 돌렸다. 그리고 보고도 믿을 수 없는 광경을 마주했다.

연리는 꽃이 만발한 뜰 가까이 걸어갔다. 털옷을 입어야 할 정도로 추운 겨울에 색색의 꽃들이 피었다는 것을 믿을 수 없었다. 조선에는 겨울이 왔는데, 연화당 앞뜰만 봄이 와 있었다.

연리는 가지에서 분홍빛 꽃 한 송이를 집어 들었다. 자세히 보니 진짜 꽃이 아닌 종이로 만든 지화(紙花)였다. 연리가 꽃송이를 든 채 도헌을 돌아봤다. 여전히 도헌은 연화당 문간에 서 있었다. 마치 연리와 다시 만났던 그날처럼. 연리는 안뜰 가득한 꽃들 때문에 그날처럼 눈앞에 나비가 날아다니는 것 같은 착각이 들었다. 그러나 곧 그것이 착각이 아니라는 것을 알았다. 눈앞에 무언가 날리고 있었다. 연리가 하늘을 향해 고개를 들었다.

"초설(初雪, 첫눈)이군요."

연리를 따라 고개를 든 도헌이 말했다. 연리는 눈앞에 팔랑이는 눈송이를 향해 손을 내밀었다. 작은 솜뭉치 같은 눈이 손 위의 지화에 내려앉았다. 도헌이 일각문을 넘어 들어와 그녀의 손에서 꽃을 받아 들자, 그와 함께 다가온 부평댁이 연리의 빈손을 잡아 건물 안으로 이끌었다.

안채 한 편의 빈방으로 그녀를 이끈 부평댁은 궁에 다녀온 연리의 예복을 정돈해 주더니, 노란 꿀이 담긴 그릇을 가져왔다. 꿀을 붓에 찍어 자신의 눈으로 가져오는 부평댁을 보며 연리는 눈을 꼬옥 감았다. 신방에 드는 신부가 삿된 것을 보지 못하게 하려는 관례였다.

연리가 암흑에 잠기자 부평댁이 연리를 이끌어 신방으로 향했다. 한 걸음, 한 걸음 걸어가자 장지문 열리는 소리와 함께 향초 내음이 연리의 코끝을 간질였다. 이내 부평댁의 손이 떨어져 나가고 그보다 크고 따뜻한 손이 연리의 손을 건네받았다. 도헌의 것이었다. 도헌은 연리가 넘어지지 않도록 연리를 조심히 이끌었다. 어둠 속에서 도헌의 손에 의지해 바닥에 앉은 연리는 눈가에 축축한 면포가 닿는 것을 느꼈다.

"이런 것은 하지 말라 이를 것을 그랬습니다."

도헌이 깨지기 쉬운 도자기를 다루듯 조심스럽게 꿀을 닦아냈다. 연리는 그 손길에 얌전히 얼굴을 내맡겼다. 도헌은 연리의 촘촘한 속눈썹 사이의 꿀이 녹은 것을 보고 나서야 면포를 내려놨다. 그의 눈에 얼굴을 내민 채 가만히 눈을 감은 연리가 들어왔다. 연리의 얼굴을 살며시 감싼 도헌이 그녀의 눈꺼풀 위에 향초의 향기가 엷었다 가듯 가볍게 입을 맞췄다.

도헌의 입술이 이마로 옮겨가고 연리가 살며시 눈을 떴다. 눈을 감고 있었던 것은 아주 잠시였는데 눈앞이 흐린 것 같았다. 전에 봤던 나비촛대며 원앙금침이 흐린 시야에 들어왔다.

"나리."

"오늘이 지나고 나면 나리 말고 다른 것으로 불러주시면 좋겠습니다."

도헌이 연리의 머리에서 중전이 하사한 석류잠을 빼내 바닥에 내려놓으며 말했다. 도헌은 연리를 부인이라 부르는데 연리는 혼인 전과 같이 나리라 부르니 하는 말 같았다. 연리의 쪽머리를 풀어 내린 도헌이 주안상 위의 술병을 들어 과실주를 따랐다. 쪼르륵 술 떨어지는 소리에 연리가 도헌을 부를 만한 호칭을 생각해 냈다.

"그럼…… 영감?"

영감이라는 말에 도헌이 술을 따르던 손을 멈췄다. 정말 그렇게 부를 참이냐는 도헌의 얼굴에 연리가 안면 가득 웃음을 띠었다.

"헌."

연리의 보드라운 목소리가 도헌을 불렀다. 도헌이 술병을 내려놓았다. 연리는 합환주가 가득 찬 잔을 들어 올려 지난번에 마시지 못했던 붉은 과실주를 한 모금 넘겼다.

"나의 헌, 도헌."

연리가 몇 번이고 자신의 이름을 되뇌는 것을 들으며 도헌은 합환주에 남아 있던 술을 털어 마셨다. 비워진 잔에 붉은 과실주의 흔적이 남았다. 그리고 이번엔 지난번과 달리 망설이지 않고 달콤한 과실주의 향기가 나는 연리의 입술을 깊게 마주했다.

눈이 내리는 겨울밤은 길었다. 두 사람을 위한 밤이 너무 늦게 왔다는 것을 아는지 아침도 제 알아서 느지막이 찾아왔다. 주인 내외를 위해 하인들이 수탉도 못 울게 만든 덕에 연리는 아침 해가 뜨고 훨씬 지나서야 잠에서 깨어났다. 도헌의 품 안에서 눈을 뜬 연리가 조심스럽게 일어났다. 흐트러진 머리를 풀어헤친 채, 홀린 듯 창가로 다가갔다. 눈 냄새가 나는 것도 같다는 생각을 하며 연리의 손이 비단 가리개를 걷고 창문을 열었다. 차가운 공기가 파도처럼 밀려들어 왔다.

"하아."

연리는 입김을 내뱉으며 밤새 눈이 쌓인 바깥을 내다봤다. 연화당 난간에도, 담장 위 기와에도 하얀 눈이 덮였다. 때 아닌 겨울에 만발했던 연화당의 종이꽃들 위에도 눈이 소복하게 쌓여 눈꽃을 만들었다. 매년 보는 눈이지만 이번 눈은 유난히 예쁜 것 같아서 연리는 추위에도 바깥을 내다보는 것을 멈출 수 없었다. 그런 연리의 어깨에 도헌이 턱을 기대며 그녀를 끌어안았다. 품에 안겨 있던 따뜻한 연리 대신 들어온 찬 공기가 도헌을 깨운 것이었다.

"첫 새해네요."

연리는 지금 이 순간이 도헌과 맞이한 첫 새해라는 것을 깨달았다. 도헌과 처음 맞는 새해의 이 정경을 잊지 못할 것 같았다.

"저와 맞이하는 새해는 어떻습니까?"

도헌이 창틀에 놓인 연리의 손을 끌어오며 물었다. 연리는 그와 함께 맞이하는 새해는 참 좋을 것 같다고 했던 자신의 말을 그가 기억하고 있다는 것에 웃음 지었다. 다시 한 번 창밖의 풍경을 살핀 연리가 고개를 돌려 도헌의 귓가에 속삭였다. 참 좋다는 그 속삭임에 도헌의 입술이 호선을 그렸다.

❀

연리는 한양에서 두 번째 봄을 맞이했다. 계절만큼은 장연과 한양이 다를 것이 없었다. 바람에는 봄내음이 섞여 있었고 씨앗은 흙이 있는 곳이라면 어디든 뿌리를 내리고 꽃을 피웠다. 연리는 화평언덕만은 못해도 백악산 아래 꽤나 괜찮은 둔덕을 찾았다. 설의 집과도 가까운 그곳엔 이미 봄꽃이 만개했다. 그곳에 돗자리를 펴고 앉은 연리는 혼자가 아니었다. 이제 열 살 가까이 되어 보이는 아이들부터 그런 아이들을 무작정 따라온, 아직 아기 티를 못 벗은 아이들까지 모두 열댓은 되어 보였다. 남자 아이들은 제비꽃 줄기를 꺾어 꽃 싸움을 했고, 여자아이들은 할미꽃으로 만든 꽃 족두리와 분꽃으로 만든 귀걸이로 스스로를 꾸몄다.

"뒷동산의 할미꽃 꼬부라진 할미꽃, 싹 날 때에 늙었나 호호백발 할미꽃-."

제비꽃의 씨 주머니를 터뜨려 소꿉놀이를 하는 여자아이들의 입에서 연리가 알려준 할미꽃 노래가 흘러나왔다. 연리는 노래를 가르치고 그 노래를 글씨로 쓰게 함으로써 글을 가르쳤다. 연리가 아이들이 부르는 노래 박자에 맞춰 흙바닥에 글씨를 쓰는 아이의 작은 등을 토닥였다.

"노랑나팔 열두 개, 분홍나팔 아홉 개, 노랑바지 우리아기."

연리의 등 뒤에서는 저어기 경상도 지방에서나 부르는 노래가 들려왔다. 연리의 집에서 일하는 경상도 출신 아낙의 딸이었다. 나이는 꽤 있지만 말이 어눌하고 혼이 자주 나 늘 풀이 죽어 있는 아이이기도 했다. 지난번에도 광에서 물건을 잘못 세는 바람에 혼이 나는 것을 보았다. 연리는 자리를 고쳐 앉아 여자아이의 앞에 글씨를 하나씩 적어갔다. 아이가 연리를 흘끔 거리며 글씨를 손가락으로 가리켰다.

"마님, 이게 무엇이랍니까."

"글씨라는 거야."

"높으신 분들이 쓰는 거요?"

"꼭 높으신 분들만 쓰는 게 아니란다. 너희도 배우면 쓸 수 있어."

예전에 어느 좋은 임금님이 그렇게 하도록 만들어주셨어, 라고 말하는 연리의 얼굴은 다감했다. 아직 글자를 배우지 않은 어린 아이들이 슬금슬금 모여들었다.

"글자를 배우면 뭐가 좋은데요?"

여자아이는 왜 글자를 배워야 하는지 물었다.

"누구한테 돈을 빌려주면 빌려줬다고 기록을 남겨둘 수도 있고, 광에 있는 물건들을 까먹지 않게 적어둘 수도 있지. 물론 좋아하는 사람한테 좋아한다고 편지를 쓸 수도 있고."

"좋아하는 사람이래!"

어린아이들이 좋아하는 사람이라는 말에 부끄러운 티를 내며 저들끼리 키득키득댔다. 연정이 무엇인지도 모르면서 그저 재미있는 모양이었다. 한양이나 장연이나 아이들이 순수하고 예쁘긴 마찬가지였다. 그러나 여자아이의 관심을 끈 것은 광 안에 있는 물건들을 적을 수 있다는 것이었다.

"저 같은 계집애도 배울 수 있어요?"

때 묻은 치마를 꽉 움켜쥐고서 아이가 물었다. 더듬더듬 말하는 모양새가 좋지는 않았지만 글을 배우고 싶다는 의사가 있음은 드러났다.

"그럼. 물론이지. 그리고 숫자도 알려줄게. 그럼 광에서 물건 세는 일을 틀리지 않겠지?"

연리는 계집아이든 사내아이든 배우는 데는 관계없다고 말해주었다. 숫자를 알려주겠다는 말에 여자아이의 얼굴이 눈에 띄게 환해졌다. 연리가 짜리몽땅한 여자아이의 거친 댕기머리를 쓰다듬었다. 아이가 조금 전보다 큰 목소리로 노래를 부르며 연리가 쓴 글씨 위를 따라 나뭇가지를 끄적였다. 그것을 가만히 지켜보고 있으니 다른 아이들이 뛰어와 연리에게 자신들이 만든 할미꽃 족두리며 진달래 꽃잎을 얼기설기 엮은 목걸이 따위를 가져와 걸었다.

"장연에도 봄이 왔겠습니다."

둔덕 아래서부터 연리와 아이들을 보며 올라온 도헌은 봄꽃들을 보며 말했다. 연리는 익숙하게 도헌을 맞이했다. 날씨가 좋은 날이면 연리는 항상 이곳에 있었고, 도헌은 퇴궐 길에 이곳으로 와 연리를 데려가곤 했다. 도헌은 장연의 화평언덕에서 매화꽃을 댕기머리 가득 흐드러지게 피워둔 채 자신의 갓을 꿰매주던 연리를 떠올렸다. 그것이 벌써 일 년도 더 된 일이었다. 그 말은 즉 이제 연리가 친정에 가볼 때가 되었다는 뜻이었다.

다음 날, 연리는 집으로 설을 불러 우귀(于歸, 신부가 처음으로 친정에 가는 것)를 어찌할 것인지 이야기를 나눴다. 두 사람의 혼례가 얼마 차이나지 않으니 따로 갈 것 없이 일정을 맞춰 함께 가자는 것이었다.

"아참, 그리고 보니 명진이가 나한테 편지를 보냈어."

봄꽃향이 우러나온 꽃차를 손에 쥔 설이 마침 생각났다는 듯 말했다.

"언니한테도? 나한테도 보냈던데."

그 말에 연리도 며칠 전에 왔던 편지를 상기하곤, 서랍장에서 그것을 꺼내 설에게 건넸다.

연리 언니, 여기 북쪽은 너무 외로워. 내가 아는 사람은 아무도 없는 데다가 서방님은 집에 자주 들어오시지도 않아. 게다가 난 새 지저귀리도, 당혜도 사본 지가 너무 오래돼서 다 낡아가려고 해. 그리고 집은 너무 좁고, 부엌일도 너무 힘들어. 형부한테 부탁해서 우리를 한양에 불러주면 참 좋을 것 같은데, 안 되면 친정에 있는 아랫것들이라도 두 명, 아니, 한 명이라도 보내주면 안 될까? 또 연락할게. 명진.

명진의 편지는 구구절절했고, 현재 자신의 처지에 대한 비관과 남편에 대한 원망이 가득했다. 설은 자신에게 온 편지의 내용도 그다지 다르지 않다고 말했다. 씀씀이가 헤픈 명진이 똑같이 씀씀이가 안 좋은 남편을 만났으니 가정 형편이 기우는 것은 당연했다. 연리는 명진의 처지가 안쓰럽다는 생각이 조금 들기는 했으나, 도헌에게 부탁해서 자신을 한양으로 불러달라는 말에 그런 생각을 고쳐먹었다.

가만히 있었다면 아버지는 명진에게 조건에 맞는 최선의 남편감을 구해주었을 텐데, 스스로의 치기를 믿고 손서강을 선택한 것은 명진이었다. 연리는 도헌이 손서강의 빚을 다 갚아주었음에도 끝까지 자신은 잘못한 것이 없다고 우기던 명진을 떠올렸다. 그리고 자매간에 남은 최소한의 정을 생각해 몸종 하나만을 내려 보내주기로 결정했다. 설도 받아주면 끝이 없다 판단했는지 작은 패물 몇 개만을 보내기로 했다.

❀

한 달 뒤, 연리 내외와 설 내외가 나란히 장연을 찾았다. 돌아온 장연은 하나도 변한 것이 없었다. 햇수로 두 살을 더 먹은 현부인 홍씨의 머리에 희끗희끗한 머리카락들이 좀 자라났을 뿐이었다.

"일 년이 됐으면 재깍재깍 달려와 인사부터 할 것이지, 뭘 그리 꾸물대다 이제야 오는 것이냐."

홍씨는 투덜거리는 것 같아도 다정하게 연리와 설을 보듬어 안았다. 다섯 딸들을 모두 시집보내고 나니 삶이 끝자락으로 달려가는 것만 같은 느낌을 받은 홍씨의 성격은 많이 물러졌다. 그러나 호들갑스러운 성질은 그대로였다.

혼례 후에 급하게 보내느라 연리에게 이바지 음식을 제대로 못해줬다며 홍씨는 오늘 잔치라도 열 것처럼 부엌 아낙들을 쉴 새

없이 일하게 만들었다. 상에 올라오는 음식들을 보건대 소를 잡았든 돼지를 잡았던 무언가를 잡긴 잡은 것 같았다. 그 덕에 친한 박씨네며 옆 마을로 시집을 간 가람까지 와서 식사를 했다.

"그나저나 너희는 왜 아무도 손주 소식이 없는 게야? 응?"

"어련히 알아서 하지 않겠소. 하늘이 점지하는 일이니 원한다고 되는 일도 아니고."

식사와 함께 자연스럽게 반주를 한잔한 홍씨가 아이 소식을 묻자, 양현군이 괜히 보채지 말라고 막아섰다. 노력을 해야 소식이 오는 것이라 말하는 홍씨의 말에 이명과 설의 시선이 교차했다. 그리곤 연리와 도헌의 눈치를 살폈다. 손주 이야기에도 딱히 별다른 반응이 없는 도헌과 연리의 동태를 파악한 이명이 입술을 달싹였다. 할 말이 있는 모양이었다.

"좋은 약을 먹으면 하늘이 점지 안 해주려고 해도 안 해줄 수가 없다니까요?"

"저– 장모님."

그 약을 파는 의원이 하늘보다 아이를 더 잘 점지한다고 말하는 장모를 이명이 조심스럽게 불렀다. 홍씨는 이명이 약 같은 것은 되었다고 말할까 싶어 두말 말고 그 의원에게 가보자 하려다가 그의 난감한 얼굴에서 무언가를 읽었다. 홍씨는 아까부터 술은 한 모금도 입에 대지 않은 딸 설을 멍하니 바라보더니 박수를 짝 쳤다.

"세상에! 세상에, 세상에! 이제 난 죽어도 여한이 없다!"

홍씨는 천지신명이 있을 하늘로 손을 들어 올리며 부산스럽게 야단을 떨었다. 홍씨의 호들갑이 설의 회임이라는 기쁜 소식에서 기인했다는 것과 그 호들갑이 굉장히 오랜만이라는 것 때문에 양현군은 부인의 경망을 그저 웃으며 지켜봤다.

연리가 정말이냐고 물으며 설에게 축하한다고 속삭였다. 설이 부끄러운 미소를 지으며 이명을 바라봤다. 이명도 쑥스러운 듯 축하 인사를 하는 도헌의 잔에 자신의 잔을 부딪쳤다. 그때, 함께 술을 마시고 있던 가람의 남편이 자리에서 벌떡 일어났다.

"아니, 동상례도 아니하고 이러는 법이 어디 있답니까? 한양의 법도가 이 모양인지 몰랐습니다!"

가람의 남편은 이름이 장율이고 얼굴에 큰 점이 있었다. 그는 본래 홍씨가 가연과 혼인시키려 했던 이였는데, 도중에 가람과 눈이 맞아 그녀의 남편이 되었다. 장율은 자신이 동상례로 발바닥을 얼마나 맞았는지를 강조하며, 이명과 도헌은 한양에서 온 귀한 사위라 하여 때리지 않는다면 그것은 차별이라며 장인인 양현군에게 서운한 척을 했다.

"내 사위들을 차별할 수는 없지, 암. 거기 아무나 가서 말려놓은 북어 가져오너라!"

술기운에 기분이 좋은 양현군은 말릴 것도 없이 발바닥을 때릴 딱딱한 북어포를 가져오라 소리쳤다. 그에 장율과 박씨 부인의 남편 곽동녕이 이명의 다리를 끌어당겨 발을 들어 올렸다.

"잠깐! 잠시만 기다려 보십시오! 도헌이!"

이명은 갑작스럽게 동상례를 하겠다는 말에 당황해서 버둥거렸다. 동상례라는 것이 남의 집 처녀를 데려간다고 과장스럽게 신랑의 발바닥을 때리는 것인데 생각보다 꽤 아픈 것이었다. 이명은 도헌에게 도와달라 청했지만 도헌은 기왕 당하는 것 사내답게 하라는 얄미운 말만을 남겼다.

"동상례를 하더라도 제가 도헌이보다 손위인데, 어찌 저를 먼저 한단 말입니까. 아니 그렇습니까, 동서?"

이명은 이대로 혼자만 당할 수는 없다는 생각에 도헌에게 먼저 동상례를 해야 한다고 주장했다. 그 말에 장률과 곽동녕이 이명의 발을 붙잡은 채 도헌을 돌아봤다. 술잔을 막 입으로 가져가던 도헌이 왜 자신을 쳐다보냐며 눈썹을 치켜떴다.

"아니지! 손윗사람이 먼저 모범을 보여야지!"

"그럼요!"

그 눈빛 한 번에 장률은 당장 이명의 버선을 벗겨냈다. 이명과 도헌 모두 장률에게는 형님이었으나, 같은 형님이라도 도헌은 쉽게 대할 수가 없었다. 감히 중전마마의 조카인 도헌의 버선을 벗겨 북어포로 발바닥을 내려친다는 것은 상상도 할 수가 없었다. 게다가 장연 장교청에 소속된 곽동녕은 도헌이 암행어사로서 매섭게 호통 치던 모습을 기억하고 있어 더욱이 그럴 수가 없었다. 두 사람은 도헌을 먼저 하라는 이명의 말을 묵살했다.

"마을 제일의 처녀를 훔쳐갔으니 도둑의 발을 재봐야지!"

결국 큰지 작은지 보자며 하인이 들고 온 북어포가 이명의 발바닥을 거세게 내려쳤다. 둔탁한 소리와 함께 이명이 윽 하고 새된 소리를 냈다. 샌님인 줄 알았더니 맷집이 좋다며 곽동녕이 껄껄 웃었다. 얼얼함이 가시기도 전에 이번엔 장률의 북어포가 이명의 발바닥에 부딪쳤다. 그리곤 신부를 귀하게 여기겠느냐 물었다. 이명이 조금 늦게 고개를 끄덕이자 다시 북어포가 날아왔다. 이명이 다시 격하게 고개를 끄덕였지만 곽동녕은 대답을 크게 안 했다며 다시금 발바닥을 내려쳤다.

"예! 귀히, 귀히 여기겠습니다!"

결국 이명이 꼭 반드시 그렇게 하겠다고 소리쳤다. 그제야 두 사람이 만족스러운 얼굴로 잡았던 이명의 발목을 내려놨다. 이명이 따끔거리는 발을 감싸 쥐니 설이 안절부절못하며 다가와 그의 발을 주물렀다. 이명은 북어포를 하인들에게 돌려주는 장율과 곽동녕을 보곤 도헌을 노려봤다. 결국 도헌은 당하지 않는 일이었다.

"불공평하네. 이것이야말로 사위를 차별하시는 게 아닌가."

"불평 말게. 자네의 희생으로 모두가 웃지 않았는가."

불평을 쏟아내는 이명에게 도헌이 태평하게 대꾸했다. 이명은 언젠가 연리가 회임을 하거든 그땐 자신이 도헌의 동상례를 치러주리라 마음먹었다.

"설이는 중매쟁이가 말하길 사주에 원추리가 가득 폈다 했으니 분명히 아들을 낳을 게다."

"저는 첫아이니 딸도 좋습니다. 설을 닮으면 아주 고울 겁니다."

분명 아들이라고 말하는 장모에게 이명은 딸아이여도 상관없다고 했다. 그리고 그 아이는 딸아이가 맞았다. 그 바로 다음 해에 설은 아들을 한 명 더 낳았고, 그 다음 해에는 연리가 딸을 낳았다. 연꽃을 태몽으로 꾸고 태어난 아이라 이름은 연화가 되었다.

심연화는 미색과 지혜가 출중하여 후에 강원대군과 혼인했다. 연리는 그 뒤로 쌍둥이 아들을 더 낳았는데, 그들은 아비처럼 약관에 이르기 전에 나란히 과거에 붙어 평탄한 삶을 살았다.

도헌과 연리는 자식들이 장성하고 새로운 가정을 꾸릴 때까지 사십 년간 백년해로했다. 심도헌은 서른여덟의 나이에 정승인 우의정에 올라, 이듬해 좌의정을 거쳐 마흔둘에 일인지상 만인지하의 자리인 영의정에 올랐다. 도헌이 우의정에 오를 때 함께 서른 둘의 나이로 정경부인의 자리에 오른 연리는 한양에서 명필로 유명했다.

그녀가 남긴 필적 중에 '偏見任我不愛別人, 傲慢任別人不愛我'라는 유명한 글귀가 있다. 편견은 내가 다른 사람을 사랑하지 못하게 만들고, 오만은 다른 사람이 나를 사랑할 수 없게 만든다는 뜻으로 그녀의 서예 솜씨뿐만 아니라 지성 또한 엿볼 수 있는 문장이었다.

애처가였던 심도헌은 무슨 일이 생기면 그녀와 논의하기를 즐겼으며 아내 이연리가 먼저 세상을 뜨자, 그녀의 옥가락지 한 쌍 중 한 짝을 여생 동안 몸에 지니며 그녀를 그리워했다. 후에 아내를 따라간 심도헌의 관에 그 옥가락지가 들어갔는데 그것은 혼백이 되어서도 이연리를 알아보겠다는 신표였다고 한다.

작가 후기

〈조선판 오만과 편견〉을 읽어주셔서 감사합니다.

이 소설은 제가 영화 〈오만과 편견〉을 보면서부터 구상한 글입니다. 제가 제인 오스틴의 팬인 만큼 세상에 정식으로 내보이는 첫 글이 이 소설이라 참 행복합니다. 짧은 단편이 아닌 긴 스토리를 써보는 것이 처음이었지만 원작의 스토리가 탄탄해서 잘 이끌어갈 수 있었습니다. 제인 오스틴, 그녀에게 감사합니다.

언제 나올지 모르는 두 번째 작품은 아마도 이 소설과 달리 처음부터 끝까지 저만의 이야기로 쓸 것 같습니다. 두 번째 글도 세상에 내놓을 수 있기를 바랍니다.

끝으로 첫 글이라 부족한 부분이 많았지만 많은 분들의 도움으로 무사히 끝마칠 수 있었습니다. 도전을 독려해 준 어머니와 많은 도움을 주신 청어람 로맨스팀 분들께 감사드립니다.